LES DEUX MONDES

Neal Stephenson

LES DEUX MONDES

1. Le Réseau

Traduit de l'anglais (États-Unis)
par Héloïse Esquié

SONATINE ÉDITIONS

Ouvrage publié avec le concours du Centre national du livre.

Directeur de collection : Arnaud Hofmarcher
Coordination éditoriale : Anne-Claire Andrault

Titre original : *Reamde*
Éditeur original : William Morrow (HarperCollins)

Sonatine Éditions
21 rue Weber
75116 Paris
www.sonatine-editions.fr

Première partie
Neuf Dragons

Ferme des Forthrast
Nord-Ouest de l'Iowa

Thanksgiving

Richard gardait les yeux rivés au sol. Toutes les bouses de vache n'étaient pas sèches et, sur celles qui l'étaient, on aurait eu tôt fait de se tordre la cheville. Il n'avait pris qu'un bagage à main, aussi les pointures 45 qui se faufilaient parmi les mottes brun-vert étaient-elles des chaussures de cross-training en toile noire qu'on aurait pratiquement pu plier en deux et fourrer dans une poche. Il aurait pu aller s'acheter des bottes au Walmart le matin. L'assemblée, cependant, l'aurait remarqué et n'aurait pas manqué de le charrier pour une telle extravagance.

Deux douzaines de membres de sa famille, déployés par grappes le long du grillage à sa droite, étaient en train de tirer des coups de feu dans le ravin ou de recharger leurs armes. C'était une tradition qui avait été instaurée pour permettre aux garçons les plus jeunes de se défouler un peu pendant l'attente interminable de la dinde et du gâteau. Dans le temps, une fois rentrés à la maison de Grand-père après la messe de Thanksgiving et débarrassés de leurs costumes et cravates miniatures, ils sortaient en trombe et faisaient un sprint de huit cents mètres à travers le pré pour aller tirer des cartouches de .22 ou des Daisies en direction du ruisseau, suivis par quelques hommes adultes chargés de s'assurer que les choses ne dégénéraient pas. À présent qu'ils avaient grandi et qu'ils avaient des enfants à leur tour, ils venaient à la réunion de famille avec des carabines, des fusils de chasse et des revolvers à l'arrière de leur SUV.

La clôture était rouillée, mais les piquets de bois orange n'étaient pas pourris. Richard et John, son frère aîné, l'avaient installée quarante ans plus tôt pour empêcher le bétail de s'égarer dans le ruisseau. Le filet d'eau était suffisamment étroit pour qu'un homme adulte puisse l'enjamber, mais le bétail, qui manquait d'agilité pour de telles acrobaties et n'était guère habitué à user d'intelligence, trouvait toujours le moyen de s'exposer à de terribles dangers le long des berges escarpées et poudreuses. Cette même caractéristique en faisait un stand de tir idéal. L'été avait été sec et l'automne froid, aussi le ruisseau coulait-il en un mince filet sous une fine pellicule de glace, et le talus qui le surplombait crachait des jets de poussière lorsqu'une balle venait y ricocher. Grâce à cela, il était facile pour eux de corriger leurs tirs. À travers son casque antibruit, Richard entendait les voix de spectateurs obligeants : « T'es environ dix centimètres trop bas. Vingt centimètres trop à droite. » Le boum ! des fusils, le pan ! des .22 et le tacatacatac ! des pistolets semi-automatiques étaient réduits à un faible crépitement sous le casque qu'il avait glissé dans son sac la veille, *in extremis* – un cache-oreilles coqué avec des boutons pour régler le volume de chaque côté.

Il ne cessait de sursauter. Le soleil bas brillait sur une éolienne de soixante mètres de haut plantée dans le champ de l'autre côté du ruisseau, et ses pales lançaient sur eux de longues ombres. À tout instant, il était saisi par l'assaut soudain d'une barre de ténèbres qui passait sur lui sans le moindre effet puis continuait sa route, suivie par une autre, puis une autre. Le soleil clignotait à chaque fois que les pales coupaient sa vue. Le phénomène était tout à fait nouveau. Dans sa jeunesse, seuls les silos à grains étaient là pour prouver l'existence d'un monde au-delà de l'horizon ; mais ils avaient été supplantés et réduits à néant par ces tours pharaoniques qui se dressaient au-dessus de la prairie. C'était la seule chose dans ce paysage qui ait jamais été capable d'inspirer le respect. Quelque chose dans leur mouvement perpétuel captait l'attention, dans ce lieu où tout le reste se tenait dans une immobilité presque pathologique ; elles avaient tout le temps l'air de surgir de derrière un arbre pour se jeter sur vous.

Malgré le vent, les muscles microscopiques de son visage et de son cuir chevelu – à l'origine de ses maux de tête – étaient détendus pour la première fois depuis qu'il était revenu dans l'Iowa. Dans les lieux publics de la Ré-U – le hall du Ramada, la ferme, le terrain de foot dans le jardin –, il avait eu constamment le sentiment que tous les yeux étaient fixés sur lui. C'était différent ici, où chacun devait veiller sur son arme, s'assurer que les canons étaient toujours pointés vers l'autre côté du grillage. Si on prêtait attention à Richard, ce n'était que pour échanger DIS-TINC-TE-MENT quelques mots laconiques à travers les casques antibruit.

Les plus jeunes, les pièces rapportées et les cousins éloignés l'appelaient Dick, diminutif que Richard n'avait jamais employé car, dans sa jeunesse, il était associé à Nixon. Il répondait au nom de Richard ou au surnom de Dodge. Pendant l'interminable trajet en voiture depuis leur maison en grande banlieue de Chicago, Minneapolis ou Saint Louis, les parents expliquaient aux enfants qui était qui, brandissant même parfois des exemplaires brochés de l'arbre généalogique de la famille et des dossiers de photos. Richard était à peu près sûr que, lorsqu'ils abordaient la branche de Richard – et c'était une branche longue, linéaire, sans ramifications –, leurs visages se barraient d'un regard que les enfants comprenaient en le surprenant dans le rétroviseur, et qu'ils adoptaient un ton qui, dans cette partie du pays, en disait plus long que les mots ne le pourraient jamais. En les croisant le long du stand de tir, Richard pouvait le constater d'emblée. Certains évitaient carrément de le regarder dans les yeux. D'autres le dévisageaient avec trop d'insistance, comme pour lui signifier qu'ils l'avaient percé à jour.

Il accepta un calibre .12 cassé en deux des mains d'un homme râblé en chapeau de camouflage dans lequel il reconnut vaguement le second mari de sa petite-cousine Willa. Il garda le visage et le canon de son arme tournés vers le grillage et les laissa contempler l'arrière de sa parka de ski tandis qu'il retirait sa mitaine gauche avec les dents et glissait deux cartouches dans le barillet encore chaud. Sur le sol, à quelques mètres, juste à l'endroit où le terrain plongeait dans la ravine, quelqu'un avait disposé une rangée de citrouilles rescapées d'Halloween ; la plus grande partie en avait déjà été réduite en purée et éparpillée sur les herbes sèches et brunes. Richard referma le fusil d'un coup sec, le leva, cala confortablement la crosse contre son épaule, s'arc-bouta en avant et appuya une première fois sur la détente. Le fusil rebondit contre lui, et la base d'une des citrouilles sauta en l'air et fit mine de vouloir rouler dans l'herbe. Il la descendit avec le coup suivant. Puis il ouvrit l'arme, retira les douilles chaudes, les laissa tomber par terre et tendit le fusil à son propriétaire avec un hochement de tête approbateur.

« Tu chasses beaucoup, là-bas, dans le nord, dans ton Schloss ? » demanda un homme âgé d'entre 20 et 30 ans : le beau-fils de Willa. Il dit cela tout fort. Il était difficile de déterminer si c'était à cause des boules de mousse orange enfoncées dans ses oreilles ou par sarcasme.

Richard sourit. « Pas du tout, répondit-il. Presque tout ce qui est écrit sur ma page Wikipédia est faux. »

Le sourire du jeune homme se dissipa. Ses paupières tressaillirent : il examina le casque antibruit à 200 dollars de Richard et baissa les yeux, comme pour chercher des bouses de vache.

Bien que la page Wikipédia de Richard se soit tenue tranquille ces derniers temps, elle avait autrefois été agitée par des guerres de rectification entre des individus mystérieux, connus seulement par leur adresse IP, qui semblaient vouloir insister sur des détails de sa vie qui, cela le frappait à présent, tout en étant techniquement vrais, restaient parfaitement anecdotiques. Par chance, quand tout cela s'était produit, Papa était déjà trop diminué pour manipuler une souris, mais les Forthrast des générations suivantes ne se laissaient pas intimider par la technique.

Richard fit demi-tour et repartit d'un pas nonchalant par où il était venu. Les fusils, ce n'était pas vraiment ce qu'il préférait. Ils étaient relégués tout au bout de la rangée des tireurs. À l'autre bout, à côté d'un cortège de SUV garés à la hâte, des enfants de 8 ou 10 ans, encadrés par des adultes attentifs, procédaient à un mitraillage ininterrompu avec des .22 à culasse mobile.

Juste en face de Richard se tenait un groupe de cinq hommes d'une vingtaine d'années que deux jeunes de 15 ans contemplaient avec avidité. Le point de mire, c'était un fusil d'assaut, un fusil noir, comme on dit, d'aspect militaire, sans les boiseries et camouflages qui auraient pu le faire croire destiné à la chasse. Le propriétaire en était Len, le cousin au deuxième degré de Richard, actuellement en licence d'entomologie à l'université du Minnesota. Il tenait entre ses mains rouges et crevassées un magasin vide d'une contenance de trente balles. Richard, qui continuait de tressaillir par instants lorsqu'un coup de feu partait derrière lui, regarda Len introduire trois cartouches en haut du magasin puis le passer au jeune homme qui était présentement en possession de l'arme. Après quoi il se posta derrière lui et le guida patiemment pendant qu'il glissait le magasin dans la cavité, fermait la culasse et ôtait la sécurité.

Richard les contourna par-derrière à quelque distance et se retrouva parmi une troupe plus clairsemée d'hommes mûrs. Certains se relaxaient sur des chaises pliantes en tissu camouflage, d'autres tiraient avec de vieux fusils de chasse massifs. Leur état d'esprit lui plut davantage, mais il les sentit un peu soulagés de voir qu'il ne s'arrêtait pas – cela dit, peut-être était-il trop susceptible.

Il ne venait à la Ré-U que tous les deux ou trois ans. Son âge et sa situation lui avaient valu le luxe d'être le généalogiste de la famille. C'était lui qui compilait ces arbres généalogiques que les mères dépliaient dans le SUV familial. S'il avait pu capturer leur attention pendant quelques minutes, les rassembler et leur raconter l'histoire des hommes qui avaient possédé, utilisé et nettoyé ces fusils qui se faisaient maintenant entendre le long de la clôture – pas les Glock ou les fusils noirs, bien sûr, mais les revolvers simple action, les 1911, les .30-30 brunis à action par levier –, il leur aurait fait comprendre que, même si ce qu'il avait entrepris ne s'accordait pas avec leur conception du bien, il était plus fidèle qu'eux, dans sa façon de vivre, à la tradition familiale.

Mais pourquoi perdait-il son temps à s'énerver tout seul ?

Ainsi distrait, il s'approcha au hasard de ses pas d'un petit groupe de jeunes d'une vingtaine d'années qui tiraient au pistolet.

Pour une raison qu'il n'aurait su déterminer tout à fait, ceux-ci ne dégageaient pas du tout la même chose que les premiers, qui faisaient cercle autour de Len. Ils venaient de la ville. Sans doute une ville côtière. Sans doute la côte Ouest. Pas LA. Quelque part entre Santa Cruz et Vancouver. Un homme aux cheveux mi-longs, avec des tatouages qui dépassaient des cinq couches de laine polaire et d'imperméable qu'il avait revêtues pour se protéger des attaques du climat de l'Iowa, brandissait devant lui un Glock 17 ; avec un intérêt manifeste, il tirait précautionneusement des balles de 9 millimètres dans une cruche en plastique posée à quinze mètres. Derrière lui se tenait une femme à la peau et aux cheveux plus foncés que tout le reste de l'assistance. Elle portait de grosses lunettes à monture épaisse qui évoquèrent à Richard la génération X, même si le terme même de génération X était sans doute passé de mode. Elle souriait, elle s'amusait. Elle était amoureuse du jeune homme qui tirait.

C'était leur spontanéité, plus que leur coupe de cheveux ou leurs vêtements, qui les distinguait des locaux. Richard avait quitté la région en emportant avec lui le caractère réservé, voire dur, qu'elle semblait imprimer sur ses hommes. Cette particularité avait rendu folles une demi-douzaine de petites amies avant qu'il commence enfin à s'en dégager peu à peu. Mais, en cas de besoin, il pouvait la convoquer de nouveau et la faire tomber autour de lui comme une herse.

La jeune femme se tourna vers lui ; elle se mit à faire des moulinets dans l'air avec ses gants roses pour l'appeler dans ses bras. Avec un sourire, elle lui cria quelques mots dont il ne saisit que des bribes à travers le casque antibruit qui neutralisait une série de détonations du 9 millimètres.

Richard hésita.

Un signe avant-coureur de choc se dessina sur le visage de la fille lorsqu'elle réalisa : *il ne va pas me reconnaître.* Mais à cet instant, et à cause de ce regard, Richard la reconnut. Un ravissement non feint se peignit sur son visage. « Sue ! » s'exclama-t-il, puis – cela payait parfois d'être le généalogiste de la famille – il se corrigea : « Zula ! » Il s'avança et la serra doucement dans ses bras. Sous ses couches d'habits, elle était svelte, comme toujours. Mais forte quand même. Elle se souleva sur la pointe des pieds pour écraser sa joue contre celle de Richard, puis se laissa retomber en souplesse sur les talons de ses énormes bottes fourrées.

Il savait tout, et rien, sur elle. Elle devait avoir environ 25 ans à présent. Sortie de la fac depuis deux ans. Quand l'avait-il vue pour la dernière fois ?

Sans doute pas depuis qu'elle était entrée à la fac. Autrement dit, pendant la poignée d'années où Richard avait distraitement négligé de penser à elle, elle avait vécu une vie entière.

Dans le temps, son apparence et son identité se confondaient en grande partie avec l'histoire de ses origines : orpheline érythréenne, recueillie par une mission religieuse dans un camp de réfugiés au Soudan, adoptée par la sœur de Richard, Patricia, et son mari, Bob, orpheline une seconde fois lorsque Bob était parti en cavale et que Patricia était morte subitement. Réadoptée par John et sa femme, Alice, de façon à lui permettre de continuer le lycée.

Richard fouillait ses souvenirs extrêmement minces des dernières lettres de vœux de John et Alice, essayant de déduire le reste. Zula était allée à la fac pas très loin – à Iowa State ? Elle avait étudié un truc concret – passé un diplôme d'ingénieur. Trouvé un boulot, déménagé quelque part.

« T'as bonne mine ! dit-il, car il était temps de dire quelque chose, et ça semblait sans danger.

– Toi aussi. »

Il trouva sa réponse un peu rebutante, car il était trop évident que c'était du baratin. Près de quarante ans plus tôt, Richard et des amis fonçaient sur une route du coin dans quelque quête adolescente ridicule, et ils s'étaient retrouvés coincés derrière un paysan qui roulait au pas. L'un d'entre eux, sans doute avec l'aide de quelque substance illicite, avait remarqué une ressemblance – laquelle, une fois qu'on l'avait vue, était indéniable – entre le visage large, rougeaud et anguleux de Richard et l'arrière du pick-up rouge qui les précédait. D'où le surnom de Dodge. Il se demandait souvent quand il commencerait enfin à développer la beauté aquiline des hommes aux cheveux poivre et sel qu'on voit dans les pubs de médicaments pour la prostate, avec leurs incessants voyages en hydravion et leurs expéditions idylliques à la pêche à la mouche. Mais, au lieu de cela, il se transformait en une version de plus en plus plissée et marbrée de ce qu'il était à 35 ans. Zula, en revanche, avait vraiment bonne mine. Noire-Arabe, avec une pointe d'Italienne caractéristique. Un nez spectaculaire qui dans d'autres familles ou d'autres circonstances serait passé au scalpel. Mais elle avait compris qu'il était beau, avec ces grosses lunettes perchées dessus. Personne ne l'aurait prise pour un top model, mais elle s'était trouvé un style. Richard ne pouvait pas vraiment deviner quel genre de phéromones Zula envoyait à ses semblables mais, pour lui, elle ressemblait à une bibliothécaire de l'hyper espace, une espèce de geek au féminin qu'il trouvait fine et charmante, sans que cela suscite chez lui un désir qui aurait été déplacé.

« Je te présente Peter », annonça la jeune femme lorsque son ami eut vidé le chargeur du Glock. Richard remarqua avec satisfaction qu'il vérifiait la chambre de l'arme, éjectait le magasin et vérifiait de nouveau la chambre avant de transférer le revolver dans sa main gauche et de lui tendre la droite.

« Peter, je te présente mon oncle Richard. »

Tandis que Peter et Richard se serraient la main, Zula dit à Peter :

« Il habite tout près de chez nous, en fait !

– Seattle ? demanda Peter.

– J'ai un appartement dans une copropriété là-bas. »

Il avait l'impression que ses propres paroles lui donnaient un air ringard et coincé. Il était mortifié. Sa nièce vivait à Seattle et il n'était pas au courant. Qu'allaient dire les autres ? En guise d'excuse, il offrit :

« Mais je passe plus de temps à Elphinstone en ce moment. » Puis il ajouta : « En Colombie-Britannique », au cas où le nom n'aurait rien évoqué à Peter.

Mais un regard intéressé et alerte se lisait déjà sur le visage de Peter.

« Il paraît que c'est génial pour le snowboard, là-bas !

– Pas la moindre idée, mais c'est vrai que tout le reste est sacrément chouette. »

Zula était mortifiée elle aussi.

« Je suis désolée de ne pas t'avoir fait signe, Oncle Richard ! C'était sur ma liste. »

Venant de la plupart des gens, cette expression aurait été un simple cliché de politesse, mais Richard savait que Zula était du genre à vraiment dresser une liste de choses à faire et que « appeler Oncle Richard » figurait certainement dessus.

« C'est ma faute, dit-il. J'aurais dû faire un effort pour t'accueillir. »

Tout en logeant d'autres balles dans les magasins vides, ils échangèrent des nouvelles. Zula était sortie d'Iowa State avec un diplôme conjoint en géologie et en sciences informatiques, et elle s'était installée à Seattle quatre mois plus tôt pour prendre un poste dans une start-up spécialisée dans l'énergie géothermique qui s'apprêtait à construire une usine pilote près de Mount Rainier: le monstrueux fusil volcanique braqué sur la tête de Seattle. Elle était censée travailler sur ordinateur, pratiquer des simulations de flux de chaleur souterrains à l'aide de codes informatiques. Richard était fasciné par le jargon qui jaillissait de sa bouche, fasciné de voir le cerveau de Zula lancé sur un sujet digne de ses facultés. Au lycée, elle était silencieuse, un peu trop assimilée, un peu trop facile à satisfaire, telle une bonne petite fermière de province. Une ado 100 % américaine, qui s'appelait Sue, même si, pour une raison quelconque, il y avait écrit Zula sur ses papiers officiels. Mais à présent, elle était de nouveau en harmonie avec sa Zula-ïté.

« Et qu'est-ce qui s'est passé ? » demanda Richard. Car elle avait pris soin de dire systématiquement « je *devais* » faire ceci ou cela.

« Quand je suis arrivée sur place, c'était le chaos. »

Elle avait l'air fascinée. Passer de l'Érythrée à l'Iowa avait de quoi donner à une jeune personne quelques notions intéressantes sur le chaos, c'est certain.

« Il se passait un truc bizarre avec les investisseurs. Une chaîne de Ponzi, tu sais, avec arnaque sur les fonds spéculatifs. Ils ont déposé le bilan il y a un mois.

– Tu es au chômage.

– C'est une façon comme une autre de voir les choses, Oncle Richard. »

Elle sourit.

À présent, Richard avait un autre article sur *sa* liste, laquelle, contrairement à celle de Zula, était un salmigondis de soucis tenaces, d'intentions vagues et d'obscures dettes karmiques qu'il trimballait dans sa tête. *Trouver un boulot pour Zula à la Corporation 9592.* Et il avait même une possible solution pour y parvenir. Ce n'était pas la partie la plus difficile.

La partie difficile, c'était d'accorder cette faveur à la jeune fille sans apporter aide et réconfort aux autres chercheurs d'emploi présents à la Ré-U.

« Qu'est-ce que tu sais du magma ? » demanda-t-il.

Elle se tourna légèrement, le regarda de biais.

« Plus que toi, à mon avis.

– Tu sais faire les simulations de flux de chaleur. Et les simulations de flux de magma ?

– C'est dans mes cordes.

– Et les tenseurs ? »

Richard ne savait pas du tout ce qu'était un tenseur, mais il avait remarqué que, lorsque les matheux commençaient à employer ce terme à tout bout de champ, c'est qu'ils s'acheminaient lentement vers l'idée de faire quelque chose de concret.

« Heu, oui, fit-elle nerveusement, et il sut qu'il venait de poser une question ridicule.

– C'est important, très important qu'on ne se trompe pas là-dessus.

– Quoi, pour ton business *de jeux* ?

– Oui, pour mon business de jeux qui fait partie des cinq cents entreprises les plus riches d'Amérique. »

Figée dans sa pose d'observation de biais, elle essayait de déterminer s'il la faisait marcher.

« La stabilité des places financières mondiales est en jeu », insista-t-il.

Elle refusait de mordre à l'hameçon.

« On en reparlera plus tard. Tu connais quelqu'un qui souffre d'un trouble du spectre autistique ?

– Oui, lâcha-t-elle, plantant maintenant son regard droit dans le sien.

– Tu pourrais travailler avec un individu de ce genre ? »

Ses yeux cherchèrent ceux de son copain.

Peter s'escrimait à recharger son arme. Il tentait vainement d'insérer les balles dans le mauvais sens du magasin. Cela embarrassait Richard depuis une demi-minute environ. Il essayait de trouver une manière non humiliante de lui faire la remarque lorsque Peter comprit tout seul et retourna le projectile dans sa main.

Richard avait supposé, à la façon dont Peter manipulait l'arme, qu'il l'avait fait auparavant. Il révisa son jugement. C'était peut-être la première fois de sa vie que Peter touchait un semi-automatique. Mais il apprenait vite. C'était un autodidacte. Tout ce qui était technique, qui était logique, qui obéissait à des règles, Peter pouvait le comprendre tout seul. Et il le savait. Et ne prenait pas la peine de demander de l'aide. Il était tellement plus rapide de trouver la solution par ses propres moyens que d'endurer de la part des autres de bienveillantes tentatives de l'éduquer – et, du même coup, de forger avec lui un lien affectif. Il existait quelque chose, quelque part, qu'il pouvait faire mieux que la plupart des gens. Une tâche de nature technique.

« Et toi, qu'est-ce que tu fais, Oncle Richard ? » demanda gaiement Zula. Elle s'était peut-être réconciliée avec sa Zula-ïté, mais elle restait prête à dégainer son identité de Sue en des occasions comme celle-ci.

« J'attends le cancer » aurait été une réponse trop honnête. « Je mène une âpre lutte d'arrière-garde contre la dépression clinique » aurait donné l'impression qu'il était déprimé *aujourd'hui*, alors que ce n'était pas le cas.

« Je m'inquiète de mes palettes de navigation. »

Peter et Zula eurent l'air étrangement satisfaits par cette non-réponse, comme si cela correspondait parfaitement à ce qu'ils attendaient d'un homme de 50 ans. Ou peut-être Zula avait-elle déjà dit à Peter tout ce qu'elle savait, ou soupçonnait, sur Richard, et avaient-ils assez de bon sens pour ne pas poser de questions indiscrètes.

« Vous avez pris l'avion à Seattle ? » demanda Peter, sautant un peu hâtivement sur le sujet de secours, les voyages en avion.

Richard secoua la tête.

« J'ai pris ma voiture jusqu'à Spokane. Ça prend trois ou quatre heures en fonction de la neige et de l'attente à la frontière. Puis encore un bout de route jusqu'à Minneapolis. Et pour finir je me suis loué une grosse bagnole américaine et je suis descendu avec. »

Il fit un signe de tête en direction de la route, où une Mercury Grand Marquis marron bloquait une large tranche de leur champ de vision.

« C'est l'endroit idéal pour un engin pareil », observa Peter.

Il tourna la tête pour embrasser la ferme du regard, puis il jeta un coup d'œil innocent à Richard.

La réaction de celui-ci fut plus complexe que Peter ne s'en serait douté. Richard était content que Peter et Zula l'incluent spontanément dans leur sphère d'avertis et l'invitent à partager leur distance ironique. Cependant, il avait grandi dans cette ferme et une partie de lui n'appréciait pas beaucoup leur attitude. Il les soupçonnait d'être déjà en train de poster leur week-end sur Facebook et Twitter, soupçonnait que des hipsters étaient en ce moment même en train de commenter à coups de LOL et de MDR les photos de Peter avec le Glock dans des coffee-shops de San Francisco.

Mais il entendit alors la voix d'une certaine ex-copine qui lui serinait qu'il était trop jeune pour commencer à se comporter comme un vieux grincheux.

Une deuxième voix vint s'ajouter pour lui rappeler que, lorsqu'il avait loué l'imposante Grand Marquis à Minneapolis, c'était dans un geste *ironique*.

Les anciennes copines de Richard avaient disparu depuis longtemps, mais leurs voix le suivaient et lui parlaient en permanence, telles des Muses ou des Furies. C'était comme d'avoir sept surmois disposés à la façon d'un peloton d'exécution autour d'un unique moi assiégé, histoire de bien s'assurer qu'il n'avait aucune chance de profiter de sa dernière cigarette.

Toutes ces complexités internes durent prendre, pour Peter et Zula, les dehors d'un retrait brusque de la conversation. Peut-être un signe avant-coureur de sénilité. Ce n'était pas grave. Les magasins étaient à peu près aussi chargés qu'on pouvait espérer y parvenir avec les doigts gelés. Zula et Richard tirèrent à tour de rôle avec le Glock. Lorsqu'ils eurent terminé, la cadence des tirs, à gauche et à droite de la clôture, s'était ralentie presque jusqu'au point mort. Les munitions se faisaient rares, tout le monde avait froid, les enfants se plaignaient, il fallait nettoyer les fusils. On refermait les chaises pliantes à tissu camouflage et on les jetait à l'arrière des SUV. Zula fit quelques pas pour aller échanger embrassades et bavardages suraigus et enjoués avec des cousines. Richard se baissa, ce qui était un peu plus difficile qu'autrefois, et se mit à ramasser les douilles vides. Du coin de l'œil, il vit que Peter suivait son exemple. Mais celui-ci laissa vite tomber la besogne, car il ne voulait pas s'éloigner trop de Zula. Cela ne l'intéressait nullement d'échanger des propos oiseux avec l'escorte de cousines et de cousins de Zula, mais il ne voulait pas non plus la laisser seule. Il était constamment sur le qui-vive et faisait preuve à son égard d'une attitude protectrice que Richard admirait et enviait à la fois. Richard n'était pas à l'abri d'une infime jalousie devant le fait que Peter s'était attribué le rôle de protecteur de Zula.

Peter jeta un coup d'œil à la maison, de l'autre côté du champ, détourna un instant la tête, puis se tourna de nouveau pour l'examiner attentivement.

Il savait. Zula lui avait dit ce qui était arrivé à sa mère adoptive. Peter avait sans doute fait des recherches sur Google. Il savait sans doute qu'il y avait entre cinquante et soixante décès provoqués par la foudre par an, et qu'il était difficile pour Zula d'en parler car la plupart des gens pensaient que c'était une drôle de manière de mourir, et parfois même qu'elle plaisantait.

La Grand Marquis bloquait un SUV plein d'enfants et de mères qui n'en pouvaient plus de traîner dehors dans le bruit et le froid, aussi Richard – ravi d'avoir une excuse pour s'en aller – se hâta-t-il vers la voiture, passant entre Peter et Zula. Sans presque hausser la voix, il lança: « Je vais en ville », ce qui signifiait qu'il allait au Walmart. Lorsqu'il monta dans l'énorme Mercury, il entendit les portières s'ouvrir derrière lui et vit Peter et Zula se glisser sur la moelleuse banquette arrière. La portière s'ouvrit également du côté passager, par laquelle s'engouffra une autre femme âgée d'une vingtaine d'années et quelques dont Richard aurait dû connaître le nom, mais il fut incapable de se le remémorer. Il lui faudrait le saisir au vol pendant le trajet.

Les petits malins avaient beaucoup à dire sur la Grand Marquis tandis qu'il fonçait sur la route; ils avaient saisi l'ironie, décidé que Richard était comme eux, *pas dupe*. La fille sur le siège passager déclara qu'elle n'était jamais montée dans « une voiture comme celle-ci »; apparemment, elle voulait dire une berline.

La conversation fusa dans tous les sens pendant à peu près cinq minutes, après quoi ils tombèrent tous dans le silence. Peter ne sauta pas franchement sur l'occasion pour divulguer des informations sur son compte. Cela ne dérangeait pas Richard. Il était facile pour les gens qui avaient des postes à intitulés et des cartes de visite de dire où ils travaillaient et ce qu'ils faisaient pour vivre, mais ceux qui travaillaient à leur compte et exécutaient des tâches d'une nature complexe avaient appris avec le temps que cela ne valait pas la peine de s'embarrasser à fournir des explications si c'était dans le seul but d'entretenir la conversation. Autant aller directement aux sujets bateau, comme les voyages en avion.

Leurs extrémités gelées épuisaient toute l'énergie de leurs cerveaux. Ils regardaient le paysage décimé par le gel défiler devant les vitres. C'était ça, l'Iowa de l'Ouest. Des visiteurs traversant l'État auraient eu le plus grand mal à voir les distinctions entre l'Est et l'Ouest – ou même, d'ailleurs, entre l'Ohio et le Dakota du Sud. Mais Richard, qui avait grandi là et entrepris plus d'une chasse au trésor et d'une attaque d'Indiens le long du ruisseau, sentait une ligne de démarcation dans le territoire ; il était convaincu qu'ils étaient sur le seuil qui séparait le Midwest de l'Ouest, comme si, sur une rive du ruisseau, on ratissait les feuilles rougies sur le sol humide et clément en écoutant les matchs de foot des Big Ten à la radio, tandis que, sur l'autre rive, on portait de grandes coiffes faites de plumes.

Il y avait une démarcation nord-sud, également. Au sud, c'était le Missouri et le Kansas, d'où cette branche des Forthrast (selon ses recherches) était venue vers l'époque de la guerre de Sécession pour échapper aux terroristes et aux escadrons de la mort. Au nord – c'était difficile de ne pas s'en rendre compte en un jour comme celui-ci –, on pouvait presque voir le contrefort du monde qui s'inclinait vers le Pôle. Ceux des Forthrast qui cherchaient le salut au nord avaient dû y réfléchir à deux fois lorsqu'ils étaient arrivés à cette latitude et avaient senti l'air froid s'engouffrer sans vergogne par le col de leurs manteaux, aussi s'étaient-ils arrêtés là pour y planter leurs racines, non pas à la façon des noyers le long du ruisseau, mais tels les mûriers et les pissenlits qui forment des buissons épais lorsqu'une graine chanceuse parvient à s'implanter dans un bout de terrain sans surveillance.

Le Walmart était semblable à un vaisseau spatial qui se serait posé au milieu des champs de soja. Richard dépassa la partie alimentation, la parapharmacie et le centre optique et se gara du côté où la marchandise était stockée. Les places de parking étaient prévues pour des pick-up de grande taille, une attention qui lui fut utile cette fois.

Ils entrèrent. Les jeunes s'immobilisèrent car la sensibilité ironique qui leur tenait lieu d'âme était engorgée par un signal d'une puissance écrasante. Richard continua, vu qu'il était le seul d'entre eux investi d'une mission. Il avait trouvé une manière de contribuer à la bonne marche de la Ré-U sans marcher dans ou se tordre la cheville sur une des bouses de vache semées sur son chemin en un enchevêtrement si complexe.

Il continua d'avancer jusqu'à ce que tout ce qui se trouvait dans son champ de vision soit couleur camouflage ou orange fluorescent, puis chercha des yeux le comptoir des munitions. Un homme âgé vêtu d'un veston bleu sortit et posa des mains ridées sur la vitre comme un tenancier de saloon. Richard répondit au salut réglementaire de l'homme par un signe de tête puis expliqua qu'il voulait trois grandes boîtes de cartouches NATO 5,56 millimètres. Le vendeur acquiesça et se retourna pour déverrouiller la vitrine où se trouvait le matos « sérieux ». Sur l'arrière de son veston s'étalait un grand smiley jaune que sa bosse dans le dos faisait ressortir et rendait presque hémisphérique.

« Len a fait tirer tout le monde, trois coups à chaque fois, expliqua-t-il aux autres lorsqu'ils le rejoignirent. Tout le monde veut tirer avec sa carabine, mais personne n'achète de munitions – et les 5,56, c'est assez cher en ce moment parce que tous les cinglés sont persuadés que ça va être interdit. »

Avec précaution, le vendeur plaça les lourdes boîtes sur le comptoir vitré ; il sortit un lecteur de codes-barres en forme de pistolet de son holster en plastique et le passa tour à tour sur les trois boîtes : trois fois, il appuya sur la gâchette, à bout portant. Il annonça un chiffre impressionnant. Richard avait déjà sorti son portefeuille. Lorsqu'il l'ouvrit, la nièce ou petite-cousine (il n'avait toujours pas trouvé le moyen de découvrir son nom) regarda dans les plis de beau cuir avec une telle indiscrétion qu'il fut tenté de lui remettre carrément l'objet. Elle fut surprise de voir le visage de la reine Élisabeth et des images colorées de hockeyeurs et de sammies. Il n'avait pas pensé à échanger ses billets, et ce n'était pas ici qu'il allait trouver un bureau de change. Il paya en carte bleue.

« Quand est-ce que tu t'es installé au Canada ? demanda la jeune femme.

– 1972. »

Le vieil homme lui coula un regard par-dessus ses lunettes : *Déserteur !*

Aucun des jeunes ne fit le rapprochement. Il se demanda s'ils savaient seulement que le pays avait eu autrefois un service militaire et que des hommes s'étaient donné un mal de chien pour l'éviter.

« Votre code, monsieur Forrest, s'iou plaît. »

Richard, comme beaucoup de ceux qui avaient migré, prononçait son nom « forTHRAST », en mettant l'accent sur la deuxième syllabe, mais il répondait à « FORthrast », car c'était ainsi que tout le monde prononçait son nom ici. Il reconnut même « Forrest », la forme dans laquelle son nom se dégraderait sans doute très bientôt si la famille ne levait pas le camp.

Lorsqu'ils arrivèrent à la sortie, il avait compris que le Walmart n'était pas tant un vaisseau spatial qu'un portail interdimensionnel ouvrant sur tous les autres Walmart de l'univers connu ; passé les agents d'accueil, ils auraient pu se retrouver à Pocatello ou Wichita. Mais, de fait, ils étaient toujours en Iowa.

« Pourquoi tu t'es installé là-bas ? » demanda la fille pendant le trajet du retour.

Elle était profondément affectée par l'élocution pathologiquement nasale et gnangnan si répandue chez ses semblables ; Zula avait fait de grands pas dans la voie de la guérison.

Richard jeta un œil dans le rétroviseur et surprit Peter et Zula en train d'échanger un regard entendu.

T'as jamais entendu parler de Wikipédia, sœurette ?

Au lieu de lui dire pourquoi il avait déménagé, il lui raconta ce qu'il avait fait lorsqu'il était arrivé là-bas :

« J'ai fait le guide.

– Le guide de chasse ?

– Non, je ne suis pas chasseur.

– Je me demandais comment t'en savais si long sur les armes.

– Parce que j'ai grandi ici, expliqua-t-il. Et au Canada, on était parfois armés pendant les expéditions. Là-bas, c'est plus difficile de posséder une arme à feu. Faut prendre des cours, s'inscrire dans un club de tir et ainsi de suite.

– Pourquoi vous étiez armés pendant les expéditions ?

– ... si c'était pas des expéditions de chasse ?

– Oui.

– À cause des grizzlys.

– Oh, tu veux dire au cas où un ours vous attaquerait ?

– Exact.

– Vous pouviez, genre, tirer en l'air pour l'effrayer ?

– Dans le cœur, pour le tuer.

– C'est arrivé ? »

Richard jeta de nouveau un coup d'œil dans le rétroviseur, espérant croiser le regard de Peter ou Zula pour leur adresser un message télépathique : *Pour l'amour de Dieu, est-ce que quelqu'un pourrait me tirer de ce mauvais pas ?* Mais ils avaient surtout l'air intéressés.

« Oui », dit Richard.

Il fut tenté de mentir. Mais c'était la Ré-U. Ça se saurait.

« La peau d'ours dans le bureau de Grand-père, expliqua Zula.

– C'est une vraie !?

– Bien sûr que c'est une vraie, Vicki ! Tu croyais que c'était quoi, du polyester ?

– C'est toi qui as tué cet ours, Oncle Dick ?

– Je lui ai tiré deux balles dans le corps pendant que mon client se découvrait des dons insoupçonnés pour l'escalade. Peu après, son cœur a cessé de battre.

– Et tu l'as dépecé ? »

Non, il s'est poliment dépouillé de sa fourrure avant d'aller rejoindre les esprits. Richard trouvait de plus en plus difficile de se retenir de décocher des reparties cinglantes. Seules les Muses furieuses le tenaient en respect.

« Je lui ai fait passer la frontière des États-Unis sur mon dos, s'entendit-il expliquer. Avec le crâne et tout, il pesait environ la moitié du poids que je faisais à l'époque.

– Pourquoi t'as fait ça ?

– Parce que c'était illégal. Pas de tuer l'ours. C'est admis, si c'est de la légitime défense. Mais on est censé livrer la bête aux autorités.

– Pourquoi ?

– Parce que, intervint Peter, devinant la réponse, sinon tout le monde se mettrait à tuer des ours. Les gens prétendraient que c'est de la légitime défense et garderaient les trophées.

– C'était à quelle distance ?

– Trois cents kilomètres.

– Tu devais en avoir méchamment envie.

– Non.

– Pourquoi tu l'as porté sur ton dos pendant trois cents kilomètres, dans ce cas ?

– Parce que le client le voulait.

– Je suis paumée ! gémit Vicki, comme si son état émotionnel était en fait la chose la plus importante dans cette histoire. T'as fait ça juste pour le client ?

– C'est tout le contraire ! s'exclama Zula, un peu indignée.

– Une seconde ! fit Peter. L'ours vous a attaqués, toi et ton client...

– Je vais raconter l'histoire ! » annonça Richard, levant une main.

Il ne voulait pas que l'histoire soit racontée, il aurait voulu qu'elle ne vienne jamais sur le tapis. Mais c'était la seule histoire sur son propre compte qu'il pouvait raconter en décente compagnie, et s'il fallait que quelqu'un la raconte, il voulait s'en charger lui-même.

« C'est le chien du client qui a tout déclenché. Il a harcelé le pauvre ours. L'ours a soulevé le clebs entre ses mâchoires et s'est mis à le secouer comme si c'était un écureuil.

– C'était un caniche, un truc comme ça ? demanda Vicki.

– C'était un golden retriever de quarante kilos.

– Dingue !

– C'est ce que j'essayais de dire. Quand le clebs a arrêté de se débattre, ce qui n'a pas pris longtemps, l'ours l'a balancé dans les buissons et s'est avancé vers nous l'air de dire : *Si vous aviez le moindre rapport avec ce clébard, putain, vous êtes morts !* C'est là que les coups de feu ont été tirés. »

À ces mots, Peter renifla bruyamment.

« Il n'y avait pas de bravoure dans l'affaire, si c'est ce que vous imaginez. Il n'y avait qu'un seul arbre où il était possible de grimper. Le client ne battait pas de record de vitesse dans son escalade. On pouvait pas grimper tous les deux en même temps, c'est tout ce que je dis. Et même un cheval ne peut pas battre un grizzly à la course. J'étais coincé là avec un fusil à balles. Qu'est-ce que tu voulais que je fasse ? »

Un silence, pendant qu'ils méditaient sa question rhétorique.

« Un fusil à balles ? demanda Zula, retrouvant ses réflexes d'ingénieur.

– Un fusil de chasse calibre .12 chargé avec des balles plutôt que des plombs. Optimisé spécialement à cette fin. Deux barillets, côte à côte : un Elmer Fudd spécial. Alors j'ai mis un genou à terre parce que je tremblais comme une feuille et je l'ai vidé sur l'ours. Il s'est enfui et il est mort à quelques centaines de mètres de notre campement. On a retrouvé la carcasse. Le client voulait la peau. Je lui ai dit que c'était illégal. Il m'a offert de l'argent pour m'en occuper à sa place. Alors je me suis mis à dépecer l'ours. Ça m'a pris des *jours*. Un boulot *affreux*. Charcuter des animaux, même domestiqués, même élevés à la ferme, c'est assez abominable, c'est pour ça qu'on fait venir des Mexicains en Iowa pour s'en charger, fit Richard, qui commençait à s'échauffer. Mais un ours, c'est pire. Une odeur pestilentielle. »

Le mot manquait complètement de mordant. C'était un de ces mots que tout le monde a déjà entendu mais dont personne ne connaît la signification exacte.

« Ça sent presque le poisson. On dirait qu'on marine dans les hormones de la bête. »

Vicki frissonna. Il hésita à se lancer dans des détails sur les dimensions des testicules d'un grizzly, mais, à en juger par le langage corporel de sa voisine, il s'était déjà bien fait comprendre.

En réalité, il avait été tenté d'expédier le dépeçage du grizzly. Mais le problème, c'était qu'il avait commencé par les griffes. Et il s'était rappelé avoir lu, petit garçon, que, pour les braves de la tribu lakota, prélever les griffes de l'ours qu'ils avaient tué, et dont ils faisaient des colliers, était un rite de passage à l'âge adulte. Les garçons de sa génération prenaient ce genre de choses au sérieux ; il en savait aussi long sur Crazy Horse qu'un homme d'une époque plus ancienne aurait pu en savoir sur Jules César. Du coup, il s'était senti obligé d'accomplir sa tâche avec religiosité. Ayant commencé de cette façon, il ne trouva pas de moment opportun pour repasser au charcutage grossier.

« Et plus ça me prenait de temps – plus je m'enfonçais –, plus je refusais que mon client en hérite. Il en crevait d'envie. J'étais là, couvert de sang, à repousser les abeilles, et il venait en sifflotant pour évaluer sa prise, vous voyez le topo. C'était clair qu'il se l'imaginait dans son bureau ou sa salle de jeu. Un courtier de New York. Je savais parfaitement qu'il allait raconter des bobards – qu'il allait s'en servir pour impressionner les gens. Il allait raconter qu'il avait descendu l'ours lui-même pendant que son froussard de guide grimpait à un arbre. On s'est engueulés. C'était stupide de ma part parce que j'étais déjà mouillé jusqu'au cou dans l'aspect illégal de la chose. Je m'étais placé dans une position de vulnérabilité extrême. Il a menacé de me dénoncer, de me faire virer, si je ne lui remettais pas le trophée. Alors je lui ai dit d'aller se faire foutre et je suis parti avec la bestiole. Je lui ai laissé les clés du pick-up pour qu'il puisse rentrer. »

Silence.

« Je n'en avais même pas tellement envie que ça, insista Richard. Mais je ne pouvais pas le laisser ramener l'ours chez lui pour se faire mousser.

– Et il t'a fait virer ?

– Oui. Il m'a attiré des ennuis, aussi. Il a fait révoquer mon permis.

– Qu'est-ce que t'as fait quand t'as perdu ton boulot ? »

J'ai employé mes nouveaux talents à transporter sur mon dos des sacs pleins de marijuana de l'autre côté de la frontière.

« Un peu de tout.

– Mmm. J'espère que ça en valait la peine. »

Oh, que oui, bon Dieu !

Ils arrivèrent à la ferme. L'allée était pleine de SUV, et Richard, privilège hiérarchique que lui valait d'avoir grandi sur cette propriété, gara la Grand Marquis sur l'herbe sèche du jardin, au flanc de la maison.

Le véhicule était si bas sur roues qu'en sortir revenait à s'extirper de sa propre tombe. Tandis qu'ils s'y employaient, Richard surprit Peter en train de promener son regard sur la propriété : il essayait de deviner où était suspendu le fil à linge fatal.

Richard envisagea de devenir le Virgile de Peter, de faire gagner du temps à ce pauvre garçon en lui expliquant sans détour tous les trucs qu'il devrait sinon reconstituer par lui-même si Zula et lui restaient ensemble. Il s'abstint, mais les mots qu'il aurait prononcés s'étaient déliés dans son esprit. S'il existe une chose telle que les yeux de l'esprit, c'est la bouche de son esprit, dans ce cas, qui avait commencé à parler.

Il jeta les yeux sur une petite bosse sur le sol, entourée par une corolle d'amanites grillées par le gel, tel un furoncle s'efforçant d'éclater sur le gazon depuis quelque strate souterraine présidée par les frères Grimm. *C'est ce qu'il reste du chêne. Le fil à linge était suspendu entre l'arbre et le flanc de la maison – là, juste à côté de la cheminée, on voit encore le crochet. Maman était en haut, en pleine agonie. La nature de son mal rendait indispensable de changer fréquemment les draps. J'ai proposé d'aller en ville pour acheter des draps supplémentaires chez J. C. Penney – c'était avant Walmart. Patricia a été outrée. Comme si j'étais en train de l'accuser d'être une mauvaise fille. Une machine s'est terminée, mais le séchoir était encore occupé, alors elle a étendu les draps sur le fil à linge. C'était une de ces journées où on sentait qu'un orage se préparait. Assis là-haut autour du lit de Maman, au milieu de l'après-midi, tandis que nous chantions des cantiques, nous avons entendu des roulements de tonnerre dans la prairie – comme des boules de billard qui s'entrechoquent. Pat est descendue rentrer les draps avant l'arrivée de la pluie. Nous avons tous entendu l'éclair qui l'a tuée. On aurait dit que dix bâtons de dynamite explosaient juste devant la fenêtre. La foudre a frappé l'arbre et parcouru la corde à linge, puis elle a rejoint le sol en traversant le bras, puis le cœur de Pat. Il y a eu une coupure d'électricité. Maman s'est réveillée, pendant une minute ou deux, on n'a pas bien compris ce qui nous arrivait. Finalement, Jake a regardé par la fenêtre et il a vu Pat étendue par terre, déjà recouverte d'un drap. Nous n'avons jamais dit à Maman que sa fille était morte. Ça aurait été trop compliqué à expliquer. Elle a perdu conscience plus tard dans la journée et elle est morte trois jours après. On les a enterrées ensemble.*

Le simple fait de répéter intérieurement ce récit fit secouer la tête à Richard avec incrédulité. C'était difficile à croire, même ici, où les intempéries faisaient régulièrement des victimes. Personne ne pouvait entendre rapporter ces événements sans faire une remarque ou même ricaner malgré soi. Richard avait envisagé, pendant un moment, de fonder un groupe de soutien aux familles de victimes de la foudre sur Internet. Toute l'histoire aurait pu sortir du Grand Roman d'Iowa City si la famille avait engendré un écrivain ou si la légende était parvenue à la connaissance d'un barde de l'État de l'Œil du faucon. Mais pour le moment, cette histoire était la propriété de Zula, et il décida de lui laisser le choix de la raconter ou non, au moment qui lui conviendrait.

Pour sa part, Dieu merci ! elle se trouvait alors dans un camp de girl-scouts, et ils avaient donc pu la ramener à la maison et lui annoncer avec des mots choisis, en présence de psychologues pour enfants, qu'elle était orpheline pour la seconde fois, à 11 ans.

Quelques mois plus tard, Bob, l'ex-mari de Patricia, avait sorti la tête du quelconque trou où il vivait terré, et fait une tentative faiblarde de contrecarrer l'adoption de Zula par John et Alice. Puis, tout aussi soudainement, il avait disparu du tableau.

Zula avait passé son adolescence dans cette maison, sous la tutelle de John et Alice, et elle s'en était sortie étonnamment bien. Richard avait lu dans un article que même les gamins qui venaient d'un environnement complètement déglingué pouvaient avoir un avenir souriant si un adulte ou un aîné les prenait sous son aile à un moment crucial de la prime adolescence, et il se disait que Zula avait dû se glisser par ce créneau. Durant les quatre années qui séparaient l'adoption de l'éclair fatal, quelque chose était passé de Patricia à Zula, quelque chose qui avait rendu le reste supportable.

Richard ne s'était pas marié et Jake, le benjamin, était devenu ce qu'il était devenu : un processus qui avait commencé peu après le jour où il avait vu par la fenêtre sa sœur défunte enveloppée d'un drap fumant. Ces accidents de la mort et de la démographie avaient fait qu'Alice était restée non seulement la matriarche, mais la seule femme adulte chez les Forthrast. John et elle avaient quatre enfants, mais ils avaient fait du si bon travail en les élevant qu'ils étaient tous partis accomplir de grandes choses dans de grandes villes (c'était la tragédie permanente de l'Iowa, que ses jeunes les mieux éduqués n'avaient pas d'autre choix que de le déserter pour trouver des emplois à leur niveau). Cet état de fait, combiné avec ce qu'elle voyait comme un axe d'irresponsabilité masculine allant de Richard à Jake, avait créé une ambiance semi-permanente de conflit entre les sexes, une espèce de guerre des tranchées au ralenti. Alice était le maréchal d'une des armées. Sa stratégie consistait à essayer de se rallier les branches les plus éloignées de la famille. John l'y aidait, consciemment ou non, en développant des activités telles que l'entraînement au tir, qui rendait la visite moins rébarbative pour les parents éloignés de sexe masculin. Mais le gros morceau de la Ré-U, comme Richard n'avait que tardivement commencé à le comprendre, se déroulait dans la cuisine et n'avait rien à voir avec la préparation des sauces.

Ce qui ne signifiait pas que les hommes ne pouvaient pas accéder à quelques accomplissements de leur côté.

Richard fit un crochet par la Subaru de Len et déposa les boîtes de cartouches sur le siège passager. Puis il entra dans la ferme par la porte de devant, rarement utilisée, qui le mena dans le petit salon, rarement utilisé lui aussi, surpeuplé aujourd'hui. Mais plus de la moitié des tireurs étaient retournés au motel pour se reposer et se décrasser, aussi pouvait-il circuler sans trop de peine. Une cousine lui offrit de le débarrasser de sa parka pour aller la suspendre. Richard refusa poliment, puis tapota sa poche poitrine pour vérifier que les paquets étaient toujours là, et la fermeture Éclair toujours fermée.

Cinq jeunes cousins (« cousins » étant le terme générique pour désigner tous les moins de 40 ans), vautrés sur des canapés et des fauteuils, tapotaient sur leurs ordinateurs portables, téléchargeant et échangeant des images. Des torrents de photos luisantes, cristallines, affluaient sur leurs écrans, formant un contraste tragi-comique avec la méchante douzaine de photos de famille développées et imprimées grâce aux subtilités médiévales de la technique argentique, encadrées avec soin et accrochées aux murs de la pièce.

Le mot « Jake » lui attira l'oreille, et il tourna la tête pour voir deux cousins plus âgés contempler une photo encadrée de Jake avec ses enfants, vieille d'à peu près un an. La photo était d'une normalité déroutante : apparemment, Jake pouvait faire fi de toutes les autres conventions de l'American Way of Life, mais il n'aurait pas envisagé deux secondes de renoncer à se faire tirer un portrait de ce genre avec Elizabeth et les trois garçons. Pris, peut-être, par un membre de leur église rustique qui s'en était fait une spécialité, et encadré dans un machin en écorce de bouleau fabriqué par un des garçons. Ils avaient l'air tout à fait normal, et le véritable Jake ne se devinait qu'à certains détails, comme sa barbe de fantassin confédéré, par exemple.

Une femme demanda pourquoi Jake et sa famille ne venaient jamais à la Ré-U.

Richard avait appris à ses dépens que, lorsque le sujet « Jake » venait sur la table, il lui fallait prendre immédiatement le taureau par les cornes et faire tout ce qu'il pouvait pour dépeindre son petit frère comme un type sensé, sans quoi quelqu'un s'empressait de le traiter de cinglé et un certain malaise s'installait.

« Depuis le 11-Septembre, Jake ne croit plus dans les voyages en avion parce qu'on est obligé de montrer ses papiers d'identité, intervint-il. Il trouve que c'est anticonstitutionnel.

– Est-ce qu'il vient en voiture, de temps en temps ? demanda un beau-frère, montrant un intérêt prudent, à la limite de l'amusement.

– Il ne croit pas dans le permis de conduire non plus.

– Mais il est bien obligé de conduire, non ? demanda la femme qui avait lancé la conversation. Quelqu'un m'a dit qu'il était menuisier ?

– Dans la région de l'Idaho où il se déplace, il peut s'en sortir sans permis. Il a un accord avec le shérif, mais ça ne s'étend pas franchement au reste du pays. »

Il ne prit même pas la peine de parler du refus de Jake de mettre des plaques d'immatriculation sur son pick-up.

Richard fit une rapide expédition à l'entrée de la cuisine et prit quelques cookies, donnant par la même occasion un sujet de conversation aux femmes. Puis il se dirigea vers ce qui, dans son enfance, était le porche arrière, mais avait été récemment converti en centre-de-soins-de-plain-pied/tanière pour son père.

Papa, de son vrai nom Nicholas Forthrast, connu par la famille présente sous l'appellation de Grand-père, âgé de 99 ans, trônait sur un fauteuil inclinable dans une pièce dont la caractéristique la plus frappante, pour la plupart de ceux qui en poussaient la porte, était la présence du tapis en peau d'ours. Richard pouvait pratiquement sentir les hormones susmentionnées qui bouillonnaient sous les poils. Pendant les travaux de reconversion du porche en 2002, ce tapis était la première chose qu'Alice avait installée là. En matière de symbole des vertus viriles des anciens Forthrast, la peau rivalisait avec la médaille d'honneur du Congrès de Papa, encadrée et accrochée au mur non loin du fauteuil inclinable. Un ballon d'oxygène d'une taille impressionnante installé dans le coin se disputait l'espace au sol et les branchements électriques avec une machine à dialyse. Un très vieux poste de télé encastré dans une armoire en noyer servait de socle inerte à l'écran plasma de cinquante-quatre pouces qui diffusait à présent un match de football pro en sourdine. À sa droite, en copilote, dans un fauteuil inclinable un peu moins tentant que celui de Papa, était assis John, aîné de Richard de six ans et patriarche intérimaire de la famille. Des cousins étaient installés, jambes croisées, sur la peau d'ours ou la moquette en dessous, absorbés par le match. Une des sœurs Cardenas (sans doute Rosie, se dit-il) s'affairait entre les deux fauteuils. Elle notait des chiffres sur un bloc, pliait du linge – montrait clairement, en d'autres termes, qu'elle s'apprêtait à confier Papa à John de façon à pouvoir se rendre aux célébrations de Thanksgiving dans sa propre famille.

Depuis que Papa avait acquis tous ces organes auxiliaires – le rein artificiel, le poumon artificiel –, il s'était mué en une machine plutôt complexe, comme une soudeuse TIG haut de gamme, que n'importe qui n'était pas capable d'actionner. John, qui était revenu du Vietnam avec une amputation bilatérale au-dessous des deux genoux, était plus qu'à son aise avec la technologie prothétique ; il avait lu tous les manuels et compris la fonction de la plupart des boutons, aussi pouvait-il prendre en charge les machines en des cas comme celui-ci. Si on avait laissé Richard tout seul avec lui dans la maison, en revanche, Papa n'aurait pas survécu douze heures. Richard devait apporter sa contribution par des biais moins flagrants. Il s'attarda, les mains dans les poches, faisant semblant de regarder le match, jusqu'à ce que Rosie se dirige enfin vers la sortie. Il la suivit un instant plus tard et la rattrapa sur la rampe pour fauteuil roulant qui descendait à la camionnette de Papa, équipée d'une plate-forme spéciale.

« Je vais vous raccompagner à votre voiture », annonça-t-il.

Elle répondit à son euphémisme par un sourire indulgent.

« Dinde cet après-midi ? demanda-t-il.

– Dinde et football. Notre football à nous.

– Comment va Carmelita ?

– Bien, merci. Son fils – grand ! Basketteur.

– Pas de foot ? »

Elle sourit.

« Un peu. Il dirige très bien la balle. »

Elle tira son porte-clés de son sac à main et une bouffée de toutes les choses parfumées qu'elle gardait là parvint aux narines de Richard. Il s'avança brusquement et ouvrit la portière de la Subaru du côté conducteur.

« Merci.

– Merci beaucoup à *vous*, Rosie », dit-il en ouvrant la fermeture Éclair de la poche poitrine de sa parka.

Tandis qu'elle s'installait au volant et lissait sa jupe sous elle, il sortit une enveloppe kraft contenant une pile d'un centimètre et demi de billets de 100 dollars et la glissa dans le petit compartiment à l'intérieur de la portière. Puis il referma doucement. Elle baissa la vitre.

« C'est la même chose que l'an dernier, plus 10 %, expliqua-t-il. Ça va toujours ? Ça vous convient, à vous et à Carmelita ?

– Très bien, merci beaucoup !

– Merci à *vous*, insista-t-il. Vous êtes une bénédiction pour notre famille et nous tenons énormément à vous. Vous avez mon numéro si jamais il y a un problème.

– Joyeux Thanksgiving.

– Pareillement à vous et à tous les Cardenas. »

Elle lui fit un signe de la main, démarra la Subaru et partit.

Richard tapota de nouveau sa veste, s'assurant de la présence de l'autre paquet. Il trouverait un moyen quelconque de le glisser à John plus tard ; ça permettrait de payer un bon paquet d'oxygène.

La remise de l'argent avait été maladroite et peu naturelle, c'était certain. Pour un homme de son tempérament, il était beaucoup moins stressant d'envoyer les billets de 100 par FedEx, comme il avait coutume de le faire les années où il n'assistait pas à la Ré-U. Cependant, tandis qu'il remontait la rampe pour fauteuil, les Muses furieuses restèrent coites, aussi estima-t-il qu'il ne s'en était pas trop mal tiré.

Le principal motif de plainte des MF était l'incapacité de Richard à être « émotionnellement disponible ». Cette expression l'avait laissé muet d'incrédulité la première fois qu'une femme l'avait attaqué sur ce thème. Il estimait que beaucoup de ses émotions n'étaient pas vraiment faites pour être partagées avec *quiconque*, encore moins avec quelqu'un, une petite amie par exemple, avec qui il était censé être *gentil*, et associait la « disponibilité émotionnelle » à des moments d'inattention tels que celui qui lui avait valu son surnom de Dodge. Mais plusieurs de ses futures ex-copines avaient insisté : c'était ça qu'elles voulaient et, par une vengeance digne des mythes grecs, elles étaient restées émotionnellement disponibles à son égard bien après leur date de péremption. Et pourtant il jugeait qu'il s'était montré disponible émotionnellement vis-à-vis de Rosie Cardenas. Peut-être même au point de la mettre mal à l'aise.

Retour à l'ancien porche. La chambre s'était peuplée à l'approche de la fin du dernier quart-temps du match, et on avait remis le son. Richard se faufila entre les autres pour aller s'appuyer contre le mur, ce qui était plus difficile qu'autrefois, car on ne cessait d'y accrocher de nouveaux cadres. John, apparemment, passait assez de temps ici pour avoir pris la liberté de décorer la pièce avec des reliques du Vietnam.

Au milieu d'un grand espace vide, toutefois, un fusil Garand M1 de la Seconde Guerre mondiale était monté sur deux crochets, avec une plaque en cuivre. John n'aurait pas eu la stupidité d'encombrer cet autel de ses propres souvenirs du front.

Quand il était petit, Richard s'imaginait que ce fusil était *le* fusil, mais, par la suite, cette simple idée avait déclenché les gloussements de Bud Torgeson – alors le dernier survivant des compagnons d'armes de Papa. Bud lui avait expliqué patiemment que prendre un fusil M1 vide par le canon et l'employer pour cogner suffisamment fort pour défoncer d'excellents casques en acier Krupp, c'était outrepasser grandement les fonctions prévues pour ce type d'équipement, et que cela avait généralement pour effet de le rendre inutilisable. Une fois que *Le* fusil avait été dûment inspecté par le responsable de l'attribution des médailles, il avait été balancé à la ferraille. Le M1 accroché au mur ainsi que la plaque avaient été achetés dans les surplus de l'armée, nettoyés et offerts à Papa par les soldats qui servaient sous ses ordres et que, selon la légende, il avait sauvés de la mort ou d'un long séjour en camp de prisonniers par son percutant accès de frénésie.

Sans nourrir une amertume excessive, Richard s'était toujours demandé pourquoi on considérait que les descendants de Nicholas qui s'étaient installés dans le Nord du Midwest pour y vivre des vies exemplaires, stables et religieuses, perpétuaient son héritage et suivaient son modèle, étant donné que l'épisode le plus célébré de la vie du vieil homme avait consisté à cogner à mort une section d'assaut nazie à l'aide d'un gourdin improvisé.

À la suite de la mort de Patricia, lorsque Bob, depuis longtemps absent, ou l'avocat qui le représentait, leur avait envoyé une lettre contenant l'alarmante nouvelle qu'il demandait la garde de Zula, la famille avait tenu une petite conférence. Richard y avait assisté par téléphone depuis la Colombie-Britannique. La fonction haut-parleur était en général merdique, mais, en l'occurrence, la technologie lui avait rendu service, dans la mesure où elle lui avait permis de lever les yeux au ciel, de s'enfouir la tête dans les mains et, quand ça avait vraiment dégénéré, d'appuyer sur le bouton « Mute » et de faire les cent pas en poussant des jurons. John, Alice et leurs avocats se montraient parfaitement rationnels, bien sûr, mais à ses yeux on aurait dit, au mieux, un conseil municipal de Hobbits en train de rédiger une résolution pour exiger des excuses des Nazgûls[1]. Richard, à l'époque, était en contact régulier avec des fondus de moto qui avaient en Californie du Sud une branche qualifiée par euphémisme d'« active ». Grâce à leurs bons offices, il entendit parler de quelques détectives privés défiant les conventions, tant dans leur apparence que dans leurs méthodes. Ceux-ci s'attelèrent alors à en apprendre davantage sur la vie privée de Bob. Lorsque le dossier sur celui-ci eut atteint une confortable épaisseur – il était assez lourd pour provoquer un sursaut lorsqu'on le balançait bruyamment sur une table –, Richard monta dans son vieux Land Cruiser diesel et fit d'une traite la route séparant Elphinstone de LA. Sur place, il descendit dans un hôtel, prit une douche et enfila exactement le genre de blouson de cuir épais qu'il aurait mis pour cacher un holster s'il en avait possédé un. Il laissa le Land Cruiser dans un garage pour une vidange et prit un taxi jusqu'à une agence de location de véhicules spéciaux

1. Personnages du *Seigneur des anneaux* de J. R. R. Tolkien.

recommandée par un acteur qu'il avait rencontré au Schloss alors que celui-ci se trouvait sur un tournage à Elphinstone avec son entourage. Là, il loua un Humvee. Pas un Hummer, le pseudo-Humvee minable alors disponible sur le marché civil (c'était en 1995), mais un véritable Humvee de l'armée, long de deux mètres cinquante et, si on prenait en compte le poids des caissons de basse, lourd de trois tonnes. « Know your enemy » de Rage Against the Machine à fond sur le formidable autoradio acheté au marché de la rechange, il se présenta une demi-heure en retard pour l'épreuve de force au Denny's et se gara sur une place réservée aux handicapés. Aussitôt qu'il aperçut le profil voûté de Bob par la vitrine du restaurant, il sut qu'il avait déjà gagné.

C'était une honte. Une accumulation des trucs les plus éculés qu'on puisse imaginer. Rien que ça, ça aurait suffi à convaincre un type plus malin que Richard ne faisait que bluffer.

Sa future ex-copine d'alors avait passé plusieurs années à flirter avec l'hindouisme, aussi Richard en avait-il entendu son compte sur les avatars, la maya et *tutti quanti*. En se montrant sous cet avatar, il se manifestait exactement tel que Bob l'avait toujours imaginé. Et, dans la mesure où Bob était à présent un ennemi déclaré de la famille, Richard devenait par ce biais l'incarnation de son pire cauchemar.

La manœuvre avait fonctionné. Mais Richard ne s'était pas senti à l'aise dans cet avatar, à tel point qu'il se demandait ce qui avait bien pu lui prendre. Quelle mouche l'avait piqué ? Ce n'est que plus tard, après avoir discuté avec Bud et médité sur la petite histoire de la médaille d'honneur, qu'il avait compris qu'il s'était manifesté non comme un avatar de lui-même, mais comme un avatar de toute sa famille.

Le match de foot, sans se terminer à proprement parler, arriva, comme la plupart des matchs, à un point où il était tout simplement irregardable. Richard avança une chaise et s'assit à la gauche de son père. Il n'y avait plus qu'eux trois : John, Nicholas et Richard. Patricia était morte depuis quatorze ans. Jacob était né bien plus tard que les autres, quand Maman était sacrément près de l'âge de la ménopause, et tout le monde comprenait bien que la grossesse n'avait pas été prévue. Il n'était ni mort ni présent, mais il était dans l'Idaho, un État souvent confondu, par ceux qui vivent sur les deux côtes, avec l'Iowa, mais qui était en fait par bien des aspects l'anti-Iowa, un endroit où les natifs de l'Iowa ne se rendaient que pour marquer une rupture.

Richard n'avait pratiquement aucune idée du véritable degré de conscience de son père. Depuis la dernière vague de mini-attaques, il n'était guère loquace. Mais ses yeux suivaient les mouvements avec une certaine vivacité. Ses expressions et ses gestes laissaient à penser qu'il se rendait compte de ce qui se passait. Pour l'instant, assis entre ses deux fils aînés, il était plutôt heureux. Richard s'enfonça dans sa chaise, croisa les chevilles sur la peau d'ours et se mit à l'aise, dans la perspective de rester là un bon moment. Quelqu'un lui apporta une bière. Papa sourit. La vie était belle.

Richard s'éveilla et tenta de faire taire son téléphone, avant de s'apercevoir que le climat local lui avait complètement asséché le bout des doigts, et qu'il n'arrivait pas à avoir de prise sur les minuscules commandes de son interface utilisateur. En se léchant les doigts et en soufflant dessus, il parvint à les humidifier suffisamment pour que la machine, les reconnaissant, de mauvaise grâce, pour de la chair humaine, obéisse à ses ordres et se taise.

Il attrapa ses lunettes de presbyte à tâtons et appuya sur l'icône « Calendrier ». Un tableau fluorescent apparut dans l'obscurité et para les touffes de poils blancs de son torse d'une lumière vert Véronèse. Sa vue s'ajusta et il lut l'entrée de la journée : « VOYAGE PAR LA ROUTE : SKELETOR ».

Il fit un zoom arrière pour englober une période plus longue et constata que les couleurs étaient de bon augure : pas de rouge du tout pendant la prochaine quinzaine, et quatre jours complets en vert – la couleur du business – à venir.

Le bleu était réservé à la famille et autres affaires personnelles. La veille, par exemple, s'étalait sur seize heures comme une pierre tombale bleue marquée « Ré-U ».

Après « VOYAGE PAR LA ROUTE : SKELETOR » se trouvaient d'autres énormes tranches vertes marquées « → IDM », soit, Richard ne le savait que trop bien, le code aéroport de l'île de Man. Puis « PAYER DROITS D'ALLÉGEANCE D2 » et enfin « → MER ».

Le rouge était réservé aux rendez-vous chez le médecin et aux impôts. Une semaine même légèrement entachée de rouge était pour ainsi dire foutue quand il s'agissait de mener à bien des tâches significatives. Le bleu n'était pas aussi néfaste que le rouge, mais il avait tendance à infiltrer et à recouvrir les régions vertes avoisinantes. Très rares étaient les instants où les plages de bleu pouvaient être converties en vert ; par exemple, la veille, lorsqu'il avait compris que Zula devrait travailler pour la Corporation 9592.

Se réveiller en mode vert, puis passer toute la journée de la sorte, c'était au fond la seule façon d'arriver à quelque chose. Aussi la physique des couleurs lui dictait-elle à présent de s'éclipser de l'hôtel sans avoir le moindre contact avec les participants de la Ré-U qui devaient d'ores et déjà remplir la salle de petit déjeuner du Ramada et déborder dans le hall.

Il régla sa note par téléphone et resta figé dans un silence absolu, l'œil vissé au judas de la porte, jusqu'à ce qu'il ne vît plus le moindre Forthrast miniature en maillot de bain faire des allers-retours à la piscine. Il s'éclipsa alors du motel par une sortie dérobée et conduisit la Grand Marquis pied au plancher jusqu'à une station-service à presque un kilomètre de là, histoire de s'éloigner un bon coup. Il mit l'équivalent d'une piscine d'essence dans le réservoir et s'acheta un café et une banane pour la route. Il lança le GPS de la voiture et s'attela à déchiffrer l'interface utilisateur.

La Possum Walk Trailer Court n'était plus répertoriée dans sa base de données « Lieux d'intérêt », aussi dut-il se résigner à examiner toute la région Nodaway du Nord-Ouest Missouri. S'attendant à ne voir rien de plus qu'un bureau de poste et peut-être un parc du comté, il fut déconcerté et fasciné lorsque l'appareil dénicha une icône basse résolution d'un humanoïde aux oreilles pointues et aux longues tresses bleues, avec la mention ROYAUME DE KSHETRIAE. En poussant sa recherche, il apprit que celui-ci appartenait à un plus vaste complexe thématique K'Shetriae qui comprenait un parc d'attractions et un point de vente de détail. Il ne put se résoudre à choisir cette destination et laissa la machine le guider vers le siège local.

En sortant de la ville, profondément préoccupé par le fait que l'ersatz de race quasi elphique connu sous le nom de K'Shetriae était maintenant implanté (même si l'apostrophe controversée avait été omise) dans les cartes mémoire des systèmes GPS du monde réel, il faillit labourer l'arrière de ce qui, dans le coin, passait pour un bouchon : les acheteurs du Black Friday essayaient d'introduire de force leur véhicule dans le parking, et leur corps à travers les portes du Walmart. Dans le temps, il aurait appuyé judicieusement sur la pédale de frein afin de forcer l'énorme véhicule à l'arrêt, mais, à présent, il savait qu'il pouvait laisser faire le système ABS, et il se contenta d'écraser la pédale au sol et d'attendre. La pédale palpita sous son pied. Le téton en plastique blanc de son gobelet laissa échapper une gouttelette de café et sa banane alla ricocher contre la boîte à gants. Il regarda sans émotion le hayon d'un pick-up grossir énormément dans son pare-brise, ce qui n'était pas sans rappeler le zoom sur une entrée de son calendrier sur l'écran de son téléphone. Il n'y eut pas de collision. Le chauffeur lui fit un doigt d'honneur. Le feu passa au vert et les voitures se remirent à avancer au compte-gouttes. Assez vite, il se retrouva sur l'autoroute du Sud. Il s'ennuya rapidement et reprit les petites routes, au désespoir grandissant de son GPS.

Malgré sa sortie clandestine du Ramada, les histoires de famille encombraient son cerveau. Il s'était réveillé de la mauvaise couleur ! Il lui fallait éliminer toute trace de bleu de son esprit pour arriver pleinement en mode vert avant de s'approcher de la frontière de l'Iowa et du Missouri.

Car il ne s'agissait pas seulement d'un rendez-vous amical. Les nuances de la conversation d'aujourd'hui, les choses qui resteraient non dites, ou mal dites, étaient susceptibles d'avoir des conséquences coûteuses. Le lendemain de Thanksgiving était peut-être jour de congé pour la plus grande partie du pays, mais pas pour Skeletor. La tradition américaine de la dinde n'intéressait pas le moins du monde la clientèle éminemment internationale qu'il partageait avec Richard. Et même leurs joueurs américains, s'ils avaient peut-être fait un break de quelques heures la veille pour respecter les obligations familiales, allaient consacrer le plus clair de la journée à la recherche d'or virtuel et de gloire indirecte dans le monde de T'Rain, en faisant de ce jour l'un des plus lourds de l'année pour les serveurs de la Corporation 9592 et les administrateurs du système qui se chargeaient de le faire fonctionner.

Mais son esprit ne cessait de se fourvoyer dans le bleu. C'était comme une énigme dans un jeu vidéo : il lui fallait deviner ce qui le préoccupait *vraiment*. Ce n'étaient pas les Muses furieuses ; après un bref tollé lorsqu'il avait presque embouti l'arrière du pick-up, elles n'avaient rien dit depuis des heures.

Quelque part près de Red Oak, il finit par percuter : c'était l'échange bref mais désagréable de la veille avec le cousin par alliance qui avait lu Wikipédia.

Le contenu même de sa page Wikipédia n'était pas en cause. Ce qui dérangeait Richard, c'était le simple fait qu'une telle chose existe, et qu'on le lui ait rappelé sans détour à un moment où il voulait simplement être Dodge, passer du temps dans la vieille maison, faire comme tout le monde dans l'Iowa.

La page en question commençait par un résumé de ce que Richard était maintenant, et elle ne fournissait des détails biographiques que lorsqu'ils semblaient pertinents aux mystérieux érudits monomaniaques qui compilaient ce genre de documents. Il n'était pas assez important, et la page pas assez longue pour inclure une section biographique racontant toute l'histoire sous forme narrative. Ce qui lui semblait complètement aberrant, car la seule manière de comprendre ce qu'il était à présent, c'était de raconter comment il était devenu ainsi.

Lorsqu'il avait traîné cette peau d'ours le long de la Selkirk Crest, il l'avait fait sans plan préétabli – sans même de *motivation* – et assurément sans carte. Les crêtes étaient raides et rocailleuses. Le soleil brillait sur elles comme une torche. Pas une goutte d'eau n'en jaillissait. Ses tentatives de descendre dans les vallées fraîches étaient découragées par la densité de la végétation, surnommée « fourrure de chien » par les quelques personnes qui vivaient dans ces régions, apparemment parce qu'elle donnait au marcheur une idée de ce que cela doit faire d'être une puce qui se balade sur l'arrière-train d'un chien. Rendu à moitié fou par la faim et l'épuisement, il traversa un long remblai formé par un éboulis qui descendait dans les restes d'une mine d'argent désaffectée, puis s'enfonça dans une ceinture de fourrure de chien et, étonnamment, dans un bosquet de cèdres. Ce n'est que des décennies plus tard qu'il apprendrait le mot « microclimat ». À l'époque, il eut simplement le sentiment qu'il était entré par une faille spatio-temporelle dans une forêt tropicale froide et humide perchée au-dessus du Pacifique. La canopée était assez dense pour asphyxier la réserve d'énergie de toute la végétation en dessous, aussi le sol était-il, par bonheur, dénué de sous-bois, et un ruisseau qui prenait sa source un peu plus haut courait au milieu. Peut-être était-ce simplement dû à un coup de chaud ou à l'hypoglycémie, mais il éprouva une émotion sacrée. Il déposa son fardeau et s'assit dans le ruisseau, laissa l'eau froide explorer ses vêtements, s'étendit sur le dos, le souffle coupé par le froid, roula sur le ventre, but.

Son fantasme d'être le premier humain à avoir jamais posé le pied en ces lieux fut brisé quelques instants plus tard lorsqu'il remarqua, à quelques mètres seulement du torrent, les fondations d'une ancienne cabane. La pièce unique qui la constituait était actuellement occupée par les débris de son propre toit effondré. La pourriture et les termites avaient réduit celui-ci à un paillis esquilleux qu'il ratissa à mains nues, jusqu'à ce qu'une sensation vive et froide lui apprenne qu'il s'était coupé le doigt sur un objet anormalement aiguisé. En cherchant avec plus de précaution après avoir pansé sa blessure, il découvrit un carton de whiskey qui avait été réduit en tessons par l'effondrement du toit. Sans le savoir, il avait suivi un sentier employé par les contrebandiers de whiskey à l'époque de la Prohibition. Cette cabane était alors utilisée comme cachette.

Ce qui marchait pour le whiskey pouvait aussi bien marcher pour la marijuana, et il en fit un business pendant quelques années ; quelquefois il voyageait en solo, d'autres fois avec une caravane pédestre. Il montra à ses acolytes la cabane des contrebandiers, et ils en firent leur camp de base aux États-Unis. Moins d'un kilomètre plus bas passait une piste de bûcherons où ils donnaient rendez-vous à leurs distributeurs américains, une communauté de motards.

En 1977, le président Carter accorda l'amnistie aux déserteurs et Richard, enfin libre de faire des affaires dans son propre pays sous son vrai nom, traversa la frontière en voiture, pour changer, et descendit la vallée jusqu'à Bourne's Ford, le siège du comté, qui abritait les registres du cadastre. Il trouva le propriétaire du terrain où était la cabane et il l'acheta en liquide.

Bien que ce soit exactement le genre de subtilité dont on pouvait être sûr qu'elle serait piétinée par l'esprit moutonnier de Wikipédia, il y avait beaucoup de choses dans la suite de sa vie qui pouvaient être ramenées à cette obsession de la propriété foncière qui s'était emparée de lui lorsqu'il avait posé le pied pour la première fois dans ce frais bosquet. Avec le temps, il finit par comprendre que ce n'était sans doute pas sans rapport avec la ferme en Iowa et sa certitude, même à cet âge-là, que, quelles que soient les dernières volontés de son père et son testament – quelle que soit la manière dont les choses seraient gérées après la mort de son père –, il n'y figurerait pas. S'il voulait posséder de la terre, il lui faudrait s'en trouver une. Et elle serait peut-être meilleure et plus belle que la ferme de l'Iowa pourrait jamais l'être, mais elle ne serait jamais la même; ce serait toujours un lieu d'exil.

Il caressa l'idée, pendant quelques années à la fin des années 1970, de construire un jour une cabane sur la berge de Prohibition Crick, ainsi qu'il avait baptisé le torrent sans nom qui passait sur son terrain, et de s'y installer. Mais il était beaucoup plus confortable de se prélasser sur les rives de Kootenay Lake, au nord de la frontière, avec les poches pleines de billets de 100 dollars, et il abandonna le projet de s'établir dans la nature sauvage.

Les montagnes de ce coin de la Colombie-Britannique étaient truffées de mines abandonnées. Richard et l'un de ses copains motards, un Canadien du nom de Chet, se prirent de fascination pour une de ces propriétés où, cent ans plus tôt, un mineur allemand qui avait fait fortune avait construit un Schloss de style alpin dont les fondations et les murs étaient encore en état correct. L'économie locale allait à vau-l'eau à cause de la fermeture d'une grande fabrique de papier, et tout était bon marché. Chet et Richard achetèrent le Schloss. Dès le moment où ils conçurent l'idée, Richard se mit à considérer la propriété dans l'Idaho comme un simple brouillon, une ébauche.

Tandis que le Schloss devenait un endroit où vivre plus traditionnel et confortable, et se transformait en lieu de villégiature tenu par des gens qui savaient très bien ce qu'ils faisaient, Richard se retrouva avec beaucoup de temps libre. Il l'employa en grande partie à jouer à des jeux vidéo. En particulier, il devint gravement accro à un jeu nommé Warcraft : Orcs & Humans et ses diverses suites, qui culminèrent finalement dans le jeu de rôle en ligne massivement multijoueurs World of Warcraft, qui rencontra un succès énorme. Les années situées entre 1996 et 2006 furent sa décennie perdue, ou du moins ce qu'il aurait considéré comme tel si elles n'avaient pas abouti à T'Rain. Son poids atteignit des niveaux presque fatals jusqu'à ce qu'il trouve le truc de jouer tout en se traînant – très lentement au début – sur un tapis roulant.

Comme beaucoup de joueurs acharnés, Richard prit l'habitude d'acheter des pièces d'or virtuelles et d'autres biens désirables à des *gold farmers* chinois : des jeunes gens qui gagnaient leur vie en jouant et en accumulant armes, armures, potions virtuelles et autres, qu'ils pouvaient revendre à des acheteurs américains et européens qui disposaient de plus d'argent que de temps.

Il avait le plus grand mal à croire qu'une telle industrie puisse exister jusqu'à ce qu'il lise dans un article que le volume du marché de l'or virtuel à l'échelle mondiale était estimé entre 1 et 10 milliards par an.

En tout cas, ayant atteint un niveau où il n'avait plus de mondes virtuels à conquérir – ses personnages étaient parvenus à un statut quasiment divin et pouvaient faire tout ce qu'ils voulaient –, il se mit à y penser comme à une possibilité de carrière tout à fait sérieuse.

C'est là que la page Wikipédia se plantait complètement en insistant trop lourdement sur le blanchiment d'argent. Le Schloss était rentable *et* sa valeur augmentait *et* il lui permettait de se loger et de se nourrir gratuitement, aussi cela faisait-il des années, à ce stade, que Richard n'avait pas réfléchi plus que ça à tous ces billets de 100 dollars inemployés. Dans sa jeunesse, c'était vrai, il avait consacré assez de temps à blanchir de l'argent pour développer un certain flair pour les flots souterrains d'argent, comme un de ces sourciers qui pouvaient soi-disant trouver de l'eau en se baladant avec un bâton fourchu. Alors, oui, l'économie quasi secrète de l'or virtuel était en soi fascinante pour lui. Mais, quand il lança T'Rain, ce n'était certainement pas pour blanchir quelques rouleaux de biffetons.

Les jeux vidéo étaient une drogue plus addictive que tous les produits chimiques, comme il venait d'en faire la preuve en passant dix ans à y jouer. À présent, il venait de découvrir qu'ils étaient également une espèce de système de change. Ces deux choses – la drogue et l'argent –, il les connaissait bien. La troisième jambe du tripode, donc, était sa passion d'exilé pour l'immobilier. Dans le monde réel, celle-ci serait toujours limitée par les contraintes physiques de la planète sur laquelle il était coincé. Mais dans le monde virtuel, il n'y avait plus pour la restreindre que la loi de Moore, dont les projections étaient exponentielles.

Une fois qu'il eut réuni ces trois éléments, tout alla très vite. En écumant les forums pour communiquer avec des *gold farmers* anglophones, il vit son soupçon se confirmer : beaucoup d'entre eux avaient du mal à étendre leur business à cause d'une incapacité chronique à retransférer des fonds vers la Chine. Il établit un partenariat avec « Nolan » Xu, patron d'une société de jeux chinoise doté d'un esprit d'entreprise pathologique, qui était obsédé par l'idée de trouver le moyen de mettre au travail les meilleurs ingénieurs chinois afin de créer un nouveau jeu de rôle en ligne massivement multijoueurs. Au cours d'une série épique d'échanges de messages instantanés et de conversations sur Skype, Richard parvint à convaincre Nolan qu'ils devaient d'abord s'occuper de la plomberie : il fallait établir tout le système d'apport d'argent. Une fois la chose stabilisée, tout le reste suivrait. Et ainsi, pour bien apprendre les ficelles du métier, ils inventèrent un système dans lequel Richard jouait le rôle du débouché nord-américain d'un pipeline monétaire, acceptant les paiements PayPal des accros à World of Warcraft américains et canadiens, puis envoyant par FedEx des billets de 100 dollars à Taïwan, où l'argent était blanchi par le réseau souterrain de rémunérations des travailleurs philippins expatriés et finalement viré depuis des comptes en banque taïwanais sur celui de Nolan en Chine, où il pouvait ainsi payer les véritables *gold farmers* en monnaie locale.

Cet arrangement alambiqué, dont les complexités, les faillites épiques, les illégalités multinationales et la collection de personnages louches faisaient que Richard, après toutes ces années, se réveillait encore parfois baigné de sueur, était seulement un pont vers une entreprise plus saine et plus rentable : Richard et Nolan cofondèrent une société dont le but était de bâtir le nouveau jeu totalement original des rêves de Nolan sur les fondations financières que Richard se sentait désormais capable de créer.

Lorsque leur discussion sur le nom de la boîte dépassa les quinze minutes que Richard estimait qu'elle méritait, il sortit de sa poche des dés Donjons & Dragons et les jeta pour aboutir de façon aléatoire au nombre 9592.

Le jeu que la Corporation 9592 avait développé possédait un certain nombre de caractéristiques novatrices, mais, pour Richard, leur innovation la plus fondamentale était qu'ils l'avaient pensé, depuis la base, pour être facile d'accès aux *gold farmers*. Le *gold farming* était dans les jeux antérieurs un produit dérivé non souhaité, un épiphénomène, et les concepteurs de jeux avaient fait tout ce qu'ils avaient pu pour éliminer cette pratique, au point même d'obtenir du gouvernement chinois qu'il prohibe ce genre de transactions en 2009. Mais, aux yeux de Richard, toute industrie rapportant entre 1 et 10 milliards par an méritait davantage de respect. Permettre à la situation de s'inverser ne pouvait que conduire à augmenter leurs revenus et la loyauté des consommateurs. Il suffisait de structurer l'économie virtuelle du jeu autour de la certitude que les *gold farmers* le coloniseraient en masse.

Il sentait, à un niveau primitif, presque olfactif, que le succès du jeu dépendait de la stabilité de sa monnaie virtuelle. Ce qui le conduisit à faire des recherches sur l'histoire de la monnaie, et en particulier de l'or. Si l'or, apprit-il, était considéré comme une valeur refuge fiable, c'était parce que son extraction demandait une certaine quantité d'effort qui tendait à rester stable au fil du temps. Lorsque des mines d'or faciles à exploiter furent découvertes, ou que des nouvelles techniques d'extraction furent développées, la valeur de l'or eut tendance à chuter.

Il n'y avait pas besoin de beaucoup de sagacité, donc, pour comprendre que la valeur de l'or virtuel dans le monde du jeu pouvait être rendue stable d'une manière directement analogue : à savoir en forçant les joueurs à déployer une certaine quantité de temps et d'effort pour extraire une certaine quantité d'or virtuel (ou d'argent, ou de diamants, ou de différents éléments magiques et mythiques que les créatifs ajouteraient ensuite à l'univers du jeu).

Les autres jeux en ligne faisaient ça par décret. Les pièces d'or étaient entreposées dans des donjons gardés par des monstres. Plus le monstre était puissant, plus était importante la quantité d'or qu'il détenait. Pour s'emparer de l'or, il fallait tuer le monstre, et construire un personnage assez puissant pour s'en acquitter demandait une certaine quantité de temps et d'effort. Le système fonctionnait correctement mais, au final, la décision du lieu où l'or était situé et de la quantité d'effort requise pour le gagner n'était que le choix arbitraire fait par un geek depuis un bureau quelconque.

L'idée folle de Richard consistait à éliminer la possibilité d'une manipulation de ce genre en faisant dériver la disponibilité de l'or virtuel des mêmes processus géologiques de base que dans le monde réel. Exactement les mêmes, si ce n'est qu'ils seraient *simulés* numériquement au lieu de *se produire* réellement. En surfant sans but sur Internet, il découvrit l'hallucinante idiosyncrasie du site web de P.T. « Pluto » Olszewski, fils alors âgé de 22 ans d'un géologue d'une compagnie de pétrole en Alaska, éduqué à la maison par son père et sa mère, mathématicienne, au-dessus du cercle arctique. Pluto, personnalité Asperger classique, atteint du syndrome du « petit professeur », à présent enfermé dans le corps plutôt hirsute d'un trappeur d'Alaska, avait passé beaucoup de temps à jouer aux jeux vidéo et à écumer de rage devant le traitement cavalier que ceux-ci réservaient à la géologie et à la géographie. Leurs reliefs ne ressemblaient tout bonnement pas à des reliefs, du moins pas pour Pluto, qui était capable de ne faire rien d'autre que contempler une colline pendant une heure. Aussi, en signe de protestation, fondamentalement – presque comme s'il accomplissait un acte de désobéissance civile vis-à-vis de toute l'industrie des jeux vidéo –, Pluto avait-il créé un site montrant les résultats d'algorithmes qu'il avait encodés afin de générer des reliefs imaginaires satisfaisant à ses critères de réalisme. Chaque nuance du terrain encodait une histoire simulée de quatre milliards et demi d'années de tectonique des plaques, de chimie atmosphérique, d'effets biogénétiques et d'érosion. Bien sûr, une personne ordinaire ne pouvait guère les distinguer des paysages arbitraires utilisés en fond dans les jeux vidéo, aussi les efforts de Pluto étaient-ils, en un sens, parfaitement vains. Mais Richard ne s'intéressait guère à la peau du monde de Pluto. Il s'intéressait à ses os et à ses entrailles. Ce qui importait beaucoup à Richard, c'est ce qu'un nain imaginaire rencontrerait s'il prenait une pioche virtuelle pour creuser dans le flanc d'une montagne. Dans un jeu vidéo traditionnel, la réponse était rien, littéralement. La montagne n'était qu'une surface, plus fine que du papier mâché, sans substance. Mais dans le monde de Pluto, la première pelletée révélerait le sol en dessous, et la composition de ce sol refléterait sa provenance à travers les pousses, le pourrissement de la végétation saisonnière et l'érosion séculaire de ce qui se trouvait plus haut, et, une fois que le nain aurait dépassé la couche de terre, il trouverait le substrat rocheux, et le substrat rocheux aurait une composition minérale spécifique, il serait sédimentaire, éruptif ou métamorphique, et si le nain avait de la chance, il contiendrait peut-être des quantités non négligeables de minerai de fer ou d'or.

Ils achetèrent son adresse IP. Pluto descendit s'installer à Seattle, où il fut logé dans un centre d'accueil spécialisé pour les personnes atteintes d'un trouble du spectre autistique. TERRAIN, le gigantesque dédale de codes informatiques qu'il avait fabriqué à lui tout seul dans la cabane de ses parents dans le Brooks Range, donna son nom à T'Rain, l'univers imaginaire dans lequel la Corporation 9592 basa son nouveau jeu. Et, avec le temps, T'Rain devint également le nom du jeu.

Près de Red Oak, la nationale passait devant un centre commercial organisé autour d'un Hy-Vee, une chaîne locale de supermarchés. Comme beaucoup des Hy-Vee les plus grands, celui-ci disposait d'une cafétéria où les vieux du coin venaient profiter de la formule spéciale petit déjeuner à 1,99 dollar. Richard, se voyant, du moins pour la prochaine demi-heure, comme une espèce de vieux en puissance, gara la Grand Marquis sur l'une des nombreuses places libres et entra.

Il s'attendait à des couleurs vives et simples, ce qui aurait été le cas dans les cafétérias d'Hy-Vee de sa jeunesse. Mais celui-ci avait un décor post-Starbucks, c'est-à-dire une absence totale de couleurs primaires, mais des tons bruns, apaisants, et des textures sélectionnées avec soin. De gros pick-up fumants allaient et venaient devant la vitrine, enjolivés, comme des Lego, par des équipements surajoutés. Des palettes de sacs de sel géants étaient empilées devant les fenêtres comme des fortifications de fortune. Aux tables : un entrepreneur en bâtiment solitaire qui faisait défiler ses messages sur son téléphone. Des camionneurs, barbe longue, larges bretelles et panses énormes, regardaient autour d'eux en se racontant des conneries. Des employés du supermarché qui prenaient une pause-café avec leurs épouses. Des petites provinciales maquillées comme des ratons laveurs, incapables de comprendre que ça n'allait pas aux blondes pâles. Des Mexicains voûtés et vaguement suspects. Des vieux qui affichaient la bonne humeur excessive de ceux qui, dix ans plus tôt, avaient accepté le fait qu'ils pouvaient mourir d'un jour à l'autre, désormais. Quelques clients plus jeunes, et quelques hommes en salopette absorbés par leurs ordinateurs portables. Richard s'installa confortablement à une table, commanda deux œufs bien cuits et un toast au blé complet et sortit lui aussi son ordinateur de son sac.

L'écran d'accueil de T'Rain était un plagiat évident de celui qu'on voyait en lançant Google Earth. Richard n'en ressentait aucune honte: de toute façon, il avait entendu dire que Google Earth, déjà, se basait sur l'idée d'un vieux livre de science-fiction. La planète T'Rain était suspendue dans l'espace devant un fond d'étoiles. La position des étoiles était générée de façon aléatoire, ce qui mettait Pluto hors de lui. Cependant, la planète se mit alors à tourner sur elle-même et à s'approcher tandis que le PDV de Richard s'enfonçait à travers l'atmosphère, qui arborait des formations nuageuses d'un réalisme parfait. Les formes des continents et des îles commencèrent à se parer de tridimensionnalité. De fines couches de neige se montrèrent sur les sommets les plus élevés. Des vagues apparurent à la surface des étendues d'eau, les rivières se mirent à couler. Les routes, les citadelles et les palais devinrent visibles. Certains d'entre eux avaient été préfournis au commencement de T'Rain et abritaient un grand nombre de légendes. D'autres avaient été construits par des personnages de joueurs pendant le Prélude, une période de temps accéléré qui avait occupé la première année légale de l'existence de T'Rain; il s'en construisait encore à l'heure actuelle, mais beaucoup plus lentement, car l'univers du jeu avait été ralenti et mis en Real Time Lock. À cet instant, le personnage principal de Richard se tournait les pouces dans une forteresse à demi achevée dans un système de fortifications qui, dans cette partie de T'Rain, était *grosso modo* comparable à la Muraille de Chine, dans la mesure où tout ce qui se situait au nord de ce système était dirigé par de fougueux archers à cheval.

Richard ne s'était pas connecté depuis tard mercredi soir. Pendant les trente-six heures qui s'étaient écoulées, bien sûr, une quantité égale de temps était passée dans le monde virtuel de T'Rain, ce qui signifiait que le personnage de Richard avait dû faire *quelque chose* pendant ce jour et demi – quelque activité tranquille, inoffensive et sans conséquence, telle que dormir. Et effectivement, à en croire le mini-bloc-notes qui s'affichait maintenant en filigrane sur la vue que Richard avait de l'univers, le personnage, qui s'appelait Fudd, avait dormi huit heures, passé dix-sept heures éveillé, dormi encore huit heures ; il s'était levé trois heures plus tôt. Pendant ses heures d'éveil, Fudd, sans la moindre intervention de Richard, avait consommé un total de quatre repas, soit deux heures en tout, et avait consacré le reste de son temps à la « méditation » et à « l'entraînement », ce qui avait eu pour effet de rendre Fudd légèrement plus puissant comme magicien et légèrement plus fort quand il s'agissait de botter le cul à ses ennemis (même si Fudd n'avait pas besoin de beaucoup d'amélioration dans ces deux domaines). Toutes les races et classes de personnages dans T'Rain avaient des comportements automatiques. Certains, tels que dormir et manger, étaient communs à tous. D'autres étaient spécifiques à certains types de personnages. Puisque Fudd était une sorte de magicien guerrier, ses comportements « robotiques » étaient la méditation et l'entraînement. S'il avait été mineur, son comportement robotique aurait consisté à déterrer de l'or, et, à chaque fois qu'il se serait connecté à ce personnage, Richard aurait découvert une quantité légèrement supérieure de poudre d'or dans sa besace.

Bien sûr, être un mage guerrier était bien plus divertissant que d'être un mineur. Les joueurs choisissaient leur type de personnages selon leurs goûts. Cependant, toute l'économie virtuelle s'effondrerait si les mineurs cessaient de déterrer l'or et les autres minéraux que les algorithmes de Pluto avaient disséminés sur la planète, et les personnages de mineurs devaient exister en très grand nombre pour faire fonctionner l'ensemble. Voici la façon dont la Corporation 9592 avait rendu la chose compatible avec la création d'un jeu extrêmement divertissant :

- Les mages guerriers et autres personnages intéressants coûtaient cher à entretenir. La Corporation 9592 demandait une cotisation plus importante aux propriétaires des personnages de ce type. Les mineurs, les chasseurs-cueilleurs, les paysans, les archers à cheval et ainsi de suite ne coûtaient pratiquement rien ; les adolescents chinois pouvaient aisément se permettre d'entretenir des dizaines ou des centaines de personnages de ce type.

- Les mineurs, les paysans et leurs semblables n'avaient pas besoin de beaucoup d'intervention de la part de leurs propriétaires. On pouvait compter sur un personnage de mineur pour trouver de l'or sans aucune intervention humaine, à condition que son joueur ait le bon sens de l'installer dans une partie du monde possédant des mines d'or et de le protéger des attaques de bandits et autres envahisseurs.

- Si l'on voulait vraiment *jouer* le mineur, au lieu de le laisser s'adonner à ses comportements robotiques naturels pour toute sa durée de vie, on pouvait en général faire des choses. De riches veines de minerai étaient dispersées sur la planète ; une fois découvertes, elles pourraient être exploitées bien plus productivement que le tout-venant des gisements où œuvrait la grande majorité des mineurs. Ces veines se trouvaient en général dans des régions reculées et âpres qu'on ne pouvait atteindre et explorer sans affronter un bon nombre d'aventures pittoresques en chemin.

• La structure sociale était féodale. N'importe quel personnage pouvait avoir entre zéro et douze vassaux, et soit zéro, soit un seigneur. Un personnage sans seigneur ni vassaux s'appelait un « rônin », mais, à part chez les débutants, ils étaient rares ; il était plus commun d'élaborer un modeste réseau de vassaux qui passaient leur vie à se consacrer à la mine ou à l'agriculture, par exemple. Un personnage qui avait plusieurs vassaux mais pas de seigneur s'appelait un « Lord Lige » et, évidemment, se trouvait au sommet d'une hiérarchie ; la plupart des Lords Liges étaient des chefs sans grande envergure qui dirigeaient des réseaux de mineurs et de paysans à un ou deux échelons, mais certains étaient à la tête d'arborescences plus riches qui comprenaient des milliers de vassaux distribués entre de nombreux échelons de la hiérarchie, et c'était là que les manœuvres de politique interne devenaient vraiment une part significative du jeu, pour les gens qui avaient envie et pouvaient se permettre de passer leur temps de cette façon.

En prenant de telles dispositions, et en les affinant au cours des deux premières années de l'existence de T'Rain, Richard et Nolan étaient parvenus à accomplir la prouesse pas si évidente de créer un jeu massivement multijoueurs qui était aussi accessible à l'indispensable marché des adolescents chinois qu'aux quadragénaires occidentaux empâtés qui dépendaient de ces adolescents chinois pour se procurer de l'or virtuel. D'un certain point de vue, les Occidentaux avaient une plus grande latitude pour s'amuser, dans la mesure où ils avaient la possibilité d'acheter des pièces d'or et d'utiliser cet argent virtuel pour financer la construction d'édifices spectaculaires et des guerres qui étaient tout à fait hors de portée des jeunes Chinois. Mais, d'un autre côté, ces jeunes Chinois se faisaient de l'argent pour de vrai ; jouer, pour eux, était une source de revenus plutôt qu'une dépense, et la plupart d'entre eux étaient parfaitement satisfaits de l'arrangement.

Tout cela tombait sous la catégorie générale de la « plomberie » ; c'étaient les choses que Richard avait comprises très tôt au cours de la mise en œuvre du projet, le préalable indispensable pour garantir son autonomie. Il s'était laissé tellement absorbé par les détails terre à terre, tels les comportements robotiques des pompeurs-souffleurs, qu'il avait omis d'accorder assez d'attention aux caractéristiques du monde qui seraient plus évidentes, et donc plus importantes, aux yeux des véritables clients. Le code de génération du monde inventé par Pluto était époustouflant. Le plan de stabilisation de la monnaie de Richard – une fois qu'il eut engagé deux ou trois personnes qui s'y connaissaient en tendeurs – était pensé avec plus de minutie qu'il n'en est mis en œuvre pour les monnaies *réelles*. Et le code caché rédigé par les programmeurs de Nolan pour assurer la pérennité du système était parmi les mieux conçus dans l'industrie. Mais malgré tout cela, ils n'avaient pas vraiment d'univers. Les mineurs de Richard, les archers à cheval et *tutti quanti* n'étaient que des mannequins sans visage. T'Rain n'avait pas de races, pas de cultures, pas d'art et pas de musique, pas d'histoire. Pas de héros.

Pour apporter tout cela, ils avaient besoin de ce qu'on appelle, dans le business, des « créatifs ».

Il paraissait assez logique que leurs premiers Créatifs soient des écrivains, car leur travail allait donner forme à celui des dessinateurs, compositeurs et architectes qui seraient engagés par la suite. Ils avaient engagé le docteur Donald Cameron, un professeur de Cambridge et auteur de fantasy estimé, pour poser quelques jalons d'ordre général. Mais Don Donald, ou D2, ainsi qu'ils le désignaient invariablement dans toutes les communications internes, était dans l'obligation contractuelle, à l'époque, de rendre les volumes 11 à 13 de sa trilogie *Lay of the Elder King*, et Richard avait vraiment besoin d'un grand nombre d'écrits en peu de temps.

Et c'est ainsi que Richard, soumis à une certaine pression temporelle (le lancement était prévu dans moins d'un an), avait conçu le programme « Écrivains en résidence » de la Corporation 9592.

Des années après, il était stupéfait par la naïveté de son idée. Les écrivains, en fait, aimaient *beaucoup* les résidences. Une fois qu'ils étaient installés, il était presque impossible de les déloger.

Devin Skraelin fut le troisième écrivain qu'ils contactèrent. Les négociations avec les deux premiers avaient échoué brutalement à cause de différentes sous-clauses énigmatiques relatives aux nouveaux médias pour lesquelles leurs avocats manquaient d'équipement intellectuel. Richard était prêt à tout à ce stade et, comme le révéla la suite, Devin aussi. Comme auteur de fantasy, il n'était pas très bien considéré (« on ne peut pas le dire profondément médiocre sans risquer un euphémisme dangereux », « si peu original que le lecteur ne sait même plus qui il est en train de plagier », « dire qu'il est bouché serait rendre un piètre service au citoyen malentendant sans reproche »), mais sa productivité était tellement impressionnante qu'il avait été obligé de prendre trois noms de plume pour publier chez trois maisons d'édition différentes. Et un auteur prolifique, c'était ce dont Richard avait besoin à ce stade du jeu. Au début de sa carrière, Devin s'était installé dans un campement de mobile homes à Possum Walk, Missouri, parce qu'il avait calculé, d'une manière ou d'une autre (c'était avant Internet), que c'était l'endroit des États-Unis où la vie coûtait le moins cher au nord de la ligne Mason-Dixon. Il avait refusé de passer par des avocats (ce qui ne dérangeait pas Richard, à ce moment-là) et de voyager, aussi Richard était-il allé le trouver en personne, déterminé à ne pas ressortir du mobile home sans un contrat signé.

La saleté et le sordide du mobile home, ainsi que le poids de l'écrivain, avaient été largement exagérés depuis lors par les détracteurs de Devin dans la communauté des fans de T'Rain. Il était vrai que sa répugnance à voyager tenait en grande partie au fait que les sièges d'avion étaient trop petits pour lui, mais on pouvait dire la même chose de beaucoup de gens. Il était faux, en réalité, qu'il était devenu trop gros pour passer la porte de son mobile home. Par la suite, lorsque l'argent commença à rentrer, il s'installa dans un Airstream de façon à pouvoir se faire remorquer dans tout le pays sans interrompre son rythme d'écriture – *et non pas* parce qu'il était physiquement incapable de le quitter. Richard avait vu l'Airstream. La porte était d'une largeur normale et les sanitaires pas plus grands que dans n'importe quel véhicule de ce genre, et pourtant Devin utilisait les deux, si ce n'est tous les jours, eh bien... chaque fois qu'il en avait besoin.

Tout cela ne comptait plus tellement à présent. Richard avait enseigné à Devin son truc de travailler (ou au moins de jouer) en marchant sur le tapis roulant, et Devin avait poussé le bouchon un peu trop loin. Très vite, l'obésité avait cessé d'être un problème pour lui. Bien au contraire. Le surnom de Skeletor avait déjà 4 ans. Il existait une page web où l'on pouvait consulter son rythme cardiaque et le nombre de kilomètres qu'il avait parcourus un jour donné, en temps réel. Il remercia gracieusement Richard de lui avoir sauvé la vie en lui indiquant le truc du tapis roulant, et, peu charitablement, Richard se demanda si cela avait été une si bonne idée.

Fudd possédait une douzaine de vassaux, et chacun d'entre eux en avait encore une douzaine, suffisamment pour être à l'abri. Son seigneur était un autre personnage possédé par Richard, qui ne le jouait pas si souvent que ça. N'ayant pas de responsabilités particulières, Fudd était resté dans un coin de cette fortification conçue comme une Salle du Chapitre, ce qui signifiait seulement que c'était pour les personnages tels que Fudd un endroit sûr où stationner et pratiquer leurs comportements robotiques pendant des heures, des jours ou même des semaines de suite lorsque leurs joueurs n'étaient pas connectés. Dans le jargon du jeu, ça s'appelait la « maison », ou le crique-craque, par analogie avec le jeu du loup. Pour un mineur, le crique-craque serait une véritable mine avec la cantine et le dortoir associés, pour un paysan ce serait une ferme, et ainsi de suite. Les chevaliers mages-guerriers tels que Fudd avaient des crique-craque plus recherchés et plus coûteux sous forme de Salles du Chapitre, lesquelles la plupart du temps étaient génériques – à l'usage de tous les personnages de ce type général – mais dont quelques-unes étaient réservées à des ordres spécifiques, par analogie avec les chevaliers de Malte, les Templiers, et autres confréries des temps anciens terrestres. Les crique-craque avaient suscité toute une série de conventions et de règles. Elles étaient indispensables pour maintenir la vraisemblance du jeu. Il n'était pas pensable que les personnages s'évanouissent purement et simplement de l'existence lorsque la connexion Internet de leurs joueurs se coupait ou que leur mère les obligeait à se déconnecter, aussi la plupart des joueurs essayaient-ils de ramener leurs personnages à un crique-craque lorsque l'heure était venue de cesser de jouer. Dans les cas de force majeure (l'arrivée des pelleteuses, ou Maman qui claque le couvercle du portable sur les doigts du joueur), le personnage passait en mode intelligence artificielle (IA) et tentait automatiquement de se transporter à un crique-craque. À errer comme des zombies, ils constituaient des cibles faciles pour les bandits et autres ennemis. Nolan maintenait cet état de choses pour décourager les joueurs de se déconnecter lorsque leur personnage était pris dans une situation difficile.

Toutefois, maintenant que Richard était aux manettes, Fudd ne risquait rien à quitter la Salle du Chapitre et ainsi, à mesure que Richard enfonçait des touches sur son clavier, le mage guerrier à barbe blanche abandonna sa pose méditative et se dirigea vers la sortie du crique-craque. Pour sortir, il fallait passer par la taverne où Fudd avait pris ses repas en l'absence de Richard. L'aubergiste avait du courrier pour lui : des paiements de son réseau de vassaux, qui allèrent dans la besace de Fudd. De là, il déboucha dans une espèce de salle d'armement et de rassemblement, zone de transition entre le crique-craque et le monde extérieur. Fudd déclina l'invitation d'un trio de personnages qui avaient compris que Fudd était raisonnablement puissant et voulaient qu'il les accompagne dans une espèce d'expédition. Pour beaucoup de ceux qui jouaient à ce genre de jeux, se lancer dans quelque expédition ou quête en compagnie de ses amis – ou, à la rigueur, avec des inconnus rencontrés par hasard – en faisait tout l'intérêt. Richard avait toujours préféré la quête solitaire. Plutôt que de leur expliquer ses raisons, il se contenta d'employer une formule magique pour se rendre invisible. Grossier, mais efficace. Des « WTF ? » rageurs s'inscrivirent sur l'interface de chat tandis qu'il passait la porte.

Fudd ne partait pas en quête, de toute façon. Richard n'avait pas le temps. Il voulait simplement se balader un peu dans le monde pour voir ce qui se passait. Il faisait souvent ça ces derniers temps. Un changement était en cours ; une espèce de transition de phase se déroulait dans la société du jeu. Richard ne savait pas grand-chose sur les transitions de phase si ce n'est que c'était ce qui se passait lorsque la glace fondait. Travailler à la Corporation 9592, cependant, l'avait mis en contact avec un assez grand nombre de *nerds* surdiplômés pour qu'il comprenne à présent que « transition de phase » était une expression d'un poids énorme, que ces types n'utilisaient que lorsqu'ils voulaient s'assurer toute l'attention des *nerds*. Soudain, quelque chose se passait ; on ne pouvait pas savoir exactement pourquoi. Ou peut-être – perspective encore plus effrayante – la chose s'était-elle déjà produite et était-il trop borné, trop déconnecté pour le saisir. C'était précisément la raison d'être de Fudd. Richard avait d'autres personnages dans T'Rain qui contrôlaient d'énormes réseaux de vassaux et possédaient des pouvoirs divins, mais pour cette raison même ils n'avaient jamais à s'occuper de partir en quête et de faire de l'argent, occupations qui constituaient l'activité principale de la majorité des clients. Fudd était suffisamment puissant pour pouvoir évoluer dans l'univers sans se faire attaquer ou tuer toutes les dix minutes, mais pas assez puissant pour y arriver sans effort.

Invisible, Fudd fit au petit trot le tour de la cour de la forteresse, qui abritait un bazar ou un marché constitué d'un certain nombre de stands séparés : un armurier, un fabricant d'épées, un épicier, un bureau de change. Il écouta les conversations de ce dernier pendant une minute afin de s'assurer que les taux de change étaient normaux. Ils l'étaient toujours. La plomberie de Richard marchait parfaitement. Quelque chose clochait peut-être dans le rayon de Devin, mais la Corporation 9592 était toujours rentable.

Les personnages qui tenaient les stands, et les clients qui passaient de l'un à l'autre, se divisaient en trois groupes raciaux : les Anthrons, qui n'étaient autres que de bons vieux humains ; les K'Shetriae, rebaptisés elfes ; et les Dwinn (à l'origine D'uinn, avant que l'Apostropocalypse altère pour toujours la typographie de T'Rain), rebaptisés nains. Trois autres groupes raciaux existaient dans l'univers, mais ils n'étaient pas représentés ici, car ces autres groupes étaient associés au Mal, et le fort était situé du Bon Côté de la frontière. Les K'Shetriae et les Dwinn étaient généralement Bons. Les Anthrons pouvaient basculer des deux côtés, mais tous ceux qui se trouvaient ici étaient Bons (sauf s'il s'agissait d'espions du Mal).

Il ne voyait rien de nouveau ici. Il invoqua la formule du Planeur. Fudd lévita en l'air au-dessus de la cour carrée de la forteresse et observa d'en haut les deux douzaines de personnages qui déambulaient dans le marché.

Un projectile venu de l'extérieur de l'enceinte passa sous lui et décrivit un arc descendant sur la cour. Il atterrit au sol sans faire de dégâts. Richard fit un zoom avant et cliqua sur l'objet. La chose était bleu cobalt, avec une forme disgracieuse. En s'approchant, il vit qu'il s'agissait d'une flèche, dont la pointe et l'empennage étaient comiquement surdimensionnés, la tige bien trop épaisse. Il fallait les dessiner de cette façon si l'on voulait être en mesure de les voir. Les écrans vidéo, même les écrans modernes à haute résolution, ne pouvaient pas rendre une flèche se déplaçant à grande vitesse à une distance de trente mètres détectable par un œil humain, aussi un bon nombre des projectiles et autres petits objets divers et variés du jeu – les fourchettes et les cuillers, les pièces d'or, les anneaux, les couteaux – étaient-ils dessinés dans ce style un peu lourdaud, comme les armes en mousse que maniaient les *nerds* dans les jeux de rôle grandeur nature.

Cette flèche, cependant, était encore plus grosse et ridicule que la norme, et, lorsque Richard zooma dessus, il vit pourquoi : un rouleau de papier jaune était attaché à la tige avec un ruban rouge. L'interface identifia l'objet comme « FLÈCHE MESSAGE TATAN ».

Il prit de l'altitude et regarda vers le nord où il découvrit une formation d'archers tatans qui cavalaient sur leurs montures, défiant la garnison du fort de tenter une sortie, lançant des flèches message suivant de grands arcs paraboliques. Sans doute des adolescents chinois, qui dirigeaient chacun une douzaine de personnages en même temps ; les comportements robotiques des archers à cheval les rendaient faciles à manœuvrer en escadrons. Leur agencement de couleurs heurta l'œil de Richard. Il n'avait pas besoin de consulter Diane – tsarine des couleurs à la Corporation 9592, et dernière en date des Muses furieuses – pour savoir qu'il était en train de regarder un cas typique de dérive des couleurs.

Les archers à cheval lâchèrent une dernière volée de flèches, puis s'éloignèrent ; le feu des arbalètes du parapet de la forteresse avait déjà mis à terre plusieurs d'entre eux. Richard retourna son attention sur la cour, juste pour voir si l'un des personnages en bas avait été frappé par une flèche message. Ce n'était pas le cas ; mais l'un d'entre eux s'était avancé pour voir de plus près une flèche qui gisait par terre. Sous les yeux de Richard, il la ramassa. Richard passa la souris sur lui. Le nom du personnage était Barfuin et c'était un guerrier K'Shetriae au modeste palmarès. En double-cliquant pour obtenir de plus amples renseignements sur Barfuin, Richard fut récompensé par une grille de statistiques et un portrait d'identité. Il ne put s'empêcher d'être frappé par la ressemblance entre Barfuin et l'icône K'Shetriae d'une basse résolution de mauvais augure qui était apparue sur l'écran de son GPS dans la matinée, lorsqu'il essayait de consulter les centres d'intérêt de la région de Nodaway. Le trait le plus évident, c'est qu'ils avaient tous deux les cheveux bleus. Ce qui était encore une dérive des couleurs. Il rabattit le couvercle de son ordinateur et l'écarta, car une serveuse approchait avec ses œufs au bacon.

S'il devait y avoir des K'Shetriae et des Dwinn, et si Skeletor, Don Donald et leurs acolytes devaient boucher les canaux de distribution de l'industrie de l'édition avec des œuvres de fiction narrant par le menu leurs exploits historiques sur plusieurs milliers d'années, alors il était nécessaire que ces deux races soient distinctes dans ce que les archéologues appelleraient leur « culture matérielle » : leurs vêtements, leur architecture, leurs arts décoratifs, etc. Par conséquent, la Corporation 9592 avait engagé des graphistes, des architectes, des musiciens et des stylistes pour créer ces cultures matérielles cohérentes à partir de la « bible » de T'Rain établie par Skeletor et Don Donald. Et ça avait très bien marché, dans le sens où chaque personnage était livré avec cette culture matérielle intégrée – ses vêtements, ses armes, ses crique-craque étaient tous tirés de ces cahiers de style. Mais il était nécessaire de donner aux joueurs une certaine liberté dans la caractérisation de leur personnage, car ils aimaient s'exprimer et montrer une individualité propre. Aussi y avait-il une interface prévue à cet effet. Votre cape de K'Shetriae pouvait être réalisée avec un tissu d'une couleur, bordée d'une autre couleur et doublée d'une troisième. Mais ces trois couleurs devaient être sélectionnées dans une palette, et Diane avait choisi les palettes. Ainsi, dans les premières années du jeu, il était facile de distinguer les races et les types de personnages à distance simplement en fonction de la couleur qu'ils portaient.

Puis quelqu'un avait compris qu'il était possible de craquer le système de palette et avait posté un logiciel pirate qui donnait aux joueurs la possibilité de changer les palettes officielles de Diane contre des palettes qu'ils adaptaient à leur goût. La Corporation 9592 avait été longue à réagir, et la pratique s'était répandue avant qu'ils se décident à faire une réunion à ce sujet. Entre-temps, quelque chose comme deux cent cinquante mille personnages avaient été customisés selon des palettes non officielles, et il n'y avait pas moyen de les repalettiser sans foutre les propriétaires très en rogne. Richard avait décidé que la compagnie allait fermer les yeux.

Ce qui était presque *obligatoire*, vu la laideur de beaucoup des palettes que les gens utilisaient au final. C'était devenu si moche que cela avait même donné lieu à un mouvement de réactions. Depuis environ un an, la tendance était à retourner aux palettes de Diane. Mais après tout ça, il semblait qu'un phénomène encore plus étrange et subtil était en train de se produire, à savoir que les gens utilisaient les palettes de Diane avec seulement de *petites* modifications. Ces palettes presque mais pas tout à fait dianesques étaient postées et troquées sur les sites de fans. Les joueurs les téléchargeaient, faisaient leurs propres petites modifications puis les repostaient ailleurs. Dans la mesure où une couleur, pour un ordinateur, n'était qu'une suite de trois nombres – un point en 3D, en d'autres termes –, on pouvait littéralement dessiner des diagrammes montrant la migration des palettes à travers l'espace de la couleur. Pendant l'été, Diane avait engagé un stagiaire pour développer des outils de visualisation afin de comprendre ce phénomène de dérive des couleurs, et, depuis deux mois, elle avait passé de bien trop nombreuses heures à bricoler avec ces outils et à envoyer à Richard des e-mails « extrêmement urgents » sur les tendances qu'elle observait. Un autre patron aurait reparamétré son filtre antispams pour diriger ces messages directement dans l'espace interstellaire, mais, finalement, cela ne dérangeait pas Richard, car c'était l'exemple parfait des conneries hyper alambiquées qu'il utiliserait pour justifier le maintien de sa fonction dans la compagnie auprès des actionnaires, si jamais il venait à l'un d'entre eux le goût de poser la question. Cependant, il avait du mal à saisir au juste en quoi c'était important. Diane était convaincue que les palettes ne se contentaient pas de se détraquer chaotiquement, mais convergeaient lentement les unes vers les autres dans l'espace de la couleur, se regroupant dans des régions qu'elle qualifiait d'« attracteurs » (empruntant le terme à la théorie du chaos). Découpant son œuf et regardant le jaune fluorescent se répandre sur son assiette, Richard y réfléchit. Il leva les yeux et jeta un regard circulaire sur le Hy-Vee. C'était l'endroit idéal pour vous rappeler le fait que les palettes étaient partout, que des gens comme Diane étaient employés à profit dans de nombreuses industries pour sélectionner les gammes de couleurs les plus susceptibles d'attirer l'œil des marchés cibles. Entre le rayon céréales (des couleurs chaudes et naturelles destinées aux seniors en quête de fibres pour se protéger du cancer colorectal) et les caisses (des bombes de sucre de couleur vive à portée de main des petits dans les chariots), il vit en quelque sorte la dérive des couleurs en action sous ses yeux. Il était trop loin pour lire les étiquettes sur les boîtes, mais il pouvait tout de même émettre des hypothèses sur la nature des clients visés à tel ou tel endroit.

Il y eut une brève interruption lorsqu'il fut pris du réflexe gastro-colique. En revenant des toilettes, Richard jeta un œil par-dessus l'épaule d'un paysan (à en juger par sa tenue) d'une bonne cinquantaine d'années assis tout seul à une table, qui ignorait une tasse de café froid et jouait à T'Rain. Richard ralentit et tendit suffisamment le cou pour voir que le personnage du fermier était un guerrier dwinn engagé dans un combat de haute altitude avec des créatures ressemblant au yeti, les

T'Kesh. Pour ce qui est de la palette, ce client n'avait pas fait trop de fantaisies; certains de ses accessoires étaient un peu criards, mais, globalement, toutes les teintes de son ensemble avaient été sélectionnées par Diane.

Il retourna à sa table et appela Corvallis Kawasaki, un des hackers basés à Seattle. Conformément à la division naturelle des compétences entre Nolan et Richard, la plus grande partie du travail de programmation de la Corporation 9592 était effectuée en Chine, mais le bureau de Seattle possédait des services qui dirigeaient la partie commerciale, facilitaient la vie des créatifs et s'occupaient de ce qui était officiellement dénommé les Trucs bizarres, et des gens bizarres qui les faisaient. Pluto travaillait sur la pièce à conviction A, mais il y avait beaucoup d'autres obscurs projets de type R & D (recherche et développement) dans les environs de Seattle, et Corvallis était impliqué dans plusieurs d'entre eux.

Tout en composant le numéro de Corvallis, Richard releva l'adresse IP du routeur wi-fi du Hy-Vee.

« Richard, dit simplement Corvallis.

– C-plus. Combien as-tu de joueurs venant du 50.17.186.234 ? »

Un bruit de clavier. « Quatre, dont toi, apparemment.

– Hmmm. C'est plus que je ne pensais. »

Richard jeta un coup d'œil circulaire sur la cafétéria et trouva l'un des autres : un gamin d'une vingtaine d'années. L'identité du quatrième était plus difficile à deviner.

« Il y en a un qui perd beaucoup de paquets. Regarde dehors », suggéra Corvallis.

Richard regarda par la fenêtre et vit un SUV garé sur une place handicapés. Un homme était assis au volant, le visage éclairé par une scène à la palette grotesquement dérivée qui se déroulait sur l'écran de son ordinateur portable.

« Il y a notamment un Dwinn qui se bat contre des T'Kesh.

– Justement, il vient de se faire descendre. »

Richard leva les yeux et vérifia que le paysan s'était détourné de son écran avec l'air dégoûté. Il attrapa sa tasse de café et réalisa qu'elle était complètement froide. Puis il regarda la pendule.

« C'est un cas d'école, ce type !

– Qu'est-ce que tu veux savoir ?

– Démographie générale.

– Son patrimoine et ses revenus sont étrangement élevés, si l'on considère que tu te trouves dans un établissement nommé "Hy-Vee", à Red Oak, dans l'Iowa.

– C'est un paysan. Il possède des terres et du matériel qui valent beaucoup d'argent. Et il reçoit un maximum de subventions du gouvernement fédéral. C'est pour ça.

– Il a une thèse.

– D'ingénieur agronome, je parie.

– Il a acheté dix-sept livres depuis le début de cette année légale. »

Richard comprit qu'il s'agissait de livres sur T'Rain vendus par la boutique en ligne.

« Des livres de D2, à chaque fois ?

– Tout juste. Comment t'as su ?

– Cherche son personnage. »

Bruit de clavier.

« OK. Pour moi, on dirait un Dwinn tout ce qu'il y a de plus banal.

– Précisément.

– Quoi ? »

Richard tira le set de table en papier de sous son plateau et le retourna. Sortant un critérium de la poche de sa chemise, il dessina une ligne verticale au milieu puis tint le bout de l'instrument au-dessus du haut d'une des colonnes.

« Richard ? T'es toujours là ?

– Je réfléchis. »

En vérité, il n'était pas certain que « réfléchir » était le mot juste pour décrire ce qui se passait dans sa tête, car il sous-entendait une sorte de processus rigoureux.

Certaines perceptions venaient percer l'épais brouillard des soucis quotidiens et les désordres du temps comme des flèches message dans l'obscurité, et l'une d'entre elles venait de le frapper en plein front : un souvenir d'une scène d'un univers de fantasy classique, pas du Tolkien, mais quelque chose qui s'inspirait de Tolkien, le genre de truc qu'aurait pu créer Devin Skraelin. Cette scène était peinte sur la portière d'un van qui l'avait pris en stop en 1972 lorsqu'il se rendait au Canada pour éviter de se faire exploser les jambes comme John. À cette époque – si étrange que cela puisse paraître –, il existait un lien entre les fumeurs de hasch et les fans de Tolkien. Depuis trente ans, cela n'avait plus du tout cours ; les acharnés de Tolkien n'avaient plus rien de commun avec les fumeurs de shit et d'herbe d'aujourd'hui. Mais il se souvenait maintenant qu'ils avaient été liés, et que les types qui peignaient leurs vans utilisaient la même palette de pochette d'album que ces gens – parfois Bons, parfois Mauvais – qui cherchaient à entrer en contact avec leurs flèches message bleu cobalt et leurs rouleaux de papier jaune citron.

« Nouveau projet de recherche, s'entendit dire Richard.

– Oh-oh !

– T'as vu tous les machins de Diane sur les attracteurs dans l'espace des palettes ?

– J'ai lu ça, dit Corvallis, sur la défensive, mais...

– C'est tout ce qui compte », grogna Richard.

Sa main avait commencé à remuer : il traçait des lettres en haut de la colonne de gauche. Il regarda, sourdement fasciné, les mots se former : « LES FORCES DES COULEURS VIVES ». Puis sa main glissa vers la colonne de droite. Cette fois, cela ne lui prit que quelques instants : « LA COALITION DES COULEURS TERRE ».

« Oublie tout ce que tu es censé savoir sur T'Rain. Les races, les classes de personnages, l'histoire. Oublie en particulier la division entre le Bien et le Mal. Concentre-toi au contraire sur ce qui *est* en matière de comportement et d'affiliation. Prends pour point de départ les attracteurs dans l'espace des couleurs. Force jusqu'à ce que quelque chose se décoince. » Richard pensa à fournir ses deux intitulés à Corvallis, mais il se dit que s'il n'était pas complètement bouché, C-plus découvrirait la même chose tout seul.

« Pourquoi faire ça maintenant ?

– À Bastion Graglog, ce matin, des archers à cheval lançaient des messages aux gens à l'intérieur, par-dessus les murs.

– Pourquoi n'envoient-ils pas des e-mails, comme tout le monde ?

– C'est bien la question. La réponse, c'est qu'ils ne se connaissent pas, en fait. Ils essaient d'entrer en contact au petit bonheur la chance. D'entrer en contact avec des inconnus.

– Complètement au hasard ?

– Non. Je crois qu'il y a un mécanisme de sélection et qu'il se base sur... – il allait dire "la couleur" mais, là encore, il ne voulait pas prémâcher le travail à Corvallis – les goûts.

– OK, fit Corvallis, histoire de gagner du temps pendant qu'il réfléchissait. Alors ton paysan qui gagne entre 55 000 et 60 000 dollars par an, qui a une thèse et qui lit beaucoup de livres de Don Donald... il serait d'un côté de la frontière des goûts.

– Oui. Qui est de l'autre côté ?

– Pas dur à deviner.

– Donne-moi du concret quand même, quand t'auras fini de deviner.

– Une *deadline* ?

– Mon GPS me dit que je suis à deux heures de Nodaway.

– *De gustibus non est disputandum.* »

Jour 0

Schloss Hundschüttler
Elphinstone, Colombie-Britannique

Quatre mois plus tard

« Oncle Richard, parle-moi de... » bafouilla Zula. Puis elle détourna les yeux, serra la mâchoire et poursuivit courageusement : « l'Apostropo...

– L'Apostropocalypse », dit Richard en estropiant un peu le mot, qui était difficile à prononcer même quand on était sobre, or il avait passé une bonne partie de la journée à la taverne du Schloss Hundschüttler.

Par chance, le bruit de fond était suffisant pour couvrir ses hésitations. C'était la dernière semaine tolérable de la saison de ski. Toutes les chambres du Schloss étaient réservées et payées depuis plus d'un an. Si Zula et Peter avaient pu venir, c'était uniquement parce que Richard les laissait dormir sur le canapé-lit de son appartement. La taverne était pleine de gens qui étaient, globalement, très contents d'eux-mêmes et le faisaient savoir bruyamment.

Le Schloss Hundschüttler était une station de cat-ski. Ils n'avaient pas de téléphérique. Les visiteurs étaient transportés en haut des pistes par des tracteurs diesels qui avançaient sur la neige grâce à des chenilles de tank. L'atmosphère de la station de cat-ski était très différente de celle des stations de ski de piste comme Aspen, survolées par leur techno-infrastructure de téléphériques futuristes.

Même si c'était moins cher et moins glamour que l'héli-ski, le cat-ski était plus satisfaisant pour les skieurs avertis. Avec l'héli-ski, toutes les conditions devaient être réunies.

L'expédition devait être planifiée à l'avance. Avec le cat-ski, on pouvait laisser davantage de place à l'improvisation. L'odeur de diesel et le côté presque soviétique de l'expérience décourageaient d'emblée les richissimes amateurs de glamour séduits par l'option hélicoptère, skieurs exceptionnels ou riches écervelés dont les cadavres gelés jonchaient les abords du mont Everest.

Tout cela était connu depuis longtemps par Richard et par Chet qui, quinze ans plus tôt, avaient dû piger toutes ces divisions tribales dans le marché des fondus de ski afin d'établir un *business plan* cohérent pour le Schloss. Cela expliquait en grande partie le style du pavillon, qui aurait pu être plus flashy, plus ouvertement luxueux, s'il avait été destiné à un autre segment du marché. Au lieu de cela, Richard et Chet s'étaient délibérément inspirés de petites stations de ski de Colombie-Britannique, plus rustiques, où les remontées et les casiers étaient assurés par des gens de la région qui se trouvaient être également des fanatiques de sport. La station était conçue pour être moins raffinée, moins policée que celles qui se situaient au sud de la frontière, et en tant que telle elle ne plaisait pas à tous ni même à la majorité des skieurs. Mais, pour la même raison, ceux qui venaient ici l'appréciaient d'autant plus et ils avaient le sentiment que leur simple présence en ces lieux les faisait entrer dans l'élite véritable.

Dans un coin, il y avait un groupe de skieurs incroyablement bons – c'étaient des représentants de fabricants de ski – et terriblement saouls, car ils avaient passé la journée sur les pistes rouges pour disperser les cendres d'un ami qui avait fait une overdose avec le même médicament qui avait tué Michael Jackson. À une autre table, quelques Russes d'une cinquantaine d'années, encore plus ou moins en combinaison de ski, et des femmes plus jeunes qui n'avaient pas skié du tout. Un jeune acteur de cinéma, pas de premier plan, mais apparemment très en vue en ce moment, se détendait avec trois potes un tantinet moins glamour. Au bar, l'assortiment habituel de guides, d'autochtones et de mécaniciens qui tournaient le dos aux clients pour regarder un match de hockey sans le son.

« L'Apostropocalypse est au réalignement actuellement à l'œuvre dans T'Rain ce que le traité de Versailles était à la Première Guerre mondiale », fit Richard, parodiant délibérément le ton d'un rédacteur de Wikipédia en espérant que les autres saisiraient l'allusion.

Zula montra au moins une attention polie mais Peter passa complètement à côté, étant donné qu'il était obnubilé par son téléphone depuis l'instant où il était entré, quelque quinze minutes plus tôt, brûlé par le soleil et le vent et extrêmement satisfait de sa journée de snowboard. À l'instar de Richard, Zula, n'étant pas skieuse, avait transformé son séjour en vacances studieuses : elle passait plusieurs heures par jour dans l'appartement, branchée aux serveurs de la Corporation 9592 grâce à la connexion par fibre optique prévue à cet effet, que Richard avait fait venir à grands frais jusqu'au Schloss par la vallée. Peter, en revanche, était en fait un vrai passionné. Selon Zula, depuis la Ré-U, il avait passé beaucoup de temps à chercher des snowboards high-tech optimisés spécialement pour la poudreuse ; il en avait finalement acheté un dans une boutique de Vancouver quelques semaines plus tôt. Il le traitait maintenant comme un stradivarius : c'est tout juste s'il ne le bordait pas chaque soir, et Zula n'était pas sans faire montre d'une pointe de jalousie.

Peter et Zula étaient venus pour un long week-end. Ils avaient quitté Seattle lorsque Zula était sortie du travail et s'étaient tapé les embouteillages jusqu'à Snoqualmie Pass, où la plupart des skieurs déboîtaient pour aller sur les pistes plus conventionnelles. Se sentant plus privilégiés à chaque minute, ils avaient traversé l'État à toute blinde jusqu'à Spokane puis avaient pris vers le nord en direction de Metaline Falls, un minuscule poste frontalier situé sur un col montagneux qui coïncidait avec le 49e parallèle. Ils passèrent la frontière environ une heure avant minuit, longèrent le col jusqu'à Elphinstone, puis prirent vers le sud sur la piste de montagne mal indiquée, cahoteuse et sinueuse qui descendait au Schloss. Ils ne voyaient pas ce qu'il y avait d'insensé là-dedans, ce qui rappela une fois de plus à Richard son âge avancé. Pendant les heures que les deux jeunes passèrent sur la route, il fut incapable de s'éloigner de son ordinateur; il calculait sur quelle route dangereuse ils devaient se trouver à tel ou tel instant, comme si Zula était une partie de son corps qui aurait pris son indépendance et dont il fallait suivre la trace. Ça devait être ça, être parent, supposa-t-il. Et, si ridicule que cela puisse paraître, il fut soudain hanté par des images de la Ré-U. Car si Peter et Zula avaient un accident sur la route, par la suite, lorsqu'on raconterait et reraconterait l'histoire à la Ré-U, encastrée comme une brique dans la tradition familiale, elle porterait en grande partie sur Richard, le moment où il aurait appris la nouvelle, les actions qu'il aurait engagées, le sang-froid dont il aurait fait preuve, les bonnes décisions qu'il aurait prises pour gérer la situation, le soulagement de Zula lorsqu'il serait arrivé à l'hôpital. La morale était écrite d'avance : la famille prenait soin des siens en temps de crise et elle se constituait d'individus valeureux, sages et compétents. Peut-être devrait-il parvenir au dénouement par des voies glissantes et détournées, par un jour blanc. Juste comme il se préparait à passer une combinaison de ski par-dessus son pyjama afin de partir à leur recherche, ils arrivèrent, pile à l'horaire annoncé, dans la boîte de conserve qui servait de véhicule à Peter. À ce moment-là, Richard cessa de les considérer comme de jeunes écervelés et les regarda au contraire comme des surhommes, avec leurs téléphones équipés de GPS et leur Google Maps.

Maintenant, ils s'apprêtaient à recommencer. Peter, qui ne voulait pas gâcher une seule heure de snowboard, avait passé le lundi après-midi sur les pentes et il avait l'intention de les reconduire à Seattle dans la nuit.

Lorsque Peter était entré s'asseoir à côté de Zula, Richard lui avait pardonné sa fixation sur son téléphone, supposant qu'il consultait les conditions météo et l'état du trafic. Mais il s'était alors mis à taper des messages.

On aurait dit une bernacle accrochée à Zula. Richard ne cessait de se répéter qu'elle n'était pas stupide et que Peter devait avoir des qualités qui rachetaient ses défauts, qualités simplement masquées par sa gaucherie en société.

Zula regardait Richard à travers ses grosses lunettes: elle espérait quelque chose d'un peu plus informatif que sa blague sur le traité de Versailles. Richard fit un grand sourire et se renfonça dans le dossier de son grand fauteuil en cuir. La taverne était un bon endroit pour raconter des histoires et, en particulier, pour raconter des histoires sur T'Rain. Richard avait été tellement impressionné par une salle des banquets dwinn dessinée par un des architectes de fantasy rétromédiévale qui travaillait pour la compagnie qu'il l'avait engagé pour la reproduire grandeur nature au Schloss. Il s'agissait d'un jeune architecte qui n'avait jamais eu l'occasion de construire une structure matérielle. Sorti de l'école dans un marché écrabouillé par le krach de l'immobilier, il n'avait pas pu trouver d'emploi dans l'univers matériel et était entré directement dans le département créatif de la Corporation 9592, où il avait dû oublier tout ce qu'il savait de Koolhaas et Gehry, et se plonger dans les menus détails de l'architecture médiévale à poteaux et poutres telle qu'elle aurait pu être pratiquée par une race de nains fictive. Construire une telle structure au Schloss lui avait fait très plaisir, mais le stress de devoir jongler avec les entrepreneurs, les budgets et les autorisations dans la vie réelle l'avait convaincu qu'il avait fait le bon choix, après tout, en confinant sa pratique à des espaces imaginaires.

« J'en vois des vestiges lorsque j'examine l'ancien code de Pluto, dit Zula. Les D'uinn. » Elle épela le mot.

« Donc la chronologie, c'est que nous avons fait venir Don Donald pour en faire notre premier créatif, mais qu'il n'avait pas beaucoup de temps pour travailler sur le projet.

– À ce que j'ai entendu, c'étaient des discussions plus élevées que ça.

– Oui. Pour ces discussions, j'ai été obligé de bachoter en lisant Joseph Campbell, Jung.

– Pourquoi Jung ?

– Les archétypes. Nous avions un grand débat sur les races de T'Rain. Nous avions des raisons pour ne pas utiliser seulement des elfes et des nains comme tous les autres.

– Tu veux dire des raisons créatives ou des raisons de propriété intellectuelle ?

– Plutôt la deuxième réponse, mais aussi, du point de vue créatif, c'est toujours bien de repartir à zéro. Créer une palette de races entièrement neuve, originale, sans aucun lien avec Tolkien et avec la mythologie européenne.

– Tous ces programmeurs chinois...

– Tu serais étonnée, en fait. Les opinions politiquement correctes des radicaux des campus sont bien telles que tu les imagines...

– Des elfes et des nains, sans déconner, comment peut-on être aussi eurocentrique ?

– Certes, mais en un sens, c'est presque encore *plus* condescendant à l'égard des Chinois que de s'imaginer que, rien que parce qu'ils sont chinois, ils ne peuvent pas s'identifier à des elfes ou des nains.

– Pas faux.

– Mais en fait, quand nous l'avons fait venir ici, nous nous sommes aperçus que Don Donald avait de bonnes raisons : les elfes et les nains n'étaient pas simplement des races arbitraires auxquelles on pouvait substituer des races de notre création, mais de véritables archétypes, qui remontaient à...

– Quand ?

– Selon lui, la division entre les elfes et les nains est née à l'époque où les Cro-Magnon coexistaient avec les Neandertal en Europe.

– Intéressant ! Ça remonte vraiment à *super* loin, alors, des dizaines de milliers d'années.

– Oui. Avant même le langage, peut-être.

– C'est à se demander ce qu'on trouverait dans le folklore africain. »

Sa réflexion laissa Richard interdit quelques instants, le temps qu'il suive son raisonnement. « Dans la mesure où il pourrait y avoir eu une diversité encore plus grande de, de...

– D'hominidés, dit-elle, qui remonteraient peut-être encore plus loin.

– Pourquoi pas ? En tout cas, on n'est pas allés beaucoup plus loin dans cette première série de discussions avec D2. Puis on a tout confié à...

– Skeletor.

– Oui. Mais on ne l'appelait pas comme ça à l'époque, parce qu'il était encore gros. »

En disant ces mots, Richard ressentit un bref pic de nervosité à l'idée que Peter soit en train de tweeter ou, Dieu l'en garde ! d'envoyer leur conversation en direct sur un blog vidéo. Mais l'attention de Peter était complètement ailleurs : il s'était mis à surveiller l'entrée de la taverne et jetait un coup d'œil inquiet vers la porte à chaque fois que quelqu'un franchissait le seuil.

Richard reposa les yeux sur Zula, non sans un certain plaisir – bienveillant, pas lubrique –, et poursuivit : « Devin est devenu dingue. Il était censé commencer deux semaines avant notre première rencontre – mais lorsqu'il est arrivé, il avait déjà une liasse de feuilles *épaisse comme ça* pleine d'idées de sagas historiques basées sur les trames très vagues fournies par Don Donald. L'entretien n'avait pas tellement de raison d'être. C'était une formalité. Je lui ai juste dit de continuer sur sa lancée, et j'ai pris une stagiaire pour cataloguer et recouper toutes les données qu'il nous fournissait...

– Le Canon.

– Exactement, ça a été le début du Canon. Ça nous a forcés à engager Geraldine. Mais avec la différence cruciale que tout était encore fluide, car nous n'avions encore rien rendu accessible aux fans. C'était un peu effrayant, la vitesse de croissance. C'est plus tard dans l'année que nous avons commencé à avoir un peu peur. On aurait dit que Devin était en train de kidnapper notre univers. Alors nous avons annoncé, et je n'en suis pas tellement fier, car c'était un changement de politique rétroactif, que le programme « Écrivains en résidence » fonctionnait sur une base annuelle et que lorsque l'année de Devin prendrait fin, il pourrait tout à fait continuer d'écrire des trucs dans le monde de T'Rain, mais il devrait en fait partager la paternité de ce monde avec l'écrivain en résidence qui lui succéderait.

– Qui s'est trouvé être D2.

– Ce n'était pas un accident. Devin avait gagné une telle emprise sur le monde que n'importe quel auteur aurait été noyé sous son rendement. Il n'y avait qu'un seul autre écrivain qui avait a) suffisamment d'importance dans le monde de la littérature fantasy pour rivaliser avec celle de Devin, et b) la *priori*té...

– Il était là le premier.

– Oui. Juste assez longtemps pour faire un petit tour et pisser sur tous les arbres, mais ça comptait quand même pour beaucoup.

– Hé ! je viens de voir quelqu'un que je connais », annonça Peter en faisant un signe de tête en direction de l'entrée.

Un homme en pardessus venait d'arriver du parking et examinait la taverne en quête du meilleur siège.

« Un ami à toi ? demanda Richard.

– Une connaissance, corrigea Peter, mais je devrais aller le saluer.

– Qui est-ce ? » demanda Zula en tournant les yeux, mais Peter était déjà debout et se dirigeait vers une table près du feu où le nouvel arrivant venait de s'installer.

Richard regarda l'homme lever les yeux vers Peter. Son expression ne trahit rien qui ressemble à de la surprise ou de la reconnaissance. Et sûrement pas à du plaisir. Il s'attendait à voir Peter en ces lieux. Ils s'étaient envoyé des SMS à ce sujet. Peter mentait.

Richard se força presque à relancer la conversation, car le problème avec Peter le perturbait et que son premier instinct, avec les choses qui le troublaient, c'était de les mettre derrière un mur puis d'attendre qu'elles se gâtent suffisamment pour menacer l'intégrité structurelle du mur, avant, finalement, de sortir son marteau-piqueur.

« Nous les avons fait venir ici tous les deux.

– Au Schloss ?

– Oui. Ça ne ressemblait pas à ça, à l'époque. C'était avant que je fasse construire la salle des banquets dwinn. Ils sont venus en été, ça ne fait pas du tout le même effet. Nous avons fait venir plusieurs chefs de Vancouver pour préparer les repas et nous avons fait retraite, comme pour marquer la passation de pouvoir entre Skeletor et D2. C'est là que l'Apostropocalypse s'est produite. »

« L'idée d'organiser une *retraite* pour abattre du travail est assez déconcertante », dit Don Donald tandis qu'ils en étaient encore à se détendre sur la terrasse en sirotant des pintes de bière et en s'accoutumant à la vue sur les Selkirk. « Ne devrait-on pas plutôt parler d'*avance*, dans ce cas-là ? »

Richard était perdu depuis le tout début de cette phrase, aussi abandonna-t-il toute velléité de l'analyser ; il se contenta de dévisager D2. Donald Cameron, alors âgé de 52 ans, qui faisait plus vieux que son âge avec ses cheveux argentés lissés en arrière et son tarin impressionnant, gonflé par le régime liquide riche de la vieille université de Cambridge, où il vivait la moitié du temps. Mais il avait le teint rose et il était vigoureux, sans doute à cause de ses longues marches dans les environs de l'île de Man, où il vivait l'*autre* moitié du temps. Il s'était installé dans sa suite quelques heures auparavant, reposé un petit moment, puis il était parti marcher et n'était apparu que trente secondes plus tôt sur la terrasse, où il s'était immédiatement retrouvé entouré de quatre ou cinq *nerds* installés suffisamment haut dans la hiérarchie de la Corporation 9592 pour se sentir autorisés à l'approcher. Richard savait pertinemment que la plupart d'entre eux avaient des piles de romans de fantasy signés Donald Cameron dans leur chambre et espéraient une dédicace, et qu'ils lui faisaient simplement de la lèche assez longtemps pour oser aborder une telle requête sans malaise.

« Peut-être que vous devriez inventer un nouveau mot pour ça, dit Richard, avant qu'un des fans béats ait le temps de rire ou, pire, d'essayer d'entrer dans un échange de bons mots avec le Don.

– Ha ! Vous avez remarqué ma faiblesse pour ce genre de choses.

– Nous en dépendons. »

D2 leva un sourcil. « Nous avons déjà *avancé* jusqu'au point de commencer à travailler ! On aurait pu croire que c'était censé être une pure réunion *amicale*, monsieur Forthrast. » Mais ce n'était qu'une plaisanterie, comme il le souligna par un clin d'œil et un hochement de tête en direction de...

Richard se retourna et s'écarta de la grappe de fans qui s'épaississait rapidement pour voir Devin Skraelin faire son entrée. Il se demanda si Devin avait écarté le rideau de sa suite en attendant que Don Donald apparaisse sur la terrasse pour être sûr d'arriver le *dernier*. Comme d'habitude, il était suivi par deux « assistants » qui semblaient trop vieux et autoritaires pour mériter ce titre. Richard avait réussi à établir que « l'assistante » femme était une avocate spécialisée dans la propriété intellectuelle et l'homme un éditeur qui s'était fait virer lors des récents cataclysmes qui avaient frappé le monde de l'édition : il était désormais le scribe captif de Devin.

« Merci, dit Richard. On y reviendra plus tard, si vous voulez bien.

– J'ai hâte ! »

Richard avança pour intercepter Devin mais se fit griller la politesse par Nolan Xu, sans doute le pire fanatique du monde entier. Nolan, jusque-là, avait été la plupart du temps confiné derrière la frontière chinoise par des problèmes de visas et de taux de change, mais, depuis un an environ, il lui était devenu de plus en plus facile de faire de longues incursions à l'Ouest. Certains hommes dans cette situation auraient foncé directement à Vegas, mais Nolan, pour un ensemble de raisons personnelles et professionnelles impossibles à démêler, se rendait à des conventions de SF et de fantasy.

Richard stoppa net et passa quelques instants à observer l'interaction. Devin avait perdu quatre-vingt-seize kilos (du moins c'était le chiffre posté sur son site web six heures plus tôt) et il était toujours imposant, mais pas assez gros pour attirer les regards. Il écouta attentivement Nolan, mais ne laissa jamais passer plus de cinq secondes sans jeter un regard dans la direction de Don Donald. Si Richard avait observé fortuitement la scène, il se serait imaginé que l'un des écrivains était un assassin et l'autre sa cible. Il aurait eu grand mal, néanmoins, à dire qui était qui.

Le professeur Cameron, pour sa part, demeura suprêmement affable et civilisé jusqu'à ce qu'il soit disposé à prendre acte de la présence de Devin. Il pivota alors sur le bout de ses mocassins faits main et se glissa – il n'y avait pas d'autre mot – à l'autre extrémité de la terrasse pour tendre une main accueillante à son rival.

« Comme s'il était chez lui, marmonna Richard.

– Au Schloss ? » demanda Chet, qui traînait là sans but en observant les opérations.

Tout ce que Chet savait de la littérature fantasy, c'est qu'elle était une bonne source d'inspiration pour les fresques sur camion.

« Non, dans T'Rain », dit Richard.

Plus tard, ils dînèrent dans la salle des banquets du Schloss, qui avait une architecture de forteresse bavaroise tout ce qu'il y avait de plus commune. Plusieurs tables avaient été mises bout à bout pour en former une très longue. « Comme à la Pizzeria Shakey's ! » s'écria Devin. « Comme la grande table de Trinity College », fit D2. Richard, le seul homme présent à avoir dîné dans ces deux établissements, voyait le mérite de ces deux points de vue, aussi – s'efforçant d'être un hôte agréable – signala-t-il son approbation aux deux, tout en dissimulant son malaise grandissant à l'idée de ce qui allait se produire lorsque ces deux hommes allaient finir assis face à face, de chaque côté de la table Shakey's/Trinity. Car les places avaient été attribuées par avance. Richard était en bout de table. Devin et le professeur Cameron étaient à côté de lui, face à face. Nolan était à côté du second, de manière à pouvoir jeter des coups d'œil énamourés au premier, et Pluto était à côté de Devin, car ils s'étaient dit que Don Donald se sentirait plus à l'aise si dans son champ de vision se trouvait un geek à l'intelligence prodigieuse et aux talents limités en société. La chaise de Pluto faisait face à la baie vitrée qui donnait sur la terrasse, de façon qu'il puisse soulager son ennui en inspectant la forme des montagnes qui s'élevaient de l'autre côté de la vallée.

C'était tout pour les gens qui seraient à portée de voix de Richard. À partir de là, le plan de table se prolongeait en fonction de l'idée de la hiérarchie et de la préséance que se faisait tel ou tel. Au menu, de la cuisine de pavillon de chasse d'Europe centrale réinterprétée par l'équipe de chefs que Richard et Chet avaient attirée sur le site au fil des années. Le gibier, par exemple, était d'élevage, par conséquent certifié sans prion, histoire de s'assurer que la Corporation 9592 n'allait pas boire la tasse dans quelques décennies sous prétexte que tout son échelon supérieur était frappé par la maladie de la vache folle. La liste des vins faisait une ou deux concessions diplomatiques au secteur viticole naissant de la Colombie-Britannique, puis passait résolument au sud de la frontière. D2 fit quelques remarques pénétrantes sur un excellent riesling sec des Horse Heaven Hills et Devin réclama un Coca light. De tous côtés, on exprima une curiosité considérable au sujet du Schloss et de la façon dont Richard et Chet en étaient venus à le construire. Richard expliqua que, au départ, il avait été bâti à partir de morceaux de trois différentes structures dans les Alpes autrichiennes, qui avaient été achetés par un baron des mines austro-hongrois (un authentique baron, d'ailleurs). Il avait fait transporter les pièces par bateau le long du Danube jusqu'à la mer Noire et, de là, les avait expédiées à l'autre bout du monde jusqu'à l'embouchure de la Colombie, puis jusqu'à un endroit où le matériel pouvait être chargé sur une voie ferrée minière désaffectée dont le tracé, qui servait désormais de pistes de VTT et de ski, passait sur le terrain du Schloss. Avance rapide jusqu'à sa découverte et à sa réhabilitation de longue haleine par Richard et Chet. Richard omit tout ce qui avait à voir avec l'argent de la drogue et les gangs de motards, puisque tout cela était amplement couvert par la page Wikipédia que tous les invités avaient certainement lue et peut-être même corrigée.

Car, à la fin des années 1980, le commerce de la marijuana avait commencé à devenir plus sinistre, plus violent : ou peut-être Richard, après son 30e anniversaire, commença-t-il à remarquer le côté sinistre qui en faisait partie depuis le début. Il avait jeté l'éponge et était retourné dans l'Iowa, où il s'était inscrit à l'université, à des cours de management d'entreprises de restauration. C'est à partir de là que l'histoire devenait suffisamment « saine » pour qu'il sente qu'il pouvait l'évoquer en compagnie « honnête ». Au bout de quelques mois en Iowa, il avait repris ses esprits et réalisé qu'il lui suffisait en fait d'engager des gens possédant ce genre de compétences, et il était retourné en

Colombie-Britannique. Avec Chet, il s'était alors mis sérieusement à retaper le Schloss.

Tout cela fit un sujet de conversation extrêmement agréable tandis qu'ils goûtaient quelques vins légers en apéritif, avalaient des amuse-gueules colorés et dégustaient leur soupe, mais, à mesure que le dîner se poursuivait par les plats principaux accompagnés de vin rouge, Richard se surprit à souhaiter pouvoir simplement attraper le pansement et l'arracher d'un coup sec. Le but officiel de cette retraite et de ce dîner était de fêter la conclusion de l'année de Devin comme écrivain en résidence et de passer le flambeau à Don Donald, qui avait enfin achevé sa trilogie devenue tétradécalogue et était prêt à consacrer du temps à développer les prémices et la « bible » de T'Rain.

Pendant les trois derniers mois du mandat de Devin, celui-ci avait fait preuve d'une productivité presque perturbante, ce qui avait donné lieu au sein de la Corporation 9592 à un échange de mails (objet : « Devin Skraelin est un personnage d'Edgar Allan Poe ») truffés de liens vers des sites web consacrés à la maladie connue sous le nom de graphomanie. Ce qui avait donné lieu à un nouveau néologisme : le Canon Lag, en référence aux employés chargés de relire le travail de Devin et de l'incorporer dans le Canon et qui étaient incapables de suivre son rythme. Selon une théorie quelque peu paranoïaque, c'était une stratégie délibérée de sa part. Sans doute, il était vrai que, comme lors de ce dîner, la seule personne qui avait l'univers entier en tête était Devin, dans la mesure où il avait livré mille pages de nouveautés à 1 heure du matin – il les avait envoyées à 1 heure du matin de sa chambre dans la tour nord du Schloss, et personne n'avait eu le temps d'y jeter davantage qu'un coup d'œil. Il possédait donc une longueur d'avance sur tous les autres.

Parler du Schloss conduisit naturellement à une conversation sur le château de Don Donald sur l'île de Man, lequel avait également fait l'objet d'importantes rénovations. Richard vit une ouverture et tenta un gambit : « C'est là que vous comptez faire le plus gros du travail sur T'Rain ? »

Silencc. Richard avait sans doute franchi une borne, ou quelque chose, en mentionnant le « travail ». Mais il savait qu'insister valait mieux que de s'excuser. « Vous avez un bureau là-bas – un endroit convenable pour écrire ?

– Plus que convenable ! » s'exclama le professeur.

Il poursuivit en décrivant une salle dans une tourelle, « avec une vue, par temps clair, sur Donaghadee à l'ouest et sur le Cairnbaan au nord », mots qu'il prononça avec un accent si authentique que des frissons de plaisir parcoururent toute l'assistance. Cette pièce avait été rénovée d'une manière qui la rendait « à la fois authentique et habitable, un équilibre difficile à atteindre », et elle attendait son retour.

« Devin vous a donné beaucoup de matière à exploiter, dit Geraldine Levy, qui était la maîtresse du Canon, assise à côté de Pluto. Je ne peux m'empêcher de me demander dans quelle partie de l'histoire de T'Rain en particulier vous souhaitez vous focaliser pour commencer.

– M'établir, corrigea Cameron, après quelques secondes pénibles à essayer de comprendre sa question. La question est parfaitement sensée. Mais je vais devoir y répondre de manière indirecte. Ma méthode de travail, comme vous le savez peut-être, consiste à rédiger le premier jet dans la langue que parlent les personnages. C'est seulement lorsque j'ai terminé que je commence à le traduire en anglais. »

Tel un tank faisant pivoter sa tourelle, il se retourna pour viser Devin. « Mon *collaborateur,* tout naturellement, préfère une méthode plus... efficace et directe.

– Je suis profondément impressionné par ce que vous faites avec toutes les langues et tout ça, fit Devin. Moi... je fais ça à l'arrache.

– Ainsi, votre univers, poursuivit D2 en continuant à pivoter jusqu'à faire face à Richard, n'a *aucune* langue pour le moment. Vous êtes davantage fasciné par la *géologie* – il fit un signe de tête en direction de Pluto – et vous considérez ça comme fondamental. J'aurais plutôt commencé par les mots et le langage, et tout construit sur cette fondation.

– Vous avez toute liberté de faire comme bon vous semble, désormais, professeur Cameron, observa Richard.

– *Presque* toute. Car il y a eu quelques *néologismes.* »

Cameron tourna de nouveau les yeux vers Devin. « Je vois dans le travail de M. Skraelin des mots qui n'apparaissent pas dans les dictionnaires anglais. Le mot même de T'Rain, bien sûr. Puis les noms des races : les K'Shetriae. Les D'uinn. Mais je peux travailler avec ça – je peux les incorporer dans des langages fictionnels dont je serai heureux d'établir la grammaire et le vocabulaire et de les partager avec... mademoiselle... Levy. » Une hésitation avant le « mademoiselle » tandis qu'il examinait son annulaire gauche et le découvrait nu.

Mlle Levy n'était une demoiselle que parce que les lesbiennes n'avaient pas le droit de se marier dans l'État de Washington, mais elle laissa couler. « Ce serait formidable pour nous, dit-elle. Cette partie du Canon n'est qu'un vide béant pour l'instant.

– Content de rendre service. J'aurais quelques questions, toutefois.

– Oui ?

– K'Shetriae. Le nom de la race des elfes. Ça rappelle étrangement les kshatriya, vous ne trouvez pas ? »

Tout le monde autour de la table resta interdit, sauf Nolan. Vers le milieu de la table, cependant, Premjith Lal, qui dirigeait l'un des départements des Trucs bizarres, avait dressé l'oreille.

« Oui ! s'exclama Nolan avec un grand sourire approbateur. Maintenant que vous le dites, ça ressemble beaucoup.

– Vous voulez bien m'expliquer ? demanda Richard.

– Premjith ! appela Nolan. Tu es un kshatriya ? »

Premjith acquiesça. Il était trop loin pour parler. Il leva les deux mains, attrapa ses oreilles et les tira vers le haut, les faisant pointues comme celles des elfes.

« C'est une caste hindoue, expliqua Nolan. La caste des guerriers.

– On ne peut pas s'empêcher de se demander si la personne qui a inventé ce nom n'a pas entendu le mot "kshatriya" dans un autre contexte pour le ressortir tel quel par la suite, lorsqu'elle cherchait une séquence de phonèmes aux sonorités exotiques, de mémoire, s'imaginant qu'il s'agissait d'une idée originale. »

Richard fit tout son possible pour éviter de regarder Devin, mais c'était comme si quelqu'un avait introduit un pied-de-biche dans son oreille et donné un coup dedans. En l'espace de quelques secondes, tout le monde tourna les yeux vers lui, qui devenait écarlate. Il tua quelques instants en buvant une gorgée de Coca light et en rajustant sa serviette, puis leva des yeux pleins d'assurance et déclara : « Il n'existe qu'un nombre limité de phonèmes et un nombre limité de combinaisons que l'on peut employer pour créer des mots dans une langue imaginaire. Quel que soit le nom qu'on invente, il va sonner comme le nom d'une caste ou d'un dieu, ou d'un canal d'irrigation quelque part dans le monde. Pourquoi ne pas simplement accepter les choses comme elles sont ? »

Premjith était à peine à portée de voix. « Il y a quelque chose comme cent millions de kshatriya que cet aspect du Canon va rendre perplexes », observa-t-il. Il n'était pas fâché, juste... perplexe. Richard se promit intérieurement d'emmener Premjith manger des sushis afin de découvrir s'il avait remarqué d'autres graves problèmes qu'il n'avait pas jugé bon de signaler.

« Cent millions... répéta Devin, pas assez fort pour être entendu de Premjith. Je parierais qu'en cinq ans de vie de T'Rain, nous aurons plus de K'Shetriae qu'il n'y a de kshatriya.

– Au fait, ça s'écrit – si ma mémoire est bonne – avec une apostrophe entre un K majuscule et un S majuscule, n'est-ce pas ? demanda Don Donald.

– C'est exact », fit Devin.

Il jeta un coup d'œil à Geraldine, qui approuva.

« Or, l'apostrophe sert à marquer une élision.

– Une lettre manquante, traduit Pluto. Comme le *e* dans "j'arrive". »

Il renifla. « Le *premier e*, je veux dire.

– Oui, exactement, continua le Don. Ce qui me pousse à demander pourquoi le S dans "K'Shetriae" est en majuscule. Est-ce qu'on doit en déduire que "Shetriae" est un mot séparé, un nom propre ? Et si c'est le cas, que doit-on faire de l'apostrophe du K ? Est-ce qu'il s'agit, par exemple, d'une espèce d'article ?

– Oui, si vous voulez, pourquoi pas ? » fit Devin.

Ayant lancé l'hameçon, D2 se délectait de quelques instants de silence discret, mais Pluto explosa : « Pourquoi pas ? *Pourquoi pas ?* »

Richard ne pouvait rien faire d'autre que regarder, comme s'il voyait une avalanche emporter un skieur de l'autre côté de la vallée.

« Si c'est un article, alors qu'est-ce que le T' dans T'Rain ? demanda Don Donald. Et le D' dans D'uinn ? Combien d'articles y a-t-il dans cette langue ? »

Silence.

« Ou peut-être le K, le T et le D ne sont-ils pas des articles mais une autre caractéristique de cette langue. »

Silence.

« Ou peut-être l'apostrophe est-elle employée pour indiquer autre chose que l'élision. »

Silence.

« Auquel cas, qu'*indique*-t-elle donc ? »

Richard n'y tenait plus. « Ça fait cool, c'est tout », dit-il.

Don Donald se tourna vers lui avec un air radieux et fasciné. Derrière lui, Richard voyait tout le monde se recroqueviller : la tension était un peu montée.

« Je vous demande pardon, Richard ?

– Écoutez, Donald. Vous êtes le seul homme dans ce secteur de l'économie qui maîtrise les langues anciennes. Tous les autres inventent ces trucs de A à Z. Lorsqu'un mec veut un mot aux sonorités exotiques, il met une ou deux apostrophes. Parfois, il accole deux lettres qui ne vont pas ensemble normalement, comme Q et Z. C'est de ça qu'il est question ici. »

Silence d'une tout autre nature.

« Je suis conscient que ça ne cadre pas tout à fait avec votre MO.

– MO ?

– *Modus operandi.*

– Mmm.

– Si vous voulez inventer des langues, ajouta Devin, charitable, éclatez-vous. »

Richard adressa un regard à Geraldine, qui réfléchissait si fort que des ronds de fumée s'élevaient de sa coiffure sage.

« Monsieur Olszewski, dit enfin le Don, puis-je implanter un volcan ici ?

– *Ici ?!*

– Oui, sur le site de cette propriété.

– Vous pensiez à un type de volcan en particulier ?

– Oh ! disons un Etna. Ça a toujours été mon préféré.

– Pas question. C'est un stratovolcan jeune, extrêmement actif. Les Selkirk ne sont pas actives à ce point sur le plan géologique. Le type de roche ici...

– Cela n'aurait tout bonnement aucun sens, résuma le Don, interrompant ce qui promettait d'être un tour du monde de la volcanologie affreusement long et détaillé. Ce serait incohérent.

– Tout à fait !

– Je crains qu'une situation analogue se produise dans le cas de toutes ces apostrophes. Mon collègue n'a pas abusé des mots inventés, c'est vrai. Mais il a été nécessaire, n'est-ce pas ? d'inventer des noms pour les races de T'Rain, et pour le monde lui-même. Et dans certains cas, comme "K'Shetriae", l'apostrophe est suivie par une majuscule, tandis que dans d'autres, comme "D'uinn", la lettre qui suit est une minuscule, et cette situation exige une explication cohérente. Au moins si je dois aborder mon travail comme je le fais habituellement. »

La menace implicite n'échappa pas à Richard.

« Merci d'avoir fait tout le chemin depuis Vancouver », dit Peter. Ils ne s'étaient pas présentés ni serré la main, s'étaient juste dévisagés et confirmé leur identité d'un hochement de tête.

« Quel endroit *génial* ! » dit Wallace. Il n'avait pas l'air le genre d'homme à se laisser impressionner – ou du moins à l'admettre – très souvent. Pendant une bonne demi-minute, il n'eut d'yeux que pour les poutres entrelacées qui donnaient l'effet trompeur de soutenir le toit. « Où est-ce que j'ai déjà vu des trucs comme ça ? » Puis il baissa les yeux sur Peter, qui l'observait avec une certaine méfiance. Il reporta son attention sur la taverne : son mobilier rustique, ses fenêtres en verre au plomb, son plancher de lattes de bois en cheville. Mais finalement, ce fut l'argenterie qui l'éclaira. Il prit une fourchette et fixa avec stupéfaction le motif gravé sur le manche : un motif géométrique rudimentaire inspiré par les runes nordiques. « Putain de bordel de merde ! s'exclama-t-il. Les Dwinn !

– Je vous demande pardon ? » répondit Peter, épouvanté par la tournure que prenaient les événements.

Wallace éclata de rire – encore une chose qu'on le suspectait de ne pas faire très souvent – et jeta un coup d'œil à la sacoche de son ordinateur portable, qu'il avait posée sur la chaise vide à côté de lui. « Je pourrais vous montrer, dit-il. Je pourrais aller dans cet endroit à l'instant même, dans T'Rain.

– Vous jouez à T'Rain ? demanda Peter, voyant là une occasion, au moins, de détourner habilement la conversation.

– Nous avons tous nos vices. Chacun engendre son propre lot de problèmes. Si l'on y ajoute une addiction à T'Rain, cela donne une association moins dangereuse que beaucoup de combinaisons que je pourrais nommer. En parlant de ça, que faut-il faire pour avoir un club soda ici ? »

Wallace parlait avec un accent écossais, ce qui surprit Peter et provoqua un décalage d'une seconde dans toutes ses réactions à cause de l'effort qu'il devait faire pour comprendre ce qu'il disait. Mais une fois qu'il eut saisi « club soda », il se retourna sur sa chaise, se leva à demi et attira l'attention d'un serveur.

Peter n'aimait pas le tour que prenait cette conversation. Wallace l'avait complètement déstabilisé en orientant la discussion sur T'Rain et l'avait transformé en pourvoyeur de boisson. À ce moment, cependant, Wallace changea un peu d'attitude et s'expliqua, comme s'il donnait une leçon à Peter. Comme s'il lui rendait service. « C'est la salle des banquets du roi Oglo, des Dwinn rouges du Nord. J'y suis allé dix ou quinze fois.

– Vous voulez dire que votre personnage y est allé.

– Oui, c'est ce que je veux dire », confirma Wallace, et il n'eut pas besoin d'ajouter : *espèce de pauvre attardé.*

Quand Wallace était entré, il portait un pardessus, vêtement que Peter n'avait vu qu'au cinéma. Sans doute le seul pardessus dans un rayon de deux cents kilomètres. Un vêtement de gentleman. Il portait d'autres marques presque imperceptibles de noblesse. Il avait rabattu en arrière ses cheveux roux qui tiraient sur le blanc, laissant voir son front marbré par le soleil, qui portait un cratère au-dessus de la tempe gauche, là où il s'était fait retirer un cancer de la peau. Des lunettes de lecture étaient pendues à son cou par une chaîne en or. Le col de sa chemise était largement ouvert. Son tissu aurait été du meilleur effet sous un costume bien coupé, mais lui aurait été d'un bien piètre secours s'il avait dû descendre de voiture pour changer une roue. À la main droite, il arborait une grosse chevalière en or.

« Je ne joue pas à T'Rain, pour ma part, dit Peter, même si c'était déjà suffisamment clair comme ça.

– À quel jeu jouez-vous ?

– J'aime le snowboard. Le tir. Parfois, je...

– Ce n'est pas ce que je vous ai demandé. Je vous demande quel est votre vice et vers quel genre de problèmes il vous entraîne. »

Wallace tapota la table de sa chevalière. Peter garda le silence pendant quelques instants.

« Et n'essayez pas de me raconter qu'il n'y en a pas, parce que nous savons tous les deux pourquoi nous sommes ici. » Tac, tac, tac !

« Oui, mais ça ne signifie pas que c'est à cause d'un vice. »

Wallace rit, mais sans le ravissement avec lequel il avait ri lorsqu'il s'était aperçu qu'il se trouvait dans la salle des banquets du roi Oglo. « Vous m'avez contacté par le biais de certains individus en Ukraine qui ne sont pas exactement des citoyens modèles. J'ai enquêté sur vous. J'ai lu tous les trucs que vous avez postés, depuis l'âge de 12 ans, dans les forums de discussion de hackers, avec cette putain d'orthographe ridicule que vous employez tous. Il y a trois ans, vous avez repris votre vrai nom en vous décrivant comme un hacker "grey-hat", ce qui revient à admettre que vous étiez un "black-hat" auparavant. Et il y a un an, vous avez commencé à travailler pour ce cabinet de conseil en sécurité dont la moitié des membres fondateurs ont fait de la taule, nom de Dieu !

– Écoutez. Qu'est-ce que vous voulez que je dise. Nous sommes là. Nous avons ce rendez-vous. Nous savons tous les deux pourquoi. Alors n'allez pas faire comme si je vous avais menti.

– Très juste. Ce que j'essaie d'établir, c'est que *vous avez menti à tous les autres*, y compris, je parie, à votre petite amie café au lait, là. Et ça me serait utile de savoir quels vices ou quels problèmes vous ont conduit à dire ces mensonges.

– Pourquoi ? J'ai ce que vous êtes venu chercher.

– C'est ce que j'essaie de vérifier. »

Peter plongea la main dans une grande poche extérieure de sa parka et sortit un boîtier de DVD contenant un seul disque sans rien écrit dessus, blanc sur la face A, d'un mauve iridescent sur l'autre. « Voilà. »

Wallace eut l'air dégoûté. « C'est comme ça que vous comptez le livrer ?

– Il y a un problème ?

– J'ai apporté un notebook. Pas de lecteur DVD. J'aurais préféré une clé USB. »

Peter réfléchit. « Je pense que ça peut s'arranger. Attendez une minute. »

« Ce type vient d'instrumentaliser ton petit copain, observa Richard, peu après que Peter se fut assis en face de l'inconnu près du feu.

– Instrumentaliser ?

– Il lui a donné une tâche à accomplir. "Attire l'attention du serveur. Commande-moi un verre." Quelque chose de cette nature.

– Je ne te suis pas.

– C'est une tactique. Quand tu viens de rencontrer quelqu'un et que tu essaies de le jauger. Tu lui donnes une tâche à remplir et tu vois comment il réagit. S'il accepte la mission, tu peux continuer et lui en donner une plus importante par la suite.

– C'est une tactique que tu utilises ?

– Non, c'est de la manipulation. Soit les gens bossent pour moi, soit non. S'ils travaillent pour moi, je peux leur assigner des tâches, il n'y a pas de problème. S'ils ne travaillent pas pour moi, je n'ai pas de raison de leur donner des missions à remplir.

– Donc tu dis que l'ami de Peter le manipule.

– Sa relation.

– C'est une espèce de relation professionnelle, supposa Zula.

– Dans ce cas, pourquoi il ne l'a pas dit franchement ?

– C'est une bonne question. Il a sans doute peur que je lui en veuille d'interrompre nos vacances pour une réunion professionnelle. »

Alors il t'a menti ? Richard préféra s'abstenir de le dire tout haut. S'il insistait trop, il risquait d'obtenir un résultat à l'opposé de ce qu'il désirait.

D'ailleurs, Peter revenait déjà vers leur table.

« Est-ce que vous auriez une clé USB, l'un ou l'autre ? »

La question resta en suspens comme un nuage invisible de flatulence.

« Je veux transférer des images entre deux ordinateurs », expliqua-t-il.

Richard, Zula et Peter étaient installés dans l'auberge depuis un bon moment et, de temps à autre, vérifiaient leurs boîtes mail ou regardaient des photos de vacances, aussi Richard avait-il la sacoche de son ordinateur portable à ses pieds. Il la prit sur ses genoux et fouilla dans une poche extérieure. « Et voilà, dit-il.

– Je te la ramène tout de suite, dit Peter.

– Inutile, dit Richard, irrité, comme une vieille maîtresse d'école collet monté, parce que Peter n'avait pas employé les mots magiques. Elle est trop petite. J'allais en acheter une nouvelle demain. Tu n'as qu'à effacer ce qu'il y a dessus, OK ? »

Peter retourna à la table, sortit son ordinateur et inséra la clé. Son ordinateur, une machine Linux, l'identifia comme un système de fichiers Windows, exactement ce qu'il lui fallait car la machine de Wallace fonctionnait elle aussi sous Windows. Trouvant plusieurs dossiers dessus, Peter les effaça. Puis il sortit le DVD de son boîtier et l'inséra dans la fente.

« Pourquoi vous n'utilisez pas simplement la copie locale sur votre ordi ?

– Ooh, bonne question piège ! C'est ce que je vous ai dit. Il n'y a qu'une seule copie. Elle est sur le DVD. Je ne suis pas en train de vous arnaquer. »

L'icône du DVD apparut sur le bureau. Il l'ouvrit, et il n'y avait qu'un unique dossier. Il le glissa sur l'icône de la clé USB et attendit quelques secondes le transfert des fichiers. « Maintenant, deux copies », dit-il. Il fit basculer l'icône de la clé dans la poubelle et la retira. « Voilà, fit-il en la tendant. La marchandise. Comme promis.

– Pas avant que je vérifie que c'est bien ce que vous affirmez.

– Allez-y, vérifiez !

– Oh, j'ai regardé les échantillons que vous avez envoyés ! C'étaient tous des vrais numéros de cartes de crédit, comme vous aviez dit. Noms, dates d'expiration, et tout le reste.

– Où voulez-vous en venir, dans ce cas ?

– Provenance ?

– Ce n'est pas une ville de Rhode Island ?

– Puisque vous êtes un autodidacte, Peter, et que j'ai un faible pour les autodidactes, je vous pardonnerai de ne pas connaître ce mot. Ça veut dire : d'où viennent-elles, ces données ?

– Qu'est-ce que ça peut faire, si ce sont des données valables ? »

Wallace soupira, but une gorgée de club soda et jeta un coup d'œil circulaire sur la salle. Comme s'il rassemblait l'énergie nécessaire pour poursuivre cette conversation idiote. « Vous comprenez mal, jeune homme. J'essaie de vous aider.

– Je ne savais pas que j'avais besoin d'aide.

– Il s'agit d'une aide *proactive*. Vous comprenez ? L'aide *rétroactive* – celle à laquelle *vous* pensez –, c'est lancer un gilet de sauvetage à un ivrogne une fois qu'il est tombé du quai. L'aide *proactive*, c'est l'attraper par la ceinture et l'attirer en lieu sûr avant qu'il ne tombe.

– Mais qu'est-ce que ça peut bien vous foutre, de toute façon ?

– Parce que si finalement vous avez besoin d'aide, mon garçon, à cause d'un problème lié à la *provenance* de ces numéros de cartes de crédit, je vais en avoir besoin aussi. »

Peter passa un instant à réfléchir. « Vous ne faites pas affaire pour votre propre compte ? »

Wallace hocha la tête, parvenant à avoir l'air à la fois encourageant et revêche.

« Vous vous chargez juste de la commission – en tant qu'agent, ou quelque chose comme ça – pour la personne qui achète *vraiment* ces données. »

Wallace fit des gestes expressifs, comme un chef d'orchestre, et manqua renverser son club soda.

« Si quelque chose dégénère, ces gens vont le prendre mal, et vous avez peur de ce qu'ils feront », continua Peter.

Wallace resta cette fois immobile et silencieux, ce qui signifiait visiblement que Peter était enfin arrivé à la conclusion correcte.

« Qui sont-ils ?

– Vous n'imaginez tout de même pas que je vais vous dire leurs noms.

– Bien sûr que non.

– Alors pourquoi même poser la question, Peter ?

– C'est vous qui en avez parlé le premier.

– Ce sont des Russes.

– Vous voulez dire... la mafia russe ? »

Peter était trop fasciné pour avoir peur, encore.

« La "mafia russe", c'est une expression stupide. Une connerie des médias. C'est incroyablement plus compliqué que ça.

– Oui, mais de toute évidence...

– De toute évidence, approuva Wallace, s'ils achètent des numéros de cartes de crédit volés à des hackers, par définition, ils s'engagent dans le crime organisé. »

Les deux hommes restèrent silencieux une minute pendant que Peter réfléchissait.

« Comment ces gens s'engagent dans le crime organisé, c'est très intéressant et très complexe. Vous seriez fasciné de parler avec eux, s'ils avaient le moindre intérêt à parler avec vous. Je peux vous assurer que ça n'a rien de commun avec la mafia sicilienne.

– Mais vous me menaciez il y a un instant encore. On dirait que...

– On surestime énormément la cruauté et l'opportunisme des Russes, mais il y a une once de vérité. Vous, Peter, vous avez choisi de faire le commerce de marchandises illégales ? À partir de là, vous sortez des structures du commerce ordinaire, avec ses services après-vente, ses médiateurs, ses associations de consommateurs. Si la transaction échoue, vos clients n'auront aucun des recours normaux. C'est tout ce que je dis. Alors même si vous êtes un crétin complet et que vous ne vous souciez pas du tout de votre sécurité et de celle de votre petite amie, je vous demanderai de répondre à ma question concernant la provenance, car j'ai encore le choix de faire aboutir ou non cette transaction, et je ne ferai pas affaire avec un crétin fini.

– Très bien. Je travaille pour une agence de sécurité en réseau. Vous le savez déjà. Nous avons été engagés par une chaîne de magasins de vêtement pour faire un test de penne.

– Pourquoi, leurs clés ne marchaient plus ?

– Un test de pén*étration*. Notre boulot consistait à trouver des moyens de pénétrer leurs réseaux d'entreprise. Nous avons découvert qu'une partie de leur site web était vulnérable à une attaque consistant en une injection de SQL. En exploitant cette faille, nous avons pu installer un rootkit sur l'un de leurs serveurs et l'utiliser comme une tête de pont sur leur réseau interne de façon à – pour le dire brièvement – avoir accès aux serveurs sur lesquels ils stockaient les informations sur leurs clients et à prouver que leurs données sur les cartes de crédit étaient vulnérables.

– Ça a l'air compliqué.

– Ça nous a pris quinze minutes.

– Donc les données que vous essayez de me vendre sont déjà compromises !

– Non.

– Vous venez de me dire que le client avait été informé de la vulnérabilité !

– *Ce* client-*là* a été informé. *Ces* numéros-*là* étaient compromis. Pas *ceux-ci.*

– Et ceux-ci, c'est quoi, alors ?

– Le site web dont je vous ai parlé avait été installé par un contractuel qui a fait faillite par la suite.

– Rien d'étonnant !

– Certes. J'ai consulté les pages web archivées et les déclarations d'avoirs des actionnaires pour apprendre les noms des autres clients qui avaient engagé le même sous-traitant pour monter leurs sites de vente en ligne pendant la même période. »

Wallace réfléchit un instant, puis hocha la tête. « En partant du principe que c'était un modèle standard.

– Oui. Tous ces sites sont des clones les uns des autres, plus ou moins, et depuis que le sous-traitant a bu la tasse, ils n'ont pas corrigé leurs systèmes de sécurité.

– C'est sans doute pour ça que vous avez été engagé pour le test de pénétration à la base ?

– Exactement. Et j'ai effectivement trouvé un bon nombre de sites semblables qui partageaient les mêmes vulnérabilités, dont un gros. Une chaîne de grands magasins dont vous avez entendu parler.

– Et vous avez réitéré la même attaque.

– Oui.

– Qui permet maintenant de remonter à cette boîte de consulting pour laquelle vous bossez et à ses ordinateurs.

– Non, non, non. J'ai travaillé avec des amis à moi en Europe de l'Est : nous avons fait passer tout ça par d'autres serveurs, nous avons tout anonymisé – il n'y a absolument aucun moyen de remonter jusqu'à moi.

– Ces amis à vous, ils travaillent gratuitement ?

– Bien sûr que non. Ils touchent une partie de l'argent.

– Vous avez confiance en leur discrétion ?

– Évidemment.

– Ça explique pourquoi votre premier contact avec moi est passé par l'Ukraine.

– Oui.

– C'est bien d'avoir mis ça au clair, fit Wallace avec affectation. Mais le principal point aveugle est toujours aussi obscur.

– À savoir ?

– Pourquoi faites-vous ça ? »

Peter resta interdit.

« Dites-moi juste que vous êtes accro à la cocaïne. Que votre dominatrice vous fait du chantage. Ça ne me gêne pas.

– Je suis étouffé par mon crédit immobilier.

– Vous voulez parler de ce taudis pour hacker où vous vivez ?

– C'est un bâtiment commercial à Seattle... à Georgetown, un quartier industriel... »

Wallace approuva et cita l'adresse de mémoire.

La chaleur monta au visage de Peter. « OK, vous vous êtes renseigné sur moi. Ça ne me dérange pas. J'ai acheté cet espace avant la crise. J'en emploie une partie pour vivre et travailler, et je loue le reste. Lorsque l'économie s'est cassé la gueule, le taux d'occupation est tombé en chute libre et la propriété a perdu beaucoup de valeur comptable *en même temps* qu'elle cessait de rapporter des loyers. Mais avec ceci, je peux redresser la barre. Éviter la saisie, faire quelques travaux, revendre, être en position d'acheter...

– Une vraie maison où une personne de sexe féminin serait susceptible de vouloir habiter ? » demanda Wallace, car Peter, même s'il s'était efforcé de ne pas le faire, avait laissé ses yeux vagabonder un instant en direction de Zula.

« Vous devez comprendre, commença Peter.

– Ah ! mais, Peter, je n'ai pas *envie* de comprendre.

– Seattle est plein de ce genre d'individus – pas plus intelligents que moi, pas plus travailleurs que moi...

– Qui sont multimillionnaires parce qu'ils ont eu un coup de bol. Peter ! Écoutez-moi bien. Je vous ai déjà dit pour qui je travaille. Qu'est-ce que ça me fait, d'après vous ? »

Peter garda le silence assez longtemps pour qu'il ajoute : « Et est-ce que je me suis bien fait comprendre ? Je m'en contrefiche, de vos histoires.

– Mais préciser les points de détails, ça, vous ne vous en *contrefoutez* pas.

– Ça, non. Merci de me ramener à des sujets d'importance », fit Wallace.

Il consulta sa montre. « Je suis arrivé ici il y a environ une demi-heure. Si vous aviez regardé le parking, vous auriez vu arriver deux véhicules. L'un est à moi. Joli petit cabriolet, pas très bien adapté à ces routes, mais il m'a emmené jusqu'ici. L'autre, c'est une Suburban noire avec deux Russes à l'intérieur. Nous nous sommes garés de chaque côté de votre Scion xB 2008. L'un des Russes, un jeune technicien pas beaucoup moins doué que vous, a ouvert son ordinateur portable et établi une connexion Internet grâce au réseau wi-fi du pavillon. Il m'attend là-bas en ce moment même. Si nous finalisons cette transaction, je serai à l'arrière de cette Suburban environ trente secondes plus tard et je lui passerai cette clé. Et il a, comment ça s'appelle ? des *scripts* qui peuvent analyser vos données et vérifier vos numéros de cartes de crédit *très rapidement.* Et s'il trouve quelque chose qui ne va pas, eh bien, les représailles contre lesquelles je vous mettais en garde il y a quelques minutes seront mises à exécution avant que votre foie n'ait eu le temps de métaboliser la gorgée de Mountain Dew que vous venez d'avaler. »

Peter prit une autre gorgée de Mountain Dew. « Je possède les mêmes scripts, dit-il, et je viens de m'en servir pour analyser ces données il y a quelques heures. Mes amis en Europe de l'Est surveillent également ça de près ; ils me tiendraient au courant s'il y avait un problème. J'ai peur des gens pour qui vous travaillez, monsieur Wallace, et je regrette d'avoir mis les pieds là-dedans ; mais s'il y a une chose qui ne m'inquiète pas, c'est l'intégrité des données que je vous vends.

– Très bien, dans ce cas. »

Peter posa la clé sur la table et la poussa vers Wallace.

Wallace sortit un ordinateur portable de sa sacoche et l'ouvrit sur la table. Il inséra la clé. Son icône apparut sur l'écran. Il double-cliqua, révélant un unique fichier Excel intitulé « Données ». Wallace fit glisser ce dossier sur l'icône

« Documents » et regarda pendant quelques secondes tandis que la petite animation à l'écran l'assurait que le transfert avait lieu. Pendant ce temps, il observa : « Il y a une autre façon dont ça pourrait tourner mal, bien sûr. Déjà évoquée dans cette conversation.

– Et c'est... ?

– Peut-être n'est-ce pas la seule copie des données ? Peut-être que vous doublerez vos gains, ou les triplerez, en les vendant à d'autres ? »

Peter haussa les épaules : « Je n'ai aucun moyen de prouver que c'est la seule copie.

– Je comprends. Mais vos collègues ukrainiens...

– Ils n'ont jamais même vu ces trucs. Lorsque nous avons exécuté l'exploit, les dossiers sont allés directement sur mon ordinateur portable.

– Où vous avez gardé une copie, juste au cas où ?

– Non. »

Puis Peter hésita un peu. « À part ça. » Il éjecta le DVD de son ordinateur. « Vous le voulez ?

– J'aimerais le voir détruit.

– C'est pas compliqué. »

Peter plia le disque en U et appuya fort pour essayer de le briser. Cela demandait un effort surprenant. Finalement, il fit un crac ! explosif et se cassa en deux moitiés, mais plusieurs éclats volèrent sur la table et sur le sol. « Merde ! » s'écria Peter. Il laissa tomber les deux demi-cercles et leva sa main droite pour montrer une coupure d'environ un centimètre et demi à la base de son pouce.

« Vous croyez que vous pourriez en faire un petit peu plus pour vous faire remarquer ? » demanda Wallace. Il avait ouvert le nouveau dossier de « Données » et vérifiait qu'il s'agissait bien de lignes et de lignes de noms, d'adresses, de numéros de cartes de crédit avec leur date d'expiration. Il fit dérouler le fichier jusqu'à la fin et s'assura qu'il contenait des centaines de milliers d'informations.

Puis il retira la clé de son ordinateur et la jeta d'une pichenette dans le feu qui brûlait à quelques dizaines de centimètres d'eux. Peter, qui suçait la lacération qu'il s'était infligée, ne pouvait s'empêcher de jeter des coups d'œil en direction de Richard et Zula.

Du bout du pied, Wallace poussa un petit sac en toile sur le sol jusqu'à ce qu'il entre en contact avec la cheville de Peter. « Ça devrait vous permettre d'acheter quelques pansements en vous laissant suffisamment pour acheter une nouvelle clé USB à Oncle Dick. Mais comment vous comptez rembourser votre prêt avec des billets de 100 dollars, je ne le saurai jamais.

– Il se trouve qu'Oncle Dick en connaît un rayon là-dessus. »

Peter avait ôté sa main de sa bouche et pressait maintenant la plaie sanguinolente contre la paroi glacée de son verre de Mountain Dew.

« Vous le savez personnellement ou par Wikipédia ?

– Pour votre gouverne, sa page Wikipédia le dérange beaucoup.

– Elle me dérangerait aussi, si c'était la mienne. Répondez à ma question.

– Richard ne parle pas du passé. Pas à moi en tout cas.

– Quoi, il ne pense pas que vous êtes digne de sa nièce ? dit Wallace avec une feinte stupéfaction. Richard Forthrast est rentré dans le droit chemin il y a bien longtemps. Il ne va pas vous aider avec votre problème de billets de 100 dollars.

– Il a trouvé un moyen. Je peux en trouver un aussi.

– Peter. Avant que nos chemins se séparent pour toujours, si tout va bien, je souhaiterais vous parler brièvement de quelque chose.

– Allez-y.

– Je vois que vous avez parlé sans détour. Je désire donc répondre de la même manière et vous dire que tous ces trucs sur les Russes, c'était juste du baratin. Une tactique d'intimidation pure et simple.

– J'avais déjà compris.

– Comment, au juste ?

– Il y a une minute, vous avez dit que vous alliez donner la clé USB à un hacker russe à l'arrière d'une Suburban. Or, vous venez de la jeter au feu.

– Malin. Donc je n'ai pas besoin de vous dire qu'il n'y a pas de Suburban dans le parking. Vous pouvez regarder par vous-même. »

Peter ne regarda pas. Il était presque excessivement prêt à croire Wallace.

« Je travaille pour mon propre compte. Je joue petit et je n'ai pas de gros bras pour m'appuyer, donc je suis obligé de jouer à ces petits jeux parfois, de façon à juger la sincérité des gens. Je peux voir que vous avez été honnête avec moi. Sans quoi vos yeux vous auraient trahi.

– Pas de problème. Quand j'étais petit, on regardait une émission débile qui s'appelait *Scared Straight*. Je crois que vous venez de me faire le coup.

– Oh, vraiment ! fit Wallace d'une voix traînante. Vous avez tourné une nouvelle page ! C'était votre dernier gros coup ! Vous vous retirez des affaires. Vous rentrez dans le droit chemin, la voie étroite, comme Richard Forthrast.

– Il l'a fait...

– ... donc vous pouvez le faire aussi, termina Wallace. Pour moi, c'est de la pure foutaise, mais je vais prendre congé à présent et vous souhaiter bonne chance. »

« Il prend de la drogue, Peter ? demanda Richard.

– Non, il est *straight edge*, répondit Zula avec un bref roulement d'yeux, en marquant les guillemets avec les doigts. Pourquoi ?

– Parce que ça ressemblait à une transaction de came, pour moi. »

Elle regarda par-dessus son épaule. « Vraiment ? En quel sens ?

– Je ne sais pas, la dynamique psychologique. »

Elle lui jeta un regard pénétrant à travers ses lunettes.

« Mais j'admets que ça n'explique pas le numéro avec la clé USB et la tentative de suicide par DVD », concéda-t-il.

Elle détourna les yeux et haussa les épaules.

« Peu importe, continua-t-il.

– Donc D2 est tombé sur le poil de Skeletor à propos des apostrophes.

– Oui. Une attaque bien pensée, je dirais. Et elle a conduit, entre autres choses, au changement de D'uinn en Dwinn.

– Dis donc, la façon dont les gens en parlent sur Internet...

– On croirait que c'était beaucoup plus important. Non. Pas sur le moment, en tout cas. Mais c'est comme ça que l'histoire se fait, désormais. Les gens attendent d'avoir besoin d'une histoire quelconque, puis ils l'arrangent à l'envi pour servir leurs buts. Il y a un an, seuls les geeks de T'Rain les plus hard-core avaient entendu parler de l'Apostropocalypse, c'était considéré comme un détail. Amusant, tout au plus.

– Mais depuis que les Forces des couleurs vives s'en sont prises à la Coalition des couleurs terre...

– Ça a pris de l'importance rétrospectivement, et on a gonflé l'événement pour en faire un truc énorme. Mais en vérité, c'était seulement un dîner atrocement gênant. D'uinn a été changé en Dwinn. Soi-disant pour des raisons linguistiques. Mais ça créait un précédent : Don Donald avait désormais autorité pour changer des choses que Devin avait créées.

– Et il en a abusé par la suite ?

– Selon les Forces des couleurs vives, oui. Mais le fait est que D2 a été discret, mesuré, il n'a changé les choses que là où Devin avait vraiment piétiné son plan initial. Des choses que Devin lui-même aurait changées s'il avait relu son travail et réfléchi un peu plus. Donc, foncièrement, rien d'extraordinaire.

– Pour toi peut-être, mais pour Devin ? »

Richard réfléchit un moment. « À l'époque, il a vraiment donné l'impression qu'il s'en fichait.

– Mais peut-être qu'au fond, il ne s'en fichait pas et qu'il prépare sa revanche depuis le premier jour. En planquant des choses dans le Canon. Des détails historiques que Geraldine et son équipe ne relieraient pas forcément à un plan d'ensemble. Mais ses fans... pour eux, ça a été comme un coup de sifflet. »

Richard haussa les épaules et hocha la tête. Puis il remarqua que Zula le regardait fixement. Elle en attendait davantage.

« Tu t'en fiches ! » s'exclama-t-elle finalement. Puis elle sourit.

« Au début, je ne m'en fichais pas, avoua-t-il. J'étais choqué. Un de mes personnages s'est fait ganker, tu sais. Attaquer sans sommation par d'autres personnages de son camp. Abattre pendant *qu'il les défendait*. Alors bien sûr, sur le coup, ça m'a vexé. Et la fureur, la colère pendant ces deux derniers mois – comment ne pas se laisser emporter un peu là-dedans ? Mais... je suis un chef d'entreprise.

– Et la Guerre de réalignement rapporte de l'argent ?

– Des millions.

– Qui c'est, qui se fait des millions ? » demanda Peter, interrompant la conversation.

Il ôta de son épaule un sac en tissu et le plaça sur ses genoux en s'asseyant. Il cramponnait un bandage de serviettes en papier roulées, appliquant une pression directe à sa blessure par le DVD.

« Tu poses une question intéressante, dit Richard en le regardant dans les yeux.

– Je plaisantais, dit Peter en détournant immédiatement les siens.

– Bon, fit Zula en pressant une touche de son téléphone pour regarder l'heure. Tu peux faire une photo de moi avec mon oncle avant qu'on prenne la route ? »

Ainsi qu'on le voyait avec une clarté décourageante en consultant Google Maps, il n'y avait pas de bonne route pour se rendre de cette partie de CB à Seattle, ou ailleurs ; toutes les chaînes de montagnes étaient disposées à la perpendiculaire des trajectoires de voyage.

La route d'accès au Schloss les emmena de l'autre côté du barrage et ils débouchèrent sur le début d'une deux-voies provinciale qui suivait la rive gauche de la rivière jusqu'à l'extrémité sud du grand lac Kootenay : une tranche d'eau profonde coincée entre les Selkirk et les Purcell. Elle donnait sur une plus grande route nationale au milieu d'Elphinstone, une petite ville joliment restaurée d'environ dix mille habitants, dont neuf mille semblaient travailler dans la restauration. En s'arrêtant pour prendre de l'essence, ils en profitèrent pour faire une pause d'une demi-heure dans un restaurant thaï. Peter était quasi mutique. Zula était habituée à ses longs silences. En principe, cela ne la dérangeait pas, car, entre son téléphone, sa liseuse e-book et son ordinateur portable, elle ne se sentait jamais vraiment seule, même lors des longs trajets à travers la montagne. Mais en général, quand Peter se taisait pendant un long moment, c'est qu'il pensait à un truc de geek sur lequel il bossait, et ça le rendait joyeux. Aujourd'hui, son silence était d'une tonalité différente.

Depuis Elphinstone, ils allaient prendre vers l'ouest pour franchir le col de Kootenay. Après cela, ils devraient choisir entre la peste et le choléra. Ils pouvaient prendre vers le sud et passer la frontière à Metaline Falls. Cela les amènerait dans le coin nord-est de l'État de Washington et, à partir de là, ils pourraient descendre jusqu'à Spokane en deux heures puis traverser l'État en vitesse par l'I-90. C'était l'itinéraire qu'ils avaient emprunté en venant le vendredi. Ou bien...

« Je pensais, dit Peter, après avoir passé quinze minutes à enrouler son pad thaï autour de sa fourchette tout en essayant de percer un trou dans la table de son regard fixe, qu'on devrait passer par le Canada. »

Il parlait d'un itinéraire alternatif qui les ferait traverser les hauteurs de la Colombie-Britannique, en passant par les

Okanagan, pour finalement atteindre Vancouver, d'où ils pourraient franchir la frontière et prendre l'entrée nord de l'I-5.

« Pourquoi ? » demanda Zula.

Peter la regarda pour la première fois depuis qu'ils s'étaient assis. Il était presque blessé par la question. Pendant un instant, il sembla prêt à se mettre sur la défensive. Puis il haussa les épaules et détourna les yeux.

Plus tard, tandis que Peter les conduisait vers l'ouest, Zula repoussa son matériel électronique sans utilité (car le téléphone était cher au Canada et que la liseuse ne servait à rien dans le noir) et regarda le paysage défiler par le pare-brise en se rejouant intérieurement l'épisode. Il tournait autour du mot « devrait ». S'il avait dit : *Ça serait marrant de changer d'itinéraire*, ou : *J'aimerais bien passer par le Canada, pour changer*, elle n'aurait pas répondu : « Pourquoi ? », car c'était ce qu'elle pensait elle aussi. Mais il avait dit : *On devrait passer par le Canada*, ce qui était tout différent. Et la façon dont il avait évité sa question par la suite lui remit en tête son comportement avec cet inconnu dans la taverne. La question d'Oncle Richard sur la drogue l'avait agacée sur le coup. Le look de Peter, sa façon de s'habiller et d'agir donnait de fausses idées aux personnes plus âgées. Mais elle savait parfaitement bien que c'était un type adorable et respectable, et qu'il n'avait jamais mis dans son corps un truc plus fort que du Mountain Dew.

Devrait. Quelle différence cela pouvait-il bien faire ? Le passage de la frontière à Metaline Falls avait un petit côté rustique, certes, mais, pour cette raison même, il était peu utilisé, et il n'y avait en général pas d'attente. Les douaniers étaient tellement esseulés qu'ils vous accueillaient pratiquement à bras ouverts. À Vancouver, les passages étaient parmi les plus grands et les plus fréquentés de toute la frontière.

Il voulait éviter quelque chose.

C'était le seul problème avec Peter. Si quelque chose le mettait mal à l'aise, il l'esquivait. Et il était très doué pour ça.

Sans doute ne *savait-il* même pas qu'il esquivait. C'était juste sa façon instinctive de se faire un chemin dans le monde. Ce n'était pas un tire-au-flanc habile. Plutôt un tire-au-flanc inné, naïf et inconscient. Quand elle était petite, Zula avait vu ce genre de comportement en Érythrée, où aborder ses problèmes de front n'était pas toujours la démarche la plus fine ; le patriarche de son groupe de réfugiés avait élaboré une stratégie pour prendre sa revanche sur les Éthiopiens qui leur tournaient autour en traversant le désert pieds nus jusqu'au Soudan, où il s'était fait admettre dans un camp de réfugiés ; il y avait passé suffisamment de temps pour parvenir à être envoyé en Amérique et commencer une vie là-bas, devenir riche (du moins selon les critères de la corne de l'Afrique), et avait renvoyé de l'argent en Érythrée pour financer l'effort de guerre.

Mais les Forthrast venaient d'une tradition différente où, quel que soit le problème, il existait un comportement logique et intelligent à adopter pour l'affronter. *Demande à ton prêtre. Demande à ton chef scout. Demande à ton conseiller d'orientation.*

Peter avait été vraiment perturbé pendant le trajet le long du lac jusqu'à Elphinstone, puis immensément soulagé lorsqu'ils avaient opté pour la route de l'ouest. En prenant par l'ouest, il avait effectué une sorte de détour.

Pour éviter une petite route en lacet à l'air particulièrement flippant dans les Okanagan – peut-être pas le meilleur choix, au milieu de la nuit, et à cette période de l'année –, ils prirent vers le nord et rejoignirent une nationale plus large et plus droite à Kelowna. Puis ils s'arrêtèrent à une station-service et Peter décida exceptionnellement d'acheter un café. Zula émit sans espoir la suggestion qu'il la laisse conduire, et Peter lui offrit un rôle différent : « Parle-moi pour me maintenir éveillé. » Elle put seulement en rire, dans la mesure où il n'avait pas dit un mot. Mais à partir de Kelowna, elle essaya de lui parler. Au final, ils parlèrent surtout de trucs de *nerds*, vu que c'était le seul domaine où, une fois qu'il était lancé, les mots sortaient vraiment de lui en cascade pendant des heures. Son intérêt pour l'appareil de sécurité sous-jacent de T'Rain ne le quittait jamais – comment il risquait d'être vulnérable et comment, par conséquent, il pourrait être en mesure de l'améliorer, tout en leur facturant le service et en lui donnant une très bonne image auprès de son nouvel employeur. Zula ne pouvait jamais en parler, car elle avait signé un accord de non-divulgation d'une longueur impressionnante et d'une précision intimidante, quelque chose sur quoi aucun prêtre, chef scout ni conseiller d'orientation n'aurait pu lui donner de sages conseils. Elle pouvait parler de ce qui avait été rendu public, à savoir que son patron, Pluto, était le Gardien de la Clé, la seule personne sur terre qui connaissait une certaine clé de cryptage qui était changée tous les mois et qui était utilisée pour signer digitalement toutes les données de la géologie fantastique de son algorithme générateur de monde. C'était un peu comme la signature du secrétaire du département du Trésor des États-Unis qui était imprimée sur tous les billets pour prouver leur authenticité. Car les sorties du code de Pluto dictaient, entre autres choses, la quantité d'or présente dans chaque brouette de minerai extraite par les mineurs dwinn. Zula n'avait pas vraiment été engagée pour travailler sur la partie « métaux précieux » du système – son boulot était de pratiquer des simulations informatiques de mécanique des fluides sur le flux de magma – mais elle était obligée de se frotter quotidiennement à ces mesures de sécurité, et Peter ne cessait de poser des questions hypothétiques à leur sujet, sur comment elles pourraient être contournées – pas par lui mais par d'hypothétiques hackers black-hat qu'il pourrait être payé pour contrer.

Cette conversation les maintint éveillés et en vie jusqu'à Abbotsford, une ville située à encore environ une heure de Vancouver, mais qui mordait la frontière et en un sens semblait un endroit plus logique pour la traverser. Ils s'arrêtèrent, non pour prendre de l'essence, mais parce que la vessie de Peter était pleine, et la pause se prolongea finalement tandis qu'il vérifiait les temps d'attente à différents passages sur son Palm. Pendant ce temps, Zula entra dans la station et acheta des saloperies à manger. Lorsqu'elle ressortit, il avait ouvert l'arrière de la voiture et tripotait quelque chose. Elle entendit des fermetures Éclair, un froissement de plastique. « Tu veux conduire ? lui demanda-t-il.

– Ça fait six heures que je te dis que je me ferais un plaisir de conduire, observa-t-elle avec douceur.

– Je pensais juste que t'aurais pu changer d'avis, mais j'aimerais vraiment bien me reposer les yeux et peut-être même dormir un peu », dit-il, ce que Zula, d'instinct, ne crut pas, car il lui semblait sérieusement agité.

Mais elle eut un déclic : il esquivait encore. Le fait de passer la frontière déclenchait son instinct d'évitement. Cela s'était produit une première fois lorsqu'ils s'étaient approchés de l'embranchement à Elphinstone, et cela se reproduisait maintenant. Elle accepta de prendre le volant.

« C'est le Peace Arch. On cherche le passage du Peace Arch.

– Il y en a un à quoi, trois kilomètres d'ici.

– Il y a moins d'embouteillages au Peace Arch.

– Bon, OK. »

Elle se mit donc à les conduire sur les douze derniers kilomètres vers l'ouest, jusqu'au passage du Peace Arch, qui était en fait juste au-dessus de l'eau salée : plus ils allaient loin, plus ils retardaient le passage. Peter, au bout de quelques minutes, abaissa son siège, ferma les yeux et cessa de bouger. Même si Zula, qui avait dormi avec lui un grand nombre de fois, savait que ce n'était pas son comportement habituel en matière de sommeil.

Les signaux électroniques sur la nationale indiquaient que la soi-disant voie pour camions – juste quelques kilomètres à l'est du passage du Peace Arch – était moins fréquentée, aussi prit-elle par là. Il n'y avait que deux voitures devant eux dans la zone d'inspection, ce qui signifiait sans doute une attente de moins d'une minute.

« Peter ?

– Oui ?

– T'as ton passeport ?

– Oui, il est dans ma poche. Hé ! On est où ?

– À la frontière.

– On est sur la voie camions.

– Oui. Il y a moins d'attente.

– J'avais plutôt pensé au Peace Arch.

– Qu'est-ce que ça peut faire ? » Plus qu'une voiture.

« Pourquoi tu sors pas ton passeport ?

– Tiens. Tu peux le donner au douanier. »

Peter passa son passeport à Zula, puis se remit en position de repos. « Dis-lui que je dors, OK ?

– Tu ne dors pas.

– Je pense juste qu'on a moins de chances de se faire emmerder s'ils pensent que je suis endormi.

– Comment ça, se faire emmerder ? Quand est-ce qu'on s'est déjà fait emmerder à cette frontière ? C'est comme de passer du Nord-Dakota au Sud-Dakota.

– Fais ce que je te dis.

– Dans ce cas, ferme les yeux et arrête de bouger, et il verra lui-même que tu dors ou que tu fais semblant. Mais si je dis l'évidence – « il dort » –, ça va juste faire bizarre. Qu'est-ce que ça peut faire ? »

Peter fit semblant de dormir et ne répondit pas.

La voiture qui les précédait pénétra aux États-Unis et le feu passa au vert pour leur faire signe d'avancer. Zula ralentit.

« Combien êtes-vous dans la voiture ? demanda le douanier. Nationalité ? » Il braqua sa torche sur Peter. « Votre ami va devoir se réveiller.

– On est deux. Américains.

– Combien de temps avez-vous passé au Canada ?

– Trois jours.

– Vous rapportez quelque chose ?

– Non, dit Zula.

– Juste un paquet de café. Des cochonneries à bouffer, dit Peter.

– Bienvenue au pays », dit le garde, puis il déclencha le feu vert.

Zula accéléra vers le sud. Peter redressa son siège et se frotta le visage.

« Tu veux récupérer ton passeport ?

– Oui, merci.

– Il y a à peu près deux heures de route jusqu'à Seattle. Peut-être que ça te laisse le temps de m'expliquer pourquoi tu t'es foutu de ma gueule toute la journée. »

Peter sembla assez surpris qu'elle ait compris qu'il se foutait de sa gueule, mais il ne tenta pas de protester de son innocence.

Quelques minutes plus tard, après qu'elle eut rejoint l'I-5, il dit : « J'ai fait un truc hyper stupide. Peut-être même assez stupide pour que ça mette fin à notre histoire, pour ce que j'en sais.

– C'était qui, ce type, à la taverne ? Il a un rapport avec ça, pas vrai ?

– Wallace. Il habite à Vancouver. D'après ce que je peux déduire de sa trace sur Internet, il est comptable. Formé en Écosse. Il a immigré au Canada dans les années 1980.

– T'as fait un boulot pour lui ? Un truc de sécurité ? »

Peter garda le silence pendant un petit moment.

« Écoute, reprit Zula. Je veux juste savoir ce qu'il y a dans cette voiture qui te rendait si nerveux en passant la frontière.

– De l'argent. Une somme supérieure à 10 000 dollars en liquide. J'étais censé le déclarer. Je ne l'ai pas fait. »

Il s'enfonça dans son siège, poussa un soupir. « Mais maintenant on est en sécurité. On a passé la frontière. On...

– Qui ça, "on", au juste ? Je suis une sorte de complice ?

– Pas légalement, puisque tu ne savais pas. Mais...

– Alors est-ce que j'ai été en danger à un moment ? D'où ça sort, ce "on est en sécurité" ? »

Zula ne se mettait pas souvent en colère, mais, quand ça arrivait, ça montait lentement et inexorablement.

« Wallace est juste un peu bizarre, dit-il. Certains trucs qu'il a dits – je ne sais pas. Écoute. Je me suis rendu compte que je faisais une erreur au moment même où je la faisais. J'ai détesté faire ça du début à la fin. Mais après, c'était fait, j'avais l'argent et on était sur la route, en direction de la frontière, et j'ai commencé à réfléchir aux implications.

– Donc tu *voulais* trouver un poste-frontière embouteillé ?

– Oui. Pour qu'ils soient davantage pressés par le temps, qu'il y ait moins de chances qu'ils fouillent la voiture.

– Quand tu as regardé les temps d'attente à Abbotsford...

– Je cherchais les postes les plus embouteillés.

– Incroyable. »

Elle roula en silence un moment, réfléchissant à la journée.

« Pourquoi as-tu fait ça au Schloss ?

– C'était l'idée de Wallace. On essayait de faire concorder nos plannings de voyages. J'ai dit que je serais là. Il a sauté sur l'idée. Ça n'avait pas l'air de le gêner de faire toute la route depuis Vancouver en plein hiver. Maintenant, je réalise qu'il ne voulait pas traverser la frontière avec le cash. Il voulait me refiler ce petit problème.

– Quel genre de comptable paie des services de consulting en sécurité en cash ? »

Peter ne dit rien.

Zula essayait de comprendre. Des billets de 100 dollars. Cent billets, cela ferait 10000 dollars. Quelle serait l'épaisseur de la liasse, environ ? Pas si épaisse que ça. Pas si difficile à cacher dans une voiture.

Il transportait plus que ça. Beaucoup plus. Elle avait remarqué qu'il agissait bizarrement en manipulant ses bagages. Lorsqu'il avait réarrangé quelque chose à Abbotsford.

« Attends une seconde. Tu prends 200 dollars de l'heure. Il faudrait cinquante heures de travail pour arriver à 10000 dollars.

Mon impression, là, c'est que tu transportes beaucoup plus que 10000. Ce qui signifie beaucoup plus de cinquante heures de travail. Or, tu n'as pas été si occupé que ça ces derniers temps. Tu as fait des travaux dans ton immeuble. Tu viens de passer toute une semaine *à poser des cloisons*. Quand est-ce que t'aurais trouvé le temps d'additionner toutes ces heures ? »

C'est ainsi que l'histoire éclata au grand jour.

La prédiction de Zula s'avéra juste. Cela leur donna un sujet de conversation jusqu'à Seattle.

Peter avait également raison : c'était un événement qui mettrait fin à leur histoire. Pas tellement ce qu'il avait fait dans le passé – même si c'était bien stupide – mais ce qu'il avait fait aujourd'hui : cette crise ridicule au moment de passer la frontière.

Le vrai baiser de la mort, cependant, fut qu'il invoqua Oncle Richard.

Cela arriva alors qu'ils étaient quelque part vers Everett, sur le point de pénétrer dans les banlieues du Nord de Seattle. Il sentit qu'il lui restait quinze, peut-être vingt minutes pour plaider sa cause. Ce qu'il tenta de faire en évoquant tous les trucs pas nets qu'avait faits Richard Forthrast dans le passé, ou que la rumeur lui attribuait. Zula semblait s'entendre très bien avec Oncle Richard, alors – c'était son argument – quel était son problème avec Peter ?

C'est là qu'elle le coupa au milieu d'une phrase pour lui dire que c'était fini. Elle le dit avec une certitude et une conviction dans la voix et le visage qui le laissèrent fasciné et pantois. Parce que les mecs, de son âge en tout cas, n'avaient pas la confiance en soi nécessaire pour prendre des décisions capitales de cette façon, à l'instinct. Ils devaient construire un édifice de pensée rationnelle sur cette base. Mais pas Zula. Elle n'avait pas besoin de se décider. Tout ce qu'elle avait à faire, c'était de transmettre l'information.

Jour 1

Le vendredi, Zula était sortie du boulot en avance et s'était rendue directement à l'espace de Peter (il l'appelait toujours son « espace »). Elle s'était garée à l'intérieur de la partie de l'immeuble qui ressemblait davantage à un entrepôt, lequel était accessible par une énorme porte coulissante qui donnait sur la ruelle de derrière, et elle avait laissé quelques affaires de travail là-bas. Aussi, malgré la fin de leur relation, était-elle obligée de retourner chez lui pour prendre sa voiture et récupérer ses affaires. De l'I-5, elle sortit sur Michigan Avenue, qui longeait en diagonale la limite nord de Boeing Field, et, après l'avoir suivie vers l'eau pendant quelques centaines de mètres, elle prit un virage en épingle vers le nord pour entrer dans Georgetown.

Cent ans plus tôt, Georgetown avait été une ville indépendante spécialisée dans la manufacture et la consommation de boissons alcoolisées. Elle était bordée par d'importantes voies ferrées et des voies d'eau industrielles. Au début du XXe siècle, elle avait été annexée par Seattle, qui ne pouvait pas supporter de voir, à ses portes, une ville indépendante prospère qui ne demandait qu'à devenir imposable.

Lorsque les avions s'étaient popularisés, l'aéroport régional avait été construit immédiatement au sud. Il avait été nationalisé vers l'époque de Pearl Harbor puis utilisé par Boeing pour assembler des B-17 et des B-29 pendant toute la guerre. Les rues plus calmes et plus étroites de Georgetown s'étaient peuplées des bungalows des riveteurs. Toutefois, le quartier avait préservé son identité une bonne partie du siècle, jusqu'à subir les attaques du nord: des start-up qui cherchaient des espaces de bureaux bon marché avaient envahi les friches industrielles du quartier des affaires, s'emparant des ateliers et fonderies que la Chine avait dépossédés d'une grande part de leur activité. Les moulins et tours avaient été démantelés et jetés ou vendus, les hauts plafonds nettoyés et équipés d'échelles à câbles qui craquaient sous le poids de kilomètres de fils Ethernet bleus. Les camionneurs avaient dû s'habituer à partager les nids-de-poule des rues du secteur avec des banlieusards à vélo affublés de casques un peu ridicules et de combinaisons en lycra. C'est à cette époque que Peter, flairant l'opportunité, avait acheté son espace. Il s'était persuadé de se lancer en grande partie sur la conviction que lui et quelques amis allaient y monter une compagnie high-tech. Ce projet ne s'était pas réalisé à cause du changement de climat économique, et, finalement, il utilisait une partie du bâtiment comme espace de vie et de travail et louait le reste à des artistes et à des artisans qui, il s'en aperçut, ne payaient pas le même loyer que les compagnies high-tech. Mais ce qui avait été mauvais pour Peter avait été bon pour Georgetown – du moins, pour l'activité de Georgetown qui consistait plutôt à *faire* des choses qu'à jouer des tours avec des bits informatiques.

C'était un vieil édifice en brique. Le rez-de-chaussée avait de hauts plafonds soutenus par des poutres en vieux sapin, ce qui en aurait fait un cadre idéal pour un restaurant ou une brasserie si l'immeuble avait été situé dans une rue plus accessible et si Georgetown n'en possédait pas déjà plusieurs du même style. En l'état, Peter l'avait subdivisé en deux travées, dont l'une était louée par un soudeur de métaux rares qui fabriquait des pièces pour l'industrie aéronautique, et l'autre lui servait d'atelier. C'est là que la voiture de Zula avait passé le week-end. Au-dessus, il y avait un seul étage rénové avec de belles fenêtres anciennes qui donnaient sur Boeing Field. Cet étage était lui aussi subdivisé en un loft sans cloisons qui servait d'espace de vie et de travail à Peter, et en une autre unité qu'il avait retapée dans l'espoir de la louer à quelque jeune hipster qui voudrait vivre, comme disait Peter, « en la présence des voûtes ».

Zula n'avait pas saisi la portée de cette observation jusqu'à ce qu'elle ait passé un petit moment dans le quartier et commencé à remarquer que, oui, les vieux bâtiments arboraient des fenêtres et des portes qui étaient soutenues par de véritables voûtes de brique ou de pierre, lesquelles n'étaient jamais utilisées dans les constructions plus récentes. De la part de Peter, c'était assez malin d'avoir remarqué la chose, et le fait d'avoir compris que cela pourrait être attirant pour un certain type de personnes reflétait un genre d'intuition plus humain, en quelque sorte, que ce qu'on attend généralement d'un *nerd*.

Aussi, cette nuit-là, lorsqu'ils arrivèrent à son espace vers 2 heures du matin et qu'elle monta pour récupérer les affaires qu'elle avait éparpillées pendant les mois où elle avait quasiment vécu avec lui, en voyant les voûtes de brique qu'il avait laissées intactes pendant les travaux, beaucoup de choses défilèrent-elles dans sa tête en quelques instants et se trouva-t-elle incapable de bouger ou de penser clairement. Elle resta plantée là dans le noir. Les lumières de Boeing Field se réverbéraient contre un plafond bas de nuages d'après la pluie et les faisaient briller d'un éclat d'argent verdâtre qui emplissait les fenêtres comme si le verre en avait été enduit à la truelle.

Elle ressentit un étrange réconfort. La question qui lui venait naturellement à l'esprit à ce moment, c'était : *Qu'est-ce que j'ai bien pu voir dans ce type ?* À part sa beauté physique, qui était assez évidente. Ces occasionnelles intuitions de gaucher, comme les voûtes. Autre chose : il travaillait très dur et il savait faire beaucoup de choses, ce qui lui avait fait penser à la famille en Iowa. Il était intelligent, et, comme en témoignaient les livres empilés et éparpillés dans toute la pièce, il s'intéressait à beaucoup de choses et pouvait en parler plaisamment, quand il avait envie de parler. Être là à présent, seule (car il déballait son matériel en bas), lui permit de revivre le processus qui l'avait fait tomber amoureuse de lui, comme si elle reconstituait une scène de crime, et de se convaincre ainsi qu'elle n'avait pas simplement fait preuve d'une stupidité absolue. Elle put se pardonner de n'avoir pas remarqué les caractéristiques rédhibitoires qui avaient été si voyantes ces douze dernières heures. Ses copines n'avaient sans doute *pas*, elles, passé leur temps à s'interroger, dans le dos de Zula, sur les raisons pour lesquelles elle était avec ce mec.

Ce qui la conduisit à se demander, une dernière fois – tant qu'elle était dans le noir et qu'elle le pouvait encore –, si elle avait bien fait de rompre. Mais elle était à peu près certaine que, lorsqu'elle se réveillerait le lendemain matin, elle n'éprouverait aucun remords. C'était le troisième mec avec qui elle rompait. Quand elle allait à la fac, les geeks métisses spécialisées dans la mécanique des flux informatiques ne décrochaient pas autant de rencards que, mettons, les blondes aux yeux bleus qui préparaient un diplôme d'hôtellerie et de restauration. Mais, telle l'habitante d'un appartement qui fait pousser un jardin sur le toit d'une boîte de café, elle avait cultivé et maintenu une petite vie sociale bien à elle, et récoltait de temps à autre une tomate mûre et la savourait peut-être plus intensément que quelqu'un qui les achète en sachet au Safeway. Aussi n'était-elle pas complètement sans expérience. Elle l'avait déjà fait. Et elle n'avait pas plus de remords pour cette rupture que pour les deux précédentes.

Elle alluma les lumières, qui piquèrent ses yeux fatigués, et entreprit de ramasser les affaires qu'elle savait lui appartenir : dans la salle de bains, ses cosmétiques minimaux mais essentiels et quelques outils de coiffage. Dans son coin préféré, quelques notes et livres de travail. Deux ou trois romans. Rien d'important, mais elle ne voulait pas que Peter soit confronté à des petites parcelles de Zula chaque matin au réveil. Elle empila ce qu'elle trouvait en haut des escaliers qui descendaient à l'atelier et refit un tour dans la partie habitée, glanant des petits articles de moins en moins évidents : une casquette de base-ball, une barrette, un mug, du baume à lèvres. Elle allait plus doucement et prenait plus de temps que nécessaire car, lorsqu'elle aurait terminé, il lui faudrait porter tout cela en bas où Peter déballait son matériel de snowboard, et ça n'allait pas être simple. Elle était trop fatiguée et vidée pour affronter ce malaise avec élégance, et elle ne voulait pas que le dernier souvenir que Peter ait d'elle soit celui d'une harpie en colère.

Lorsqu'elle retourna à son tas d'affaires pour ce qu'elle estimait être la pénultième fois, elle entendit des voix en bas. Celle de Peter et celle d'un autre homme. Elle ne distinguait pas les mots, mais l'autre homme était extrêmement agité. Un souffle d'air frais montait des escaliers : l'air frais du dehors qui s'engouffrait par la porte ouverte de l'atelier. Il portait le parfum âcre du gasoil incomplètement brûlé, une odeur qui de nos jours ne venait que des très vieilles voitures, avant l'ère des pots catalytiques.

Zula regarda par une petite fenêtre qui donnait sur la ruelle et vit une voiture de sport garée là, tous phares allumés, la porte grande ouverte côté conducteur, moteur toujours en marche. Le conducteur s'engueulait avec Peter dans l'atelier. Elle supposa que c'était parce que Peter avait laissé la Scion bloquer le passage pendant qu'il déchargeait. La décapotable était arrêtée nez à nez avec la Scion ; le conducteur était furieux de ne pas pouvoir passer, c'est du moins ce qu'imagina Zula. Il était pressé et ivre. Ou peut-être sous métamphétamines, à en juger par l'intensité de sa rage. Elle ne pouvait pas vraiment suivre la dispute qui se déroulait en bas. Peter était stupéfait, apparemment, mais tenait le rôle du mec raisonnable pour essayer de calmer l'inconnu. L'inconnu poussait des gueulantes, mais Zula ne comprenait pas ce qu'il disait. Il avait (s'aperçut-elle) une espèce d'accent, et si son propre anglais était pour ainsi dire parfait, elle avait quelques points faibles, et les accents en étaient un.

Elle s'apprêtait à appeler la police lorsqu'elle entendit l'inconnu parler de « message vocal ».

« ... Je l'avais éteint... expliqua Peter, une fois de plus d'une voix calme et raisonnable.

– ... Toute la route depuis Vancouver, se plaignit l'inconnu, sous une pluie battante. »

Zula s'approcha de la fenêtre et regarda de nouveau la voiture de l'inconnu. Elle était immatriculée en Colombie-Britannique.

C'était ce type. C'était Wallace.

Il y avait eu un problème avec la transaction. C'était une visite au service après-vente.

Non. Service technique. Wallace se plaignait d'un « putain de virus ou je ne sais quoi ».

La tension retomba peu à peu. La montée d'adrénaline qui avait propulsé Wallace depuis Vancouver était retombée. Ils convinrent d'en discuter calmement. Wallace coupa le moteur de la décapotable, éteignit les phares, entra dans l'atelier. Peter abaissa la porte derrière lui.

« À qui est cette voiture ? » demanda Wallace. Maintenant que le portail était fermé, le son se réverbérait dans les escaliers et il était plus facile pour Zula de suivre la conversation. Son oreille s'habituait à l'accent écossais.

« À Zula, dit Peter.

– La fille ? Elle est là ?

– Je l'ai déposée chez elle. »

Zula releva le mensonge avec gratitude et admiration, à contrecœur. « Elle la laisse ici quand elle ne s'en sert pas.

« J'ai super envie de pisser.

– Il y a un urinoir juste là.

– Bon garçon. »

L'urinoir sur pied au milieu de son atelier était une des innovations dont Peter était le plus fier. Zula entendit la braguette de Wallace se baisser, se dit que ce serait amusant de descendre et de faire sa sortie pile à ce moment-là. Mais sa voiture était maintenant bloquée par celle de Wallace. « J'avais supposé que vous m'aviez délibérément entubé, observa Wallace tout en pissant, mais maintenant j'envisage la possibilité qu'il s'agisse d'autre chose.

– Tant mieux. Parce que c'était tout à fait honnête.

– En dehors du fait que c'était un énorme coup de vol d'identités, vous voulez dire.

– Oui.

– Me convaincre de la chose est assez facile. Déjà fait. Mais les gens avec qui je travaille, c'est autre chose. »

Wallace finit de pisser et remonta sa braguette. Zula entendit le timbre de sa voix changer comme il se tournait.

« Je croyais que vous aviez dit que vous travailliez seul.

– Je disais la vérité la première fois.

– Oh ! fit Peter après une pause tangible.

– J'ai déjà reçu trois e-mails de mon contact à Toronto, qui veut savoir où diable se trouvent les putains de numéros de cartes de crédit. D'ailleurs, je ferais bien de lui envoyer une petite mise au point, là. Si on peut appeler "mise au point" un bobard éhonté. »

La conversation s'interrompit quelques instants et Zula supposa que Wallace composait un message sur son téléphone.

« En fait, je ne comprends pas pourquoi vous ne lui avez pas simplement envoyé les numéros, dit Peter. Alors peut-être que vous devriez reprendre tout depuis le début, parce que je n'ai rien pigé à tout ce que vous m'avez hurlé en arrivant.

– Presque fini, marmonna Wallace.

– Le mot de passe de mon réseau wi-fi est là, dit Peter, et Zula l'entendit glisser un morceau de papier sur le bar américain.

– Pas besoin, j'utilise un système nommé Tigmaster.

– Vous feriez mieux d'utiliser le mien ; il est beaucoup plus sûr que Tigmaster.

– Qu'est-ce que c'est, d'ailleurs, un dompteur d'animaux ?

– Un soudeur. Mon locataire. Il devrait mettre un mot de passe à son wi-fi, mais il s'en fiche.

– C'est ça, il n'est pas aussi soucieux de la sécurité que vous et moi. »

Peter ne répondit pas car il dut trouver, comme Zula, que cette dernière phrase ressemblait à un piège.

Zula avait renoncé à appeler la police quand elle avait compris que c'était Wallace et non un camé en descente. Maintenant, elle se posait de nouveau la question. Mais Wallace était beaucoup plus calme. Et, techniquement, Peter était la seule personne qui avait enfreint la loi. Avoir rompu avec lui lui suffisait. L'envoyer en prison, ça aurait été exagérer.

« Reprendre au début ? OK. Allons-y », dit Wallace. Il marqua une pause. « Il y a des bières dans ce frigo ?

– Je croyais que vous ne buviez pas. »

Silence.

« Servez-vous. »

Il y eut des bruits de frigo et de bouteilles de bière tandis que Wallace poursuivait : « Comme vous l'avez vu, j'ai immédiatement transféré le dossier sur mon ordinateur portable dans la taverne. J'ai vérifié son contenu. Fermé l'ordinateur. Je suis retourné à ma voiture. Je suis rentré à Vancouver, je me suis arrêté une fois pour prendre de l'essence, je ne suis jamais sorti de la voiture, je n'ai jamais quitté l'ordinateur des yeux. Je me suis garé dans le garage de mon immeuble, je suis monté dans mon appartement, ordinateur à la main. Je l'ai posé sur mon bureau, je l'ai branché, je l'ai ouvert, j'ai vérifié que tout était tel que je l'avais laissé.

– Quand vous dites : "je l'ai branché", vous voulez bien me dire tout ce que vous avez branché dedans ? »

Peter était passé à présent, contre toute attente, en mode poli, clinique, comme un représentant du service clientèle dans un *open space* du Bangalore.

« Électricité, Ethernet, moniteur externe et FireWire.

– Vous dites Ethernet – vous n'utilisez pas le wi-fi chez vous ?

– Vous vous foutez de ma gueule ?

– Simple question. Vous avez une espèce de firewall entre Internet et votre ordinateur portable ?

– Bien sûr, c'est un firewall officiel que je paie une fortune chaque mois. Y a un type qui s'en occupe pour moi. C'est complètement verrouillé. Jamais eu de problème.

– Vous avez parlé de FireWire. Qu'est-ce qu'il y a là-dessus ?

– Mon disque de sauvegarde.

– Donc vous sauvegardez vos dossiers localement ?

– Vous ne comprenez rien, n'est-ce pas ? Je vous ai dit pour qui je travaillais, non ?

– Oui. »

Peter n'avait pas dit à Zula que Wallace travaillait pour quelqu'un, aussi ne comprit-elle pas à quoi il faisait référence, mais la façon dont les deux hommes parlaient de l'employeur de Wallace attira indéniablement son attention.

« Il y a deux choses que je n'aimerais à aucun prix être obligé de lui expliquer. La première, que j'ai perdu des données importantes parce que j'ai oublié de les sauvegarder. La deuxième, que des personnes non autorisées ont accédé à ces données parce que je les ai sauvegardées sur un serveur qui n'est pas sous mon contrôle physique. Alors quel autre choix me reste-t-il ?

– Garder le matériel sous votre contrôle physique est la seule façon de s'en assurer, dit Peter d'une voix apaisante. De quel disque de sauvegarde parlons-nous, exactement ?

– Une box RAID 3 assez coûteuse disponible en magasin, que j'ai placée à l'intérieur d'un coffre-fort qui est encastré dans le mur de béton et le sol de l'appartement. Quand je suis chez moi, j'ouvre le coffre-fort, je sors le câble FireWire et je le connecte à mon ordinateur portable suffisamment longtemps pour accomplir la sauvegarde, puis je le referme. »

Peter réfléchit. « Atypique, mais assez logique, fut son verdict. Pour voler physiquement la box, quelqu'un devrait sérieusement endommager le coffre-fort, détruisant sans doute la RAID du même coup.

– C'est à peu près mon raisonnement.

– OK, donc votre premier mouvement en rentrant chez vous a été d'ouvrir le coffre-fort et de faire une sauvegarde comme vous venez de me le dire, de sorte que si le disque dur de votre ordinateur venait à planter, vous auriez conservé une copie du dossier que je vous ai vendu.

– Vous m'aviez convaincu que c'était la seule copie existante, fit Wallace, sur la défensive.

– Et effectivement, dans un monde gouverné par la loi de Murphy[1], faire une copie immédiate était le choix qui s'imposait.

– Il attendait que le dossier apparaisse sur un serveur à Budapest avant... en heure de la côte Ouest, ici... 2 heures du matin, et il n'était que minuit.

– Vous aviez tout le temps.

– C'est ce que je pensais. Une fois que j'ai mis la sauvegarde en route, j'ai quitté la pièce, je suis allé pisser un coup, et j'ai écouté le message vocal sur ma ligne fixe tout en déballant quelques affaires et en me préparant un verre. J'ai trié le courrier. Ça a dû me prendre environ quinze minutes en tout. Je suis retourné dans mon bureau et je me suis assis devant mon ordinateur, et j'ai ouvert une fenêtre du terminal. Quand je procède à ce genre d'opérations, je préfère faire appel à la SCP à partir de la ligne de commande.

– Vous avez raison.

– Mon premier mouvement a été de vérifier le contenu de "Documents" pour me remettre en mémoire le titre et la taille approximative du dossier que vous m'avez vendu. Et quand j'ai fait ça, j'ai vu... voyez par vous-même. »

1. « Tout ce qui peut mal tourner, va mal tourner » (« Anything that can go wrong, will go wrong »).

Manifestement, l'ordinateur portable de Wallace était déjà ouvert sur l'établi de Peter. Il y eut une brève pause et Peter dit : « Humm.

– Vous devez comprendre qu'hier "Documents" contenait environ une douzaine de sous-répertoires et peut-être une quarantaine de dossiers, dit Wallace.

– Dont le dossier en question.

– Oui.

– Et à présent, il ne contient plus que deux dossiers, dont l'un s'appelle troll.gpg, et l'autre...

– REAMDE. Alors j'ai lu ce putain de truc. »

Peter renifla. « Je pense que c'est *censé* s'appeler README, dit-il, mais il y a une coquille. Ils ont inversé deux lettres, vous voyez ?

– REAMDE.

– Vous l'avez déjà ouvert ?

– C'était peut-être une erreur, mais oui. »

Peter double-cliqua. Il y eut une pause pendant que (c'est ce qu'imagina Zula) il examinait le contenu du dossier REAMDE.

Ce nom avait réveillé un vague souvenir. Le sac de Zula était posé contre le mur à côté d'elle. En silence, elle plongea la main dans la sacoche rembourrée qui était dessus et en sortit son ordinateur. Elle le posa par terre, s'assit à côté et l'ouvrit. Son premier mouvement fut de presser le bouton qui coupait le son. En quelques secondes, elle s'était connectée sur le réseau wi-fi de Peter. Elle cliqua sur une icône qui établit une connexion VPN avec le réseau de la Corporation 9592.

« Vous m'avez confirmé que vous ne jouiez pas à T'Rain, dit Wallace.

– Ça n'a jamais été mon truc.

– Eh bien, cette image que vous avez sous les yeux, c'est un troll. Un type spécial de troll des montagnes qui vit dans une région particulière de T'Rain, assez inaccessible, je le crains. Ce qui vous aidera peut-être à comprendre la légende.

– "Ha ha tu t'es fait powned par un troll, pov noob. G crypté tous tes dossiers. Laisse mille PO aux coordonnées ci-dessous et t'auras la clé." Ah, OK, je pige !

– Eh bien, putain, je suis super ravi que vous pigiez, mon ami, parce que...

– Et maintenant, coupa Peter, si nous consultons le contenu de l'autre dossier, troll.gpg, nous allons trouver que – quelques clics – un, il est énorme, et deux, c'est un document gpg correctement formaté.

– Vous appelez ça "correctement formaté" !?

– Oui. Un en-tête standard puis plusieurs gigas de contenu binaire visiblement aléatoire.

– Plusieurs gigas, vous dites.

– Oui. Ce fichier est assez gros pour contenir à lui tout seul, sans doute, tous les fichiers qui étaient contenus à l'origine dans votre dossier "Documents". Mais si nous prenons le message de REAMDE pour argent comptant, tout a été crypté. Vos fichiers ont été pris en otage. »

Zula avait ouvert le wiki interne de la Corporation 9592 et se rendit à une page intitulée « MALWARE ». Plusieurs trojans et virus étaient répertoriés. REAMDE n'était pas difficile à trouver : c'était le premier mot sur la page, il était inscrit en gros et en rouge. En consultant la page consacrée à REAMDE et son historique, elle découvrit que 90 % de son contenu avait été rédigé au cours des soixante-douze dernières heures. Les hackers de la Corporation spécialisés dans la sécurité avaient planché dessus tout le week-end.

« Comment est-ce possible ? » demanda Wallace.

À l'étage, Zula était déjà en train de lire comment c'était possible.

« Ce n'est pas seulement possible, c'est même plutôt facile, en fait, une fois qu'un trojan est installé dans votre système. Ce n'est pas le premier. Des gens conçoivent des logiciels malveillants à cette fin depuis quelques années maintenant. Ça porte même un nom : les "ransomware".

– Je n'en ai jamais entendu parler.

– C'est difficile de tirer profit de ce genre de virus, parce que cela induit une transaction financière : le paiement de la rançon. Et ça, ça laisse des traces.

– Je vois. Donc si vous êtes dans le business des logiciels malveillants, il y a des manières plus faciles de gagner de l'argent.

– En lançant des botnets, des trucs comme ça, approuva Peter. L'innovation, ici, apparemment, c'est que la rançon doit être payée sous forme de pièces d'or virtuelles sur T'Rain.

– Donc, jusque-là, c'était une possibilité technique, mais peu de gens l'utilisaient à grande échelle, dit Wallace, essayant de comprendre. Mais ces salopards ont trouvé le moyen d'utiliser T'Rain comme système de blanchiment d'argent.

– Oui. Et j'imagine, puisque vous avez fait toute la route jusqu'ici et que vous m'avez laissé, à ce que je vois maintenant, huit messages, que votre disque de sauvegarde dans le coffre-fort a également été infecté.

– Oui, ça a niqué tout ce que ça a pu. Ça a dû entrer dans mon système par cette putain de clé USB que vous m'avez passée, et...

– N'essayez pas de me mettre ça sur le dos. J'utilise Linux, vous vous souvenez. Autre SE, autres logiciels malveillants.

– Dans ce cas, comment est-il arrivé sur mon ordinateur, ce putain de virus ?

– Je n'en sais rien. »

Zula, elle, savait, car elle était en train de parcourir des pages d'analyses techniques du virus REAMDE. L'une des façons dont il se propageait, c'était par les clés USB et autres supports amovibles. Or, Peter avait emprunté une vieille clé USB à Richard pour pouvoir transférer quelque chose sur l'ordinateur de Wallace. L'appareil de Richard devait être infecté par REAMDE ; mais il pouvait l'ignorer ou s'en moquer, car il était protégé par la technologie de l'entreprise.

« Mais ça n'a pas d'importance. Tout ce qui compte, c'est...

– Ça compte, *si*, pour établir les culpabilités. Ce qui pourrait l'intéresser.

– Tout ce que je dis, c'est que nous devons nous occuper du problème lui-même.

– Brillante analyse, mon petit Peter. Il est 3 heures moins le quart. J'ai déjà quarante-cinq minutes de retard. J'ai gagné un peu de temps en envoyant un e-mail racontant que ma bagnole était tombée en panne dans les Okanagan. Mais l'heure tourne. Il nous faut décrypter ce fichier !

– Non, dit Peter. Il nous faut payer la rançon.

– Pas question.

– Ce n'est pas possible de décrypter le ficher. Si la NSA planchait dessus, on pourrait sans doute y arriver. Mais en l'état, vous êtes niqué, à moins de payer la rançon.

– *Nous* sommes niqués, corrigea Wallace. Parce que tout ça, c'est beaucoup trop compliqué à lui expliquer. Il n'est *pas* branché informatique. Il n'a jamais entendu parler de T'Rain ni d'aucun jeu de rôle en ligne massivement multijoueurs, d'ailleurs. À la limite, il comprendrait *peut-être* vaguement le concept de virus informatique. Mais tout ce qu'il comprendra, c'est qu'il n'a pas ce pour quoi il a payé.

– Alors on fait comme j'ai dit. On paie la rançon. »

Silence assez long.

« J'espérais, dit Wallace, qu'il y avait une autre copie du fichier.

– Je vous ai déjà dit...

– Je sais bien ce que vous m'avez dit, putain ! J'espérais que vous mentiez.

– Est-ce que tout ça c'est encore une ruse pour voir si je mens ou non ?

– Vous êtes juste assez malin pour être encore plus con que si vous n'étiez pas malin du tout. C'est tout à fait réel, là. Je serais vraiment très soulagé que vous me disiez, là, Peter, que vous m'avez menti tout à l'heure et que vous avez une copie de sauvegarde sur un de vos engins. »

Puis Wallace baissa la voix et parla pendant environ deux minutes. Durant ce laps de temps, Zula ne comprit pas un mot de ce qu'il disait.

Lorsqu'il eut terminé, tout ce que put dire Peter, pendant une minute ou deux, c'est « merde ! ». Il le dit d'au moins douze façons différentes, comme un acteur qui cherche le ton juste.

« Eh bien, ça ne change rien, dit-il enfin, proche des sanglots, parce que je vous disais la vérité tout à l'heure. Il n'y a pas d'autre copie, c'est vrai ! »

Maintenant, c'était au tour de Wallace de lâcher une bordée de jurons.

« Alors nous devons absolument payer la rançon, dit Peter. Mille pièces d'or ?

– C'est ce que ça dit.

– Ça fait combien, en dollars ?

– 73 dollars. »

Peter, au bout d'un instant, partit d'un éclat de rire que Zula jugea inquiétant. Il était au bord de l'hystérie. « 73 dollars ? Tout ce problème peut être résolu avec 73 *balles* ?

– Trouver la somme, ce n'est pas le plus difficile. »

Quelque chose dans le rire de Peter signifia à Zula que c'était le moment d'appeler la police. Autant le faire de la ligne fixe de sorte qu'ils aient directement l'adresse du bâtiment. Elle se leva aussi silencieusement qu'elle put et se rendit sur la pointe des pieds au coin où Peter avait ses affaires de cuisine. Un téléphone sans fil était accroché au mur. Elle prit le récepteur et l'alluma, puis posa son oreille contre l'écouteur pour attendre la tonalité.

Au lieu de cela, elle entendit une série de bips. Quelqu'un d'autre était en ligne.

« Bienvenue au service des renseignements de Qwest, dit une voix préenregistrée.

– Bonjour, Zula, dit Wallace sur l'autre extension. Je sais que vous êtes dans le bâtiment parce que votre ordinateur est soudain apparu sur le réseau de Peter. Ça fait un petit moment que je surveille le téléphone d'ici. Il y a un petit voyant lumineux bien pratique, qui me dit lorsqu'on utilise une autre extension. »

La communication se coupa. En bas, Zula entendit des bruits de déchirures et de craquements quand Wallace malmena violemment le téléphone. « Qu'est-ce que vous fabriquez !? s'écria Peter, plus confus qu'autre chose.

– Je nous mets tous au même niveau », répondit Wallace. Elle l'entendit grimper les escaliers quatre à quatre.

Zula se servait d'une sacoche plutôt que d'un sac à main. Elle l'avait laissée par terre en haut de l'escalier. Wallace glissa une main dedans, en retira son téléphone, puis ses clés de voiture. De l'autre main, il referma le couvercle de son ordinateur portable et le ramassa. « Quand vous serez d'humeur plus sociable, je serai content de vous voir en bas », annonça-t-il. Puis il fit volte-face et redescendit.

Elle entendit le bip de sa Prius lorsqu'il la déverrouilla avec la clé électronique. Pour une raison ou pour une autre, ce son la sortit de sa paralysie. Elle s'approcha de son sac. Elle commençait à regretter de n'avoir pas écouté toute sa famille en Iowa aux yeux de qui Seattle était seulement un cran au-dessous de Mogadiscio et qui ne cessait de la tanner pour qu'elle prenne un permis de port d'arme dissimulée et s'achète un revolver. Dans une poche extérieure du sac, elle avait toutefois un couteau pliant, qu'elle glissa dans la poche arrière de son jean. Puis elle descendit l'escalier et vit Wallace qui claquait la portière passager de la Prius et la verrouillait de nouveau. Il mit les clés dans sa poche. « Votre mobile et celui de Peter sont en sécurité à l'intérieur de la voiture », annonça-t-il. Zula ne comprit pas cet usage du terme « mobile » avant d'arriver en bas de l'escalier et de voir deux téléphones posés côte à côte sur le tableau de bord.

« Super grossier de ma part, n'est-ce pas ? fit Wallace en lui jetant un regard dur. Mais pour résoudre ce problème, il nous faut nous faire confiance les uns aux autres et nous concentrer, et vous les jeunes d'aujourd'hui, vous substituez la communication à la réflexion, pas vrai ? Réfléchissons. »

Elle sentait le regard de Peter sur elle, savait que si elle tournait les yeux vers lui, un canal s'ouvrirait entre eux et qu'il essaierait de dire quelque chose, par un geste ou une mimique, en manière d'excuses, sans doute. Elle s'en abstint. Peter avait bien plus besoin de présenter ses excuses qu'elle n'avait besoin de les entendre et, conformément à la suggestion de Wallace, elle voulait se concentrer sur la résolution du problème afin de pouvoir s'en aller.

« Nous devons livrer mille PO quelque part dans l'ouest des Contreforts de Torgai, c'est ça ? demanda-t-elle.

– Puis prier pour que notre auteur de virus soit un criminel sympathique et honnête qui recrachera la clé fissa, fit Wallace.

– Si nous voyageons avec une telle quantité d'or, nous allons être une cible pour les voleurs, observa-t-elle.

– Ça ne fait que 73 dollars, dit Peter.

– Pour un teen-ager dans un cybercafé en Chine, c'est énorme. Et voler de l'or à des voyageurs sur une route, ça va beaucoup plus vite que de le chercher dans la mine.

– Et c'est beaucoup plus marrant, ajouta Wallace.

– Et comment leurs personnages sauront-ils que vous transportez une telle quantité d'or ? demanda Peter.

– J'ai une idée », annonça vivement Wallace.

Il se tourna vers Peter et pointa son index vers lui. « Vous : fermez-la. Si vous pouvez vous rendre utile d'une autre façon, en faisant du café, par exemple, allez-y. Mais Zula et moi n'avons pas le temps de vous expliquer le moindre putain de détail sur T'Rain. » Il se retourna vers Zula. « On peut aller s'installer confortablement en haut ? »

« Quel est votre personnage le plus puissant ? » demanda Zula en branchant son adaptateur dans le soi-disant living-room de Peter. Peter était dans sa soi-disant cuisine, en train de faire du café.

« Je n'en ai qu'un seul. Un Métamorphe T'Kesh maléfique. » Il se connectait à T'Rain à partir du poste de travail de Peter.

« Faites-moi voir. » Elle lança l'application T'Rain sur son ordinateur portable et se connecta. Elle était assise sur une chaise de bureau, qu'elle fit rouler aussi près de Wallace que le fil électrique le permettait. Le Métamorphe de Wallace était visible sur l'écran du poste de travail.

« Et vous, vous avez quoi ? demanda Wallace, jetant un coup d'œil au portable de Zula. Toute une ménagerie de personnages, j'imagine ?

– Les employés n'ont pas d'avantages en nature dans le jeu. Nous devons construire nos personnages à partir de rien, exactement comme les clients.

– Sans doute une sage politique d'entreprise, fit Wallace, un peu déçu.

– J'en ai deux. Des Bons, tous les deux. Mais bien sûr ça n'a plus d'importance.

– Celui de gauche, dit Wallace en tendant le cou pour mieux voir l'écran de Zula, il est plus adapté, par les temps qui courent, non ? »

Il parlait, bien sûr, des palettes.

Jusqu'à la semaine précédant Noël, cela aurait été très difficile pour les personnages de Zula et de Wallace de faire quelque chose ensemble sur T'Rain, car les uns étaient Bons et l'autre Mauvais. Les Bons n'auraient pas pu aller bien loin en territoire du Mal ni les Mauvais en territoire du Bien. Ils auraient pu se rencontrer dans une zone de non-droit ou de guerre, mais cela ne les aurait pas aidés dans cette mission, dans la mesure où les Contreforts de Torgai, à l'ouest, étaient un îlot historique de terre du Mal pour lequel l'accès le plus facile était les zones du Bien à l'ouest.

Mais, alors que des millions d'étudiants partaient pour les vacances de Noël et se retrouvaient avec quantité de temps libre pour jouer à T'Rain, la Guerre de réalignement avait été lancée. Elle avait été minutieusement préparée, des mois à l'avance, par des éléments toujours inconnus. Globalement, il s'agissait d'un groupe non identifié à ce jour, composé de personnages du Bien et du Mal, qui lançait une blitzkrieg en règle contre un autre groupe, lui aussi composé de personnages Bons et Mauvais, qui n'était même pas conscient d'être un groupe avant que le marteau ne s'abatte sur lui. Les agresseurs avaient été surnommés, par Richard Forthrast, les Forces des couleurs vives. Les victimes des attaques formaient la Coalition des couleurs terre. Ces termes, d'abord utilisés seulement dans des mémos internes de la Corporation 9592, avaient fuité dans la communauté des joueurs et on les imprimait désormais sur des tee-shirts.

Le personnage de Wallace appartenait à la Coalition des couleurs terre, ça se voyait à un kilomètre. Le premier personnage de Zula – celui de gauche – était également Terre. L'autre faisait visiblement partie des Couleurs vives. Elle l'avait créé le soir de Noël, lorsqu'il était devenu évident que de vastes zones du monde de T'Rain étaient désormais inaccessibles à son personnage Terre à cause des énormes avancées accomplies sur tous les fronts par les légions, supérieures en nombre, des Forces des couleurs vives. Par conséquent, son personnage Vif – étant plus récent – était plus faible. Jusqu'à quel point, toutefois, c'était une question d'interprétation. Rompant radicalement avec la tradition des jeux de rôle, T'Rain n'utilisait pas de degrés numériques pour indiquer la puissance de ses personnages ; à la place, le jeu employait l'Aura, un score en trois parties calculé à partir de plusieurs statistiques, dont le rang du personnage dans son réseau de vassaux, la taille et la puissance globale de ce réseau, la quantité d'expériences qu'il avait emmagasinées, le nombre de tâches qu'il savait mener à bien et la qualité de son équipement. À mesure que l'Aura d'un personnage augmentait, il acquérait certains avantages, mais jamais d'une façon tout à fait prévisible.

La planète conçue par le logiciel de Pluto était presque exactement de la taille de la Terre, ce qui signifiait que s'y déplacer en utilisant des moyens de transport appropriés au thème (c'est-à-dire médiévaux) demandait beaucoup de temps. En théorie, on aurait pu y remédier en prenant des libertés avec la notion même de temps, en sautant, par exemple, du début d'un voyage en mer de trois mois à sa fin. Avec les jeux à un seul joueur, c'était aisé, mais, dans un environnement multijoueurs, c'était ingérable. La progression du temps sur T'Rain avait été calquée sur celle du monde réel.

Pour remédier à ce problème, Pluto avait choisi de générer informatiquement un système de lignes telluriques qui sillonnaient la planète avec une densité comparable à celle du réseau de métros new-yorkais. Il servait de base à un système de téléportation permettant de transporter les personnages aux intersections des lignes telluriques. Le nombre de lignes et d'intersections était colossal; le fait que certaines lignes n'étaient accessibles qu'à certains types de personnages compliquait encore le tout. Personne ne pouvait vraiment utiliser ce système sans l'aide d'un logiciel qui synthétisait toutes les données afin de proposer des suggestions sur la meilleure manière de se rendre d'un point A à un point B.

Grâce à ce dispositif, Zula et Wallace furent en mesure de téléporter leurs personnages dans une ville des plaines au pied des Contreforts de Torgai en quelques clics. Le personnage de Wallace se rendit à un bureau de change et fit l'acquisition de mille pièces d'or, qui correspondraient à un débit de 73 dollars sur sa carte de crédit. À partir de là, ils se téléportèrent jusqu'à l'intersection de lignes telluriques la plus proche possible des coordonnées spécifiées dans la lettre de rançon de REAMDE. Il leur suffirait ensuite de quinze minutes pour rejoindre le point de rendez-vous sur les montures rapides qu'ils possédaient tous deux.

Le point d'intersection était marqué par un simple monticule de pierres, qui apparut sur leurs deux écrans. Zula fit pivoter son personnage (un mage K'Shetriae) jusqu'à voir le T'Kesh de Wallace à une trentaine de mètres (le processus de téléportation n'allait pas sans une marge d'erreur).

Le trait le plus remarquable du paysage était qu'il était jonché – non, pavé – de cadavres à différents stades de décomposition.

Un rocher d'à peu près la taille d'un ballon de basket tomba du ciel non loin d'eux. Vu que les météorites n'étaient pas plus courantes sur T'Rain que sur la Terre, Zula soupçonna une cause artificielle. En se tournant vers le plus proche des Contreforts de Torgai, un petit sommet à quelque deux cents mètres de là, elle aperçut une batterie de trois trébuchets : l'un d'entre eux était en train d'être rechargé. Les deux autres firent feu au même moment. Leurs contrepoids branlants et leurs mécanismes de projection semblaient imprécis, chaotiques et peu efficaces. Mais ils parvinrent néanmoins à lancer deux autres rochers dans leur direction. Zula dut s'écarter pour en éviter un. À quelques mètres, elle repéra un affleurement de pierres qui semblait pouvoir leur fournir un abri. Elle courut jusque-là et fut immédiatement prise sous le feu d'un escadron d'archers à cheval cachés dans les herbes hautes. Elle invoqua plusieurs formules qui auraient dû la protéger de la volée de flèches, mais l'un des tireurs fit mouche et la tua. Son personnage disparut de l'écran et partit dans les Limbes.

Zula tourna la tête pour voir comment s'en sortait Wallace. Pas tellement mieux. Coincé sous une pierre, il était cerné par un autre escadron d'archers à cheval qui l'avaient encerclé et faisaient feu sur lui. Sa santé était faible et en chute rapide. « Ne vous laissez pas capturer, prévint-elle.

– Je sais », dit-il, et il cliqua sur une icône sur son écran, commodément intitulée « TOMBER SUR SON ÉPÉE ».

« ÊTES-VOUS SÛR DE VOULOIR TOMBER SUR VOTRE ÉPÉE ? » demanda une boîte de dialogue.

« OUI », cliqua Wallace.

Quelques secondes plus tard, son personnage était lui aussi dans les Limbes.

« Ça crève les yeux, fit Wallace après avoir pris quelques secondes pour souffler. Cette saloperie de REAMDE a infecté... combien d'ordinateurs ?

– C'est estimé à deux cent mille », intervint Peter qui, assis dans un coin avec son ordinateur portable, faisait des recherches sur le virus.

Mais il ne pouvait voir que les rumeurs sur Internet dans le domaine public. Zula, grâce à son accès au VPN, savait que la réalité était plus proche d'un million.

« Toutes les victimes doivent se rendre au même putain d'endroit avec mille pièces d'or. Alors, naturellement, les voleurs attendent en embuscade à l'intersection de lignes telluriques la plus proche.

– Oui, c'est vrai que rien que ça, ce serait vite rentable, concéda Zula.

– Alors ces types ont volé votre argent ? demanda Peter, enfreignant la règle édictée plus tôt par Wallace : il n'avait pas le droit de poser des questions stupides sur le fonctionnement de T'Rain.

– Non, parce que je suis tombé sur mon épée, que je suis mort et que je suis allé dans les Limbes avec tout mon attirail, dit Wallace. Si j'étais devenu assez faible pour qu'ils me capturent, ils auraient pu s'emparer de l'or et de tout le reste. Mais j'ai eu de la chance. Leur activité est sans doute très profitable.

– Alors on fait quoi ? demanda Zula.

– On sort des Limbes. »

C'était assez facile ; il existait une demi-douzaine de méthodes pour ramener un personnage à la vie, chacune ayant ses avantages et ses inconvénients. « On trouve une intersection de lignes telluriques moins évidente. On y va et on se prépare au combat.

– On pourrait recruter une troupe plus importante...

– À 3 heures du matin ? Pas le temps. Vous êtes sûre que vous ne pouvez pas recruter un personnage plus... omniscient ?

– Vous voulez dire réveiller mon oncle ? Vous êtes sûr que vous voulez l'impliquer là-dedans ? »

Ils sortirent des Limbes et tentèrent de nouveau leur chance : pour commencer, ils se téléportèrent à une intersection beaucoup moins pratique, à une heure de trajet de l'endroit qu'ils essayaient d'atteindre. Là, ils tombèrent immédiatement dans une embuscade ; ils manquèrent l'emporter sur les voleurs mais, à cause d'un coup de déveine, ils se retrouvèrent de nouveau dans les Limbes et durent essayer une troisième fois. Mais avant cette nouvelle tentative, Wallace acheta davantage de pièces d'or et les utilisa pour acquérir, à des prix indécents, des formules et des potions qui les maintiendraient en vie un peu plus longtemps. Ils se téléportèrent encore une fois, réussirent à échapper à l'embuscade et se retirèrent sur un point plus élevé à deux kilomètres de là – mais ils furent attaqués par une autre bande de voleurs avant de pouvoir récupérer des blessures qu'on leur avait infligées lors de la première embuscade. Ils se défendirent avec acharnement, mais finirent encore dans les Limbes.

Juste avant que son personnage ne périsse, Zula observa cependant un phénomène un peu curieux : certains de leurs assaillants tombaient, des lances et des flèches fichées dans le dos. Leurs adversaires avaient été attaqués par un quelconque groupe hostile qui s'était lancé dans la bataille juste un poil trop tard.

« Retournons là-bas, proposa-t-elle. Je crois qu'on a de l'aide.

– Je les ai vus. C'est juste une autre bande de voleurs.

– Et alors ? Laissons-les s'entretuer. »

Cette fois, ils ne passèrent même pas le premier groupe de voleurs. Une fois de plus, cependant, leurs assaillants se firent attaquer à leur tour.

Après avoir encore dépensé des fortunes en potions, ils firent une nouvelle tentative à la même intersection. Cette fois – maintenant qu'ils connaissaient un peu le nombre et les tactiques des assaillants –, ils dispersèrent habilement la première bande et se retirèrent en un point où ils eurent quelques minutes de répit avant d'être attaqués par la seconde. Et cette fois – parce qu'elle savait où regarder –, Zula fut en mesure de distinguer nettement les deux groupes qui convergeaient vers eux : les bandits et ceux qui les combattaient. C'était bien ce qu'elle pensait : ces derniers concentrèrent toutes leurs flèches sur les bandits, épargnant les personnages de Zula et Wallace. L'un d'entre eux lança même une formule de guérison sur le personnage de Zula lorsque sa santé commença à se détériorer.

Mais ils se retirèrent ensuite dans les bois sans plus d'explications, sans tenter de communiquer.

« J'ai pigé, dit enfin Wallace. Ils travaillent pour le Troll.

– Intéressant.

– Leur boulot consiste à aider les porteurs de rançons à parvenir à bon port.

– Eh bien, dit Zula, remettant son personnage en selle, profitons-en un maximum. »

Ainsi commença ce qu'ils pensaient devoir être un trajet d'une heure.

En pratique, il leur fallut cinq heures de jeu intense et difficile pour faire la plus grande partie du chemin. Les Contreforts de Torgai – lesquels, seulement deux semaines auparavant, étaient l'un des territoires les plus désolés de tout T'Rain – étaient ce soir-là envahis par des bandes errantes de personnages du Bien et du Mal, Vifs et Terre. Chaque parcelle libre était jonchée de squelettes et infestée de voleurs de rançons en pleine bataille de terrain contre des coalitions de porteurs de rançons constituées à la hâte. Zula et Wallace se joignirent à l'un de ces groupes, qui transportait un total de huit mille pièces d'or. Il fut réduit à un quart de cette taille par des embuscades successives puis rejoignit une autre coalition de dix membres qui se sépara par la suite car, ils s'en aperçurent tardivement, ils se rendaient à des endroits différents : apparemment, différents documents REAMDE spécifiaient des coordonnées différentes. Le combat était rude et nécessitait de multiples missions de reconnaissance, de feintes et d'attaques probatoires.

Zula n'était pas une joueuse acharnée. Elle évitait les gens qui l'étaient (encore une raison qui lui avait fait aimer Peter). Si elle s'était retrouvée à bosser pour la Corporation 9592, ce n'était pas par inclination pour le secteur, mais à cause de la connexion familiale et parce qu'elle savait justement faire ce dont Pluto avait besoin. Le personnage qu'elle avait créé dans le monde de T'Rain était sa première exposition directe à ce monde, et il lui avait fallu un moment pour s'y faire. Elle avait appris à comprendre et à apprécier les qualités addictives du jeu sans devenir elle-même vraiment accro. Une session de jeu si longue – six heures, et ce n'était pas fini –, c'était pour elle une première. Elle ne le faisait que pour les sortir, Peter et elle, de cette situation dingue dans laquelle ils s'étaient mis. Elle avait imaginé que cela lui prendrait environ quinze minutes, après quoi elle rentrerait chez elle et ne reverrait jamais ni Peter ni Wallace.

À présent, il faisait jour dehors. Elle n'avait pas dormi depuis vingt-quatre heures. Il y avait quelque chose de profondément anormal dans cette situation, et la seule chose qui l'empêchait de s'enfuir du bâtiment et d'arrêter la première voiture pour demander au conducteur d'appeler les flics, c'était la qualité addictive du jeu lui-même, sa propre incapacité à s'arracher au récit imaginaire dans lequel Wallace et elle se trouvaient englués. Elle avait toujours méprisé les gens qui jouaient compulsivement à ces jeux quand ils auraient dû être en train d'étudier ou de faire de l'exercice. À présent, c'est elle-même qui jouait alors qu'elle aurait dû être en train d'appeler les flics. Et pourtant rien de tout cela ne lui traversa l'esprit jusqu'à ce que le téléphone de Wallace émette un son de klaxon. Elle leva les yeux et remarqua qu'il faisait jour, que sa vessie était sur le point d'exploser et que Peter s'était endormi sur le canapé.

Ce n'était pas la première fois que le téléphone de Wallace sonnait. Il l'avait programmé pour émettre différentes sonneries en fonction des appelants. Jusqu'ici ses appels avaient tous été des bips électroniques standard qu'il avait éteints et ignorés. Mais celui-ci faisait le son d'un poste de combat sur un porte-avions. Il le saisit immédiatement et répondit : « Allô. » Pas « Allô ? » avec l'inflexion montante qui signifiait *À qui je parle ?* mais « Allô » avec le point final qui signifiait *Je me demandais quand vous appelleriez.*

Le son du klaxon avait réveillé Peter, qui se redressa sur le canapé, consterné de découvrir que la soirée de la veille n'était pas un simple mauvais rêve.

Zula se rendit à la salle de bains pour faire pipi. Elle se demanda si elle ferait mieux de se regarder dans le miroir ou de s'épargner le spectacle de sa fatigue. Elle entendit Peter jurer. Elle décida de ne pas se regarder. Toutes ses affaires étaient dans son sac, de toute façon.

Lorsqu'elle sortit de la salle de bains, Wallace était assis très droit sur sa chaise, blanc comme un linge. Il écoutait surtout. On aurait presque dit qu'on lui avait enfoncé le téléphone dans le cul. Peter pianotait furieusement sur le clavier de son ordinateur portable. La session de T'Rain avait disparu de l'écran de l'ordinateur qu'utilisait Wallace, et aussi de celui de Zula. À sa place, un message les informait que la connexion Internet était perdue.

Elle sentit une odeur de cigarette.

Personne ne fumait.

« Tigmaster a planté aussi, dit Peter, et tous les autres réseaux wi-fi que je capte d'ici sont protégés par un mot de passe.

– Qui fume ? demanda-t-elle.

– Oui, monsieur, dit finalement Wallace. Je le fais tout de suite. Non. Non, monsieur. Nous ne sommes que trois. »

Il s'était levé et s'avançait vers Peter et Zula. Il s'approcha très près, comme s'il ne les voyait pas et s'apprêtait à leur rentrer dedans. Puis il s'immobilisa maladroitement. Il écarta le téléphone de son oreille assez longtemps pour qu'ils entendent les cris dans l'écouteur. Puis il le rapprocha de son oreille. « Je le fais tout de suite. Je vous mets sur haut-parleur, monsieur. »

Il pressa un bouton sur l'appareil et le plaça sur sa paume ouverte.

« Bonjour ! fit une voix. Ici, Ivanov. » L'homme se trouvait dans un endroit bruyant : derrière sa voix, on entendait un bourdonnement plaintif. La fréquence changea. Il appelait d'un avion. Un jet. « Ah, je vous voirrr maintenant !

– Vous nous... voyez, monsieur ? demanda Wallace.

– Votre bâtiment. Bâtiment Peter. Par fenêtre. Comme Google Maps. »

Silence.

« Je vous surrrvole à l'instant ! » cria Ivanov, amusé, plus qu'agacé, de leur lenteur.

Un avion volait bas au-dessus du bâtiment. Cela se produisait tout le temps. Ils étaient sur l'itinéraire de Boeing Field.

« Bientôt, je serai là pour discoussion du problème. Jusque-là, vous restez en ligne. Ne rrrrompez pas connexion. J'ai associés dans la roue autour de vous. »

Ivanov dit cela comme si les associés étaient une faveur, comme s'ils étaient à leur service. Peter s'approcha d'une fenêtre, regarda en bas, plissa les yeux et sursauta.

Pendant ce temps, une autre voix parlait en russe à Ivanov. Un autre passager de l'avion.

« Merde ! articula silencieusement Wallace, et il détourna la tête comme si le téléphone lui brûlait les yeux au chalumeau.

– Quoi ? demanda Zula.

– J'ai correction, fit Ivanov. Associés sont dans bâtiment. Pas seulement dans roues autour. Très bons travailleurs – entreprenants. Wi-fi coupé. Téléphone coupé. Restez calmes. On atterrit. On est là dans quelques minutes.

– Putain, c'est qui ce type !? s'écria finalement Peter.

– M. Ivanov et, si je ne me trompe, M. Sokolov, dit Wallace.

– Oui, Sokolov est avec moi ! dit Ivanov. Vous avez bonne oreille.

– Ils survolent le bâtiment... ils viennent d'où ? demanda Peter.

– Toronto.

– Comment ? Qu'est-ce que c'est que ce...

– Si je comprends bien, pendant que nous jouions à T'Rain, M. Ivanov a affrété un vol de Toronto à Boeing Field. »

Peter regarda par la fenêtre et vit un jet privé – celui d'Ivanov – atterrir.

« Google Maps ? Il connaît mon nom ?

– Oui, Peter ! dit Ivanov.

– Vous vous rappelez peut-être, dit Wallace, que quand je suis arrivé, la première chose que j'ai faite, c'est d'envoyer un e-mail *via* le point d'accès Tigmaster.

– Vous m'avez menti, Wallace ! fit Ivanov.

– J'ai menti à M. Ivanov, confirma Wallace. Je lui ai dit que j'étais retardé en Colombie-Britannique par un problème de voiture et que je lui enverrais le dossier de numéros de cartes de crédit dans quelques heures.

– Csongor a été trop malin pour vous !

– C'est quoi TCHONGOR, putain ? demanda Peter.

– Qui. Pas quoi. Un hacker qui s'occupe de nos affaires. Mon mail à M. Ivanov est passé par les serveurs de Csongor. Il a remarqué que l'adresse IP n'était pas, en fait, basée en Colombie-Britannique.

– Csongor a relié le mail à ce bâtiment en regardant l'adresse IP », dit Peter d'une voix blanche.

Des bruits de portières qui claquent dans le téléphone. « Nous êtrrre dans voiturrre, dit Ivanov, comme si cela devait les rassurer.

– Comment peuvent-ils déjà être dans une putain de voiture ?! s'exclama Peter.

– C'est comme ça quand on voyage en jet privé.

– Ils ne doivent pas passer par les douanes ?

– Ils ont dû le faire à Toronto. »

Peter prit une décision, traversa le loft et écarta une tenture pour révéler une armoire-forte posée contre le mur. Il se mit à entrer un chiffre sur le clavier.

« Oh, putain de merde ! » fit Zula.

Wallace pressa le bouton « Silencieux » de son téléphone. « Qu'est-ce qu'il fait ?

– Il sort son nouveau jouet.

– Son snowboard ?

– Un fusil d'assaut.

– J'ai perdu la connexion avec Wallace ! dit Ivanov. Wallace ? WALLACE !

– Peter ? PETER ! hurla Wallace.

– Qui est là ? demanda Ivanov. J'entendu voix de femme crier putain merde ! » Puis il se mit à parler en russe.

Peter avait ouvert l'armoire-forte, révélant le fusil d'assaut en question : la seule chose en sa possession qu'il avait mis plus de temps à acheter que le snowboard. Il était équipé de tous les gadgets cool qu'on pouvait se payer : viseur laser, pied pliable et des trucs dont Zula ne connaissait même pas le nom.

Wallace dit : « Peter. L'arme. Dans d'autres circonstances, peut-être. Ces types, là, dans la rue ? Vous auriez peut-être une chance. C'est des mecs du coin. Des zéros. Mais. » Il agita le téléphone. « Il a amené Sokolov. » Comme si c'était sans appel.

« Qui c'est Sokolov, putain ? » Peter voulait savoir.

« Un type avec qui vaut mieux pas échanger des coups de feu. Fermez le coffre. Calmez-vous. »

Peter hésita. Dans le haut-parleur, Ivanov s'était mis à hurler en russe.

« Je suis mort, dit Wallace. Je suis un homme mort, Peter. Vous et Zula, vous avez une chance de vous en tirer. Si vous fermez le coffre. »

Peter semblait être incapable de bouger.

Zula s'approcha de lui. Son intention était de fermer le coffre avant que les choses ne dégénèrent. Mais lorsqu'elle arriva près de lui, elle se retrouva à regarder longuement le fusil d'assaut.

Elle savait l'utiliser mieux que Peter.

Par le haut-parleur, le nommé Sokolov se mit à parler en russe. À l'inverse d'Ivanov, il déployait à peu près l'éventail émotionnel d'un contrôleur aérien.

« Zula ? » demanda Wallace d'une voix calme.

En bas, dans l'atelier, la voix de Sokolov s'élevait depuis le téléphone de quelqu'un. Des pas se firent entendre dans les escaliers.

« Les chargeurs, dit Peter. Je n'ai pas de chargeurs enclenchés. Juste des cartouches en vrac. Tu te rappelles ? »

Peter, ce n'est pas une arme de protection domestique, lui avait-elle dit lorsqu'il s'était acheté l'arme pour Noël. *Si tu tires sur un cambrioleur avec ça, tu vas tuer un passant à huit cents mètres de là.*

« Dans ce cas », dit Zula, et elle claqua la porte du coffre.

Quand ils se retournèrent, ils virent un colosse au crâne rasé qui arrivait en haut de l'escalier. Il jeta un regard circulaire pour recenser les personnes présentes : Peter et Zula, puis Wallace. Puis il tourna de nouveau la tête vers Peter et Zula et considéra en détail le coffre. Son expression aurait pu être comique en d'autres circonstances. Zula montra ses mains ouvertes et, au bout de quelques instants, Peter l'imita. Ils s'éloignèrent du coffre. Le colosse se dirigea rapidement vers lui et vérifia que sa porte était bien fermée. Il marmonna quelque chose dont ils entendirent l'écho, quelques secondes plus tard, dans le haut-parleur du téléphone de Wallace.

Wallace enleva la position « Silencieux ». « Je suis désolé, monsieur Ivanov, dit-il. Nous avons eu une petite controverse.

– Ça me rend nerveux.

– Il n'y a pas de raison d'être nerveux, monsieur.

– Ça ne peut pas être seulement les numéros de cartes de crédit, dit Peter. Personne n'irait affréter un jet privé, juste parce que vous leur avez menti dans un mail sur l'heure à laquelle les numéros allaient être disponibles.

– Vous avez raison, dit Wallace. Ce ne sont pas seulement les numéros de cartes de crédit.

– Alors c'est quoi ?

– Des problèmes plus vastes soulevés par les événements de la nuit dernière.

– Comme quoi ?

– L'intégrité et la sécurité de tous les autres documents qui se trouvaient sur mon ordinateur portable.

– Quel genre de dossiers était-ce ?

– C'est une question d'une stupidité incroyable.

– Explication arrivée. Nous sommes là », dit Ivanov.

Zula s'approcha d'une des fenêtres qui donnaient sur l'entrée du bâtiment et vit une berline noire se garer devant.

Deux hommes qui rôdaient dehors s'approchèrent et ouvrirent les portes arrière. Du côté passager émergea un homme corpulent, en frac. De derrière le conducteur sortit un homme mince en pyjama, un blouson de cuir jeté par-dessus son haut de pyjama. Tous deux avaient un téléphone pressé contre l'oreille. Dans une parfaite synchronisation, ils le plièrent et le rangèrent dans leur poche.

L'un des deux gardes-chiourmes escorta les nouveaux venus à la porte d'entrée du bâtiment. Celle-ci donnait sur un couloir qui conduisait à l'atelier où les voitures étaient garées.

L'autre était simplement vêtu d'un jean et d'un tee-shirt – un peu léger pour la saison. Il s'approcha d'une vieille fourgonnette garée devant le bâtiment, ouvrit la portière arrière, se pencha à l'intérieur et hissa un objet allongé sur son épaule. Il se recula et ferma les portes de la fourgonnette d'un coup de pied. L'objet sur son épaule était une boîte d'environ 1,20 m de long et peut-être trente centimètres de large, qui portait le logo du grand magasin de bricolage au bout de la rue et l'inscription « BÂCHE DE CHANTIER EN POLYÉTHYLÈNE 6 MM ». Il le porta jusqu'à l'atelier et tira la porte derrière lui.

L'homme en pyjama monta l'escalier le premier et passa quelques instants à arpenter la pièce en observant tout et tous. « Vwallace, dit-il à Wallace.

– Sokolov », répondit Wallace.

À la façon dont Wallace avait parlé de lui, Zula s'était à moitié attendue à ce que Sokolov fasse deux mètres dix et soit muni d'une tronçonneuse. Elle était presque sûre, pourtant, qu'il n'avait pas d'armes du tout. Mince et sec, il avait, mettons, une allure de deuxième arrière dans l'équipe de basket de l'Armée rouge. Sa minceur faisait sous-estimer son âge, qui était sans doute d'environ 45 ans. Il avait les cheveux blond-roux avec des traces de gris. On aurait dit qu'ils avaient été tondus environ six mois plus tôt et peu entretenus depuis. Son menton était mal rasé, mais la barbe ne poussait pas sur ses joues. Il avait un gros nez, une pomme d'Adam volumineuse et de grands yeux à la couleur difficile à déterminer, car elle dépendait de ce qu'il regardait. Lorsqu'il regardait Zula, ils étaient bleus et ne montraient aucune trace de connexion personnelle, comme s'il la regardait à travers un miroir sans tain. Pareil avec Peter. Il alla dans la salle de bains et regarda derrière la porte. Il vérifia les placards. Il regarda sous les canapés et les lits. Il trouva la porte qui donnait sur l'espace voisin où Peter avait monté des cloisons en Placoplâtre. Il disparut quelques instants à l'intérieur, puis ressortit et dit un mot en russe.

Le mot devait signifier « RAS », car l'homme en frac monta alors l'escalier. Juste derrière lui se tenait l'homme en tee-shirt qui avait pris le rouleau de plastique à l'arrière de la fourgonnette. Après avoir jeté un coup d'œil circulaire dans la pièce, s'attardant spécialement sur la pièce vide, Ivanov lui adressa quelques mots qui lui firent faire demi-tour et il retourna en bas.

Ivanov avait les yeux bleus mais les cheveux bruns, rendus plus bruns encore par une sorte de pommade ou d'huile qu'il employait pour les plaquer en arrière et dégager son front, un dôme impressionnant. Il avait le teint pâle mais l'air glacial du dehors lui avait mis le rose aux joues. Par-dessus son frac, il portait un pardessus noir coupé sur mesure pour sa charpente, laquelle, pour le dire charitablement, était massive. Mais il se déplaçait avec aisance, et Zula se fit la réflexion qu'il aurait pu faire des étincelles dans une mêlée de hockey. Il l'avait probablement fait, lorsqu'il était plus jeune, et il en tirait sans doute quelque fierté. Il accorda considérablement plus d'attention à Peter et Zula qu'à Sokolov. Wallace, il l'ignora presque, comme si empêcher le téléphone de tomber était la chose la plus utile que l'Écossais pouvait accomplir ce jour-là. Il jaugea Peter et lui serra la main. Il fit davantage de cas de Zula, parce que c'était ce genre de type. La raison de sa présence, le genre d'affaires qu'il était venu régler n'y changeaient rien. Les femmes devaient être traitées tout à fait différemment des hommes ; la présence d'une seule femme dans la pièce changeait tout. Il lui baisa la main. Il s'excusa pour le dérangement. Il s'extasia sur sa beauté. Il insista pour qu'elle se mette à l'aise. Il lui demanda, plusieurs fois, si la température de la pièce n'était pas trop basse pour une « belle Africaine » et s'il devait envoyer un de ses sous-fifres lui chercher du café chaud. Tout cela en lançant des regards éloquents à Peter, dont les manières semblaient bien pauvres en comparaison.

L'homme en tee-shirt monta l'escalier avec la boîte de bâche de chantier sur l'épaule. L'autre, celui qui rôdait dans la rue, le suivait une agrafeuse à la main. Lorsqu'ils arrivèrent en haut de l'escalier, ils regardèrent Ivanov, qui fit des signes de tête vers la porte de l'appartement adjacent. Ils y entrèrent et fermèrent la porte derrière eux. Sokolov regardait avec curiosité. Finalement, ils s'assirent tous ensemble : Wallace, Peter et Zula sur le canapé, face à Ivanov, qui s'installa dans le plus grand fauteuil. Derrière Ivanov se tenait Sokolov, qui par moments restait immobile, les mains croisées dans le dos, et à d'autres moments arpentait tranquillement le loft, regardant par la fenêtre.

« Je ne comprends pas très bien pourquoi vous envoyez mail pour vous blaindre de panne voitoure dans le Sud de CB quand voitoure marche bien et se trouve en fait dans entrepôt de Peter, à Seattle – un homme que je n'ai jamais eu le plaissir de rencontrer. »

Wallace essaya de parler, en vain, s'éclaircit la gorge et reprit :

« Je vous ai menti, monsieur, parce que je savais que je ne serais pas en mesure de livrer les numéros de cartes de crédit à l'heure promise. Je voyais qu'il y aurait quelques heures de retard. J'espérais qu'un bref délai ne vous contrarierait pas trop. »

Ivanov releva sa manche pour révéler, et consulter, la plus grosse montre-bracelet que Zula ait jamais vue. « C'est combien, quelques ? Parfois, j'ai problèmes avec anglais.

– Le délai s'est avéré plus long que je ne le croyais.

– Quelle est la nature du délai ? Peter nous a niqués ? »

Peter tressaillit.

« Je m'excuse pour langage », dit Ivanov à Zula.

Pendant un instant, on n'avait entendu que des bruits étouffés venant de l'appartement vide à côté, mais à présent ils percevaient le bruit de la bâche plastique déroulée, suivi par le sporadique clic-clac de l'agrafeuse, qui passait distinctement à travers le mur. Le son captiva un instant l'attention de Peter et Zula. Ivanov le remarqua et l'interpréta de façon erronée. « Ils font petits trous. Pas gros trous. Facile à réparer. Avec un peu... » Il dit un mot en russe, puis regarda Sokolov. Sokolov, un peu distrait – peut-être déconcerté – par ce qui se passait dans l'autre pièce, ne réagit pas. Ivanov regarda alors le colosse qui se tenait à côté du coffre et lui posa une question. Le type fut profondément désolé de ne pas pouvoir aider. Mais il cria quelque chose en bas au fumeur qui était posté dans l'atelier, qui répondit : « Mastic !

– Mastic, répéta Ivanov, et il écarta les mains, paumes en l'air, comme pour demander pardon.

– Ça n'a rien à voir avec Peter. En fait, Peter a travaillé avec diligence pour m'aider à résoudre le problème.

– Alors Peter nous a pas niqués.

– C'est exact, monsieur.

– Vous ? Vous m'avez niqué, Wallace ?

– Ce n'est pas ce genre de problème.

– Ah, vraiment ? Quel genre de problème est-ce ?

– Un problème technique.

– Ah ! alors vous avez conduit jusqu'à entrepôt de M. Génie technique, là, pour *assistance technique.*

– Oui.

– Et il a donné ?

– Oui. Et Zula aussi. »

Ivanov rougit. « Oui, pardonnez-moi, bien sûr, je fais injustice. »

Silence, à part le frottement du plastique et le cliquetis de l'agrafeuse.

« Et ? demanda Ivanov, levant les sourcils. Toujours problème ?

– J'en ai peur.

– Quelque chose ne va pas avec fichier ? »

Cela avec un regard sombre en direction de Peter.

« Le fichier était en bon état.

– *Était* en bon état ?

– Maintenant, il a été rendu inaccessible.

– Vous n'avez pas fait sauvegarde ?

– J'ai bien pris soin de faire une sauvegarde, monsieur, mais elle a été rendue inaccessible également.

– Qu'est-ce que ce mot, "inaccessible" ? Vous avez perdou ordinateur ?

– Non, l'ordinateur et le disque de sauvegarde sont en ma possession, mais les données ont été cryptées.

– Vous avez oublié clé ?

– Je ne l'ai jamais eue. »

Ivanov rit. « Je ne suis pas un spécialiste des ordinateurs, mais... comment pouvez-vous n'avoir jamais eu clé de fichier vous avez crypté ?

– Ce n'est pas moi qui l'ai crypté.

– C'est Peter ? Peter l'a crypté ?

– Non ! s'exclama Peter.

– Zula l'a crypté ?

– Non, dirent Peter et Wallace à l'unisson.

– Elle ne peut pas parler pour elle-même ?

– Je ne l'ai pas crypté, monsieur Ivanov, dit Zula, s'attirant un hochement de tête appréciatif, comme si elle venait de faire une belle réception de saut en hauteur aux Jeux olympiques.

– Quelqu'un manquant ? Quelqu'un pas là qui a crypté le fichier et la sauvegarde ?

– C'est une façon de le dire. »

Le visage d'Ivanov se plissa et il éclata de rire. « Ah, voilà bon morceau ! Finalement, on arrive à morceau où commencent foutaises. Ça me donne l'impression d'être nécessaire. »

La porte de l'espace adjacent s'ouvrit et les deux hommes sortirent, portant le rouleau de bâche, considérablement plus mince. Par la porte ouverte, Zula vit que l'appartement entier avait été tapissé de plastique. Une première longueur avait été déroulée sur le sol et repliée jusqu'en haut des murs, et d'autres drapées par-dessus pour couvrir les murs et même le plafond. Les deux hommes traversèrent la pièce sans mot dire et descendirent à l'atelier.

« "Façon de le dire" ! » Ivanov se donna une claque sur la cuisse. « Quelle belle expression ! » Le sourire disparut, et il fixa les yeux sur Wallace. « Wallace ?

– Oui, monsieur ?

– Combien de personnes ont touché votre ordinateur aujourd'hui ?

– Une, monsieur. Moi et moi seul.

– Combien ont touché disque sauvegarde dans beau coffre-fort hors de prix ?

– Une seule.

– Alors qui – *façon de dire* –, qui crypté fichier ?

– Nous ne le savons pas. Mais nous pouvons obtenir la clé – Wallace essayait maintenant de couvrir la voix d'Ivanov. Avec l'aide de ces gens, nous pouvons obtenir la clé. »

Ivanov avait porté ses deux mains à ses tempes et regardait fixement le sol entre ses pieds.

L'un des agrafeurs de bâche remonta les escaliers avec une perceuse sans fil, un chalumeau, un rouleau de gaffeur et une longueur de corde à piano. Il entra dans l'appartement bâché et referma la porte derrière lui.

« Première chose que je dois comprendre : quelqu'un nous a niqués ou non ?

– Oui, quelqu'un nous a niqués, c'est certain, monsieur, répondit Wallace.

– Excusez-vous près Zula quand vous employez mot comme ça !

– Je vous demande pardon, Zula.

– Quelle ampleur ?

– Grave.

– Vous avez sur portable, sur disque de sauvegarde, beaucoup de fichiers importants pour nous.

– Oui.

– Statut de ces fichiers.

– Pareil.

– Tous cryptés ?

– Oui, monsieur.

– Originaux et sauvegardes ? »

À ce stade, la tension était devenue si insupportable que Zula ne savait pas si elle allait s'évanouir ou vomir.

Ivanov rit.

« Je sais comment faire ça. Quelqu'un nous nique extrêmement profond, je suis familier de situations comme ça. Sokolov aussi. Peter !

– Oui, monsieur Ivanov ?

– Vous connaissez bataille de Stalingrad ?

– Non, monsieur. »

Ivanov fut déconcerté par cette réponse.

« La plus grande bataille de tous les temps, sans doute », dit Zula.

Le visage d'Ivanov s'éclaira et il lui adressa des gestes éloquents. « Une merveilleuse et glorieuse victoire pour Mère Russie !

– Je ne sais pas si j'appellerais ça comme ça.

– Pourquoi pas !? demanda-t-il d'un ton si bourru que Zula fut persuadée qu'il la testait.

– Parce que les Allemands ont pénétré très avant en Russie et infligé des pertes atroces. »

C'était la bonne réponse. « Atttrrroces ! » répéta Ivanov. Il se tourna pour faire face à Wallace, le défiant d'apprécier l'intelligence de Zula. « Des pertes atttrrroces ! Vous entendez Zula ? Elle comprend. D'où êtes-vous ? Pas ce pays ridicule.

– Érythrée.

– Érythrée !

– Oui. »

Il tendit de nouveau la main vers elle. « Des pertes atttrrroces ! Cette fille comprend la nature de pertes attrroces. Où sont vos parents ?

– Morts.

– Morts ! Pertes atttrrroces, vraiment. Mais ! Érythréens gagné guerre.

– Oui.

– Vous, ici, dans pays agréable – une espèce de victoire, oui ?

– Oui.

– Les Russes, après Stalingrad, ont marché sur Berlin. VOUS VOYEZ OÙ JE VEUX EN VENIR, Wallace ?

– Oui, monsieur.

– Vous avez dit que ces deux-là, Peter et Zula, peuvent résoudre notre petite bataille malgré pertes atttrrroces, oui ?

– Oui, on y travaillait mais... »

Ivanov leva la main pour le faire taire. « Wallace, rendez service et passez porte. » Il désigna la chambre bâchée.

Wallace ne bougea pas.

« Cette porte-là, répéta Ivanov d'un ton obséquieux.

– On ne peut pas faire ça rapidement et simplement ? s'enquit Wallace.

– Pas si vous assis sur canapé. Rapidement et simplement, ça dépend de la vitesse à laquelle vous dégagez plancher. Et des informations que j'obtiens de Peter et Zula. Maintenant, allez attendre là-bas. »

Wallace, sous l'œil attentif de Sokolov, se leva et se rendit dans l'autre pièce d'un pas chancelant. L'un des hommes s'avança, marchant prudemment sur le plastique glissant, et ferma la porte derrière lui. À travers la porte, ils entendirent le bruit d'un morceau de gaffeur qu'on arrache au rouleau.

« Monsieur Ivanov, dit Zula. Wallace est innocent.

– Vous êtes belle fille, intelligente, je suis sûr que vous connaissez ordinateurs. Convainquez-moi. Faites-moi croire. »

Zula parla pendant une heure.

Elle expliqua la nature et l'histoire des virus informatiques. Parla de la sous-classe de virus qui cryptait les disques durs et retenait leur contenu en échange d'une rançon. Des difficultés à faire de l'argent à partir des ransomwares. Expliqua l'innovation que les créateurs inconnus et anonymes du virus REAMDE avaient apparemment trouvée. Ivanov n'avait jamais entendu parler de jeux de rôle en ligne massivement multijoueurs, ou

MMORPG ; elle lui raconta leur histoire, leur technologie, leur sociologie, la façon dont ils s'étaient développés jusqu'à devenir un secteur majeur de l'industrie du divertissement.

Ivanov écoutait religieusement, intervenant de temps à autre. La moitié du temps, c'était pour lui faire un compliment, car il semblait convaincu que toute femme qui ne recevait pas un compliment toutes les cinq minutes allait l'assassiner dans son sommeil avec un pic à glace. L'autre moitié du temps, c'était pour poser des questions. Certaines d'entre elles étaient très pertinentes, d'autres trahissaient un manque gênant de compréhension technique.

Une fois que ces préliminaires furent expédiés, Ivanov commença à insister sur la question de la culpabilité de Wallace. L'infection était-elle imputable à une négligence de sa part ? Comment, en d'autres termes, le virus se répandait-il ?

Zula lui dit ce qu'elle avait appris, à savoir que REAMDE se répandait par une brèche de sécurité dans Outlook, un logiciel extrêmement populaire qui, entre autres choses, gérait les calendriers, contacts, etc. Pour faire quoi que ce soit de significatif dans T'Rain, il fallait gérer un réseau de vassaux raisonnablement important. Les activités de groupes coordonnées devenaient ainsi une partie essentielle du jeu. Ce qui signifiait que plusieurs des joueurs de votre hiérarchie féodale devaient être en ligne en même temps pour conduire des affaires et diriger des armées, des expéditions dans les donjons, ce genre de choses. Ces activités devaient être planifiées en dehors des entraînements de base-ball, des rendez-vous chez le dentiste et autres révisions du bac, et donc un système de planification indépendant, existant uniquement à l'intérieur de l'application T'Rain, n'était pas d'une grande utilité. Un accessoire tiers avait été créé, qui établissait un tunnel entre T'Rain et Outlook. La plupart des joueurs de T'Rain l'utilisaient. L'accessoire permettait de disséminer des messages, comme des invitations à participer à des expéditions collectives. La plupart de ces messages se constituaient de texte uniquement, mais il était possible de joindre des images et autres fichiers aux invitations, et c'est là que résidait la brèche de sécurité: REAMDE avait profité d'un débordement de tampon dans Outlook pour injecter un code malveillant dans le système d'exploitation de l'hôte et prendre le contrôle de la racine des répertoires de l'ordinateur – à partir de là, il pouvait faire ce qu'il voulait, y compris crypter les contenus de tous les disques connectés. Avant toute chose, cependant, il transférait le virus à tous les contacts T'Rain de la victime.

Le wiki interne faisait état d'un autre détail qu'elle s'abstint de confier à Ivanov: la brèche de sécurité était connue depuis un bon moment et figurait dans la base de données de la plupart des antivirus. Mais les joueurs hard-core étaient toujours vulnérables car ils jouaient en plein écran et rataient par conséquent les alertes de sécurité de plus en plus hystériques qu'affichait leur logiciel antivirus.

Un autre point qu'elle choisit de passer sous silence: Wallace avait presque certainement attrapé le virus par l'ordinateur d'Oncle Richard, *via* la clé USB.

« Alors Wallace utilisait cet *accessoire*, dit Ivanov en mimant des guillemets, et a été infecté par ce virus.

– Complètement innocemment, oui », dit Zula.

Durant la première partie de son exposé, elle avait surfé sur une vague d'énergie qui l'avait portée presque jusqu'au bout mais, les dix dernières minutes environ, l'épuisement s'était abattu sur elle, elle avait ralenti et s'était mise à marmonner et à commencer des phrases qu'elle ne savait comment terminer. À présent, elle réalisait vaguement que le résultat de tout cela, dans l'esprit d'Ivanov, pouvait être que Wallace avait déconné et méritait d'être puni. Cette pensée la pétrifia.

À sa propre surprise, considérable, puis à sa grande honte, elle se mit à pleurer. Elle se pencha en avant et mit la tête entre ses mains.

« Je suis iiidiot ! s'exclama Ivanov. Je suis homme le plous stupide du monde ! »

Il se leva. Craignant qu'il ne s'approche pour la réconforter, Zula se contracta et s'efforça de se retenir un instant. Elle n'osait pas lever les yeux. À travers ses larmes et ses doigts, elle voyait remuer les souliers vernis d'Ivanov. Il sortit de la pièce. Elle laissa échapper une série de petits sanglots étouffés, mêlés désormais à sa colère et sa frustration à l'idée de s'être montrée si stupide. Elle n'avait pas pleuré si fort depuis l'enterrement de sa mère.

Ivanov revint dans la pièce au bout de quinze secondes, tout au plus. Elle entendit ses pas derrière le canapé. Elle tressaillit lorsqu'un objet mou et lourd atterrit sur ses épaules. « Qu'est-ce qui ne va pas chez vous ? » voulait savoir Ivanov. Il s'adressait à Peter. Elle réalisa qu'Ivanov avait saisi le bras de Peter et l'avait placé sur ses épaules, et qu'il le tapotait à présent pour le mettre bien en place, comme s'il mettait en forme du ciment mouillé. Elle se reprit alors, certainement pas parce que Peter avait son bras autour de ses épaules, mais à cause de l'espèce d'humour, très noir, qui se dégageait de la situation : cet Ivanov, qui et quoi qu'il soit, qui venait de Toronto en jet privé pour donner des leçons à Peter sur comment être galant envers sa petite amie, et Peter coincé dans l'incapacité d'expliquer qu'ils venaient de rompre.

Ivanov lança des ordres à toute l'assistance. Tous se mirent en mouvement ; on ouvrit des téléphones. Zula se redressa, soulevant le poids du bras de Peter, mais Peter, terrifié par ce qui pouvait lui arriver s'il désobéissait à Ivanov, laissa son bras où il était, comme une belette morte sur son épaule.

« Seule chose que je crois au fond, c'est que quelqu'un m'a niqué, annonça Ivanov, avec le signe de contrition de rigueur en direction de Zula. Vous parlez un peu russe ? *Kto kvo*. Ça veut dire "qui a eu qui". Aujourd'hui, je suis le deuxième *qui*. Celui qui se fait niquer. Je suis homme mort. Aussi mort que lui. » Il désigna d'un signe de tête la pièce adjacente. Zula entendit ses poumons se remplir d'un hoquet irrépressible. Ivanov continua :

« Ce n'est pas question. Question, c'est *façon* de ma mort. Il me reste du temps. Peut-être quarante-huit heures. Voudrais le dépenser bien. Trop tard pour mort glorieuse. Mais je peux mourir mieux que lui. » Encore un signe de tête. « Je peux mourir comme celui qui nique, pas celui qui se fait niquer. Je peux montrer à mes frères que j'ai combattu pour eux jusqu'à la toute fin, malgré des pertes attrroces. Je crois qu'ils comprendront ça. Je serai un homme mort pardonné au lieu d'un insecte écrasé. Seule chose dont j'ai besoin, c'est *qui* m'a niqué ? »

Peter enleva finalement son bras des épaules de Zula, qui se redressa complètement et fixa Ivanov dans les yeux. Il leur rendait leur regard – mais surtout celui de Zula – avec l'air intéressé. Comme si c'était une espèce d'enquête de salon extrêmement solennelle, universitaire.

« Vous voulez savoir qui vous a fait ça ?

– J'emploierais autre verbe, mais oui. »

Ils restèrent tous assis en silence pendant quelques instants. Ils entendaient le moteur d'un véhicule qui démarrait en bas, des voix d'hommes qui parlaient dans leurs téléphones.

« Vous voulez l'identité du Troll. La personne qui a créé le virus, dit Peter.

– Oui ! répondit sèchement Ivanov, légèrement agacé.

– Et si nous pouvons vous donner cette information, on est quittes ?

– Khittes ? demanda Ivanov, visiblement pas d'humeur à négocier – si c'était de cela qu'il s'agissait – avec Peter.

– Je veux dire, dans ce cas tout va bien entre vous et nous ? »

À présent, un moment assez intéressant.

Même si toute la situation était chargée de menace implicite, Ivanov n'avait pas levé un doigt contre Peter ou Zula ni sous-entendu qu'il le ferait jamais. Ses sourcils se dressèrent et il regarda cette fois Peter sous un nouvel éclairage : comme un homme qui venait, en quelque sorte, de proférer une menace contre lui-même. Il avait avancé de son propre chef qu'il devait quelque chose à Ivanov et que s'il manquait à le lui fournir, il devait s'attendre à des conséquences.

Ivanov haussa vaguement les épaules, comme pour dire : *L'idée ne m'était pas venue, mais maintenant que vous en parlez...* « Vous êtes très généreux. »

Pendant ce bref interlude, Peter avait réalisé son erreur et essayait désormais de faire marche arrière dans les sables mouvants où il s'était enlisé. « Vous comprenez que l'auteur du virus peut être n'importe où dans le monde et qu'il a probablement pris des précautions extrêmes pour cacher son identité, recouvrir ses traces...

– Vous m'embrouillez. Vous pouvez trouver Troll ou pas ? »

Peter regarda Zula.

« Pourquoi vous regardez miss Zula ? C'est *vous* le khacker de génie, pas vrai ? »

Peter ne sut que répondre.

Zula était très fatiguée, et son esprit errait en plusieurs endroits à la fois. Le mot « flash-back » était bien trop connoté pour décrire ce qui se passait dans son cerveau. Mais il était vrai que son esprit faisait remonter des souvenirs correspondant aux impressions qui affluaient dans ses organes sensitifs, et les quelques premières années de sa vie se rapportaient mieux à ce qui se passait actuellement que la plupart des expériences qu'elle avait connues dans les campagnes de l'Iowa. Elle n'avait pas l'énergie, la clarté d'esprit ou ce que les *nerds* appellent la « bande passante » nécessaire pour affronter en bloc tous les aspects de la situation. Certainement, l'impression dominante était celle d'être en danger. Il y avait aussi une dimension technique. Mais ni l'une ni l'autre n'expliquaient les vagues de nausée qui ne cessaient de remonter dans son abdomen. Il y avait un aspect moral. Elle ne l'avait pas vu du tout jusqu'à ce que Wallace soit envoyé dans l'autre pièce. Pour cela, un homme tel qu'Ivanov l'aurait sans doute trouvée d'une naïveté confondante. Elle pouvait peut-être se faire pardonner une telle naïveté une fois, mais pas deux.

Car à présent, on lui demandait de livrer une autre personne : un parfait inconnu, quelque part, qui avait créé REAMDE. Elle ne s'était pas portée volontaire pour cette tâche. Peter l'avait trahie en un simple coup d'œil.

« Miss Zula ? Je m'excuse, je vois vous êtes très fatiguée. Mais. Vous travaillez pour même entreprise ? C'est possible ? »

Et la réponse de la fille de l'Iowa, bien sûr, était toujours oui. En particulier à un homme plus âgé, poli, bien vêtu, qui avait fait un si long chemin.

Pour une raison ou pour une autre, elle se rappelait une scène qui s'était produite lorsqu'elle avait dans les 14 ans, quand l'épidémie de métamphétamines battait son plein en Iowa. Elle était seule à la maison et, par la fenêtre, elle avait vu s'approcher très lentement une fourgonnette inconnue. Celle-ci était passée deux fois devant la façade puis s'était garée dans l'allée qui menait à leur cabane à outils. Deux hommes étaient descendus du véhicule en regardant nerveusement autour d'eux. Ne sachant pas s'ils venaient pour une course légitime, Zula avait appelé Oncle John (ainsi qu'elle appelait son second père adoptif), et Oncle John, avec un calme extrême, lui avait expliqué la procédure étape par étape : fermer à clé toutes les portes de la maison, prendre un fusil et une boîte de cartouches, et se cacher dans le grenier. Ses instructions étaient pragmatiques, quand il ne les couvrait pas complètement d'un vague rugissement et de bruits sourds qui venaient, comme elle le comprit plus tard, du fait qu'il roulait à 160 km/h tout en parlant. Zula avait à peine remonté l'échelle du grenier derrière elle qu'une quantité de bruits de véhicules venus de l'extérieur s'étaient fait entendre, et elle avait vu par une lucarne la voiture d'Oncle John au milieu de la cour, au bout d'une longue série de marques de pneus qui encerclaient la maison (car il avait d'abord fait un tour pour chercher les signes d'effraction), et elle avait vu

John contourner le véhicule en boitillant sur ses prothèses pour s'accroupir derrière afin de se protéger des balles, tandis que de l'autre côté de l'allée la fourgonnette fonçait vers la route, une portière battante. Un nuage de ce qu'elle prit pour de la vapeur s'élevait du côté de la cabane, là où ils stockaient le réservoir d'ammoniac anhydre. Quelques minutes plus tard, la police était là en force et Zula s'était sentie suffisamment en sécurité pour sortir du grenier. John lui avait hurlé qu'elle n'avait pas encore la permission de descendre. Puis il l'avait serrée dans ses bras et lui avait dit qu'elle était sa petite fille, sa merveilleuse petite fille. Puis il lui avait demandé où était le fusil. Puis il lui avait redit qu'elle était magnifique et lui avait ordonné de monter, et de ne pas ressortir avant qu'il lui en donne la permission. Elle était montée et, par la fenêtre, elle avait vu ce que John ne voulait pas qu'elle voie : les ambulanciers qui revêtaient leurs combinaisons Hazmat et plaçaient une grande chose brun et marron dans un sac mortuaire. L'un des voleurs, surpris, peut-être, par l'arrivée soudaine d'Oncle John, avait fait une mauvaise manipulation sur le tuyau d'ammoniac anhydre et s'était aspergé d'un produit chimique qui avait fait évaporer toute l'eau de son corps.

C'est à cet instant, mais jamais auparavant et rarement depuis, qu'elle avait perçu une sorte de colonne souterraine, peut-être comme ces lignes telluriques dans T'Rain, qui reliait sa famille d'Érythrée à sa famille d'Iowa.

« En passant un coup de fil, dit Zula, je pourrais peut-être avoir plus d'informations sur le Troll. »

Ivanov continuait de la regarder, plein d'espoir ; au bout de quelques instants, il haussa les sourcils d'un air encourageant.

« Puis vous pourriez y aller. »

Le visage d'Ivanov s'immobilisa, comme s'il venait d'être frappé par un jet d'ammoniac anhydre.

« Pour continuer de résoudre votre problème, ajouta gentiment Zula, ou faire ce que vous avez besoin de faire, quoi qu'il en soit.

– Un coup de fil à qui ?

– L'entreprise a une politique de confidentialité. »

Le visage d'Ivanov se plissa. « Du baratin, oui.

– Il y a des règles », dit Zula.

Car Oncle Richard lui avait expliqué, quand elle avait pris son poste à la Corporation 9592, que la plupart des gens avec qui elle allait travailler étaient bardés de chromosomes Y et que ce qui marchait dans un camp de boy-scouts devrait fonctionner ici. *Les garçons*, avait-il dit, *veulent seulement savoir deux choses : qui c'est qui commande, et quelles sont les règles.* Et effectivement cela fonctionnait à merveille. Ivanov hocha la tête. « L'entreprise a des informations sur les noms, adresses, caractéristiques démographiques de ses clients, poursuivit Zula. Mais elle ne les divulgue pas. On ne joue pas sous son nom – son vrai nom. En tant que joueuse, je n'ai aucun moyen de retrouver l'identité réelle du Troll ou d'un autre joueur.

– Mais quelqu'un, dit Ivanov, quelqu'un de l'entreprise sait.

– Oui, il y a toujours quelqu'un qui sait.

– Peut-être la règle se briser parfois, un peu.

– En général, non, mais... »

Zula interrompit sa phrase car Ivanov faisait déjà son geste pour dire : *c'est du baratin.*

Apparemment, quelqu'un allait au ravitaillement, car leur russe fut soudain ponctué d'expressions telles que « venti mocha ».

« Peter », dit Sokolov. C'était le premier son qu'il émettait depuis un long moment.

Peter leva les yeux et vit Sokolov faire des hochements de tête en direction d'une webcam fixée en haut de l'escalier et pointée sur l'atelier en bas.

« Vous avez deux caméras de sécurité. »

Peter ne réagit pas.

« Ou peut-être plus ? »

Peter réfléchit. « Trois, en fait.

– Ah ! »

Pendant quelques instants, Zula se demanda comment Sokolov avait bien pu rater la troisième. Elles étaient bien visibles : l'une dans le couloir, braquée sur l'entrée principale, une autre dans l'atelier, qui couvrait les portes de derrière, la troisième en haut de l'escalier.

Puis elle comprit. Sokolov testait Peter.

Sokolov savait pertinemment qu'il y avait trois caméras ; il avait inspecté tout le bâtiment, il avait tout vu. Mais il avait dit « deux », juste pour voir si Peter avouerait l'existence de la troisième.

« Détecteur de mouvement ?

– Oui.

– Où sont stockées données ?

– Ici. Sur mon serveur. »

Sokolov ne laissa pas transparaître qu'il avait entendu, mais se contenta de regarder Peter dans les yeux pendant de longues secondes.

« Et... sur un disque de sauvegarde. Sous l'escalier. »

Sokolov détourna finalement les yeux du visage de Peter et approuva d'un signe de tête. « Il faudra effacer les fichiers.

– OK », dit Peter, immensément soulagé.

Il se donna une claque sur la cuisse et se leva. « Allons-y. »

Surveillé étroitement par Sokolov, Peter s'affaira sur un terminal durant un moment. Pendant ce temps, en bas, ça manœuvrait sec. La Scion de Peter finit garée dans la rue dehors. La Prius de Zula fut déplacée vers le fond de l'atelier, et la voiture de sport de Wallace garée à côté pour dégager la ruelle.

Pendant ces opérations, on récupéra le téléphone de Zula et Ivanov le lui présenta comme s'il s'agissait d'un collier Swarovski.

« Zula.

– C-plus, salut.

– Ce n'est pas souvent que j'ai le plaisir de parler à quelqu'un du service du magma.

– C-plus, c'est parce que je bosse sur un projet parallèle, là – longue histoire –, c'est Richard qui m'a mise là-dessus, plus ou moins.

– Gestion par le fondateur », dit Corvallis d'un ton de désapprobation ironique.

En principe, la « gestion par le fondateur » – du jargon technique pour dire que Richard pouvait faire tout ce qui lui chantait – avait été éradiquée de la Corporation 9592 quelques années plus tôt, lorsque des gestionnaires professionnels avaient été parachutés dans l'entreprise pour prendre les rênes.

« Oui. Bref, un projet officieux. Des recherches, si tu veux. Au sujet de, euh, mouvements d'or inhabituels liés à un virus qui s'appelle REAMDE.

– C'est marrant. Je n'en avais jamais entendu parler avant d'arriver au boulot ce matin. Maintenant, tout le monde n'a plus que ce mot à la bouche.

– Ça a explosé dans le week-end. Écoute, j'ai juste besoin d'une information.

– Où dois-je chercher ?

– Ma session. Il y a quelques heures. »

Bruits de clavier. « Eh ben, dis donc, t'as pas arrêté de mourir la nuit dernière !

– Effectivement. »

Bruits de clavier. « Puis tu t'es déconnectée sans cérémonie.

– Coupure de courant à Georgetown, Internet ne marchait plus.

– OK. Tu t'amusais bien dans les collines de Torgai, apparemment.

– Oui. Une expédition malheureuse.

– On dirait, oui. Bon. De quoi as-tu besoin ?

– Pendant la première partie, quelqu'un m'a jeté un sort guérisseur. Pas un membre de mon groupe. Ça a dû se passer vers 3 heures du matin heure d'ici, quand mon personnage était près d'une certaine intersection de lignes telluriques...

– Eh bien, on ne t'a jeté qu'un seul sort guérisseur de toute la soirée, alors ce n'est pas bien compliqué.

– T'as le rapport d'activité ? »

Car dans le monde de T'Rain, un petit moineau ne pouvait pas tomber de son nid sans que l'événement soit enregistré et daté précisément.

« Oui.

– OK. »

Zula ne pouvait pas s'empêcher de remarquer l'effet que sa moitié de la conversation produisait sur Ivanov. Il se tourna et fit signe à Sokolov, qui s'approcha, comme si le Troll s'apprêtait à bondir du téléphone de Zula et à partir en courant.

« Qui m'a jeté ce sort guérisseur, C-plus ?

– Difficile à dire.

– Comment ça ? demanda Zula d'un ton un peu cassant.

– C'est *littéralement* difficile à dire. Mon chinois est un peu faiblard.

– Le nom du personnage est en chinois ? »

Ivanov et Sokolov se regardèrent comme seuls des Russes peuvent se regarder quand il est question de Chinois.

« Oui, et il ou elle n'a pas pris la peine de l'occidentaliser. »

C'était une conséquence des efforts de Richard et de Nolan pour rendre T'Rain aussi attrayant que possible aux yeux des Chinois. Dans les autres jeux de ce type, chaque joueur était forcé d'utiliser un nom écrit en caractères romains mais, dans T'Rain, c'était optionnel.

« Il ou elle... donc pas de renseignements ni de données personnelles sur le joueur ?

– C'est visiblement un tas de bobards généré par un bot ou un truc comme ça.

– Carte de crédit ?

– C'est un indé. »

Encore une des innovations de Richard et Nolan. Dans la plupart des jeux en ligne, on était obligé de relier son compte à un numéro de carte de crédit pour couvrir les frais mensuels. Pas terrible pour les adolescents chinois. Mais puisque T'Rain possédait un système de change intégré, ça aussi, c'était un peu optionnel : si votre personnage générait des bénéfices en vendant de l'or, par exemple, vous pouviez régler votre abonnement mensuel en le faisant déduire automatiquement de votre coffre au trésor. C'était ce qu'on appelait des « comptes indépendants ».

« N'y a-t-il aucun moyen d'obtenir des informations factuelles sur la personne qui dirige ce personnage ? »

Zula n'aima pas l'effet que sa phrase eut sur le visage d'Ivanov.

« Je peux te donner l'adresse IP d'où ils étaient connectés.

– Ce serait fantastique ! » s'exclama Zula, espérant qu'elle arrivait vraiment à faire gober ce « fantastique » à Ivanov.

D'un geste, elle réclama quelque chose pour écrire. Sokolov pivota et prit un marqueur dans un mug sur une petite table. Peut-être était-ce un peu curieux qu'il connaisse l'emplacement de tous les stylos dans la pièce mieux que Peter, mais d'un autre côté repérer tout ce qui pouvait servir d'arme improvisée dans son voisinage immédiat devait faire partie de ses attributions. Sokolov ôta le capuchon avec ses dents et tendit sa paume pour que Zula puisse écrire dessus. Elle prit le stylo et appuya sa main sur celle de Sokolov, qui avait beaucoup souffert et à laquelle un bout de doigt manquait, mais qui était aussi chaude que celle de n'importe quel homme.

« Prête ?

– Feu ! » dit Zula, qui frémit d'avoir choisi ce mot.

Corvallis, d'une voix extrêmement claire et distincte, récita quatre nombres entre 0 et 255 : notation décimale pointée ou adresse de Protocole Internet. Zula les copia sur la paume de la main de Sokolov. Ivanov l'observa avec une intensité spectaculaire, puis lui jeta un regard interrogateur.

Il savait ce que c'était.

C'était le même genre de chiffres que Csongor avait utilisé pour détecter le mensonge de Wallace et le guider jusque chez Peter. Et ayant vu le procédé fonctionner parfaitement une fois, Ivanov supposait qu'il ne saurait manquer de fonctionner de nouveau.

« Merci, dit Zula, et ma question suivante... »

Bruits de clavier. « Elle appartient à un large bloc d'adresses allouées à un FAI à Shyamen.

– Redis-moi ça ? »

Corvallis épela le mot, et elle l'écrivit sur la peau de Sokolov : X-I-A-M-E-N.

Ce qui déclencha une activité frénétique mais comiquement silencieuse chez Ivanov et ses hommes de main.

« Tu peux chercher toi-même sur Google », dit Corvallis, et Zula – qui était toujours, malgré tout, observée attentivement par Sokolov – résista à la tentation de répondre : *Non, je ne peux pas.* « Anciennement Amoy, continua-t-il d'une voix chantante pour souligner qu'il lisait ce qu'il avait trouvé sur Internet. Ville portuaire du Sud-Est de la Chine, à l'embouchure du fleuve des Neuf Dragons, juste en face du détroit de Taïwan. Deux millions et demi d'habitants. Vingt-cinquième sur la liste des trente plus grands ports du monde. Bla, bla, bla. Assez banal, pour une ville chinoise.

– Merci !

– Désolé de ne pouvoir être plus précis.

– Ça me fait une base de travail.

– Je peux faire autre chose pour toi ? »

Oui. « Non.

– Bonne journée ! » Et il raccrocha.

Le mot « Bye » avait à peine quitté les lèvres de Zula que Sokolov lui prit le téléphone des mains. Il savait s'en servir ; il lança le navigateur Internet et tapa « Xiamen » sur Google.

Depuis un petit moment, elle était vaguement consciente d'effluves plaisants flottant dans la pièce : des fleurs et du café.

Ivanov, tout sourire, s'approcha d'elle avec un énorme bouquet de lys stargazer dans les bras. Ils portaient encore l'emballage plastique et le code-barres du supermarché du sommet de la colline. « Pour vous, annonça-t-il en les lui offrant. Car parce que je vous ai fait pleurer. Moindre des choses.

– C'est vraiment très gentil de votre part, dit-elle en essayant, malgré son épuisement, de paraître sincère.

– *Latte* ? » demanda-t-il.

Car l'homme en tee-shirt était à son côté avec un plateau en carton chargé de gobelets provenant du siège mondial de Starbucks, dont la colossale sirène verte surplombait Georgetown comme Monsieur Stay Puft, le géant de guimauve.

« Avec grand plaisir », dit-elle, et elle n'eut pas besoin de mentir sur ce point.

Comme les visiteurs étaient tous occupés pour l'instant, elle porta les fleurs dans le coin cuisine, les posa sur une planche à découper pour couper le bout des tiges avant de les mettre dans l'eau. Stupide. Mais comme tant de ses impulsions de gentille fille de l'Iowa, c'était comme un réflexe du tronc cérébral. Ce n'était pas la faute des fleurs si elles avaient été achetées par des gangsters. Le *latte* lui procura un plaisir immense ; elle retira le couvercle et le jeta pour plonger les lèvres dans la mousse chaude et le boire à longues gorgées. Peter ne possédait pas de vase, mais elle trouva un pichet en terre cuite d'une contenance suffisante et le remplit d'eau. Puis elle entreprit de déchirer l'emballage plastique et les scotchs qui tenaient les tiges ensemble.

Apercevant de l'agitation pendant qu'elle s'y employait, elle leva les yeux et vit deux hommes qui sortaient un paquet long et lourd enveloppé de plastique de l'appartement adjacent.

Elle fut au sol avant d'être pleinement consciente d'avoir un vertige.

World of Warcraft exerçait une concurrence écrasante dans le secteur économique de la Corporation 9592, et ce depuis une éternité, semblait-il, sauf que, lorsqu'on regardait les dates de plus près, on se rendait compte que l'entreprise n'avait que quelques années d'existence. Richard et Nolan étaient passés par plusieurs phases dans leur attitude à l'égard de leur adversaire :

1. Un déni penaud du fait qu'ils ne pourraient jamais ne serait-ce que rêver de rivaliser avec une puissance aussi inébranlable que WoW ;

2. La certitude, tirant sur l'impudence, qu'ils pourraient la faire tomber de son perchoir en un tour de main ;

3. La prise de conscience écrasante que c'était impossible et qu'ils se vouaient à un échec lamentable ;

4. Un optimisme prudent : peut-être la vie n'allait-elle pas être éternellement pourrie ;

5. Enfin, l'approche pragmatique : ils s'étaient repris et avaient élaboré une stratégie.

Quelque part entre les phases 4 et 5, Richard s'était terré au Schloss pendant le Mois de Boue – les semaines suivant la fin de la saison de ski – et avait noté quelques idées qui fermentaient dans son cerveau depuis les semaines les plus noires et les plus lugubres de la phase 3. En les lisant, Corvallis avait identifié ce moment comme un « point d'inflexion », encore un de ces termes qui ne signifiaient rien pour Richard mais qui étaient – à en juger par les ardents changements de langage corporel qu'ils suscitaient dans les réunions – d'une portée infinie pour les scientifiques. De ce que Richard en comprenait, cela désignait le moment presque imperceptible sur le coup où, on le verrait rétrospectivement, tout avait changé.

Le mémo s'était d'abord baladé quelque temps dans les bureaux comme un vieux marqueur séché. Puis Richard, avec un peu d'assistance de Corvallis pour le jargon, lui avait donné un titre saisissant : *Le Combat armé médiéval comme métaphore universelle et schéma d'interface de protocole multiusage*. En anglais, MACUMAPPIS.

Comme le Combat armé médiéval était l'oxygène qu'ils respiraient, même le mentionner semblait inutile, aussi l'acronyme fut-il raccourci en UMAPPIS, puis, comme la partie « Métaphore » rendait certains *businessmen* nerveux, en APPIS, qui leur plaisait suffisamment pour qu'ils le déposent. Et comme une seule lettre séparait APPIS d'APIS, « abeille » en latin, ils allèrent plus loin et créèrent et déposèrent un logo à base d'abeille et de ruche. Ainsi que Corvallis l'expliqua patiemment à Richard, tout cela n'était qu'une espèce de *private joke* high-tech. Dans cet univers, API signifiait « application programming interface » (« interface de programmation »), autrement dit les panneaux de configuration que les geeks surajoutaient à leurs logiciels afin de rendre possible à d'autres geeks d'écrire des programmes à partir de ceux-ci. Tout cela était une ou deux couches d'abstraction au-delà du point où Richard pouvait maintenir son intérêt. « Tout ce que j'essaie de dire avec ce mémo, dit-il à Corvallis, c'est que n'importe qui qui en a envie devrait être en mesure de prendre notre jeu par les couilles technologiques et de s'en servir pour résoudre ses problèmes. » Et Corvallis l'avait assuré que c'était précisément cela que signifiait avoir une API ; tout le reste n'était que marketing.

Les problèmes auxquels pensait Richard n'avaient rien à voir avec le jeu ni même le divertissement. La Corporation 9592 avait déjà paré à toutes les éventualités de ce type que les plus imaginatifs d'entre eux avaient pu envisager, et ils avaient engagé des avocats pour étudier soigneusement les trucs auxquels ils avaient pensé, et même pour extrapoler d'entières catégories abstraites de choses à quoi on pourrait penser par la suite. Et, quelle que soit la direction qu'ils prenaient, ils découvraient que la concurrence avait cinq ans d'avance : les autres avaient fait breveter tout ce qui était brevetable et, d'une façon ou d'une autre, marqué leur territoire sur ce qui ne l'était pas. Ce qui expliquait en grande partie la phase 3.

L'épiphanie – si ce n'était pas un mot trop recherché pour l'idée bien frappée qui avait soudain éclos dans la cervelle de Richard – s'était produite dans une brasserie de l'aéroport de Sea-Tac. Richard était resté coincé là pendant deux heures quand son vol pour Spokane avait été retardé par une collision entre un fourgon de bagages et l'avion : un incident étrangement courant dans cet aéroport, une de ces touches artisanales qui aidaient à préserver son côté provincial. Assis là à lamper sa pinte en regardant les voyageurs avancer comme des pingouins, sans ceinture ni chaussures, entre les détecteurs de métaux, il avait été frappé par l'ennui fondamental du travail qu'effectuaient les gardes de la Transportation Security Administration : examiner ces sacs qui passaient dans les scanners à rayons X, essayer de rester alerte pour cet instant, qui arrivait une fois tous les dix ans, où quelqu'un allait essayer de faire passer un revolver.

Jusque-là, l'observation n'avait rien d'original. Plus tard, il avait fait quelques recherches à ce propos et appris que les aéroports les plus sophistiqués avaient engagé des psychologues pour endiguer le problème et trouver des solutions ingénieuses. Par exemple, ils inséraient digitalement des fausses images d'armes à feu dans le flux vidéo d'un scanner à rayons X, assez fréquemment pour que les gardes voient d'illusoires silhouettes de revolvers, de semi-automatiques et d'EEI passer dans leur champ de vision plusieurs fois par jour, au lieu d'une fois tous les dix ans. Cela, selon l'enquête, suffisait à ce que leurs neurones de reconnaissance de formes ne soient pas récupérés et réattribués à des processus cérébraux plus féconds, ou du moins plus distrayants.

Le cerveau, d'après ce que Richard pouvait en comprendre en parcourant au hasard ce qu'il trouvait sur Google, était assez semblable au système électrique de Mogadiscio. Beaucoup de choses se passaient à Mogadiscio qui nécessitaient du fil de cuivre pour la transmission du courant et de l'information, mais il n'y avait qu'une certaine quantité de cuivre disponible, et ce qui n'était pas utilisé activement était généralement confisqué par des milices qui l'apportaient à l'autre bout de la ville pour renforcer le réseau électrique improvisé de quelque seigneur de la guerre avide de pouvoir. Il en allait de même pour les neurones dans le cerveau que pour les fils de cuivre à Mogadiscio. Le cerveau des gens qui faisaient des boulots incroyablement chiants présentait des taches sombres dans les zones responsables des processus liés à leur emploi, car tous ces neurones qui n'étaient presque jamais employés étaient confisqués et déplacés afin de renforcer les circuits utilisés pour mémoriser la liste des rencontres des tournois de la NCAA et le changement de coupe de cheveux des célébrités.

Ainsi, l'épiphanie du scanner des bagages à l'aéroport fut à la fois décourageante et encourageante. Décourageante parce que des psychologues du travail l'avaient devancé et avaient trouvé une parade, mais encourageante parce que des professeurs d'université soutenaient cette idée fondamentale.

Afin de monter le dossier de MACUMAPPIS, Richard devait : a) trouver un autre boulot désespérément chiant pour en faire son *experimentum crucis*, et b) trouver un moyen de faire une projection de ses processus de base sur le Combat armé médiéval. Entre ses années d'accro baveux à WoW et ses années de fondateur/créateur de T'Rain, il avait sans doute arraché la moitié des neurones de son cerveau pour les rattacher aux centres corticaux permettant de brandir une hache à deux mains, de fracasser un bouclier, de tirer à l'arc et de jeter des sorts. En une soirée de quête aléatoire dans le monde que D2 et Skeletor avaient créé, Richard pouvait décharger plus de neurones que n'en avait utilisés Einstein pour découvrir le concept de relativité générale. Bien plus de neurones, en tout cas, que la caissière de supermarché ou l'agent de sécurité moyens n'en déchargeaient en huit heures de boulot. La puissance d'Internet devait pouvoir faire en sorte que toute cette activité neuronale soit réattribuable ; on devait pouvoir relier tout ensemble d'une façon fonctionnelle.

Vers ce moment-là, il y eut une alerte dans l'aéroport : un abruti entra dans un hall en prenant un portail de sortie à l'envers, contournant la sécurité. Comme toujours dans ces cas-là, tout l'aéroport dut être bouclé. Les avions attendant le décollage durent se rapprocher des portes pour décharger tous les passagers et leurs bagages. Tous les passagers durent être éjectés de la partie neutre de l'aéroport puis faire demi-tour pour passer par la sécurité une seconde fois. Les vols furent retardés, et les retards se répercutèrent sur tout le réseau aérien mondial, pour un coût total de plusieurs dizaines de milliers de dollars. Toutes choses qui auraient pu être évitées si l'unique employé de la TSA posté près de la sortie – un employé dont l'unique fonction était de garder ses putains d'yeux ouverts et d'empêcher les gens de prendre la porte à l'envers – avait fait son boulot. Richard était fasciné. Comment l'employé même le plus paresseux et le plus négligent pouvait-il rater un truc si simple ? La réponse, apparemment, était que cela n'avait rien à voir avec la paresse ou la négligence. C'était encore ce même principe du fil de cuivre à Mogadiscio. Les chemins neuronaux nécessaires à accomplir la tâche apparemment élémentaire consistant à identifier un piéton passant une porte à l'envers avaient été, dans le cerveau de cet employé, débranchés depuis longtemps et raccordés à ceux utilisés par une autre procédure, plus importante, ou du moins plus fréquemment employée.

C'est ainsi qu'ils lancèrent le premier projet pilote APPIS, qui se déroula à peu près de la façon suivante : ils réalisèrent une vidéo montrant des employés de la Corporation 9592 longeant un couloir. Ils en firent un spot de démonstration qu'ils montrèrent à plusieurs aéroports régionaux qui étaient trop petits et désargentés pour pouvoir s'offrir des portes à sens unique sophistiquées et coûteuses équipées d'alarmes, et qui devaient par conséquent s'en remettre, pour toute technologie, à l'employé abruti par l'ennui assis devant la porte. Ils parvinrent à faire déboucher ces réunions sur un accord qui leur donnait accès aux images enregistrées vingt-quatre heures sur vingt-quatre et sept jours sur sept par les caméras de surveillance de deux de ces aéroports. Les images, bien sûr, montraient simplement des gens qui prenaient la sortie.

Ils transférèrent ces images dans un logiciel de reconnaissance de formes qui identifiait les silhouettes des individus et les traduisait en données vectorielles dans un espace 3D. Ce qui permit d'importer toutes les données dans le moteur de jeu de T'Rain. Les mêmes positions et mouvements furent attribués à des avatars du monde de T'Rain. Le flux de passagers humains longeant le couloir avec leurs blazers, leurs talons hauts et leurs survêts des Chicago Bears devint un flux de K'Shetriae, de Dwinn, de trolls et d'autres personnages fantasmagoriques vêtus de cottes de mailles, d'armures et de robes de magiciens, longeant un passage bordé de pierres à la sortie de l'imposante Citadelle de Garzantum.

Le Maréchal en chef de l'Empire garzantien annonçait alors que quiconque pinçait un lutin tentant de s'introduire par ledit passage se verrait attribuer d'énormes quantités d'or, accorder tous les honneurs, et donner des armes et une armure de valeur. Les personnages qui se portaient volontaires pour cette tâche recevaient un instrument spécial, la Corne de vigilance, dans laquelle ils avaient pour instruction de souffler chaque fois qu'ils voyaient un lutin engagé dans le mauvais sens. On pouvait gagner des points supplémentaires en affrontant le lutin et (bien sûr) en le défiant en un Combat armé médiéval.

Évidemment, sur tous les aéroports du monde (réel) réunis, le nombre d'individus qui entrent dans un hall en prenant la sortie à l'envers ne s'élève pas à plus d'un ou deux par an environ : ce n'est pas assez pour retenir l'attention ou maintenir la vigilance même des joueurs de T'Rain les plus enragés. Mais à présent, le système APPIS multipliait les chances que cela arrive en générant automatiquement des lutins fictionnels engagés dans le mauvais sens et en les envoyant dans ce tunnel à raison d'un toutes les deux minutes, tous les jours, pour toujours. Un rééquilibrage était inévitable – la valeur des récompenses devait être indexée sur la fréquence des incursions de lutins – mais, avec un minimum de réajustement, ils parvinrent à réguler le système de telle sorte que 100 % des lutins soient appréhendés. Le nombre total de lutins qui devait être généré par an était d'environ deux cent mille – ce qui ne posait pas problème, vu que cela ne coûtait rien. Le secret, bien sûr, c'est qu'une infime minorité de ces lutins à contresens n'étaient pas, en fait, générés par l'ordinateur. C'étaient des représentations de véritables formes humaines qui avaient été filmées par les caméras de surveillance d'un aéroport pendant qu'elles pénétraient dans l'espace sécurisé en prenant la sortie à contresens. En réalité, bien sûr, cela arrivait si rarement que tester le système était pour ainsi dire impossible, aussi faisaient-ils des exercices, plusieurs fois par jour, dans lesquels de faux employés de la TSA munis de badges et d'uniformes se présentaient à la sortie, montraient leurs accréditations aux gardes assoupis et entraient dans l'espace sécurisé à contresens. Dans exactement 100 % des cas, un joueur de T'Rain, quelque part dans le monde (presque toujours un *gold farmer* chinois), portait immédiatement la Corne de vigilance à ses lèvres virtuelles et soufflait vigoureusement avant de se précipiter pour affronter le lutin correspondant : un événement qui, grâce à un ingénieux système de raccordement entre les serveurs de la Corporation 9592 et les systèmes de sécurité de l'aéroport, entraînait le clignotement des feux rouges, le déclenchement des sirènes et le verrouillage automatique des portes de l'aéroport en question.

Corvallis et la plupart des autres techniciens détestaient cette idée à cause de son côté purement fumeux, qui crevait les yeux à n'importe quel individu doté d'un peu de perspicacité technique qui y réfléchissait plus de quelques secondes. Si leur logiciel de reconnaissance de formes pouvait identifier les voyageurs en mouvement et vectoriser leurs positions corporelles avec suffisamment de précision pour traduire leurs mouvements dans T'Rain, alors il pouvait tout aussi bien remarquer, *automatiquement*, sans intervention humaine, lorsqu'un de ces personnages marchait à contresens, et lancer l'alarme. Il n'y avait absolument aucune nécessité à faire intervenir des joueurs humains dans le processus. Il aurait été plus intéressant de créer une affaire indépendante basée sur l'aspect reconnaissance de formes.

Richard comprenait et reconnaissait tout ceci – et s'en fichait. « Tu m'as dit que c'était du pur marketing, oui ou non ? Qu'est-ce que tu ne comprends pas dans ta propre affirmation ? » Le but de l'exercice n'était pas d'établir un système de surveillance efficace et rationnel pour les aéroports. C'était, plutôt (pour employer encore une de ces expressions pompeuses empruntées au monde des mathématiques), une preuve d'existence. Une fois le système en place, ils pourraient arguer que son taux de succès de 100 % justifiait le postulat d'APPIS, à savoir que les problèmes du monde réel – en particulier les problèmes difficiles à résoudre à cause de déficiences profondément ancrées dans le système neurologique humain, comme la tendance à mourir d'ennui devant une tâche fastidieuse – pouvaient être réglés en les métaphrasant dans des scénarios de Combat armé médiéval, puis en les mettant sur le cloud de façon à pouvoir profiter du crowdsourcing (il brandit ici deux termes high-tech terriblement *hype*).

Le système, malgré son côté fumeux – qui était fondamental, évident et souvent montré du doigt dans leurs blogs par des *nerds* chatouilleux –, devint immédiatement l'enfant chéri des conférences de pointe sur l'industrie technologique de la côte Ouest. Il fallut transformer APPIS en une division séparée et l'établir à un autre étage de l'immeuble de leur siège à Seattle. De nouvelles idées et propositions de partenariat affluèrent, comme autant de lutins à contresens, à un tel rythme que le staff d'APPIS parvenait à peine à souffler assez vite dans ses Cornes de vigilance. Tous les *nerds* sous-employés du monde, impatientés par la lenteur avec laquelle les programmeurs internes de la Corporation 9592 se pliaient à leurs exigences, se mirent à générer leurs propres applications APPIS. La plus populaire d'entre elles était un système qui acceptait les vidéos de mauvaise qualité prises avec un téléphone dans une salle de réunion d'entreprise, et métamorphosait les hommes d'affaires en une brochette de seigneurs de la guerre chevelus et en armure, assis autour d'une table en bois massif dans une forteresse médiévale. Chaque fois qu'un des participants portait à ses lèvres une bouteille d'eau vitaminée ou un minuscule gobelet de *latte* à 0 % de matière grasse, l'avatar correspondant buvait de grandes gorgées d'une chope de cinq litres de bière et poussait un gigantesque rot, et, lorsque quelqu'un prenait une bouchée d'une barre multicéréales, l'avatar arrachait un gros morceau de viande fumante d'une énorme cuisse d'agneau. Les présentations PowerPoint, dans ce scénario, étaient transformées en apparitions vaporeuses flottant dans un halo numineux au-dessus de la bouilloire d'un sorcier. Dans la première version de l'application, les avatars coiffés de casques à cornes disaient tous exactement la même chose que les humains de la salle de conférences, ce qui provoquait des juxtapositions amusantes, mais devint vite lassant. Les gens se mirent alors à créer des accessoires permettant, par exemple, si une nouvelle proposition ingénieuse se faisait démolir par un patron acariâtre, de restituer l'événement sous forme de scène de combat au cours de laquelle la tête coupée de l'infortuné sous-fifre finissait au bout d'une lance. De larges pans de l'économie mondiale étaient, semblait-il à présent, réorientés vers leur équivalent dans T'Rain afin de pouvoir être négociés dans le cadre du Combat médiéval armé. Tous les jours, des améliorations démontrables de la productivité de la section consacrée du site de la Corporation 9592 étaient claironnées (avec un héraut médiéval, naturellement, et une authentique trompette).

Richard soutenait, et il ne plaisantait qu'à moitié, qu'il voulait que 10 % de l'économie mondiale se déplace dans T'Rain. Ou au moins 10 % de l'économie de *l'information*. Mais comme l'économie de l'information touchait désormais pratiquement tous les secteurs, ce n'était pas une vraie limite. Les employés d'usine qui regardaient des gadgets défiler sur la chaîne de montage et les inspectaient en quête de défauts devraient pouvoir métaphraser leur travail en quelque chose de bien plus stimulant pour les neurones, comme survoler la vallée d'une rivière sur un cheval ailé, examiner à travers ses eaux limpides les cailloux éparpillés dans son lit, à la recherche de celui qui contenait des traces de quelque minerai magique.

Ce qui était *également*, ainsi que C-plus l'expliqua patiemment, une idée ridicule, car n'importe quel algorithme de système de vision informatique suffisamment sophistiqué pour convertir un gadget défectueux en caillou chargé de minerai dans le lit d'une rivière virtuelle était forcément assez sophistiqué pour déclencher une alerte sur la chaîne de montage et désigner l'article incriminé sans impliquer d'êtres humains ou d'univers fantasmagoriques virtuels. À quoi Richard répondit, avec une patience égale, voire plus grande, qu'il n'en avait rien à battre car c'était purement une question de marketing, et que les applications démentes que créaient des quidams sur Internet étaient bien supérieures à tout ce que lui, Richard, pourrait jamais inventer.

En tout cas, cela avait fonctionné, même de façon un peu lente et chaotique, et T'Rain s'était par conséquent retrouvé bien plus intensivement intriqué dans le schéma électronique du monde réel qu'un univers fantasmagorique quasi médiéval n'avait de droit ou de raison de l'être. C'est ainsi qu'ils avaient eu besoin d'une application de gestion des calendriers et contacts et de divers autres accessoires dont ils n'avaient jamais même rêvé lorsqu'ils avaient lancé l'univers *ab initio.*

Richard lui-même n'utilisait pas l'application calendrier. Il effectuait la plupart de ses quêtes en solo ou en compagnie d'un ou deux vieux amis, il n'en avait donc pas besoin; et la simple idée d'avoir besoin de planifier son temps avec une telle exactitude le déprimait. Pour ce genre de trucs, il se servait de son téléphone, et, comme l'intégration de l'application au téléphone était balbutiante, cela n'en valait pas vraiment la peine. Même si elle avait fonctionné, cela aurait juste signifié plus de saloperies sur son emploi du temps, et moins de ces journées parfaitement vides qui lui donnaient toujours une chouette petite montée d'endorphines lorsqu'elles apparaissaient, comme par la grâce divine, sur son écran. Par conséquent, il ne risquait pas d'être infecté par REAMDE. Par conséquent, le lendemain du départ de Peter et Zula pour Seattle, lorsque Richard se réveilla dans sa grande chambre ronde quasi médiévale du Schloss et consulta son compte mail professionnel, il put considérer le déluge croissant de messages ALERTE SÉCURITÉ du week-end avec un certain détachement. Un nouveau virus était apparu; il s'appelait REAMDE (*sic*), ce qui était une coquille accidentelle ou délibérée/ironique d'ERREUR; il couvait depuis quelques semaines et, ces derniers jours, il s'était propagé de façon exponentielle, comme c'était en général le cas de ce genre de choses. C'était en fait une conséquence d'APPIS, et de tous les efforts de Richard pour transformer T'Rain en un Centre de profit situé au-dessus et au-delà du monde des passionnés du jeu. En tant que tel, cela ne posait aucun problème du point de vue du business et du marketing; cela ne ferait que générer des articles dans la presse spécialisée sur la façon dont T'Rain avait fait le saut de simple produit de niche pour geeks éhontés à une application destinée à accroître la productivité commerciale dont tout un chacun estimait avoir besoin, comme d'Excel et de PowerPoint ; Richard pouvait déjà prévoir qu'à leur prochaine réunion trimestrielle ils constateraient, rétrospectivement, une flambée des ventes correspondant précisément au pic de publicité gratuite généré par l'apparition de ce terrible virus.

Son emploi du temps était libre pour la journée, mais prophétisait un voyage à Seattle le lendemain, de sorte qu'il puisse se lever tôt le matin pour une nouvelle expédition en coup de vent à Nodaway et à l'île de Man. Il envisagea de se servir de cette histoire de REAMDE comme prétexte pour se rendre immédiatement à Seattle, un jour en avance. Et c'est peut-être ce qu'il aurait fait si davantage de temps s'était écoulé depuis son dernier contact avec Zula. Mais elle venait juste de partir, et il ne voulait pas l'effrayer, la pauvre, en se transformant en une espèce d'oncle intrusif. Il valait mieux la laisser décider du moment où elle serait prête à passer un peu plus de temps avec Richard. Il ne dérangea donc pas son emploi du temps : il savait pertinemment qu'il serait, de toute façon, occupé toute la journée à répondre à des mails d'amis et de membres de la famille dont les dossiers personnels étaient tenus en otage par un mystérieux troll.

Il n'y eut pas d'éveil brutal mais un réassemblage graduel de parties de la conscience qui, sans avoir cessé de fonctionner, s'étaient déliées entre elles. Elle contemplait, en bas, les montagnes constellées de neige comme si elle les voyait sur l'écran d'accueil de T'Rain et, en même temps, elle rêvait qu'elle marchait pieds nus dans ces montagnes. Car c'étaient pieds nus qu'elle et son groupe avaient parcouru la plus grande partie du chemin de l'Érythrée au Soudan, et ses rêves la ramenaient souvent à ce périple, comme si les nerfs de la plante de ses pieds étaient plus étroitement liés à son cerveau que tous les autres. Dans son rêve, la neige était chaude entre ses orteils, ce qui n'avait pas de sens, elle le savait ; mais cela s'expliquait par un tour de magie rêvé par Devin Skraelin à partir d'une référence indirecte de Donald Cameron. Et elle et Pluto avaient reçu pour mission de le rendre réel, à partir des données informatiques, et elle traversait le paysage avec une caravane de réfugiés érythréens pour vérifier que cela fonctionnait.

Lorsqu'elle recouvra la mémoire, elle comprit qu'elle était, depuis un assez long moment, étendue sur le côté, regardant par une fenêtre à travers ses yeux mi-clos. Les montagnes défilaient sous elle. Le monde rugissait et bourdonnait.

Elle était dans un avion. Son siège sentait le cuir de bonne qualité. Il était incliné de façon à former un lit bien horizontal, et on l'avait emmitouflée dans des couvertures. De belles couvertures. Pas des couvertures de compagnie aérienne.

Elle n'avait pas été violée ni agressée physiquement. Elle avait un pansement à la main. Elle se rappela les lys et le couteau.

Et le *latte*. Ils avaient mis du Rohypnol dans son *latte*.

Elle remua un peu et constata que ses membres fonctionnaient toujours, même si elle était un peu ankylosée d'être restée trop longtemps dans la même position.

De l'autre côté de l'allée, Peter, couché de la même façon, la regardait. Elle sursauta un peu quand elle s'en aperçut.

Ils étaient à l'arrière de la cabine. À l'avant, Sokolov, assis sur une chaise, des lunettes de presbyte sur le bout du nez, passait en revue des documents.

Dans la cloison qui fermait la cabine juste derrière eux se trouvait une unique porte qui, supposa Zula, conduisait à un compartiment séparé. Puisqu'elle ne voyait Ivanov nulle part, elle se dit qu'il devait se trouver là.

« T'es réveillée depuis combien de temps ? demanda Peter.

– Une minute. Et toi ?

– Peut-être une demi-heure. Hé, Zula !

– Quoi ?

– T'as une idée d'où on va ? »

Zula repoussa les couvertures, se leva et se dirigea, un peu chancelante, vers l'avant de l'avion, derrière Sokolov. La porte du cockpit était fermée, mais à côté il y avait une autre porte qui menait aux toilettes.

Quelque chose tomba lourdement à ses pieds en raclant le sol. Elle baissa les yeux et découvrit sa sacoche. Sokolov venait de la lancer dans sa direction.

Elle leva les yeux et le regarda bien en face. « Merci. »

Il la considéra quelques secondes et retourna à ses documents.

Elle entra, s'assit, mit la tête entre ses mains et pissa.

Réfléchis.

Comment Ivanov et compagnie avaient-ils réussi à les faire sortir du pays ?

Il arrivait à Oncle Richard de prendre un jet privé lorsqu'il se rendait sur l'île de Man pour rendre visite à Don Donald. Dans ces cas-là, il s'émerveillait toujours de la facilité de ce mode de transport « sans accrocs ». Pas d'enregistrement. Pas de fouilles de sécurité. Pas d'attente. On allait droit à l'avion, on montait et c'était parti.

Zula ne savait pas exactement quels effets la drogue avait eus sur elle – s'était-elle évanouie ? Était-elle simplement groggy ? Ou semblable à un zombie docile ? En tout cas, les Russes avaient pu les entasser, Peter et elle, dans des véhicules sans que personne le remarque, puis (à en croire Oncle Richard) les conduire directement au tarmac de Boeing Field, sur le côté de l'avion, d'où il n'avait pas dû être si difficile que ça de leur faire monter l'escalier et de les embarquer.

En fait, ça avait même dû être facile. Ils auraient eu d'énormes pénalités s'ils s'étaient fait remarquer ou arrêter, mais ce n'était pas le genre d'hommes à s'embarrasser de préoccupations de ce type. Et, si tordu que cela puisse paraître, ce trait de caractère lui plaisait.

Elle examina l'intérieur de son sac. Son passeport avait disparu. Le couteau avait été retiré de sa poche. Pas de clés de voiture (pour ce qu'elle en aurait fait, de toute façon) ni de téléphone. Il restait le livre qu'elle était en train de lire, quelques-unes des bricoles qu'elle avait récupérées chez Peter – cosmétiques, tampons, produits capillaires, gel antibactérien. Un banal gilet en polaire aux couleurs de Seattle. Les crayons et stylos avaient tous disparu – parce que c'étaient des armes potentielles ? Parce qu'elle aurait pu s'en servir pour écrire un appel à l'aide ? Quelqu'un avait fouillé ses bagages – le sac plus grand qu'elle avait pris pour aller au ski – et en avait sorti (Dieu merci !) des sous-vêtements, deux tee-shirts, un short, et les avait fourrés dans celui-ci.

Ils allaient donc dans une région chaude.

Réfléchis. Son absence serait-elle remarquée ? Au bureau, tout le monde savait qu'elle était partie au ski pour le week-end. Lorsqu'elle manquerait de se présenter au bureau ce jour-là, ses collègues supposeraient qu'elle n'avait pas entendu le réveil.

Mais finalement – dans quelques jours, peut-être ? – ils s'inquiéteraient.

Alors quoi ?

Finalement, ils la rechercheraient peut-être chez Peter et trouveraient sa voiture, à moins que les Russes ne l'aient prise et poussée dans les eaux troubles du Duwamish. Mais ils ne trouveraient rien indiquant qu'il y avait eu un problème.

Elle avait disparu de la surface de la terre.

C'était angoissant, au point de lui faire couler un peu le nez, mais elle ne pleura pas. Elle avait pleuré chez Peter quand les choses avaient dégénéré. Puis elle avait cru, stupidement, que le problème était réglé. Comme si on pouvait vraiment sortir d'une situation aussi terrible à si peu de frais ! À présent, elle était revenue à la case départ, dans l'état où elle était lorsqu'elle avait cessé de pleurer chez Peter, et elle avait commencé à réfléchir à la conduite à suivre.

Elle se lava le visage et fit une retouche à son mascara. Elle ne voulait pas que quiconque remarque qu'elle avait dépensé de l'énergie à se maquiller, mais elle ne voulait pas se dégrader visiblement non plus, elle voulait montrer, même de façon subliminale, qu'elle avait encore sa dignité et n'était pas en train de craquer. Elle se démêla les cheveux et refit sa queue-de-cheval. Elle mit les vêtements les plus propres qu'elle put trouver dans son sac et retourna à son lit, qu'elle remit en position fauteuil. Elle reprit sa contemplation des montagnes.

« Tu sais quelle heure il est ? »

Peter secoua la tête. « Ils ont pris mon téléphone. »

Elle ne dit rien pendant quelques instants.

« Nous allons à Xiamen, annonça-t-elle.

– C'est de l'autre côté du Pacifique !

– Et ?

– On survole des montagnes depuis le début !

– En partant de Seattle, le chemin le plus court ne passe pas au-dessus du Pacifique. Il passe par le nord. L'île de Vancouver. Le Sud-Est de l'Alaska. Les Aléoutiennes. Kamtchatka. »

Elle désigna la fenêtre d'un signe de tête. « C'est toutes des montagnes comme celles-ci. Jeunes. Abruptes. La zone de subduction, tout ça. »

Sokolov, sans lever la tête, dit un seul mot : « Vladivostok.

– Tu vois ? dit Zula.

– C'est quoi ?

– Une ville. En Sibérie extrême-orientale.

– La Sibérie. Génial.

– Nous allons à Xiamen, insista-t-elle. C'est la seule destination logique.

– Peut-être qu'ils vont juste nous emmener en Russie et...

– Quoi ? Nous tuer ? Ils auraient pu le faire à Seattle.

– Je ne sais pas, nous vendre à la traite des Blanches ou quelque chose dans le genre.

– Je ne suis pas blanche.

– Tu me comprends.

– Tu as vu comment se comportait Ivanov. Il y a une seule chose qui lui importe. Trouver le Troll. Et... – elle hésita au seuil du mot, mais le temps n'était plus aux euphémismes – le tuer.

– Ce serait logique, dit Peter, se rangeant enfin à son raisonnement. S'arrêter à Vladivostok. Se ravitailler, ou quelque chose comme ça. Puis poursuivre jusqu'à Xiamen. »

Pour Zula, le fil de la conversation s'était brusquement rompu lorsqu'elle avait prononcé le mot « tuer ». Elle participait maintenant à un complot d'assassinat. Le souvenir des événements advenus chez Peter commençait à refaire lentement surface dans sa mémoire. Lorsqu'elle avait appelé Corvallis, elle était certaine de n'avoir pas d'autre choix, mais à présent elle se rejouait mentalement la scène et remettait sa décision en question.

La porte arrière s'ouvrit et Ivanov sortit brusquement, enveloppé dans un peignoir. Sans accorder un regard à quiconque, il se rendit aux toilettes.

Peter mit les pieds sur son siège et leva les genoux au niveau de son visage, les entoura de ses bras et y enfouit la tête.

Zula fut d'abord agacée par son attitude générale. Mais il avait une longueur d'avance ; il s'était réveillé plus tôt, il avait réfléchi plus longtemps à leur situation. Tandis que les minutes passaient et que l'excitation provoquée par le fait de voyager en jet privé se dissipait, Zula commença à comprendre la même chose que Peter, à savoir qu'ils n'étaient pas censés en sortir vivants.

Ivanov sortit des toilettes l'air soigné et reprit l'allée, laissa ses yeux glisser sur le visage de Zula mais n'établit aucun contact. Toute la courtoisie dont il avait fait preuve chez Peter était destinée à servir un but qui n'existait plus.

Peter avait tourné la tête de côté et regardait Zula regarder Ivanov. Une fois celui-ci rentré dans son compartiment, il dit : « Je suis désolé.

– Personne n'aurait pu prévoir une chose pareille.

– Quand même.

– Non. Le truc avec REAMDE est arrivé complètement par hasard. La malchance, c'est tout. »

Au bout de quelques minutes, elle dit : « Peut-être que ce n'est pas ce que tu crois.

– Hein ?

– Tu te dis qu'une fois qu'ils auront ce qu'ils veulent... et elle fit un petit geste imperceptible de son pouce contre sa gorge.

– C'est à peu près ce que je pense, oui.

– Mais c'est partir du principe que tout cela est en quelque sorte... *normal*. Une procédure régulière, quoi. Je ne crois pas que ce soit le cas. »

Peter jeta un coup d'œil en avant vers Sokolov pour signifier à Zula de se taire.

L'avion commença à descendre au-dessus de montagnes enneigées.

Ils atterrirent sur une longue piste de bitume en bon état, dans un lieu boisé, avec des pastilles de neige éparpillées entre les arbres. Ils étaient apparemment dans un aéroport commercial sérieux, qui desservait des avions de ligne régionaux et intercontinentaux, ainsi que des avions-cargos. Depuis la piste, on voyait plusieurs hangars et bâtiments en préfabriqué, mais on n'avait pas une bonne perspective sur le terminal lui-même. L'avion roula doucement jusqu'à une aire de stationnement où étaient garés quelques engins plus petits, et le pilote choisit une place aussi loin que possible des autres. Sokolov parcourut l'allée centrale pour baisser les stores sur toutes les vitres. Les pilotes, qui parlaient russe, sortirent du cockpit et ouvrirent la porte, laissant entrer de l'air frais mais glacial. Ivanov et Sokolov descendirent d'avion, laissant Zula et Peter tout seuls dans l'appareil.

« En fait, les autres types à Seattle... commença Peter.

– C'était juste du menu fretin, des mecs du coin.

– Des intérimaires.

– C'est ça. »

Ils entendirent un véhicule qui s'arrêtait à côté de l'avion. Des hommes en sortirent, et Sokolov s'entretint avec eux. Le véhicule repartit. Après ça, ils n'entendirent pas la voix d'Ivanov, mais les voix et la fumée des cigarettes des nouveaux venus continuaient de s'infiltrer dans la cabine.

« Ivanov a dit qu'il était un homme mort, dit Zula. Tu te souviens ?

– Oui, oui, je me souviens.

– Alors, tout ce que je dis, c'est que ce n'est peut-être pas comme ça qu'il gagne sa vie habituellement.

– Tu crois que c'est quoi, alors ?

– Une course-suicide.

– Je me sens vachement rassuré.

– Non, sérieusement, Peter. Tu *devrais.*

– Qu'est-ce qui te fait dire ça ?

– S'il comptait survivre à ça, il serait forcé de se débarrasser de nous pour se protéger. Mais s'il ne compte pas en sortir vivant, il ne pense pas à si long terme.

– Peut-être qu'on peut se mettre à l'abri avant que tout saute ?

– Pourquoi pas ? Nous ne sommes rien pour lui, sauf dans la mesure où nous pouvons l'aider à trouver le Troll.

– Pardon. Il *croit* que nous pouvons l'aider à trouver le Troll.

– Ça, c'est ton rayon.

– Oui. Et ce que je te dis, c'est que c'est pratiquement impossible, à moins que nous trouvions un moyen d'entrer dans ce grand FAI pour consulter leurs archives. Ce qui, même à Seattle, serait difficile. Alors nous, bande d'Occidentaux, essayer ça en Chine ? Tu déconnes ? »

L'ombre d'un sourire passa sur son visage. « C'est pour ça que je n'ai jamais voulu travailler dans une entreprise de haute technologie.

– Comment ça ?

– C'est le type même de la situation à la Dilbert[1] : les objectifs techniques sont fixés par la direction, qui ignore tout de la technique et obéit à des motifs, disons, insondables.

– Dans ce cas, on n'a qu'à les examiner plus attentivement. Fais comme les types qui bossent pour les entreprises high-tech.

– Et ils font quoi ? Parce que ça, c'est *ton* rayon.

– Ils définissent des attentes. Ils se débrouillent pour avoir l'air débordés. Ils remettent des comptes rendus de progression.

– Et quand ils perdent patience ?

– Comment veux-tu que je le sache ? Je ne dis pas que je connais la réponse. »

Un autre avion se rangea à côté du leur et coupa ses moteurs. Quelques personnes en descendirent, et il y eut encore des bruits de discussion et des cigarettes. Leur appareil se mit à trembler : on chargeait des objets lourds dans la soute.

Tout l'avion remua sur ses suspensions lorsque quelqu'un posa le pied sur la passerelle avant, et ils le sentirent tanguer légèrement à chaque marche que l'homme montait.

Il entra dans l'avion. À première vue, Zula pensa qu'il s'agissait encore d'un sbire d'Ivanov, comme ceux qui s'étaient présentés chez Peter à Seattle. Ce jugement se basait entièrement sur son apparence : sa taille, sa carrure, ses cheveux blonds cuivrés tondus extrêmement ras, son manteau – en toile vert foncé, arrivant à mi-cuisse, avec une coupe vaguement militaire qui aurait pu dissimuler à peu près n'importe quoi, sauf un bazooka – et ses bottes à bout métallique éraflées. En arrivant en haut de la passerelle, il balança un gros sac au sol. C'était une sacoche de postier un peu mode, avec une large bandoulière rembourrée.

La première chose qu'il voulut regarder fut le cockpit, aussi tout ce qu'ils purent voir pendant quelques instants, ce fut

1. Personnage principal d'une bande dessinée américaine mettant en scène le monde de l'entreprise.

l'arrière de sa tête, supportée par un cou d'une épaisseur peu commune.

Une fois qu'il en eut eu assez d'examiner le tableau de bord de l'avion, ce qui l'occupa un bon moment, il entreprit d'inspecter la porte des toilettes. Il la poussa avec curiosité, ce qui la fit ouvrir en accordéon, puis la considéra de haut en bas d'un air bizarre. Jusqu'ici, il s'était tenu un peu voûté, comme s'il craignait de se cogner la tête ; il renversa la tête en arrière et ouvrit la bouche, révélant une série de dents tachées et irrégulières, mais d'une solidité structurelle à toute épreuve, puis, à tâtons, il estima la hauteur du plafond pour vérifier que s'il se redressait, le sommet de sa tête hirsute en forme de balle de revolver n'allait pas se cogner dedans. Puis il remarqua Zula et Peter et se tourna vers eux. Il avait les yeux bleu pâle, enfoncés profondément dans un crâne large et osseux ; le teint rubicond, la peau un peu brûlée. Il eut l'air surpris, intéressé, mais pas du tout gêné de voir Zula et Peter lui rendre son regard.

« Bonjour, tenta-t-il, et Zula comprit que l'anglais n'était pas sa langue maternelle ; mais il cherchait à savoir si Peter et Zula pouvaient communiquer de cette façon.

– Bonjour, répondirent-ils.

– Je m'appelle Csongor.

– Csongor le hacker ? demanda Peter.

– Oui », répondit Csongor, amusé, ou du moins surpris de ce que Peter puisse l'identifier de cette façon.

Il entra dans la cabine passagers. Avec sa sacoche sur l'épaule, il était trop large pour passer dans l'allée, aussi la porta-t-il à bout de bras devant lui.

« Je m'appelle Peter. Visiblement, vous avez déjà entendu parler de moi », dit Peter d'un ton aigre, à la limite de la franche hostilité.

Csongor, prenant apparemment la chose très à cœur, s'avança et lui tendit la main. Peter, incrédule, la serra. Csongor se tourna alors vers Zula et attendit.

« C'est Zula », annonça Peter d'un ton qui laissait entendre que Csongor ferait vraiment mieux de dégager.

Zula tendit la main. Csongor se pencha et la baisa, non de façon condescendante, mais comme si le baisemain était pour lui une pratique tout à fait ordinaire. Il posa son sac sur l'un des fauteuils en cuir, délicatement, ce qui suggérait qu'il contenait quelque chose de précieux et de fragile, comme un ordinateur portable. Puis il s'assit à côté, face à Peter et Zula.

Peter remua sur son siège d'une manière, proche de la convulsion, qui en disait long sur le malaise que provoquait chez lui la nouvelle disposition. Il finit carrément face à Csongor. Zula pouvait presque sentir physiquement sa tension. Il n'aimait pas faire face aux autres, c'était un introverti, ce n'était pas son genre.

Il y eut un long moment de gêne.

« Qui veut commencer ? » demanda Zula.

Csongor regarda Peter qui, manifestement, ne voulait pas commencer. Aussi, avec un petit geste signifiant quelque chose comme *avec votre permission*, se mit-il à parler un anglais pratiquement parfait, quoique marqué par un fort accent. « Hier... cette chose est arrivée avec le mail de Wallace. Deux heures plus tard, on m'a demandé de me rendre à Moscou pour une réunion. J'y suis allé. Il n'y avait pas de réunion. Par contre, on m'a *recommandé* de monter dans cet avion, là. » Il fit un signe de tête en direction de l'avion garé à côté du leur. « J'ai suivi la *recommandation*. L'avion était plein d'un certain type d'individus. Maintenant, je suis là. Je ne sais rien. »

Peter et Zula gardèrent le silence.

Csongor trouva la chose un peu comique et un peu agaçante. « Vous avez dit qui veut *commencer*, pas qui veut *finir* », rappela-t-il à Zula.

Toujours rien.

« Ça s'est passé à peu près de la même façon pour vous, j'imagine ? tenta-t-il.

– Pas tout à fait de la même façon, non, dit Zula. Ça a commencé par le meurtre de Wallace dans l'appartement de Peter. »

Les yeux bleus de Csongor s'élargirent pour jauger Peter. « Vous avez tué Wallace ? »

Zula fut surprise d'entendre le son de son propre rire. Mais visiblement, les circuits neurologiques responsables du rire ne tenaient nul compte des convenances auxquelles se pliait le cerveau supérieur. « Non, non. Ce sont des Russes qui l'ont assassiné. Puis ils nous ont amenés ici.

– Eh bien, ce n'est pas terrible.

– Je sais. Quoi qu'il ait pu faire, Wallace ne méritait pas...

– Non, je voulais dire que ce n'était pas terrible *pour nous*. »

Peter poussa un grognement de mépris. « Nous ne nous faisions pas d'illusions, nous avons bien compris que c'était extrêmement mauvais pour nous.

– Oui, mais peut-être que je m'en faisais, moi », dit Csongor.

Et maintenant qu'il avait dit cela, Zula vit qu'il était très sincèrement pris de court.

Et il y avait de quoi. Il venait de découvrir qu'il était complice d'un meurtre.

« C'est dommage, dit Peter, parce que j'espérais un peu que vous pourriez nous expliquer ce que c'est que ce *bordel*. Qui sont ces gens ? Nous ne savons rien. »

Le visage de Csongor se reconfigura d'une manière qui suggérait que les rouages de son cerveau s'étaient remis en marche : il pensait au lieu de simplement réagir. « Rien ? Vraiment ? »

Peter prit une inspiration comme pour répondre, puis se ravisa.

« Vous ne savez rien sur certains types de jeux où l'on a recours aux numéros de cartes de crédit d'inconnus ? Ou est-ce plutôt la spécialité de Zula ? »

Peter soupira. « Zula n'a rien à voir là-dedans. J'ai vendu à Wallace une liste informatique de numéros de cartes de crédit.

– Celle qui a mis Ivanov si en colère.

– Oui.

– Dans ce cas, nous avons une base de discussion ? Ce genre de types – que savez-vous d'eux ?

– Vous voulez dire les Russes, la m... »

Ayant craché la nationalité, Peter ne pouvait se résoudre à lui accoler le substantif.

« La mafia, le crime organisé, comme vous voudrez, dit Csongor, levant les paumes vers le ciel pour signifier que c'était du pareil au même. Ils ne sont pas comme ceux qu'on voit à la télé ou au cinéma...

– Vraiment ? Parce qu'arriver en jet privé, tuer Wallace dans mon appartement, ça colle parfaitement au scénario.

– Oh ! mais c'est *extrêmement inhabituel*. Je suis stupéfait, franchement.

– C'est rassurant.

– Presque toute leur activité est très ennuyeuse. Ils tâchent de gagner leur croûte dans le contexte de ce système incroyablement pourri. C'est leur seul motif. Pas l'excitation, pas la violence. La plupart de leurs revenus en Russie, ils ne les ont pas obtenus avec des trucs de dingues comme le trafic de drogue ou d'armes. Ils se sont fait de l'argent en vendant du coton d'Ouzbékistan à des prix prohibitifs. Et quand ils sont entrés aux États-Unis et au Canada, ils ont prospéré sur des fraudes à l'assurance, en évitant les taxes sur le gasoil et en volant des numéros de cartes de crédit. Beaucoup de cartes de crédit.

– Quel est votre rôle dans tout ça ? demanda Zula. Si ma question ne vous gêne pas ?

– Non, votre question ne me gêne pas. Mais y *répondre* me gêne, car c'est un peu embarrassant. Pas de quoi être fier.

– OK, ne répondez pas, dans ce cas. »

Csongor hésita. Zula avait estimé son âge à une petite trentaine au départ, mais, maintenant qu'elle le voyait mieux – l'élasticité de son visage, la transparence de ses émotions –, elle comprit qu'il s'agissait plutôt d'un garçon de 25 ans à forte ossature. « Je vais répondre un peu maintenant, peut-être plus ensuite. Que savez-vous de l'histoire de la Hongrie ?

– *Nada.*

– Keud. »

Visiblement, Csongor ne connaissait pas ces termes argotiques, aussi Zula haussa-t-elle ostensiblement les épaules. Il hocha la tête, l'air un peu déconcerté, sans savoir par où commencer. « Mais vous savez au moins que c'était un pays signataire du pacte de Varsovie. Jusqu'à 1999 environ. Contrôlé de très près par les Russes. » Peter et Zula s'étaient mis à hocher la tête comme s'ils savaient tout cela, ce qui l'encouragea. « Aujourd'hui, tout va bien. C'est devenu un pays moderne, avec un niveau de vie élevé. Mais, dans les années 1990, l'économie était dans un état lamentable – le système communiste avait été dynamité, comme une vieille statue de Staline, mais il a fallu plusieurs années pour créer un nouveau système. Un chômage terrible pendant ces années-là, l'inflation, la pauvreté, etc. Mon père était instituteur. Surqualifié. Mais c'est une autre histoire. En tout cas, dans notre famille, nous avions très peu d'argent, et, à notre connaissance, la seule façon d'en gagner, c'était de faire marcher notre cervelle. Il se trouve que ce n'était pas moi l'intellectuel. L'intellectuel, c'est mon frère aîné.

– Qu'est-ce qu'il fait dans la vie ? demanda Zula.

– Bartos fait des études postdoctorales en topologie à l'UCLA.

– Oh ! »

Zula regarda Peter et lui dit : « C'est une branche des mathématiques.

– Merci », fit Peter d'un ton agacé.

Csongor continua : « Mais je voyais bien que je n'étais pas comme Bartos, alors j'ai cherché d'autres moyens de gagner ma vie en faisant marcher ma cervelle. Les professeurs de mon lycée voulaient seulement que je rentre dans l'équipe de hockey de l'école. J'ai lâché les cours et j'ai appris tout seul à programmer des ordinateurs. Et soudain je me suis mis à me faire de l'argent comme ça. Quand la situation économique s'est redressée, tout le monde s'arrachait les programmeurs. En particulier pour faire de la régionalisation.

– Qu'est-ce que c'est ? » demanda Zula. Peter poussa un soupir pour lui signifier que c'était une question stupide.

« Traduire des logiciels étrangers en hongrois, s'assurer que tout fonctionne correctement dans l'environnement spécial de la Hongrie, expliqua Csongor, et Zula eut l'impression que, dans la façon dont il expliquait les choses avec satisfaction, c'était le père de Csongor qu'elle voyait, l'instit. Par exemple, à cause de l'inflation, la monnaie hongroise est dévaluée. »

Échauffé par la tâche, il sortit un portefeuille de sa poche et produisit une liasse de billets de la Magyar Nemzeti Bank, illustrés de gravures représentant des hommes dont Zula n'avait jamais entendu parler, avec des chapeaux extravagants et des moustaches fournies. Les valeurs étaient énormes : le plus petit valait 1000 et certains billets comportaient cinq chiffres. « Donc si vous avez une application quelconque utilisée dans le commerce, comme pour les caisses enregistreuses, par exemple, un logiciel étranger risque de ne pas fonctionner, parce qu'il voudra un format avec une virgule suivie du nombre de 100. Mais nous n'avons pas de virgules ni de 100, juste les nombres entiers. Donc il faut faire des petites retouches sur le logiciel. J'ai fait ce genre de trucs pour des commerçants.

– Ce qui vous a amené aux lecteurs de cartes de crédit ? demanda Peter, qui faisait enfin montre de patience.

– Exactement. À l'époque du pacte de Varsovie, les commerçants n'avaient pas de lecteurs de cartes de crédit, mais lorsque l'économie du pays a décollé à la fin des années 1990, tout le monde s'est mis à en vouloir une, et quand on a su que je savais programmer ces machines, j'ai eu beaucoup de travail. Mon père était mort à cause du tabac et ma mère ne gagnait pas beaucoup d'argent, alors j'ai travaillé pour envoyer Bartos à l'école, et pour le reste. Tout va bien. Mais il y a un petit problème. Vous voyez, le dernier soldat soviétique a quitté la Hongrie en 1991. Mais il y avait d'autres Russes, arrivés pendant la guerre froide, qui ont mis un peu plus longtemps à s'en aller.

– Ces types-là, dit Zula en inclinant la tête vers l'avion voisin.

– La mafia, oui. Alors l'étape n° 1 de la nouvelle économie, ça a été que tout s'est mis à aller très mal. L'étape n° 2, les choses se sont améliorées et tout le monde a eu des cartes de crédit. Et l'étape n° 3...

– L'étape n° 3, c'était la fraude à la carte de crédit, dit Peter.

– Oui, et la chose a été tentée de plusieurs façons différentes. Certaines meilleures que d'autres. La meilleure de toutes est la suivante. Un serveur de restaurant a un petit lecteur de cartes dans sa poche. Le client veut payer sa note. Il tend sa carte au serveur. Le serveur l'emporte à l'abri des regards et la passe une fois pour payer la note. Jusqu'ici, c'est complètement légitime. »

Peter hochait déjà la tête, persuadé de savoir de quoi il retournait, et Csongor termina donc l'histoire à l'intention de Zula. « Cependant, ensuite, le serveur passe la carte dans le lecteur illicite qu'il a dans la poche et fait une copie des informations de la carte de crédit. Le lecteur stocke les informations de nombreuses cartes du même type. Ces informations sont regroupées et vendues au marché noir.

– Et vous vous êtes impliqué dans ce racket. »

Csongor hésita, pas complètement satisfait de la formulation. « J'ai pris un boulot qui consistait à programmer le micrologiciel d'un appareil. J'ai peut-être été naïf. Je n'ai compris que peu à peu l'utilisation de l'appareil. »

Peter laissa échapper un renâclement discret. Csongor s'en aperçut immédiatement, pesa le pour et le contre, puis se contenta finalement de hausser ses énormes épaules et de chercher le regard de Zula. Comme si elle avait été nommée juge de ce genre de questions. « Je suis juste le dernier d'une longue lignée de Hongrois entraînés dans des aventures extrêmement stupides par des Allemands ou des Russes, n'importe. Mais ça m'a permis d'entrer dans cette culture – il tourna les yeux vers Peter, et Zula comprit qu'il parlait maintenant de la culture internationale des hackers – dans laquelle j'étais cool. Respecté. C'est une drogue puissante pour un jeune garçon. »

Peter ne rendit pas son regard à Csongor, qui continua donc comme s'il lui avait concédé ce point.

« Puis, quelque temps après, le même client est revenu me voir avec un nouveau problème : il y avait trop d'informations. Des milliers de machines avaient été fabriquées et distribuées à des serveurs, pas seulement en Hongrie, mais dans toute l'Europe, et le stockage des données devenait problématique, il y avait des soucis de sécurité, etc. Pouvais-je les aider ? Et en passant, si la réponse était non, peut-être qu'ils me dénonceraient à la police ou me causeraient d'autres problèmes. Alors je suis devenu programmeur de système. J'ai créé les systèmes dont ces individus avaient besoin. Et ensuite, il leur a fallu quelqu'un pour s'occuper de la maintenance et de la sécurité du système. C'est comme ça qu'au fil des années, je me suis transformé en une espèce d'administrateur système, principalement en free-lance. Je gère des serveurs, j'installe des systèmes de messagerie, des sites web, des wikis...

– Je sais ce que c'est qu'un administrateur système, dit Peter.

– Ma clientèle se compose de petites entreprises ou de petits propriétaires qui n'ont pas assez d'argent pour créer un poste à cette seule fin. Mais ma spécialité, ma niche, ce sont les situations où la discrétion et la sécurité sont cruciales.

– Vous travaillez pour des gangsters.

– Comme vous, Peter.

– Ça ne m'intéresse pas tellement, ça », dit Zula.

Csongor tourna vers elle un visage où se mêlaient la curiosité et le regret. « L'administration de système ? »

Zula secoua la tête et fit mine de se cogner les poings l'un contre l'autre en regardant entre Peter et Csongor. Ils se rendirent à son argument en silence. Elle continua : « Donc je parie que

Wallace vous a contacté en disant: "J'ai besoin d'un mail sécurisé, pas de questions."

– Exactement. Je savais qu'il travaillait pour Ivanov, mais... Un comptable écossais à Vancouver. Quel risque peut-il bien y avoir ? »

Il gloussa et se tapa sur la cuisse, espérant que les autres se joindraient à lui pour une petite ronde de rires ironiques, mais Peter n'était pas d'humeur.

« Qui est Ivanov ? Qu'est-ce qu'il faisait pour lui, Wallace ? »

Csongor s'appuya contre le dossier de son fauteuil, soudain épuisé, et se frotta les yeux. « Je travaillais pour ces gens depuis six ans quand j'ai rencontré Ivanov pour la première fois. Un jour, il a débarqué à Budapest et m'a emmené voir un match de hockey et m'a invité à dîner, et là j'ai tout de suite vu qui était le véritable patron.

– Mais c'était trop tard.

– Oui, j'en savais déjà trop long. En Russie, il existe quelques groupes comme celui auquel appartient Ivanov. Quelques-uns sont des Russes de souche. D'autres des Tchétchènes, des Ouzbeks ou autres. Les groupes russes sont très anciens, ils remontent peut-être même jusqu'à Ivan le Terrible. Si vous êtes membre d'un groupe de ce genre, vous passez votre vie entière au sein du groupe. »

Peter renifla avec mépris. « Ça ne veut pas dire grand-chose.

– Je vous demande pardon ?

– Pour un mafieux, l'espérance de vie, c'est quoi, 30 ans ?

– Au contraire. Du fait que tant de ces activités, précisément, sont routinières et ennuyeuses, beaucoup de membres meurent à un âge avancé. C'est bien le problème.

– Quel problème ?

– C'est un problème pour Ivanov, en tout cas.

– Pourquoi ?

– Comment ça ?

– Les groupes tels que celui-ci ont toujours eu pour pratique d'entretenir une réserve d'argent, l'*obshchak*, qui est une caisse commune qu'ils utilisent à toutes sortes de fins, y compris la couverture santé.

– *La couverture santé ?* Vous voulez me faire croire que les mecs de la mafia russe se font faire des *soins dentaires* !? »

Csongor haussa les épaules. « Je ne vois pas pourquoi vous êtes surpris comme ça. Un homme qui a mal aux dents doit se faire soigner, quelle que soit sa profession. Dans le système de ces groupes, les frais de dentiste sont couverts par l'*obshchak*. Lorsqu'un membre atteint l'âge de la retraite, l'*obshchak* prend soin de lui. Et bien sûr, l'*obshchak* est également utilisée pour financer... – Csongor jeta un regard circulaire sur l'avion – des opérations.

– Donc nous sommes des invités de l'*obshchak*.

– Oui, mais je ne crois pas que nous sommes des invités *autorisés*.

– Que voulez-vous dire ?

– Je crois qu'Ivanov a tout simplement volé les fonds utilisés pour louer cet avion. Parce que ce n'est pas la façon de faire de ces types. Pour la plupart, ce sont des investisseurs extrêmement prudents. Ils ne se lancent pas dans ce genre d'entreprises délirantes. »

Peter renifla avec mépris.

Zula intervint : « Un fonds de pension est un fonds de pension.

– Précisément. La plus grande partie de l'*obshchak* est investie dans des instruments financiers proprement dit. Wallace est, ici le vocabulaire me fait défaut...

– Le gestionnaire financier ? proposa Zula.

– Il est celui qui gère les gestionnaires financiers. Il répartit les fonds de ses clients entre différents gestionnaires professionnels, évalue leurs performances, déplace l'argent d'un compte à un autre selon les besoins.

– Ce n'est pas sa seule activité, dit Peter. Quand je l'ai rencontré, il m'achetait des numéros de cartes de crédit volés.

– C'est inhabituel de sa part.

– J'en ai eu l'impression, effectivement.

– Le patron de Wallace est – était – Ivanov. Je pense qu'Ivanov a fait des erreurs. Sur l'argent qu'il contrôlait, une partie était censée être investie dans des entreprises légitimes. Pour cela, il s'en remettait à Wallace. Le reste était injecté dans des plans que nous appellerions "crime organisé". Ce n'est qu'une supposition, mais je crois qu'Ivanov s'est mis dans une situation délicate.

– Certains de ses plans ont échoué, dit Zula.

– Ou peut-être a-t-il simplement détourné des fonds de l'*obshchak*. Peut-être n'était-il pas l'homme qu'il fallait pour gérer cet argent. »

Peter éclata de rire.

Csongor s'autorisa l'ombre d'un sourire gourmé et reprit :

« Les chiffres trimestriels ne se présentaient pas bien. Il savait qu'il était dans une mauvaise passe, il avait besoin de prendre des risques pour faire remonter ces chiffres. Des types comme lui sont peut-être accros à la prise de risques, de toute façon. Lui et Wallace ont arrangé des transactions compliquées et en même temps ont investi une partie de l'argent que Wallace contrôlait dans des combines telles que vos numéros de cartes de crédit. Quand Wallace a perdu tous ses dossiers...

– Le château de cartes s'est écroulé, compléta Zula.

– Oui.

– Dans ce cas, pourquoi ne s'en sont-ils pas encore pris à Ivanov ?

– Ils ne sont pas au courant. Ivanov jouit d'une grande autonomie et il a agi trop vite pour se faire remarquer. Quand ses patrons remarqueront qu'il se passe des choses bizarres, nous serons à Xiamen.

– Donc nous allons bien à Xiamen.

– C'est ce qu'on m'a dit. Pour trouver le Troll.

– Vont-ils nous tuer ? »

Csongor réfléchit à la question un peu trop longtemps au goût de Zula. « Je pense que ça dépend de Sokolov.

– Il fait quoi, lui ?

– C'est un entrepreneur privé, lui aussi, comme Wallace. Sauf qu'il s'occupe de sécurité.

– Je n'ose même pas demander son parcours.

– Deux fois héros. Une fois en Afghanistan et une fois en Tchétchénie.

– Un militaire, traduisit Peter. Pas un gangster.

– Il y a un certain, comment diriez-vous ? va-et-vient. C'est compliqué.

– Mais s'il est vrai qu'Ivanov est devenu incontrôlable, dit Zula, un militaire ne va pas approuver une chose pareille, si ? Il n'est pas obligé de continuer d'obéir aux ordres de son patron s'il est clair que celui-ci a pété les plombs.

– Je ne connais pas Sokolov », dit Csongor pour toute réponse.

Sokolov monta à bord et recula d'un pas dans l'entrée du cockpit pour laisser les autres passer devant lui. Un par un, des consultants en sécurité russes aux cheveux ras montèrent et se répartirent dans la cabine selon les indications de Sokolov. Ils étaient plus jeunes que lui, mais pas franchement *jeunes* : ils semblaient avoir de la petite trentaine à la petite quarantaine. Ils avaient tous des visages intéressants, mais Zula était peu disposée à les regarder en face car elle ne voulait pas être surprise à les observer. Peter, Zula et Csongor furent autorisés à garder leur place dans la partie arrière de la cabine. L'équipe de Sokolov remplit les autres places disponibles et, lorsque tous les sièges furent occupés, les hommes restants s'assirent sur le sol de la cabine. Ils étaient sept, en comptant Sokolov.

Une voiture se rangea à côté de l'avion. Les deux pilotes montèrent et se mirent à remplir des papiers. D'autres affaires furent chargées du véhicule à la soute de l'avion et, lorsqu'elle fut pleine, des objets supplémentaires furent apportés dans la cabine passager et casés là où il y avait de la place. Ivanov monta et se rendit dans son compartiment au fond; il sentait l'alcool. Sokolov donna à Zula un sac plastique qui contenait une paire de Crocs, quelques tee-shirts et des dessous.

Les pilotes fermèrent la porte. Sokolov donna l'instruction de lever les stores. L'avion roula doucement jusqu'à la piste, décolla vers le nord et tourna pour prendre vers le sud. Quelques minutes plus tard, tandis qu'ils montaient vers l'altitude de croisière, Zula put contempler à son aise ce qu'elle devina être Vladivostok : une ville portuaire de bonne taille construite autour d'un long bras de mer, en forme de doigt tordu, au bout d'une large péninsule.

Ils volèrent en silence pendant un moment. Les consultants en sécurité fumaient : un comportement que Zula n'avait jamais observé à bord d'un avion.

« Donc si on veut trouver le Troll, on devrait peut-être établir une stratégie ? » lança Csongor.

Les consultants le regardèrent avec curiosité, mais leur attention se détourna rapidement et ils se mirent à échanger des blagues et des commentaires ironiques en russe. Régulièrement, Sokolov leur intimait de la boucler et ils gardaient le silence pendant un moment. Ou peut-être Sokolov leur défendait-il certains sujets de conversation. Zula préférait ne pas faire de suppositions sur la nature desdits sujets.

« Eh bien, pour commencer, vous savez quelque chose sur Xiamen ? demanda-t-elle.

– J'ai eu le temps de faire quelques recherches sur Google.

– Pas nous, dit Peter.

– C'est un drôle d'endroit. Peut-être un petit peu comme la Hongrie.

– Comment ça ?

– Trop de voisins.

– Je n'en avais jamais entendu parler jusqu'à hier, dit Zula.

– C'est là qu'il y a les guerriers en terre cuite, non ? demanda Peter.

– Vous confondez avec Xi'an, corrigea Csongor avec un sourire penaud pour indiquer qu'il avait fait la même erreur. C'est dans les terres. Xiamen est sur la côte. Un peu au nord de Hong Kong. Juste de l'autre côté de, comment dit-on ? une étroite bande de mer...

– Un détroit, dit Zula.

– Oui, en face de Taïwan. Donc. C'est par Xiamen que l'argent espagnol arrivait en Chine autrefois. Les Espagnols l'apportaient sur des galions de Mexico à Manille et, de là, les marchands chinois le montaient à Xiamen, puis jusqu'au fleuve des Neuf Dragons pour l'apporter dans les terres. Mais les Hollandais ont découvert le système, et la région s'est vu infester par des pirates hollandais qui se cachaient derrière toutes les petites îles et sortaient pour voler l'argent. Le reste du temps, ils dévalisaient les Chinois. Puis Zheng Chenggong est arrivé et les a chassés. C'était un homme extraordinaire. Sa mère était japonaise. Son père était un pirate chinois. Il était né au Japon. Mais il avait été élevé par d'anciens esclaves musulmans affranchis par son père ; il y a des gens qui pensent qu'il était secrètement musulman. En tout cas, il a chassé les Hollandais de Taïwan et a réintégré l'île dans la Chine. Il est un héros à la fois pour les Chinois continentaux et pour les Taïwanais. Il y a une énorme statue de lui à Xiamen.

– Et quel est le rapport avec notre problème ? » demanda Peter, s'appliquant à faire preuve de patience.

Csongor lui jeta un regard circonspect. « Comme je l'ai dit, je n'ai eu accès à Internet que pendant quelques minutes. Assez longtemps pour télécharger quelques vieux bouquins. Puis on a coupé ma connexion. Alors j'ai lu les livres dans l'avion.

– Donc toutes vos informations proviennent de vieux bouquins ?

– Oui. Mais ça nous apprend quelque chose d'important : les liens entre Xiamen et Taïwan sont très anciens et très complexes.

Rien que dans le port de Xiamen, il y a deux îles qui appartiennent à Taïwan ! Elles sont à moins de dix kilomètres de Xiamen, mais elles appartiennent à un autre pays et, pendant la guerre froide, l'Armée rouge n'arrêtait pas de les pilonner à l'artillerie lourde.

– Donc si je comprends bien, Xiamen a toutes sortes de liens avec Manille, Hong Kong et Taïwan, c'est un port important, etc., dit Zula. Est-ce que toutes ces informations sont juste du baratin de base pour touristes ou est-ce qu'elles nous apprennent quelque chose sur le Troll ? »

Csongor haussa les épaules. « Peut-être pas sur le Troll, mais peut-être sur nous. J'essayais de comprendre comment ces types comptaient nous faire entrer dans le pays. Il faut un visa pour entrer en Chine. Vous le saviez ?

– Non, dit Zula, et Peter secoua la tête.

– Il n'est pas difficile à obtenir, mais ça prend un peu de temps, il faut remplir des formulaires, envoyer son passeport. De toute évidence, nous n'avons pas de visa. Donc je me demandais : comment ces types vont-ils seulement réussir à nous faire entrer dans le pays ? »

Zula et Peter regardaient Csongor avec intérêt, attendant la chute.

« Vous demandez en quoi ça nous concerne. La réponse, je pense, c'est que s'ils essayaient de nous faire passer quelque part dans les terres, ce serait plus compliqué pour eux. Mais Xiamen est connu pour la contrebande et la corruption qui y règnent. Quelque chose comme 10 % de toutes les marchandises étrangères vendues en Chine sont introduites dans le pays clandestinement. Traditionnellement, une bonne partie de ce trafic passe par Xiamen. Il y a eu une dépression sévère il y a dix ans...

– Une répression, corrigèrent Peter et Zula à l'unisson.

– Oui. De nombreux fonctionnaires ont été exécutés ou jetés en prison. Mais ça reste le genre d'endroit où un homme tel que lui – Csongor, ne voulant pas prononcer le nom à haute voix, jeta un bref coup d'œil vers la porte du compartiment d'Ivanov – pourrait s'arranger avec les fonctionnaires locaux qui contrôlent les portes, les douanes et le reste, et introduire en fraude, disons, une cargaison humaine dans le pays.

– Très bien. Supposons que vous ayez raison sur ce point et qu'il parvienne à nous faire entrer, dit Peter. Qu'est-ce qu'on fait dans ce cas-là ? »

Csongor réfléchit à la question quelques instants. Pas seulement au problème technique de trouver le Troll mais, peut-être, à ce qu'il pouvait se permettre de dire à haute voix. Ivanov ne pouvait pas les entendre à travers la cloison, mais les consultants en sécurité, si, et au moins l'un d'entre eux – Sokolov – parlait un peu anglais. Tandis que Csongor faisait ces calculs, sa tête demeura immobile et il resta dos aux Russes, mais ses yeux s'agitèrent d'une manière que Zula trouva extrêmement expressive.

« L'adresse que nous avons comme base de travail, commença-t-il, faisant allusion, comme le comprit Zula, aux quatre nombres séparés par un point inscrits sur la paume de Sokolov.

– Fait partie d'un énorme bloc contrôlé par un FAI, dit Peter. Ça, on le sait.

– Et si on essayait de restreindre la zone géographique ?

– On ne peut pas franchement débarquer au siège du FAI et interroger leurs administrateurs système... dit Peter, suivant le raisonnement de Csongor.

– Mais ces administrateurs doivent obéir à un certain schéma pour allouer toutes ces adresses à différents secteurs de la ville, dit Csongor. Le système n'est peut-être pas parfait, mais...

– Mais ça ne se fait sans doute pas complètement au hasard. Nous pourrions au moins nous faire une *idée.* »

C'était au tour de Zula de se sentir comme une imbécile, mais le fait de travailler dans une entreprise high-tech lui avait appris qu'il valait mieux poser franchement une question que d'acquiescer à l'aveuglette en feignant d'avoir compris. « Comment comptez-vous obtenir cette information ?

– En allant à la pêche », dit Peter, et il regarda Csongor en cherchant son approbation.

Zula vit à l'expression de Csongor qu'il ne connaissait pas l'expression. « En allant à la pêche, comment ?

– Il paraît qu'ils ont des cybercafés partout, dans ces coins-là, dit Peter. Et si c'est vrai, on devrait pouvoir s'y rendre, payer une session et vérifier l'adresse IP. On la note et on passe au suivant.

– Ou on pourrait faire un wardrive. »

Zula était vaguement familière du terme : une expédition en voiture, muni d'un ordinateur portable, afin de repérer les réseaux wi-fi non sécurisés et de s'y connecter.

« Les chambres d'hôtel, approuva Peter.

– Ou même juste les halls.

– On pourrait ensuite dresser une carte nous donnant une image de la façon dont le FAI a attribué ses adresses IP à travers la ville. Et ça devrait nous permettre de délimiter le quartier où vit le Troll. Peut-être, si on a de la chance, un cybercafé qu'il fréquente. »

Zula réfléchit. « Ce qui me plaît dans ce plan d'action, c'est qu'il est assez systématique et progressif, ce qui devrait prouver à notre hôte que nous travaillons sur le problème de manière méthodique et que nous obtenons des résultats. »

Visiblement, Peter et Csongor n'avaient pas réfléchi outre mesure à cet aspect du problème – satisfaire Ivanov, juguler sa paranoïa ; ils la regardèrent, bouche bée. Elle repoussa une onde d'agacement sourd. « En termes de management, il y a des métriques de rendement que nous pouvons utiliser pour établir les attentes et montrer notre progression vers un but. »

Ils ne savaient plus que penser : voulait-elle plaisanter ? Elle ne le savait pas non plus.

Pourquoi l'agaçaient-ils tant que ça ?

Parce qu'ils essayaient réellement de résoudre le problème technique qui consistait à trouver le Troll. Or, c'était peut-être le problème d'Ivanov, mais ce n'était pas le leur. Le leur, c'était Ivanov.

S'ils parvenaient à trouver le Troll, ils devraient faire face à un problème encore plus grave : ils seraient complices d'un assassinat.

Mais elle ne protesta pas davantage, car il y avait quelque chose qui lui plaisait dans leur plan : il leur permettrait de circuler dans la ville, où ils trouveraient peut-être le moyen d'appeler à l'aide ou même de s'échapper. Elle ne savait pas trop ce qui leur arriverait s'ils se rendaient à la police et reconnaissaient qu'ils s'étaient introduits dans le pays sans visa, mais il y avait peu de chances que ce soit pire que ce qu'Ivanov avait en tête.

Pendant la discussion, elle avait observé Sokolov du coin de l'œil. Il avait toujours un document sur les genoux, mais cela faisait longtemps qu'il n'avait pas tourné de page. Il ne cessait de faire taire les membres de son équipe, parfois avec colère. Il les écoutait, essayait de suivre leur conversation.

« Vous croyez qu'ils nous laisseront circuler en ville comme ça ?

– Là est la question, reconnut Csongor.

– Ils sont forcés, s'ils veulent trouver le Troll, dit Peter.

– Alors je vais essayer de le convaincre. Je vais essayer de lui faire comprendre qu'il n'y a pas d'autre moyen. »

Elle s'assura que Sokolov entendait bien ces dernières phrases.

En Csongor, Zula avait commencé à reconnaître une chose qu'elle avait également vue en Peter et qui, en fait, expliquait sans doute pourquoi elle avait été attirée par lui au départ. Aucun de ces deux hommes n'avait beaucoup d'éducation académique, puisque tous deux avaient décidé, à la fin de l'adolescence, de se lancer dans le monde et de faire quelque chose. Et tous les deux s'étaient frayé un chemin à partir de là, avec parfois de bons, parfois de mauvais résultats. Par conséquent, ni l'un ni l'autre n'avait beaucoup d'argent ni de prestige. Mais ils possédaient tous deux une espèce d'assurance qu'on ne trouvait pas souvent chez les jeunes gens qui avaient suivi les voies recommandées, du lycée à l'université et à la spécialisation. Si elle avait cherché à être vache, Zula aurait pu relier ces garçons si méticuleusement soignés à des fœtus démesurés attendant éternellement leur naissance. Ce qui ne posait aucun problème, étant donné que les universités étaient bien achalandées en femmes fœtales. Mais, peut-être à cause de son passé dans les camps de refugiés et de la mort prématurée de sa mère adoptive, elle ne parvenait pas à s'intéresser à ces hommes-là. Cette qualité qu'elle avait vue en Peter et voyait maintenant en Csongor était *virile* – le mot la fit tressaillir, mais cela n'aurait pas servi à grand-chose d'essayer de se distancier de lui par des couches d'ironie pour cacher son malaise. Et elle avait de bons et de mauvais côtés. Elle voyait la même qualité chez certains hommes de sa famille, en particulier chez Oncle Richard. Et ce qu'elle savait de lui, c'est que c'était foncièrement un homme bon, qu'il avait fait des trucs assez dingues, qu'il avait blessé des gens, qu'il s'en était voulu, qu'il avait eu de la chance, qu'il donnerait sa vie pour la protéger et que ses relations avec les femmes, dans l'ensemble, n'avaient pas très bien tourné.

L'avion descendit pendant un moment puis entreprit une série de virages qui ressemblaient à des manœuvres de pré-atterrissage. Dans une demi-heure, le soleil serait couché, mais présentement la lumière brillait presque horizontalement sur le paysage au-dessous d'eux, projetant des ombres nettes qui faisaient ressortir le relief et les bâtiments. Même de leur point de vue, il était évident qu'il faisait chaud et humide. La géographie physique était d'une complexité déconcertante : de nombreuses péninsules à plusieurs isthmes qui avançaient vers un méli-mélo d'îles grandes et petites dans une énorme baie formée par le confluent d'au moins deux importants estuaires. À l'exception de quelques parcelles ensablées et de bandes de terre artificielle sur le littoral, les paysages étaient dans l'ensemble abrupts, montagneux et verts. À mesure qu'ils descendaient, il devint facile de distinguer Xiamen, qui était une île à peu près circulaire, séparée du continent par des bras de mer assez étroits pour qu'on ait pu construire par-dessus des ponts modernes qui la reliaient à ce qui semblait être des banlieues industrielles.

C'était de loin la plus grande île de la baie, à l'exception d'une autre, plus loin du continent, qui l'égalait en taille sinon en population. Car l'île ronde de Xiamen était presque entièrement construite : seules les parties les plus à pic à l'intérieur des terres restaient vertes. La grande île à l'est avait la forme d'une éponge pressée presque en deux. Il y avait des zones construites, mais elles étaient dispersées, des villes à basse altitude séparées par de larges plaines consacrées à l'agriculture. D'autres régions étaient montagneuses et semblaient sauvages, quoique sillonnées par des routes en lacet et constellées d'installations curieuses, pleines de dômes et d'antennes. « C'est l'île taïwanaise, non ? demanda Zula.

– Je suppose, dit Csongor. Tout ça, ce sont des installations militaires ; ça ressemble aux machins que les Russes construisaient en Hongrie dans le temps. »

Une autre île, plus petite, passa sous leur aile. Elle aussi était notablement sous-développée comparée à tout le reste. « L'autre, dit Csongor. Il y a Quemoy et Matsu. Je ne sais pas laquelle est laquelle. »

Quelques instants plus tard, ils survolaient Xiamen et, après une nouvelle série de virages, ils atterrirent.

L'avion ne se dirigea pas vers le terminal : au lieu de cela, il roula lentement vers une partie plus basse de l'aéroport. Celle-ci était remplie d'autres petits jets privés, et il leur fallut en dépasser une vingtaine avant de trouver une place de parking. Zula, bien sûr, n'avait pas la moindre idée de ce à quoi ressemblait habituellement le terminal des jets privés de Xiamen, mais le spectacle qui se présentait par le hublot était celui d'une agitation extrême, lui sembla-t-il. Après la clôture de sécurité, il y avait tellement de berlines noires qui se disputaient les bonnes places que des hommes en uniforme devaient les guider en agitant les bras et en poussant des coups dc sifflet. On en laissait passer quelques-unes sur le tarmac pour qu'elles aillent sc garer le long des jets.

Les consultants en sécurité, visiblement curieux du spectacle, pressaient le nez contre les hublots. « Germaniya », dit l'un d'entre eux. « Yaponiya », dit un autre.

« Les noms des pays », expliqua Csongor. Car Zula, assise du mauvais côté de l'avion, avait du mal à suivre. « Certains de ces jets appartiennent à des gouvernements. Il y a le vôtre juste là. » Il s'écarta de la vitre et désigna un avion qui portait l'inscription « ÉTATS-UNIS D'AMÉRIQUE ».

« Qu'est-ce qui se passe ? » demanda Zula.

Csongor haussa les épaules. « Une conférence internationale, peut-être ?

– Taïwan, dit Peter, j'en ai entendu parler ! Ça a un rapport avec Taïwan. »

Zula ouvrit grand les yeux, non par scepticisme, mais parce qu'elle n'avait pas l'habitude de voir en Peter quelqu'un qui se tenait au courant des actualités. Il haussa les épaules. « Slashdot. Ça a créé des espèces de complications, ce truc. Des attaques par déni de service contre des FAI taïwanais.

– Ah, oui ! s'exclama Csongor. Il y a un sommet diplomatique. Mais je n'avais pas réalisé que ça se passait à Xiamen. »

Mais ce fut la dernière chose qu'ils virent avant que Sokolov ne donne l'ordre de baisser les stores.

Lorsque l'appareil s'immobilisa, Ivanov émergea de la cabine arrière, en pleine conversation téléphonique, et descendit.

Ils éteignirent toutes les lumières et restèrent bloqués pendant une heure, au bout de laquelle Zula s'endormit.

Lorsqu'elle se réveilla, il faisait toujours sombre. Les gens étaient réveillés et se déplaçaient, mais en silence. Tout le monde rassemblait ses affaires. Elle suivit leur exemple. Sokolov était de nouveau dans l'embrasure de la porte du cockpit ; il donnait une petite claque sur l'épaule à chacun de ses hommes tandis qu'ils sortaient l'un après l'autre.

Csongor, qui, curieusement, portait une montre-bracelet, lui apprit que six heures s'étaient écoulées depuis que l'avion avait atterri.

Lorsque Zula atteignit le bout de l'allée, Sokolov leva une main pour l'arrêter, puis lui passa un ballot de couleur noire qui dégageait une odeur de vêtement neuf. Elle le prit à deux mains et le laissa se déplier. C'était un sweat-shirt à capuche noir qui portait le logo d'une marque de haute couture, manifestement une contrefaçon.

« Pas mon style, dit-elle.

– Plus tard, on vous trouve un manteau de fourrure », dit Sokolov.

Elle le regarda droit dans les yeux. Il avait peut-être le visage le plus indéchiffrable qu'elle ait jamais vu ; se lançait-il dans l'humour pince-sans-rire ? le sarcasme cruel ? Avait-il vraiment l'intention de lui acheter un manteau de fourrure ? Elle n'en avait pas la moindre idée.

« Ce n'est pas mon style non plus. »

Il haussa les épaules. « Mettez ça. On pensera au style plus tard. »

Elle enfila le vêtement. Il posa une main sur sa nuque, attrapa la capuche et la releva pour couvrir sa tête, puis la tira en avant pour envelopper son visage. Puis il lui donna une petite tape sur l'épaule pour lui signifier qu'elle pouvait avancer. Ce contact lui procura un plaisir étrange qui la dégoûta d'elle-même.

En descendant les marches, elle vit que deux fourgonnettes étaient garées, moteur au ralenti, à côté de l'avion. À côté du premier se tenait un des consultants en sécurité, qui l'observait attentivement. En bas des marches l'attendait un autre, qui ne la toucha pas mais marcha à ses côtés jusqu'à la fourgonnette.

On la dirigea vers le siège arrière où elle s'installa au milieu, entre deux consultants en sécurité qui s'assurèrent que sa ceinture était bien étroitement serrée. Csongor se retrouva en face d'elle et Peter, apparemment, dans l'autre fourgonnette.

Sokolov donna un ordre. Les fourgonnettes se mirent en mouvement, passèrent le portail de la barrière de sécurité et débouchèrent sur une route d'aéroport. Une Mercedes noire prit la tête du convoi. Zula attendait le moment où ils arriveraient devant un poste de sécurité, mais il ne vint pas. Ils ne furent jamais contrôlés. À un moment donné, ils se mêlèrent à la circulation d'une route nationale. Ils étaient en Chine.

Chet, qui devait se rendre à Elphinstone pour le ravitaillement en vue de la clôture du Mois de Boue, déposa Richard à la seule piste de l'aéroport de la ville. Un bimoteur à hélices l'attendait là, et Chet, qui connaissait la manœuvre, roula directement jusqu'au flanc de l'avion, baissa sa vitre et échangea quelques menus propos avec le pilote pendant que Richard sortait son sac du coffre et le hissait péniblement par la minuscule portière de l'avion. Trente secondes plus tard, ils étaient en l'air. Richard, qui faisait ce trajet près de vingt-cinq fois par an, avait conclu un marché avec une compagnie basée à Renton, dans la banlieue de Seattle, et tout cela était donc tout à fait routinier pour lui. Il allait passer moins de temps dans les airs que certains des employés de la Corporation 9592 dans leurs voitures ce matin, coincés sur des ponts flottants ou dans un bouchon provoqué par quelque accrochage malencontreux sur les routes de banlieue.

Le premier et le dernier tiers du trajet se passaient entièrement au-dessus des montagnes. Le second tiers traversait le bassin irrigué autour du Grand Coulee Dam. Peu importe le nombre de fois qu'il avait pratiqué ce vol, Richard était toujours surpris de voir le sol s'aplanir soudain et développer un quadrillage régulier de routes d'arpentage, exactement comme dans le Midwest. Un peu plus tôt, le motif s'imposait en fragments dispersés sur des mesas crevassées et disjointes qui séparaient les vallées, mais, à présent, les vallées se réunissaient pour former un quadrillage cohérent qui se maintenait jusqu'à venir cogner un territoire trop accidenté et sauvage pour subir un tel traitement. La seule différence entre ces carrés agricoles verts et ceux du Midwest était que, ici, beaucoup s'inscrivaient dans des cercles de vert, les marques des systèmes d'irrigation à pivot central.

Richard ne pouvait jamais les regarder sans penser à Chet. Car Chet, lui aussi, était un garçon du Midwest, et il avait grandi dans une petite ville de la partie orientale du Dakota du Sud, où lui et ses copains d'enfance avaient formé un gang d'aspirants motards : ils roulaient sur des bécanes artisanales construites avec des moteurs de tondeuses à gazon. Plus tard, ils étaient passés au motocross, puis à la moto à proprement parler. Comme le monde refusait de fournir à Chet toutes les ressources dont il avait besoin pour l'entretien et l'amélioration de sa flotte de bécanes, il s'était lancé dans un petit business local de marijuana, ce qui devait paraître inquiétant et risqué à l'époque, mais qui, à présent, à l'ère des métamphétamines, semblait aussi sain que de tenir un stand de limonade. Chet avait parcouru un paquet de kilomètres sur ces petites routes de campagne, qu'il préférait aux nationales et aux autoroutes car il y avait moins de circulation et moins de présence policière.

Un soir de 1977, il roulait vers le sud, de retour d'une transaction lucrative à Pipestone, dans le Minnesota. C'était une chaude nuit d'été ; la lune et les étoiles étaient levées. Il s'appuya contre son dosseret, laissant le vent ébouriffer ses cheveux longs, et mit pleins gaz. Il se réveilla dans un centre de soins prolongés à Minneapolis, en février. Ainsi que le lui expliquèrent lentement les ergothérapeutes, il avait été retrouvé au beau milieu d'un champ de maïs par le chien d'un paysan. À ce qu'il semblait, sa chevauchée nocturne s'était achevée par un soudain virage à l'ouest de la route d'arpentage. Il l'avait loupé et avait foncé droit dans le champ de maïs à une vitesse de quelque 145 km/h.

Le maïs, qui faisait deux mètres cinquante de haut à cette saison, l'avait arrêté relativement doucement, et il s'en était étonnamment sorti avec peu de blessures. Les longues tiges s'étaient fendues en fibres coupantes sous l'effet dc sa vitesse, mais ses vêtements de cuir avaient, dans la plupart des cas, paré lcur agression. Malheureusement, il ne portait pas de casque, et une écharde était rentrée dans sa narine gauche en lui transperçant le cerveau.

La convalescence avait pris un long moment. Chet avait récupéré la plupart de ses fonctions cérébrales. Il n'avait rien perdu de son intelligence, sauf peut-être si l'on considère que la réserve et le savoir-vivre en faisaient partie, aussi avait-il consacré beaucoup d'attention à la question de savoir pourquoi les bureaucrates obsédés par le réseau de transport qui avaient tracé les lignes du cadastre il y a cent ans avaient tellement insisté pour coller à un quadrillage régulier si c'était pour insérer perversement ces coudes imprévisibles dans la grille. En examinant les plans, il remarqua que les virages n'étaient présents que sur les routes nord-sud, jamais sur les routes est-ouest.

La réponse, bien sûr, c'était que la terre était ronde et qu'il était géométriquement impossible de la recouvrir d'une grille de carrés. On pouvait quadriller une grande zone de la terre, mais, au final, on ne pouvait éviter d'insérer un petit ajustement : déplacer une rangée de sections un peu à l'est ou à l'ouest de la rangée du dessous.

Comme c'étaient les années 1970, que Chet n'avait pas été jusqu'au bac et qu'il avait le cerveau endommagé, il ne put s'empêcher de percevoir quelque chose d'immense dans cette découverte. De même, il ne put éviter d'arriver à la conclusion que l'erreur qu'il avait faite par cette belle nuit de clair de lune avait été une sorte de message venu d'en haut, un avertissement : pendant qu'il se consacrait à son petit trafic provincial miteux, il avait omis de s'occuper de questions plus importantes, plus cosmiques.

Il avait migré vers l'Ouest, ainsi que le faisaient à l'époque tous les Américains en quête de cosmique. Quelques centaines de kilomètres avant le Pacifique, il avait croisé le groupe de motards qui collaboraient avec Richard dans ses expéditions de contrebande sac au dos. Il avait acquis parmi eux une sorte d'aura chamanistique et était devenu le grand prêtre d'une section dissidente qui se faisait appeler les « Paladins du Septentrion » pour se distinguer du groupe d'origine, à majorité californienne. Ils étaient allés s'installer au nord de la frontière, dans le Sud de la Colombie-Britannique. Un deuxième crash, presque fatal, n'avait fait qu'accroître la réputation mystique de Chet.

Peu après sa sortie de l'hôpital suite au second accident, les Paladins du Septentrion s'étaient lancés dans un projet visant, selon les termes de Chet, à « écouter [leur] virilité ».

Lorsque cette initiative avait été abruptement révélée à Richard au milieu d'une conversation de bar qui portait sur des sujets apparemment sans rapport, l'effroi et l'horreur s'étaient disputé la suprématie sur son cerveau mammifère, tandis que son cerveau reptilien entreprenait de recenser toutes les sorties, conventionnelles ou non, du bar; tout son corps s'était trempé de sueur, et son pouls était sûrement grimpé dans une gamme de fréquence suffisante pour brouiller les pistolets radars de la police montée de la nationale 22. Car il avait trop bien connu ces hommes à leur ère prévirile pour ne pas imaginer quelle escalade ils s'apprêtaient à entreprendre *maintenant*. Au cours des quelques minutes de discussion à peu près cohérentes qui suivirent, cependant, il comprit que ce que Chet voulait dire en fait: c'était qu'ils allaient *continuer* à écouter leur virilité, mais en faisant moins de victimes. Ce changement semblait coïncider avec une période où certains des principaux survivants se mariaient et faisaient des enfants. Ils se débarrassèrent de la plus grande partie de leurs armes à feu et profitèrent des lois étonnamment souples du Canada en matière de sabres: ils sillonnaient les petites routes de province avec des claymores d'un mètre cinquante accrochées dans le dos. Ils se retrouvaient dans des clairières pour s'engager dans des duels et des joutes simulés avec des armes en caoutchouc, et se rendaient à des fêtes médiévales pour vider des chopes avec leurs nouveaux frères d'âme de la Société pour l'anachronisme créatif. Fonçant sur les routes de campagne du Sud de la Colombie-Britannique avec la crosse de leur claymore qui tressautait au-dessus de leurs épaules, ils s'étaient mis à faire partie du paysage de cette région du monde consciente de son excentricité. À peine visibles derrière les cercles concentriques de verre teinté et les pare-soleil perforés, les enfants dans les minivans les montraient du doigt et les saluaient avec effusion. Les Paladins du Septentrion étaient devenus le sujet de petits reportages décalés mais réconfortants dans les infos locales et ils avaient cessé de commettre des crimes.

Reportant son attention sur la cabine de l'avion, Richard reprit sa lecture de la *T'Rain Gazette*, un quotidien (au format électronique, bien sûr) créé par un microdépartement basé dans les bureaux de Seattle, qui résumait tout ce qui s'était passé dans T'Rain au cours des dernières vingt-quatre heures : les réussites remarquables, les guerres, les duels, les licenciements, les statistiques de mortalité, les épidémies, les famines, les flambées importunes du prix des matières premières.

LA MORTALITÉ À TORGAI ATTEINT 1 000 000 %

(à partir de reportages des correspondants de la Gazette, *Gresh'nakh le Délaissé, Erikk Blöodmace et Dame Chrysope des Fées)*

Contreforts de Torgai – le taux de mortalité dans cette région ravagée par une guerre inattendue a dépassé les 1 000 000 %. Les observateurs attribuent ce chiffre inhabituel à un afflux d'étrangers « sans précédent », contraints, par un phénomène astral encore inexpliqué, de venir rendre hommage à un troll de la région. Les visiteurs, ou, comme les locaux en sont venus à les appeler, « la Viande », sont chargés de présents et constituent par conséquent des cibles tentantes pour les bandits de grand chemin (le seuil de 1 000 000 % est considéré par les experts comme une importante barrière psychologique qui sépare un enfer ravagé par la guerre d'un carnage chiliastique).

S'appuyant sur un bâton de sorcier de deux mètres cinquante de haut pour traverser une rivière de sang qui arrive jusqu'aux genoux dans la rue commerçante de Bagpipe Gulch – une communauté qui se félicitait autrefois de son statut de « Porte de Torgai » –, Shekondar le Terrible, un alchimiste local, nie que cette tendance ait une influence négative sur l'image de la ville, soulignant que l'influx de « Viande » et les bandits, pirates terrestres et assassins qui sont venus s'en prendre à eux sont une aubaine pour le développement économique de la région et une mine d'or pour les commerçants locaux, en particulier ceux qui, comme Shekondar, vendent des biens, comme les potions curatrices et les pierres à aiguiser magiques, très demandées par les nouveaux venus. Au Wayfarer Inn, une auberge populaire située sur la route escarpée conduisant de Bagpipe Gulch aux contreforts, on peut entendre une analyse plus nuancée de la situation par une voix étouffée, à peine audible à travers un mur de cadavres empilés jusqu'au plafond du bar, voix qui s'identifie comme celle de Goodman Bustle, le gérant. Suggérant que l'afflux de visiteurs et de publicité est peut-être « un peu trop beau », la voix s'identifiant comme celle de Bustle se plaint de ce que de nombreux clients, prenant pour excuse l'imposant rempart de chair en décomposition ayant complètement bloqué l'accès au bar, quittent les lieux sans régler leur note.

Les rédacteurs de ce document avaient tous des diplômes importants en sciences sociales ou en lettres, diplômes obtenus dans des institutions universitaires très coûteuses, et ils écrivaient dans ce style, comme Richard le comprit tardivement, pour avoir une certaine sécurité de l'emploi. Les pontes de la direction s'étaient habitués à lire la *Gazette* tous les matins avec leur *latte* et ils auraient sans doute payé ces gens pour l'écrire même si le journal n'avait pas fait officiellement partie du budget de la Corporation 9592.

L'expression « phénomène astral encore inexpliqué » était un hyperlien renvoyant à un autre article sur le wiki interne. Car c'était une loi d'airain de la politique éditoriale de la *Gazette* que le monde de T'Rain vu à travers l'écran des joueurs devait être traité comme la réalité concrète, la seule réalité observable ou rapportable par ses correspondants. Les bizarreries dues aux choix faits par les joueurs étaient attribuées à « d'étranges lueurs dans le ciel », « des influences féeriques dépassant l'entendement même des plus érudits des observateurs locaux », « une syzygie sans précédent », « ce qui était sans doute l'intervention d'un demi-dieu capricieux de la région », « un coup de foudre surprenant » ou encore, une fois, « un revers de fortune inattendu que même les plus chenus de la région s'accordent à considérer comme sans précédent, et qui, de fait, dans une œuvre littéraire, aurait été tourné en dérision comme un exemple peu subtil de l'intervention d'un *deus ex machina* ». Mais, bien sûr, l'une des tâches les plus importantes de l'équipe de la *Gazette* était de rapporter le comportement des joueurs, autrement dit des choses qui se passaient dans le monde réel, aussi de telles formules renvoyaient-elles toujours à des articles extérieurs à la *Gazette*, écrits dans une espèce de style administratif qui décourageait toujours Richard lorsqu'il cliquait dessus.

Dans le cas présent, le mémo explicatif précisait que les Contreforts de Torgai étaient le territoire d'un groupe qui se faisait appeler les « da G shou », sans doute une abréviation de *da G[old] shou*, « fabricants d'or », où l'abréviation de « Gold » en G était soit due à l'influence du gangsta rap, soit au fait que c'était plus facile à taper. Ils occupaient le terrain depuis longtemps. Rien que de très normal. Il existait de nombreuses petites enclaves de ce type. Rien dans les règles n'empêchait un groupe de joueurs suffisamment appliqué et bien organisé de conquérir et de gouverner une parcelle de territoire. La « Viande » se trouvait là à cause de REAMDE, virus présent de façon minime dans le monde réel depuis maintenant plusieurs semaines, mais qui depuis avait connu une courbe de croissance soudaine et exponentielle et qui pendant douze heures environ avait eu l'air de pouvoir prendre complètement le pouvoir sur toute l'informatique de l'Univers, jusqu'à ce que sa propre taille et sa croissance rapide l'eussent contraint à se heurter au genre de frictions « réelles » qui adviennent toujours aux phénomènes apparemment exponentiels et eussent transformé ces graphiques en crosses de hockey en paresseuses courbes en forme de S. Cela restait cependant un problème très grave et des dizaines et des dizaines de programmeurs et d'administrateurs système travaillaient dix-huit heures par jour pour identifier le phénomène. Mais REAMDE n'allait pas conquérir le monde et il n'allait pas paralyser toute la compagnie et, entre-temps, des dizaines de personnages engrangeaient des points d'expérience en s'entretuant dans le pub de Goodman Bustle.

Corvallis Kawasaki l'attendait sur le tarmac de l'aéroport de Renton. Il conduisait son inévitable Prius. « J'aurais pu avoir une berline Lincoln, putain ! se plaignit Richard en se calant à l'avant.

– Je voulais juste te parler d'un truc ou deux », expliqua C-plus, bataillant avec la commande de l'essuie-glace, essayant de trouver le bon rythme permettant de maintenir la transparence du pare-brise sans faire racler les essuie-glaces sur le verre sec, équilibre toujours si difficile à atteindre à Seattle. Ils regardaient, juste au bout de la piste, l'anse du lac Washington, moucheté de crêtes blanches. L'atterrissage avait été tumultueux, et Richard avait les mains un peu moites.

Fils d'un professeur de sciences cognitives nippo-américain et d'une chercheuse indienne en biotechnologies, Corvallis avait grandi dans la ville dont il tirait son nom mais, culturellement, c'était un pur produit de l'Oregon. Personne dans la compagnie ne savait au juste ce qu'il faisait pour gagner sa vie. Mais c'était dur d'imaginer la boîte sans lui. Il embraya, ou en tout cas tira le levier qui mettait la Prius en marche, et circula à une vitesse prudente et saine entre les avions garés, zigzaguant entre les courroies qui les maintenaient au sol avant de passer par une porte conduisant à ce qui ressemblait à une véritable rue.

« Je sais que tu vas voir Devin demain et que ce qui te préoccupe le plus, c'est la G2R. »

Il marqua une petite pause avant de dire ce dernier mot.

« La quoi ?

– G-2-R. La Guerre de réalignement.

– C'est comme ça que les jeunes l'appellent, maintenant ?

– Oui. J'imagine que ça fonctionne mieux dans un mail que dans la conversation. Bref, je sais que tu vas te préparer pour ça, mais il faut aussi que tu saches qu'il se pose d'intéressantes questions technico-légales au sujet de REAMDE.

– Bon Dieu, on dirait exactement le genre de guêpier dont je voulais m'éloigner quand j'ai pris ma retraite !

– Je ne crois pas que tu aies vraiment pris ta retraite, souligna Corvallis. C'est vrai, tu viens d'arriver d'Elphinstone et tu reprends un jet pour le Missouri demain, et de là...

– C'est une retraite sélective. Je me retire des trucs chiants.

– Je crois qu'on appelle ça une "promotion".

– Appelle ça comme tu voudras, moi je n'ai pas envie de "zoomer" – c'est comme ça qu'on dit ?

– Tu le sais parfaitement.

– Sur les détails fâcheux des conséquences légales de REAMDE. On en a déjà eu, des virus, non ?

– Nous avions deux cent quatre-vingt-un virus actifs la dernière fois que j'ai vérifié, et c'était il y a une heure. »

Richard ouvrit la bouche mais C-plus le coupa. « Et avant que tu ne poursuives ton raisonnement, laisse-moi juste te faire remarquer que la plupart d'entre eux ne se servent pas de notre technologie comme d'un mécanisme de paiement.

REAMDE n'est pas un virus comme les autres. Il soulève des problèmes inédits.

– Parce qu'on utilise nos serveurs pour transférer le butin.

– Manifestement, les autorités fédérales ne sont pas encore trop versées dans la mentalité APPIS, et les termes tels que "butin", "rapine", "trésor", "magot" et tout ce qui peut évoquer les scénarios de Combat armé médiéval ne leur sont pas très familiers. Pour eux, tout ça, ce sont des paiements. Et, dans la mesure où notre système emploie de l'argent réel, tout est... eh bien, tout est réel.

– J'ai toujours su que ça allait se retourner contre moi un jour. Tout ce que j'ignorais, c'était quand et comment.

– Oui, enfin, c'est déjà arrivé un paquet de fois.

– Je sais, mais chaque fois est comme la première.

– Le créateur du virus REAMDE a fait des choix... intéressants.

– Intéressants d'une manière qui est mauvaise pour nous ? » demanda Richard.

Car c'était très clairement sous-entendu dans le ton de Corvallis.

« Eh bien, ça dépend si nous voulons être l'épée vengeresse du département de la Justice ou si nous décidons en quelque sorte de nous en laver les mains.

– Continue.

– Les instructions du fichier éponyme stipulent seulement que les pièces d'or doivent être déposées dans un lieu spécifique des Contreforts de Torgai. Elles ne disent *pas* que l'or doit être adressé ou transféré à un personnage en particulier.

– Bien sûr, parce que sinon il nous suffirait de fermer le compte du personnage en question.

– Exact. Donc, pour prendre possession de l'or, le créateur du virus le ramasse simplement par terre, là où la victime l'a déposé.

– Et ça, n'importe quel personnage du jeu pourrait le faire.

– En théorie. En pratique, bien sûr, on ne peut pas ramasser l'or sans être parvenu au préalable à se rendre sur le lieu en question dans les Contreforts de Torgai. Et pour transformer ces pièces d'or en argent réel, il faut pouvoir les apporter physiquement à une ville qui possède un bureau de change.

– Pas "physiquement". Vous faites toujours cette erreur, vous autres. C'est un jeu, tu te rappelles ?

– OK, physiquement dans le monde du jeu, concéda Corvallis d'une voix qui suggérait que Richard ergotait un peu. Tu me comprends. Ton personnage doit être capable de survivre au trajet allant du lieu de dépôt de l'or, à travers les Contreforts, jusqu'à la ville ou l'intersection de lignes telluriques la plus proche afin d'atteindre un BC. »

Car, et ça Richard le savait pertinemment, les pièces d'or virtuelles du jeu ne pouvaient pas être converties en espèces du monde réel sans les services d'un bureau de change – un BC – et on n'en trouvait pas n'importe où. Pour des raisons technico-légales, ils avaient limité le nombre de bureaux de change, inséré des complications et un temps d'attente dans le système.

Richard dit : « Donc les créateurs du virus tiraient profit de leur contrôle physique du... putain ! » Car Corvallis avait pris un air malicieux et levait un index de son volant. Richard se reprit : « Ils tiraient profit de leur domination militaire *virtuelle* de cette région, dans le monde du jeu, pour créer un mécanisme de paiement plus difficile à stopper pour nous.

– D'après ce qu'on observe, ils utilisent au bas mot un millier de personnages pour se rendre dans la région ramasser l'or et agir comme des mules.

– Tous des autonomes, évidemment.

– T'as tout pigé.

– Mais comment peuvent-ils extraire de l'argent de comptes autonomes ? Parce qu'en principe, pour transformer des fausses pièces d'or en argent réel, il faut faire créditer un compte bancaire.

– Des virements de la Western Union, *via* une banque taïwanaise. »

Richard le regarda sans comprendre.

« C'est une option qu'on a ajoutée. Nolan cherche toujours de nouvelles manières de rendre le système plus transparent pour les gamins chinois qui n'ont pas de cartes de crédit.

– Bon. Où est le lieu de dépôt ?

– Le lieu de dépôt ?

– Là où les victimes déposent l'argent de la rançon ?

– Bonne question. Manifestement, il n'y en a pas qu'un. Les fichiers REAMDE sont tous légèrement différents – apparemment, ils ont été générés par un script qui insère une série de coordonnées différentes à chaque fois. Jusque-là, nous avons identifié plus de trois cents lieux de dépôt différents, spécifiés dans différentes versions du fichier.

– T'es en train de me dire que l'or est dispersé partout.

– C'est ça.

– Ils ont anticipé les actions que nous tenterions pour les stopper, alors ils ont décentralisé leur opération.

– Apparemment. Donc c'est analogue à une situation dans le monde réel où des caches d'or ont été dispersées partout dans une zone sauvage, sur des centaines de kilomètres carrés.

– Si ça se passait dans le monde réel, les flics boucleraient carrément toute la zone.

– Et c'est exactement ce que des flics de différentes nationalités nous demandent de faire dans le cas présent. D'écrire un script qui éjecterait ou déconnecterait tous les personnages présents sur les Contreforts de Torgai en les empêchant de se reconnecter. Puis de nous rendre sur place et de récolter les preuves.

– Par "nous rendre sur place", tu veux dire lancer un programme qui identifiera toutes les pièces d'or, ou tous les tas ou conteneurs d'or dans la région.

– Oui.

– Et on leur dit d'aller se faire foutre ? »

Cela semblait la chose à faire, mais Richard ne pensait pas que l'actuel P-DG de la Corporation 9592 était capable de quoi que ce soit.

« On n'a pas le choix ! » s'exclama C-plus.

Richard fut rendu muet d'admiration par la façon dont C-plus avait répondu à la question sans rien imputer au P-DG, si ce n'est l'impuissance.

Corvallis poursuivit : « REAMDE a affecté les utilisateurs d'au moins quarante-trois pays à notre connaissance. Si nous disons oui à un, nous sommes obligés de dire oui à tous.

– Et notre compagnie passe sous le micromanagement de l'Onu. Génial. »

Il était bien trop vieux pour utiliser cet adjectif passe-partout sincèrement, mais cela ne l'empêchait pas de le glisser de temps à autre dans une phrase, pour un effet ironique.

« Les questions juridiques sont incroyablement complexes, reprit Corvallis. Étant donné toutes les nationalités différentes. Je ne suis pas là pour te dire que nous avons la réponse. Mais le fait que chaque événement sur le plan individuel soit un délit très mineur aide. Soixante-treize dollars au taux de change actuel. Ça ne peut pas faire l'objet de poursuites graves.

– J'ai déjà mal au crâne. T'as besoin que je fasse quelque chose ? Ou tu me dis juste ça pour...

– Je te mets au courant. Je suis sûr que l'équipe des RP va vouloir passer un agréable moment en ta compagnie avant que tu reprennes la route.

– Ils veulent juste me dire de la boucler. Je le sais déjà.

– Ce n'est pas la question, en fait. Ce qu'ils veulent, c'est bien montrer qu'ils ont fait leur boulot. »

Richard retomba dans le silence pendant un petit moment, se demandant s'il avait moyen de déléguer à un sous-fifre toutes ces réunions dont l'unique objet était pour les gens qu'il rencontrait de démontrer qu'ils faisaient correctement leur boulot. Puis il réalisa qu'il aurait mieux fait de rester au Schloss si c'était vraiment cela qu'il voulait.

Une demi-heure plus tard, ils étaient au QG de la Corporation 9592 et se relaxaient dans une petite salle de réunion dotée d'un immense écran LCD. Corvallis proposa de conduire, ce qui signifiait manipuler la souris et le clavier, mais Richard affirma sa prérogative, tirant les commandes de son côté de la table pour se connecter à son compte personnel. Tous ses personnages étaient listés sur l'écran gigantesque. Par rapport à d'autres joueurs, il n'en avait pas tant que ça : seulement huit. Bien qu'il comprenne, intellectuellement, que ce n'étaient que des robots logiciels, il se sentait un peu coupable de savoir qu'ils étaient tous confinés dans leur zone de confort vingt-quatre heures par jour, à effectuer leurs automatâches en attendant que le maître se connecte pour leur faire prendre de l'exercice.

Il parcourut la liste de noms et décida que, et puis merde, il allait juste dérouiller les membres d'Egdod.

Egdod était le premier personnage jamais créé dans T'Rain, si l'on omettait les nombreux titans, dieux, demi-dieux et ainsi de suite, qui avaient été programmés pour édifier le monde et qui n'étaient la propriété d'aucun joueur. Il avait sa propre zone de confort, une imposante forteresse de solitude construite au sommet de l'une des plus hautes montagnes de T'Rain et ornée d'artefacts qu'Egdod avait volés dans des palais et ruines à la conquête desquels il avait participé. Egdod était tellement célèbre que Richard ne pouvait même pas le faire sortir du château sans dissimuler d'abord son identité sous un écran multicouche de charmes, de gardes, de déguisements et de sortilèges qui avaient pour but de lui donner l'apparence d'un personnage bien moins puissant, mais quand même beaucoup trop pour qu'on ait envie de lui chercher des noises. Même les plus simples de ces sortilèges dépassaient de beaucoup les pouvoirs de tous les habitants de T'Rain, à l'exception de quelques centaines d'entre eux. Richard avait écrit un script qui les invoquait tous automatiquement, d'une seule frappe ; sans quoi cela lui aurait pris une demi-heure. Chaque charme enclenchait un *light show* sur mesure et une débauche d'effets sonores, lesquels se propagèrent dans tout le bâtiment grâce aux caissons de basse énormes qui équipaient cette salle de réunion, aussi la nouvelle qu'Egdod était de sortie se répandit-elle dans les bureaux voisins par des vibrations subsoniques, puis dans le reste du bâtiment par SMS, et les employés curieux commencèrent à se rassembler à l'entrée de la salle, n'osant pas franchir le seuil, pour apercevoir l'événement, un peu comme les vétérans de la Marine se rassemblaient sur la plage pour regarder le vaisseau de guerre *Missouri* être remorqué à un nouveau mouillage. Ce qui ne signifiait pas qu'un vaisseau de guerre de cette classe aurait eu beaucoup de chances contre la puissance de feu d'un Egdod. Un missile balistique intercontinental, le frappant directement, lui aurait sans doute ébouriffé la chevelure – qui, prévisiblement, était blanche, un peu comme celle du Dieu de l'Ancien Testament. Richard mourait d'envie de la changer contre un style un peu moins attendu et, lorsque Egdod était déguisé, il le faisait systématiquement. Mais, une fois de temps en temps, Egdod devait apparaître sous son véritable avatar pour tuer un dieu, détourner une comète ou accomplir quelque fonction cérémoniale, et, dans ces moments-là, il était indispensable qu'il ait l'apparence idoine. Cependant, à mesure que les couches magiques successives étaient mises, cette figure intimidante, avec ses signes annonciateurs et ses présages, ses nimbes d'énergie et autres accoutrements météorologiques, était dépouillée et vidée, et finalement Egdod lui-même changea son apparence en celle d'une jeune femme qui avait quelque chose d'un lutin ou d'un elfe, avec des cheveux noirs hérissés. À ce moment-là, l'attroupement sur le seuil se dispersa, à part quelques curieux qui s'attardèrent pour contempler l'intérieur de la forteresse d'Egdod.

La pesanteur n'était pas plus un problème pour Egdod que la digitaire pour un archange, et il aurait pu s'envoler directement d'un balcon ou d'une fenêtre ouverte, mais les Contreforts de Torgai se trouvaient à près de mille kilomètres, ce qui, même avec la vélocité supersonique dont Egdod était capable, représentait un long trajet. Il emprunta donc l'intersection de lignes telluriques qui se trouvait juste au pied de la montagne. Craignant d'être suivi à la sortie de l'intersection de Bagpipe Gulch, il alla jusqu'à une autre intersection à environ cent cinquante kilomètres, sous une ville importante chevauchant un grand fleuve qui descendait de la chaîne de montagnes surplombant les Torgai. Mais même cette zone avait été mise sens dessus dessous par REAMDE : il y avait des queues interminables devant les bureaux de change, et les potions guérisseuses étaient tellement demandées qu'elles se vendaient aux enchères à dix fois le prix du marché. En route pour la porte de la ville, Egdod fut accosté à plusieurs reprises par des bandes de guerriers qui supposaient qu'il, ou plutôt le lutin femelle aux cheveux hérissés qu'il prétendait être, était venu payer une rançon dans les Contreforts de Torgai. *Ne pensez même pas à monter là-bas toute seule*, disaient-ils en substance ; *payez-nous suffisamment et nous vous escorterons au lieu de rendez-vous.* Richard se débarrassait d'eux rapidement, rien qu'en affirmant que sa course n'avait rien à voir avec REAMDE. À la première occasion, il rendit son personnage invisible, puis, juste au cas où il serait suivi, super invisible, puis double super, puis hyper invisible. Car les sortilèges d'invisibilité courants pouvaient être pénétrés par des contre-mesures de force variable. Une fois certain que personne, *a priori*, ne pouvait le voir, il/elle prit les airs et parcourut les cent cinquante kilomètres jusqu'à Torgai en quelques minutes, plongeant au niveau du faîte des arbres et volant au ras du sol pour mieux voir ce qui se tramait.

Beaucoup de choses, on le voyait au premier coup d'œil.

Ce n'était pas que Richard ne le savait pas déjà, mais assister au carnage, c'était autre chose.

Et d'ailleurs, c'était pour ainsi dire son boulot désormais. Le P-DG, qui avait des responsabilités réelles, pouvait s'en sortir en lisant les résumés et, à la rigueur, en feuilletant ostensiblement la *T'Rain Gazette* pendant sa pause-café. Mais se déplacer en personne aurait représenté une inadmissible perte de temps et d'argent. Richard, en revanche, en tant que fondateur/président, ne recevait qu'une compensation symbolique, et il se devait presque de se rendre sur les lieux pour observer ce genre de spectacles, un peu comme la reine d'Angleterre se devait de survoler en hélico le site d'un déraillement de train.

La différence de taille, c'était qu'il avait le droit d'avoir une réaction émotionnelle décalée. « C'est trop cool, putain ! observa-t-il, regardant d'une altitude de peut-être trois cents mètres un pré jonché de cadavres et de squelettes où se déroulaient simultanément une bonne vingtaine de batailles de Combat armé médiéval. On devrait les payer pour faire ça tout le temps, ces types.

– Quels types ?

– Ceux qui ont créé le virus.

– Oh !

– C'est *qui*, d'ailleurs ?

– Inconnu, dit C-plus. Mais grâce à ta nièce, on est presque sûrs qu'il est à Xiamen.

– La ville des guerriers en terre cuite ?

– Non, ça, c'est X'ian.

– Zula t'aide à localiser ces types ? »

C-plus eut l'air un peu déconcerté. « Je croyais que tu étais au courant.

– De quoi ?

– Sa participation. Elle a dit que c'était un projet parallèle sur lequel tu l'avais branchée. »

S'il s'était agi de quelqu'un d'autre, Richard aurait dit : *Je ne vois pas du tout de quoi tu parles*, mais, comme il était question de sa famille, son instinct le poussa à la couvrir. « La mission a dû se ramifier, dit-il vaguement.

– Je sais pas. En tout cas, on a une adresse IP à Xiamen, mais rien d'autre. »

Richard mit Egdod en mode vol automatique, puis se rappuya contre le dossier de son siège et abandonna le clavier. « Est-ce que les flics chinois font partie de ceux qui nous cassent les pieds pour qu'on fasse quelque chose ?

– Ils ont été parmi les premiers, si j'ai bien compris.

– Dans ce cas, si on veut les faire taire, on pourrait...

– Leur demander de localiser cette adresse IP pour nous. Oui, je suis d'accord ; on n'entendrait plus jamais parler d'eux.

– C'est ce qu'on va faire ?

– J'en doute, parce qu'on serait obligés de dévoiler des infos sur nos procédures internes. Et je suis persuadé que Nolan sera absolument contre.

– Et quand on y pense, Nolan a raison, dit Richard. Je suis bête. Ne disons rien au gouvernement chinois.

– Tu me demandes de refiler le bébé à notre P-DG ? demanda Corvallis d'un ton qui rendait bien clair que, si Richard le lui demandait franchement, il refuserait tout net.

– Nan, j'ai d'autres raisons de bousiller sa journée. »

Jour 2

Dans l'obscurité, rouler dans Xiamen était comme rouler dans n'importe quelle autre ville moderne, si ce n'est que les éclairages, ici, étaient plus exubérants ; la nationale était illuminée de lignes hachurées de néons bleus et des signes colorés, logos d'entreprises connues ou panneaux que Zula ne pouvait lire, se dressaient en haut des gratte-ciel.

Ils s'arrêtèrent dans un Hyatt tout neuf non loin de l'aéroport et déposèrent les deux pilotes. Puis ils suivirent ce qu'elle prit pour une route périphérique, dans la mesure où l'eau était toujours sur leur droite, jusqu'à ce qu'ils se trouvent au milieu de ce qui devait être la zone la plus peuplée et la plus construite de l'île. La ville était aussi grande que Seattle, facilement. Une série ininterrompue de terminaux surbaissés de ferrys pour passagers occupait le quai, sur leur droite. Sur leur gauche, un salmigondis de bâtiments : des gratte-ciel tout neufs, des hôtels datant d'avant le miracle économique et des structures de bureaux de dix à quinze étages, des sites de constructions/lots en friche ; et quelques zones tenaces de vieux bâtiments résidentiels de trois à sept étages.

Ils quittèrent le périphérique pour entrer dans un endroit récemment aménagé. Une énorme porte d'acier se leva, et ils descendirent dans le parking sous-terrain d'un immeuble de bureaux. Les places n'avaient pas encore été dessinées, et l'éclairage était temporaire. Des outils et matériaux de construction s'empilaient dans les coins.

Les deux fourgonnettes avaient suivi la Mercedes noire sur tout le trajet. Un Chinois, vêtu avec décontraction, mais qui semblait doté d'une grande autorité, descendit de l'arrière de la Mercedes. Ivanov, qui était assis à côté de lui, sortit par l'autre portière. Le Chinois appela un ascenseur à l'aide d'une carte magnétique. Il tint la porte ouverte tandis qu'Ivanov, les sept consultants en sécurité, Zula, Peter et Csongor se tassaient à l'intérieur. Puis il entra, passa sa carte devant le voyant et appuya sur le bouton du quarante-troisième étage. En tout, il y en avait cinquante.

Se trouver coincée dans un ascenseur avec une bande d'inconnus était toujours un peu bizarre, même dans les meilleures circonstances. Mais jamais autant que cette fois. Zula, comme presque tous les autres, garda les yeux fixés sur le panneau de contrôle ostentatoirement high-tech ; un écran électroluminescent affichait au fur et à mesure les étages qu'ils dépassaient, et, de temps à autre, quelques caractères chinois synchronisés avec une voix féminine sexy qui disait des phrases enregistrées en mandarin.

Le hall de l'étage 43 était plutôt coquet, garni de marbre à l'air coûteux et équipé de toilettes pour hommes et pour femmes. Deux suites de bureaux de taille égale occupaient le reste de l'étage. Celle de gauche en sortant de l'ascenseur n'était pas du tout finie. Le sol était de ciment nu. Le plafond n'était que la face inférieure du sol de l'étage 44 : de l'acier composite recouvert d'une espèce de mousse et soutenu à des intervalles assez espacés par d'imposantes armatures en zigzag. La suite de droite semblait avoir été achevée récemment mais jamais occupée. Une porte vitrée à deux battants, dans un mur de verre, donnait sur une réception contenant un bureau encastré, mais aucun meuble. Derrière, il y avait un *open space* de la taille d'un terrain de tennis, manifestement destiné à accueillir des postes de travail. Autour de ce périmètre, des bureaux vitrés de différentes tailles, tous équipés d'une fenêtre. Le plus vaste était une salle de réunion avec une grande table fixée au sol et des gerbes de câbles Ethernet non branchés qui sortaient de cavités au centre. À cette exception près, il n'y avait pas le moindre meuble dans tout le local. Le sol était recouvert d'une moquette gris-brun, et le plafond était constitué de damiers de panneaux acoustiques ponctués çà et là par des éclairages et des bouches d'aération.

C'était, en d'autres termes, le bureau le plus parfaitement banal qu'on puisse imaginer.

« La voie est libre », annonça Sokolov. Il indiqua par gestes que Zula, Peter et Csongor pouvaient se mettre à l'aise au milieu de l'*open space*.

Ivanov partit en compagnie du Chinois.

Trois des consultants en sécurité s'attelèrent à la tâche de monter toute la cargaison qu'ils avaient apportée par avion et chargée dans les fourgonnettes. On leur avait donné des cartes magnétiques pour l'ascenseur et ils étaient libres d'aller et venir à leur guise.

Un autre consultant, posté à la réception, contrôlait les entrées et les sorties de la suite. Dès qu'ils eurent fini de monter la cargaison, il attacha les deux battants de la porte avec un antivol python.

Un des consultants se rendit aux toilettes à la sortie de l'ascenseur et, apparemment, se lava du mieux qu'il put dans le lavabo. Certains des sacs venant d'en bas contenaient des sacs de couchage et des effets personnels. Il en prit un et l'emporta dans un bureau vide, où il déroula un sac de couchage, s'étendit et cessa de bouger. Deux des hommes qui portaient la cargaison l'imitèrent dès qu'ils eurent terminé, tandis que le troisième, après avoir farfouillé dans les sacs pendant quelques instants, distribuait des boîtes de plastique noir épais : des rations militaires. Il assembla un réchaud portatif sur le sol, l'alluma et mit de l'eau à chauffer.

Sokolov et un autre consultant en sécurité effectuèrent une reconnaissance minutieuse du quarante-troisième étage. Ils commencèrent par grimper sur la table de conférence. Le consultant fit la courte échelle à son patron afin qu'il puisse faire sauter une dalle et commencer à explorer le vide sanitaire au-dessus du plafond. Le dallage du plafond lui-même se constituait de frêles extrusions en aluminium, suspendues au véritable plafond par un réseau de fils et tout à fait incapables de supporter le poids d'un homme. Cependant, à supposer que cette moitié du bâtiment soit le reflet exact de la suite vide de l'autre, il devait aussi y avoir des armatures en acier trempé à intervalles réguliers : des poutres en forme de T reliées par des tiges d'acier en zigzag, et un individu suffisamment agile aurait pu s'en servir comme de barres fixes pour se déplacer en travers du plafond. Zula, Peter et Csongor, qui mangeaient leurs rations assis par terre au milieu de l'*open space* vide, entendirent Sokolov faire des bruits métalliques tandis qu'il se hissait en haut, puis donner des petits coups contre les murs qui définissaient la séparation entre cette suite et l'espace qui contenait l'ascenseur et les toilettes, pour les tester. Il en conclut, apparemment, que ces murs montaient jusqu'à la face inférieure de l'étage 44, et qu'on ne pouvait par conséquent ni s'échapper de ni s'infiltrer dans cette suite en se faufilant par le vide sanitaire, comme on le voit souvent dans les films d'action. Dans le même esprit, Zula examina à la dérobée les bouches d'aération et nota qu'elles étaient toutes beaucoup trop petites pour accueillir un corps humain.

Visiblement satisfait de constater qu'il n'y avait pas de moyen caché de s'échapper de la planque, Sokolov attribua les bureaux. Zula en eut un pour elle toute seule. Peter et Csongor en partageaient chacun un avec un consultant en sécurité.

« J'ai besoin d'aller aux toilettes », annonça-t-elle. Sokolov se redressa, fit une espèce de courbette et l'escorta jusqu'à l'accueil, où le garde défit l'antivol et ouvrit la porte. Sokolov entra dans les toilettes des femmes avant Zula, se hissa sur les lavabos, descella une dalle et passa une tête. Apparemment, ce qu'il vit ne lui plut pas, car il revint pensif. Après avoir réfléchi quelques instants, il se retira dans un des W-C, ferma la porte, se mit à l'aise sur le siège et dit : « OK, j'attends ! Pouvez y aller. »

Elle se rendit dans un autre box et urina. Elle entendait Sokolov taper sur un Palm ou un truc comme ça. Elle sortit du W-C, s'installa devant le lavabo et retira tous ses vêtements. À l'aide d'un savon trouvé dans son sac et d'un rouleau de serviettes en papier fourni par Sokolov, elle se lava entièrement, debout. Puis – et puis, merde ! Sokolov était piégé, de toute façon – elle se pencha en avant et se lava les cheveux. Cela lui prit longtemps à cause des difficultés posées par le rinçage. Tandis qu'elle terminait, elle sursauta un peu en entendant des voix d'hommes, mais elle réalisa alors que Sokolov était connecté sur une espèce de système de talkies-walkies.

Suite à cette procédure, elle allait avoir les cheveux extrêmement crépus, mais cela n'avait pas beaucoup de sens de s'inquiéter d'une chose pareille. Un instinct, pour l'heure inutile, lui souffla que si Peter prenait une photo d'elle demain, cela ferait un statut Facebook hilarant et embarrassant. Elle se demanda combien de temps devait passer sans qu'elle mette à jour son statut pour que ce silence, en soi, alerte ses amis. Puis elle se rappela que même s'ils s'apercevaient que quelque chose n'allait pas, cela ne lui apporterait strictement rien.

Elle comprit alors que c'était la raison d'être du sweat à capuche noir. L'aéroport avait sans doute des caméras de sécurité. En supposant que ses amis et sa famille se décident à lancer un avis de recherche international pour elle, les autorités de Xiamen ne pourraient pas distinguer son visage sur leurs bandes.

Elle passa des vêtements propres, se lava les dents, rassembla ses affaires et lança : « OK. » Sokolov sortit du W-C. Ils retournèrent dans la suite de bureaux. L'antivol python se referma derrière eux. Zula avait noté dans le hall une porte qui donnait apparemment sur un escalier de secours et elle se demanda combien d'étages elle pourrait descendre avant d'être rattrapée par un consultant en sécurité. Ils devaient être entraînés à sauter par-dessus les rampes ou connaître d'autres techniques de descente d'escalier à grande vitesse dont elle ignorait l'existence.

Peter avait essayé de la convaincre de suivre un cours de stage à Seattle. Elle regretta d'avoir résisté.

Sokolov tendit une main pour lui rappeler la direction de son bureau privé, et elle entendit « Merci » sortir de sa bouche avant de réaliser à quel point c'était stupide.

Le bureau était équipé d'une baie vitrée donnant sur les terres, mais, si elle approchait le visage de la vitre, elle pouvait aussi voir du côté de l'eau. Le bâtiment d'une taille comparable le plus proche se trouvant à environ huit cents mètres, elle estima qu'elle pourrait peut-être attirer l'attention de quelqu'un en dansant nue devant la fenêtre ou en lançant un SOS lumineux en morse à l'aide de l'interrupteur. Comme la paroi interne de son bureau était en verre, toutefois, ce genre de numéro n'aurait pas échappé aux consultants en sécurité qui buvaient du café à quelques mètres.

Pour l'heure, elle décida donc d'essayer de dormir plutôt que de méditer des plans d'évasion à la Alice Roy, voire à la Scoubidou. Et, à sa grande surprise, elle ouvrit les yeux un moment plus tard, lorsque Peter la tira de son sommeil. Comme de coutume, elle n'avait pas la moindre idée de l'heure qu'il était, mais il faisait grand jour dehors. « Dans vingt minoutes, nous avons réounion », dit Peter.

Elle se rendit de nouveau aux toilettes, sous la même supervision que la fois précédente. Tandis qu'elle se tenait devant le miroir, en train de changer de tee-shirt, elle surprit son reflet l'espace d'une seconde, et, pour une raison ou pour une autre, cette vision fit déferler sur elle une vague irrésistible de chagrin et de mélancolie. Elle ouvrit les deux robinets, posa les paumes de ses mains sur le lavabo et s'appuya de tout son poids, puis s'autorisa une crise de sanglots qui dura environ une demi-minute.

Puis elle s'aspergea le visage d'eau fraîche et annonça à son propre reflet : « OK. »

Sokolov avait beaucoup réfléchi à la folie : sa nature. Ses causes. Lorsque Ivanov en avait présenté les premiers symptômes. La folie avait-elle emporté tout à fait l'esprit d'Ivanov ou venait-elle par vagues ? De temps à autre, Ivanov clignait des yeux et le regardait d'un air surpris, presque enfantin, comme si une partie saine de son esprit s'était éveillée, avait repris le contrôle de son corps et s'était retrouvée dans une situation délicate concoctée, pendant qu'elle dormait, par la partie d'Ivanov qui avait complètement pété les plombs.

Mais d'un autre côté, Sokolov devait sa vie – sa survie en Afghanistan, en Tchétchénie – à sa capacité de voir les choses par les yeux de son adversaire, et, dans le cas présent, cela signifiait se mettre dans la peau d'Ivanov. Ce changement de perspective n'était pas toujours aisé. Il fallait souvent y travailler pendant des jours, observer l'autre, rassembler des données, conduire, même, de petites expériences pour voir les réactions de l'autre. Ses hommes en Tchétchénie l'avaient cru fou, lui, Sokolov, car il lui était arrivé de lancer des actions qui n'avaient aucune logique sur le plan tactique, dans le seul but de prouver ou d'infirmer une hypothèse sur ce que pensaient les Tchétchènes, ce qu'ils voulaient, ce qu'ils redoutaient pardessus tout.

Ce qu'ils tenaient pour *normal*.

C'était toujours le plus difficile. Si l'on savait ce que l'ennemi tenait pour normal, tout devenait facile : on pouvait l'abreuver de *normalité* et on pouvait le frapper de terreur en retirant soudain cette apparence de normalité. Mais ce que les Afghans ou les Tchétchènes tenaient pour normal était si différent de ce que les Russes tenaient pour normal qu'il fallait un peu de boulot à un homme tel que Sokolov pour en saisir la nature.

Dans la situation présente, la question était la suivante : pouvait-on considérer comme normal de détourner des sommes assez énormes des fonds de l'*obshchak* pour affréter un jet privé de Toronto à Seattle, et de là à Xiamen, dans le but de localiser et de massacrer un individu – sans doute un adolescent – qui avait créé un virus et pris quelques dossiers en otages pour une rançon de 73 dollars ?

Jusqu'à ce que l'odeur du café ne rende son flair à Sokolov à son réveil ce matin-là – littéralement, car l'équipe de jour s'était réveillée à 6 heures heure locale et avait commencé à en préparer sur le réchaud –, il n'avait pas compris qu'il était complètement niqué, pas compris que la situation était devenue à ce point *délicate*. Il n'en revenait pas d'avoir laissé les événements le dépasser à ce point. Ivanov l'avait vaincu au jeu du Normal. Prendre un avion pour aller quelque part mener une mission à bien : quoi de plus normal ? Mais Ivanov ne lui avait fait part d'aucune information concernant la façon dont ils allaient s'y prendre pour entrer dans le pays. À présent, des hommes nominalement sous le commandement de Sokolov avaient commis un meurtre sur le territoire américain, et ils se trouvaient illégalement sur le territoire chinois, à la merci des gangsters ou des autorités locales avec lesquels Ivanov avait passé un marché.

Toutefois, il était vrai que ces gens se trouvaient eux-mêmes à la merci d'Ivanov, car ils ne comprenaient pas qu'Ivanov était fou. Et une fois qu'ils comprendraient que non seulement Ivanov était fou, mais qu'il voyageait également en compagnie de sept mercenaires et de trois hackers, ils se mettraient à faire des cauchemars sur ce qui pourrait bien se passer si jamais la fantaisie leur prenait de s'adonner à leurs passe-temps favoris.

Quel baratin était-il allé leur raconter, Ivanov ? Qu'il voulait introduire des biens de grande valeur dans le pays par le terminal de jets, sans doute. Deux fourgonnettes de marchandises. Du caviar de contrebande ou un autre produit suffisamment coûteux pour justifier l'affrètement d'un jet privé.

Non. Des prostituées. Des prostituées spécialisées d'une valeur extrêmement élevée. C'était ce qu'il avait dû leur raconter.

Un tableau blanc était accroché au mur du bureau dans lequel dormait Sokolov, et il mourait d'envie de se lever pour dessiner un schéma de la situation. Ce serait un schéma compliqué. Par chance, il n'y avait pas de marqueurs en vue ; faire un schéma n'était sans doute pas une idée très avisée. Il lui fallait garder tout dans sa tête. Il resta étendu, humant l'odeur du café et regardant fixement les dalles du plafond. Il y en avait neuf, un quadrillage de trois par trois, qui prenaient la plus grande partie du plafond du bureau. Il s'assigna celle du milieu. Le reste du quadrillage ressemblait à peu près à ceci :

Ivanov	Les contacts chinois d'Ivanov	Le Troll
L'employeur de Sokolov	Sokolov	L'équipe
Csongor	Peter	Zula

Ce tableau ne vit pas le jour sans quelques hésitations, quelques tentatives ratées. Wallace, par exemple, et le cador local qu'Ivanov avait engagé à Seattle. L'oncle de Zula. Aucun d'entre eux ne valait la peine qu'on y pense maintenant.

Il passa donc en revue le tableau en évaluant chaque entrée tour à tour.

IVANOV :

Sokolov avait salement envie de se connecter à Vikipediya pour se renseigner sur les attaques cardiaques. Et sur certains médicaments qu'il avait vus dans les effets personnels d'Ivanov, dont il avait mémorisé les noms. Il savait que l'usage d'Internet en Chine était sous le contrôle du BSP, le Bureau de sécurité publique, et se demanda si le simple fait de se connecter à Vikipediya plutôt qu'à Wikipédia ferait qu'une punaise rouge, ou son équivalent numérique moderne, serait fichée sur une carte au siège local du BSP, afin de signaler la présence de Russes.

Combien de Russes se trouvaient à Xiamen légalement, c'est-à-dire avec un visa ? Sans doute pas tant que ça, et si la punaise rouge apparaissait dans une zone de la ville où elle n'avait rien à faire, cela risquait de créer des problèmes. Pavel Pavlovitch, l'un de ses camarades de régiment en Afghanistan, avait pris un éclat de mortier dans le front, qui avait pénétré dans son cerveau, et il s'en était apparemment remis ; mais ensuite, sa personnalité ne fut plus la même : il avait l'air un peu fou, incapable de contrôler certaines impulsions, et, après un regrettable incident avec une grenade autopropulsée, on l'avait renvoyé dans ses foyers. Sokolov avait élaboré une théorie : Ivanov souffrait d'hypertension – une théorie qui serait facile à confirmer s'il pouvait consulter la fiche de ces médicaments – et cela avait empiré ces derniers temps à cause des problèmes qu'il avait eus avec l'*obshchak*. Lorsqu'il avait reçu l'appel de Csongor qui l'alertait des incohérences du récit de Wallace, sa tension déjà élevée avait connu un pic et – toujours selon sa théorie – il avait fait une petite attaque qui l'avait abîmé de la même manière que l'éclat d'obus avait abîmé Pavel Pavlovitch. Pendant le vol de Toronto à Seattle, Ivanov avait dormi la plus grande partie du temps, et Sokolov, qui l'observait, lui avait trouvé les traits creusés, déformés, épuisés. Mais quand il était éveillé, c'était un vrai démon.

LES CONTACTS CHINOIS D'IVANOV :

Cela n'avait sans doute plus d'importance, mais ils méritaient une dalle à eux tout seuls tant ils étaient mystérieux. Avaient-ils simplement fait en sorte qu'Ivanov puisse faire passer ces deux fourgonnettes à travers les douanes, après quoi ils s'en étaient lavé les mains et étaient passés à d'autres activités corrompues ? Ou observaient-ils activement Ivanov et son équipe désormais, *s'inquiétaient-ils* d'Ivanov ? Parce que si ces Chinois sans nom et sans visage *s'inquiétaient* d'Ivanov, ils allaient bientôt avoir *matière* à s'inquiéter ; et s'ils s'inquiétaient suffisamment, ils tenteraient peut-être de liquider Ivanov et tout son entourage. Puisque Sokolov ignorait tout de la façon dont Ivanov avait combiné tout cela, il ne pouvait pas y faire grand-chose, si ce n'est s'assurer que leurs activités demeuraient inoffensives le plus longtemps possible. L'étrangeté même de leur mission serait d'une aide énorme de ce point de vue. D'ailleurs...

LE TROLL :

Pas un motif d'inquiétude en lui-même, dans la mesure où il n'était presque certainement qu'un adolescent solitaire qui travaillait dans sa chambre ; cette dalle était donc plutôt le lieu des problèmes et des questions liés au Troll ; par exemple, qu'allaient-ils donc bien faire lorsqu'ils le trouveraient enfin ? Peut-être encore plus préoccupant : qu'allaient-ils faire s'ils ne le trouvaient *pas* ?

L'EMPLOYEUR DE SOKOLOV :

Sokolov travaillait pour un cabinet de conseils en sécurité basé à Saint-Pétersbourg, avec des filiales discrètement implantées à Toronto, New York et Londres ; la compagnie tirait une bonne partie de ses revenus de son travail pour des gens comme Ivanov. Comme dans toute entreprise, la satisfaction du client était d'une importance capitale. En général, la règle était de faire tout ce que vous demandait de faire le client auquel vous étiez assigné. En théorie du moins, il aurait dû y avoir des exceptions au règlement pour les clients affligés de lésions cérébrales. Mais, pour simplifier la procédure, les fondateurs de la compagnie, des anciens gradés de la Spetsnaz, avaient importé la hiérarchie, la culture et les traditions de la division militaire dans laquelle ils avaient fait carrière, et dont venaient la plupart de leurs employés. Prendre une initiative sans passer par la voie hiérarchique était très mal vu, et cela pourrait avoir des répercussions lamentables sur Sokolov. Il pourrait découvrir à ses dépens, par exemple, qu'Ivanov n'était pas fou du tout et qu'il appliquait en fait des ordres directs venus de plus haut. Dans ce cas, la mission – quelle qu'elle puisse bien être – était importante, et se planter provoquerait beaucoup de difficultés supplémentaires pour Sokolov.

SOKOLOV:

Il avait pris ce boulot parce qu'il pensait que ce serait simple et facile, comparé au service actif dans l'armée. Jusqu'à récemment, il ne s'était pas trompé. Pour cette raison même, il s'était un peu ennuyé. À présent, il était loin de s'ennuyer, mais il était rattrapé par beaucoup des angoisses qui l'avaient poussé à quitter le service actif au départ. Était-il possible de trouver une place dans la vie qui comporte juste la bonne dose d'intérêt ? Était-il possible d'être *normal* sans être le pigeon de quelqu'un ?

L'ÉQUIPE:

Sokolov avait déjà travaillé avec la plupart d'entre eux, et ils appliqueraient ses ordres avec professionnalisme et sans poser de questions. Mais selon des rumeurs persistantes, il arrivait que le commandement infiltre dans ce genre d'unité un espion, qui faisait son rapport à la direction en douce, et cela pouvait être particulièrement vrai dans une situation très étrange comme celle-ci. Il les avait convoqués au tout dernier moment et il n'avait pu leur apprendre ni où ils allaient ni en quoi consistait la mission.

CSONGOR:

Le cadet des soucis de Sokolov. De toute évidence, le Hongrois n'avait pas envie d'être là, mais il connaissait les règles du jeu ; il avait partie liée avec Ivanov depuis longtemps et il se montrerait docile tant qu'il penserait pouvoir en sortir vivant.

PETER:

Sokolov estimait la probabilité à 100 % : Peter allait prendre, tôt ou tard, une initiative stupide, causant d'énormes problèmes. Peter agirait ainsi parce qu'il pensait être intelligent, et il pensait être le seul. Le plus sûr serait de le faire sortir et de le descendre immédiatement, mais se débarrasser du corps serait compliqué et le choc compromettrait sans doute la stabilité de Zula.

ZULA :

La seule personne présente avec qui Sokolov pourrait peut-être traiter de façon productive. « Productive » étant le bon mot ici, car elle avait l'air d'une fille capable de faire des choses qui n'entrent pas totalement dans le domaine du prévisible et que Sokolov lui-même était incapable de faire.

Elle représentait également un problème énorme, car Ivanov voudrait presque certainement la liquider, or c'était la seule personne impliquée dans ce merdier qui ne le méritait pas. Faire la guerre à ses ennemis, c'était l'habitude et la profession de Sokolov depuis longtemps, mais se montrer chevaleresque envers tous les autres, c'était tout bonnement un principe de base pour tout être humain et pour tout homme équilibré. Il avait toujours redouté de se retrouver dans une situation comme celle-ci. Jusque-là, cela ne s'était jamais produit.

Il prit son café et se rendit dans la salle de réunion avant tout le monde. Il passa un moment à regarder par la fenêtre, évaluant le champ de bataille.

De ce point de vue reculé, la ville n'avait pas l'air très différente d'une autre ; elle était simplement plus peuplée. L'humidité et le smog faisaient que des immeubles qui n'étaient qu'à quelques rues du leur étaient enveloppés de brume, comme dans les toiles de fond d'un vieux film soviétique, ce qui créait l'impression que tout était plus éloigné qu'en réalité. Cela rendait difficile de se faire une idée de l'étendue de la ville. Le climat chaud et humide était gênant, limitant le genre de choses qu'on pouvait porter dans ses poches, car circuler trop couvert aurait attiré toutes les suspicions. Ce point, cependant, ne poserait pas problème tant qu'ils ne se lanceraient pas dans la liquidation du Troll et, à en croire ce qu'avaient dit Zula, Peter et Csongor dans l'avion, ils ne l'auraient pas localisé avant quelques jours au moins.

Leur bâtiment était situé du côté de l'intérieur des terres, sur l'avenue à six voies qui longeait le front de mer. De l'autre côté de l'avenue, une série de terminaux de ferrys s'étendait le long de la berge sur au moins un kilomètre, face à une voie navigable parmi les plus encombrées que Sokolov ait jamais vues. Comme il avait consulté des cartes, il savait que ce bras d'eau était un détroit séparant Xiamen d'une plus petite île située à environ mille mètres, mais il était impossible de ne pas y voir un fleuve : un fleuve puissant comme la Volga ou le Danube. Mais les docks étaient reliés aux terminaux par des passerelles articulées, qui venaient confirmer que cette eau était salée et qu'elle montait et descendait avec les marées. Le détroit était traversé par un trafic incroyablement dense et varié, allant de la yole au cargo, mais dominé par deux types d'embarcations : de larges ferrys à double pont, et un genre de vaisseau qu'il n'avait jamais vu auparavant mais qui était manifestement le bateau de travail traditionnel sur ces eaux : un bateau ouvert, à fond plat, qui s'élevait à moins d'un mètre au-dessus du niveau de l'eau, bordé de chaque côté par de vieux pneus ; l'embarcation faisait peut-être dix mètres de long en moyenne, avec une petite cabine, ou au moins un auvent du côté de la poupe, pour abriter le moteur, les commandes et le navigateur. Dans certaines zones, ils s'entassaient tellement que c'était un miracle qu'ils arrivent encore à circuler, et ils transportaient tous une cargaison différente : des passagers, un bidon d'huile de graissage, une palette de marchandises sous film plastique, une glacière pleine de poissons. Entre ces embarcations plus grandes et plus lentes, des hors-bord blancs chargés de passagers en gilet de sauvetage orange se faufilaient à toute vitesse : des bateaux-taxis rapides pour les nantis, supposa-t-il. Certains d'entre eux traversaient le détroit en ligne droite pour rejoindre la petite île escarpée et verte qui semblait constituée en grande partie de parcs et de villas. De toute évidence, c'était une zone d'habitation plus ancienne et plus riche que les banlieues que Sokolov voyait ramper vers Xiamen de tous côtés, difficiles à distinguer précisément à travers le brouillard, mais beaucoup plus construites.

Tout cela formait un spectacle insolite et pittoresque, mais *a priori* sans impact particulier sur la mission. Sokolov reporta son attention sur la chaîne de tours semblables à la leur qui s'élevaient sur le bord de la grande avenue, côté terres. Il y avait quelques autres gratte-ciel modernes en verre bleu et quelques chantiers de construction où l'on était en train d'en élever d'autres. Mais au moins la moitié des façades appartenaient à des immeubles de style plus ancien coiffés de logos d'hôtels ou de chaînes de restaurants occidentaux. Juste au-dessous d'eux, c'était un immeuble d'une douzaine d'étages avec un énorme sigle KFC sur le toit. L'entrée était embouteillée par des taxis; Sokolov en déduisit qu'il s'agissait d'un hôtel, dont la clientèle était constituée d'hommes d'affaires chinois, et non d'Occidentaux. Devant, il y avait un carrefour. Au centre, un panneau circulaire surélevé supportait les feux de circulation, mais, à part ça, c'était juste un hectare environ de chaussée qui – c'était évident depuis son poste d'observation – avait été, à maintes reprises, ouvert, creusé, câblé et repavé. Il accueillait un flot ininterrompu de taxis, de bus, de scooters, avec de temps en temps une Lexus ou une Mercedes. De l'autre côté du carrefour se dressait un immeuble à façade courbe avec un panneau d'affichage panoramique, des photos criardes de top models et de bouteilles d'alcool, avec des bureaux qui donnaient sur l'intersection, dont Sokolov ne pouvait pas deviner la nature car les enseignes ne comportaient aucun mot anglais. Les architectes de ces bâtiments avaient accordé une attention énorme aux mâts d'antenne sur les toits, qui étaient beaucoup plus massifs, trapus, avec une base plus large que des considérations purement techniques ne l'auraient exigé. Ils avaient dû être formés en Union soviétique et baignés dans l'état d'esprit étatiste selon lequel un bâtiment sans émetteur radio était comme un navire de guerre sans canons. La technologie et sa raison d'être s'étaient en grande partie perdues, mais la tradition se perpétuait dans l'architecture, un peu comme les clochers d'église. Ce qui importait vraiment pour la mission en cours, ce n'étaient pas les émetteurs radio. C'était ce réseau brouillon de fentes qui quadrillait le bitume dans les rues en bas, là où on avait enfoui les câbles Internet.

Il ne cessait pas de remarquer des terrains de basket ; il réalisa que, de là, il en voyait quatre, tous neufs et bien entretenus.

Sur les parcelles de terrain dégagé ici et là, des gens exécutaient des mouvements lents et structurés : ah oui ! Les Chinois étaient friands de callisthénie.

Non loin, une rue large s'éloignait de l'eau sur au moins deux kilomètres. Elle était bordée de façades de magasins de style occidental, visiblement chers. Elle était tracée sur un terrain absolument plat, mais, sur sa droite, à un kilomètre environ, des monticules de pierre grise s'élevaient du sol, supportant des buissons et des taillis de végétation vert foncé. Des vestiges d'anciennes fortifications, escarpés et couverts de lierre, s'étaient greffés à la pierre, et de nouvelles constructions s'élevaient par-dessus.

Ces zones – les terminaux de ferrys, les gratte-ciel et futurs gratte-ciel, la plus vieille génération de tours, les terrains de basket, la rue commerçante, les affleurements de pierre – étaient les exceptions. En tout, elles représentaient peut-être 25 % de la surface de la ville. Le reste était uniforme : une étendue indifférenciée d'immeubles de quatre ou cinq étages, serrés les uns contre les autres, avec souvent un toit bleu (pourquoi bleu ?), construits sur un labyrinthe de rues si étroites que, en général, il ne pouvait voir la chaussée, mais devait supposer, d'après la largeur des espaces entre les immeubles, leur emplacement.

Dans les rares endroits où de telles rues s'alignaient avec son angle de vision, ce qui lui permettait de les voir jusqu'au sol, elles paraissaient avoir un revêtement non d'asphalte mais d'êtres humains en mouvement, avec des véhicules échoués dans cette marée humaine.

Il était certain que le Troll vivait dans un quartier identique à ceux-là. Sokolov avait besoin de savoir à quoi ressembleraient les déplacements et le combat dans un endroit pareil. *Ça ressemble plus à Grozny qu'à Jalalabad,* se dit-il dans un premier temps. Mais il lui faudrait faire mieux que ça. Il ne savait même pas, par exemple, si Xiamen possédait un système de transport souterrain qu'ils pourraient mettre à contribution.

Un léger bourdonnement l'alerta de l'approche d'une valise à roulettes. Il se retourna et vit Ivanov qui approchait depuis le hall de l'ascenseur, tirant un sac noir à roulettes. L'un des mecs de l'équipe bondit sur pied et lui proposa son aide, mais Ivanov le repoussa d'un geste de la main et se dirigea droit vers la salle de réunion. Sokolov ouvrit la porte. Ivanov entra sans ralentir le pas, souleva le sac et le jeta sur la table de conférence. « Vous pouvez l'ouvrir. »

Sokolov défit la fermeture Éclair et souleva le dessus. Le sac était rempli de billets magenta.

« Notre *obshchak* », plaisanta Ivanov. Du moins, Sokolov espérait qu'il plaisantait.

Tous les billets portaient le même montant : 100 RMB. Ils étaient imprimés avec une mixture douteuse de rouges violacés et portaient tous un portrait de Mao Tsé-toung jeune. Aucun des billets n'était en vrac : ils avaient été assemblés en liasses de différentes tailles. Sokolov en prit une petite.

« Pays ridicule, dit Ivanov. Cent, le plus gros billet qui existe. Vous savez combien ça fait ? *Quatorze dollars*. Ils n'en font pas de plus gros, parce que s'ils le faisaient, il y aurait immédiatement des faux. Alors changer l'argent est un gros problème. Je suis déjà fatigué. »

Le petit tas consistait en neuf billets de 100 RMB avec un dixième enroulé autour.

« C'est l'équivalent local d'un billet de 100. »

Sokolov le reposa, fouilla plus profond dans le sac et sortit une liasse de billets ayant à peu près les proportions d'une brique. Il jeta un regard interrogateur à Ivanov.

Ivanov haussa les épaules. « Dix mille dollars, par là. » Puis il agita son index en direction de Sokolov. « Mais, rappelez-vous, l'argent fait tout en Chine.

– Comment le transportent-ils ?

– Dans des sacs. »

Sokolov replaça la brique.

« Quels sont vos ordres ? demanda-t-il.

– Faire venir les hackers et élaborer un plan pour localiser le Troll.

– Ils en ont parlé. Ils veulent aller sur le terrain. Aller à la pêche. »

Il dit l'expression en anglais.

« Est-ce qu'ils vont créer des problèmes ? Essayer de s'enfuir ?

– Peter, ce n'est pas impossible.

– Gardons-en toujours un ici en garantie.

– Ça ne peut pas être Csongor, vu qu'ils ne le connaissent pratiquement pas.

– Dans ce cas, Peter ou Zula reste toujours ici. À moins que... ?

– Zula ne créera pas de problème si elle sait que Peter est tenu en otage, commença Sokolov. En revanche, dans le cas contraire...

– Je le savais ! »

Ivanov donna un coup de poing sur la table et son visage devint écarlate. Pour lui, le vague soupçon de Sokolov que Peter *pourrait* être le genre de mec à trahir Zula était l'équivalent ontologique d'une vidéo sur YouTube le montrant en train de le faire. Il sembla prêt à tuer Peter sur-le-champ. Sokolov, de son côté, bien que flatté qu'Ivanov accorde une telle confiance à ses intuitions, ne pouvait s'empêcher de se demander s'il avait méjugé Peter.

« C'est juste une supposition.

– Non, vous avez raison ! Peter reste ici dans ce cas. Zula sort avec Csongor. Et vous mettez deux de vos hommes avec eux en permanence.

– Monsieur, je demande la permission de sortir avec eux tout seul.

– Pourquoi ?

– Parce que je n'ai rien vu de cette ville sinon ce que je peux voir par cette fenêtre.

– Très bien. Bonne idée. Sortez et vous en apprendrez davantage sur cet endroit. Vous en verrez plus que vous ne le souhaiteriez, croyez-moi. »

Sokolov tourna la tête vers la fenêtre. Les hackers, comme les appelait Ivanov, se tenaient devant la porte, attendant les ordres. Il leur fit signe d'entrer.

Csongor, Zula et Peter pénétrèrent dans la salle l'un derrière l'autre et s'immobilisèrent devant la table, en face d'Ivanov, feignant de ne pas remarquer le sac plein de billets. Ivanov passa à l'anglais. « Beaucoup de temps a passé dormir, voler, dormir. Facile d'oublier la natoure de mission. Vous rappelez mission ?

– Trouver où se cache le Troll », dit Peter.

Ivanov jeta un regard noir à Peter, comme s'il avait dit quelque chose de profondément insultant. Et en vérité, Peter n'aurait rien pu dire pour sa défense.

« Trouver le salopard qui m'a *niqué* ! » hurla Ivanov, si fort qu'on aurait pu l'entendre jusqu'à Vladivostok.

Il laissa sa tirade résonner à leurs oreilles pendant quelques instants. Les hackers se ratatinèrent physiquement, comme des raisins secs.

« Vous devez aller à la pêche ! »

Les yeux de Peter se tournèrent vers Sokolov.

« Vous me regardez ! cria Ivanov.

– Oui, monsieur, dit Peter. Nous devons explorer la ville, nous connecter à Internet dans différents endroits, vérifier les adresses IP...

– Et envoyer un SOS à mama ?! »

Le visage de Peter était rouge depuis le début ; il s'empourpra encore plus.

« Vous, vous restez là, dit Ivanov. Aidez à faire un plan ou quelque chose. »

Il regarda Zula.

« Charmante Zula, vous allez à la pêche en compagnie de Csongor. » Il se tourna vers ce dernier. « Csongor, vous êtes la seule personne qui touche ordinateur. » Il agita un index pointé. « Pas d'e-mails, pas de Facebook, pas de Twitter. Et s'il y a un autre truc que je ne connais pas encore – pas de ça non plus ! »

En russe, Csongor dit : « Et si nous avons besoin d'aller dans le monde de T'Rain ? »

En anglais, Ivanov dit : « Seule exception à la règle : Zula peut jouer à T'Rain si nécessaire. Csongor, Sokolov va vous surveiller très attentivement, pas coups fourrés. »

Zula et Csongor approuvèrent de la tête.

Ivanov se tourna à demi et tendit une main vers Sokolov. « Sokolov sera présent à tout moment pour vous protéger et s'assurer que les règles sont appliquées. Si les règles brisées gravement, si Zula va se repoudrer le nez et ne revient pas ou autre problème de ce genre, je avoir une conversation très sérieuse avec la cause de tous les maux, là. » Il étendit les mains vers Peter avec un geste dont la conclusion générale aurait été une strangulation complète.

« Tout le monde comprend les règles ? »

Tout le monde acquiesça.

« Allez la pêche. » Il fouilla dans le sac, en sortit autant de liasses de billets qu'il pouvait en attraper d'une seule main et les glissa à Sokolov en travers de la table. « À part Peter. Vous. » Il fit un geste dans sa direction comme si la pièce contenait plusieurs personnes portant ce nom. « Restez pour brève discussion. »

Sokolov ramassa l'argent, puis recula vers la porte et la tint ouverte pour Zula et Csongor. Personne ne pouvait regarder Peter, qui était devenu un spectacle presque insupportable par sa simple posture : les épaules ramassées l'une contre l'autre, le corps entier pris de tremblement, la nuque rouge vif. Sokolov fut favorablement surpris de voir qu'il n'avait pas encore chié dans son froc. Les hommes faisaient souvent des blagues obscènes sur les gens qui pissaient dans leur froc à cause de la peur, mais, d'après l'expérience de Sokolov, il était plus courant de chier dans son pantalon en cas de stress émotionnel extrême. Pisser dans son pantalon était improductif et suggérait un effondrement total du self-control le plus élémentaire. Chier dans son froc, en revanche, vidait les boyaux et rendait ainsi le sang disponible pour le cerveau et les grands groupes musculaires qui sans cela en auraient été privés au profit de l'activité moins prioritaire de la digestion. Sokolov aurait pu pardonner à Peter de chier dans son froc, mais s'il avait pissé dans son froc, il aurait été nécessaire de se débarrasser de lui. En tout cas, Peter n'avait fait ni l'un ni l'autre pour l'instant.

Une minute ou deux plus tard, cependant, une fois qu'ils furent rassemblés au niveau de l'accueil avec leurs bouteilles d'eau et leurs rations journalières, Sokolov remarqua que Zula – qui avait gardé un visage de marbre pendant toute la scène – jetait des regards inquiets à Peter par la paroi vitrée de la salle de réunion où il était toujours en comparution, ou quelque chose de cet ordre, devant Ivanov.

Quelque chose avait changé, toutefois. Ivanov gesticulait toujours, mais, au lieu de mimer coups et étranglement, ses mains exécutaient de petits gestes de découpe bien nets sur le dessus de la table : il traçait des cercles concentriques, désignait la ville derrière la fenêtre et rassemblait une matière imaginaire qu'il versait sur la table. Peter hochait la tête et remuait même la mâchoire de temps à autre.

Peter était *intéressé.*

« Est OK, dit Sokolov. Il travaille pour Ivanov maintenant. »

Ivanov avait offert de leur louer une voiture et un chauffeur, mais Sokolov pensait qu'ils en apprendraient davantage en se déplaçant en taxi. Ils prirent l'ascenseur jusqu'au parking, trouvèrent une sortie de secours, montèrent un escalier en béton sans fenêtres et émergèrent sur une bande de terrain aménagé. Elle longeait le flanc de l'immeuble jusqu'au bord de l'avenue du front de mer. Sokolov pivota et prit une photo du bâtiment dont ils sortaient avec son téléphone. Plus tard, lorsqu'il voudrait retourner à la planque, il pourrait la montrer au chauffeur de taxi. Ils transpiraient déjà abondamment ou peut-être était-ce simplement l'humidité qui se condensait sur leur peau artificiellement rafraîchie. Sokolov s'était acheté un blazer dans une boutique de l'aéroport de Vladivostok : il l'ôta, le plia et le plaça dans sa sacoche, par-dessus les liasses rouges.

Les chauffeurs des taxis qui s'amassaient sur la place devant l'hôtel surmonté par le sigle KFC étaient déconcertés et presque indignés par la façon dont les trois Occidentaux s'étaient comme téléportés à ce coin de rue normalement peu fréquenté. De toute évidence, ils avaient coutume de garder un œil sur tous les endroits d'où un client possible pouvait émerger. Des Occidentaux à pied, que personne n'avait remarqués ni harcelés, représentaient autant un affront à l'ordre civique que les geysers des bouches d'incendie et les hurlements des alarmes de voiture. Sokolov eut l'impression que la prochaine fois qu'ils déboucheraient de cette sortie de secours, il y aurait au moins un taxi pour les attendre devant. Ce n'était pas une impression agréable.

Il prit des photos de la place et de l'hôtel. Ostensiblement. En vérité, bien sûr, il se servait du viseur de son téléphone pour rendre leur regard à tous ces Chinois qui les fixaient.

Sokolov n'avait jamais été un espion à proprement parler, mais il avait suivi une formation basique en espionnage lors de sa reconversion dans le commerce privé. Les espions étaient censés sentir intuitivement quand ils avaient été repérés, quand quelqu'un les observait. Ou du moins c'était le genre de baratin que les formateurs aimaient à leur asséner. Si c'était vrai, aucun Occidental n'aurait pu tolérer ne serait-ce que quelques secondes d'exposition à une rue chinoise, car cet instinct aurait été constamment en alerte – et de façon tout à fait justifiée. S'ils avaient été vêtus de costumes de clown, avec des stroboscopes accrochés au front, et qu'ils avaient couru à travers les embouteillages en lançant des rafales de pistolet automatique en l'air, ils ne se seraient pas attiré un examen plus immédiat ni plus intense qu'en entrant simplement dans l'espace public sans être chinois. Sokolov ne put s'empêcher de rire. Il avait pensé que ce serait peut-être différent, en raison des contacts de longue date de Xiamen avec le monde extérieur.

Bien sûr, ça allait être comme ça partout. Ils n'étaient pas simplement remarqués. Ils étaient *célèbres*.

Et parce qu'il faisait tout depuis l'arrière d'une voiture aux vitres teintées, Ivanov ne comprenait pas ces réalités. Sokolov ne serait jamais en mesure de lui faire comprendre la difficulté de faire quoi que ce soit avec discrétion dans cette ville.

« Dans l'hôtel. Utiliser Internet », dit Sokolov. Repoussant les propositions des chauffeurs de taxi d'un geste, ils longèrent péniblement la place jusqu'à l'hôtel, laissant dans leur sillage une centaine de citoyens chinois ordinaires qui s'arrêtaient net pour les dévisager lorsqu'ils les croisaient. Une bonne proportion d'entre eux restaient littéralement bouche bée. Sokolov, déterminé à ne pas croiser leurs regards, se concentrait sur autre chose : il compta huit caméras de sécurité *visibles*.

Observés à des distances variables par au moins six membres des forces de sécurité en uniforme, opérant deux par deux, ils montèrent tant bien que mal les marches de l'hôtel. Deux douzaines de chauffeurs de taxi, assis dans leurs véhicules devant, épiaient leur moindre mouvement à travers les portes vitrées de l'hôtel, au cas où ils auraient changé d'avis et seraient ressortis.

Conformément à ses suppositions, la plus grande partie de la clientèle de l'hôtel se constituait de Chinois, et leur petit groupe eut donc droit à une nouvelle inspection tandis qu'ils se tenaient dans le lobby, hésitants. Il avait imaginé qu'ils pourraient s'asseoir dans des fauteuils confortables, commander du thé et feuilleter des journaux. Mais ce n'était pas un lobby de ce genre. Plutôt que de continuer à se donner en spectacle, Sokolov conduisit les autres directement à l'ascenseur et appuya sur le bouton situé à côté de l'effigie du colonel Sanders. Une minute plus tard, ils étaient sur le toit. Mais le restaurant n'était pas encore ouvert.

« J'ai le wi-fi, dit Csongor, consultant l'écran de son Palm.

– Très bien, dit Sokolov. On s'en va. »

Ils reprirent l'ascenseur pour descendre, sortirent par la porte principale et s'engouffrèrent dans un taxi. « Hyatt », dit Sokolov. Il savait qu'il y avait un Hyatt car les pilotes étaient logés là-bas. Il était situé près de l'aéroport.

« OK, donc on a au moins une adresse IP », dit Csongor pendant le trajet.

Sokolov prenait des photos avec son téléphone par la vitre, surtout des hôtels. Cette aventure de cinq minutes lui avait appris que les hôtels d'affaires occidentaux étaient les seuls endroits à Xiamen où ils pouvaient ne serait-ce que respirer sans faire parler d'eux pendant des semaines.

« Ça se rapproche un peu de l'espace d'adresses qui nous intéresse ? demanda Zula.

– En fait, oui ! dit Csongor. Ils utilisent le même FAI. Ce qui ne signifie pas grand-chose, bien sûr.

– C'est un début. »

Ils entrèrent dans le Hyatt et commandèrent un petit déjeuner.

Dans le secteur de l'aéroport, de vastes ensembles étaient en construction : de nombreux parcs immobiliers privés et un centre de conférences international devant lequel on avait érigé une sphère vitrée géante. Sokolov aurait adoré se cacher dans leur anonymat et leur vide. Mais ils étaient tellement déconnectés de la ville à proprement parler qu'il aurait aussi bien pu essayer de traquer le Troll depuis un centre commercial de Toronto.

Sur le moindrc lampadaire s'affichaient des bannières à l'effigie du héros local, Zheng Chenggong. Une bannière semblable, mais beaucoup plus grande, avait été accrochée à la façade du nouveau centre de conférences. Apparemment, cette image était le logo officiel de la conférence qui avait attiré la flotte internationale de petits jets : un truc en rapport avec le projet d'amélioration des relations entre Taïwan et la Chine continentale.

Tandis qu'ils picoraient leurs omelettes, Sokolov demanda à Csongor (qui s'était connecté au réseau wi-fi du Hyatt) de chercher sur Google une liste d'hôtels à quatre ou cinq étoiles. Csongor ne se contenta pas d'obéir : il trouva un moyen de se greffer au centre d'affaires du Hyatt et imprima la liste. Un membre du personnel de l'hôtel l'apporta à leur table sur un petit plateau.

Ils sortirent et prirent un taxi. Sokolov indiqua un hôtel sur la liste de Csongor et le taxi les emmena. Il se trouvait au milieu de la ville, plus près du front de mer. Ils entrèrent dans le lobby et trouvèrent des sièges. Tandis que Csongor se connectait, Sokolov observa la manière dont les clients se comportaient avec l'équipe de l'accueil et le concierge.

Ils firent la même chose huit fois dans huit hôtels différents. Cela les occupa jusqu'au milieu de l'après-midi.

Puis ils reprirent un taxi jusqu'à l'hôtel qui avait la meilleure concierge. Sokolov demanda à Zula d'aller la trouver : c'était une jeune femme qui parlait un anglais excellent et avait tout l'air d'aimer réellement son boulot. Zula expliqua qu'elle et ses amis voulaient faire une promenade d'agrément en ville pour voir des sites moins touristiques, peut-être faire un peu de shopping dans les marchés du coin.

La concierge les précéda dehors, devant la porte, et expliqua la chose à un chauffeur de taxi. Sokolov, Zula et Csongor se tassèrent à l'arrière de la voiture. Le chauffeur offrit à Sokolov de passer devant, mais celui-ci préférait demeurer en partie caché par les vitres teintées à l'arrière.

Jusque-là, ils n'avaient rien vu si ce n'est des zones commerciales modernes mais, vingt secondes après avoir quitté l'entrée de l'hôtel, le taxi s'était enfoncé dans un de ces quartiers plus anciens qui avaient attiré l'attention de Sokolov.

Csongor recherchait constamment les bornes wi-fi disponibles sur son ordinateur portable, ouvert sur ses genoux. Elles étaient presque toutes protégées par un mot de passe, mais de temps à autre il en trouvait une en accès libre et vérifiait son adresse IP.

Zula, pendant ce temps, se servait du téléphone de Csongor, qui était équipé d'un GPS, pour suivre l'évolution de leur latitude et de leur longitude. Cela n'aurait pas été nécessaire à New York ou dans une autre ville où ils auraient pu comprendre la logique du quadrillage des rues, mais ici, c'était pour eux la seule manière de faire concorder les observations de Csongor et la géographie de la ville.

Si le taxi allait plus vite qu'un homme à pied, les bornes wi-fi défilaient trop vite pour que Csongor ait le temps d'établir la connexion, mais c'était rare. À chaque fois qu'un espace dégagé s'ouvrait dans les embouteillages, un homme décharné avec un chapeau conique qui tirait une carriole à deux roues s'y engouffrait. Ces types étaient partout ; ils semblaient avoir la mainmise sur le transport de toutes les marchandises pesant moins d'une tonne. Si le taxi klaxonnait assez longtemps, ils finissaient par s'écarter et libérer le passage.

Une fois qu'ils eurent circulé ainsi sans but pendant vingt minutes, le taxi passa un appel puis tendit son téléphone à Zula. Avec un coup d'œil nerveux à Sokolov, elle l'accepta.

Puis elle sourit et l'éloigna de son oreille. « C'est la concierge, expliqua-t-elle. Elle espère que la balade nous plaît et elle voudrait savoir quel genre de choses nous avons envie d'acheter.

– Il y a des hommes qui portent des petits sacs, un peu comme des sacs à main, dit Sokolov. J'en veux un. »

Zula rapporta ses propos dans le téléphone puis le repassa au chauffeur de taxi, qui écouta quelques instants, puis referma l'appareil d'un coup sec et changea de direction. Dix minutes plus tard, ils étaient garés devant un petit étalage où des articles en cuir formaient des piles volumineuses. Sokolov et Zula descendirent du taxi, laissant Csongor dans la voiture avec son ordinateur.

Comme Sokolov s'y était attendu, c'était la chose la plus sensationnelle qui se soit produite dans le district de Xiamen depuis que Zheng Chenggong avait chassé les pirates hollandais et, tandis qu'ils choisissaient des sacs, un large public se régalait du spectacle : voisins fascinés, membres âgés de la famille des propriétaires sommés par téléphone de descendre en vitesse de l'étage où ils résidaient, passants de hasard, charretiers sidérés et mendiants professionnels qui épiaient soigneusement leur moindre mouvement parlaient d'eux et s'amusaient soudain de détails si minimes que Sokolov ne savait pas toujours bien ce qui suscitait leurs réactions. Il se décida rapidement pour un sac à main pour homme qui semblait pouvoir accueillir sans peine plusieurs briques de billets, tout en laissant largement assez de place pour quelques chargeurs de munitions et deux ou trois grenades incapacitantes, et il s'apprêtait à payer le prix qui figurait sur l'étiquette lorsque Zula intervint pour proposer un chiffre un peu moins élevé. Ils se mirent à marchander, exercice pour lequel Zula s'avéra douée. Elle n'avait rien d'une mégère, mais parvenait à rester en bons termes avec le propriétaire tout en soutenant fermement que le prix était trop élevé. Et finalement, Sokolov gagna un laps de temps ininterrompu de vingt ou trente secondes pendant lesquelles il eut le loisir d'observer le quartier et d'essayer de se faire une impression.

Tous les immeubles étaient faits de béton, ou à la rigueur de blocs de brique ou de pierre recouverts de mortier. Cela n'avait pas vraiment d'importance. Ce qui comptait, c'était que ces murs arrêteraient des balles à faible vélocité et des plombs de carabine, et qu'on ne pouvait pas les faire tomber à coups de pied. Ils ne brûleraient pas très facilement. Mais, selon la quantité de fers à béton qui avait été employée – et, d'après lui, les entrepreneurs avaient dû faire de sacrées économies en la matière –, ces structures, comparées à des armatures de bois ou d'acier, seraient plus susceptibles de s'écrouler dans des conditions de stress exceptionnelles qui se présentaient fréquemment lorsque des hommes tels que Sokolov faisaient leur boulot. Les bâtiments avaient quatre ou cinq étages, ce qui signifiait qu'il n'y avait pas d'ascenseur et, si c'était comme en Europe, que les étages les plus élevés abritaient les gens les plus pauvres. Les rez-de-chaussée, en général, étaient occupés par des commerces ; les étages supérieurs arboraient assez souvent de petits balcons, mais ceux-ci avaient bien souvent été équipés de grilles de barreaux d'acier, même aux étages supérieurs – apparemment, par ici, les cambrioleurs escaladaient les murs et descendaient des toits en rappel. Les grillages eux-mêmes semblaient éminemment faciles à escalader et pouvaient être utiles pour accéder à un toit lorsque les portes étaient fermées, ou pour décamper d'un immeuble lorsque les escaliers étaient encombrés de produits combustibles ou d'hommes en armes qui voulaient votre peau. Il y avait des cordes qui pouvaient servir. Mais en fait, n'était-ce pas toujours le cas ?

La largeur des rues allait d'un mètre (pour les rues piétonnes) à peut-être huit mètres (pour les rues à double sens).

Le câblage était externe et informel à l'extrême. Certains des paquets de câbles tendus d'un côté à l'autre de la rue étaient aussi épais que son torse, et il était évident que cela avait commencé par un câble unique sur lequel les autres s'étaient accumulés avec le temps.

« OK, dit Zula, 100. » Elle le regardait. Le commerçant également.

Sokolov sortit de sa poche une liasse de dix billets, l'équivalent de 100 dollars, en détacha un et le tendit à l'homme. Le sac était à lui. L'assistance commença à se disperser. Le spectacle était terminé.

De retour dans le taxi, Sokolov dit : « Même procédure. Acheter d'autres trucs.

– Qu'est-ce que vous voulez acheter ?

– N'importe.

– Du thé ? On dirait qu'il y a beaucoup de marchands de thé.

– Va pour thé.

– Avec une théière.

– Oui.

– J'ai besoin de passer dans une pharmacie.

– Pourquoi ?

– Parce que je suis une fille.

– Très bien. Passer pharmacie. Même procédure. »

Ils répétèrent la démarche pendant un moment. Zula acheta du thé à une petite femme énergique en bottes bleues et un service à thé à une vieille dans une ruelle. La manœuvre devint un peu routinière, et Sokolov commença même à se sentir à l'aise sous l'auvent des commerces pendant que Zula marchandait. Cela paraissait convenir à Csongor, qui leur rapporta qu'il rassemblait plus de renseignements pendant tout ce temps. Mais Sokolov ne vit pas grand-chose de plus pendant cette dernière heure qu'il n'en avait vu les dix premières minutes. La configuration de ces quartiers ne variait pas beaucoup d'un bloc à l'autre. Mais il serait facile de s'y perdre, et seul un véritable autochtone serait capable de s'y retrouver. Le brouillard rendait difficile la localisation du soleil, donc la navigation céleste était exclue.

Il demanda au chauffeur de taxi de les ramener où ils avaient commencé et il glissa à la concierge un petit paquet de billets d'une valeur de 100 dollars. Puis ils rentrèrent à pied en longeant le front de mer, ce qui permit à Sokolov d'observer le fonctionnement des lignes de ferrys et à Csongor de faire un wardrive sur quelques hotspots wi-fi dans les salles d'attente et snacks des terminaux. Lorsque le colonel Sanders entra dans leur champ de vision, Sokolov téléphona pour prévenir son escouade de leur arrivée et, lorsqu'ils atteignirent l'immeuble de bureaux, la porte d'acier était déjà ouverte.

« Home sweet home », dit Zula.

Le doux foyer avait un peu changé. On avait monté quelques chaises – moulées par injection, rose vif. Peter était coincé derrière un ordinateur flambant neuf qui empestait encore l'odeur d'ammoniac des circuits électroniques neufs. Apparemment, il était connecté à Internet.

« J'ai passé un marché avec Ivanov, expliqua-t-il une fois que Zula se fut de nouveau lavée au gant de toilette dans les W-C et qu'elle eut pris une part de pizza (car il y avait un Pizza Hut à portée de livraison). Il a à Moscou un administrateur système en qui il a confiance. Cette machine est connectée à travers un VPN au système de ce mec, de sorte qu'il peut contrôler mon usage d'Internet et s'assurer que je n'envoie pas de SOS. »

Zula était partagée : d'un côté, c'était une solution habile, de l'autre, il était bizarre que Peter accepte ces conditions. Et effectivement, il n'avait pas l'air fier. Mais il avait une explication toute prête.

« Nous avons les mains complètement liées si nous n'avons pas accès à Internet, dit-il. On ne peut même pas se servir de Google Maps. J'ai pu avancer beaucoup comme ça.

– Avancer comment ?

– Eh bien, pour commencer, j'ai téléchargé une copie de l'exécutable de REAMDE que quelqu'un a posté sur un blog de sécurité. Et je l'ai décompressé.

– Et alors t'as trouvé quoi ? »

Peter était fier, presque désespérément, de ce qu'il avait fait, et elle se sentait obligée de le faire parler.

« Eh bien, j'avais peur qu'ils aient utilisé un code de brouillage, mais non.

– C'est quoi ?

– Certains compresseurs trafiquent le code objet pour rendre les dossiers plus difficiles à décompresser. Le créateur de REAMDE ne l'a pas fait. Alors j'ai pu obtenir des dossiers de code source assez propres. Puis j'ai extrait les séquences de caractères inhabituelles et je les ai cherchées sur Google.

– Tu voulais voir si quelqu'un avait déjà suivi la même procédure que toi et posté ses résultats.

– Exactement. Et ce que j'ai trouvé était un peu inattendu. J'ai trouvé un forum de discussion consacré à la sécurité où quelqu'un avait effectivement posté un code décompressé qui correspondait à ce que j'avais. Mais ça ne venait pas de REAMDE. C'était un autre virus, plus ancien, appelé CALKULATOR, qui avait fait un peu de bruit il y a trois ans.

– OK, alors tu penses que les créateurs de REAMDE ont recyclé une partie du code source de CALKULATOR ?

– C'est forcé. Un truc pareil ne peut absolument pas être une coïncidence. Et ce qui est intéressant, c'est que le code source de CALKULATOR n'a jamais été découvert – il n'a jamais été posté.

– Donc ce n'est pas possible que le Troll ait simplement téléchargé les dossiers source de CALKULATOR d'un quelconque serveur pour les incorporer dans REAMDE. »

Peter hochait la tête, sourire aux lèvres. Zula poursuivit :

« REAMDE et CALKULATOR ont été conçus par les mêmes individus.

– Ou au moins des individus qui se connaissent, qui échangent secrètement des dossiers entre eux.

– Donc la question évidente, dans ce cas, c'est...

– Qu'est-ce qu'on sait des créateurs de CALKULATOR ? Eh bien, c'était un virus beaucoup plus destructeur que REAMDE, parce qu'il infectait tous les utilisateurs d'Outlook – tandis que REAMDE est endémique aux utilisateurs intensifs de T'Rain. Pendant environ une semaine, c'était *le* virus dont tout le monde parlait, il a fait son petit effet, et les autorités ont investi beaucoup pour traquer ses créateurs. Ils étaient loin d'être aussi doués que le Troll pour recouvrir leurs traces, et un groupe de Manille a finalement été identifié.

– Hum, c'est un rebondissement.

– Oui, on se concentre sur Xiamen et tout d'un coup on a cet indice à Manille. Mais écoute un peu : deux membres du groupe de Manille ont été arrêtés et jugés. Mais tout le monde sait que la plupart des individus impliqués n'ont jamais été identifiés, jamais arrêtés. Et il y a plus : beaucoup de Philippins sont d'origine chinoise et ont toujours des liens familiaux avec la Chine.

– Donc le Troll est peut-être un hacker chinois qui vit à Xiamen, mais qui a de la famille à Manille...

– ... et c'est comme ça que le code source a atterri ici et s'est fait recycler dans REAMDE. »

Zula avait gardé un œil sur la planque pendant toute cette discussion. Csongor était enfermé dans un bureau avec les notes du jour, il entrait des données sur son ordinateur portable. Sokolov était dans la salle de réunion, où Ivanov le débriefait. Deux des consultants en sécurité dormaient, deux jouaient à la Xbox et deux étaient en faction. Mais tous les Russes réveillés leur jetaient des regards de temps à autre. Ils surveillaient les hackers, se demandaient de quoi ils parlaient. Peut-être devinaient-ils à leur langage corporel et à leurs expressions qu'ils se concentraient sur le problème qui les occupait et qu'ils faisaient des avancées.

Et ça, comme elle ne cessait de se le répéter, c'était la seule chose qui comptait. Pas d'attraper le Troll. Mais de faire croire à Ivanov qu'ils faisaient des avancées en vue de la capture du Troll, histoire de le faire patienter assez longtemps pour qu'ils trouvent un moyen de s'échapper.

Pour que Zula en trouve un, en tout cas. Parce que Peter ne lui donnait absolument pas l'impression de se préoccuper de fuir. Il était maintenant trop fasciné par la chasse au Troll.

Il croyait que s'ils attrapaient le Troll, Ivanov serait clément avec eux.

Et peut-êtrc qu'il avait raison. Peut-être que c'était comme ça qu'Ivanov recrutait.

Ou peut-être que c'était en le leur faisant croire qu'il parvenait à s'assurer la docilité de ses prisonniers jusqu'à ce que vienne le moment de les tuer.

« Quelle est la prochaine étape ? demanda-t-elle. Qu'est-ce qu'on fait de cette information ?

– Ce que je me suis dit, entre autres, c'est que, vu qu'on a un jet à notre disposition, on pourrait faire un saut à Manille et essayer de trouver des membres de l'équipe CALKULATOR, les interroger. »

Lorsque Zula réfléchit à la signification de ces verbes « trouver » et « interroger », tout ce qui lui vint à l'esprit, c'est Wallace et la bâche en polyéthylène six millimètres. Était-ce cela que Peter avait en tête ? Ou pensait-il sérieusement que les hackers de Manille balanceraient volontairement leurs parents de Xiamen ? Zula préféra ne pas poser cette question crue à Peter, car elle avait peur de ce qu'elle risquait de découvrir sur l'homme avec qui elle avait partagé sa couche. « Ivanov va trouver ça complètement hasardeux. Il préfère l'approche directe. »

Elle avait voulu faire une espèce de plaisanterie, mais Peter hocha gravement la tête. « On pourrait aussi chercher une communauté d'expatriés philippins à Xiamen. À Seattle, ils ont leurs épiceries et leurs salons de coiffure. Peut-être que c'est pareil ici. »

Zula, qui contrairement à Peter avait vu Xiamen de près, était quasiment certaine que c'était sans espoir. Mais elle se retint de le dire tout haut. « Tu en as parlé à Ivanov ?

– Je l'ai alimenté en petites mises à jour. »

Zula essaya d'ignorer sa formulation. « Il sait pour la possible connexion avec Manille ?

– Pas encorc.

– Si nous pouvons nous en servir comme prétexte pour faire encore du terrain, ça pourrait nous être utile.

– Vous être utile en quoi ?

– *Nous* être utile. »

Elle réalisa qu'elle avait un peu envie de le tuer. Elle était certaine que ce sentiment allait passer. Mais elle était également certaine qu'il reviendrait. « Fais ce que tu veux de cette information », dit-elle, et elle s'éloigna.

« Vous êtes fou ? » demanda Ivanov.

Sokolov était sidéré. Ivanov qui l'accusait, *lui*, d'être fou. C'était tellement inattendu. Il ne sut que répliquer.

Il venait de faire le récit de la journée. Au départ, il s'était contenté de résumer, ce qui était en général ce que les supérieurs attendaient de leurs subordonnés, mais Ivanov avait insisté pour entendre tous les détails. Et ainsi, après avoir supporté plus d'une interruption, Sokolov était passé à un mode de récit beaucoup plus détaillé, et Ivanov avait écouté attentivement pendant qu'il rapportait l'expédition de « shopping », le pourboire à la concierge et leur retour à pied le long des quais.

Ce n'était pas la première fois que Sokolov faisait l'objet de remarques cinglantes de la part du patron, et il se contenta donc de rester là, au garde-à-vous, et d'attendre.

Ivanov éclata de rire. « Je m'en fiche, de savoir de quelle matière sont faits ces putains d'immeubles. De savoir si les murs peuvent ou non être traversés par une chevrotine n° 4. De savoir quelles sont les options pour s'échapper d'un bâtiment en cas de repli stratégique. Mais qu'est-ce que vous vous imaginez, putain, Sokolov ? Vous pensez que c'est le siège de Grozny ? Eh bien, pas du tout ! C'est très simple. Trouvez le Troll. Allez là où il vit. Pénétrez dans son appartement. Sortez-le de là et amenez-le-moi. »

Sokolov n'avait rien à ajouter.

« Je me suis trompé en vous engageant, ou quoi ?

– C'est possible, monsieur. Ces types que vous avez dégotés à Seattle – ceux qui se sont occupés de Wallace –, c'est plutôt un boulot pour ce genre de mecs.

– Oui, eh bien, les mecs de Seattle NE SONT PAS LÀ ! dit Ivanov, passant en crescendo, pendant cette phrase, d'un ton de conversation à un hurlement qui aurait pu faire exploser un stock de munitions. Et c'est VOUS que j'ai ! Avec vos hommes que je paie des sommes exorbitantes ! »

Sokolov aurait pu faire remarquer que lui et ses hommes hors de prix étaient des consultants en sécurité, et qu'Ivanov leur avait fait faire, ces derniers temps, des choses extrêmement bizarres. Mais il ne voyait pas comment cela aurait amélioré l'humeur d'Ivanov.

« Dernière chose : ça rimait à quoi, de revenir par le front de mer ? Vous vous imaginez que le Troll vit dans un terminal de ferrys ?

– Reconnaissance du terrain. Se familiariser avec le champ d'opérations. »

Ivanov resta perplexe. « Le terrain – le champ d'opérations –, c'est là où le Troll habite. Et il ne vit pas dans un terminal de ferrys. »

Sokolov ne dit rien.

« Je ne comprends pas, Sokolov. Expliquez-moi votre raisonnement.

– Les manœuvres tactiques dans cette ville vont être quasiment impossibles. »

Sokolov désigna une fenêtre. « Vous n'avez qu'à regarder. Tout l'espace est occupé. Mais sur l'eau, c'est autre chose. Il y a beaucoup de circulation, c'est certain. Mais c'est la seule option qui s'offre à nous si nous avons besoin de...

– De quoi, Sokolov ?

– De nous retirer. D'improviser. De faire preuve d'imagination. »

Il y eut alors un silence de peut-être trente secondes tandis qu'Ivanov rassemblait toutes les ressources d'énergie et de force à sa disposition pour maîtriser sa rage.

Sokolov ne s'inquiétait absolument pas de ce qui allait se produire lorsque Ivanov perdrait ce combat et péterait les plombs. Il s'inquiétait beaucoup plus de ce qui se passait dans le système cardio-vasculaire de son patron en attendant. Car durant toutes leurs allées et venues de la journée, il était parvenu à passer quelques minutes à quelques bornes Internet dans des lobbys d'hôtel et il avait eu la confirmation qu'Ivanov prenait deux variétés de médicaments contre la tension.

Dans le cas, bien sûr, où il prenait encore ses médicaments.

Donc ce qui inquiétait vraiment Sokolov, c'était que ce combat visible pour contenir sa rage fasse monter la pression artérielle d'Ivanov à des niveaux qu'on ne rencontrait normalement que dans les puits de pétrole en haute mer. Libérant de nouveaux caillots qui lui monteraient droit au cerveau.

Si Ivanov tombait raide mort, comment s'y prendraient-ils pour sortir de ce pays ?

Sokolov se perdit tellement dans ces ruminations qu'il oublia qu'Ivanov était toujours vivant, toujours dans la pièce et toujours au milieu d'une discussion avec lui.

« Votre boulot, dit finalement Ivanov, avec un calme extrême, ce n'est pas de faire preuve d'imagination. Il n'y aura pas de retraite. Pas d'improvisation.

– Je comprends, monsieur, dit Sokolov, mais c'est simplement une procédure normale de se familiariser avec la zone et d'avoir une sorte de plan B. »

Cela paraissait être la chose la plus raisonnable à dire, mais cela sembla perturber Ivanov encore plus profondément que tout ce que Sokolov avait pu raconter depuis le début de leur entretien. Ce n'était pas tant qu'Ivanov pensait qu'un plan B était *inutile*. Il pensait en fait que Sokolov préparait un truc *louche*. L'intérêt de Sokolov pour un plan B le rendait *activement suspect*.

Mais Sokolov ne rechignait pas à faire quelques manœuvres tactiques, à opérer un repli, même là. Il haussa les épaules, comme si sa remarque sur un plan B n'avait été qu'un caprice. « En tout cas, j'ai une idée.

– Ah oui ? Quel genre d'idée ? »

Sokolov fit quelques pas vers la fenêtre et regarda le front de mer. Il n'était que 19 heures environ et des passagers affluaient encore par les portes des terminaux de ferrys, dans les deux sens. Ivanov se tourna lui aussi vers la fenêtre, essayant de voir ce que regardait Sokolov.

« Oui ? insista Ivanov après quelques instants.

– Je n'en vois pas, là. Ils ne sont pas nombreux par rapport aux banlieusards, aux étudiants et autres passagers.

– De qui parlez-vous ?

– Des pêcheurs.

– Ils doivent utiliser un autre terminal.

– Non, je ne parle pas des pêcheurs professionnels. Je parle des amateurs. Les pêcheurs à la ligne. J'en ai vu quelques-uns tout à l'heure. Des Chinois de base. Des retraités. Ils rentraient d'une journée de pêche, sur une de ces petites îles là-bas, je suppose. »

Il se tourna vers Ivanov et croisa son regard. « Ils portent des drôles de chapeaux.

– Je les ai remarqués. Des chapeaux chinois.

– Non, pas ceux-là. Les types dont je parle portent des chapeaux très larges en tissu pastel. Avec de grandes visières pour les protéger du soleil. Avec des jupettes qui pendent sur les côtés et à l'arrière. Un peu comme ce que porterait un Arabe dans une tempête de sable. La tête et le visage sont presque complètement cachés. Encore plus s'ils portent des grosses lunettes de soleil.

– Ils sont assis au soleil toute la journée, renchérit Ivanov, qui commençait à comprendre. On ne peut pas tenir un parasol pendant qu'on est en train de pêcher.

– Exact. Par ailleurs, ils ont des valises spéciales pour transporter leurs cannes. »

Sokolov écarta ses mains d'environ un mètre pour indiquer la longueur. « Avec un renflement à un bout pour le moulinet. »

Le visage d'Ivanov se détendit et il se mit à hocher la tête.

« Mieux encore, dit Sokolov. Ils transportent tous une petite glacière.

– Parfait.

– Tout le monde les ignore, ces mecs.

– Bien sûr. Comme vous et moi ignorerions un vieux pêcheur sur un pont à Moscou.

– Il arrive d'en voir un tout seul, mais ce n'est pas rare qu'ils se déplacent en groupe – ils louent un de ces bateaux pour se rendre à leur coin de pêche préféré.

– Je vois.

– Bon. Nous ne pouvons pas nous balader toute la journée dans ce genre de costumes sans que personne ne s'aperçoive que nous ne sommes pas chinois. Mais ce n'est pas nécessaire. Il nous suffit de passer d'un véhicule à un bâtiment, ou de faire cinquante mètres dans la rue sans que tous les Chinois à la ronde nous mitraillent avec leur téléphone ou appellent leurs mères.

– Très bien, dit Ivanov. Très bien. »

Sokolov décida de passer sous silence son autre observation, à savoir que la seule autre catégorie de personnes qui passait complètement inaperçue, c'étaient les mendiants étendus par terre de tout leur long dans les zones piétonnes noires de monde.

« Nous allons faire un plan. Un seul plan. Et il va fonctionner. »

Nous ne parlerons plus de plan B.

« Oui, monsieur.

– Faites venir les autres. Nous allons discuter des préparatifs pour demain. »

Tous – les fondateurs, les cadres sup, les ingénieurs, les créatifs, les chercheurs en Trucs bizarres –, tous s'efforçaient de réfléchir aux problèmes à long terme que posait la G2R : la Guerre de réalignement. Pas de doute, à court terme, T'Rain gagnait de l'argent grâce à la G2R, mais la question qui les mettait à la torture, c'était de savoir si cela allait durer. Parce qu'ils gagnaient de l'argent *avant*, quand l'histoire de l'Univers avait réellement *un sens*. À présent, il avait mué en quelque chose qui semblait dépourvu du récit englobant, cohérent, que Skeletor ou D2 avaient été engagés pour créer.

Toutes leurs réunions depuis le début de la G2R tournaient en rond et n'aboutissaient à rien, encore plus que les réunions en général. Elles se résumaient en grande partie à des spéculations oiseuses sur les états et processus mentaux de Devin Skraelin. Pouvait-on vraiment lui mettre la G2R sur le dos ? En supposant qu'ils puissent prouver qu'il avait orchestré toute la chose, devaient-ils l'accuser de rupture de contrat ? Ou juste s'appuyer sur lui pour qu'il corrige le problème ? Auquel cas Skeletor n'aurait réussi qu'à augmenter son volume d'affaires. Ou bien Devin était-il impuissant face à l'affrontement de forces historico-culturelles qui dépassaient son entendement ? Auquel cas devraient-ils le virer pour embaucher un jeune auteur ambitieux, enthousiaste et parfaitement qualifié, parmi les milliers qu'ils étaient à attendre l'occasion de prendre sa place ?

Ces réunions commençaient généralement par des présentations PowerPoint pleines d'assurance et déviaient peu à peu sur des aphorismes quasi philosophiques en langage managérial ; de plus en plus, les yeux se tournaient alors vers Richard, comme pour dire : *Ô pitié, aidez-nous !* Car la Corporation 9592, au fond, ne *fabriquait rien*, à l'inverse d'une aciérie, par exemple. Et elle ne *vendait* même *rien*, à l'inverse d'une entreprise comme, mettons, Amazon. Elle ne tirait ses fonds que du désir des joueurs de posséder des biens virtuels qui donneraient du prestige à leurs personnages fictifs lorsqu'ils se déplaceraient dans T'Rain, qu'ils jouent un rôle majeur ou mineur dans une histoire. Et ils soupçonnaient tous, même s'ils ne pouvaient pas le prouver, qu'une bonne histoire était aussi essentielle à leur business que, mettons, un haut-fourneau à une aciérie. Mais on pouvait coller un casque de chantier blanc sur la tête d'un investisseur et l'emmener à l'usine pour le laisser vérifier que le haut-fourneau était toujours là. Tandis qu'un monde imaginaire était – eh bien – un monde imaginaire. Cela n'avait pas empêché un grand nombre d'investisseurs de confier la valeur de plusieurs aciéries au conseil d'administration de la Corporation 9592 et au P-DG qu'ils avaient engagé pour superviser l'entreprise. Et en temps normal, la boîte rapportait de l'argent et tout le monde était content, sans doute parce qu'ils ne pensaient pas à cette encombrante dimension imaginaire de la chose. Mais à présent, ils y pensaient très fort, et plus ils y pensaient, plus ils étaient troublés. La Corporation 9592 semblait en train de subir une rétroversion ontogénétique au statut de start-up, ou quelque chose comme ça. Richard était le seul lien qui les rattachait encore à cette phase de l'existence de la compagnie, le seul à pouvoir réfléchir de façon opérationnelle dans un tel environnement. Le chien enragé qu'ils gardaient dans la cave. La plupart du temps.

Quoi qu'il en soit, Richard se trouvait à présent dans un avion qui survolait l'Est du Montana. Pluto était assis de l'autre côté de l'allée centrale dans un siège en sens contraire à celui du vol ; il contemplait les contreforts orientaux des Rocheuses comme un plombier qui regarde par un trou dans un mur. Ce n'était pas que Pluto puisse être d'un grand secours pour les questions de narration. Mais cela rassurait Richard d'avoir un dieu de l'Olympe à ses côtés dans l'avion. Par sa simple présence, Pluto rappelait qu'il existait malgré tout des principes encore plus fondamentaux que le boulot de Devin Skraelin. Pluto avait tendance à considérer toute la Dynamique narrative comme de simples excroissances bénignes sur son œuvre, un peu comme les bactéries présentes sur les météorites martiennes. Et effectivement, Richard supposait que, si on en arrivait là, Pluto serait capable de déclencher une catastrophe planétaire qui éradiquerait toute vie et toute histoire de la surface de T'Rain, et de tout recommencer. Mais il aurait du mal à faire passer la pilule auprès du conseil d'administration.

Assez rêvassé. Il se força à baisser de nouveau les yeux sur le roman de Devin Kraelin ouvert sur ses genoux.

> Réduit à une périlleuse fragilité par les flammes voraces, le pont-levis était agité de violentes secousses sous le poids de l'énorme Kar'doq. Ses serres transperçaient le bois carbonisé des poutres défaillantes comme des clous dans du fromage. Regardant vers le bas à travers un nuage de fumée tourbillonnant, teint de toutes les couleurs criardes de la soie al'kazienne par les langues multicolores du feu surnaturel qui s'élevaient tout autour, il retroussa ses fines babines, exposant un rictus argenté de crocs acérés qui se livraient à un babil sans queue ni tête. Suffoqué par la chaleur, qui attaquait sa chair comme celle d'une forge, Lord Kandador – sachant que ses gardes loyaux souffraient un martyre encore plus terrible, mais sachant aussi qu'ils iraient à la mort avant de trahir même la plus petite ombre de peur – donna l'ordre de se replier. L'ordre avait à peine quitté sa gorge desséchée que son jeune héraut, Galtimorn, porta le rutilant cor d'Iphtar à ses lèvres gercées et sanguinolentes et commença à sonner le tocsin mélancolique de la retraite. Quelques notes s'élevèrent au-dessus du fracas de la bataille, puis faiblirent, et Lord Kandador vit Galtimorn s'effondrer sur les plantes fumantes comme une marionnette dont on a coupé les fils, une épaisse flèche noire dépassant, obscène, de sa poitrine. Les hommes et les femmes de sa garde avaient-ils entendu le signal ? Un recul soudain, ressenti plutôt que vu, suggérait que oui. Transférant le poids de son épée double dans sa main droite, Kandador se pencha et, d'un seul geste puissant, hissa le jeune héraut blessé sur son dos. « Au château ! » cria-t-il ; et, se tournant vers un fantôme qui était soudain apparu dans le coin de son œil, il sépara la tête bestiale d'un Wraq de son cou caoutchouteux d'une pichenette apparemment désinvolte de sa lame affamée.

Cela (le volume 11 des *Origines de T'Rain : Chroniques des ruptures – Les Magies oubliées*) et les nombreux volumes semblables devaient être compris comme la mise en œuvre par Devin d'une mythologie générale de l'Univers qui avait été dessinée sur une serviette en papier par Don Donald après un déjeuner bien arrosé qui avait duré cinq heures, avec Richard et Pluto, dans les temps reculés que Richard considérait maintenant comme la belle époque de la compagnie.

Le plan, à la base, c'était simplement que Richard et D2 apprennent à se connaître. Les réunions sérieuses viendraient plus tard. Mais D2 était passé de 0 à 1 000 km/h en deux pintes. Richard aurait dû le prévoir. Il n'avait pas idée, à cette époque, de la façon de travailler de types comme Don Donald et Devin Skraelin. Il les avait imaginés un peu comme des ingénieurs : sans doute fallait-il faire un tas de réunions avec eux et leur expliquer le problème avec des présentations PowerPoint, et expédier les réunions de cadrage et les bordels administratifs avant qu'ils se mettent à exercer leur métier proprement dit.

Richard était passé prendre Don Donald à Sea-Tac et l'avait conduit à son motel dans le centre, supposant qu'il voudrait s'isoler pendant au moins une journée pour, entre autres, récupérer du *jet lag* mais, finalement, il avait laissé sa Land Cruiser au voiturier et était rentré dans l'hôtel-restaurant avec son invité pour « casser la croûte » ; une fois que D2 avait remarqué la rangée de tireuses à bière qui dépassaient du bar, la « croûte » s'était améliorée en « pinte », pendant laquelle Richard avait plus ou moins expliqué le postulat de départ du jeu. Ce qui avait conduit à une seconde pinte, pendant laquelle Don Donald, qui ne montrait aucun signe ni de *jet lag* ni d'ivresse, avait réussi à accrocher la cible, ce qu'il avait identifié comme la question principale, à savoir le code avec lequel Pluto générait du terrain, et s'était plongé si profondément dans ce sujet que Richard avait été contraint d'appeler Pluto et finalement d'envoyer un taxi le chercher. La pinte n° 3 fut consacrée entièrement à faire connaissance avec Pluto (qui buvait un club soda). Après une pause pour une expédition à ce que D2 identifia comme « les W-C – c'est une abréviation de "water-closet" –, *les toilettes*, si vous préférez », il consacra les pintes n° 4 et 5 à dégorger tout un schéma cosmogonique qu'il venait d'inventer, à moins qu'il ne l'ait trimballé dans sa poche arrière au cas où quelqu'un lui en demanderait un.

Pendant la première partie de cet exploit, Richard, un peu embrouillé, s'imagina, à tort, qu'il écoutait l'intrigue d'un livre que D2 avait déjà écrit. Mais le Don continuait de développer des détails qu'il venait d'apprendre dix minutes plus tôt au sujet de T'Rain, et Richard, tardivement, dut se rendre à la stupéfiante évidence : D2 inventait tout cela au fur et à mesure. Il était *en train* de le faire. *Maintenant*. À 12 h 38, il attendait dans la queue à Sea-Tac pour que la sécurité nationale lui examine la rétine, et, à 14 h 24, il éclusait des pintes dans l'hôtel-restaurant et faisait son boulot. Le boulot pour lequel il l'avait payé. Ou plutôt le boulot pour lequel ils lui *proposaient* de le payer, vu qu'aucun accord écrit n'avait encore été signé.

Donald Cameron était une espèce d'achat tout-en-un, car il fournissait l'exégèse critique de son propre travail alors même qu'il en faisait profiter tout le monde autour de lui. « Vous aurez noté que de nombreuses œuvres de littérature fantasy, si ce n'est la plupart, tournent autour d'objets physiques, généralement anciens, dotés d'un pouvoir numineux. Les anneaux des œuvres de Tolkien sont l'exemple le plus célèbre. »

Richard, dissimulant son visage derrière sa pinte pour un instant, fit une supposition plausible sur le sens du mot « numineux » et approuva d'un hochement de tête.

« Il y a presque toujours un lien chtonien. L'objet doté d'un pouvoir numineux est souvent d'origine minérale : de l'or, éventuellement extrait d'un gisement spécial, ou un joyau d'une rareté extraordinaire, ou encore une épée forgée dans une étoile filante. Je décris simplement, ajouta D2 avec une chiquenaude, la littérature de gare. Mais l'immense popularité de, mettons, un Devin Skraelin atteste de la puissance de ces motifs quand il s'agit de captiver l'attention des lecteurs, au niveau du cerveau reptilien, même lorsque le télencéphale s'en lasse.

– C'est qui, ou quoi, Devin Skraelin ?

– Un collègue qui se distingue par la simple prolixité de ce que vos amis *nerds* appellent *sa production.* »

Richard baissa les yeux sur sa pinte et fit tourner doucement le verre entre les paumes de ses mains, se demandant quelle quantité de texte devait écrire un individu pour être taxé, par Donald Cameron, entre tous, de prolifique.

« Vous disiez quelque chose sur l'origine minérale, intervint Pluto, démotivé et peut-être même un peu offensé par la digression.

– Oui, effectivement. J'ose dire qu'il s'agit d'un archétype. » Il fit une pause pour avaler une gorgée. « On peut seulement spéculer sur ses origines. Pourquoi le serpent est-il un archétype ? Parce que des serpents ont mordu nos ancêtres pendant des millions d'années : assez longtemps pour que la peur que nous en avons soit enracinée dans notre tronc cérébral par le processus de sélection naturelle. » Une autre gorgée. Puis un haussement d'épaules. « Les hominidés faisaient des outils en pierre bien avant l'apparition de l'*Homo sapiens.* Ils ont dû remarquer que certains types de pierre faisaient de meilleurs outils que d'autres.

– Le granit ne se coupe pas comme il faut, concéda Pluto. La taille du grain est...

– Même les troglodytes ont dû remarquer que certains éclats de pierre faisaient des armes merveilleusement efficaces.

– *En particulier* les troglodytes !

– Pour eux, ça devait être une observation banale du monde naturel, loin d'être aussi ancienne que "les serpents sont dangereux", mais *suffisamment* ancienne pour jouer un certain rôle dans le processus de sélection naturelle qui a conduit au développement de la conscience humaine. De la culture. Et de la littérature, au sens large. »

Richard était plus que content de les écouter. C'était la réunion d'affaires la plus bizarre de sa carrière, même selon une définition très souple du mot « affaires », et il comprenait que c'était une bonne chose.

« Ce qui compte, dit Don Donald, c'est que ça *marche*. Si vous mettez une pierre magique dans une histoire, ça harponne le lecteur. Ça peut être fait sans vergogne, ou avec plus ou moins d'habileté, selon les goûts et le talent de l'auteur. Je dois dire que Tolkien est parvenu à un bon équilibre en plaquant dessus une histoire de bien et de mal. L'objet minéral numineux est maintenant aussi une *technologie* ; il a été imprégné de puissance par une volonté consciente qui possède une certaine magie secrète. Il ne peut être défait qu'en l'exposant à un certain processus géologique qui, par sa nature géologique, précède et l'emporte sur toute œuvre de culture. »

De toute évidence, Don Donald avait l'habitude de s'adresser à des gens dont la seule réaction était de hocher la tête avec admiration et de prendre des notes. En d'autres termes, il ne laissait pas beaucoup de blancs dans son exposé pour permettre la discussion. Pour l'instant, cela ne posait pas problème, car cela laissait tout loisir à Richard de boire en paix.

« Si j'ai compris correctement votre compagnie et sa technologie, vous possédez une maîtrise des fondements géologiques de votre Univers qui excède largement celle de toute la concurrence. L'étape naturelle et évidente, dans ce cas, semble être de capitaliser là-dessus en créant, ou en offrant, un équipement permettant de créer des objets numineux d'origine minérale.

– Des ONOMs », dit Pluto.

D2 eut l'air déconcerté jusqu'à ce qu'il comprenne.

Richard intervint : « Chez les geeks, le fait que l'acronyme ait une sonorité cool est plus important que l'existence de ce à quoi il se réfère.

– Je pourrais donc être utile en érigeant une histoire – heu – culturelle à partir de ces fondations géologiques. La culture comporterait des artisans, des métallurgistes, des gemmologues, et ainsi de suite, qui créeraient les – heu – ONOMs qui seraient certainement d'une importance capitale pour le jeu.

– Je pensais à la formation de la Lune, intervint Pluto.

– Pluto, vous voulez bien développer ça, on n'a pas compris, dit Richard.

– Il existe une théorie selon laquelle la Lune a été créée lorsque la Terre naissante a été heurtée par un corps énorme, presque de la taille d'une planète. On ne sait pas où est allée cette chose. »

Il haussa les épaules. « C'est un peu bizarre. On pourrait penser que si on se faisait heurter par un truc assez gros pour détacher la Lune, le truc ne disparaîtrait pas comme ça, il se trouverait quelque part dans l'orbite du Soleil. Mais je me disais : et s'il était retombé sur la Terre par la suite et s'était fondu avec elle ?

– Eh bien ? demanda Richard.

– Ce serait une situation très curieuse », dit Pluto.

Il désigna le ciel par la vitre du restaurant. « Un morceau de la Terre se trouve dans le ciel. Scindé. Séparé pour toujours. Pour ne jamais revenir. » Puis il baissa le bras et désigna le sol. « Tandis qu'à l'intérieur de la Terre se trouve une matière étrangère. Une matière qui ne lui appartient pas. Le résidu de la chose qui nous a heurtés et a scindé le monde. »

Richard avait craint que D2 ne trouve Pluto incompréhensible et que tout l'entretien ne soit qu'une longue série de faux pas éprouvants. Mais, peut-être parce que, à Cambridge, il partageait sa vie et ses repas avec des *nerds* de première division, Campbell semblait parfaitement à l'aise avec le démiurge hirsute de l'Alaska. Soit il était fasciné par l'idée de Pluto, soit il témoignait d'un effort louable pour feindre la fascination, et, l'un dans l'autre, ça ne changeait pas grand-chose. « Vous pensez donc que ce planétésimal étranger demeure intact, caché sous la surface ?

– Très profondément, il est possible qu'un gros morceau reste intact, mais une partie a dû être fondue et emportée par les flux de magma. Mais pas dissoute. Elle se manifesterait à la surface de T'Rain sous forme de gisements de métaux spéciaux, ou quelque chose dans le genre.

– Bien sûr ! Et les cultures qui apparaîtraient à la surface de la planète, ignorant tout de l'histoire géologique, en viendraient à reconnaître les propriétés spéciales de ces métaux, quels qu'ils soient.

– Si la physique du planétésimal était différente, par exemple parce qu'il est venu d'un autre univers à travers une faille spatio-temporelle ou un truc comme ça, ça fournirait une base pour ce que nous appelons leurs "propriétés magiques", et les métallurgistes ou autres qui apprendraient comment l'exploiter deviendraient des alchimistes, des faiseurs de potions, des sorciers...

– Et ils s'emploieraient à fabriquer des quantités d'ONOMs », intervint Richard au cas où ils auraient perdu cet élément de vue.

Car il avait joué à suffisamment de jeux pour savoir que les ONOMs équivalaient à une propriété virtuelle de grande valeur correspondant à des entrées d'argent pour la Corporation 9592. « Je crois que mon travail ici est terminé, dit-il, utilisant pour se lever un expédient d'ivrogne, toujours prudent, consistant à s'appuyer contre un mur en dépliant ses jambes. Je vais vous laisser mettre au point les détails. »

La survie et la prospérité futures de la compagnie furent assurées, et ce n'était pas la première fois, par la mémoire de Pluto. Après s'être entretenu avec D2 pendant encore deux heures, il rentra chez lui et enregistra tout dans un document Emacs intitulé « it.txt », qui fut plus tard métamorphosé en « it.docx », et fonda ainsi une lignée de documents et de pages wiki plus discursives, ainsi qu'un projet, puis un département qui s'appelaient tous « it », jusqu'à ce que l'une des manageuses professionnelles qui avaient commencé à infiltrer la compagnie sourcille et que le tout doive être rebaptisé « Dynamique narrative ». La première initiative de poids dudit département fut d'engager Devin Skraelin.

Le sens général de « it », Richard ne le découvrit que bien plus tard (il avait pour règle de déléguer les responsabilités à des gens qui les voulaient vraiment), c'était que la biosphère de T'Rain comportait deux types distincts d'ADN, l'un fait exclusivement d'éléments provenant de T'Rain, et l'autre amalgamé avec des quantités infinitésimales de matière du planétésimal avalé, ce qui lui conférait par conséquent une dimension magique, sachant que la magie était désormais une construction sociale inventée par les races sensibles de T'Rain pour expliquer la physique différente gouvernant les atomes venus d'ailleurs. Certaines espèces étaient constituées uniquement d'ADN terrestre, d'autres étaient hybridées avec une petite quantité de matière venue d'ailleurs, et certaines, très rares, étaient constituées à 100 % d'éléments alien et possédaient par conséquent des qualités angéliques/démoniaques/divines ; mais elles avaient du mal à se reproduire car il était difficile de rassembler une biomasse suffisante de particules adéquates.

Bien sûr, c'était beaucoup plus compliqué que ce résumé ne semble le dire ; et il fallut rapidement dessiner des tables et des diagrammes arborescents afin d'en suivre l'évolution, mais c'était l'idée générale de it.docx ; celle que, dans son incarnation finale en neuf points sept mégabytes, ils avaient confiée à Devin lorsqu'ils avaient fait de lui le premier, et le dernier, écrivain en résidence.

« Comment va Zula ? » demanda Richard, essayant d'engager la conversation avec Pluto. Ils survolaient les Grandes Plaines à présent, et son compagnon de voyage avait sans doute moins à regarder.

« Je ne l'ai pas vue depuis quelques jours », dit Pluto sans quitter le hublot des yeux. Peut-être son attention avait-elle été attirée par les méandres de la rivière Platte.

Donc cette entrée en matière avait échoué. Richard réfléchit à ses options. D'aucuns auraient cherché à s'attendrir sur le bon vieux temps, mais ce qu'il y avait de bien quand on voyageait avec Pluto, c'est qu'il ne se souciait de vous que dans la mesure où vous l'intéressiez *maintenant*. Il ne vous laissait pas vous endormir. Aucun aspect de la relation ne pouvait être contrefait puisqu'elle devait se renouveler continuellement.

« Je veux dire, comment elle s'en sort dans le boulot ?

– Aussi bien que possible, étant donné la nature du problème », dit Pluto, jetant finalement un coup d'œil à Richard l'espace d'une fraction de seconde.

Pendant la phase titanesque du développement du jeu, lorsqu'ils établissaient d'énormes portions de l'univers et de l'histoire d'un jour à l'autre, Richard avait harcelé Pluto, durement, pour qu'il leur livre du matériel avant même qu'il soit « prêt », ce qui, pour Pluto, signifiait que chaque millimètre cube de matière solide dans l'univers devait posséder un historique détaillé remontant à quatre milliards et demi d'années. Le zèle de Pluto sur ce point et sur d'autres était devenu un goulot d'étranglement qui retardait des apports d'autres contributeurs valant plusieurs millions de dollars. Richard avait exigé que Pluto fournisse des cartes stipulant arbitrairement l'emplacement de certaines veines de minerai et dépôts de pierres précieuses. Lors d'une réunion qui avait duré treize heures – ce souvenir faisait encore courir des frissons d'horreur dans l'échine de Pluto –, Richard, devant un tableau blanc, avait dessiné des cartes de dépôts de minerai à la main. Des photos du tableau avaient ensuite été utilisées pour générer les véritables cartes qui seraient employées dans le jeu. Depuis lors, Pluto avait effectué une grande partie de son travail dans une discipline nouvellement créée, la Tectonique téléologique : il partait des cartes de Richard puis appliquait les simulations de tectonique et de flux de magma *en commençant par la fin*, de façon que tout puisse être réuni dans un récit des flux de magma qui concorde avec la logique de Pluto. Ce projet s'était poursuivi en coulisse pendant plusieurs années et n'était arrivé que récemment à un point où l'on pouvait lui assigner d'importantes ressources informatiques. Ce job était revenu à Zula. « La nature du problème » était une manière pour Pluto de rappeler avec humeur à Richard que c'était lui qui était à l'origine du problème en question.

« Comment se présente la File d'intervention divine ? » dit Richard, essayant une autre approche.

Car il y avait des limites à ce que pouvait accomplir la Tectonique téléologique. Ils avaient découvert un grand nombre de conflits insolubles entre ce qui, selon les simulations, devait absolument exister quelque part et ce qui était déjà présent dans T'Rain. Ces hiatus allaient bien devoir être réglés par des actes d'intervention divine. En soi, ce n'était pas un problème. De nombreuses divinités existaient dans T'Rain. Mais même la plus folle des divinités ne s'amusait pas à altérer le relief sans raison, et le job de Zula consistait en partie à faire la liaison entre le département de la Tectonique téléologique et celui de la Dynamique narrative, persuadant en douceur ce dernier d'inventer des scénarios pour expliquer que tel ou tel dieu avait décidé de déplacer un volcan à cinq kilomètres au sud-sud-est, ou de transformer une veine de cuivre en calcaire.

« Tu connais l'URL », observa Pluto, évoquant le lien sur lequel Richard n'avait qu'à cliquer s'il désirait inspecter la File d'intervention divine par lui-même.

Pluto semblait d'une humeur particulièrement exécrable, aussi Richard demanda-t-il un autre plateau de sushis à l'hôtesse et se mit-il à regarder par le hublot. Le ciel était clair aujourd'hui. Ils étaient juste au-dessus du territoire au quadrillage régulier, à présent. De là – le Nebraska, supposait-il –, le quadrillage continuerait vers l'est jusqu'à se cogner contre et se décharger dans les griffures plus fines des conurbations industrielles des Grands Lacs : des endroits où les ancêtres de Richard ne s'étaient jamais rendus, sinon comme mendiants ou comme conquérants. Mais avant d'y arriver, le jet plongerait dans une atmosphère plus épaisse et se dirigerait vers le Royaume de K'Shetriae.

Parfois, il utilisait le FBO, le terminal de jets privés, à Omaha, et faisait en voiture le trajet jusqu'au Possum Walk Trailer Park, à environ deux heures. Aujourd'hui, cependant, ils étaient pressés par le temps et ils atterrirent dans un petit aéroport régional à une trentaine de minutes de leur destination.

Richard était oppressé par le désir de sortir de l'aéroport pour prendre la route. Dans un grand complexe comme Omaha, ils auraient pu se glisser hors du FBO et se mêler rapidement à la foule, mais, ici, l'arrivée d'un jet privé était un événement, et tout le monde sur les lieux était au courant. Rien qu'à l'intérieur de la petite salle d'attente des pilotes, dans le terminal, un plateau de carrés Rice Krispies avait été installé à leur intention. Richard en fourra machinalement un dans sa bouche pendant qu'ils attendaient leur véhicule. Peu après, un jeune homme très poli du nom de Dale vint les chercher et les guida sur un itinéraire d'une complexité comique qui contournait l'aéroport jusqu'au parking de la société de location de voitures. Dale émit la supposition qu'ils étaient venus rendre visite à « M. Skraelin », et Richard confirma. Dale complimenta longuement Richard sur le succès et la qualité hautement divertissante de son jeu, et, s'échauffant au fur et à mesure, lui raconta quelques trucs sur son commando, une bande de jeunes du coin qui étaient allés au lycée ensemble et passaient maintenant tous leurs vendredis soir les uns chez les autres, dans des sous-sols, à mener des expéditions sanguinaires contre la Coalition des couleurs terre, que Dale haïssait tellement qu'il semblait presque vexé de devoir se donner la peine de les tuer. Presque tous les personnages des amis de Dale appartenaient à l'espèce var'.

Richard ne se serait pas risqué à tirer des conclusions pratiques de cette rencontre de hasard. La Corporation 9592 possédait tout un département de statisticiens surdiplômés qui géraient un code base surveillant un million de Dale par seconde, qu'ils analysaient de toutes les manières possibles. Toute information qui ressortirait de cette conversation embryonnaire avec Dale serait écoutée, poliment, mais d'une oreille incrédule, puis classée comme « anecdotique » et oubliée. Mais Richard ne pouvait pas s'en empêcher. À l'inverse des K'Shetriae, qui étaient *grosso modo* des elfes, et des Dwinn, qui étaient *grosso modo* des nains, les Var' n'avaient pas d'antécédents détectables dans le folklore, sauf si l'on considérait que les groupes de consommateurs *nerds* faisaient partie du folklore. Ils étaient primitifs sur le plan technologique, mais capables de canaliser les forces météorologiques : ils pouvaient, par exemple, lancer des éclairs contre leurs ennemis, mais seulement pendant les orages, ou les geler à mort, mais seulement pendant un blizzard. Parfait pour les gens du Midwest. Tout comme ces républicains ou ces démocrates qui passent tant de temps à frayer avec des membres de leur parti qu'ils ne parviennent pas à croire qu'un individu sain d'esprit puisse appartenir à la faction adverse, Dale était un inconditionnel des Forces des couleurs vives. En tant que tel, il illustrait une tendance qui avait été analysée jusqu'à l'épuisement par les démographes. La Coalition des couleurs terre était composée à 99 % d'Anthrons, de K'Shetriae et de Dwinn : les races *old school* dérivées des œuvres de Tolkien et de sa légion d'imitateurs. Les joueurs qui optaient pour les races ultramodernes telles que les Var', à l'inverse, rejoignaient généralement les Forces des couleurs vives.

Il était en train d'élaborer une théorie selon laquelle tout cela était lié aux carrés Rice Krispies.

Soyez indulgentes, dit-il (pas à haute voix, bien sûr), montrant ses paumes ouvertes aux Muses furieuses. *Écoutez-moi plutôt.*

Ayant vécu pendant plusieurs dizaines d'années dans des régions des États-Unis et du Canada où la cuisine était prise très au sérieux, et ayant d'ailleurs déjà employé des chefs professionnels, il était fasciné par un phénomène typique du Midwest et du centre des États-Unis : la cuisine recombinante. Les carrés Rice Krispies en étaient le prototype même, puisqu'ils étaient fabriqués en reconvertissant des aliments *qui avaient déjà été préparés* (à savoir des céréales soufflées et des marshmallows). Et bien sûr, toute recette qui demandait une boîte de soupe aux champignons tombait dans la même catégorie. Le principe unificateur de toute la cuisine recombinante semblait être l'indifférence, si ce n'est l'hostilité franche, à l'égard de toute chose qu'un gourmet des deux côtes aurait définie comme un *ingrédient*. Était-ce trop tiré par les cheveux que de penser que le rejet, par tous les Dale du monde, des races traditionnelles de l'univers de l'heroic fantasy telles que les elfes et les nains était motivé par le même mystérieux *mojo* culturel, profondément enraciné, qui les poussait à rejeter les oignons et le sel au profit du sel à l'oignon ?

Le phénomène de la nourriture recombinante était une déclaration de faillite mentale dans la complexité de la culture matérielle moderne. De même, Dale et ses amis, qui vivaient dans un monde où les bibliothèques étaient déjà bourrées de milliers de romans défraîchis que plus personne ne lirait jamais, où n'importe quel programme de télévision ou film jamais tourné pouvait être téléchargé et visionné à l'envi, n'avaient tout bonnement pas assez de bande passante pour absorber une grande quantité de détails historiques sur des races fictives habitant une planète imaginaire. Tout ce qui les intéressait, c'était la castagne.

Quoi qu'il en soit, Dale les déposa à leur voiture de location, non sans avoir soutiré à Richard quelques tuyaux sur les dernières nouvelles des Contreforts de Torgai. Le climat de cette région pouvait être extrême, ce qui était une bonne chose pour les commandos var', et le groupe de Dale stationnait sur un rocher venteux et organisait des raids contre les flibustiers qui attaquaient les porteurs de rançons. Richard concéda que « rien ne dure éternellement » et que « la situation était fluide » avant de lui serrer la main, de le remercier et de refermer la portière du véhicule.

Le panneau le plus grand et le plus neuf de la route d'accès à l'aéroport montrait une énorme image d'un elfe aux cheveux bleus et disait « ROYAUME K'SHETRIAE » en majuscules de trois mètres de haut. Plus loin, par chance, les bordures de routes étaient dépourvues d'allusions à la pagaille de T'Rain, jusqu'à ce qu'ils fussent en vue du parc à thèmes lui-même. Tirant parti du plan numérique sur le GPS de la voiture, Richard bifurqua sur une petite route environ huit cents mètres avant l'entrée principale et évita ainsi le complexe ; il venait de se rappeler que le parc comprenait des reliefs en fibre de verre – des montagnes avec de la neige peinte au sommet, constellées de coquets temples K'Shetriae – qui ne seraient certainement pas acceptables pour Pluto, et il n'avait pas envie de perdre sa journée sur ce sujet. Le GPS devint presque aussi récalcitrant, cependant, face au changement de direction non autorisé de Richard, jusqu'à ce qu'ils dépassent enfin un certain seuil cybernétique invisible entre deux façons possibles de se rendre à leur destination : le petit appareil capricieux changea alors d'idée et se mit à lui indiquer calmement la direction comme si l'idée venait de lui depuis le départ.

Un bout de ligne droite sur une nationale goudronnée les amena à la porte du Possum Walk Trailer Park, qui avait été rénové et relié à un système de sécurité électronique. Si puéril que soit ce sentiment, Richard ne put s'empêcher d'être fâché de se faire interroger par une boîte électronique au bout d'un tuyau. Il était venu dans cet endroit des années plus tôt, lorsqu'il puait encore les usines de métamphétamines explosées et les auges à cochons. À l'époque, Devin n'était qu'un locataire, qui vivait dans un mobile home vieux de 30 ans qui gémissait sous son poids à chaque fois qu'il prenait la peine de se lever et de remuer un peu. Bien sûr, cela faisait maintenant longtemps qu'il avait racheté toute la propriété, ainsi que plusieurs parcelles adjacentes, et expulsé ses anciens voisins avant de vendre leurs mobile homes sur eBay. Son mobile home d'origine se tenait là tout seul, hybride bizarre entre *La Petite Maison dans la prairie* et *Les Raisins de la colère.* Un toit en acier préfabriqué avait été érigé au-dessus pour le protéger contre la fureur des éléments. Plus loin de la route, on avait coulé des massifs en béton et construit des bâtiments en acier pour former une enceinte en forme de U qui comprenait le petit édifice isolé, guère différent d'un mobile home par sa taille et sa disposition, où Devin vivait et travaillait. La raison d'être du U était d'abriter ses avocats, comptables, gestionnaires et romanciers sous-traitants.

Le portail s'écarta avec un bourdonnement. Tandis que Richard entrait, le GPS annonça : « Vous êtes arrivé ! » Lorsqu'il dépassa au ralenti le vieux mobile home, Richard regarda la porte d'entrée pendant quelques instants, s'autorisant à redevenir le type qui, plusieurs années plus tôt, avait monté ces marches en bois pourri pour aller offrir un boulot à Devin. Puis il se secoua et tourna son attention vers une femme qui sortait de l'extrémité la plus proche du U. Elle luttait contre l'embonpoint, et était vêtue et coiffée d'une façon qui, dans les rues de Seattle, aurait constitué une preuve incontestable de saphisme. Mais Richard savait qu'il devait se méfier de ce genre de préjugés dans la région. Tandis qu'il se garait sur une des quelque sept mille places disponibles, elle s'approcha du côté conducteur de la voiture et se mit à lui faire de drôles de grimaces par la vitre. Richard se prépara vaillamment à accueillir de mauvaises nouvelles.

« Bonjour, monsieur Forthrast. Je m'appelle Wendy.

– Enchanté, Wendy. »

Jusqu'à deux ou trois ans plus tôt, il aurait rituellement pris la peine d'insister pour qu'elle l'appelle Richard. Mais le fait est qu'il était venu de Seattle en jet privé tandis qu'elle était arrivée dans sa Subaru.

« Il vient d'entrer en *flow* il y a environ quinze minutes, s'excusa-t-elle. Voulez-vous entrer vous mettre à l'aise ? »

La première de ces phrases signifiait que, selon les capteurs biométriques placés sur le corps de Devin, il venait d'entrer dans un état que les psychologues nomment « le *flow* », ou flux, et qu'on ne devait pas le déranger avant qu'il n'en émerge de son plein gré.

La seconde de ces phrases signifiait se mettre à table et manger. Comme Richard ne le savait que trop bien, il y avait une salle d'attente pleine de saladiers de Chex Party Mix et de barres énergétiques recombinées, et le long des murs des frigos bourrés de sodas, ainsi qu'un percolateur. Attendre dans cette salle en utilisant le wi-fi était un prélude inévitable à tout entretien avec Devin, qui avait l'étrange habitude de basculer en état de *flow* quelques minutes avant toute visite prévue. Afin de décourager les objections fatigantes et répétitives des visiteurs qui ne se contentaient pas de barres énergétiques et d'eau sucrée, l'équipe de Devin avait imprimé plusieurs exemplaires d'un tract, « FAQ sur l'état de *flow* », qu'ils avaient répartis parmi les provisions. Pluto, qui n'était jamais venu, en prit un et entra lui-même en état de *flow* en apprenant tout sur ce régime psycho-physiologique extraordinairement productif dans lequel tous les plus grands artistes et génies de l'histoire avaient créé le meilleur de leurs œuvres. Richard, qui avait eu plus d'une occasion de se familiariser avec le contenu du document, savait qu'il ne comportait en réalité qu'une seule phrase importante, celle qui disait que les interruptions étaient nuisibles à l'état de *flow* et qu'elles devaient être évitées à tout prix. C'était la manière la plus passive-agressive imaginable pour Devin Skraelin de faire savoir aux gens qu'il était occupé et qu'ils pouvaient aller se faire foutre.

Ayant déjà commis un péché impardonnable contre son corps en ingérant un carré Rice Krispies à l'aéroport, Richard se força à ignorer les friandises à portée de main. Il ouvrit son ordinateur portable et consulta ses mails.

• Pour ce qui était de T'Rain, il ne vit rien qui ne pouvait pas attendre. Tous les gens qui comptaient à la Corporation 9592 savaient ce qu'il était en train de faire et évitaient de le déranger.

• Il y avait une légère augmentation de la circulation sur son adresse e-mail du Schloss Hundschüttler. Le temps s'était réchauffé ces derniers jours, comme ils s'y attendaient, et le ski était devenu tout à fait impossible. Les prévisions à long terme étaient encore pires. Chet avait donc décidé que le Mois de Boue commencerait dans deux jours. C'était un break obligatoire de quatre semaines dans l'activité du Schloss : tous les employés étaient renvoyés dans leurs foyers et les lieux restaient vides.

• Frère John avait posté une mise à jour sur la dernière série de visites chez des spécialistes de Papa. Rien de très notable sur ce front.

Richard ferma son ordinateur portable. Il se pencha pour attraper l'un des tracts « FAQ sur l'état de *flow* » et le retourna pour regarder au verso, qui était vierge. Il prit un marqueur dans sa sacoche et se mit à écrire :

DEVIN
MAGNE-TOI PUTAIN

Puis il se leva, sortit de la salle d'attente et retraversa le parking ; il dépassa de nouveau le vieux mobile home et avança jusqu'au portail. Il pressa un bouton qui déclencha l'ouverture de la porte, sortit et alla se placer en face de la caméra vidéo qui filmait les voitures entrantes. Il tint le morceau de papier en vue de la caméra et compta jusqu'à 20. Puis il rentra et alla reprendre sa place dans la salle d'attente.

Cinq minutes plus tard, Wendy entra et annonça que Devin avait émergé de l'état de *flow* plus tôt que de coutume et qu'il les attendait.

« Je connais le chemin », dit Richard.

La pièce était dépourvue de fenêtres. D'un autre côté, si l'on voulait considérer des écrans plats géants comme des fenêtres sur d'autres mondes, c'était une serre. Au milieu était installé le vélo elliptique de Devin, ou plutôt l'un des innombrables tapis roulants, vélos elliptiques et autres gadgets du même style qui tournaient à mesure qu'il les détruisait ou s'en lassait. Une imposante structure articulée était fixée au plafond : un bras robotique industriel, qui pouvait être programmé de façon à se déplacer et à pivoter selon une multitude d'axes avec le silence d'une panthère et la précision d'un lanceur de couteaux. Il soutenait un autre immense écran plat et un support rattaché à une série de périphériques entrants : un clavier ergonomique, des trackballs et d'autres appareils dont Richard ignorait le nom. Devin, nu à l'exception d'un caleçon de sport portant le logo d'une de ses associations caritatives préférées, brassait de l'air avec ses jambes, qui appuyaient sur les pédales symétriques du vélo. Des courants d'air frais, invisibles, étaient projetés sur son corps par des ventilateurs high-tech parfaitement silencieux, ne parvenant pas tout à fait à dissiper la pellicule de transpiration qui faisait saillir sous sa peau toutes ses veines et tous ses tendons, ainsi que les tablettes de chocolat qui lui servaient d'abdominaux, comme si l'épiderme était tendu directement sur les nerfs et les os. Selon les statistiques du matin, son indice de masse corporelle avait atteint le chiffre stupéfiant de 4,5, ce qui le plaçait dans une situation de dette calorique massive qui, en théorie, devait repousser son espérance de vie à plus de 110 ans. Le léger dodelinement de sa tête et du haut de son corps était compensé par des mouvements identiques du bras articulé, qui employait une vision assistée par boucle de contrôle pour suivre ses gestes à l'aide d'une caméra et calculer le vecteur de translations et de rotations nécessaires pour que l'écran immense reste à exactement 57,2 centimètres de ses yeux, tout en permettant à ses doigts d'atteindre le clavier et les autres accessoires sans difficulté. Un casque sur mesure avec lunettes 3D rabattables (présentement relevées) et un micro lui permettaient de dicter des idées ou de répondre au téléphone, selon les besoins. Un harnais relevait son pouls et envoyait immédiatement une notification, si une onde T tressautait, à l'un des cardiologues postés dans une suite de bureaux à trois kilomètres de là. Un défibrillateur était pendu au mur, avec un voyant vert clignotant.

« Vous rigolez, avait un jour dit Richard à un collègue après qu'ils eurent visité son repaire, mais tout ce qu'il fait, c'est d'appliquer les principes du management scientifique à une unité de production (à savoir lui-même) qui génère des centaines de millions de dollars avec une marge de bénéfice astronomique. »

« Salut, Dodge ! » lança-t-il, à peine essoufflé. Le système était programmé pour que son pouls reste entre 75 et 80 % de son maximum recommandé ; il travaillait dur, mais ne suffoquait pas.

« Bonjour, Devin, dit Richard, qui regretta soudain d'avoir oublié de prendre un chapeau, car il faisait froid dans la pièce. Je suis désolé si notre visite te surprend.

– Pas de problème !

– J'avais pensé qu'avec ton équipe et tout ça, quelqu'un t'aurait mis au courant de l'heure du rendez-vous, dit-il à l'intention de la demi-douzaine de membres de l'équipe en question qui, inexplicablement, avaient rempli la pièce.

– T'en fais pas ! »

En plus, il avait l'air sincère. S'il était vrai que l'exercice faisait monter les niveaux d'endorphine, Devin devait vivre perpétuellement comme sous perfusion de Fentanyl.

« Tu te souviens de Pluto.

– Bien sûr ! Bonjour, Pluto.

– Bonjour, fit Pluto, qui semblait fâché d'être contraint de se plier à ce programme inepte de mondanités.

– On peut discuter ? demanda Richard.

– Bien sûr ! Qu'est-ce qui te tracasse ?

– *Toi et moi*, je veux dire.

– Nous sommes là tous les deux, Richard. »

Richard soutint son regard pendant quelques instants, puis tourna les yeux pour dévisager les autres. « Il ne s'agit pas de *matériel*. Devin et moi n'allons pas générer de *propriété intellectuelle*. Et il ne s'agit pas non plus d'une séance de brainstorming ou de mise au point stratégique au cours de laquelle nous aurons besoin d'idées et de suggestions de la part des individus extraordinairement intelligents et utiles qui sont payés pour en fournir. Cette conversation n'a pas besoin d'être archivée. » Richard vit les visages se décomposer à mesure qu'il énumérait sa liste. Finalement, il se retourna vers Devin. « Je t'attends au mobile home, en souvenir du bon vieux temps. »

Le mobile home était plus propre et, en même temps, encore plus bordélique que dans son souvenir. Quelqu'un avait attaqué toutes les surfaces à l'eau de Javel. L'espace ne contenait sans doute pas une seule fibre d'ADN intacte. Comme toujours, la technologie de l'information avait mal vieilli : la coquille plastique de l'écran à tubes cathodiques éléphantesque de Devin était de la couleur d'une algue morte. En revanche, il fallait le reconnaître, il avait installé une table d'un rouge gai dans la cuisine et trois chaises pour aller avec. Richard s'assit et regarda par la fenêtre tandis que Devin, vêtu maintenant d'un survêtement, traversait le terrain à grandes foulées, suivi par une file d'assistants survoltés. En queue de file venait Pluto, oublié et perplexe.

La mince carcasse d'elfe de Devin fit à peine frémir les escaliers mal construits. Il claqua la porte derrière lui, l'air agacé.

« Je suis désolé, dit Richard, mais il y a des trucs qu'il faut qu'on règle. »

Skeletor ne s'était pas attendu à ce que Richard entame la conversation par des excuses, et cela le coupa dans son élan. « La G2R, dit-il.

– Oui. Tu sais, la dernière fois que je suis venu, le lendemain de Thanksgiving, je me suis arrêté jouer dans un Hy-Vee sur la route du retour et j'ai vu des trucs qui m'ont paru bizarres sur le moment. Mais un mois plus tard, quand la G2R a commencé, je me suis rendu compte rétrospectivement que ce que j'avais vu, c'étaient seulement des manœuvres. La création d'une cinquième colonne. Des attaques tests contre les futures lignes de front de la Coalition des couleurs terre. Ce qui nous amène à la question suivante : si certaines personnes se préparaient pour la G2R *un* mois à l'avance, qui peut dire s'ils ne se préparaient pas *six* ou même *douze* mois à l'avance ? »

Devin haussa les épaules. « Ça me dépasse. » Pas la réponse la plus adroite, mais Richard fut déconcerté par sa sincérité. Il connaissait Devin depuis longtemps et pensait pouvoir déchiffrer assez justement son langage corporel.

Nouvelle approche. « Ce qui se passe, c'est qu'il n'y a pas une demi-heure, en sortant de l'aéroport avec Pluto, j'ai vu un immense panneau publicitaire pour le Royaume de K'Shetriae, avec le type aux cheveux bleus, et à la lumière de tout ce qui est en train d'arriver, je ne peux m'empêcher d'y voir des messages subliminaux.

– Des messages subliminaux ?

– Des signaux que ne peuvent distinguer que certains individus. Le bleu même de cette chevelure est un message direct aux Forces des couleurs vives. Quand les gens de la Coalition des couleurs terre voient ça, ils frémissent devant tant de mauvais goût et ils détournent les yeux, c'est tout. Mais ceux des Forces des couleurs vives y voient un point de ralliement.

– À mon avis, c'est juste qu'un humanoïde à cheveux bleus, ça attire l'œil. Or, c'est le principe même d'un panneau publicitaire. »

Richard ne pouvait guère le contredire sur ce point. Il se pencha en avant, posa les coudes sur le formica rouge de la table de la cuisine et coinça sa tête entre le bout de ses doigts. « Ce qui me dérange, c'est la dévalorisation. T'Rain, c'est une immense machine à tuer virtuelle. Des guerriers avec des haches d'abordage et des magiciens avec des boules de feu qui se livrent à une interminable série de duels à mort. Pas la véritable mort, bien sûr, puisqu'ils vont simplement dans les Limbes avant d'être ramenés à la vie. Mais quand même, le moteur qui fait fonctionner tout le système – et par là, je veux dire le moteur qui permet de générer des revenus –, c'est l'excitation et l'esprit de compétition qui émanent de ces confrontations *mano a mano*. C'est pour ça qu'on avait le combat du Bien contre le Mal. OK, ce n'était pas très original, mais au moins c'était une explication pour tous les conflits qui sous-tendent notre flux de revenus. Et à présent, à cause de la G2R, le Bien contre le Mal est remplacé par... quoi ? Les Primaires contre les Pastels ? »

Devin haussa de nouveau les épaules. « Ça a marché pour les Crips et les Bloods.

– Mais est-ce que c'est l'histoire que tu écris ?

– Elle est en tout point aussi bonne que ce que nous avions avant.

– Comment ça ?

– Ce qu'on avait avant, ce n'était pas réellement le Bien contre le Mal. C'était juste des noms accolés sur deux factions opposées.

– OK. Je reconnais que je me suis souvent fait cette réflexion.

– Les gens qui se disaient Mauvais ne faisaient pas vraiment d'actes mauvais, et les gens qui se disaient Bons n'étaient pas meilleurs. On ne peut pas dire que les Bons, par exemple, sacrifiaient des points dans le monde du jeu pour prendre le temps d'aider une petite vieille à traverser la rue.

– On ne leur a pas donné l'opportunité d'aider des petites vieilles à traverser la rue.

– Exactement, on leur a assigné certaines tâches ou quêtes qui portaient l'étiquette "Bien" ; mais, en dehors de la direction artistique, il n'y avait rien pour les distinguer des tâches "Mauvaises".

– Ainsi, la G2R, c'est nos clients qui dénoncent le côté bidon de notre stratégie de dénomination Bien/Mal, d'après toi.

– L'important, c'est surtout qu'ils trouvent quelque chose qui leur semble plus réel, plus viscéral.

– À savoir, au juste ?

– L'Autre.

– Répète-moi ça ?!

– Oh, allez, tu l'as fait toi-même quand tu as vu l'affiche à l'aéroport ! "Beurk ! Des cheveux bleus ! Quel manque de goût !" Quand tu as fait ça, tu as identifié, tu as catégorisé ce personnage comme appartenant à l'Autre. Et une fois que tu as fait ça, l'attaquer, l'assassiner devient plus facile. Peut-être même un besoin pressant.

– Ouah ! »

Richard était sérieusement déconcerté, car la Muse furieuse n° 5, une étudiante en troisième cycle de littérature comparée à l'université de Washington qui avait sué sang et eau dans les mines de sel créatives de la Corporation 9592 pendant un été, était tout juste capable de faire un paragraphe entier sans invoquer le grand A. Entendre ce mot de la bouche de Skeletor avait arraché Richard au présent de la conversation pour le laisser se demander s'il s'était endormi dans son jet et était simplement en train de rêver. Il se promit de chercher la MF n° 5 à la première occasion pour voir si elle était allée s'installer à Nodaway.

Richard s'était toujours contorsionné de malaise pendant les conversations sur le grand A, car il avait le sentiment diffus que certaines personnes s'en servaient comme d'une espèce de gaffeur intellectuel. Et pourtant, dès qu'il résistait un tant soit peu à ce concept, Richard se faisait accuser de classer systématiquement ceux-là même qui aimaient parler de l'Autre *dans la catégorie de* l'Autre.

Au final, en entendant l'invocation du grand A par Skeletor, Richard n'eut qu'une seule envie : mettre un point final à cette conversation.

Mais non. Il fallait penser aux actionnaires. À un certain niveau, il devait justifier d'avoir dépensé des tonnes de dollars de carburant rien que pour téléporter ses grosses fesses sur cette chaise de cuisine.

D'un côté, c'était stressant, c'était éprouvant, mais, de l'autre, il n'aurait pas pu être plus à l'aise. Richard connaissait quelques individus qui, comme lui, ne pouvaient tout bonnement pas cesser de se faire de l'argent, quoi qu'ils fassent : ils pouvaient se faire balancer par la portière d'un taxi en marche n'importe où dans le monde et se retrouver à la tête d'un business florissant en l'espace de quelques mois, voire semaines. Il fallait en général quelques essais pour prendre le coup de main. À part ça, il était possible de réussir au-delà de toute limite raisonnable, si l'on s'y tenait. Certains dégotaient un business au succès *ad hoc* suffisamment tôt dans leur existence pour se retrouver dans une cage dorée, d'autres ne découvraient le moyen de gagner de l'argent qu'à l'approche de la retraite. Après le trafic d'herbe et le Schloss, Richard était arrivé à un stade où il savait exactement comment s'y prendre, au sens où n'importe quel ado bricoleur qui joue avec l'électricité saura que, pour produire une étincelle, il faut relier un fil à chaque terminal de la batterie. À un certain niveau, faire tourner une affaire, c'était aussi simple que ça. Tout le reste, c'était simplement du bricolage.

« Dis-m'en plus sur les Crips et les Bloods, dit Richard, essayant de gagner du temps tandis qu'il remettait son esprit en ordre.

– Pour nous, ils sont identiques. Des gamins blacks de la ville avec une situation démographique et des goûts semblables. On pourrait croire qu'ils vont se serrer les coudes. Mais non.

Ils s'entretuent, parce qu'ils voient l'Autre comme moins qu'humain. Et ce que je dis, c'est que dans T'Rain, ça fait longtemps que ces gens que nous nous sommes mis récemment à appeler la "Coalition des couleurs terre" considèrent systématiquement ceux que nous appelons à présent les "Forces des couleurs vives" comme vulgaires, incultes, pas à la hauteur du jeu. Et ce qui s'est passé ces derniers mois, c'est que les types des FDCV en ont eu marre, ils ont relevé la tête et affirmé leur fierté et leur identité, un peu comme les mouvements de défense des droits gays, avec leurs drapeaux arc-en-ciel à la con. Et tant qu'il est possible à ces deux groupes de s'identifier à vue d'œil, chacun va regarder l'autre comme, eh bien, l'Autre, et tuer des gens pour cette raison est bien plus profondément enraciné dans la nature humaine que de les tuer sur cette dichotomie bidon du faux-Bien et du faux-Mal sur laquelle nous travaillions auparavant.

– Je comprends. Mais ça ne va vraiment pas plus loin que ça, notre truc ? Des Crips et des Bloods numériques ?

– Peut-être, et alors ?

– Et alors dans ce cas tu ne fais pas ton putain de boulot. Parce que l'univers du jeu est censé avoir une véritable histoire. Pas seulement des gens qui s'entretuent à cause du Pantone.

– Peut-être que c'est toi, qui ne le fais pas, ton boulot. Comment puis-je écrire une histoire sur le Bien et le Mal dans un univers où ces concepts n'ont pas de signification réelle – pas de conséquences ?

– Quel genre de conséquences as-tu en tête ? On ne peut pas envoyer les personnages dans un enfer virtuel.

– Je sais. Il y a seulement les Limbes. »

Ils rirent de conserve.

Devin réfléchit un instant. « Je ne sais pas. Je pense que tu dois créer une menace existentielle contre le monde.

– Comme quoi ?

– Un truc comparable à un holocauste nucléaire ou à ce qui se serait passé si Sauron avait mis la main sur l'Anneau.

– Je vais m'amuser comme un petit fou pour faire passer cette idée auprès des actionnaires.

– Eh bien, ils n'auront peut-être pas tort. La compagnie rapporte de l'argent, non ?

– Oui, mais si je suis là, c'est que je crains que ça ne dure pas. Si les FDCV tuent toute la Coalition des couleurs terre, ce qui pourrait bien arriver, que reste-t-il à faire dans le monde ? »

Devin haussa les épaules. « S'entretuer ?

– C'est toujours une possibilité. »

Jour 3

« Copine, c'est la première fois que tu passes ici, laisse-moi mettre fin à tes malheurs ! »

Elle avait une voix d'alto confiante : cette femme possédait une oreille excellente pour la prononciation, même si sa maîtrise de certaines expressions idiomatiques était un peu limite. Zula pivota sur ses talons, puis baissa les yeux de vingt degrés pour découvrir un visage – vaguement familier – qui lui souriait, un mètre cinquante-huit au-dessus du niveau du sol.

C'était la femme – non, la jeune fille – non, la femme – qui lui avait vendu un kilo de thé vert l'après-midi de la veille. Un kilogramme étant une quantité assez énorme. Mais elle avait réussi à faire paraître l'idée tout à fait raisonnable sur le moment.

L'hésitation jeune fille/femme était impossible à démêler. Elle était petite et mince, des caractéristiques loin d'être rares chez les Chinoises. Elle avait les cheveux coupés à la garçonne, ce qui *était* rare. Mais cela ne semblait pas être une marque de radicalité *fashion*, vu qu'elle portait un jean et une paire de bottes en caoutchouc bleu vif – le genre de bottes que portaient les travailleurs pour frotter le pont d'un bateau ou clapoter dans une rizière. Un tee-shirt et un gilet noirs complétaient l'ensemble. Pas de maquillage. Pas de bijoux, à part une montre d'homme, massive, à son poignet. Elle avait une manière d'être rivée au sol qui ne laissait d'attirer l'œil de Zula : elle plantait ces bottes dans l'écartement de ses épaules sur le trottoir et se tenait bien en face de la personne à qui elle s'adressait, et se balançait parfois un petit peu sur la pointe des pieds lorsque quelque chose l'amusait ou l'intéressait. Sa confiance en elle lui donnait l'air d'avoir 40 ans, mais sa peau était celle d'une jeune femme de 20 ans, aussi Zula conclut-elle qu'elle était jeune, mais à part, d'une manière qu'il lui faudrait un petit moment pour comprendre.

On ne pouvait pas dire que *toutes* les femmes portaient des talons hauts et des robes, mais c'était indubitablement assez courant pour pouvoir affirmer que cette vendeuse de thé se plaçait à des années-lumière du mainstream en se vêtant comme elle le faisait. Et pourtant Zula ne percevait pas le moindre anticonformisme ostentatoire. Elle ne clamait pas sa différence avec provocation. Elle était comme ça, point à la ligne.

Elle avait abordé Zula et engagé la conversation la veille. Zula, Csongor et Sokolov avaient trouvé une rue où de nombreux marchands de thé tenaient boutique, et Zula les examinait en essayant de décider lequel elle allait choisir, se préparant mentalement pour une nouvelle séance de marchandage. Et soudain cette femme s'était trouvée en face d'elle, avec ses bottes bleues écartées bien plantées dans le sol, un sourire confiant aux lèvres, et elle avait entamé la conversation dans un anglais curieusement familier. Et au bout d'une minute ou deux, elle avait sorti, comme de nulle part, cette énorme masse de thé vert et avait raconté une histoire à son sujet à Zula. Elle et les siens – Zula avait oublié le nom du groupe, mais Bottes bleues tenait à faire comprendre qu'il s'agissait d'une ethnie distincte – vivaient en altitude dans les montagnes de l'ouest du Fujian. Ils avaient été chassés là-bas un milliard d'années plus tôt et vivaient dans des forts sur les sommets brumeux. Par conséquent, il n'y avait personne en amont d'eux – l'eau venait du ciel, pure, il n'y avait pas de trop-plein industriel pour contaminer leur sol et il n'y en aurait jamais. Bottes bleues avait continué en énumérant plusieurs autres vertus de l'endroit et en expliquant comment ces qualités suprêmes s'étaient imprégnées dans les feuilles de thé au niveau moléculaire et pouvaient être transférées dans les corps, les esprits et les âmes des gens condamnés à vivre dans des royaumes moins bénis s'ils ingéraient de grandes quantités du thé en question. Un kilogramme de la chose disparaîtrait en un rien de temps et Zula en réclamerait davantage. Mais il serait difficile d'en acheter en Amérique. D'ailleurs, Bottes bleues était motivée pour trouver un distributeur de leur produit dans l'hémisphère Ouest, et Zula semblait une candidate idéale...

Si Zula avait réellement été une touriste qui voulait seulement qu'on lui fiche la paix, elle se serait vite lassée de Bottes bleues. Mais étant donné le contexte, elle était tellement contente de voir un visage quasi familier qu'elle dut se retenir de serrer la petite chose dans ses bras.

« Bonjour. Vous aviez raison. J'ai bu tout le thé.

– Ha, ha, tu me *charries* ! dit Bottes bleues avec ravissement.

– Exact. Je n'en ai pas besoin aujourd'hui, merci.

– Tu veux la licence de distribution ?

– Non, commença Zula, mais elle comprit alors que Bottes bleues l'asticotait simplement et laissa tomber.

– Vous êtes si foutrement perdus que c'est triste, dit Bottes bleues. Tout le monde en parle dans la rue.

– On essaie de trouver un *wangba*.

– Un œuf de tortue ? C'est une insulte très grave. Faites attention à qui vous dites ça.

– Peut-être que je prononce mal.

– En anglais ?

– On essaie de trouver un café Internet. »

Bottes bleues fronça le nez d'une manière qui, chez la plupart des filles de son âge, aurait ressemblé à une minauderie, mais qui, venant d'elle, semblait aussi pure que les eaux des torrents de sa région natale. « Quel rapport entre le café et Internet ?

– Un café, pas du café.

– Un café, c'est un endroit où on boit du café !

– Oui, mais...

– Nous sommes en Chine, dit Bottes bleues, comme si Zula n'avait pas remarqué. On boit du thé. Tu as oublié notre conversation d'hier ? Je sais qu'on se ressemble tous pour vous, mais...

– Je viens d'Érythrée. On fait pousser du café, là-bas, dit Zula, réfléchissant vite.

– Ici, à la place d'un café, on aurait un salon de thé.

– Je comprends. Mais on ne cherche pas de boisson. On cherche Internet.

– Pardon ? »

Zula regarda Csongor qui lui tendit d'un air las un morceau de papier où étaient imprimés les caractères chinois pour *wangba*. Ils le montraient au hasard à des passants depuis une demi-heure environ. Tous les gens à qui ils parlaient semblaient avoir au moins une vague idée de l'endroit où on pouvait trouver ce genre d'établissement, et leur indiquaient une direction ou une autre en leur donnant des indications, en général en chinois, mais parfois en anglais.

« Pourquoi tu ne l'as pas dit plus tôt ? » dit Bottes bleues. Elle indiqua une direction. « C'est par là, juste au-dessus du... »

Zula secoua la tête. « Comment nous sommes-nous si foutrement perdus, d'après toi ?

– Allez, je vous emmène. »

Et elle prit la main de Zula dans la sienne et commença à marcher. Le geste était un peu familier mais, pour l'instant du moins, c'était agréable de tenir la main de quelqu'un, et Zula entrelaça ses doigts dans ceux de sa guide et laissa son bras se balancer librement.

Il semblait inconcevable que les autres, même Sokolov, la défient, et Csongor et lui leur emboîtèrent dûment le pas.

Sa coupe garçonne s'agitait de consternation. « Vous avez besoin de traducteur, *man*.

– Je suis d'accord.

– Excellent ! »

Bottes bleues lâcha la main de Zula, s'arrêta, pivota et tendit sa main droite. Zula, qui avait perdu l'habitude, commença à tendre la sienne, puis réalisa qu'elle s'apprêtait à créer un lien par ce contact et hésita.

« Awwa ! fit Bottes bleues, et elle claqua des doigts en signe de frustration. J'ai failli te faire rentrer dans un tonneau.

– On ne connaît même pas ton nom.

– Je ne connais pas le tien.

– Zula Forthrast », dit calmement Zula.

Elle jeta un regard en arrière vers Sokolov, qui regardait autour de lui, distrait, avec son habituel masque posttraumatique et ses yeux qui balayaient l'espace à un kilomètre à la ronde. Elle esquissa un petit sourire.

« Quoi ? » s'enquit Bottes bleues.

Zula réprima son sourire et secoua la tête. Elle avait donné son nom à quelqu'un. Et si ce quelqu'un cherchait le nom sur Google, que trouverait-il ? Peut-être un article dans le *Seattle Times* sur une jeune femme qui avait disparu inexplicablement.

« Moi, c'est Qian Yuxia. »

Zula, qui avait passé sa vie le nez pressé contre la fenêtre du monde des individus aux cheveux raides, était de plus en plus fascinée par la coiffure de Qian Yuxia, un genre de carré déstructuré, court sur le dessus, plus long sur la nuque. Quelqu'un qui aimait Qian Yuxia et qui était très doué avec les objets coupants l'entretenait visiblement, et Qian Yuxia l'ignorait avec tout autant de détermination.

« C'est un nom courant là d'où tu viens ? demanda Zula pour faire la conversation.

– Yongding, lui rappela Yuxia. Là où les femmes aux grands pieds font le *gaoshan cha*. Le thé des hautes montagnes.

– Tu es une femme aux grands pieds ? »

Yuxia la regarda comme si elle était stupide et leva une de ses bottes bleues.

Zula haussa les épaules. « Mais tu pourrais avoir de tout petits pieds à l'intérieur !

– Je suis une Hakka, dit Qian Yuxia, comme si cela devait mettre un point final à cette partie de la conversation immédiatement. Je te l'ai dit hier.

– Pardon, j'avais oublié le nom.

– C'est quoi l'histoire ? Pourquoi vous êtes là ? »

Sokolov s'était suffisamment approché maintenant pour que Zula estime plus prudent de s'en tenir au scénario. Parce qu'ils étaient convenus d'un scénario la veille. « Tu as entendu parler de la conférence ? Sur Taïwan ?

– Oui, tu es quoi, l'ambassadrice d'Érythrée ?

– Je suis avec la délégation américaine. Csongor, ici présent, est avec les Hongrois, et...

– Ivan Ivanovitch, dit Sokolov avec un signe de tête poli.

– Ivan est avec les Russes. On a quelques jours de repos et on...

– Vous vous relaxez ?

– Oui. On se relaxe.

– Est-ce qu'un de ces mecs est ton petit ami ?

– Non. Pourquoi ? »

Qian Yuxia donna à Zula une petite tape amicale sur le bras, comme pour la réprimander de sa lenteur. « Je veux savoir si je peux flirter avec eux !

– Bien sûr ! Te gêne pas ! »

Zula avait supposé que Qian Yuxia était lesbienne. Peut-être qu'elle ne l'était pas. Ou peut-être qu'elle l'était mais qu'elle trouvait amusant de flirter avec des hommes hétéros.

« Vous n'avez pas Internet à votre hôtel ?

– Bien sûr que si. »

Ce qui ne répondait pas à la question implicite. « Csongor est tellement accro qu'il ne peut pas passer une heure entière sans vérifier ses mails.

– Hmmm. Eh bien, voilà un endroit. »

Yuxia les avait conduits de l'autre côté d'un carrefour, dans une petite rue bordée de boutiques. À côté d'une de celles-ci, un escalier menait à l'intérieur d'un immeuble. Il n'y avait pas d'enseignes, à l'exception d'une vieille affiche de World of Warcraft, représentant la tête d'une créature nommée Tauren, au mur. Un peu comme l'enseigne d'une taverne médiévale.

Ils restèrent immobiles un moment.

« Ça s'appelle des escaliers », dit Qian Yuxia.

La veille, ils avaient eu l'impression de récolter un nombre impressionnant d'adresses IP et de couples latitude/longitude. Lorsque Csongor avait produit une carte de ceux-ci et l'avait superposée à une image de Xiamen, cependant, le résultat avait semblé décourageant : leurs données réussissaient à être à la fois clairsemées et agglutinées. Quelques tendances se dessinaient toutefois avec évidence et leur donnaient lieu de croire que l'adresse IP qui n'avait pas fini de s'effacer de la main de Sokolov était attribuée à un point d'accès qui ne se trouvait pas dans la banlieue, ni dans le quartier de l'université ni même dans une des régions plus éloignées de l'île, mais dans un rayon d'un kilomètre ou deux autour de leur planque.

Ils pouvaient sans doute voir la maison du Troll de leur fenêtre. Ça revenait un peu à dire qu'on pouvait voir la Terre depuis la Lune. Mais c'était une espèce de progrès.

Le plan général pour la journée, donc, était de visiter tous les cafés Internet qu'ils pourraient trouver dans leur zone d'intérêt et d'essayer de rassembler des renseignements plus spécifiques.

En élaborant ce plan en présence, et sous la supervision étroite d'Ivanov, ils avaient tous parlé avec confiance des cafés Internet, comme si c'était un sujet qui n'avait pas de secret pour eux. Et pourquoi pas ? Ils étaient des hackers, ils venaient de Seattle, le loft de Peter se situait à moins de deux kilomètres du siège mondial de Starbucks, une organisation qui avait bombardé la planète de cafés équipés du wi-fi.

En d'autres termes, ils avaient fait trois hypothèses sur les cybercafés chinois : (1) qu'il y en avait partout, (2) qu'ils étaient faciles à trouver et (3) qu'ils servaient du café ; c'est-à-dire qu'il s'agissait, littéralement, de cafés, de petits établissements confortables où les clients pouvaient se vautrer dans un fauteuil pour consulter leurs mails.

La naïveté et l'ethnocentrisme pathétiques de ces hypothèses avaient déjà commencé à s'infiltrer dans la conscience de Zula, mais elle se les prit en pleine tronche en suivant Qian Yuxia en haut de l'escalier. Les inconnus serviables qui leur avaient donné des directions inutilisables semblaient toujours dire que le café Internet était « en haut de » ou « à l'arrière de » tel ou tel magasin, et Zula en avait conclu qu'ils parlaient d'entreprises minuscules établies dans des arrière-salles.

Elle comprenait à présent que ces boîtes *devaient* être en haut ou à l'arrière d'autres commerces *parce qu'elles étaient tellement énormes*. Celle-ci occupait tout un étage de l'immeuble. Des PC flambant neufs à écran plat étaient serrés aussi près l'un de l'autre que le permettaient les lois de la thermodynamique, et ils étaient pratiquement tous occupés. Il y avait au moins une centaine de personnes dans la salle, toutes munies de casques et donc curieusement silencieux.

« Bon Dieu ! dit Csongor.

– Quoi ? demanda Yuxia.

– C'est dix fois plus grand que le plus grand qu'on ait jamais vu, expliqua Zula.

– Ce n'est que la moitié, dit Yuxia, désignant d'un signe de tête un autre escalier qui montait à l'étage. Vous en voulez combien ?

– Pardon ?

– Combien d'entre vous veulent utiliser un ordinateur ?

– Un, dit Zula, à moins que... »

Elle regarda Sokolov, qui examinait un ornement des plus décoratifs affiché au mur. C'était un poster appartenant à une série produite par le département de marketing de la Corporation 9592 peu après le lancement du jeu, lorsqu'ils déployaient des efforts féroces pour voler des clients à World of Warcraft. De faux posters de voyage, avec un rendu hyper réaliste. Celui-ci montrait un Dwinn perché sur un rocher au bord des eaux limpides d'un lac de montagne, canne à pêche à la main, luttant avec acharnement pour attraper une bête d'allure préhistorique, pleine de dents, qui émergeait de l'eau à mi-distance avec un hameçon planté dans la bouche. Le but réel du poster était d'exhiber le réalisme incroyable du logiciel générateur de reliefs de Pluto, dont la réussite spectaculaire était visible dans les sommets montagneux de l'autre côté du lac. Mais les graphistes et animateurs, pour ne pas être en reste, avaient consacré beaucoup de temps et d'énergie à rendre la posture du Dwinn avec une exactitude absolue : penché en arrière, retenu par la tension de la ligne, un pied planté au sol, l'autre se levant à peine. Pour Zula, c'était aussi bon que de voir une photo de chez elle, et elle fut heurtée de plein fouet ; elle n'était pas prête à voir ça ici.

Heureusement, Sokolov choisit ce moment, entre tous, pour devenir bavard. Il tourna lentement la tête pour regarder Zula, puis Yuxia. « Peut-être je vais chercher magasin d'articles de pêche sur Google. »

Zula luttait encore contre un gros nœud dans sa gorge, et Yuxia ne savait pas du tout que faire de Sokolov.

« Pêcher, répéta Sokolov, désignant l'affiche du menton et mimant un lancer/lever. Mon patron veut aller pêcher. Mais on n'a pas apporté matériel.

– Quand ? » demanda Yuxia.

Sokolov haussa les épaules. « Peut-être demain. Peut-être jour d'après. Ça dépend. Mais aujourd'hui je pourrais acheter équipement. Dois chercher magasin sur Google.

– Ça ne va pas marcher, si vous ne savez pas lire le chinois.

– Besoin d'aide, alors. Dois acheter chapeaux spéciaux. Petites glacières. Étuis pour canne. »

Il haussa les épaules. « La base. »

Yuxia se détourna et se dirigea vers le comptoir du *wangba*, une installation d'une taille assez imposante à elle toute seule, qui faisait environ sept mètres de large et supportait deux caisses. Le mur de derrière était occupé par deux armoires vitrées réfrigérantes bourrées de boissons, et d'étagères garnies de bols de nouilles instantanées scellés par des disques d'alu et imprimés de couleurs criardes. Derrière le comptoir se tenaient trois individus : deux employés, des hommes d'une vingtaine d'années, et un officier du Bureau de sécurité publique en chemise bleu ciel, cravate et pantalon noir. Ce dernier était assis dos à eux et s'intéressait à deux écrans plats divisés en quatre fenêtres chacun. Zula supposa que ces écrans étaient reliés à des caméras de surveillance, mais, en regardant mieux, elle s'aperçut que chacun d'entre eux présentait une image d'écran d'ordinateur réduite de moitié. Certains montraient des interfaces utilisateurs avec fenêtre, comme on pourrait en utiliser pour surfer sur le Net ou se promener sur Facebook, mais la plupart d'entre eux étaient occupés par des jeux vidéo. Chaque fenêtre changeait toutes les quelques secondes.

Elle regarda Csongor, qui était absorbé par le même spectacle. Il se tourna vers elle. Leurs yeux se rencontrèrent et ils éclatèrent de rire.

« Qu'est-ce qu'il y a de drôle ? » demanda Sokolov.

Csongor se tourna vers lui. « Ce type regarde par-dessus l'épaule de tout le monde. Il s'assure qu'ils ne regardent pas de porno ou des trucs comme ça. »

Sokolov comprit mais ne vit pas ce qu'il y avait de drôle.

Entre-temps, Qian Yuxia s'était approchée du comptoir et adressée à un des employés sur le ton d'un sergent instructeur qui accueillerait un bleu se présentant ivre et dépenaillé. L'employé, pour sa part, commença et termina la conversation en la regardant prudemment des pieds à la tête, ce qui, dans l'esprit de Zula, confirma que Yuxia était une cliente un peu inhabituelle, mais pas tout à fait inédite. L'officier du

BSP se détourna de ses écrans le temps d'examiner les trois Occidentaux, puis de jeter un coup d'œil à Yuxia, puis il reporta son attention sur ses écrans. Apparemment, le fait d'être occidentaux n'était pas si énorme que ça si vous aviez un guide chinois ; c'étaient les Occidentaux livrés à eux-mêmes, ignorants, qui attiraient tous les regards.

Une transaction eut lieu. Yuxia convoqua Sokolov d'un claquement de doigts et le força à sortir de l'argent qui disparut dans la caisse. L'employé tendit deux bandes de papier avec des chaînes alphanumériques : les identifiants et mots de passe.

Ils se dirigèrent vers l'étage principal du *wangba*, qui rappela à Zula la partie des casinos où sont alignées les machines à sous, mais sans le bruit : des humains entassés les uns contre les autres dans une salle mal éclairée à bas plafond, assis sur des chaises identiques et concentrés sur des machines. Et, de fait, la comparaison n'était pas incongrue, puisque la plupart de ces gens jouaient à des jeux vidéo. Quelques-uns jouaient à World of Warcraft, Counter-Strike et Aoba Jianghu, le jeu 100 % chinois que Nolan Xu avait créé avant de cofonder la Corporation 9592 : dans le monde des *wangbas*, le jeu subsistait comme un vieux classique, souvent imité, régulièrement piraté (son schéma de protection anticopie avait été annihilé vingt-deux heures après sa sortie), jamais égalé. Mais une nette majorité d'entre eux jouait à T'Rain, ce qui signifiait que, pour la plupart, ils étaient là pour le travail, pas pour le plaisir. Zula avait d'ores et déjà assez d'expérience du jeu pour pouvoir identifier, d'un coup d'œil, la plupart des paysages et des situations qui entraient dans son champ de vision tandis qu'elle suivait Yuxia dans une allée qui menait à l'escalier. Elle observa encore un peu le *wangba* et aperçut juste quelques têtes qui s'étaient dressées comiquement au-dessus des demi-cloisons qui séparaient les rangées de postes de travail. Certaines appartenaient à des jeunes hommes qui aspiraient bruyamment des pâtes dans des bols en regardant leurs amis jouer, mais elle repéra également un autre officier du BSP qui faisait sa ronde.

L'étage du dessus était une réplique du premier, avec davantage de postes vides. Un troisième officier du BSP, assis sur une chaise au sommet des escaliers, buvait du thé dans un grand thermos en verre ; il avait l'air de s'ennuyer à mourir. Csongor s'installa à un poste et Sokolov au poste voisin. Csongor fit semblant de consulter ses e-mails pendant que Yuxia aidait Sokolov à chercher des vendeurs d'articles de pêche dans le centre de Xiamen.

Une fois que Csongor fut connecté à un ordinateur, il lui suffit de quelques instants pour établir son adresse IP, et de quelques instants supplémentaires pour fouiner dans le réseau local afin de se faire une idée des adresses IP qui avaient pu être assignées aux ordinateurs voisins. Donc « consulter ses e-mails » ne lui prit que quelques secondes, après quoi il se déconnecta, prêt à partir. Il se dirigea vers Zula, ralentit le pas aussitôt qu'il arriva à environ un mètre d'elle et se tourna de côté. Car il ne s'était pas approché d'elle pour parler, ou pour aucune autre raison que d'être en sa présence. C'était devenu une habitude. Zula s'y était faite. Elle se sentait mieux quand il se trouvait là, juste à la limite de son espace personnel. Apparemment, il se sentait mieux là, lui aussi.

La veille, avec son téléphone, Sokolov avait pris des photos de pêcheurs sortant paresseusement d'un terminal de ferrys et il les montra à Yuxia, zoomant sur leurs têtes en la pressant de lui trouver un lot de ces chapeaux. C'étaient les chapeaux les plus ridicules que Zula ait jamais vus, et elle ne croyait pas un instant que Sokolov voulait aller à la pêche. Il avait une autre idée en tête et il avait réalisé sur le moment que Yuxia pouvait l'aider à la mener à bien.

Le vague réconfort que lui procurait la proximité de Csongor fut soudain brisé par la sensation d'un glaçon qui lui traversait le cœur lorsqu'elle réalisa que Yuxia était sur le point de se retrouver mêlée à tout cela. Et c'était au moins en partie sa faute.

Yuxia et Sokolov terminèrent leur affaire et se déconnectèrent. « Nous allons pour acheter des chapeaux », annonça Sokolov, puis il s'écarta, comme il le faisait toujours, pour laisser passer les dames.

Grâce à Yuxia, trouver les *wangbas* allait être un million de fois plus facile, mais il y avait un prix à payer : en effet, ils ne pouvaient pas simplement aller de l'un à l'autre sur le simple prétexte que Csongor devait consulter ses mails. Personne n'avait besoin de consulter ses mails si fréquemment ; et si ça avait été le cas, il aurait été plus facile de rester dans un *wangba* plutôt que de passer de l'un à l'autre.

Le plan de Sokolov – quel qu'il soit – concernant le matériel de pêche les aida à résoudre ce problème. Car ils consacrèrent environ quarante-cinq minutes à marcher jusqu'à un magasin où il était possible d'acheter les chapeaux en tissu grotesques appréciés des pêcheurs chinois septuagénaires. Pendant le trajet, Zula apprit à connaître un peu mieux Yuxia. En fait, elle la harcela de questions, car elle avait peur que Yuxia ne se mette à *lui* poser des questions auxquelles, étant donné les circonstances, il lui serait difficile de répondre. Leur scénario d'origine était fragile et ne résisterait pas à un examen minutieux par l'esprit vif de Qian Yuxia.

Elle apprit que Yuxia vivait dans une ville montagneuse du comté de Yongding qui était une espèce d'attraction touristique à cause de ses *tulous* : des énormes édifices circulaires en pisé, semblables à des forteresses, construits des siècles plus tôt par le peuple hakka. La plupart des touristes étaient des Chinois venus de Xiamen en bus. Mais l'endroit attirait quelques voyageurs occidentaux, surtout des routards, et, pendant la saison, Yuxia travaillait dans un hôtel. Elle traînait à la gare routière et suivait les pistes de randonnée, et, quand elle apercevait des Occidentaux qui avaient l'air perdus, elle les accueillait, leur parlait et les guidait à l'hôtel. Elle les trimballait dans la région en camionnette pour qu'ils puissent admirer des *tulous* en dehors des sentiers battus. C'est de cette manière, ainsi qu'en regardant des films et en lisant des livres oubliés à l'hôtel par les routards, qu'elle avait appris à parler anglais. Hors saison, elle conduisait la camionnette dans la banlieue lointaine de Xiamen et se débrouillait pour la garer quelque part, puis prenait un bus pour le centre, s'installait dans une auberge de jeunesse et exerçait son métier de marchande de thé ambulante. En général, il s'agissait principalement de vendre du thé en gros à des boutiques ayant pignon sur rue, mais elle n'hésitait pas à aborder directement les consommateurs, comme elle l'avait fait la veille avec Zula.

La conversation les amena jusqu'à la boutique de chapeaux, où Sokolov acheta exactement douze des couvre-chefs informes qu'il voulait. Puis il fut de nouveau temps pour Csongor de « consulter ses mails ». Ils trouvèrent donc un autre *wangba* et Csongor fit ce qu'il avait à faire tandis que Zula mangeait des nouilles et que Yuxia aidait Sokolov à trouver une boutique qui vendait des étuis de canne à pêche.

Puis ils répétèrent le cycle : ils se rendirent à pied dans un magasin où Sokolov put acquérir des étuis de canne à pêche, puis ils trouvèrent le *wangba* le plus proche afin que Csongor puisse de nouveau « consulter ses mails ».

Zula demanda à Yuxia ce qu'étaient les Hakkas et apprit que c'étaient les seuls Chinois à avoir refusé la pratique du bandage des pieds. Donc « femme aux grands pieds » n'était pas une expression en l'air. En plus, ils achetaient les petites filles non désirées de leurs voisins cantonais et les élevaient. Yuxia n'était pas du genre à employer des termes tels que « féministe » ou « matriarcale », mais le tableau était assez clair pour Zula. Elle put établir des comparaisons avec les premières années de sa vie, durant lesquelles elle avait été élevée par des professeurs marxistes-féministes dans des grottes en Érythrée, ce qui lui fournit un sujet de bavardage sans danger afin de meubler leurs trajets dans les rues.

Le troisième *wangba* était situé au dernier étage d'un immeuble commercial de trois étages qui donnait sur une petite rue juste assez large pour permettre à deux voitures de se croiser si elles n'étaient pas gênées par des piétons, des cyclistes ou des charretiers. L'établissement était un peu plus petit que les deux premiers qu'ils avaient visités, la clientèle était plus jeune et il y avait un côté plus miteux. Un seul officier du BSP était posté à l'entrée, mais il n'avait pas le système high-tech pour surveiller ce qui apparaissait à l'écran des postes des clients. Quelques miroirs étaient disposés dans la salle, en théorie pour lui permettre de regarder par-dessus l'épaule des gens, mais encore aurait-il fallu qu'il s'y intéresse et daigne lever les yeux de son magazine (en chinois, mais traitant exclusivement des faits et gestes des membres de la National Basketball Association), ce qui n'était pas le cas. Ce *wangba* était considérablement plus bruyant : pas de musique ni de bande-son de jeux, mais des conversations. Ainsi qu'ils s'en aperçurent après avoir payé l'entrée, le brouhaha provenait d'un coin où environ une douzaine d'adolescents avaient réuni une grappe de postes et jouaient ensemble : ils regardaient par-dessus l'épaule de leurs voisins et lançaient des avertissements, des ordres, des encouragements, des moqueries et des gémissements de désespoir.

Comme d'habitude, Csongor s'installa à un poste, et Yuxia et Sokolov à un autre. Zula s'approcha discrètement du coin où jouaient les jeunes gens. Aussitôt que leurs écrans entrèrent dans son champ de vision, elle reconnut qu'ils jouaient à T'Rain. Leur façon de communiquer lui laissa penser qu'ils devaient tous appartenir à une bande partie en expédition ; leurs personnages étaient tous au même endroit dans le monde de T'Rain, occupés sans doute à attaquer un donjon ou à en découdre avec un gang rival, ainsi un guerrier pouvait-il appeler un prêtre pour lui demander un sortilège guérisseur ou un mage demander d'être protégé contre une créature menaçante pendant qu'il jetait ses sorts. C'était un style de jeu assez courant.

De toute évidence, ils étaient très forts. Ce qui se confirma lorsqu'elle parvint à distinguer leurs personnages : extrêmement puissants, avec des équipements coûteux.

Le paysage dans lequel ils combattaient semblait étrangement familier.

Les Contreforts de Torgai.

Ils se battaient près de l'intersection de lignes telluriques où se trouvaient les trébuchets.

Elle réalisa, soudain, qu'elle les observait depuis plusieurs minutes et que Sokolov se tenait à côté d'elle, assez près pour qu'elle puisse sentir la chaleur de son corps. Il avait déchiffré son expression et s'était approché pour voir ce qui la fascinait ainsi.

Se sentant tout à coup trop exposée, elle s'écarta et retourna près de Csongor. Il regardait son écran, médusé.

« Qu'est-ce qui se passe ? demanda Qian Yuxia. Qu'est-ce que c'est son problème, à ton ami ? »

Sokolov se tourna vers elle. « Demain, nous allons pêcher, annonça-t-il. Il nous faut des glacières. »

Une demi-heure plus tard, Zula était attachée à un lavabo dans les toilettes de la planque.

Lorsque Sokolov avait compris que les adolescents qui jouaient dans le coin du *wangba* étaient de mèche avec le Troll – que l'un d'entre eux pouvait même *être* le Troll –, lorsque Csongor lui avait fait signe pour lui montrer une adresse IP qui correspondait à celle qui était inscrite sur sa main –, le Russe avait agi avec un mélange de hâte extrême et de calme parfait qu'en d'autres circonstances Zula aurait admiré. Il avait passé un coup de fil. Quelques minutes plus tard, il avait escorté Zula dans la rue juste au moment où un taxi contenant quatre consultants en sécurité se garait devant le *wangba*. L'un d'entre eux était resté dans la voiture, et les autres avaient entouré Zula d'une manière qui, sans être ouvertement menaçante, signifiait clairement qu'elle n'avait pas d'autre choix que de monter à l'arrière. Quelques minutes plus tard, elle et les consultants en sécurité se trouvaient dans le garage du gratte-ciel, et, un instant après, dans les toilettes des dames. Les Russes, fatigués de l'escorter aux toilettes et d'attendre dans un W-C, avaient réussi à se procurer un bout de chaîne d'environ sept mètres et en avaient cadenassé une extrémité au coude en U d'un tuyau d'évacuation sous l'un des lavabos. L'autre bout de la chaîne était relié à des menottes qu'ils avaient fixées à une cheville de Zula. Ses affaires et son sac de couchage avaient déjà été déposés par terre, avec un stock de rations, une petite pile de friandises et un rouleau de Sopalin. Elle avait assez de latitude pour atteindre les toilettes et elle pouvait prendre de l'eau au lavabo. Qu'est-ce qu'une fille pouvait demander de plus ?

Ce fut la seule fois où elle eut une crise de larmes incontrôlable. En position fœtale, elle se tapait la tête contre le sol. C'était le fait d'être enchaînée qui provoquait cet état. Elle avait subi pas mal de trucs bizarres, mais jusque-là personne n'avait jamais pensé à l'enchaîner.

Finalement, elle se mit à quatre pattes et s'épongea avec le Sopalin.

Puis elle s'échappa.

À l'époque de la fac, elle louait une maison avec d'autres filles. L'évier ne cessait de se boucher. Elles n'avaient pas d'argent pour faire venir un plombier. Zula n'avait pas grandi dans une ferme de l'Iowa pour rien. L'essentiel, c'était de savoir que les écrous qui maintenaient le tuyau en place, même s'ils avaient l'air énormes et inamovibles, étaient généralement posés à la main, car le plus important était de compresser un joint autour du tuyau : le serrer avec une clé à molette ne le faisait pas adhérer mieux et risquait même de l'endommager.

Le plombier qui avait installé le tuyau d'évacuation auquel Zula était attachée avait des mains plus fortes que les siennes, mais elle finit par réussir à desserrer l'écrou et à arracher le coude en U.

Elle tassa la chaîne dans son sac puis le jeta sur son épaule.

Elle grimpa ensuite sur une cuvette de toilette et de là sur le sommet d'une des cloisons qui séparaient les W-C et souleva une dalle du plafond. Elle avait une lampe torche dans son sac – encore une habitude résiduelle de fille de l'Iowa – et s'en servit pour chercher ce qui avait tant inquiété Sokolov lorsqu'il l'avait remarqué.

Ce n'était pas totalement évident à première vue, et elle se glissa dans l'espace au-dessus du plafond, prit appui sur l'une de ces armatures en zigzag et s'en servit pour s'éloigner de la planque, marchant en crabe vers le centre du bâtiment. Les cabines d'ascenseur n'étaient pas loin, mais elles étaient bétonnées, et il n'y avait pas de moyen évident d'y entrer. Même si elle avait pu le faire, elle ne savait pas comment cela aurait pu l'aider.

Lorsqu'elle fut certaine d'avoir dépassé la limite des toilettes, elle retira une dalle du plafond sous elle et regarda ce qui se trouvait dessous. Apparemment, c'était un couloir de service, plongé dans l'obscurité pour l'instant.

Elle prit appui sur la surface supérieure de la grille métallique dans laquelle les dalles du plafond étaient fixées. Cette dernière supporta son poids mais se détruisit du même coup : les frêles extrusions ployèrent vers le bas, et les dalles se plièrent et craquèrent. Cela n'avait pas d'importance. Elle agrippa la grille abîmée et se laissa glisser jusqu'à ce que ses pieds pendent à peut-être un mètre du sol, puis lâcha.

Comme elle l'avait deviné en regardant l'arrangement des verticales de béton qui traversaient l'espace du plafond, l'escalier de secours était juste de l'autre côté d'un mur, et tout ce qu'elle avait à faire, pour y entrer, était de sortir de ce couloir dans le hall et de prendre la porte voisine. Pendant ces quelques instants, elle serait en vue d'un garde posté à l'accueil – mais elle savait qu'au moins quatre des sept consultants en sécurité étaient déployés à l'extérieur du bâtiment et elle espérait que l'accueil serait vide. C'était assez facile à vérifier en poussant légèrement la porte pour jeter un œil.

Il n'y avait personne. Plus loin dans la suite, elle aperçut d'autres consultants qui faisaient les cent pas, parlaient au téléphone ou fouillaient dans leurs affaires, mais personne ne regardait en direction du hall.

Elle sortit, fit deux pas sur le sol de marbre, ouvrit la porte de l'escalier de secours et se glissa dehors. Se retenant de partir en courant, elle adoucit le bruit de la fermeture de la porte avec ses fesses. Puis elle commença à descendre l'escalier aussi vite qu'elle le pouvait avec dix kilos de chaîne qui cliquetaient dans le sac passé autour de son cou, dont un bout était accroché à sa cheville.

La descente de quarante-trois étages lui donna tout le temps d'y réfléchir, chose qu'elle n'avait pas faite quand elle avait simplement pris la décision de se lancer. Si elle y avait réfléchi, c'était jusque-là pour se dire: *Que ferait Qian Yuxia ?*, ou peut-être: *Qu'est-ce que Qian Yuxia penserait de moi si elle me voyait sangloter comme une petite fille, recroquevillée par terre ?*

Jusqu'à présent, sa complicité dans tout cela s'était fondée sur une espèce de marché tacite qu'elle avait passé avec Ivanov, un marché qui se résumait à: « Nous vous traitons mal et nous vous tuerons sans doute, mais nous pourrions vous traiter bien plus mal et vous tuer bien plus tôt. » Ce n'était pas terrible, comme marché, mais elle n'avait pas franchement eu son mot à dire dans les négociations. La façon dont elle s'était retrouvée aspirée dans cette affreuse situation était déjà assez lamentable, mais la pensée qu'elle était maintenant en partie responsable du fait que Yuxia s'y retrouvait piégée à son tour était intolérable.

En théorie, Peter était retenu en otage et il aurait peut-être à répondre de son évasion, mais elle en doutait. Peter était passé dans l'autre camp. Il leur était utile. Le tuer ne la ramènerait pas. Quant à Csongor – elle espérait que rien n'arriverait à Csongor, mais elle avait tous les droits de penser à elle et à sa propre survie.

Et c'était la seule chose à laquelle elle pensait lorsqu'elle atteignit le bas des escaliers, tourna à toute vitesse et rentra dans un homme qui était planté là, pour une raison ou pour une autre. Elle s'éloigna instinctivement. Il essaya de l'attraper mais dut se contenter de son sac. Elle le lui abandonna et continua à courir. La chaîne traînait derrière elle en se déroulant.

Puis sa jambe fut soulevée de dessous elle, et elle se retourna et tomba ; en heurtant le sol de béton, elle vit un homme qui se tenait à sept mètres d'elle, son sac vide à la main, un pied sur le bout de la chaîne.

Sokolov. Il ramassa la chaîne. De sa main libre, il passa un appel qui se borna à un seul mot.

Puis il la ramena aux toilettes des dames, où la chaîne lui fut passée dans l'espace du plafond et cadenassée autour d'un tuyau en fonte de vingt centimètres de diamètre.

Richard était dans le hall à poutres apparentes d'un château de grès sur l'île de Man, annoncé par le maître d'hôtel de D2 dans une langue qui ressemblait vaguement au français.

Une fois de plus, il n'était pas attendu (même si son arrivée avait été, en fait, annoncée). Cette fois, l'élément de surprise était dû à un retard accumulé dans la boîte mail de D2. Don Donald utilisait les mails lorsqu'il était à Cambridge ou en voyage, mais il avait banni Internet de son château et même installé un brouilleur de téléphone dans le pigeonnier. Il venait là pour lire, pour écrire, pour boire, pour dîner et pour converser, toutes activités qui ne pouvaient en rien être améliorées par des appareils électroniques. Et pourtant il avait un problème gênant, c'est qu'une grande partie de ses moyens d'existence dérivaient de T'Rain. Et même s'il n'y jouait pas lui-même, prétendant trouver la simple idée « terrifiante », il ne pouvait pas vraiment exercer son métier sans communiquer assez fréquemment avec les gens de la Corporation 9592.

En consultant sa page Wikipédia, Richard avait appris que D2 était un laird, un archiduc ou un truc comme ça. Ce château, cependant, n'était pas celui de ses ancêtres. Il l'avait payé rubis sur l'ongle. Au départ, son équipe utilisait un mobile home garé à l'extérieur du bastion sud, qui initialement servait de bureau transportable aux entrepreneurs qui retapaient l'endroit. Il était équipé d'Internet et d'une imprimante laser grâce à laquelle les mails qui méritaient l'attention du seigneur du manoir pouvaient être imprimés sur du papier A4 et portés à l'intérieur du donjon dans une serviette en cuir. Plus tard, le papier blanc avait été abandonné au profit d'une espèce de pseudo-parchemin brun clair. C'était une simple question de goût. Le papier moderne, avec son aveuglant albédo à 95 %, ruinait l'atmosphère qui commençait à se créer à l'intérieur du bâtiment. Les polices sans serif furent remplacées par des imitations d'anciens caractères. Mais ce n'était pas comme si un homme qui possédait l'érudition de Donald Cameron pouvait se laisser abuser par une police imitant l'écriture à la main, choisie par un assistant sur le menu interminable de Word. Et le style et le contenu des messages venus de Seattle étaient tout aussi incongrus en ces lieux que le papier sur lequel ils étaient imprimés. Médiéviste, il aimait rester dans un état d'esprit médiéval ; en fait, il en avait *besoin* pour écrire. Assis dans sa tour « avec une vue, par temps clair, sur Donaghadee à l'ouest et sur le Cairnbaan au nord », écrivant à la plume d'oie sur un bureau vieux de 1 000 ans, il se mettait dans un état de *flow* dont la productivité ne pouvait être égalée que par celle de Devin Skraelin. Être soudain confronté à une copie papier d'un e-mail dans lequel un gamin de Seattle avec un piercing dans le nez avait écrit quelque chose comme « c la panik bicause le chap 27 colle pas avec les attentes des joueurs de 16a » était, à tout le moins, nuisible à sa progression. Il fallait inventer une façon de lui faire parvenir les communications importantes sans troubler l'ambiance requise.

Par chance, il avait, sans vraiment le chercher, attiré une coterie d'individus qui, selon le point de vue de l'observateur, auraient pu être décrits comme des pique-assiettes, des laquais, des squatteurs, des parasites ou des acolytes. Ils différaient tous par l'âge et l'origine, mais partageaient la fascination de D2 pour le médiéval. Certains d'entre eux étaient des cols bleus autodidactes qui s'étaient élevés à la force du poignet dans les rangs de la Société pour l'anachronisme créatif, d'autres avaient de nombreux PhD et parlaient couramment des dialectes éteints. Ils avaient commencé à se présenter sur le pas de sa porte, ou plutôt de sa herse, lorsque le bruit s'était répandu qu'il envisageait de transformer certaines parties du château en site de reconstitution afin de générer quelques sous et de préserver la bâtisse des risques subtils mais destructeurs de la désuétude. À cette époque, l'idée était de maintenir une espèce de pare-feu entre la partie du manoir où il vivait et la partie où la reconstitution prendrait place. Mais quelques années d'expérience lui avaient appris que, tant qu'on se débrouillait pour écrémer les ivrognes et les malades mentaux, le genre d'individu qui avait envie de vivre à la médiévale vingt-quatre heures sur vingt-quatre et sept jours sur sept était exactement ce dont il avait besoin autour de lui.

Si facile et tentant que ce fût de se payer une tranche de rigolade aux dépens de D2 et de sa bande de médiévistes, Richard était forcé de reconnaître que plusieurs d'entre eux étaient aussi sérieux, dévoués et compétents que tous les comparses avec qui il avait lui-même travaillé dans un cadre XXIe siècle ; et au cours de quelques conversations très agréables partagées autour de verres d'hydromel ou de bière (brassée sur place, bien sûr), ils avaient réussi à le convaincre que le monde médiéval n'était pas pire ou plus primitif que le monde moderne, juste différent.

Ainsi la transmission des mails se déroulait-elle désormais de la sorte : à Douglas, la ville principale de l'île de Man, la petite amie d'un des médiévistes, qui habitait dans un appartement, lisait les mails de D2 à mesure qu'ils arrivaient, éliminait les messages indésirables les plus évidents, imprimait tout ce qui semblait important et rangeait le tout dans une besace imperméable. En allant promener son chien, elle remontait le front de mer jusqu'à la minuscule gare elphique qui le terminait au nord et confiait le sac au chef de gare, qui le confiait ensuite au conducteur de l'étroit train électrique qui se frayait alors un chemin jusqu'à l'intérieur des terres. À un point précis du trajet, il jetait le sac sur le bord des voies, qui était plus tard ramassé par le garde-chasse de D2, qui le transportait en haut de la colline et plaçait son contenu sur le bureau du troubadour résident, qui traduisait les mails en occitan médiéval et les chantait ou les récitait à D2 pendant ses repas. Le seigneur du manoir dictait alors une réponse qui suivait le trajet inverse et descendait la colline pour terminer sur l'ordinateur portable de la petite amie, et sur Internet.

Ridicule ? Oui. Sérieux ? Bien sûr que non. Ayant pris quelques repas là-bas, Richard voyait bien, aux réactions des personnes présentes – de celles qui comprenaient l'occitan, en tout cas –, que le troubadour était un vrai clown. Ils semblaient surtout rire aux dépens de la faune des bureaux américains, qui pensait en PowerPoint et tapait à toute vitesse avec ses pouces, et Richard faisait désormais bien attention à formuler ses mails à Don Donald de façon à bien montrer qu'il était *au fait* de la blague.

Celui qui annonçait son arrivée imminente sur l'île était encore en cours de traduction.

Cependant, pour Don Donald, recevoir une visite surprise était bien moins problématique que pour Skeletor. C'était le monde médiéval. Les communications étaient lamentables. *La plupart* des visites étaient des visites surprises. Tant que les visiteurs n'avaient ni haches ni bubons, ce n'était pas un problème. Il y avait beaucoup de place dans le château, et des médiateurs étaient là pour faire tampon – autrement dit, des « serviteurs » de reconstitution, qui installèrent confortablement Richard et Pluto le temps que la nouvelle filtre jusqu'au donjon. Lorsque D2 descendit finalement de son périlleux escalier en colimaçon vieux d'un milliard d'années pour prendre son repas, Richard et Pluto furent annoncés, courtoisement et un peu pompeusement, par le héraut – en fait (comme le château manquait un peu de personnel), l'homme naviguait entre les rôles de héraut, de brasseur et de compagnon de beuverie.

« Il pourrait bien s'avérer nécessaire de conférer des pouvoirs extraordinaires à la Coalition des couleurs terre », proposa Richard.

Don Donald se rappuya contre le dossier de sa chaise et se mit à tripoter sa pipe. Quand Richard était petit, tous les hommes fumaient la pipe. Maintenant, à sa connaissance, D2 était le dernier fumeur de pipe sur terre.

« Pour éviter qu'ils soient éradiqués, vous dites.

– Oui.

– Comment pourrait-on faire une chose pareille, dit D2, mâchonnant la tige de sa pipe en biglant sur un point au-dessus de l'épaule droite de Richard, sans ratifier une distinction difficultueuse ?

– Vous parlez occitan, là ? Parce que je dois vous dire qu'entre le *jet lag* et ce délicieux bordeaux...

– Il n'y a pas de précédent dans le monde du jeu pour tout ce qui s'est passé ces quatre derniers mois. Les gardes des villes, les unités militaires, les commandos se sont scindés, sans prévenir, en deux moitiés, à couteaux tirés. Ou peut-être devrais-je parler au singulier, car si les comptes rendus que j'ai reçus sont fiables, une bonne partie des membres de ce que vous appelez la "Coalition des couleurs terre" se sont retrouvés soudainement et inexplicablement dans les Limbes avec des poignards multicolores plantés dans le dos.

– Indubitablement, c'est un événement bien préparé, une sorte de Pearl Harbor.

– Et beaucoup de vos clients semblent en tirer beaucoup d'amusement. Tant mieux pour eux. Mais ça pose problème, n'est-ce pas ? Parce que cette extraordinaire scission de la société n'est en aucune façon justifiée, préfigurée ou même esquissée dans le Canon que M. Skraelin, moi et les autres auteurs avons fourni. »

Les sentiments de D2 étaient blessés, et il ne cherchait pas à le cacher. Il continua. « J'ose dire que vous devriez juste revenir en arrière. C'est un piratage, pas vrai ? Comme si quelqu'un avait piraté votre site web et l'avait défiguré avec des gribouillages enfantins. Quand une chose pareille se produit, on n'incorpore pas le vandalisme dans un site web. On remet de l'ordre et on continue.

– C'est allé trop loin. Depuis le début de la G2R, nous comptons deux cent cinquante mille nouveaux joueurs. Tout ce qu'ils savent sur le monde et le jeu s'est produit après la G2R. Restaurer le monde qui existait avant reviendrait à défaire absolument tous leurs personnages.

– Alors votre stratégie est de mettre votre pouce sur la balance. Accorder des pouvoirs spéciaux aux personnages que vous voulez voir gagner. Comme Athéna avec Diomède. »

Richard haussa les épaules. « C'est une idée. Je ne suis pas là pour vous imposer des choses *ex cathedra*. C'est une collaboration.

– Tout ce que je veux dire, c'est que si vous aidez la Coalition des couleurs terre, vous admettez, implicitement, que la Coalition des couleurs terre existe. Vous conférez une légitimité à cette distinction ridicule qui a été créée par des petits malins.

– C'était un raz-de-marée. Un énorme phénomène grégaire, une mutation.

– Aucun respect pour l'intégrité du monde.

– Tout ce que nous pouvons faire, c'est aller plus vite que les autres. Prendre une longueur d'avance. Les surprendre avec notre capacité à être cool, adaptables. Leur faire plaisir en incorporant leur création dans le Canon. Leur montrer de quelle étoffe nous sommes faits.

– Oui, et ça, *ça* me met en première ligne, non ? Comment puis-je refuser, en ces termes ?

– Je suis désolé d'avoir formulé les choses de cette façon. Je ne cherche absolument pas à vous coincer. Mais je crois franchement qu'en y réfléchissant un peu vous pourriez trouver quelque chose qui ne vous déplaise pas tant que ça. »

Don Donald eut l'air de réfléchir.

« Sans quoi, ça ne va faire que dévier de plus en plus. Comme un avion qui aurait perdu ses surfaces de contrôle.

– Oh ! Et moi, je suis l'empennage ? »

Richard leva les mains dans un geste d'impuissance.

« Les plumes sur la queue d'une flèche, expliqua D2, qui lui permettent d'aller droit. Des plumes d'oie. Comme celles...

– Que les écrivains utilisent, j'ai pigé.

– Elles sont en arrière, mais...

– Elles guident toute la flèche. Ouep. Dites donc, vous êtes écrivain, ou quoi ? »

D2 émit un petit rire forcé.

« C'est ce qu'ils veulent, reprit Richard. Ils ne voulaient pas, au départ. Ils étaient ravis d'être lâchés dans la nature, la bride sur le cou pour inventer leur propre histoire.

– Les joueurs, vous voulez dire.

– Oui. C'était très clair dans les forums, les sites web tiers. Maintenant, ça s'est tassé. Ils disent qu'ils veulent qu'il y ait de nouveau une direction, qu'ils veulent que l'histoire du monde retrouve une logique. »

Une idée traversa Don Donald, et il dirigea la tige de sa pipe vers Richard. « Quelle langue parlent-ils, dans ces forums ? Anglais, tous ?

– Pourquoi cette question ?

– J'aimerais savoir qui sont ces gens. Les instigateurs, les meneurs. Des Asiatiques ?

– On croit souvent, à tort, que les Asiatiques, qui parlent moins bien anglais et ne maîtrisent pas la mythologie européenne, ne sont pas sensibles au genre d'histoires et de personnages que vous aimez dépeindre – mais qu'ils aiment les couleurs vives. »

Il secoua la tête. « On a analysé tout ça très sérieusement. C'est complètement dépourvu de fondement. Les Chinois, avec leur arrière-plan confucéen, et les Japonais n'ont rien à envier à personne pour ce qui est du respect, et peut-être même de la sainte terreur des VMP.

– VMP ?

– Vieux machins poussiéreux. Pardon.

– Encore un de vos acronymes internes ?

– Il y a un département entier qui s'appelle comme ça. Lorsqu'on se rend dans le monde – ce que vous ne faites jamais –, lorsqu'on se rend, par exemple, à la hutte de Galdoromine l'Ermite, sur le chemin du Bout de la Montagne, qu'on passe devant son loup à deux têtes et qu'on entre, toutes les saloperies accrochées aux murs ont été produites par les VMP. »

Richard décida de ne pas préciser que le décor de la hutte de Galdoromine avait été inspiré par un Club Med à Issaquah. « Le design de haut niveau est conçu à Seattle mais le modelage détaillé des décors réels est entièrement réalisé en Chine. Et ils font un boulot excellent. »

Don Donald réfléchit un instant. Richard s'efforça de la boucler pour changer. Il vida sa chope et se dirigea vers la garde-robe. Puis revint avec une idée : « Pendant que je dormais dans l'avion, une phrase m'est venue : "Nous nous sommes tous fait rouler dans la farine !" Ça reflète à peu près ce que je pensais de la G2R. Mais plus tard, je me suis dit : *Et si on renversait la vapeur et qu'on faisait ravaler le tout à ceux-là même qui nous énervent au plus haut point ?* »

D2, assis de profil, un coude sur la table, tenant délicatement sa pipe, tourna la tête vers lui. La pipe, soutenue par sa main, resta immobile, comme dans un cartoon. « Retourner la farce contre eux ?

– Oui, ériger une espèce de contexte selon lequel ils auraient été convaincus de se lancer dans cette trahison massive par de quelconques beaux parleurs qui se révéleraient plus tard sous leur véritable jour.

– Et les cheveux bleus ?

– Il faudra peut-être contourner un peu tout ça, mais l'idée, c'est que les gens qui se sont laissé enrôler dans cette rébellion ont reçu l'instruction de porter des vêtements et des atours criards comme signe distinctif, afin que les membres de la conspiration se reconnaissent entre eux.

– "On s'est fait rouler dans la farine !" répéta le Don. Ça fait un peu vinaigre, n'est-ce pas, si on le fait avaler à des gens qu'on n'aime pas trop ?

– Une fois de plus. Il faut la jouer en finesse.

– Quel genre de pouvoirs d'urgence voudriez-vous placer entre les mains de la – ça me fait mal, Richard, d'entendre ces mots sortir de ma propre bouche –, la Coalition des couleurs terre ?

– Pour vous donner une réponse complète, je devrais rentrer dans des détails techniques pénibles. Les statistiques du jeu sont très compliquées. Donc si nous voulons être discrets, il y a toutes sortes de façons de mettre le pouce sur la balance, comme vous l'avez dit tout à l'heure. Ou bien nous pourrions y aller franco et invoquer une nouvelle divinité ou une caractéristique importante jusqu'ici inconnue de l'histoire du monde.

– Qu'il faudrait écrire.

– Qu'il faudrait écrire. »

Jour 4

Être enchaînée au petit coin avait pour effet secondaire d'être coupée de tout. Zula n'avait pas la moindre idée de ce qui se passait. Elle mangea ses rations militaires, dormit étonnamment bien et se réveilla de bonne humeur. Non que sa situation se soit améliorée. Mais au moins, elle avait tenté quelque chose. Elle entendait des gens entrer et sortir de l'ascenseur. Comme elle n'avait ni fenêtre, ni téléphone, ni montre, elle ne savait pas quelle heure il pouvait bien être.

Elle avait réussi à glisser un stylo à bille dans sa poche la veille ; elle écrivit une lettre à sa famille sur des serviettes en papier, les roula et fourra le tout dans le tuyau qu'elle avait démonté la veille. Peut-être un plombier la repérerait-il quand il viendrait réparer le lavabo et la porterait-il à la connaissance d'un superviseur, et la lettre parviendrait-elle enfin entre les mains de quelqu'un qui lisait l'anglais. Elle l'espérait. Elle était fière de cette lettre. Elle ne manquait pas d'humour.

Sokolov frappa un coup puis entra dans les toilettes et lui souhaita le bonjour. Il ôta la menotte de sa cheville et l'escorta dehors. « On s'en va pour de bon, dit-il. Prenez vos affaires. »

Ils descendirent par l'ascenseur et sortirent par l'entrée principale du bâtiment, un large fer à cheval partiellement recouvert par un auvent, où une fourgonnette les attendait, moteur tournant au ralenti et portière arrière grande ouverte. Derrière se tenaient quatre des consultants en sécurité, portant des chapeaux ridicules, qui fumaient ou farfouillaient dans un stock de glacières et d'étuis de canne à pêche empilé à l'arrière. Comme c'était le cas à tout moment, ils étaient observés par un millier de Chinois et un nombre impossible à connaître de caméras de surveillance. Mais tous les gens qui faisaient du tai-chi à l'ombre des arbres, les écolières qui affluaient des terminaux de ferrys, les chauffeurs de taxi qui tuaient le temps dans le square voisin, les ouvriers du bâtiment qui venaient embaucher dans l'immeuble, tous ces gens regardèrent la scène autour de la fourgonnette pendant quelques secondes et supposèrent qu'il s'agissait d'une bande de touristes étrangers un peu mabouls qui partaient à la pêche.

Peter et Csongor étaient installés à l'arrière. Qian Yuxia était au volant. À côté d'elle, à la place du mort, était installé Ivanov, qui la baratinait avec le style charmeur qu'il leur avait laissé entrevoir pendant leur entretien au loft de Peter à Seattle. Ils parlaient de *gaoshan cha*, le thé de haute montagne, et du projet d'Ivanov de le distribuer en Russie, où il était certain qu'il rencontrerait un grand succès.

Zula fut fortement encouragée à monter en voiture et à s'asseoir à l'arrière entre Peter et Csongor. Quand elle monta, Yuxia l'accueillit par un « Bonjour, copine, prête à attraper du gros poisson ? », et Zula lui répondit par un hochement de tête, se demandant s'il y avait quelque chose qu'elle pouvait dire à cet instant qui persuaderait Yuxia de démarrer la fourgonnette pied au plancher. Ça aboutirait à une situation où ils seraient loin des consultants en sécurité, mais où Ivanov serait toujours en voiture avec eux. À quoi cela pourrait donc bien les avancer, à moins que Yuxia n'ait la présence d'esprit de foncer dans une succursale du Bureau de sécurité publique et d'enfoncer le portail ?

« On a beaucoup de choses à se dire, observa Peter en lui lançant un regard mauvais.

– Qu'est-ce qu'elle fiche là ? demanda Zula à Csongor.

– Pour cette opération, une fourgonnette était nécessaire. Quand Ivanov a entendu parler de Yuxia, il a dit : "Elle est parfaite, donnez-moi son numéro", il l'a appelée et l'a convaincue de participer.

– OK », fit Zula, pas au sens de *j'accepte cet état de choses*, mais plutôt au sens de *je comprends l'horreur de la situation.*

Elle avait le sentiment déstabilisant, à présent, d'avoir manqué pas mal d'épisodes pendant sa captivité dans les toilettes des dames. « Mais hier – que s'est-il passé ?

– Après vous avoir mise dans le taxi au *wangba*, Sokolov a dit à Yuxia que le temps était venu d'acheter des glacières, et ils sont partis tous les deux. »

Csongor marqua une pause, cherchant peut-être une manière diplomatique d'énoncer la suite. « Je crois que c'est en rentrant qu'il vous est tombé dessus.

– À vrai dire, c'est moi qui lui suis tombée dessus, mais continuez.

– Qu'est-ce qui t'a pris, au juste ? demanda Peter. T'aurais pu nous faire tuer ! »

Une nouvelle chose se produisit alors, à savoir que Csongor tourna son énorme torse en forme de barrique vers Zula et se pencha en avant pour bien regarder Peter. Il s'appuya d'une main contre le siège devant lui. L'autre, il la laissa tomber au sommet de la banquette arrière, près de la tête de Zula, faisant attention à ne pas la toucher mais lui donnant le sentiment d'être à demi enveloppée. Il fixa sur Peter un regard que Zula aurait trouvé intimidant s'il lui avait été adressé. La tête de Csongor semblait aussi grosse qu'un ballon de basket et ses yeux grands ouverts étaient rivés, sans ciller, sur Peter, comme s'ils lui étaient reliés par des cordes d'acier. « Ce qui lui a pris, c'est qu'elle a fait ce qu'elle avait à faire, elle a gardé la tête sur les épaules.

– Mais les Russes... commença Peter, choqué par le virage soudain de la personnalité de Csongor.

– Les Russes ont adoré », dit Csongor d'une voix neutre.

Puis, regardant Zula : « Ils ont parlé de vous la moitié de la soirée. Vous pouvez être certaine qu'ils ne vous en veulent pas. Moi non plus, d'ailleurs.

– Mais *lui* ? ! s'écria Peter avec un coup d'œil à Ivanov. Ce qu'il pense, lui, c'est la seule chose qui compte pour nous.

– Je n'en suis pas si certain que ça... »

Zula leva ses deux mains entre eux, puis cogna de nouveau ses poings l'un contre l'autre. « Revenons au *wangba*, si ça ne vous dérange pas, vu que je ne suis au courant de rien.

– OK, reprit Csongor. Les autres Russes sont montés et sont restés avec moi un moment en gardant un œil sur les joueurs de T'Rain que vous avez repérés. On a passé *six heures* à surveiller ces types. C'est devenu assez clair que l'un d'entre eux était le chef. Un grand mec, un peu plus vieux que les autres, dans un maillot de Manu.

– Un maillot de Manu ?

– Manu Ginobili, dit Peter, presque fâché que Zula n'ait pas saisi la référence. Il joue pour les Spurs.

– Manu, comme on l'a surnommé, n'a joué lui-même à T'Rain à aucun moment, il ne s'est pas impliqué émotionnellement, il regardait ce qui se passait, parlait constamment au téléphone, et disait aux autres types où ils devaient envoyer leurs personnages et ce qu'ils devaient faire. Alors un de ces types – Csongor fit un signe du menton en direction des consultants en sécurité qui se tenaient derrière la fourgonnette – est descendu dans la rue. Il a arrêté tous les taxis qu'il a pu jusqu'à trouver un chauffeur qui baragouine un peu d'anglais. Il lui a donné une liasse de billets et lui a dit : "Vous pouvez garder ça si vous m'aidez." Et ce qu'il a dit au chauffeur, c'est qu'ils allaient rester là pendant un certain temps, peut-être toute la nuit, mais qu'à la fin un jeune avec un maillot de Manu allait sortir et qu'ils allaient le suivre.

– Je n'ai jamais entendu parler de Manu Ginobili. Est-ce vraiment une référence culturelle si populaire que...

– Oui, firent Peter et Csongor à l'unisson.

– Donc, au bout de quelques heures, Manu est sorti du *wangba*, et le chauffeur de taxi l'a suivi dans un de ces dédales de ruelles et Manu est entré dans un immeuble. Le Russe et le taxi l'ont attendu devant pendant deux heures, à observer le bâtiment, et Manu n'est pas ressorti. Mais plus tard, on l'a repéré en train de faire des paniers sur le toit avec d'autres jeunes.

– Il y a un terrain de basket sur le toit ?

– Pas un terrain, dit Peter, de nouveau irrité par ce qu'il considérait comme une question inepte. Juste un panier ! On le voit parfaitement depuis la planque.

– Vraiment ?

– Vraiment. C'est à maximum huit cents mètres, à vol d'oiseau.

– On a une vue directe dessus. On a passé la moitié de la nuit à les épier avec des jumelles, dit Csongor.

– C'est un immeuble de bureaux ? Des appartements ?

– Exclusivement des appartements, dit Csongor.

– Un taudis, corrigea Peter. La moitié du bloc est déserte.

– Comment peut-il y avoir des logements vides dans cette ville ?

– Une rue plus loin, il y a un chantier, dit Csongor. Le quartier est en développement. Cet immeuble et ceux qui l'entourent vont sûrement être démolis dans l'année.

– Le chauffeur de taxi s'est montré très serviable une fois qu'il a vu la liasse de billets, reprit Peter. Il est descendu de voiture pour fumer une cigarette, a posé quelques questions dans la rue, en a appris un peu plus long sur le bâtiment.

– Et ?

– Il a la réputation d'être assez miteux. Le propriétaire ne peut pas faire des baux à long terme dans un bâtiment qu'il veut démolir à la première occasion. Mais ça lui ferait mal de laisser l'argent dormir. Alors il loue les apparts au mois à quiconque veut bien le payer en cash, sans poser de questions.

– Je vois le tableau.

– Alors par exemple, il y a des locataires étrangers.

– Comme des Philippins ?

– Non, dit Csongor en riant. Des étrangers *de l'intérieur*.

– Comment ça ?

– Des Chinois qui viennent de régions de Chine tellement éloignées et tellement différentes que ça revient quasiment à un pays étranger.

– Des migrants économiques, dit Peter. Leur équivalent des Mexicains.

– OK, dit Zula, mais Manu n'en fait pas partie.

– Apparemment, Manu et quelques autres jeunes mecs vivent ensemble dans un des apparts. On ne sait pas lequel. Ils ont installé un panier de basket sur le toit. Ils vont y boire de la bière, fumer des clopes et jouer au ballon jusqu'à pas d'heure.

– Avec leurs ordinateurs portables, ajouta Csongor en secouant la tête, incrédule.

– Oui, même à 2 heures du matin, ils sont branchés sur leurs ordis. Leur vrai bureau est quelque part aux étages inférieurs, mais manifestement, ils ont installé le wi-fi sur le toit.

– Donc vous pensez que le Troll est l'un de ces types, dit Zula, essayant de synthétiser toutes ces infos, ou peut-être qu'ils sont le Troll, à eux tous. Ils gèrent REAMDE depuis cet appartement. Les bandits qui attaquent leurs victimes quand elles se rendent aux intersections de lignes telluriques avec la rançon leur posent problème, alors ils paient des gamins plus jeunes pour passer la journée à tuer les bandits au *wangba*. Manu se rend au *wangba* pour les superviser, mais il est constamment en contact téléphonique avec l'appartement.

– Cinq minutes après qu'il soit parti du *wangba*, dit Csongor, un autre mec s'est pointé en *dribblant avec un ballon de basket* pour prendre sa place.

– Les tueurs de bandits se relaient vingt-quatre heures sur vingt-quatre », traduisit Zula.

Depuis une minute à peu près, les consultants en sécurité avaient commencé à s'installer dans la fourgonnette, un par un. Il n'y avait pas assez de sièges, et l'un d'entre eux finit quasiment coincé dans l'espace entre le fauteuil conducteur et le fauteuil passager à l'avant. Sokolov claqua les portières arrière et monta le dernier, prenant une place qui lui avait été réservée.

« Tout le monde est prêt ? » lança Yuxia d'une voix qui portait facilement jusqu'à la banquette arrière.

La réponse fut muette mais affirmative.

Ivanov regarda le consultant en sécurité assis entre Yuxia et lui et ils échangèrent un signe de tête. Ivanov avança sa main gauche et la posa sur la main droite de Yuxia, qu'il maintint en place sur le volant. Pendant ce temps, le consultant en sécurité plaqua une paire de menottes sur le poignet de Yuxia. Un instant plus tard, il avait attaché l'autre moitié au volant. Ivanov retira sa main.

« C'est quoi ce *bordel* !? s'exclama Yuxia, tirant sur les menottes pour les tester, comme si elle avait encore besoin de se convaincre de la réalité de la chose.

– Pour votre bien, expliqua Ivanov.

– *Mon bien* !?

– Lorsqu'il y aura enquête du BSP, ils verront menottes, verront que vous n'aviez pas le choix, vous diront innocente.

– Innocente de *pêcher* ? »

Ivanov ouvrit sa veste pour montrer son holster à Yuxia. « Chasser. » Il claqua les doigts et Sokolov lui donna un plan imprimé, apparemment, d'après Google. C'était une photo satellite de Xiamen avec les rues en surimpression.

« Zula ! Qu'est-ce qui se passe, copine ? appela Yuxia.

– Ils m'ont kidnappée. J'ai essayé de m'échapper hier soir pour te prévenir mais ils m'ont rattrapée. Je suis désolée que tu te retrouves mêlée à ça. »

Elle s'était dit la veille qu'elle en avait fini avec les sanglots, mais des larmes affluèrent dans ses yeux.

Yuxia la vit dans le rétroviseur. « Je vais te niquer, salopard ! cria-t-elle à Ivanov.

– Peut-être plus tard, répondit-il, pince-sans-rire.

– Ça ne servira à rien de lui parler comme ça, Bigfoot, dit Zula.

– On y va, maintenant, dit Ivanov, et tout ira bien à la fin de la journée, exception faite du Troll. »

Il tendit la main et tourna la clé de contact, puis lança un regard à Yuxia, dans l'attente de sa réaction.

« Qui c'est, le Troll ? » demanda Yuxia d'une voix renfrognée. Mais elle démarra et s'engagea sur la route du front de mer.

Maintenant qu'ils se dirigeaient vers une destination située à moins de huit cents mètres, Zula se posa une question tout à fait basique : « Pourquoi ils nous emmènent dans cette expédition, déjà ? Quelqu'un le sait ?

– Apparemment, le bâtiment contient quelque chose comme quatre-vingt appartements, dit Peter. Certains sont vides, d'autres pas. Ils ne savent pas dans quel appart vit le Troll. Ils ne peuvent pas rentrer là-dedans et enfoncer quatre-vingt portes ; quelqu'un va appeler la police.

– Ça ne répond toujours pas à ma question.

– Ils se sont convaincus que si nous trois, on entre dans le bâtiment, on sera capables de déterminer dans quel appartement se trouve le Troll, dit Csongor.

– Qu'est-ce qui leur fait croire ça ?

– Le fait qu'on est des hackers, et qu'ils regardent trop de films. »

Le trajet prit un petit moment ; ils auraient eu plus vite fait à pied. Sokolov était parfois en contact avec d'autres Russes sur son talkie-walkie, qui devait être, pensa Zula, une sorte d'appareil ingénieusement encodé, sans quoi le BSP aurait été sur eux en moins de deux. Comme deux Russes manquaient dans la fourgonnette, elle supposa que Sokolov les avait envoyés en éclaireurs.

Csongor, qui maîtrisait à peu près le russe, se fit l'interprète des transmissions au talkie-walkie : « Il a envoyé deux types là-bas avant le lever du jour. Ils ont trouvé un moyen de s'introduire dans l'immeuble. Ils se sont installés dans une salle dans la cave qui ne sert à personne. Accessible par une porte de service. C'est là qu'on va. »

Yuxia, suivant les instructions de Sokolov, les engagea dans une rue tellement étroite qu'ils durent plaquer les deux rétroviseurs contre les ailes de la fourgonnette, et les riverains durent se précipiter dans la rue pour ôter les volailles en cage et les grands paniers plats de thé vert de leur passage. Après quelques minutes à progresser à une lenteur torturante, ils arrivèrent en travers d'une ruelle, pas plus large qu'une porte, sur leur droite. Le Russe qui se trouvait à l'autre bout du talkie-walkie glapit un unique mot. « Stop », dit Sokolov.

Ils ouvrirent la portière droite de la fourgonnette. Les Russes sortirent dans la ruelle et firent une chaîne de porteurs : Peter attrapa sous le siège les glacières et le reste du matériel, qu'il passa à Sokolov, qui fit quelques pas pour les tendre à un de ses hommes posté dans la ruelle, et, de la sorte, ils introduisirent l'équipement par l'entrée de service de l'immeuble. Il était impossible de la distinguer dans la pénombre, mais elle semblait se trouver à une distance de six à dix mètres, sur le côté droit de la ruelle. Pendant ce temps, Zula s'efforça de visualiser l'environnement du mieux qu'elle le put en se tortillant sur son siège et en passant la tête par les vitres.

Si la ruelle sur leur droite était l'entrée de service, la rue dans laquelle ils se trouvaient longeait le côté de l'immeuble du Troll, et ils étaient garés devant le coin arrière de celui-ci. Le rez-de-chaussée présentait plusieurs ouvertures assez larges, protégées par des portes à enroulement en acier crasseux. Au-dessus de celles-ci étaient installés des auvents en tôle ondulée, troués par la rouille, qui s'avançaient en travers de la rue au-dessus de la fourgonnette et lui rendaient impossible de distinguer les étages supérieurs.

À environ quinze mètres devant eux, on voyait un carrefour où la petite rue en croisait une plus grande qui était embouteillée par le flux habituel de piétons et de vélos. La rue en question semblait appartenir à une portion de l'univers davantage éclairée, et Zula supposa que c'était parce qu'un chantier était en cours de l'autre côté de la rue : l'immeuble d'en face était recouvert d'échafaudages et de bâches bleues, et derrière on devinait une cavité béante dans le tissu urbain, où on était en train d'ériger une quelconque arcologie.

Ce fut tout ce que put distinguer Zula avant que Sokolov indique qu'il était temps pour eux de se rendre utiles. Csongor, Zula et Peter sortirent en passant par-dessus le siège avant rabaissé et s'engagèrent dans la ruelle. Sokolov ferma la portière et les suivit jusqu'à l'entrée de service. Yuxia, qui obéissait sans doute aux instructions d'Ivanov, toujours installé à la place du mort, avança la fourgonnette et disparut de leur vue.

Une légère controverse était en cours dans la ruelle, où une vieille dame penchée à sa fenêtre au premier étage lançait des invectives aux Russes. Zula caressa un instant l'espoir qu'elle appelle le BSP. Sokolov leva les yeux vers elle pendant quelques secondes, puis plongea la main dans sa sacoche, sortit une liasse de billets épaisse d'un centimètre et demi, l'agita sous ses yeux – ce qui la fit taire – et la lui lança. La liasse passa à travers la fenêtre devant la vieille et atterrit à l'intérieur avec un bruit mat. Elle retira sa tête et ferma la fenêtre. Sokolov n'avait ralenti à aucun moment.

Quelques marches de béton descendaient dans un couloir éclairé par quelques ampoules nues au sous-sol. Les consultants en sécurité leur firent signe d'avancer d'une vingtaine de pas jusqu'à une pièce emplie d'une lumière bleu-gris qui filtrait par deux vasistas donnant sur la rue. La pièce était située à côté du bas de ce que Zula supposa être l'escalier principal de l'immeuble. Il n'était pas difficile de voir que le bâtiment avait été conçu autour d'un noyau central qui comprenait non seulement l'escalier, mais tout ce qui avait besoin de passer verticalement : la tuyauterie, les lignes électriques, les canalisations. La salle était donc pleine de tuyaux, de soupapes, de compteurs, de branchements électriques anarchiques et de disjoncteurs. Il n'y avait pas d'équipement Internet – ni, d'ailleurs, la moindre trace de technologie postérieure à la Seconde Guerre mondiale –, ce qui n'avait rien de surprenant, mais posait la question de savoir où les mecs de REAMDE trouvaient leur connectivité. Mais tous les bâtiments de Chine étaient reliés entre eux par des branchements improvisés : ils devaient la pirater ailleurs.

« Peut-on aller sur le toit ? » demanda Peter.

Un éclaireur monta sur le toit et leur apprit par talkie-walkie qu'aucun des garçons ne s'y trouvait pour le moment. Peter et Zula, accompagnés par Sokolov, montèrent les six étages jusqu'en haut de l'escalier. L'accès au toit avait autrefois été protégé par une porte mais la serrure avait été crochetée.

La terrasse du Troll consistait en une demi-douzaine de chaises moulées par injection, une table pliante rouillée, un panier de basket maintenu par un échafaudage de tuyaux, un service à thé, une baignoire en plastique contenant une pile de magazines sur la NBA et une rallonge qui traversait le toit jusqu'à la cage d'escalier où elle était raccordée au restant d'un plafonnier.

De ce même plafonnier partait un câble à deux fils bon marché qui montait jusqu'au toit de la petite cabane qui surplombait la cage d'escalier, où il disparaissait sous un seau de plastique maintenu en place par une brique. Un câble Ethernet bleu passait également sous ce seau.

Peter se fit faire la courte échelle par Sokolov pour se hisser sur le toit de la cabane. Il se glissa jusqu'au seau, retira la brique et le souleva pour révéler un modem wi-fi dont les LED vertes clignotaient joyeusement.

De là, le câble Ethernet bleu traversait le toit jusqu'à l'avant de l'immeuble, puis disparaissait par une bouche d'évacuation dans le parapet haut d'à peu près un mètre. Zula suivit le câble jusqu'au rebord, se pencha par-dessus le parapet et regarda en bas. Elle se tenait maintenant près du coin de l'immeuble diagonalement opposé à celui où ils étaient sortis de la fourgonnette.

Une vingtaine de mètres sous elle, elle vit le véhicule garé devant l'entrée principale de l'immeuble, bloquant la circulation, ce qui était source de discorde.

Le câble bleu avait été fixé le long d'un tuyau qui descendait verticalement de la bouche d'évacuation creusée dans le parapet à l'entrée de l'immeuble. À un moment, le câble se séparait sans doute du tuyau pour entrer dans le bâtiment par une fenêtre ou une autre ouverture, ce qui devait indiquer l'emplacement de l'appartement du Troll. Dans un monde parfait, ils auraient pu voir cet embranchement de leur point de vue et localiser immédiatement l'appartement en question, mais ils n'avaient pas cette chance; il devait être caché sous un truc horizontal qui leur bloquait la vue. Et avec tous les balcons, fils à linge, auvents et tuyauterie externe, ce n'était pas ce qui manquait.

Zula, et ce n'était pas la première fois, se corrigea mentalement: non, c'était en fait une *chance* qu'ils ne puissent localiser l'appart; livrer le Troll à Ivanov serait une *mauvaise* chose. La facilité avec laquelle elle se laissait prendre par l'enthousiasme de la traque la perturbait un peu.

Peter s'avança vers elle, les yeux fixés sur l'écran d'un Palm. « Ça te dit quelque chose, le nom Golgaras ?

– C'est le nom d'un des continents de T'Rain.

– Et Atheron ?

– Pareil.

– Je détecte quatre points d'accès wi-fi. Deux d'entre eux sont réglés sur connexion par défaut et leur signal est très faible – je parie qu'ils sont dans un bâtiment de l'autre côté de la rue. Golgaras est très puissant, et Atheron considérablement moins.

– Essaie de débrancher le modem sous le seau pour voir s'il y en a un qui disparaît. »

Peter fit demi-tour et se dirigea de nouveau vers la cage d'escalier pour tenter l'expérience.

Zula s'était mise à s'intéresser à une grappe de branchements improvisés tendue entre leur bâtiment et celui qui se trouvait de l'autre côté de la rue, avec les échafaudages et la bâche bleue. Les fils étaient reliés à la façade de l'immeuble, presque juste au-dessous d'elle, entre le quatrième et le cinquième étage. Ils n'étaient pas fixés en un seul point mais plutôt arrimés à l'immeuble par un système de ramifications de grande envergure. Zula parvint à distinguer un câble Ethernet bleu qui s'enroulait paresseusement autour de la grappe de fils : c'était le dernier à avoir été ajouté.

« Ivanov réclame un rapport de situation », dit Sokolov, qui s'était avancé derrière elle en faisant crisser les gravillons. Il avait branché un casque à son talkie-walkie.

« Je crois que c'est dans ce coin de l'immeuble, dit Zula. Quelque part en dessous de nous. Je dirais que c'est au quatrième ou au cinquième. »

Sokolov répercuta l'information dans un micro-cravate fixé au col de sa chemise.

« Golgaras s'est éteint, annonça Peter. Atheron transmet toujours.

– Ce qui signifie ? demanda Sokolov.

– Nous pensons qu'ils ont deux WAP. Un ici sur le toit et sans doute un autre dans leur appartement. »

Sokolov porta sa main à son oreille et écouta quelque chose, puis demanda : « Ivanov demande : sur quelle base supposer ce coin ? »

Zula lui désigna la grappe de câbles sous eux. Peter et Sokolov se penchèrent par-dessus le parapet et virent ce qu'elle avait vu.

« On pourrait réduire davantage les possibilités, proposa Peter, si on pouvait jeter un œil à la façade du bâtiment. On verrait par où le câble bleu entre dans la structure. »

Sokolov procéda à la transmission. Il y eut un court silence.

« Merde ! » dit Sokolov en anglais. Il baissa les yeux. Sur son visage, la colère se mêlait à une sorte de gêne.

Zula et Peter suivirent son regard et virent Ivanov émerger du siège passager de la fourgonnette. Il ouvrit la portière arrière, farfouilla à l'intérieur pendant quelques instants, puis sortit une paire de jumelles qu'il pressa contre ses yeux et dirigea vers eux.

Sokolov se recula du parapet et fit mine de tirer Peter et Zula, mais ils l'avaient déjà imité et se baissaient pour éviter d'être vus de la rue.

« Il est fou », dit Sokolov sur un ton très factuel, comme s'il observait qu'Ivanov faisait 1,80 m. Il ne le dit certainement pas de façon ironique et admirative comme aurait pu le faire un certain type de jeune Américain. Mais avant qu'il n'ait le temps de développer le sujet, il détourna le regard comme il recevait une transmission d'Ivanov.

« On descend maintenant », dit-il.

Ils retrouvèrent Ivanov à la cave. Avec son téléphone, il avait pris une photo de ce qui, de son point de vue, était le quart en haut à gauche de la façade de l'immeuble. Bien sûr, l'écran de son téléphone était loin d'avoir une résolution suffisante pour qu'on y distingue un objet aussi mince qu'un câble Ethernet, mais il put leur désigner l'endroit où, à l'aide de ses jumelles, il avait vu les deux fils bleus entrer dans l'immeuble : un petit trou, sans doute une bouche d'aération de cuisine, au-dessus du quatrième étage et au-dessous du cinquième.

Ils comptèrent les fenêtres entre le coin de l'immeuble et l'emplacement du trou. Puis ils envoyèrent un consultant en sécurité à l'un des étages inférieurs (dans l'hypothèse où tous les étages seraient disposés de la même façon) pour qu'il se rende au bout du couloir et compte toutes les portes en partant de là, notant les numéros des appartements.

Pendant ce temps, Zula parvint à prendre Csongor à part quelques instants. « Yuxia est toute seule dans la fourgonnette ! s'exclama-t-elle. Si on pouvait la rejoindre... »

Csongor secoua la tête. « Ivanov a pris les clés de contact. Elles sont dans sa poche.

– Oh !

– La poche gauche de son pantalon, à toutes fins utiles.

– Quand même, elle pourrait klaxonner, appeler à l'aide...

– L'un des Russes a soulevé la même question, dit Csongor, puis il tomba dans le silence.

– Et ?

– Ivanov n'est pas inquiet.

– Pourquoi pas ?

– Yuxia vous a appelée "copine".

– Et alors ?

– Et alors ils croient que vous êtes peut-être lesbiennes, vous et Yuxia. »

Csongor rougit suffisamment pour que ce soit visible même dans l'éclairage bleu et faible de la cave.

« Putain ! Demain, rappelez-moi d'en rigoler un grand coup si je n'ai pas été torturée à mort.

– Mais je pense que ce "copine" est une façon dont les femmes noires se saluent entre elles, même si elles sont hétérosexuelles. »

Quelque chose dans l'expression de Csongor indiquait que ce n'était pas simplement une incursion dans l'argot urbain américain, mais que cette considération pouvait avoir une incidence directe sur son bonheur futur. Zula s'autorisa un instant d'émerveillement devant la façon dont l'instinct de reproduction masculin pouvait empiéter sur des situations dans lesquelles il était pire qu'inutile. Elle envisagea même de faire un mensonge pieux.

« Vous avez raison, dit-elle enfin. Elle a dû choper l'expression dans un film, un truc comme ça.

– Vous et Yuxia, vous êtes juste amies, dit Csongor avec un soulagement si évident que Zula sentit le rouge lui monter aux joues.

– Juste amies, et on se connaît depuis au maximum vingt-quatre heures.

– Ce n'est pas ce que croit Ivanov, et il a dit à Yuxia que si elle faisait des siennes, il s'en prendrait à vous.

– Eh bien, ça, c'est peut-être vrai. »

Sa réponse déplut visiblement à Csongor.

« Mais bien que Yuxia et moi ne soyons pas amantes, la menace qui pèse sur moi pourrait influencer quand même ses décisions. »

Le Russe compteur de portes revint avec un schéma grossier. À partir de celui-ci et de la photo de la façade, ils purent déterminer quelle porte donnerait accès à l'appartement en question, en supposant qu'ils sachent s'il était situé au quatrième ou au cinquième étage. Mais il n'y avait pas moyen de trancher la question de l'extérieur. Au final, le Troll habitait probablement dans l'appartement 405 ou dans l'appartement 505.

Cela semblait un grand progrès aux yeux de Zula (pour peu que l'on considère les choses sous cet angle), étant donné qu'ils n'étaient dans l'immeuble que depuis vingt minutes à tout casser. Mais cela ne sembla qu'énerver davantage Ivanov.

Elle s'avança vers l'énorme boîtier en métal rouillé qui, c'était facile à deviner au vu de tous les câbles et canalisations qui y plongeaient, servait de panneau électrique central de l'immeuble. La porte était disjointe et de guingois. Elle l'ouvrit d'un coup de pied. Oncle John lui avait appris à garder les mains dans les poches lorsqu'elle approchait un appareillage électrique mystérieux. Elle s'y tint.

Le panneau présentait une série d'objets ronds et plats avec de petites fenêtres. Ceux-ci étaient enfoncés dans des prises rondes. Certaines prises vides révélaient des pas de vis et des électrodes semblables à des douilles d'ampoule. La plupart, cependant, étaient occupées par les petits boutons munis d'une fenêtre. En général, ceux-ci étaient étiquetés à l'aide de petites bandes de papier où des caractères chinois avaient été inscrits à la main.

« Qu'est-ce que c'est que ça ? demanda Peter.

– Des fusibles. J'en ai entendu parler.

– À la place d'un disjoncteur ?

– Je crois.

– OK, je vois où tu veux en venir », dit Peter avec une bouffée d'énergie geek.

Zula ne voulait en venir nulle part, elle regardait juste ce qu'il y avait autour d'elle. Elle regarda Peter. Il avait ressorti son Palm. « Ouais. Je vois toujours Atheron », dit-il. Il lui lança un regard joyeux, puis jeta un coup d'œil derrière lui pour voir si Sokolov et Ivanov les observaient. Ce n'était pas le cas. Il consulta de nouveau le Palm et son visage se rembrunit. « Merde, je l'ai perdu ! Le signal est vraiment faiblard. »

Csongor s'était approché, et Peter lui expliqua : « On a déjà fait ça tout à l'heure sur le toit. Atheron, c'est leur WAP dans l'appartement. Je ne peux pas me connecter – ils ont mis un mot de passe – mais je peux voir le signal. Si on coupe l'électricité en retirant le fusible, il devrait disparaître. »

Csongor jeta un œil sur le panneau électrique. « Il n'y a qu'un fusible par appartement ?

– Apparemment, dit Zula. Étiqueté en chinois.

– Quelqu'un sait lire les nombres chinois, ici ?

– Plus ou moins », répondit Zula.

Ivanov s'approcha et posa une question en russe. Ses yeux passèrent de Peter au compteur électrique puis à Zula tandis que les mots jaillissaient de la bouche de Csongor. Peter précisa que son Palm captait très mal le signal d'Atheron depuis la cave, aussi, avec bien plus de pourparlers qu'il ne semblait nécessaire, l'arrangement suivant fut-il conclu. La plupart des consultants en sécurité restaient dans la cave à faire ce qu'ils faisaient depuis le début de toute façon, à savoir tripatouiller les armes et les munitions qu'ils avaient retirées des étuis de canne à pêche et des glacières. Peter monta quelques étages avec le Palm, se rapprochant du centre de l'immeuble afin de pouvoir capter un signal d'Atheron de façon constante. Ivanov restait collé à Peter ; il voulait voir la chose arriver de ses propres yeux et il allait donc regarder par-dessus son épaule pendant toute l'expérience. Csongor resta au bas de l'escalier, d'où il pouvait parler à Zula, qui était toujours dans son champ de vision, postée devant le compteur, et Sokolov se plaça dans l'escalier quelque part entre

Csongor et Ivanov de façon à pouvoir échanger des signes de la main avec les deux.

Pendant qu'ils installaient tout cela, Zula se prépara à s'en sortir au baratin à propos de sa prétendue capacité à lire les chiffres chinois.

Les numéros affichés sur les portes des appartements étaient en chiffres arabes. Mais l'électricien ou le gardien qui avait étiqueté les fusibles de la cave avait employé le système chinois.

Zéro, c'était un cercle. 1, 2 et 3 étaient représentés par le nombre approprié de lignes horizontales. Il était facile de se souvenir du chiffre 4 car il s'agissait d'un carré avec des fioritures à l'intérieur. Au-delà, cependant, c'était difficile à dire. Avec l'aide de Yuxia, elle avait essayé de les apprendre. Dans certains contextes, où les chiffres étaient arrangés dans un ordre prévisible, c'était facile. Mais lire des nombres au hasard lui aurait été impossible. Avec le compteur, c'était quelque part entre ces deux extrêmes. Au sommet du boîtier, elle repéra des étiquettes qui n'étaient pas du tout des numéros – elle supposa qu'elles devaient indiquer des choses comme « cave » ou « buanderie ». En dessous, elle distingua des nombres qui commençaient par une seule ligne horizontale, le chiffre 1, et après plusieurs d'entre eux elle en vit d'autres avec deux lignes horizontales, puis trois, etc. Il semblait donc que les fusibles étaient installés avec une certaine logique en fonction de l'étage et du numéro de l'appartement. Mais c'était plutôt une tendance générale qu'une règle absolue ; de toute évidence, l'électricité avait été refaite plusieurs fois et, fatalement, on avait alors utilisé les emplacements libres. Elle dut entreprendre une sorte de fouille archéologique dans sa tête pour reconstituer la façon dont avaient été faits les branchements. Vers le bas du panneau, elle repéra le caractère carré qui signifiait 4 et, dessous, le glyphe moins identifiable dont elle était presque sûre qu'il signifiait 5. Donc le fusible qui allait éteindre le signal Atheron se trouvait probablement dans la dernière demi-douzaine de rangées en partant du haut. Mais il s'agissait de la partie du boîtier qui avait été le plus lourdement exploitée par des électriciens opportunistes qui avaient trafiqué l'installation dans les dernières décennies, aussi y avait-il davantage d'interférences et de pièges à contourner ici.

« Ils sont prêts, dit Csongor. Vous pouvez commencer à ôter les fusibles.

– Expliquez-leur que le boîtier est organisé n'importe comment, et qu'il va me falloir un tout petit peu plus de temps pour comprendre comment ça marche. »

Csongor ne semblait pas emballé à l'idée d'être le porteur d'un tel message.

« Si je me lance à retirer les fusibles au petit bonheur, insista Zula, les locataires vont se mettre à descendre pour voir ce qui se passe. »

Csongor monta relayer ses propos à Sokolov.

Zula remarquait que les circuits les plus neufs comportaient tous des fusibles, mais que plusieurs des douilles de ce qu'elle pensait être les appartements du cinquième étage étaient vides. Elle supposa que les douilles vides indiquaient vraisemblablement les appartements vides. Pour décourager les squatteurs et pour empêcher les autres locataires de pirater l'électricité, ils retiraient le fusible, coupant donc l'électricité de tous les logements qui n'étaient pas occupés. En examinant l'ensemble du panneau, elle constata que chaque étage avait au moins un ou deux logements vides, mais qu'ils étaient plus courants au cinquième étage : rien de surprenant dans la mesure où, dans un bâtiment sans ascenseur, c'étaient les moins attrayants.

Son œil tomba sur une douille étiquetée avec le caractère signifiant 5, puis 0, puis de nouveau le 5 ; l'appartement 505 était l'un des candidats les plus probables, avec le 405. Mais la douille n'avait pas de fusible.

Elle scruta le panneau jusqu'à trouver la séquence de caractères qui, elle en était presque certaine, représentait le 405. Il y avait un fusible.

Elle le dévissa, puis se tourna vers Csongor et l'agita en l'air. Il fit un signe de la main à Sokolov, qui apparemment relaya l'information.

Mais rien de tout cela n'était même nécessaire. Peter et Ivanov étaient déjà en train de descendre.

Zula installa de nouveau le fusible dans son socle pendant qu'ils descendaient, rétablissant l'électricité au 405.

« On l'a eu du premier coup ! annonça Peter, agitant le Palm en l'air avec une voix triomphante que Zula trouva un peu glaçante. On a trouvé le Troll !

– Bien joué, Zula », dit Ivanov.

Comme si elle avait retiré une tumeur au cerveau. Puis Ivanov s'arrêta net, d'une manière presque comique. « C'est quel appartement ? » Car il venait de réaliser que cette information manquait toujours. Seule Zula connaissait la réponse. Cela faisait longtemps que tant de gens ne l'avaient pas regardée aussi intensément.

« C'est le 505 », dit-elle.

Sokolov parla à Ivanov en russe, soulevant une objection quelconque. Ou peut-être était-ce un mot trop fort. Il soulevait un point d'intérêt.

Ivanov y réfléchit et en discuta avec Sokolov, mais il ne quitta pas Zula des yeux pendant tout ce temps.

Il savait. Elle avait fait une erreur – s'était trahie d'une manière ou d'une autre.

« Sokolov s'inquiète, expliqua Csongor, parce que la procédure est imparfaite. Des sondages supplémentaires sont recommandés. Mais Ivanov réplique que si nous en faisons trop, nous risquons d'alerter le Troll qui risque de s'échapper. »

Ivanov hocha la tête, cependant, comme s'il s'était rangé à l'avis de Sokolov. Il s'adressa ensuite aux consultants en sécurité en russe.

Trois d'entre eux portèrent les mains à leur ceinture, détachèrent de petites pochettes noires et sortirent des menottes.

L'un d'entre eux s'approcha de Zula. Il passa un des bracelets autour d'un lourd tuyau d'acier qui partait du sol et amenait les câbles électriques au compteur. Il prit la main gauche de Zula et attacha l'autre bracelet à son poignet. Pendant ce temps, Csongor se faisait menotter à un tuyau d'eau froide dans un autre coin de la pièce. Un troisième consultant menotta Peter à la rambarde de métal au pied de l'escalier.

Les autres consultants en sécurité étaient sur pied: ils vérifiaient leur matériel et rangeaient leurs armes. « On va visiter Troll au 505, dit Ivanov. Si vous avez dit la vérité, on remplit notre but et on est partis, tout le monde content. Si vous avez fait petite erreur, alors nous revenons dans cette pièce et on aura discussion des conséquences. Alors. C'est bien 505 ? Ou peut-être 405 ?

– C'est 505.

– Très bien », dit Ivanov, et il donna des ordres.

Sokolov, tous les consultants en sécurité et Ivanov se mirent à monter l'escalier.

Le grand et gros Russe qui avait essayé de faire naître un sentiment de terreur dans le cœur de Qian Yuxia avait partiellement réussi son coup, mais, tandis qu'elle attendait là, menottée au volant, la terreur céda rapidement et elle ne se sentit plus que déçue et humiliée. Lorsqu'il l'avait appelée la veille pour lui demander d'aller chercher la fourgonnette et organiser une partie de pêche, elle avait été flattée d'avoir été choisie, parmi tous les gens de Xiamen, pour se charger d'une telle responsabilité. Elle avait passé la moitié de la nuit dans des bus jusqu'à la petite ville de campagne où elle avait garé la fourgonnette puis à la ramener à Xiamen et à faire des préparatifs. Pour bien montrer à quel point elle appréciait cette opportunité, elle était arrivée en avance ce matin, chargée de cafés et de muffins achetés dans une boulangerie occidentale.

Le pire, cependant, c'était que le gros l'avait baratinée en lui racontant des histoires sur comment il allait l'aider à vendre son *gaoshan cha* en Europe, et elle s'était laissé complètement avoir. Ces gens, apparemment, l'avait prise pour une espèce de péquenaude. Une péquenaude *opportuniste* prête à gober n'importe quel mensonge si elle pensait que cela l'aiderait à vendre du thé.

Déjà, c'était très insultant. Mais ce qui lui faisait *vraiment mal*, c'était le fait qu'ils avaient eu *raison*.

Tout ce qu'elle avait à faire, c'était baisser la vitre et crier, et ces gens passeraient le restant de leur vie en prison.

Mais le gros était puissant – il avait de l'argent, il avait des soldats, et ils étaient tous armés.

Mais s'il était si puissant que ça, pourquoi avait-il eu besoin d'engager quelqu'un comme Qian Yuxia afin d'accomplir une tâche aussi simple que celle consistant à emprunter une fourgonnette ?

Parce qu'elle était quantité négligeable. Voilà la raison. C'était une anonyme, toute seule dans la grande ville. Personne n'aurait remarqué sa disparition.

Il était donc temps de baisser la vitre et de se mettre à crier.

Mais si elle faisait ça, le gros ferait subir de terribles sévices à Zula. Il l'avait garanti. Yuxia aimait bien Zula et éprouvait une sorte de loyauté à son égard, qui se basait simplement sur le fait que des larmes de honte lui étaient montées aux yeux lorsqu'elle lui avait expliqué qu'elle n'avait pas réussi à la prévenir.

Peut-être y avait-il de petites choses qu'elle pouvait faire, à défaut de hurler, pour améliorer un petit peu sa situation. Elle passa en revue son environnement. Pas l'environnement immédiat, qui se composait principalement de mécontents qui lui hurlaient dessus parce qu'elle bloquait la rue, mais un peu plus loin. La chaussée était pleine d'individus affairés à leur travail ou à leurs courses. Des charretiers allaient et venaient avec des chariots où s'empilaient toutes sortes de denrées. Un d'entre eux, dont le chariot était vide, s'était stationné à deux ou trois mètres de la fourgonnette et surveillait attentivement Yuxia. Comme un certain nombre de ses semblables, il était décharné et semblait âgé d'environ 90 ans, ce qui lui rendait difficile de rivaliser avec les charretiers plus jeunes et plus costauds. Il devait compenser en faisant preuve d'astuce. Il les avait repérés plus tôt, lorsqu'ils déchargeaient leur cargaison de l'arrière de la fourgonnette et la transportaient dans la ruelle. Il savait qu'il y avait plusieurs Occidentaux dans l'immeuble et que quelque chose se tramait à l'intérieur. Comme tout le monde dans la rue, il réfléchissait constamment à la meilleure façon d'exploiter les possibilités qui se présentaient à lui, et il avait fait le calcul que s'il traînait dans les parages en affichant clairement sa disponibilité, un des individus liés à cette opération lui trouverait peut-être une utilité.

Yuxia baissa sa vitre. Elle n'eut pas besoin d'attirer l'attention du charretier, car il avait déjà les yeux fixés sur elle. « J'ai besoin d'un serrurier, expliqua-t-elle d'un ton plaintif. Mais j'ai plus de batterie. »

Puis elle jeta un coup d'œil à la façade de l'appartement pour s'assurer que le vieux n'épiait pas son manège. Lorsqu'elle retourna les yeux vers lui, le charretier avait déguerpi.

Lorsque le bruit des pas d'Ivanov s'estompa, Peter marmonna : « Dieu merci ! On a réussi. *Yes !* C'est *fini.* »

Zula ne parvint pas à rassembler assez d'énergie pour lui apprendre qu'ils n'avaient pas réussi et que ce n'était pas fini. Elle repéra le fusible de l'appartement 405 et entreprit de le dévisser.

« Qu'est-ce que vous faites, Zula ? » demanda Csongor.

Peter pivota vers elle. « Oui. Qu'est-ce que tu fabriques ?

– Je les avertis.

– Tu avertis *qui* !?

– Les hackers de l'appartement 405. »

Elle retira le fusible, puis l'inséra de nouveau. Puis recommença. À chaque fois qu'elle rétablissait le contact, elle entendait un petit pop ! et une étincelle jaillissait dans l'interstice. « Je me demande s'ils connaissent le morse », dit-elle. Elle se mit à entrer et sortir le fusible en rythme : court court court long long long court court court. Comme chez les girl-scouts.

« Tu viens de dire à Ivanov qu'ils se trouvaient au 505, dit Peter avec une voix épaisse d'un calme inquiétant, comme s'il s'était gargarisé à la mélasse.

– Confusion compréhensible. Ce panneau est installé n'importe comment. Et qui peut lire ces chiffres chinois ? »

Elle n'arrivait pas à parler tout en faisant le code morse, aussi retira-t-elle le fusible et regarda-t-elle autour d'elle.

Peter et Csongor la regardaient fixement, bouche bée. Espérant, peut-être, qu'elle se payait leur tête ? Difficile à dire.

Il était important qu'ils comprennent. Zula poussa un soupir et les regarda l'un après l'autre. « D'abord, Ivanov a l'intention de nous tuer quoi qu'il arrive. C'est tout à fait évident. » Elle laissa ces mots en suspens pendant quelques instants. « Ce qui ne signifie pas que nous allons mourir. Parce que Sokolov pense qu'Ivanov est fou et qu'il interviendra pour l'empêcher de nous tuer. Toute cette affaire se trouve entre nos mains. On nous a demandé de livrer ces hackers, qui ne sont rien de plus qu'une bande de gamins inoffensifs, pour qu'Ivanov puisse les tuer. Eh bien, nous ne pouvons absolument pas faire une chose pareille. C'est mal, voilà tout. Ça ne se fait pas, point. Alors j'ai menti aux Russes.

– Merde ! » s'exclama Peter, en se laissant tomber à quatre pattes – ou plutôt à deux car une de ses mains était fixée à une rambarde –, et il se mit à tâter le sol comme s'il avait perdu une lentille de contact.

Mais il ne semblait pas la trouver. « Zula ! siffla-t-il. Tu as une épingle à cheveux ?

– *À cheveux ?*

– Oui. »

Zula ne put s'empêcher de soupirer et de lever les yeux au ciel, mais elle retira une épingle de ses cheveux et la lança à Peter.

« Vous en avez d'autres ? » demanda Csongor.

Zula lui en lança une.

Les gens qui regardaient trop de films sur les hackers se faisaient toutes sortes d'idées grotesques sur ce dont ils étaient capables. En général, ils surestimaient énormément la capacité des hackers à accomplir certaines choses. Mais il y avait un domaine dans lequel les hackers étaient régulièrement sous-estimés, et c'était le crochetage de serrure. Pour eux, crocheter une serrure était une bonne manière de décompresser et de se détendre après une longue journée passée à faire des tests d'intrusion sur des réseaux d'entreprise. Aucun loft de hacker n'était complet sans une boîte à chaussures pleine de vieilles serrures, de menottes, et ainsi de suite, de sorte que ces mecs puissent s'asseoir et les crocheter pour le plaisir. Zula en avait toujours été spectatrice, pas participante, et elle regrettait maintenant de n'avoir pas regardé plus attentivement. Mais elle était presque certaine que Peter et Csongor allaient régler cette partie du problème en moins de deux, et qu'ils pourraient s'enfuir et se précipiter pour libérer Yuxia de la fourgonnette.

« Les Russes vont se rendre au 505, ils vont enfoncer la porte et ça va sans doute faire du bruit, dit-elle. J'espère que ça va alerter les jeunes du 405 et qu'ils auront le temps de se faire la belle. » N'ayant rien d'autre à faire, elle se remit à tripoter le fusible dans sa douille.

« Et les gens qui vivent dans l'appartement 505, tu as pensé à eux ? demanda Peter.

– Il est vide », dit Zula.

Mais la question de Peter l'ébranla : avait-elle commis une erreur ? Elle retrouva l'étiquette qui, elle en était presque sûre, portait le chiffre 505 et vérifia que la douille était vide.

Elle l'était. Mais cette fois, elle remarqua un détail qui lui avait échappé la première fois. Il n'y avait pas de fusible dans la douille, effectivement. Mais il y avait *quelque chose* qui brillait au fond, pas simplement un espace vide. Elle s'agenouilla à demi pour mieux voir.

Un disque argenté était logé dans la douille.

Le fusible avait été dérivé; quelqu'un y avait coincé une pièce, ce qui était une initiative très risquée pour de nombreuses raisons.

« Qu'est-ce que tu vois ? demanda Csongor.

– Je me demande s'il n'y aurait pas des squatteurs au 505, en fait... Je peux emprunter ta lampe torche ? »

Csongor lui jeta la minuscule torche LED qu'il gardait dans sa poche. Elle la braqua sur le trou et put vérifier que l'espace entre les contacts avait effectivement été comblé par une pièce en argent coincée dans le trou.

Ce n'était pas une pièce chinoise ni une pièce que Zula eut jamais vue. Elle était estampillée non d'un profil ou d'un motif tels qu'on en trouve en général sur les pièces de monnaie, mais d'un croissant de lune avec une petite étoile entre ses pointes.

Le charretier revint au bout de quelques minutes. Un petit homme chauve trottinait derrière lui avec un sac d'outils.

Comme il s'approchait, Yuxia attira son attention par le pare-brise et lui fit signe de rentrer côté passager. Elle déverrouilla la portière. Il l'ouvrit et monta, un peu hésitant, car il aurait pu être considéré comme malséant pour un inconnu de pénétrer dans un véhicule où se trouvait une femme seule.

« Fermez la portière, s'il vous plaît, il faut que je vous dise deux mots », dit Yuxia.

Il ferma la portière, avec un regard étrange, comme si Yuxia était susceptible d'être à la tête de l'arnaque la plus compliquée et la plus opaque du monde. C'était peut-être le cas, d'ailleurs. Pour l'heure, elle ne lui laissa pas voir son poignet menotté.

Le vieil homme avait garé son chariot le long de l'aile droite de la fourgonnette. « Allez là-bas et attendez, dit Yuxia en indiquant la façade de l'immeuble. Je vous dédommagerai une fois mon problème résolu. »

Le charretier, un peu soupçonneux et un peu à contrecœur, recula de quelques mètres.

Yuxia se tourna vers le serrurier et lui fit un grand sourire. « Surprise ! » s'exclama-t-elle, et elle montra les menottes.

Elle eut peur que le pauvre bougre ne fasse une crise cardiaque. Sa main gauche sur le bouton de verrouillagc, elle était prête à l'enfermer dans la fourgonnette s'il essayait de filer. C'est probablement ce qu'il aurait fait si elle avait été un homme, mais, parce qu'elle était une jeune femme, il pensait apparemment que la moindre des choses était de l'écouter.

« Un homme mauvais m'a fait ça, et, comme vous pouvez le voir, c'est sans doute à la police de régler ça. Je vais les appeler dès que je serai libre. Mais pour l'instant, j'ai besoin d'ôter ça de mon poignet. Vous pouvez m'aider, s'il vous plaît ? »

Il hésita.

« Ça me fait très mal », gémit-elle. Ce n'était pas son genre de parler sur ce ton, mais elle avait vu d'autres femmes l'employer avec succès.

Le serrurier jura entre ses dents et ouvrit son sac.

Comme tous les Russes, Sokolov aimait les échecs. D'une certaine façon, il y jouait en permanence ! Tous les matins, au réveil, il regardait les dalles au plafond du bureau où il dormait, passait en revue les positions de toutes les pièces et réfléchissait à tous les mouvements qu'elles étaient susceptibles d'accomplir dans la journée, et à sa meilleure façon de les contrer pour maximiser ses chances de survie.

Il avait entendu quelque part, toutefois, que, sur le plan mathématique, le jeu de go était plus difficile que les échecs, au sens où l'éventail des mouvements et des contre-attaques possibles était beaucoup plus large : bien trop vaste même pour qu'un super ordinateur puisse déduire toutes les possibilités. On avait créé des programmes d'échecs informatiques qui pouvaient mettre Kasparov en péril ; mais aucun programme ne pouvait opposer à un joueur de go de haut niveau un jeu ne serait-ce qu'un tant soit peu intéressant. À ce qu'on disait, on ne pouvait même pas considérer le jeu de go comme une série logique de mouvements et de contre-attaques ; il fallait penser visuellement, reconnaître des motifs et développer des intuitions.

Trente secondes plus tôt – quand Zula avait fait ce qu'elle avait fait, quoi que ce soit –, leur entreprise avait pris le tour non plus d'une partie d'échecs mais d'une partie de go.

Peut-être Zula avait-elle pris la décision de donner à Ivanov ce qu'il voulait, de livrer le Troll, en espérant sa clémence. Si c'était le cas, dans quelques secondes, ils seraient en train d'envahir un appartement plein de hackers chinois terrorisés et quelque chose de regrettable allait se produire. Pourquoi, mais pourquoi avait-il fallu qu'Ivanov revienne de la fourgonnette ? Pourquoi fallait-il qu'il les suive dans les escaliers ? S'il était simplement resté en bas, Sokolov aurait peut-être pu contourner le problème en finesse, sortir de l'immeuble avec un seul hacker, par exemple, et laisser les autres s'échapper. Peut-être Ivanov se serait-il contenté de flanquer une frousse de tous les diables à ce hacker, de le malmener un peu. Après quoi Sokolov aurait dû deviner les intentions du patron à l'égard de Zula. Pour sa part, il avait déjà décidé que, si nécessaire, il interviendrait physiquement pour la protéger. Même si cela signifiait tuer Ivanov.

D'un autre côté, il était possible que Zula les ait envoyés dans les choux. Et qu'ils s'apprêtent maintenant à pénétrer dans un appartement vide. Auquel cas cela allait être une sacrée pagaille lorsque Ivanov allait réaliser que Zula l'avait niqué et que les hackers qui l'avaient niqué *auparavant* étaient en train de s'échapper. C'était vraiment sur ce point que tout cela tournait au jeu de go, car Sokolov n'arrivait même pas à envisager rationnellement l'éventail de mouvements et de contre-attaques qui découlerait de cette éventualité.

Il s'abstint donc. Il renonça et accepta le fait qu'il devrait travailler à l'intuition, comme un joueur de go. Même s'il n'avait jamais joué au go de sa vie.

Pour l'instant, il devait se baser sur l'hypothèse que Zula leur avait donné la bonne information et que l'appartement 505 contiendrait quelque chose comme dix jeunes hackers de sexe masculin, sans doute endormis. Ils ne seraient pas armés de manière significative. Il avait revu ça avec son équipe la veille au soir et leur avait rappelé le fait ce matin avant de quitter la planque : leur approche technique devait consister à envahir l'appartement dans les cinq premières secondes après avoir enfoncé la porte. Le moindre hacker devait être trouvé et dessaisi de son téléphone et de son ordinateur avant d'avoir le temps d'envoyer un SOS. Les lignes fixes devaient être repérées et coupées. L'appartement entier devait être fouillé. Ce serait peut-être un seul espace ou peut-être un labyrinthe de petites pièces. Dans celles du fond, le cas échéant, il pourrait y avoir des échappatoires : l'escalier de secours ou les balcons. Le plan, donc, était de s'engouffrer tous par la porte à l'instant où ils la défonceraient, de laisser un homme pour surveiller le centre de la pièce tandis que les six autres se disperseraient aussi loin que possible dans les recoins de l'appartement. Une fois qu'ils auraient trouvé et sécurisé la périphérie, ils reviendraient vers le centre en poussant les hackers devant eux. Tout le monde finirait à la même place et ils pourraient commencer à discuter.

Tous les hommes connaissaient le plan, ils étaient équipés et prêts à le mettre à exécution. De l'escalier, ils déboulèrent dans le couloir du cinquième, qui par chance pour eux était vide. Sokolov menait la marche, mais, lorsqu'ils dépassèrent le 503, il jeta un coup d'œil par-dessus son épaule et laissa passer Kautsky, le plus costaud de l'équipe, celui qui allait enfoncer la porte. Kautsky était armé d'une combinaison de marteau-piqueur/hache/pied-de-biche qui aurait tôt fait de venir à bout de n'importe quelle porte. Celles de l'immeuble semblaient particulièrement peu solides, aussi Sokolov ne s'en inquiétait-il pas : ils entreraient rapidement. Kautsky serait l'homme du milieu, le premier entré, celui qui tiendrait le centre et bloquerait la sortie tandis que les autres se glisseraient derrière lui et afflueraient dans les recoins. Ivanov n'avait pas de rôle prévu dans ce plan, vu qu'il était censé attendre dans la fourgonnette, mais Sokolov espérait qu'il aurait le bon sens de rester bien à l'arrière, dans le couloir, le temps qu'ils aient la situation sous contrôle. Puis il pourrait entrer et assouvir la revanche dont il rêvait tant.

Kautsky se planta en face de la porte 505 et prépara le marteau, puis jeta un regard sur Sokolov, attendant son signal. Sokolov tourna les yeux vers Ivanov. Il n'aurait pas dû s'inquiéter. Les escaliers n'étaient pas la spécialité d'Ivanov, et il arrivait à peine dans le couloir, haletant, à vingt bons mètres derrière eux. Avant qu'Ivanov ne puisse les rejoindre et bousiller toute l'opération, Sokolov adressa un signe de tête à Kautsky, et le marteau s'abattit.

Tandis que le serrurier travaillait sur la menotte autour du poignet de Yuxia, elle mâchait l'ongle de son pouce libre et surveillait la rue et la façade de l'immeuble.

Dans une minute, elle serait libre de sortir de la fourgonnette. Ce qu'elle aurait de plus facile à faire alors serait de simplement disparaître dans la foule de la rue en espérant que le BSP ne la suivrait pas d'une manière ou d'une autre. Un pari risqué, dans la mesure où un agent du BSP était posté à une cinquantaine de mètres depuis deux ou trois minutes et regardait la fourgonnette d'un air suspicieux.

Mais la fourgonnette appartenait à l'entreprise familiale à Yongding. Si elle l'abandonnait ici, on retrouverait sa trace immédiatement.

Elle pouvait entrer dans cet immeuble et essayer de piger ce qui se passait. C'était ce qu'une héroïne courageuse dans un film aurait fait, mais, dans la vraie vie, cela ne semblait pas une idée très judicieuse.

Ou elle pouvait alerter le BSP elle-même. Mais parfois, des choses bizarres se produisaient lorsque le BSP était impliqué.

Il ne s'agissait pas toujours de punir les malfaiteurs et d'aider les victimes. Tout le monde savait qu'il y avait toutes sortes de connexions entre le crime organisé et le gouvernement. Yuxia en savait très peu sur ces Russes. Moins d'une heure s'était écoulée depuis qu'ils lui avaient passé les menottes, et elle n'avait pas encore eu le temps de synthétiser les éléments qu'elle avait glanés ces derniers jours pour élaborer une théorie sur la nature réelle de leur opération. Mais c'étaient forcément des espions ou des gangsters. Dans ce dernier cas, ils étaient peut-être en cheville avec des gangsters locaux, et il était impossible de dire quelles saloperies risquaient d'arriver à Yuxia si elle les balançait au BSP et qu'une taupe du BSP la balançait à son tour.

Il lui fallait partir avec la fourgonnette.

La menotte tomba de son poignet.

« Merci, monsieur. Maintenant, pouvez-vous mettre le contact ? Je n'ai pas les clés. »

Le serrurier baissa les yeux sur le contact en bas de la colonne de direction, puis releva les yeux sur elle. Il ne dit rien, mais elle vit sur son visage qu'il en était capable. Il était tout aussi évident, cependant, qu'il n'en avait pas du tout envie. Il savait qu'il y avait quelque chose de profondément anormal dans cette situation et il voulait s'en aller.

« Non », dit-il, et il commença à remballer ses outils.

Elle jeta un coup d'œil par le pare-brise et vit le flic du BSP qui regardait dans sa direction, ignorant une femme en colère qui le haranguait en gesticulant rageusement vers la fourgonnette.

Le serrurier était en train de refermer son sac. « Je vous fais ça gratuitement, dit-il. Je sors d'ici maintenant et je ne veux pas vous revoir, je ne veux plus jamais entendre parler de vous. »

Les vitres électriques de la fourgonnette ne fonctionnaient pas avec le moteur éteint, aussi Yuxia dut-elle entrouvrir sa portière, forçant le flic à faire le tour. « Bonjour, monsieur l'agent ! » lança-t-elle gaiement, ce qui eut pour effet d'immobiliser le serrurier. Elle ouvrit un peu plus la portière et se tourna vers le flic, lui bloquant la vue des menottes accrochées au volant tout en détournant son attention avec un large sourire. Mais il ne se laissa pas impressionner. Il la regarda des pieds à la tête, s'attardant sur ses bottes bleues.

« Déplacez cette fourgonnette ! dit-il.

– J'ai perdu mes clés.

– Comment ça, vous avez perdu vos clés !? »

Tout dans ce flic rappelait à Yuxia une autre raison qui faisait qu'elle ne voulait pas avoir affaire au BSP. Elle était une femme aux grands pieds, une femme des montagnes, et les flics du BSP étaient des Han, habitants des plaines, ce qui ne facilitait pas les échanges.

« Je les ai laissées échapper et elles sont tombées là-dedans, répondit-elle, désignant une bouche d'égout quelques mètres plus loin. Le serrurier est en train de me démarrer le moteur. Dès qu'il a terminé, je m'en vais. »

Le flic s'avança d'un pas pour regarder à l'intérieur du véhicule. Yuxia se poussa en avant sur son siège et s'appuya contre le volant, dissimulant les menottes mais laissant bien voir le visage du serrurier et son sac d'outils au flic. Celui-ci hocha la tête. Il était sur le territoire de sa ronde ; il connaissait le visage de tous les commerçants du quartier, y compris celui-ci.

« Qu'est-ce que vous attendez !? lança le flic. Ce véhicule bloque la circulation ! Arrêtez de vous tourner les pouces en flirtant avec cette fille ! Démarrez cet engin et dégagez de là, sinon j'appelle la fourrière ! »

Le serrurier soupesa le pour et le contre : devait-il appeler à l'aide et transformer la scène en une enquête du BSP ? Yuxia ne pouvait savoir quels éléments entraient dans son calcul.

« Oui, monsieur l'agent ! répondit le serrurier. J'en ai pour deux minutes !

– Très bien. »

Le flic se recula et fit le tour de la fourgonnette par l'avant pour diriger la circulation sans les perdre de vue. Yuxia referma la portière.

La porte céda après deux coups, et Kautsky fonça à l'intérieur. Les autres hommes, remontés comme des sprinters sur les starting-blocks, foncèrent derrière lui, le contournant comme de l'eau qui s'engouffre autour d'un tank abandonné dans une rivière afghane.

Sokolov leur avait parlé de la nécessité de rompre la boucle : la boucle de l'observation, de la réflexion, de la décision et de l'action. Dans des circonstances normales, la boucle était une bonne chose, mais pas maintenant ; ils devaient agir sans réfléchir pendant quelques instants, et ce n'est qu'ensuite qu'ils pourraient observer, réfléchir et décider. Sokolov, qui n'avait jamais été du genre à demander à ses hommes de faire quelque chose qu'il n'aurait pas fait lui-même, suivit la règle assez fidèlement, même si une partie de son cerveau lui disait déjà que quelque chose clochait, que quelque chose n'avait pas de sens. L'appartement était effectivement un dédale de pièces plus petites, ce qui n'était pas bon pour eux, mais ni inattendu ni insurmontable. En revanche, il ne voyait pas d'ordinateurs et il ne voyait pas de jeunes Chinois. Il voyait des sacs de couchage et des matelas à même le sol, assez peu espacés, avec des hommes qui dormaient dedans. Beaucoup d'hommes. Certains avaient l'air chinois, mais d'autres non. Un squat de travailleurs immigrés ? Ils étaient chevelus et un peu plus vieux qu'il ne s'y était attendu. Il y avait des affaires entassées dans tous les coins : des réchauds à gaz, des thermomètres, des casseroles et des poêles, des pots d'ingrédients qu'il ne parvint pas à identifier à première vue, des gros seaux rectangulaires du type de ceux utilisés pour contenir les solvants industriels. Bon Dieu, il y avait beaucoup d'habitants dans cet appartement ! Les hommes de Sokolov étaient nettement inférieurs en nombre, peut-être moitié moins. Ce qui n'avait pas une bien grande importance, puisque les Russes étaient tous équipés de plusieurs armes semi-automatiques et, dans le cas de Kautsky, d'un fusil autochargeant. Or, la Chine n'était pas un de ces pays où les gens ordinaires possédaient des armes.

Ce qui ne fit que le surprendre et le désorienter davantage lorsque, après que ces cinq premières secondes se furent écoulées et que la boucle eut repris ses droits, Sokolov remarqua que l'appartement était plein de fusils d'assaut Kalachnikov. Les armes, et leurs chargeurs en forme de banane, étaient tout bonnement partout.

On ne pouvait pas tout regarder à la fois, et l'attention de Sokolov se fixa sur un détail remarquable. Il se trouvait dans une pièce relativement grande, presque coupée en deux par une longue table faite de planches posées sur des bidons d'essence. Il avait d'abord pris la table pour un plan de travail pour la cuisine, puisqu'il semblait qu'on y mélangeait des ingrédients dans des saladiers, mais, à la réflexion, les ingrédients en question n'étaient pas de la nourriture. C'était une concoction qu'il avait déjà vue et sentie. Bon sang, il l'avait même *préparée* ! Du fioul et du nitrate d'ammonium. L'explosif lourd à la portée de tous. Debout de l'autre côté de la table se tenait un homme assez grand, un Noir barbu, visiblement vêtu d'un tee-shirt et d'un jean dans lesquels il venait de dormir. Mais il était bien réveillé et regardait vivement autour de lui. Derrière lui, une fenêtre mal placée avait été condamnée à l'aide d'un poster bon marché d'Oussama Ben Laden.

Il y eut un silence dans tout l'appartement tandis que les boucles des Russes recommençaient à fonctionner et que les occupants, qui, pour la plupart, étaient restés endormis jusque-là, se réveillaient et découvraient les Russes autour d'eux.

Sokolov dut paraître stupéfait, car le grand Noir le regardait avec un certain degré d'amusement. Les mains et les bras de l'homme étaient en grande partie dissimulés par le kit de fabrication d'explosif sur la table, mais ils se mirent en mouvement et Sokolov entendit le très familier snick-tchounk ! d'une kalachnikov qu'on charge ; c'était en général la dernière chose qu'on faisait avant d'appuyer sur la gâchette.

Deux boum ! très puissants retentirent dans une autre pièce : Kautsky ouvrait le feu avec son fusil semi-automatique.

Redressant son arme, le Noir parla d'une voix calme, paisible, détachée : « Allah Akbar ! »

« Putain ! mais j'y crois pas, marmonna Peter en crochetant les menottes avec l'épingle à cheveux. J'en reviens pas que t'aies fait une chose pareille.

– Vraiment.

– Ouais, vraiment.

– Eh bien, moi, j'en reviens pas que tous les *autres* fassent une chose pareille. De mon point de vue, je suis la seule personne ici à me comporter de façon raisonnable.

– Tu crois que c'est raisonnable de se foutre de la gueule d'un mec comme Ivanov ?

– Ah, et c'est quel genre de mec, Ivanov, déjà ? Qu'est-ce qu'on sait de lui, au fond ?

– Eh bien, c'est un dur », intervint Csongor. Zula lui jeta un regard noir, et il prit un air un peu contrit, désolé d'avoir pris le parti de Peter.

« Tu l'as constaté toi-même ou tu le sais seulement de réputation ? »

Csongor ne répondit pas.

« Tu n'as pas vu ce qui est arrivé à Wallace chez moi ? demanda Peter.

– Eh bien, justement : non, je n'ai pas vu ce qui est arrivé à Wallace. J'ai vu Wallace entrer dans une pièce. Et je les ai vus sortir un paquet tout en longueur de cette pièce. À l'évidence, tout a été fait pour que nous pensions que c'était le cadavre de Wallace. Je suis prête à parier que c'était une mise en scène.

– *Une mise en scène ?!*

– Oui. Ils l'ont amené à l'intérieur et ils lui ont dit : "Écoutez, Wallace, on a besoin de flanquer les chocottes à ces deux Américains, alors vous allez nous aider. Fermez-la et ne bougez pas pendant quelques instants, on va vous enrouler dans une bâche et leur faire croire qu'on vous a descendu." Je suis persuadée qu'il est tranquillement en train de jouer à T'Rain dans son appart à Vancouver.

– J'en doute, dit Csongor.

– Je suppose que c'est possible en théorie, dit Peter, mais je trouve que c'est insensé et irresponsable de ta part de parier nos vies là-dessus.

– Ce n'est pas réel, tout ça. C'est du cinéma. »

Deux explosions puissantes retentirent dans les escaliers.

Après un bref silence, ils entendirent plusieurs armes tout automatiques faire feu simultanément.

Peter tourna la tête et fixa les yeux sur Zula.

« À moins, bien sûr, que je me trompe », dit-elle.

« Ça suffit ! s'exclama le serrurier, à peine audible au-dessus du son des coups de feu et des bris de verre et gravats qui dégringolaient sur le toit de la fourgonnette. J'en ai assez ! » Il était à demi allongé, à demi assis sur le plancher du véhicule, les jambes repliées devant le siège passager, le tronc coincé sous l'autoradio, les bras tendus pour atteindre le Neiman. Son cerveau lui disait de sauter dehors et de prendre ses jambes à son cou, mais il allait lui falloir un petit moment pour se sortir de là.

Yuxia regarda par le pare-brise. Le flic du BSP s'écartait de l'immeuble, les yeux levés comme tous les passants.

Une chose épouvantable était en train de se produire, et Qian Yuxia en était complice.

Elle se baissa et glissa sa main dans celle du serrurier, comme pour l'aider à se relever. Au lieu de ça, elle bloqua la main de l'homme contre le volant. À l'aide de son autre main, elle attrapa la menotte qui pendouillait et la referma sur son poignet.

« Vous pouvez essayer de crocheter ces menottes pendant que je vous enfonce les ongles dans l'œil, dit-elle, ou vous pouvez démarrer le moteur pendant que j'attends tranquillement. À vous de voir. »

Dans le monde entier, il y avait peut-être dix mille individus meilleurs que Sokolov au roulé-boulé sur surface dure. Des acrobates et des maîtres d'aïkido, principalement. Dans ce groupe, il aurait aussi fallu mettre les hommes plus jeunes de la Spetsnaz. Les six milliards et quelques d'êtres humains restants n'entraient même pas dans le tableau.

Sokolov s'y était mis un peu tard, vu qu'il n'avait été recruté dans la Spetsnaz qu'après deux expéditions en Afghanistan. Mais, précisément pour cette raison, ses entraîneurs avaient été impitoyables avec lui et l'avaient fait plonger, tomber et rouler sur lui-même sur des sols en béton jusqu'à ce que le sang perle de son uniforme aux endroits où l'os affleurait sous la peau. Le principe, c'était que si vous vous y preniez comme il fallait, il ne devait pas y avoir de sang ni même de contusions.

À travers le monde, les unités de forces spéciales n'avaient pas toutes la même philosophie quant à la meilleure manière de mener un *close-quarters combat*. Dans la Spetsnaz, la doctrine établie voulait qu'on soit en mouvement perpétuel et que la plus grande partie des gestes s'effectue à nettement moins d'un mètre du sol. Rester debout comme un con, ça en jetait peut-être dans un western, mais ce n'était pas une tactique viable dans un monde rempli d'armes automatiques. Les genoux, hanches, épaules et coudes devaient être utilisés avec autant de fluidité que les semelles de ses bottes. Les mains, en revanche, devaient être réservées pour tenir des objets – des armes à feu, par exemple. Sokolov avait été entraîné dans cet esprit et avait perpétué ce type d'entraînement tout le temps qu'il avait passé dans la Spetsnaz. Après être passé dans le secteur privé, il avait continué à pratiquer le sambo, un art martial soviétique similaire au jiu-jitsu par bien des points, qui impliquait une grande quantité de roulés-boulés. Car en effet, lorsque vous aviez pour mission d'assurer la sécurité de particuliers – des clients qui pouvaient être, disons, des stars de cinéma en vacances au ski ou des femmes de P-DG dans un centre commercial –, il y avait des moments où il était plus recommandé de mettre quelqu'un à terre ou de l'immobiliser que de lui cribler le corps de balles et de plombs.

En général, bien sûr, il s'échauffait un peu et balayait le sol pour s'assurer qu'il soit propre et débarrassé de résidus coupants qui risqueraient de provoquer des petites blessures. Ces raffinements étaient absents ici, mais le fait qu'un grand Noir – militant, visiblement, de quelque mouvement islamiste – agitait dans sa direction une AK-47 chargée par-dessus la table lui donna toute la motivation dont il avait besoin pour sauter les préliminaires et passer à l'action.

D'abord, cependant, il tira quatre balles dans le mur juste à côté de la porte en direction de laquelle il était en train de plonger. Il le fit car il avait vu, du coin de l'œil, quelqu'un passer furtivement la tête dans le coin puis la retirer – un comportement qui mis en branle tout un câblage neuronal élaboré dans son cerveau pendant ses missions en Afghanistan et en Tchétchénie.

Comment pouvait-il tirer quatre balles dans le mur alors que sa main était vide ? La réponse, c'est qu'il avait un revolver armé à la main avant d'en avoir même pris conscience. Son employeur lui aurait volontiers acheté n'importe quel revolver ou holster de luxe de son choix s'il l'avait demandé, mais Sokolov avait choisi de rester fidèle au Makarov : l'arme de poing réglementaire russe, un pistolet semi-automatique d'assez petite taille qui tenait dans un type de holster à la fois inhabituel et ingénieux. À l'inverse de la plupart des holsters, qui ne marchaient que dans un sens – on ne pouvait sortir l'arme qu'en la *tirant*, la crosse la première –, le holster de la Spetsnaz était une espèce de rail que *traversait* le revolver. Lorsqu'il n'y avait pas de problème, on pouvait insérer le revolver au sommet du rail, et il y restait en sécurité. Lorsque les choses commençaient à mal tourner, il fallait placer la main sur la crosse du revolver et le *pousser* vers le bas pour le faire sortir. Pendant ce temps, les ergots encastrés dans les rails enclenchaient la culasse du revolver et chargeaient une cartouche, de sorte que, dès que l'arme était extraite du holster, elle était prête à faire feu. Un dixième de seconde environ après que le Noir eut dit : « Allah Akbar ! », ce fut exactement dans cet état que Sokolov découvrit l'arme dans sa main. Il la pointa d'un côté du chambranle de la porte et tira ses quatre balles aussi vite qu'il était possible de le faire tout en effectuant un roulé-boulé. Une rafale d'AK-47 traversa peut-être l'espace où il se tenait l'instant d'avant, mais c'était difficile à dire ; l'appartement était devenu sacrément bruyant, et tout ce qu'il entendait, c'étaient des cloches. Il se laissa tomber avec fluidité dans la pièce voisine, qui se révéla une sorte de débarras, peut-être un cellier, avec un sac de couchage, maintenant vide, au sol. L'ancien occupant du sac de couchage s'était levé furtivement, avait ramassé un AK-47 et jeté un coup d'œil à la dérobée dans la pièce où le Noir préparait l'ANFO. À présent, il gisait par terre et ne remuait plus guère. Sokolov ne vit pas où les balles l'avaient traversé, mais il devina, au regard penaud, vitreux de l'homme, qu'il avait été touché. Tout en faisant ces observations, certes hâtives, Sokolov se remit à tirer dans la pièce dont il venait de s'échapper, mais le Noir avait eu la présence d'esprit de dégager et il n'y avait plus personne. Sokolov, à présent couché sur le dos dans une flaque du sang de l'autre homme, remit son revolver dans son holster et empoigna l'AK-47. C'était une arme un peu volumineuse et encombrante pour un environnement de ce type, mais les balles pouvaient pénétrer des murs en brique et le chargeur avait une contenance plus importante.

Un idiot quelconque était en train de cribler de balles d'AK le mur juste au-dessus de lui, et du plâtre effrité lui tombait sur le visage. Sokolov vérifia que son fusil était prêt à faire feu puis roula dans l'embrasure de la porte et déchargea trois balles sur un homme – pas le Noir, mais un barbu de type centrasiatique –, le tireur. L'homme se raidit et se ramollit presque aussitôt, et Sokolov lui tira dessus une dernière balle, en visant plus soigneusement le centre de sa masse. L'homme s'écroula. Il avait dû être posté là par le Noir avec pour ordre de maîtriser Sokolov. Cela signifiait que le Noir était a) le responsable et b) qu'il était en train d'essayer de quitter l'appartement. Un instinct de chasseur très profondément enfoui donna à Sokolov l'envie de le prendre en chasse. Mais une partie plus évoluée de son cerveau l'arrêta. Trente secondes plus tôt, dans le couloir, il se préparait à terroriser un petit hacker chinois et, maintenant, il s'apprêtait à partir à la poursuite d'un islamiste noir au milieu d'un duel à l'AK-47 dans une fabrique de bombes artisanales.

Derrière le corps affalé du Centrasiatique, Sokolov voyait un bout d'une grande pièce qui ressemblait presque à une discothèque à cause du flash des tirs. Ce qui se passait là – et il ne faisait que deviner la scène – ne pouvait pas durer bien longtemps. Par la porte, il apercevait déjà les pieds d'un de ses hommes allongé inerte sur le sol.

La lumière était aveuglante et intermittente.

De là où il était couché, Sokolov aurait pu ramper sur le ventre comme un fantassin, mais cela aurait fait de lui une proie facile pour quiconque aurait passé la porte. Aussi se força-t-il à se relever et traversa-t-il la pièce avec un roulé-boulé. Il atterrit juste devant la porte avec son fusil en position.

Quatre corps complètement inertes – dont deux Russes – étaient affalés par terre. Trois blessés – dont un Russe – avaient abandonné toute idée de poursuivre le combat et cherchaient à rouler ou à ramper pour échapper au lac de solvant enflammé qui gagnait rapidement du terrain. La sortie était de l'autre côté des flammes ; Sokolov était piégé de ce côté-ci de l'appartement. Tous les coups de feu s'échangeaient de l'autre. À travers l'air crépitant au-dessus du feu, Sokolov vit des hommes sur pied et reconnut en eux des ennemis, car ses gars de la Spetsnaz ne se seraient jamais exposés avec une telle stupidité. Visant et tirant au-dessus des flammes, il en abattit cinq du même nombre de balles. Mais le simple fait qu'ils se tiennent là dans cette attitude prouvait quasiment que les hommes de Sokolov étaient morts ou s'étaient repliés dans le couloir.

Un bidon s'enflamma soudain violemment, ce qui le força à quitter la pièce pour retourner dans la salle où ils mélangeaient l'ANFO. Il essaya de fermer la porte d'une poussée. Toutes les vitres derrière lui avaient été détruites par des balles perdues, et le feu, avide d'oxygène, aspirait un torrent d'air par les ouvertures. Le vent planta ses dents dans la porte et la claqua. De petits impacts de balles se mirent à apparaître dans sa surface, et des éclats de bois se répandirent dans toute la pièce.

La quantité de bruit qui émanait de l'appartement du dessus était littéralement choquante, et Marlon et ses amis y réagirent de manière tout à fait physique, comme si une main géante leur étranglait les viscères. Leur instinct leur dicta de s'accroupir par terre. Une série de cratères apparut au plafond. Il leur fallut étonnamment longtemps pour comprendre que la cause en était des tirs d'armes à feu.

Si des étrangers avaient cogné à la porte, ils auraient peut-être réagi un peu plus vite. Ils s'étaient toujours posé la question de la marche à suivre si le projet de virus entraînait une descente de police. La plupart de ces discussions avaient été de la même veine que : « Et si Xiamen est envahi par les zombies ? » Parce que les chances que le BSP s'inquiète des activités d'un nid de créateurs de virus n'étaient guère plus élevées que celles d'une invasion par les zombies. Mais ils en avaient tout de même parlé et ils avaient convenu que s'échapper par l'escalier principal était hors de question. Les flics, ou les zombies, s'y trouveraient en force. Pire, ce n'était pas, de loin, assez astucieux ou assez cool ; pour des hackers, ça manquait de style.

Le système du bâtiment n'était pas fiable, aussi avaient-ils des onduleurs – UPS – sur leurs ordinateurs, afin de fournir une réserve d'électricité en cas de panne. Les UPS possédaient des alarmes qui couinaient à chaque coupure de courant ; ainsi, ils étaient prévenus qu'ils devaient éteindre leurs ordinateurs avant que la batterie soit à plat.

Ce matin-là, Marlon avait été réveillé par la vibration et le couinement de sept UPS. Rien de très inhabituel à cela. En général, cependant, lorsqu'il y avait une coupure de courant, elle durait un certain temps, et les alarmes ne se taisaient pas. Mais pas ce jour-là. Ce jour-là, il y eut une brève coupure, qui dura bien moins d'une minute. Assez pour réveiller Marlon. Mais quelques minutes plus tard, il y avait eu toute une série de brèves coupures qui avaient fait couiner les alarmes selon un rythme répétitif : des groupes de trois bips, parfois plus longs, parfois plus courts.

Quelqu'un essayait de leur envoyer un signal. Il n'avait pas la moindre idée de qui cela pouvait bien être, ou de la nature du message, mais quelque chose là-dedans avait déclenché le moindre nerf de paranoïa dans le corps de Marlon. Il avait repensé à leur plan d'évacuation. Il connaissait très bien ses colocataires, et il était probable, pensait-il, qu'ils soient dans le même état d'esprit.

Si une attaque de zombies s'était effectivement matérialisée, ils auraient peut-être su réagir. Mais une rixe à la mitraillette dans l'appartement du dessus, ce n'était pas une éventualité qu'ils avaient jamais envisagée, aussi restèrent-ils interdits un moment.

Ils ne voulaient surtout pas connaître leurs voisins ou se laisser déranger par eux ; aussi s'étaient-ils toujours comportés exactement de la même manière à l'égard de ceux-ci. C'était un principe immuable pour Marlon. Du haut de ses 25 ans, il était l'aîné de la bande. Il vivait dans ce genre d'endroits depuis environ dix ans, soit depuis qu'il avait abandonné le collège pour devenir un *zhongguo kuanggong*, un « mineur d'or » en chinois, et se lancer dans le *dailian*, qui consistait à passer un maximum de niveaux dans World of Warcraft et à revendre des personnages de haut niveau en *Omei* : en Europe et en Amérique. Au départ, il se contentait de crécher dans ces squats – il n'y travaillait pas. Chaque jour, il se levait et parcourait les rues de Xiamen en faisant rebondir son ballon de basket jusqu'à un immeuble de bureaux qui hébergeait une « mine d'or » de taille moyenne : soixante-quinze ordinateurs, utilisés par roulement par deux cents mineurs. Mais comme n'importe qui pouvait s'acquitter du même travail à partir de n'importe quel ordinateur connecté à Internet, cela n'avait pas de sens de travailler pour une boîte qui se servait sur vos gains ; au bout de deux ans environ, lui et une douzaine de *zhongguo kuanggong* étaient partis monter leur propre groupe dans un appartement où ils travaillaient tous et, pour la plupart d'entre eux, dormaient.

Cet arrangement avait duré moins de deux ans. Le groupe actuel de Marlon – ceux qui se trouvaient dans cet appartement-ci – avait été lancé à cause d'une divergence entre deux factions qui s'était progressivement trop creusée pour être aplanie. Une des deux était devenue plus conservatrice à mesure que certains se mariaient et commençaient à rechercher un mode de vie plus stable. Ils s'étaient mis à envisager un retour plus régulier et plus sûr dans le marché domestique, où ils pouvaient se diversifier parmi un grand nombre de jeux basés en Chine, Aoba Jianghu, principalement, de sorte qu'ils n'auraient plus à craindre de se faire tomber dessus par Blizzard, la compagnie qui gérait World of Warcraft et s'employait activement à mettre les mineurs hors d'état de nuire. La faction de Marlon, à l'inverse, voyait un pari plus juteux, mais plus risqué, dans le fait de se concentrer sur WoW pour le marché étranger.

Ou du moins c'est à ce sujet qu'ils *s'engueulèrent*; c'était la raison *ostensible* de la rupture. Mais au fond, c'était une question de fierté. Certains des mineurs avaient honte de vivre dans des appartements surpeuplés et de gagner leur vie comme cela. Ils voulaient se recycler ou, s'ils ne le pouvaient pas, transformer la nature même de leur travail. Le groupe de Marlon, en revanche, n'avait pas honte de ses actions. Ils ne considéraient pas que leur métier était pire que n'importe quel autre, il était même meilleur que beaucoup: ils créaient un produit et le vendaient à un marché, ils n'avaient pas besoin de se coltiner des patrons chiants ou des conditions de travail dangereuses, et ils étaient sans cesse à l'affût de nouvelles opportunités.

D'où la séparation et le changement d'appartement. Vers la même époque, T'Rain apparut. Ils sautèrent dessus, séduits par le risque moindre: le jeu avait été créé par le fondateur d'Aoba Jianghu, il était conçu de A à Z pour être facile d'accès aux da G shou, tels qu'ils se baptisaient désormais: *les fabricants de G(old)*. Et T'Rain leur avait donné entière satisfaction pendant un certain temps.

Mais, en un sens, la diminution du risque entraînait des complications. Il leur était plus difficile de frapper un grand coup quand leurs mouvements étaient examinés, analysés et surveillés de si près par des statisticiens de Seattle.

Ça, ou bien ils avaient commencé avec l'illusion adolescente qu'ils pourraient frapper un grand coup, d'une manière ou d'une autre, et ils avaient grandi.

En tout cas, après s'y être employés pendant deux ans, les da G shou avaient commencé à se résigner au fait qu'ils allaient s'échiner là-dessus, peut-être, jusqu'à la fin de leurs jours, et ils avaient commencé à concevoir un début d'idéologie du ressentiment. Des Chinois rusés avaient créé cette industrie du minage d'or et l'avaient fait subsister face aux attaques les plus virulentes de Blizzard, mais les créateurs de T'Rain, faisant de Nolan

Xu leur laquais, les avaient cooptés et transformés en colonies d'extraction.

À l'époque de WoW, il était courant pour les *zhongguo kuang-gong* d'être victimes d'attaques meurtrières – une persécution incessante dans l'univers du jeu – de la part de joueurs d'*Omei* qui trouvaient ça amusant de tuer à vue tous les personnages qu'ils soupçonnaient d'appartenir à des joueurs chinois. L'identité *in-game* de ces meurtriers s'était vite fait connaître. Marlon et plusieurs de ses camarades avaient fondé une confrérie 100 % chinoise du nom de Boxers : un gang de raiders puissants, sinon invincibles, qui traquaient leurs ennemis et les blessaient à tel point qu'ils étaient obligés de liquider leurs personnages et de créer de nouveaux comptes sous des noms d'emprunt. Les Boxers s'étaient mis en sommeil lorsque leur activité s'était déplacée dans T'Rain. Plus récemment, cependant, ils les avaient ressuscités. Dans leur nouvelle incarnation, ils n'avaient pas besoin de courir en tous sens pour frapper les meurtriers. Au lieu de ça, ils avaient rogné une parcelle de territoire dans la région des Contreforts de Torgai et le défendait contre tous ceux qui essayaient de s'y introduire tout en s'agrandissant et s'améliorant lentement. REAMDE n'était pas le premier plan qu'ils avaient lancé de leur enclave rebelle pour se faire de l'argent – mais c'était de loin le plus lucratif. Ils avaient amassé sans difficulté suffisamment d'argent pour payer la caution d'un appartement plus grand – peut-être même un ensemble de bureaux – mais Marlon, le plus aguerri, qui avait vu aller et venir plusieurs projets du même type, ne s'était pas précipité pour concrétiser. Cet endroit était un taudis, mais c'était un taudis bon marché, bien situé, pas loin d'un *wangba* doté d'un flic facile à corrompre, le propriétaire ne posait pas de questions et ne les embêtait pas, et ils n'avaient pas de raison pressante de déménager. La plupart des autres habitants de l'immeuble semblaient partager cette vision.

Jusqu'à ce que les balles ultrarapides se mettent à entrer dans leur appartement par le plafond, Marlon ne s'était jamais inquiété des éventuels inconvénients liés au fait d'avoir des voisins qui partageaient la même conception que lui d'un logement décent. Il avait vaguement l'impression que l'appartement du dessus était surpeuplé, mais c'était souvent le cas dans ce genre d'immeubles. De temps en temps, en montant les escaliers pour aller jouer au basket sur le toit, ils croisaient des individus qui semblaient *waidiren* – des individus « pas du coin », des Chinois d'ailleurs – et peut-être même *waiguoren* – des non-Chinois. Si le vent soufflait dans le bon sens, il leur parvenait parfois une odeur de produits chimiques, mais il était difficile de déterminer son origine.

Sauf qu'à présent ces produits chimiques dégoulinaient dans leur appartement par les trous creusés par les balles, et les gouttes étaient *en feu*.

Marlon regardait fixement, fasciné, une flaque d'acétone enflammée qui se formait sur une pile de magazines. Puis il prit soudain conscience que les autres, les plus jeunes, le regardaient en se demandant quoi faire.

« Les zombies », annonça-t-il, et il se tourna vers la fenêtre la plus proche.

Les fenêtres qui donnaient sur la façade du bâtiment étaient dotées de petits balcons qui ne dépassaient pas du mur de plus d'un mètre ; ceux-ci étaient entièrement encagés de grilles de métal, mais certaines grilles étaient équipées de panneaux amovibles. Elles étaient verrouillées par un cadenas. Mais, entre autres résultats de leurs séances de préparation à une attaque de zombies, ils avaient pris la décision de suspendre à des crochets les clés de ces cadenas, assez loin de la fenêtre pour qu'un intrus ne puisse s'en emparer, mais suffisamment près pour qu'ils puissent les trouver facilement dans l'éventualité d'un départ en catastrophe (de façon un peu plus réaliste, ils avaient peur de se retrouver piégés dans l'immeuble en cas d'incendie). Il y avait trois écoutilles, trois cadenas et trois clés. Marlon remarqua qu'un membre du groupe en avait déjà pris une en main ; il prit par le bras un de ses colocataires et le poussa vers une autre en s'assurant qu'il comprenait bien ce qu'il avait à faire. Puis Marlon se dirigea vers la troisième clé, qui se trouvait dans la cuisine. Il la prit, déverrouilla le cadenas et ouvrit l'écoutille.

Il passa la tête par la fenêtre. En bas, la rue semblait bien éloignée. Une fourgonnette était garée dans la rue – le véhicule des gangsters ? Qu'importe. Il se passait à l'étage des événements épouvantables – des fragments de verre et de plâtre tombaient en cascade devant lui –, et son appartement était en feu. Des da G shou plus jeunes, des garçons dont il se sentait responsable, faisaient la queue derrière lui. Il hésita : devait-il être le dernier à sortir, comme le capitaine d'un navire qui coule, ou devait-il les guider comme un sergent dans une bataille ? Il opta pour cette dernière solution. Tournant le dos à la grille, il se pencha en arrière, passa la tête dehors, tendit les bras et attrapa les barreaux, puis il se laissa basculer à l'extérieur. Il posa les pieds sur les barreaux sous lui et s'écarta du passage, en crabe, pour laisser la place au suivant.

Même au sous-sol, les bruits de l'échange de coups de feu avaient été d'une violence surprenante ; mais en vérité, ils ne cessaient de s'intensifier. Zula, reléguée à une inutilité exaspérante par les menottes et son incapacité à les crocheter, ne pouvait rien faire d'autre que d'attendre que quelque chose se passe.

Réfléchis, Zula.

Est-ce que les hackers chinois, ces adolescents maigrichons, possédaient *beaucoup* d'armes ?

Si c'était le cas, étaient-ils si doués dans leur maniement qu'ils arrivaient à résister si férocement à une équipe telle que celle de Sokolov ?

Peter s'était libéré. Quand elle s'en aperçut, Zula se tourna vers lui, espérant que son premier mouvement serait de traverser la pièce pour défaire ses propres menottes. Elle fit même pivoter ses poignets pour lui faciliter la tâche.

Il ne s'approcha pas.

« Je ferais mieux d'aller voir ce qui se passe », dit-il, après un silence. Un silence qui avait duré trop longtemps. Il avait eu plus que le temps de penser pendant ce silence.

« Peter ? » dit-elle. Plantée là, avec les poignets en avant, dans ce qu'elle espérait être une position encourageante, elle se sentit comme une fille en robe de bal qui vient de se faire poser un lapin par son cavalier.

« Je vais juste jeter un œil », l'assura-t-il.

Il avait la même expression, le même ton que le soir où ils étaient rentrés de Colombie-Britannique en voiture. Il était en mode évitement.

« Je ne sais pas ce qui se passe là-haut, dit Zula, mais ça n'a rien à voir avec les hackers. C'est plus grave que ça.

– Je reviens tout de suite », dit Peter.

Il rejoignit le bas de l'escalier. Il hésita quelques instants, incapable de croiser le regard de Zula. « Ouais, bon », marmonna-t-il. Il rentra les épaules et s'engagea dans l'escalier.

Marlon vit quatre autres da G shou sortir par les trois grillages comme des araignées et chercher à descendre. Il n'en restait plus que trois dans l'appartement.

Se déplacer de cette façon n'était pas difficile. Au moins 50 % de la façade de l'immeuble était recouverte de grillages tels que celui auquel était accroché Marlon. Le seul aspect de l'exercice qui posait un léger problème, c'était de trouver le meilleur moyen de faire la transition d'un grillage à l'autre. En de nombreux endroits, la tâche était rendue considérablement plus facile par la présence d'autres équipements qui avaient été ajoutés à la façade : auvents, équerres portant les unités de climatisation extérieures, paquets de câbles, tuyaux, gouttières et un bric-à-brac architectural quasi européen coulé dans le béton.

En regardant en l'air, Marlon voyait la grappe de câbles qui courait par-dessus la rue jusqu'à l'immeuble d'en face.

Il distinguait nettement le câble bleu catégorie 5 que lui et ses collègues y avaient ajouté en s'installant. S'il pouvait monter jusqu'à ce niveau, il pourrait se glisser péniblement jusqu'à l'immeuble d'en face. Le risque semblait inutile, cependant, quand il pouvait simplement descendre.

La fenêtre au-dessus de lui, au cinquième étage, explosa et il reçut une pluie de verre brisé. Marlon ferma les yeux, pencha la tête et laissa tomber l'averse. Puis il se mit à se déplacer latéralement aussi vite qu'il put, car le bris de verre n'était pas un événement isolé : là-haut, quelqu'un était en train de détruire systématiquement la vitre avec un objet dur et lourd. Risquant un bref regard vers le haut, il aperçut ledit objet : c'était la crosse d'une mitraillette. Il s'écarta encore aussi vite qu'il put. Ses colocataires, émergeant de la même écoutille que lui, regardaient dans sa direction : leur instinct était de suivre le leader. Marlon leur fit frénétiquement signe de partir dans l'autre sens, jetant des coups d'œil significatifs en direction de la crosse qui allait et venait, et ils saisirent rapidement ce qu'il voulait dire.

Dans la rue, des gens hurlaient. Il les ignora.

Un coup de feu retentit juste au-dessus de lui, puis un autre, menaçant chaque fois de lui faire lâcher prise sous l'effet de l'onde de choc. Du métal vola, et il comprit que le cadenas de la grille d'une des fenêtres avait été touché par une balle. Ne sachant pas ce que cela pouvait laisser présager, il se mit à se déplacer plus vite, moins prudemment, et, en quelques instants, il atteignit le coin de l'immeuble. En dessous de lui, une petite rue étroite partait de la grande rue qui passait devant la façade. Un étage en dessous, un auvent avait été construit dans un passé assez lointain pour que la tôle ondulée en soit copieusement rouillée et trouée. Ce qui était une bonne chose : sur un toit neuf, il aurait glissé. Celui-ci lui offrirait bien assez d'adhérence et de nombreuses prises. Marlon se servit des grilles de la fenêtre pour descendre à ce niveau puis empoigna une équerre et une gouttière afin de contourner la façade et d'atterrir sur cet auvent. Il la suivit horizontalement sur environ dix mètres, puis arriva à la ligne médiane du mur latéral de l'immeuble, qui était marquée par une colonne verticale de petites fenêtres qui donnaient de la lumière sur un escalier intérieur. En parallèle courait une grappe de câbles, très épaisse et dense, avec de nombreux points d'appui. Marlon planta les doigts dedans, s'agrippa solidement, puis planta ses chaussures contre la brique et se mit à descendre le flanc de l'immeuble telle une mouche humaine.

En passant devant la fenêtre du deuxième étage, il manqua lâcher. Un visage était apparu brièvement dans l'encadrement, si près qu'il aurait pu le toucher si une vitre sale ne les avait pas séparés. C'était le visage d'un homme blanc, rond, lourd, avec des cheveux bruns lissés sur le crâne, empourpré par l'excitation. Il ne fut là qu'une seconde. Puis il disparut. L'homme continuait sa descente vers l'étage inférieur.

Mais même à travers la vitre et par-dessus le bruit, Marlon entendit l'homme hurler un seul mot, en anglais : « TOI ! »

La curiosité prit le pas sur l'instinct de conservation. Il resta sans bouger pendant quelques secondes avant de reporter son attention sur la grappe de câbles, en quête de ses prochaines prises. Il avait hâte de descendre au niveau inférieur pour découvrir qui était TOI.

Mais son attention fut captivée par un regain d'activités de l'autre côté de la vitre : un autre visage, à peine entraperçu à travers la crasse de la fenêtre, qui descendait l'escalier et contournait le palier. Pour commencer, c'était un visage à la peau brune, ce qui ne se voyait guère dans les parages. Deux autres da G shou avaient déjà dit qu'ils avaient vu un Noir dans le couloir d'en haut, mais Marlon s'était moqué d'eux, disant qu'ils regardaient trop de basket à la télé. Mais c'était indéniable : Marlon avait sous les yeux un homme noir et, de fait, très grand. Il portait une mitraillette dans laquelle Marlon reconnut, d'après ce qu'il avait vu dans les jeux vidéo, une

AK-47. Mais, à l'inverse du premier, il avançait prudemment, voire furtivement.

Contournant le palier, le Noir tourna le dos à Marlon, descendit deux ou trois marches et s'arrêta net.

Marlon était resté immobile pendant tout ce temps, ne voulant pas attirer l'attention par un mouvement brusque, mais ensuite il se laissa glisser avec une telle hâte qu'il manqua sa prise et se retrouva un instant suspendu par une seule main avant de pouvoir empoigner de nouveau les câbles et assurer ses pieds.

Lorsqu'il arriva en vue de la fenêtre du rez-de-chaussée, il vit le premier homme, le gros Blanc, qui lui tournait le dos et faisait face à un autre Blanc qui était visiblement monté du sous-sol. Il était jeune, mince, avec les cheveux un peu longs et une barbe de plusieurs jours. L'expression de son visage était difficile à déchiffrer, mais il était flagrant qu'il était dans un état de terreur si avancé qu'il ne se maîtrisait plus tout à fait physiquement. Il s'appuyait contre le mur de la cage d'escalier comme si prendre quelques centimètres de distance supplémentaire vis-à-vis du colosse pouvait améliorer sa situation. Il avait incliné la tête et levé les mains devant lui.

Le gros lui hurlait dessus, en anglais. Marlon ne comprenait pas un mot. C'était en partie à cause de la fenêtre et du bruit ambiant (même si l'échange de coups de feu semblait terminé), mais aussi, comme il finit par s'en apercevoir, parce que le colosse avait un fort accent.

Et aussi parce qu'il était complètement fou de rage, le gros. Une rage qui ne semblait qu'enfler à mesure qu'il gueulait et gesticulait.

Le gros était en train de se convaincre de faire quelque chose.

Il était en train de se convaincre de faire quelque chose d'atroce au plus jeune.

Et tout à coup, un revolver apparut dans la main du gros.

Une fois prêt, il pointa le revolver en plein sur le jeune, qui tenta de se cacher derrière ses paumes blanches. Il y eut trois énormes détonations. Le gros cracha quelques mots pleins de morgue puis laissa le plus jeune, qui était encore en train de s'effondrer au sol, et entreprit de descendre les marches restantes.

Quelques instants plus tard, le Noir le suivait d'un pas furtif.

C'était avec un sentiment mitigé qu'Olivia Halifax-Lin avait appris qu'Abdallah Jones s'était échappé de Mindanao et avait débarqué à Xiamen. Certes, Olivia venait de consacrer le plus clair de l'année écoulée à s'établir une fausse identité chinoise de façon à pouvoir travailler dans l'empire du Milieu en toute discrétion – ce qui avait coûté un demi-million de livres au MI6. Et elle détestait profondément Abdallah Jones. Mais en principe, traquer des terroristes islamistes, ce n'était pas son boulot.

Ainsi que n'importe quelle photo de la famille Halifax-Lin aurait pu en attester, on ne pouvait jamais prévoir les résultats de ce qu'on appelait autrefois le *croisement des races*. Olivia avait un frère et une sœur. Son grand frère pouvait passer pour gallois parmi les Gallois, mais, lors d'un voyage au Portugal, il s'était fait prendre pour un Portugais et, lorsqu'il se rendait en Allemagne, les Turcs l'abordaient dans la rue en turc. Leur jeune sœur avait l'air d'une métisse plus « classique ». Olivia, en revanche, pouvait passer inaperçue dans n'importe quelle rue de Chine. Dans une petite ville, elle serait sans doute repérée comme une *waidiren*, mais, dans une grande ville, on ne la prendrait jamais pour une *waiguoren*.

Leur père était économiste. Né et élevé à Beijing, il s'était installé à Hong Kong à la fin de son adolescence puis avait pris un poste de professeur à Londres, où il avait épousé la mère d'Olivia, une orthophoniste. Dans leur enfance, ils parlaient indifféremment anglais et mandarin. Olivia avait lu l'histoire de l'Extrême-Orient à Oxford. Il était d'usage de choisir au moins une langue qu'on ignorait, aussi avait-elle fait deux ans de russe.

Préférant un environnement plus cosmopolite, elle avait passé beaucoup de temps au bar d'étudiants de St. Antony's College, et c'est là qu'elle avait été abordée pour la première fois par un membre de la faculté qui avait laissé entendre à mots couverts, en douceur, que (euh) le MI6 connaissait son existence. Bien que flattée, elle avait décliné l'invitation – si toutefois c'est de cela qu'il s'agissait – en expliquant qu'elle comptait suivre un master en relations internationales à l'université de Colombie-Britannique, dans l'espoir de revenir à St. Antony's afin d'entreprendre un doctorat.

Le professeur, à ce moment-là, lui avait payé un verre. Après avoir laissé passer quelques minutes, il avait fait une suggestion farfelue. La communauté chinoise de Vancouver était énorme : une ville à l'intérieur de la ville, assez peuplée pour que l'apparition d'une personne ayant l'air et le comportement d'un ou d'une Chinois(e) dans une boutique ou un immeuble d'habitation ne suscite pas spécialement de curiosité. Le souvenir qu'avait gardé Olivia de la conversation était un peu brumeux – elle tenait très mal l'alcool – mais elle était presque sûre qu'il avait employé l'expression « Disneyland de l'espionnage ». Et lorsqu'elle avait demandé une explication, il avait rétorqué qu'une fille telle qu'Olivia pourrait se rendre dans le Chinatown de Vancouver, par exemple, et essayer de se faire passer pour une Chinoise afin de voir si quiconque détectait le subterfuge. Elle pourrait se faire une idée de ce que pourrait représenter un poste sous couverture en Chine, mais ce ne serait pas plus dangereux ou plus réel que Disneyland.

S'imaginer en agent du MI6 lui avait d'abord paru comique, et pourtant elle devait reconnaître que l'idée séduisait la même partie de sa personnalité que celle qui se plaisait à faire du théâtre amateur – ce qui était sa principale activité extrascolaire, si l'on exclut une participation sporadique et obligatoire au hockey sur gazon et au kung-fu.

Elle avait interprété seize rôles parlants, dans une douzaine de pièces. Ces chiffres étaient dus au fait qu'on lui confiait souvent des rôles si mineurs que, avec un simple changement de costume, elle pouvait facilement en tenir plus d'un dans la même pièce. Avec le temps et l'expérience, elle était passée aux seconds rôles ou aux rôles de copine du héros dans des productions montées dans les environs d'Oxford. Au-delà de ça, elle n'avait pas d'ambition dans le monde théâtral. Mais elle avait eu le temps de comprendre que les décisions des directeurs de casting reflétaient la façon dont les gens en général, et les hommes en particulier, la regardaient. Les hommes qui baignaient dans les mêmes milieux qu'elle l'ignoraient au départ. Puis certains se mettaient à lui jeter des regards curieux. Après quoi, soit ils retournaient à leur indifférence première, soit ils trouvaient un moyen ou un autre de lui faire savoir qu'ils la trouvaient belle ; que sa beauté n'avait rien d'évident ; et qu'ils méritaient une récompense ou une palme quelconque pour avoir fait preuve de suffisamment de perspicacité pour la remarquer. Différents metteurs en scène lui avaient confié des rôles plus ou moins importants selon l'endroit où ils se tenaient dans le continuum de l'appréciation du visage d'Olivia, mais les rôles principaux lui échappaient pour la même raison.

Mais dans le jeu des espions anonymes, les seconds rôles, les petites amies et les faire-valoir étaient précisément les plus recherchés. On n'avait pas besoin de James Bond.

Il existait environ une demi-douzaine de photos dans le monde – principalement des clichés spontanés pris sur des téléphones portables – sur lesquelles Olivia était vraiment belle. Et elle avait appris qu'elle pouvait amener les gens à chercher et à voir enfin cette beauté en faisant comme si elle s'attendait à ce qu'on la remarque. Mais elle pouvait tout aussi bien les empêcher de la voir en se comportant différemment. Elle pensait que cela pourrait être pratique pour une espionne.

Au bout de six mois à Vancouver, elle avait tout à coup été saisie d'une fringale de soupe de courge qui la poussa spontanément à se rendre à Chinatown. Pas le quartier historique, dans le centre, mais le nouveau Chinatown, en périphérie. Une séance de marchandage avec un marchand des quatre saisons la conduisit à prendre possession d'une courge longue comme son bras. En terminant la transaction, ils avaient bavardé un peu, et le marchand lui avait demandé depuis combien de temps elle était au Canada. « Six mois », lui avait dit Olivia, et il lui avait alors demandé poliment de quelle région de Chine elle était originaire. Et plutôt que d'essayer de lui expliquer l'histoire de ses parents, elle avait juste dit : « Beijing. » Il avait accepté sa réponse sans trace de scepticisme, et d'autres clients s'étaient mêlés à la conversation. Pour eux tous, elle était une vraie chinoise, de Chine, ils l'acceptaient sans discuter.

Durant sa deuxième année, elle avait pris un appartement dans un immeuble situé dans un quartier à majorité chinoise et s'était fait passer, sans grande difficulté, pour une étudiante diplômée de Beijing. Le plus près qu'elle était passée de se faire démasquer, c'était lorsque quelqu'un avait fait une remarque – flatteuse, elle l'espérait – sur son physique hors du commun. Mais Yao Ming, par exemple, entendait sûrement beaucoup de remarques sur sa stature hors du commun. Or, personne ne doutait que Yao Ming était chinois.

Au bout d'un moment, elle avait été invitée pour un *thé* (à l'anglaise) par une femme basée au consulat britannique de Vancouver, qui elle aussi, à mots couverts, l'avait interrogée : comment allait-elle ? Envisageait-elle toujours de faire un doctorat à St. Antony's ou bien considérait-elle la possibilité de faire un break pour acquérir un peu d'expérience dans le monde du travail ? Olivia n'avait pas exclu cette possibilité, et, par la suite, les thés étaient devenus des rendez-vous réguliers, qui avaient eux-mêmes débouché sur des déjeuners dans des restaurants londoniens huppés lorsqu'elle rentrait passer les vacances chez ses parents.

Elle s'était mise à *ne pas* faire certaines choses qui lui auraient rendu impossible de travailler pour le MI6 dans l'avenir. Elle n'avait pas ouvert de page Facebook. Elle n'avait pas posté de photos d'elle sur Flickr. Elle n'avait pas visité la Chine, de sorte que le gouvernement chinois ne possédait pas de photos d'elle, pas de traces de son existence. Elle n'avait pas fait toutes ces choses pour la simple raison que les taupes du MI6 qui ne cessaient de croiser son chemin lui demandaient constamment si elle les avait faites. Et lorsqu'elle répondait que non, la nouvelle était toujours accueillie avec un étonnement admiratif.

Et elle s'était donc retrouvée à Londres, et dans le MI6, où elle avait travaillé comme analyste pendant deux ans, développant son identité d'emprunt et rédigeant des rapports sur divers sujets. Dont le terroriste gallois Abdallah Jones, qui intéressait tout particulièrement Olivia parce qu'il avait un jour fait sauter la partenaire de bridge de sa grand-tante dans un bus à Cardiff.

Il était (comme elle l'apprit) d'origine antillaise, c'est-à-dire le descendant d'esclaves amenés aux Caraïbes pour travailler sur les plantations de canne à sucre. Il avait grandi dans un taudis de Cardiff où il était devenu accro à l'héroïne. Il s'était défait de cette addiction avec l'aide d'un mollah local qui l'avait converti à l'islam. Libéré de ses chaînes chimiques, il avait passé un BTS de sciences de la terre à Aberystwyth, qu'il avait prolongé par un cursus à l'École des mines du Colorado où, apparemment, il en avait appris sacrément long sur les explosifs. En rentrant au pays de Galles, il s'était mis en cheville avec une cellule d'extrémistes islamistes et s'était lancé en faisant exploser des bus au pays de Galles et dans le centre de l'Angleterre avant d'aller s'installer à Londres et de passer aux stations de métro. Lorsque ces activités avaient fait de lui l'objet d'une curiosité policière extrême, il était parti en Afrique du Nord, puis en Somalie, puis au Pakistan (le site de son plus grand exploit, le meurtre de cent onze personnes dans l'explosion d'un hôtel), puis en Indonésie, dans le Sud des Philippines, à Manille, à Taïwan, et à présent – si bizarre que cela puisse paraître – à Xiamen. Toutes ces étapes étaient parfaitement logiques. Sauf les deux dernières.

Aux yeux d'Olivia, dire, comme on le faisait souvent, qu'Abdallah Jones était au MI6 ce qu'Oussama Ben Laden était à la CIA, c'était passer à côté de plusieurs points essentiels. Il était vrai que Jones était la cible prioritaire du MI6. Sur ce point, donc, la comparaison se justifiait. Mais à part cela, ainsi qu'Olivia ne manquait jamais de le souligner, comparer Jones à Ben Laden était dangereux, car cela revenait à minimiser le danger représenté par Jones. L'heure de gloire de Ben Laden s'était terminée le 12 septembre. Il était l'un des hommes les plus célèbres de l'histoire, mais il avait passé le restant de sa vie claquemuré dans diverses planques où il regardait ses propres exploits à la télé. Jones, en revanche, était peu connu en dehors du Royaume-Uni, et, même s'il avait déjà fait sauter cent-soixante-trois personnes lors de huit incidents séparés avant son 30e anniversaire, on pouvait être pour ainsi dire certain qu'il en tuerait bien davantage dans l'avenir.

Puisqu'il n'était pas sur le territoire et ne risquait pas d'y revenir, il faudrait le capturer dans un autre pays.

Et ça, ce n'était pas évident.

Heureusement, il y avait cet organisme, le MI6, une entité dont le rôle était d'intervenir à l'extérieur du territoire national. Ainsi, lorsque les patrons d'Olivia demandèrent à celle-ci de rédiger des rapports sur Abdallah Jones, ce n'était pas seulement parce qu'ils voulaient épaissir son dossier déjà énorme. C'était parce qu'ils voulaient découvrir à tout prix un moyen de le capturer ou de le tuer.

A priori, sa contribution était purement théorique. Ses langues étaient l'anglais et le mandarin, le russe beaucoup moins, et le gallois encore moins. Il était donc peu probable qu'on lui confie une couverture dans les endroits où Abdallah Jones évoluait en général. Aussi tous les mémos réguliers et les présentations PowerPoint qu'elle avait faits sur le caractère extrêmement nocif de Jones et l'importance de le neutraliser avaient-ils été effectués dans un esprit de désintéressement total ; le MI6 pouvait mettre tout son budget annuel dans la capture de Jones, Olivia Halifax-Lin n'aurait aucune part dans sa répartition et elle n'avait pas la moindre chance de partager la gloire de la capture.

Après une fusillade ayant coûté la vie à plusieurs Américains et membres des forces spéciales philippines à Mindanao, Jones était parti pour Manille pour deux mois ; il avait quitté la ville précipitamment quelques heures avant une descente de police, laissant derrière lui une usine à bombes pleinement opérationnelle qu'il avait piégée comme il se doit. Un faisceau de présomptions semblait indiquer qu'il avait dû passer à Taïwan sur un bateau de pêche. Le monde sinophone n'était pas un territoire normal pour le terrorisme islamique, aussi la raison de son départ pour Taïwan et ce qu'il avait fait sur place restaient-ils du domaine de la supposition.

Après s'être fait extrêmement discret pendant six mois, il avait franchi le détroit pour rejoindre Xiamen, très curieusement.

Si vagues que puissent sembler ces informations, il s'agissait en fait de renseignements incroyablement précis et spécifiques, qui impliquaient la mise en œuvre de sources et de méthodes sortant de l'ordinaire. Même si on ne l'avait jamais dit explicitement à Olivia, il était assez facile de deviner que le MI6 disposait au Pakistan d'un informateur qui avait accès aux messages échangés entre Jones et ses contacts au sein d'al-Qaida.

Ce qu'elle savait avec certitude : par ce canal, le MI6 avait obtenu le nom d'une ville (Xiamen) et deux ou trois numéros de portables. Des instruments de mesure des fréquences radio avaient été utilisés pour repérer la signature numérique de ces portables et déterminer, petit à petit, leur localisation. Une grande partie de ces opérations avaient été réalisées en collaboration avec le FBI et la CIA, grâce à la technologie de collectage des signaux purs : satellites, postes d'écoute sur l'île taïwanaise voisine de Kinmen et appareils télécommandés introduits à Xiamen par des sous-traitants qui, bien sûr, ne savaient pas du tout ce qu'ils étaient en train de faire ni pour qui ils travaillaient.

Toute cette phase de l'opération découlait de l'hypothèse, émise d'abord par Olivia, selon laquelle Jones avait dû rester au même endroit pendant la plus grande partie du temps. Un grand Noir ne pouvait pas aller et venir dans une ville chinoise sans attirer énormément l'attention. Il devait avoir une planque quelque part, y passer l'essentiel de son temps et communiquer par téléphone. Tout cela était parfaitement évident pour quiconque s'était jamais rendu en Chine, ou même à Chinatown, mais, apparemment, cette intuition s'était révélée utile pour certains responsables du MI6 qui, parce que Xiamen était un grand port international, s'imaginaient qu'Abdallah Jones pouvait s'y fondre dans la masse aussi facilement qu'à Paris ou Berlin.

Grâce à ces moyens techniques, toutefois, les spécialistes du renseignement étaient parvenus à réduire la zone où se trouvait Jones à un gros kilomètre carré, avant que celui-ci ne pense à jeter et à changer ses téléphones.

Le lendemain du jour où les signaux desdits téléphones s'étaient éteints, on avait mis Olivia dans un avion pour Singapour.

Comme aucun ordre spécifique ne l'y attendait, elle avait passé quelques jours à circuler au hasard dans le quartier chinois pour bien s'assurer qu'elle pouvait être prise pour une Chinoise.

Puis, avec la brusquerie et le mystère auxquels elle commençait à s'habituer, on l'envoya à Sydney, et de là à un aéroport situé dans un endroit nommé Hamilton Island, où elle fut accueillie par John, un Anglais brûlé par le soleil, ancien du Special Boat Service de la marine royale, qui travaillait désormais, ou faisait semblant de travailler, comme prof de plongée sous-marine. En sortant de l'aéroport, John et Olivia marchèrent quelques centaines de mètres – c'était la première fois de sa vie qu'elle quittait un aéroport à pied – pour rejoindre un mouillage où était ancré un bateau de plongée. Olivia s'installa tranquillement dans une cabine tandis que John conduisait le bateau jusqu'à une plus petite île située à quelques kilomètres.

Puis John passa trois jours à enseigner à Olivia tout ce qu'il savait sur la plongée sous-marine.

Ensuite, il la ramena à l'aéroport, lui donna une accolade pleine de sable et de sel, et la mit dans un nouvel avion. Elle était triste de le voir pour la dernière fois, mais aussi un peu soulagée. Moins de douze heures après son arrivée, ils s'étaient mis à faire l'amour et n'avaient arrêté que dix minutes avant de reprendre le chemin de l'aéroport. C'était de loin la première fois qu'Olivia allait si vite en besogne avec un homme ; elle était enivrée, stupéfaite et gênée, et comprenait que si elle était restée sur le bateau ne serait-ce qu'un jour de plus, la situation aurait dégénéré et peut-être même bousillé sa carrière.

En rentrant à Singapour, sentant encore les mains de John sur son corps, elle suivit les instructions et alla dîner dans le restaurant qui lui avait été indiqué. Là, elle rencontra un nommé Stan, dont les vêtements de touriste ne contribuaient guère à cacher qu'il était capitaine de corvette dans la marine américaine. Stan et Olivia mangèrent des nouilles ensemble puis se rendirent en taxi sur les quais de Sembawang où Olivia, vêtue d'un imperméable long, capuche rabaissée, embarqua dans un destroyer américain, protégée par un grand parapluie. Il ne pleuvait pas.

Le destroyer semblait l'attendre avec impatience ; il largua les amarres et prit la direction du large alors même qu'on lui montrait sa cabine. À son grand soulagement, Olivia ne coucha *pas* avec Stan ni les autres membres de l'équipage.

Un jour et demi plus tard, sous une chape de nuages lourds, juste avant l'aube, elle fut transférée sur un sous-marin de la marine royale qui les attendait au milieu de nulle part. Dans celui-ci, sa cabine était incroyablement minuscule, et toutes sortes de détails lui firent penser que des hommes et des affaires avaient été forcés de se déplacer rapidement et à contrecœur pour lui laisser la place. Un sachet waterproof l'attendait. Il contenait un tailleur bon marché mais relativement présentable réalisé par un couturier de Shanghai à qui on avait manifestement fourni ses mesures. Il y avait aussi un sac à main où se trouvaient déjà sa carte d'identité chinoise; son passeport chinois; un portefeuille un peu usé contenant des cartes de crédit, de l'argent liquide, des photos, etc.; des tubes entamés des cosmétiques qu'elle utilisait en général, principalement des articles Shiseido disponibles dans n'importe quellc ville du monde; et le genre de bazar que l'on trouve dans un sac de femme: tickets de métro usagés, tickets de caisse, bonbons, sirop contre la toux, pastilles de menthe, tampons, fil dentaire, kit de couture rapporté d'un hôtel, Super Glue-3 et, incontournable, un préservatif, dont la date d'expiration remontait à trois ans, habilement vieilli de sorte qu'on aurait dit qu'elle l'avait jeté dans le fond de son sac après un cours obligatoire sur la prévention des IST et l'y avait oublié.

Le capitaine du sous-marin lui remit une enveloppe scellée, épaisse d'un centimètre et demi, couverte d'avertissements portant sur son caractère secret. À l'intérieur, elle trouva trois choses:

- Une lettre de son patron lui demandant de localiser précisément Abdallah Jones. Ce document ne prenait pas la peine de souligner ni même d'évoquer les choses terribles qui allaient arriver à Jones une fois qu'elle aurait mené sa mission à bien. Cette omission ne fit que rendre la lettre plus lourde entre ses doigts, comme si elle avait été imprimée sur une feuille d'uranium.

- Le dossier de son alter ego chinois. Elle en avait elle-même rédigé et mémorisé la plus grande partie, mais ils l'avaient joint au cas où elle voudrait le réviser une dernière fois.

- Un addenda expliquant par quel mystère son alter ego se retrouvait tout à coup à Xiamen. Elle le lut avec attention, car elle ne s'y attendait pas du tout.

À bord du sous-marin, il y avait un escadron d'hommes du Special Boat Service. L'un d'entre eux lui montra un emplacement où une capsule supplémentaire avait été fixée sur la coque du sous-marin, formant une espèce de bosse de chameau. On pouvait y accéder par un système de trappes. Olivia était presque certaine que c'était l'objet le plus coûteux qu'elle ait vu de sa vie. Il s'agissait d'un minuscule sous-marin, capable de contenir jusqu'à une demi-douzaine d'hommes. « Ou cinq hommes et une femme, si on en arrive là », dit l'homme du SBS. En un sens, c'était un simple vaisseau. Il n'était pas fait pour être rempli d'air ou résister à la pression de l'océan. Il était plein d'eau de mer, et les occupants devaient porté des équipements de plongée. Mais, d'un autre côté, il était équipé d'une technologie de navigation et de dissimulation incroyablement complexe.

Elle passa une journée dans le sous-marin, principalement seule, même s'ils organisèrent un souper fin à son intention dans le mess des officiers et lui portèrent plusieurs toasts, à elle, à ses qualités exceptionnelles, à sa mission, à sa bonne chance, etc.

Et c'est là qu'elle commença à avoir peur.

Il était assez surprenant que ce ne soit pas arrivé plus tôt. Elle n'avait certes pas manqué d'indices sur la nature du plan. Mais ce qui l'atteignit, précisément, au cours de ce dîner, c'est la tradition qu'il perpétuait : depuis des centaines d'années, des hommes de la Royal Navy se rendaient dans des régions éloignées pour accomplir des missions d'une imprudence spectaculaire. C'était un pis-aller pour ceux qui n'allaient *pas* montrer leur reconnaissance – un avant-goût du syndrome de la culpabilité du survivant.

Cela ne lui avait pas traversé l'esprit jusque-là, mais il lui fallait traverser la frontière chinoise, *d'une manière ou d'une autre*. Si elle passait par un port, elle laisserait des traces impossibles à faire concorder avec sa couverture. Même si elle le faisait avec des faux papiers et les jetait ensuite, ils auraient des photos d'elle et ils utilisaient certainement la reconnaissance faciale numérique à présent. En théorie, elle aurait pu traverser la frontière à pied en partant d'un pays tel que le Laos ou le Tibet, mais cela semblait affreusement victorien. Ils n'avaient pas du tout le temps. Donc il n'y avait pas le choix. À 3 heures du matin, elle enfila l'équipement de plongée et se rendit à la capsule sous-marine miniature munie de son sachet imperméable. Comme promis, cinq hommes du SBS l'attendaient. Une procédure longue et fastidieuse commença alors, et ils passèrent en revue un grand nombre de listes de contrôle. La capsule pleine d'eau se mit à se déplacer indépendamment du sous-marin.

Puis il n'y eut rien que les ténèbres et le silence pendant une heure. Les hommes qui contrôlaient les mouvements de la capsule travaillaient dur : ils lisaient des instruments, consultaient des cartes électroniques. Elle commença à distinguer des terres qu'elle reconnaissait : la grosse île ronde de Xiamen se fraya une place sur l'écran.

Ils s'approchèrent très près d'une des îles périphériques, et l'un des hommes du SBS passa un moment à regarder dans l'équivalent électronique d'un périscope. Puis la décision fut prise et l'ordre donné. Accompagnée par l'un des plongeurs, elle nagea les cent derniers mètres et accosta en rampant sur une plage jonchée de détritus. Elle continua de ramper jusqu'à ce qu'elle et le plongeur soient dissimulés par les feuillages. Ils retirèrent leurs masques et restèrent quelques instants sans bouger, jusqu'à ce qu'ils soient sûrs qu'il n'y avait personne alentour. Olivia ôta sa combinaison de plongée. Détournant pudiquement les yeux, le plongeur ouvrit le sachet waterproof et en sortit les habits un par un, à commencer par les dessous, qu'il lui passa par-dessus son épaule. Lorsqu'elle fut complètement vêtue, il se retourna et lui fit un salut militaire – encore un détail qui manqua la tuer – puis rampa dans les ordures pour rejoindre l'eau, traînant derrière lui un sac qui contenait l'équipement de plongée d'Olivia. Une vague le recouvrit et il disparut dans l'eau.

Olivia s'enduisit de crème antimoustique et resta dans les bois pendant deux heures; puis elle rejoignit une petite route qu'elle suivit sur un kilomètre jusqu'à un endroit où des centaines d'individus, surtout des jeunes femmes, débouchaient d'un énorme complexe résidentiel pour affluer vers un arrêt de bus. Comme les autres, elle prit un bus jusqu'au terminal de ferrys et, de là, elle se joignit à une file de milliers de personnes pour traverser les larges passerelles d'aluminium et aller se tasser sur un ferry. Une heure plus tard, elle était dans le centre de Xiamen. Suivant les instructions contenues dans l'enveloppe, qu'elle avait mémorisées, elle se rendit à un bureau FedEx et retira un volumineux paquet qui l'attendait. Elle l'ouvrit avec un canif qui se trouvait dans son sac et découvrit qu'il contenait une valise à roulettes on ne peut plus banale, telle qu'on en voit dans tous les aéroports du monde.

Un trajet de cinq minutes en taxi l'amena à un hôtel d'affaires milieu de gamme près des quais. Elle y entra comme si elle débarquait de l'aéroport, présenta sa carte d'identité chinoise et prit une chambre. En s'installant, elle ouvrit la valise où elle trouva un ordinateur portable qu'elle reconnut, car elle l'avait acheté et configuré elle-même, s'assurant que le moindre détail technique et logiciel était conforme à l'identité qu'elle s'était créée. Elle le démarra, se connecta au wi-fi de l'hôtel et découvrit plusieurs jours de messages de clients anxieux à Londres, Stockholm et Anvers.

Elle était désormais Meng Anlan et travaillait pour une boîte fictionnelle basée à Guangzhou, Xinyou Quality Control Ltd., fondée et dirigée par son oncle de papier, Meng Binrong, qui tentait de monter une succursale dans la région de Xiamen. Xinyou Quality Control Ltd. servait d'agent de liaison entre les clients occidentaux et les petites industries chinoises. C'était une manière courante de gagner sa vie à l'heure actuelle, et beaucoup d'entreprises se spécialisaient dans cette activité. La seule chose un tant soit peu inhabituelle dans son scénario, c'était le sexe de Meng Anlan ; à part dans de très rares cas, les femmes n'assuraient pas ce genre de fonctions en Chine.

Ou du moins elles ne le faisaient pas *ouvertement*. Il y avait un grand nombre d'entreprises qui, en pratique, étaient dirigées par des femmes ; mais un homme de paille assurait toujours la façade. Donc la plausibilité de l'identité d'Olivia s'appuyait sur Binrong, son oncle fictionnel à Guangzhou, qui était (selon le scénario) le véritable patron. Meng Anlan se contentait de régler des affaires pour lui, comme une sorte d'assistante personnelle. Pour toutes les décisions d'importance, elle devait en référer à Binrong.

Il y avait un peu plus de complications qu'il n'est souhaitable lorsqu'on crée une couverture. Mais, pour une jeune femme chinoise, il n'existait pas beaucoup d'excuses plausibles pour se balader seule, loin de chez elle et de sa famille. Elles étaient des milliers à effectuer des travaux d'usine mal payés et à vivre dans des dortoirs fournis par les entreprises, mais le MI6 n'avait aucun intérêt à la faire entrer en Chine en douce pour qu'elle adopte ce mode de vie. Elle n'était un agent utile que si elle disposait de l'argent et de la liberté suffisante pour se déplacer à sa guise. Ils avaient même envisagé de faire d'Olivia une call-girl de luxe ou une femme entretenue. Elle n'aurait pas nécessairement eu besoin de coucher avec qui que ce soit ; les clients auraient pu être imaginaires. Ils s'étaient décidés pour l'entreprise de liaison car elle lui donnait une bonne excuse pour voyager dans la région, contacter des gens de l'industrie et louer des bureaux, par exemple.

Ils avaient employé toutes sortes de ruses électroniques pour créer des numéros de téléphone et de fax à Guangzhou qui aboutiraient dans une salle sous-terraine du QG du MI6 où une petite équipe anglo-chinoise attendait les appels : une femme jouait le rôle de la réceptionniste, et un Anglais blond aux yeux bleus qui parlait couramment cantonais et mandarin jouait celui de Meng Binrong. Son scénario tiendrait le coup tant que les gens qu'elle approcherait à Xiamen ne contacteraient son oncle que par téléphone, fax ou mail. Mais si quiconque avait la curiosité de visiter les bureaux de Xinyou Quality Control Ltd. à Guangzhou, il ne trouverait rien, et tout l'échafaudage se casserait la gueule. Et il y avait un certain nombre d'autres manières par lesquelles l'identité de Meng Anlan pourrait être percée à jour. Lorsque cela se produirait, l'issue la plus favorable serait qu'elle soit obligée de partir pour ne jamais revenir et ne plus jamais travailler sous un déguisement de ce genre. Il était également possible qu'elle ait à purger une longue peine de prison ou qu'elle soit exécutée.

Elle était utilisée. Il n'y avait pas d'autre mot. Son apparence, sa formation et sa maîtrise du langage faisaient d'elle un atout sans équivalent. Quelqu'un du MI6 avait dû, à un certain moment, placer en elle de grands espoirs – il devait projeter de l'employer pour un dessein de grande envergure. Son identité avait été créée, à grands renforts d'argent et d'heures de travail, dans ce but, quel qu'il ait été. Mais le but d'origine s'était volatilisé lorsque Abdallah Jones s'était rendu à Xiamen et avait jeté son portable. Quelqu'un avait pris la décision : Olivia devait être redéployée avec la mission de trouver cet homme.

Elle se trouva un coquet appartement à l'occidentale sur l'île de Gulangyu, qui n'était séparée du centre de Xiamen que par un canal étroit. Elle le fit meubler et décorer dans un style qui cadrait bien avec son identité. Elle se mit à prendre le ferry tous les jours pour se rendre au centre en quête de « bureaux ». Mais cette recherche dissimulait en fait une reconnaissance bloc par bloc du kilomètre carré où l'on avait des raisons de penser que se planquait Abdallah Jones.

Elle connut de terribles hauts et bas dans son évaluation du niveau de difficulté. Mille mètres, cela ne faisait pas si grand que ça. Dix terrains de football. Aussi, vu d'une distance confortable, le boulot n'avait-il pas semblé si difficile que ça. Pendant ces deux premières semaines passées à user ses semelles dans le centre, cependant, elle se sentit excessivement découragée: elle n'arriverait jamais à faire la moindre avancée. La population du kilomètre carré en question s'élevait sans doute à vingt ou trente mille personnes. Le nombre d'immeubles était de plusieurs centaines. Elle se sentait débordée, à errer et à s'égarer toute la journée dans les rues tortueuses et surpeuplées du quartier, puis à passer ses nuits dans un demi-sommeil dans son appartement de Gulangyu, à retracer les parcours empruntés dans la journée et à faire des rêves hallucinatoires qui mêlaient tout ce qu'elle avait vu.

L'appartement, au moins, était agréable. L'île de Gulangyu était petite, escarpée, verte, en grande partie piétonne, couverte de routes étroites et sinueuses qui zigzaguaient jusqu'à ses petites enclaves. C'était là que les Occidentaux avaient bâti leurs villas et leurs consulats, dans la période postguerre de l'opium, lorsque Xiamen était connu sous son nom fujianais d'Amoy. Cette époque était révolue depuis longtemps, mais les constructions demeuraient.

Enfin à peine. Il suffisait de jeter un coup d'œil à Gulangyu pour se rappeler que Fujian était une ancienne jungle tropicale qui désirait, férocement, le redevenir. Si les humains la quittaient un jour, ou cessaient de la repousser à coups de sécateurs ou de scies, les plantes rampantes et les lianes, les racines, les spores et les cosses recouvriraient tout ce qu'ils avaient construit en l'espace de quelques années. Olivia ne connaissait pas le détail de l'histoire de l'île, mais il était manifeste qu'un tel phénomène avait dû se produire à l'époque de Mao, et que les promoteurs immobiliers de l'ère post-Mao avaient repris l'île juste à temps. Par endroits, on voyait encore un vieil immeuble à l'occidentale en train d'être lentement détruit par la végétation, qui minait si profondément sa structure que seuls les rats et les termites pouvaient encore y vivre. Mais un certain nombre de vieux bâtiments avaient été sauvés – Olivia imagina une invasion de l'île style D-day, des jardiniers avec des seaux et des pelles parachutés du ciel et envahissant les plages –, libérés de l'étreinte épineuse ou fleurie des plantes grimpantes et dératisés, on refaisait leur toiture, on retapait le tout et on les transformait en appartements de luxe. Le sien était petit mais bien situé, au dernier étage de l'ancienne villa d'un commerçant français, qui abritait désormais deux douzaines de jeunes actifs tels que Meng Anlan. Son lit donnait sur un petit balcon avec vue sur les lumières du centre de Xiamen, de l'autre côté de l'eau, et, pendant les nuits où le sommeil lui échappait, elle s'asseyait, étreignait ses genoux et contemplait le paysage. Laquelle de ces lumières bleues était celle de l'ordinateur portable d'Abdallah Jones ?

Mais au bout de quelques semaines, lorsqu'elle commença à avoir une bonne représentation mentale du kilomètre carré, la mission se mit à sembler faisable. On pouvait éliminer d'emblée 90 % des bâtiments – des propriétés commerciales ou des résidences privées. À moins que Jones n'ait un arrangement quelconque avec un commerçant ou une famille prospère, ce qui semblait fort peu probable, il devait vivre dans un immeuble d'habitation ; et pas n'importe lequel : un immeuble accueillant les voyageurs en transit et les immigrés économiques. Il n'y en avait que quelques-uns dans sa zone de recherche et, par différents moyens, elle fut en mesure d'en éliminer plusieurs. Après ces premières semaines de confusion et de désespoir, elle parvint donc, soudain, à une *short list* de cachettes possibles pour Jones.

Sur des critères rationnels, elle ne pouvait pas choisir entre celles-ci, mais son instinct la faisait incliner fortement en faveur d'un immense bâtiment de cinq étages réputé pour sa misère. Il était empêtré dans les ruelles finement réticulées d'un vieux quartier, mais suffisamment près de sa frontière pour qu'il soit promis à être démoli et remplacé par un gratte-ciel. À l'époque où la ville s'appelait Amoy et où de riches Européens entretenaient des caves à vin sur Gulangyu, le bâtiment devait avoir fière allure. Un hôtel, peut-être. Mais transformé depuis longtemps en logement ouvrier.

Olivia fit semblant de vouloir louer un bureau dans un bâtiment juste de l'autre côté de la rue. Les deux immeubles étaient de hauteur et d'âge égaux, reliés par des grappes multicolores de câblage improvisé. Le propriétaire voulait orienter Olivia sur des bureaux aux étages inférieurs, où l'accès était plus facile et le loyer plus élevé. Mais Olivia s'était fait une spécialité de faire traîner interminablement sa « quête de bureaux » en prétextant l'avarice exagérée de son oncle à Guangdong. Elle avait un baratin tout prêt et une batterie d'anecdotes sur la radinerie de Meng Binrong. Elle s'en servit pour convaincre le propriétaire de monter quelques étages, d'ouvrir de vieilles portes poussiéreuses afin de lui montrer des bureaux qui étaient utilisés pour stocker le matériel d'entretien et les portes, toilettes et ventilateurs en attente de réparation. Dans tous les bureaux qu'elle visita, Olivia prit la peine d'examiner la vue, de forcer les fenêtres bloquées et de passer la tête dehors, dans la chaleur étouffante. Comme elle l'expliqua, la seule compensation qu'il pouvait y avoir à travailler dans un bureau si haut au-dessus du niveau de la rue, c'étaient une belle vue et une ventilation naturelle. En vérité, bien sûr, elle regardait l'immeuble d'en face, examinait l'intérieur des appartements dans l'espoir d'apercevoir un grand Gallois noir.

Un bruit sourd, irrégulier, émanait de quelque part, pas de l'intérieur du bâtiment, mais pas loin. Au départ, elle ne l'entendit que de façon subliminale, car il était couvert par les bruits de la rue. Mais à mesure qu'elle traînait le propriétaire épuisé et irritable vers les étages supérieurs, le son commençait à s'isoler de la clameur de la rue et à pénétrer sa conscience. Il montait par saccades. Trois, six ou dix coups, comme un battement de cœur ; il cessait un petit moment, puis repartait, parfois plus vite, parfois plus lentement. Parfois, il se terminait par un léger bruit de fracas. Elle connaissait bien ce motif, car elle et ses collègues londoniens l'avaient entendu en bruit de fond des conversations enregistrées d'Abdallah Jones, et ils avaient passé de longues heures à se demander de quoi il s'agissait. Leur première hypothèse avait été celle d'un bruit de chantier dans un appartement voisin, mais ça ne correspondait pas vraiment ; quel genre d'ouvriers du bâtiment utilisaient seulement des marteaux-piqueurs mais jamais de scie ? Peut-être Jones vivait-il au-dessus d'une boucherie où l'on employait de lourds fendoirs pour débiter des carcasses imposantes ? Ou d'un dojo d'arts martiaux où les élèves cognaient dans un sac de sable ? Ils n'avaient jamais réussi à l'établir avec certitude, et cela les rendait fous.

Mais plus Olivia montait dans les étages, plus elle était certaine qu'il s'agissait exactement du même bruit, venant de l'immeuble d'en face. Le son devenait plus distinct, et elle était de plus en plus fébrile.

En atteignant le dernier étage, elle entra dans un bureau et découvrit que la vue était bloquée par une bâche bleue abîmée qui avait été pendue devant les fenêtres. Elle traversa la pièce, ouvrit les fenêtres – d'immenses fenêtres à guillotine, à l'ancienne – et écarta l'ourlet d'une des bâches.

Juste en face, de l'autre côté de la rue, à peut-être vingt mètres d'elle, sur le toit de l'immeuble, une demi-douzaine de jeunes hommes jouaient au basket.

Elle en regarda un échapper aux défenseurs en dribblant – boum, boum, boum, boum, boum ! – et tirer. *Fracas.*

« Celui-ci pourrait peut-être faire l'affaire, dit-elle au propriétaire, d'une voix un peu distraite car elle était en train de filmer les joueurs avec son téléphone. Je vous rappellerai. »

Le propriétaire passa un coup de téléphone. Olivia continua de profiter de la vue. Des draps ou des posters recouvraient la plupart des fenêtres de l'appartement situé juste au-dessous du terrain de basket de fortune. À son tour, elle mourait d'envie de passer un coup de fil : *Je l'ai trouvé.* Mais elle ne voulait pas reproduire l'erreur de Jones. Elle avait d'autres moyens de communiquer avec ses responsables à Londres.

Elle se rendit dans le premier *wangba* qu'elle trouva, se connecta sur un terminal, surfa sur Internet au hasard pendant un moment, puis visita un certain blog où elle laissa un commentaire contenant une phrase convenue à l'avance.

Le lendemain, elle reçut un message encrypté dans les bits les moins significatifs d'un dossier image, lui indiquant la conduite à suivre.

Une partie d'elle espérait que le MI6 allait la rapatrier sur-le-champ, l'inviter à dîner dans un restaurant chic et lui offrir une promotion. Ce fantasme se fondait sur sa supposition qu'ils allaient agir immédiatement soit en prévenant le Bureau de sécurité publique de la présence de Jones, soit en lui envoyant une équipe de tueurs.

Le message encrypté, cependant, dessinait, pour les semaines, voire les mois à venir de la vie d'Olivia, un plan tout différent.

Ils la congratulaient, avec la réserve diabolique à laquelle on pouvait s'attendre. Mais ils avaient décidé, manifestement, qu'Abdallah Jones leur serait plus utile si on pouvait lui soutirer des renseignements avant de l'expédier récolter sa ration dûment méritée de vierges aux yeux d'ébène. Ils demandaient à Olivia de trouver un endroit d'où l'appartement de Jones pourrait être placé sous surveillance, puis de reprendre contact avec eux.

Olivia appela le propriétaire, retourna visiter l'immeuble, prit des photos du bureau avec son téléphone et négocia un bail. Sous son identité de couverture, elle envoya un mail à Meng Binrong avec toutes les photos et les détails de la location. Le message arriva dans une boîte mail enregistrée à Guangzhou mais fut automatiquement crypté et réexpédié à Londres.

Un autre message, ronronnant de satisfaction, lui arriva le lendemain. Il lui fallait travailler à étoffer sa couverture et attendre les instructions.

La suggestion était bonne: elle avait un peu perdu de vue sa couverture pendant deux semaines, lors de son installation à Xiamen. Elle fit installer un bureau et une chaise dans le nouveau local, puis s'attela à son travail factice: échanger quantités de mails avec ses clients factices et son oncle factice, préparer des excursions dans des petites fabriques situées sur l'estuaire du fleuve des Neuf Dragons et garder un œil, systématiquement, sur l'appartement 505, de l'autre côté de la rue. Les locataires prenaient soin de boucher la plupart des fenêtres mais, de temps en temps, il leur fallait bien les ouvrir pour aérer, et Olivia distinguait alors des détails extrêmement intrigants: de nombreux matelas à même le sol, des bidons de ce qui ressemblait à du solvant industriel et des hommes qui ne semblaient pas de la région. Elle ne vit jamais Jones; mais il était inconcevable qu'un homme aussi prudent que lui montre sa tête par une fenêtre ouverte.

Les équipements commencèrent à arriver *via* FedEx, déguisés en prototypes d'appareils électroniques d'usage que ses clients factices voulaient faire produire en Chine. Le subterfuge était assez facile à protéger: sous la coque, tous les appareils électroniques se ressemblaient, dans la mesure où il s'agissait simplement de cartes électroniques dotées de puces. On savait que les services de renseignements chinois avaient commencé à inclure des puces sur mesure dans les cartes électroniques expédiées en Occident, des puces qui étaient programmées pour renvoyer des renseignements à l'envoyeur, et Olivia soupçonnait que, à l'origine, sa destinée – celle pour laquelle elle avait été formée – était d'enquêter sur ce problème. Donc il y avait une certaine symétrie et une certaine satisfaction à inverser les rôles. Suivant des notices complexes qui lui étaient envoyées, cryptées, par des experts basés à Londres et Fort Meade, elle fit fonctionner ces appareils dans le bureau: ils récoltaient tous les signaux électroniques émanant de l'immeuble. Les données rassemblées étaient compressées, encryptées et renvoyées à Londres et Fort Meade, où des individus capables de comprendre ce charabia pouvaient les analyser.

Ce qui occasionna le premier revers de l'enquête. Les appareils récoltaient beaucoup de données, mais il semblait (pour faire court) que la planque d'Abdallah Jones était située juste au-dessus d'un nid de hackers chinois dont les équipements émettaient une quantité énorme de bruit électronique. Ces hackers, de ce que comprenait Olivia, étaicnt les joueurs de basket qui, apparemment, travaillaient aussi beaucoup sur le toit – de sorte que la cachette de Jones se retrouvait en fait prise en sandwich entre *deux* zones d'activité de hackers. À tel point qu'on pouvait penser que Jones avait peut-être choisi ce site *délibérément* pour dissimuler ses propres émanations dans les bruits émis par ses voisins.

De nouveaux appareils lui arrivèrent par FedEx, et Olivia fit une incursion dans l'immeuble et cacha un récepteur derrière un radiateur dans le couloir donnant sur l'appartement de Jones. Elle n'était pas au fait des détails mais, visiblement, cela facilitait la distinction entre les bits des terroristes et ceux des hackers. Puis le MI6 envoya un analyste de signaux, qui se faisait appeler Alastair et passer pour un des clients de Xinyou Quality Control. Alastair et Olivia eurent de longues « réunions » au bureau, au cours desquelles Alastair ajusta le matériel déjà en place et installa un nouveau boîtier : un système permettant de faire rebondir des lasers invisibles sur les vitres de l'appartement 505. N'importe quel son à l'intérieur de l'appartement ferait que les fenêtres vibreraient légèrement, et le rayon laser pourrait saisir ces vibrations et les traduire en des enregistrements sonores étonnamment intelligibles. Il installa aussi un système d'enregistrement vidéo qui se déclencherait au moindre mouvement ; c'est-à-dire à chaque fois que les terroristes (car il n'y avait absolument plus aucun doute, désormais : c'étaient des terroristes) ouvriraient la fenêtre.

Vu qu'il s'agissait de l'utiliser comme plate-forme de surveillance, le fait que l'immeuble de bureaux fut en rénovation fournissait des avantages énormes. Sa façade était dissimulée par un enchevêtrement d'échafaudages, de cordes, de bâches, de bambous tressés, de fils électriques, de lampes de chantier et de tuyaux. Parmi tout ce fatras, l'équipement d'Alastair – qui était de taille tout à fait modeste – passait facilement inaperçu. Leur caméra principale filmait par un trou, pas plus gros que le bout du doigt d'Olivia, dans la bâche bleue.

Olivia n'avait pas besoin de lire des mémos extatiques venus de Londres pour savoir qu'elle avait trouvé une mine d'or. Tous les retours qu'elle recevait de Londres suggéraient que la valeur des informations qu'ils obtenaient était si mirobolante qu'ils espéraient désormais qu'Abdallah Jones continue longtemps à faire exploser des choses, ou à s'y préparer, à Xiamen, afin qu'ils puissent continuer à extraire de lui des informations. En lisant la presse étrangère, Olivia voyait parfois des comptes rendus de frappes de drones Predator au Waziristan et ne pouvait s'empêcher d'avoir l'impression que les infos qu'elle transmettait à Londres étaient directement liées à certaines de ces attaques.

Elle gérait l'une des installations les plus inestimables dans la guerre mondiale contre le terrorisme. Et elle était la seule personne à *pouvoir* la gérer. L'opération était un succès colossal – bien plus important que le boulot maintenant oublié qu'ils voulaient lui faire faire *au départ*. Quelle que soit l'euphorie que ce succès pouvait lui procurer, elle savait confusément que cela ne pouvait pas durer. À la fin, Jones allait bien devoir passer à l'action. Il ne pouvait pas rester là indéfiniment, mois après mois, à construire des bombes sans but. Tôt ou tard, ils apprendraient, grâce aux lasers braqués sur les fenêtres, que Jones s'apprêtait à commettre un attentat. Et là, le MI6 devrait prendre une décision cruciale. S'ils ne faisaient *rien*, l'explosion aurait lieu, et le BSP mènerait une enquête et finirait par découvrir l'appartement 505. Et, en partant de là, ils finiraient par venir inspecter le bureau d'Olivia et découvrir le matériel de surveillance high-tech. Ils l'arrêteraient et lui infligeraient Dieu sait quel traitement. Si on en arrivait là, Olivia devrait détruire l'équipement et quitter la ville la première.

Ou, dans un esprit de coopération internationale, le MI6 avertirait les autorités chinoises, empêchant ainsi Jones de mettre son projet à exécution. Mais ce faisant, ils avertiraient *également* leur interlocuteur de leurs sources et des méthodes employées pour découvrir toutes ces informations précieuses, ce qui aboutirait pour Olivia à des conséquences identiques ou semblables.

Ou ils pourraient envoyer une sorte de commando pour tuer Jones, voire l'enlever et le faire sortir du pays. Cette opération, doux euphémisme, serait extrêmement risquée.

On avait tout de même fourni à Olivia des instructions détaillées sur la manière de fermer sa petite planque, le cas échéant. Il n'y avait pas de papiers à broyer, pas de bandes à brûler. Tout était électronique. Donc la procédure de bouclage consistait à provoquer un court-circuit. Ils avaient rendu la chose facile. Chaque appareil dans la pièce possédait un dispositif d'arrêt d'urgence; elle n'avait qu'à appuyer sur un bouton, et une secousse à haut voltage passerait dans toutes les puces, détruisant toutes les informations qu'elles contenaient. Le BSP pourrait tout de même récupérer les cartes informatiques, mais, selon Alastair, elles n'offraient en elles-mêmes aucune information utilisable; c'étaient simplement des cartes du commerce, telles que n'importe qui pouvait en acheter sur Internet, et elles étaient reliées entre elles très simplement. L'essentiel – la *seule* chose qui comptait – reposait entièrement dans la manière dont elles étaient configurées, sur les bits qu'elles contenaient, et ceux-ci étaient faciles à brouiller. Ce serait *bien*, insista-t-il, si elle pouvait éviter que le matériel atterrisse entre leurs mains – par exemple, en le jetant par-dessus la rambarde d'un ferry ou en brûlant l'immeuble (elle ne parvint pas à savoir s'il était sérieux en suggérant cette dernière possibilité) –, mais la chose la plus importante, c'était de déclencher tous les dispositifs d'arrêt d'urgence.

Dans une planque organisée comme il se doit, il y aurait eu au moins trois personnes qui se seraient relayées pour surveiller le matériel, toujours prêtes à appuyer sur les boutons fatidiques et à fermer le local sans crier gare. Quelques décennies plus tôt, le MI6 aurait peut-être même eu les ressources suffisantes pour maintenir ce nombre d'agents infiltrés en Chine. Si l'opération s'était déroulée dans presque n'importe quel autre pays, ils auraient pu trouver un moyen. Mais en Chine, c'était tout bonnement trop difficile. Une fois qu'Alastair fut reparti, elle se retrouva toute seule sur place et elle ne pouvait pas rester plus d'un certain nombre d'heures au bureau. Meng Binrong lui envoyait de nombreux mails factices qui le faisaient passer pour un véritable esclavagiste, ce qui donnait à Olivia l'excuse dont elle avait besoin pour faire des journées de bureau de douze, quatorze et parfois seize heures, mais, de temps à autre, il lui fallait rentrer à Gulangyu et dormir quelques heures dans son appartement, ne serait-ce que pour maintenir les apparences auprès du propriétaire et des voisins.

À cause de ces longues heures et du rétrécissement du champ de vision qui tendait à en découler, peut-être pouvait-elle être pardonnée d'avoir ignoré à ce point, et pendant si longtemps, la cible évidente des préparatifs d'Abdallah Jones. Xiamen accueillait une conférence internationale à laquelle devaient participer des diplomates du monde entier. Officiellement, c'était pour célébrer le 350e anniversaire de la libération de Taïwan du joug hollandais par Zheng Chenggong. Mais tout le monde savait que le but réel était de discuter des relations entre Taïwan et la Chine continentale : des développements non négligeables allaient sans doute être annoncés. Certains islamistes radicaux affirmaient que Zheng Chenggong était l'un des leurs et considéraient par conséquent que Taïwan faisait partie du califat islamique. C'était une revendication sans grande ampleur, mais ils étaient furieux de l'oppression subie par les musulmans en Chine Occidentale, et n'importe quel prétexte faisait l'affaire.

Olivia avait remarqué que l'on accrochait des banderoles montrant des images héroïques de Zheng Chenggong sur les lampadaires, mais elle n'avait pas vraiment pris conscience de l'imminence de la conférence jusqu'à ce que celle-ci commence à provoquer des embouteillages sur la route qu'elle prenait le matin pour aller travailler. Là, elle comprit, beaucoup trop tard, qu'il devait y avoir un rapport entre cet événement et un pic récent de communications émises depuis l'appartement 505. La crise devait être proche.

Un matin, elle rentrait au bureau après s'être accordé quelques heures de sommeil chez elle, lorsqu'elle remarqua une petite irrégularité : une fourgonnette garée dans la rue entre l'immeuble d'habitation et son bureau. Le véhicule bloquait la circulation et créait une petite sensation parmi les marchands ambulants et les passants. S'il n'y avait pas eu le sommet diplomatique et sa conscience que quelque chose de grave était en train de se préparer, elle l'aurait peut-être ignorée. Mais, au vu des circonstances, sa première pensée fut que la fête était finie : c'était une brigade d'enquêteurs du BSP venus frapper à la porte d'Abdallah Jones afin de lui demander ce que lui et ses amis faisaient là. Ou pire : ils venaient l'arrêter, elle.

À mieux regarder, cependant, cela ne ressemblait pas à un véhicule officiel, et la conductrice était une jeune femme en bottes bleues qui semblait avoir un problème de clés. Mais cela avait suffi : son cœur battait la chamade et, après être entrée lentement et calmement dans son bâtiment, une fois dans l'escalier, où personne ne pouvait la voir, elle monta les marches quatre à quatre et se précipita dans son bureau. Résistant à la tentation de regarder par la fenêtre, elle mit le casque qu'elle utilisait pour écouter les sons venant de l'appartement d'Abdallah Jones.

Tout semblait normal : quelques ronflements, le bruit d'hommes encore endormis qui se levaient et préparaient du thé en écoutant un podcast en arabe. La normalité de la scène la calma net, et elle se sentit stupide de s'être emballée ainsi. Elle essuya la sueur de son front, s'assit, posa son sac sur le bureau, réveilla son ordinateur et consulta ses mails.

Un grand coup résonna dans le casque, suivi par un échange d'interpellations musclées.

Puis plusieurs gros coups secs, rognés par l'électronique de sorte qu'elle n'entendit que des coupures dans le flux de bruit.

Puis le son se coupa entièrement. Elle enleva le casque et s'aperçut qu'elle entendait d'autres coups venant *directement* de l'autre côté de la rue. Elle s'approcha de la fenêtre et vérifia l'appareil laser. Il semblait en bon état. Puis elle jeta un œil par un trou dans la bâche bleue et vit le problème : l'appareil fonctionnait en faisant rebondir un rayon laser sur une fenêtre. Or, la fenêtre en question n'existait plus.

Elle fut surprise par des bruits de fracas et de verre qui volait en éclats à l'intérieur du bureau, juste à sa droite. Rentrant la tête, elle s'aperçut que la moitié de ses fenêtres étaient maintenant réduites à des tas de tessons de verre sur le sol. De la poussière voletait dans l'air et des cratères s'étaient creusés dans le mur opposé aux fenêtres. Elle se remit lentement à réfléchir : ce qu'elle venait d'entendre, c'était une longue salve d'armes automatiques, et une bonne partie des balles avaient traversé la rue et aspergé son bureau.

Elle se laissa tomber à quatre pattes, leva la main et déclencha le dispositif d'arrêt d'urgence sur l'appareil laser.

Le MI6 avait envoyé un commando meurtrier. Ils étaient en train de passer à l'action. Mais ils avaient oublié de la prévenir.

Ou peut-être avaient-ils simplement décidé qu'elle pouvait passer par pertes et profits.

Sokolov avait déjà vu beaucoup de choses étranges au cours de la matinée, mais il fut quand même déconcerté lorsqu'il se pencha par la fenêtre brisée et découvrit que la façade de l'immeuble était pleine de jeunes Chinois qui rampaient au-dessus d'eux comme des araignées.

Puis il se rappela que, soixante secondes plus tôt, son souci principal était le sort d'une bande de hackers chinois. Ce devaient être eux.

Il comprenait et approuvait la décision qu'avaient prise les hackers d'éviter la cage d'escalier et de s'échapper par l'extérieur. Il aurait été assez facile de les suivre pour rejoindre la rue et, en un sens, c'était la voie tout indiquée, dans la mesure où ils connaissaient le terrain beaucoup mieux que lui. Souvent, dans un territoire non familier, le plus sage était de calquer ses pas sur ceux des autochtones.

Sinon, il y avait cette épaisse grappe de câbles qui reliait un point de la façade qui n'était pas très éloigné de Sokolov, et un immeuble de bureaux en construction de l'autre côté de la rue. Les câbles, à eux tous, devaient être beaucoup plus lourds que Sokolov et ils supporteraient sans doute son poids. Il choisit de s'en servir pour s'échapper, pour deux raisons. Tout d'abord, se contenter de rejoindre la rue ne l'aiderait pas forcément tant que ça, car, contrairement aux hackers, il ne pourrait pas se fondre dans la masse. Il se ferait remarquer et arrêter en un rien de temps. Tandis que s'il pouvait s'introduire dans l'autre immeuble, il pourrait peut-être se cacher assez longtemps, au moins, pour élaborer un plan.

Deuxièmement, l'appartement qu'il venait de quitter était plein d'explosifs lourds et il était en feu.

Certes, par rapport à un profane, Sokolov ne s'inquiétait pas plus que ça de la proximité de l'ANFO et des flammes. Comme la plupart des explosifs lourds, l'ANFO était difficile à déclencher. Le feu ne suffirait pas. Il fallait un facilitant quelconque : un détonateur, une amorce. Ainsi était-il tout à fait possible que l'immeuble entier soit réduit en cendres sans que la moindre explosion se produise.

Cependant, c'était là une lecture simpliste de la situation. Il n'y avait pas que de l'ANFO dans cet appartement, loin de là. Pendant les quelques instants de frénésie qu'il avait passés à l'intérieur, Sokolov n'avait pas eu le loisir de faire un inventaire systématique. Mais s'ils avaient l'intention de se servir de l'ANFO, comme cela semblait probable, ils devaient bien avoir des amorces quelque part ; et s'ils avaient l'intention de s'en servir prochainement, il y avait de grandes chances pour qu'ils aient déjà assemblé des engins explosifs complets, dans lesquels les détonateurs avaient été couplés à l'ANFO. Et de toute façon, dans cette cuisine infernale qu'il venait de quitter, il n'y avait pas moyen de savoir ce qu'ils avaient bien pu mélanger d'autre : les terroristes avaient la recette d'autres explosifs beaucoup moins stables que l'ANFO. Cet argument puissant l'incitait à quitter le bâtiment le plus vite possible. La grappe de câbles lui en donnait la possibilité.

Le principal argument *contre* cette solution, c'était que les terroristes pourraient facilement lui tirer dessus pendant qu'il serait suspendu en l'air au-dessus de la rue, juste devant leurs fenêtres.

Mais il pouvait avancer sur un câble tendu, une main après l'autre, aussi vite que la plupart des hommes pouvaient courir. Et les quelques terroristes qui étaient toujours en vie devaient avoir autre chose à penser. La décision ne fut pas difficile. Il escalada une série de grilles et autres éléments saillants jusqu'à la grappe de câbles, l'empoigna et transféra lentement son poids. Le câble ne s'arracha pas du mur. Bien. Il lâcha complètement le mur, se balança dans le vide et empoigna de nouveau le câble. Puis de nouveau. Puis de nouveau.

Puis il se sentit descendre et vit la grappe reculer dans le ciel.

Ce n'était pas comme d'avancer sur un câble d'acier bien tendu dans un camp militaire. La grappe était un écheveau composé de peut-être deux douzaines de câbles différents, aussi gaiement colorés qu'un mât de cocagne. Certains câbles étaient électriques, d'autres téléphoniques, d'autres informatiques, d'autres n'étaient pas clairement identifiables. Il ne pouvait pas enserrer la grappe entière avec sa main, et, à chaque fois qu'il se balançait en avant, il devait lancer ses doigts comme une lame au cœur de la chose et refermer sa main sur ce qui se présentait. Ça avait marché les premières fois, mais, lors de sa dernière prise, il avait mal visé, manqué la grappe, et n'avait attrapé qu'un seul câble, un câble Ethernet bleu qui s'enroulait autour de tous les autres, et, à présent, son poids avait tiré tout le mou de ce câble et le détachait de la grappe. Il tendit sa main libre, empoigna bien la ligne bleue tendue et se hissa suffisamment haut pour libérer sa première main, puis répéta l'opération, progressant sur le câble, mais ne gagnant pas d'altitude car le câble bleu cédait encore du mou. Il n'était qu'à une longueur de bras de la grappe, mais ne pouvait pas tout à fait l'atteindre. Finalement, le câble cessa de donner du jeu et se tendit. Il lança ses jambes en l'air, se retrouvant tête en bas un instant, et en enveloppa la grappe de câbles. Le fusil et la gourde CamelBak qu'il portait sur le dos tombèrent au bout de leur sangle et se mirent à pendouiller. Il se laissa quelques secondes pour reprendre son souffle avant d'entreprendre son difficile passage à quatre pattes. C'était beaucoup plus lent que la technique avec les mains seules, et cela lui donnait l'impression d'être un civil incompétent, mais il ne pouvait pas prendre le risque de le faire à sa manière habituelle. En tout cas, il ne craignait pas trop de se faire tirer dessus car l'appartement était maintenant un véritable brasier. Les seaux de solvants s'étaient ouverts brusquement et vomissaient des bourrasques de vapeur combustible par les fenêtres.

Yuxia fut déroutée par le temps qu'il fallut au serrurier pour démarrer la fourgonnette. L'hôtel de sa famille dans les montagnes de Fujian était bien doté en DVD de films d'action occidentaux, qu'on pouvait acheter pour presque rien à Xiamen. En les regardant, Yuxia avait appris que n'importe quel véhicule au monde pouvait être démarré en quelques secondes juste en cognant sur la colonne de direction jusqu'à ce que des fils en sortent, et qu'il suffisait de faire toucher les fils jusqu'à ce qu'une étincelle se produise. Mais ce serrurier transformait l'opération en une procédure complexe qui consistait à crocheter la serrure elle-même. On voyait bien à son visage qu'il était extrêmement perturbé par les coups de feu au-dessus de leur tête, et cela ne l'aidait pas à faire son boulot plus vite.

Yuxia était, bien sûr, assez perturbée elle aussi. C'était par une réaction quelque peu impulsive qu'elle avait menotté le pauvre serrurier au volant. À ce moment-là, seuls quelques coups de feu avaient été tirés, et elle avait supposé que ce seraient les derniers, et qu'il aurait démarré le moteur en l'affaire de quelques secondes, de toute façon. Sa réaction était disproportionnée – ce n'était qu'un prétexte pour abandonner Yuxia, et, par extension, Zula, Csongor et Peter. Mais depuis lors, la bagarre s'était transformée, à en croire les sons qui leur parvenaient, en une véritable guerre, et des gravats ne cessaient de tomber bruyamment sur le toit de la fourgonnette. À chaque secousse, le serrurier sursautait et ne savait plus ce qu'il faisait. L'affaire traîna pendant ce qui lui parut une année, et Yuxia se mit à perdre son sang-froid; elle était à la fois terrifiée de se retrouver dans pareille situation et mortifiée d'avoir infligé cela au serrurier. Rien ne l'empêchait de sortir de la camionnette et de s'enfuir. Et pourtant, à chaque fois qu'elle y pensait sérieusement, un débris volumineux tombait sur le toit de la fourgonnette, comme pour lui rappeler qu'il était bon d'avoir de l'acier au-dessus de la tête. Et cela lui faciliterait vraiment beaucoup la vie si elle parvenait à faire bouger cette fourgonnette de là.

Elle était tellement perdue dans ses pensées qu'elle fut stupéfaite lorsqu'elle entendit ronfler le moteur. Le tableau de bord s'alluma et l'aiguille du tachymètre se mit à grimper.

Le serrurier laissa échapper un juron, jeta les outils avec lesquels il venait de travailler et attaqua les menottes avec un autre instrument. Cette fois, cela ne lui prit que quelques secondes. Puis il fila, laissant les menottes pendouiller au volant et la moitié de ses outils sur le sol de la fourgonnette. Il ne prit pas la peine de claquer la portière derrière lui.

Yuxia se pencha, tira la portière, puis se réinstalla au volant et embraya.

Puis elle jeta un dernier regard vers l'immeuble. Qu'allait-il advenir de Zula et de ses deux hackers ? Celui qui n'était pas bon pour elle, et celui qui l'était ?

Csongor mit un peu plus de temps que Peter pour crocheter ses menottes. Zula remarqua que l'effort lui faisait tirer la langue. Pour une raison ou pour une autre, elle en conclut qu'il valait mieux rester absolument immobile et ne pas le distraire.

Elle, en revanche, se laissait distraire par un son dont l'écho lui parvenait depuis les escaliers, un son qui se faisait plus fort de minute en minute. Une voix humaine, répétant la même phrase, encore et encore, comme s'il s'agissait d'un acteur en train de mémoriser un bout de dialogue difficile à retenir. Au départ, elle ne parvint à distinguer que les consonnes les plus percussives, mais à mesure que l'homme se rapprochait, une marche après l'autre, elle parvint à assembler les sons.

Il disait : « Espèce de SALOPE ! Espèce de SALOPE ! Espèce de SALOPE !... »

C'était Ivanov, et il vitupérait ces mots d'un ton plus stupéfait que furieux, comme si le degré de saloperie dont Zula venait de faire preuve dépassait de beaucoup tous les précédents historiques, au point qu'Ivanov lui-même ne parvenait pas à y croire. Sa stupéfaction allait grandissant, et, lorsqu'il disait : « Espèce », sa voix grimpait un instant avant de redescendre sur « SALOPE ».

Malgré tous ses efforts pour s'en empêcher, elle jeta un coup d'œil à Csongor pour voir comment il s'en sortait. Il réagit immédiatement : il entendait, lui aussi, et il comprenait la signification de ces mots.

Puis la psalmodie fut interrompue par un soudain : « TOI ! »

Ivanov était seulement deux, peut-être trois étages au-dessus d'eux. Il avait cessé de descendre.

Il parlait à Peter; mais Zula ne l'entendit pas répondre.

« Tout seul ? » demanda Ivanov. Il dut répéter la question et insister pour que Peter daigne réagir. Finalement, Zula devina une sorte de réponse, un peu comme un jappement, émis par Peter.

« Et où est ta charmante petite amie ? »

La conversation, si c'était ainsi qu'il convenait d'appeler cet échange, se réduisait à une série d'exclamations martelées par Ivanov.

« Ah, le brave Peter va au-devant du danger ? Zula attend derrière, prête à suivre ? Si on allait faire petite conversation avec Zula ? Non ? Pourquoi pas ? Peut-être tout ça mensonge ? Oui ? Mensonge ? Zula est dans la cave pour autre raison ? Peut-être parce qu'elle est ENCHAÎNÉE À UN TUYAU ? Parce que le BRAVE PETIT AMI l'a abandonnée ? LAISSÉE CREVER ? Pendant que le BRAVE PETIT AMI s'enfuit COMME UNE SALOPERIE DE RAT ? »

Une main se posa doucement sur l'épaule de Zula, et elle s'écarta si violemment qu'elle faillit se déchirer la peau du poignet lorsque la menotte la retint. Mais ce n'était que Csongor. Il s'était libéré. Il posa un doigt sur ses lèvres, puis se mit à genoux, dans la position d'un homme qui fait une demande en mariage, et se mit à s'affairer sur ses menottes avec l'épingle à cheveux. Au départ, il essaya d'accéder à la serrure du bracelet fermé sur son poignet, mais elle était pointée vers le bas et il lui était difficile de trouver le meilleur angle, donc il laissa tomber et attaqua celle qui était refermée sur le tuyau, qui était commodément tournée vers lui.

« Comment FILLE COURAGEUSE comme Zula se retrouve avec un MINABLE pareil ?! braillait Ivanov. Qu'est-ce que vos parents penseraient de vous, Peter ! ? Qui c'est qui vous a élevé, hein ? Des loups ? Des gitans ? Répondez aux questions ! Arrête de chialer comme petite fille. SALE... PETITE... MERDE ! »

Chacun des trois mots fut ponctué par un boum ! Le premier fit sursauter Csongor qui laissa échapper l'épingle à cheveux. Il s'empressa de la ramasser et de se remettre à sa besogne.

Au son du revolver d'Ivanov, Zula se détourna instinctivement de la porte qui donnait sur les escaliers et elle resta dans cette position, concentrant toute son attention sur les mains de Csongor, comme une petite fille qui s'imagine que le monstre va disparaître si elle fait comme s'il n'était pas là. C'était super con, peut-être, mais rien de ce qui s'était produit au cours des derniers jours ne l'avait vraiment préparée à ce qui venait manifestement d'arriver à Peter.

« Csongor ! » appela doucement une voix.

Zula et Csongor tressaillirent. Ivanov était dans la pièce avec eux, un pistolet semi-automatique pointé vers le sol à la main.

« Très bien, dit Ivanov. Enfin, un homme, un vrai. »

Csongor abandonna son crochetage et se leva pour se ranger près de Zula. Ils faisaient face à Ivanov, lequel se tenait à environ trois mètres d'eux. Ivanov dévisageait Zula avec une expression qui poussa Csongor à vouloir intercepter ce regard ; il avança d'un demi-pas pour se placer entre Zula et Ivanov.

« Oui, dit Ivanov. C'est logique. J'ai toujours su que vous étiez vrai gentleman, Csongor. Maintenant, écartez-vous pour que je puisse coller une balle dans la tête de sale menteuse.

– Non. »

Ivanov leva les yeux au ciel. « Je comprends vous attaché à vos manières de gentleman. C'est tout à fait logique. Mais situation est comme suit. J'ai dit Zula elle doit dire la vérité sur appartement ou je la tue. Zula a menti. Maintenant, je dois tenir ma promesse. Certainement, vous comprendre. »

Ivanov leva son arme et visa, et fit un petit pas de côté de façon à pouvoir tirer sur Zula. Mais Csongor se plaça dans son champ de tir.

« C'est pas partie de hockey. Pas palet. C'est une *balle*, putain, Csongor ! Vous pouvez pas l'arrêter.

– Si, je le peux.

– Csongor ! Vous êtes seul homme dans tout l'immeuble qui mérite de vivre. Arrêtez de faire le con. Voulez pas vieillir et vous faire pousser la moustache ? Conduire le bus ? »

Zula ne pouvait interpréter ces questions que comme une preuve supplémentaire du dérangement d'Ivanov, mais Csongor parut les trouver sensées. Il haussa les épaules.

« Zula veut que vous viviez, pas vrai, Zula ? »

C'était une question étrange. Csongor se retourna pour la regarder.

Pendant ce temps, Zula vit Ivanov se précipiter en avant avec une vitesse inattendue.

À l'expression de Zula, Csongor comprit qu'il y avait un problème et tourna la tête – juste à temps pour recevoir un terrible coup de crosse au menton. Il s'écroula au ralenti. Zula parvint à se glisser à demi sous lui pour amortir sa chute. Elle plaça sa main libre sous sa tête et la retint jusqu'à ce qu'elle touche le sol.

Puis elle se retrouva coincée, assise par terre, supportant tout le poids de Csongor sur ses genoux. Il devait peser plus de cent vingt kilos.

Zula s'humecta les lèvres et ouvrit la bouche pour faire le dernier discours de sa vie, dans lequel elle tenterait d'expliquer à Ivanov pourquoi cela n'avait pas de sens de tuer Peter pour ne l'avoir pas traitée de façon chevaleresque si c'était pour l'abattre elle-même d'une balle dans la tête tandis qu'elle était menottée à un tuyau.

Il y eut une série de détonations assourdissantes. Le côté de la tête d'Ivanov fut arraché par une pelle invisible et éparpillé vers l'autre bout de la pièce. Il plongea de côté comme pour essayer de rattraper sa cervelle avant qu'elle ne touche terre.

Zula remarqua soudain la présence d'un autre homme : un grand Noir. Il était armé d'une arme longue que Zula reconnut pour en avoir vu à la Ré-U : un AK-47.

Leurs regards se croisèrent.

« Anglais ? demanda-t-il.

– Américaine.

– Votre confusion est compréhensible, mais je ne vous demandais pas votre *nationalité*, mais votre *langue*, dit l'homme au fusil d'assaut. Je m'appliquerai à mieux préciser mes questions à l'avenir. »

Il parlait avec une sorte d'accent britannique. Il s'accroupit près du cadavre d'Ivanov et se mit à lui donner des petites tapes sur le corps. « C'est ce mec qui vous a menottée ? » passant sans effort à l'accent afro-américain.

Un petit cliquetis se fit entendre dans une des poches d'Ivanov. L'homme plongea la main dedans et en sortit une poignée de piécettes. Il les examina et en tira un petit objet qui n'était pas une pièce : la clé des menottes. « Bingo ! » Jetant le fusil d'assaut sur son épaule, il se releva, s'approcha de Zula et déverrouilla le bracelet des menottes de Zula qui était attaché au tuyau. « La liberté ! lança-t-il gaiement.

– Merci ! s'exclama Zula.

– Est une illusion », poursuivit-il, et il referma le bracelet sur son poignet droit, enchaînant son bras droit au bras gauche de Zula.

Puis il mit la clé dans sa poche.

« Qui êtes-vous ? demanda-t-elle en se tortillant pour se dégager de dessous Csongor.

– Vous pouvez m'appeler M. Jones, Zula. »

Il fit glisser le fusil d'assaut de son épaule, l'attrapa par le canon et le contempla d'un air mélancolique. « Difficile de tirer d'une seule main. » Il se tourna vers elle. Il avait un visage intelligent et non dépourvu de charme. « Quelle est la seule chose qui attire davantage l'attention, dans les rues de Xiamen, que deux nègres menottés l'un à l'autre ?

– Je donne ma langue au chat.

– Deux nègres menottés l'un à l'autre avec une kalachnikov. »

Il posa l'arme. Puis ses yeux tombèrent sur le semi-automatique d'Ivanov. Il le ramassa de sa main gauche, libre. « Pas mal, dit-il. Un 1911, si je ne me trompe. »

Même au milieu de toutes ces distractions, une partie de l'esprit de Zula trouva curieux que M. Jones puisse ne pas être tout à fait certain que l'arme d'Ivanov était un 1911. *Évidemment* que c'était un 1911. Il le transféra dans sa main droite, puis posa son pouce sur le chien, qui était relevé en position prêt-à-tirer. Il le désamorça prudemment. Puis, de la main gauche, il ouvrit le magasin d'une secousse, éjecta une cartouche et en fit descendre une nouvelle, et le chien se rechargea automatiquement. « Armé », marmonna-t-il. En tâtonnant un peu, il trouva comment mettre la sécurité. « Et bloqué. » Puis, regrettant visiblement que sa main droite soit entravée, il fit repasser l'arme dans sa main gauche et l'enfonça dans sa ceinture. « Venez, dit-il. Quelque destin fascinant nous attend là-dehors. *Inch'Allah.* »

Il lui prit la main et se dirigea vers la sortie. Elle essaya de se dégager et de se laisser tomber à côté de Csongor, mais M. Jones lui lâcha la main et laissa la chaîne des menottes se tendre, de sorte que le métal mordit dans son poignet déjà à vif. Elle fut entraînée dans son sillage. Elle tomba et trébucha derrière lui, et heurta un mur, où une fenêtre dégoûtante, creusée dans un puits de jour en dessous du niveau de la rue, laissait filtrer à contrecœur une lumière indistincte, blafarde et grise, à travers plusieurs couches de barreaux et de grillage, et d'épaisses traînées de boue.

Dans cette fenêtre s'encadrait le visage d'un homme, un jeune Chinois, qui la regardait droit dans les yeux. Il lui aurait suffi de tendre le bras pour le toucher. Depuis combien de temps observait-il les événements qui s'étaient déroulés dans la cave ?

Mais, pour ce qui est de l'aide qu'il pouvait lui apporter en cet instant, ça aurait aussi bien pu être un présentateur télé. Jones la tira de nouveau, la forçant à s'approcher ; il lui reprit la main et l'entraîna dans l'escalier.

Tandis qu'il rampait sur les câbles, Sokolov eut plus de temps qu'il n'aurait été souhaitable pour broder sur le thème des explosifs lourds et des détonateurs dans l'appartement en flammes à quelques mètres de lui. Ses vieux instincts commencèrent à prendre le dessus, et il s'aperçut que sa bouche s'était bloquée en une sorte de bâillement pour éviter l'éclatement de ses tympans en cas d'explosion. Chaque fois qu'il avançait une main, il prenait soin de bien enfoncer les doigts dans la grappe de câbles afin de ne pas se laisser décrocher par une onde de choc. Il maintenait son menton appuyé contre sa poitrine, même si de temps à autre il reculait la tête afin d'avoir une vue inversée de l'immeuble de bureaux. Pendant un temps affreusement long, il eut l'impression de ne faire aucun progrès et il se força donc à cesser de vérifier. Quand il regarda de nouveau, le bâtiment n'était plus qu'à deux mètres. Il avança la main autant qu'il l'osa, empoigna solidement les câbles et avança les jambes. Il était maintenant presque à portée de main du point où la grappe de câbles pénétrait dans un vide entre deux bâches.

Il y eut un éclair sur les bâches, comme si quelqu'un prenait une photo de l'autre côté de la rue. Sokolov commença à ouvrir la bouche et à assurer sa prise sur les câbles durant la fraction de seconde qui s'écoula entre cet instant et l'arrivée de l'onde de choc. Celle-ci le frappa de plein fouet et le projeta violemment contre les bâches.

Après la fusillade qui avait brisé les fenêtres de Xinyou Quality Control Ltd. et poussé Olivia à plat ventre sur le sol, l'échange de coups de feu de l'autre côté de la rue s'était bien vite calmé. Olivia resta à quatre pattes un moment, sous le niveau des fenêtres. Le bureau contenait huit appareils dotés de systèmes d'arrêt d'urgence. Elle parvint à en déclencher trois avant d'arriver dans une zone où le sol était jonché de verre brisé: pas le verre trempé moderne qui produit de petits cubes bien nets, mais des éclats tranchants, à l'ancienne. S'y aventurer à quatre pattes ne semblait guère indiqué. Elle n'avait pas bénéficié de *beaucoup* d'entraînement, mais tout de même *un peu*, et l'une des leçons qui l'avaient le plus marquée démontrait que les paravents derrière lesquels se cachaient en général les civils – portières de voiture, murs de brique – étaient presque complètement inefficaces s'il s'agissait de stopper des balles à haute vélocité. Les murs de l'immeuble étaient en brique. Il était donc inutile de se cacher derrière, quoi qu'il arrive. Olivia se redressa et se mit à piétiner le verre pour atteindre les cinq derniers appareils qu'il lui fallait court-circuiter. Ce n'était pas facile de marcher car son costume de jeune carriériste chinoise impliquait le port de talons hauts, et les éclats de verre semblaient prendre un malin plaisir à glisser les uns sur les autres chaque fois qu'elle posait son pied dessus. Cependant, elle parvint à atteindre les trois interrupteurs et à court-circuiter les machines. Elle déployait un effort conscient pour ne pas se laisser distraire par ce qui se passait de l'autre côté de la rue. L'appartement d'Abdallah Jones s'était embrasé à une vitesse inimaginable, comme s'il avait été de nitrocellulose. Soit il était mort, soit il avait été arraché à sa cachette et précipité dans les rues de Xiamen, où il ne pourrait en aucun cas tenir plus de quelques minutes.

Le choc initial de la fusillade commençait à s'estomper, et elle réalisa que la situation n'était pas si terrible qu'elle l'avait cru au début. Pas de doute, il y avait beaucoup de gens qui désiraient la mort de Jones. Cela ne la mènerait nulle part de spéculer là-dessus. Personne n'était en train d'enfoncer la porte de Xinyou Quality Control Ltd. Donc tout ce qu'elle avait à faire, c'était de rassembler tout le matériel d'espionnage et de le détruire. Elle se dit qu'elle pouvait y parvenir assez facilement en rassemblant le tout dans un sac-poubelle ; en rentrant chez elle, elle n'aurait qu'à jeter le sac dans le canal entre Xiamen et Gulangyu. Cela ferait un peu bizarre, mais ce n'était pas franchement inhabituel pour les Chinois de jeter des ordures dans l'océan, et son geste passerait sans doute inaperçu. Même si quelqu'un décidait de s'en offusquer, ce n'était pas le genre de crime qui allait faire venir les plongeurs de la police pour écumer les fonds glauques.

Elle tira le sac qui se trouvait dans sa poubelle et fit le tour du bureau, arrachant les appareils électroniques à leurs branchements et les jetant dedans un par un. Un peu à contrecœur, elle y jeta aussi son ordinateur portable.

Elle fit un nœud au sac. Il était si lourd qu'elle dut le porter sur son épaule, telle une espèce de Père Noël. Elle tourna le dos aux fenêtres sans vitres et se mit à traverser la pièce pour prendre son sac à main sur le bureau. Elle allait descendre calmement les escaliers et rejoindre les quais à pied. Là, elle s'offrirait un taxi maritime pour rentrer à Gulangyu. À mi-chemin, elle balancerait le sac par-dessus bord. Une fois de retour à l'appartement, elle ferait son sac, passerait un coup de téléphone codé pour annoncer qu'elle quittait la ville, puis foncerait à l'aéroport où elle prendrait le premier avion susceptible de la faire sortir du pays.

Tandis qu'elle répétait ce plan dans son esprit, elle fut déconcertée de prendre soudain conscience qu'elle était plaquée contre le mur du bureau, le souffle coupé. Sa vue des fenêtres était de biais – non, elle était complètement inversée. Puis la vue disparut complètement tandis qu'un nuage gris informe s'engouffrait par les bâches déchiquetées et s'agrandissait pour emplir le moindre recoin de la pièce, y compris sa bouche ouverte.

Elle essaya de cracher, mais sa bouche était sèche. La poussière avait pénétré jusqu'au fond de sa gorge, et son œsophage fut pris de spasmes qui s'achevèrent en une série de haut-le-cœur. L'instinct de s'éloigner de la piscine de vomi la força à se remettre à quatre pattes. Ce simple mouvement envoya de petites décharges électriques dans tous ses membres et lui donna un tel vertige qu'elle rendit à nouveau.

Il lui fallait sortir de là.

Elle s'avança péniblement jusqu'au mur du bureau, les genoux toujours repliés sous elle.

Son regard tomba sur le sac-poubelle, qui était retombé à côté d'elle. Elle l'attrapa par le nœud. Puis elle joignit ses pieds sous elle et se força à se lever en prenant appui contre le mur. De sa main libre, elle tâtonna autour d'elle jusqu'à ce qu'elle ait trouvé la porte. Ou plutôt l'emplacement de la porte, vu que celle-ci avait été soufflée par l'explosion.

Où était son sac à main ? Elle se retourna vers l'intérieur du bureau, mais on ne voyait plus qu'une obscure masse grise avec des formes indistinctes. Tout avait été chamboulé. Une bonne partie du plafond s'était écroulée.

Les fenêtres vides, dénudées de leurs bâches, formaient quatre larges rectangles troubles dans le mur d'en face.

Une ombre se découpa dans l'un d'eux : la silhouette d'un homme. Il enjamba le rebord de la fenêtre, baissa les épaules comme un boxeur et atterrit à l'intérieur, accroupi. Du même mouvement, il décrocha une kalachnikov de son épaule, l'épaula et visa, prêt à tirer.

Prêt à tirer sur *elle*. Car son arme était braquée en plein sur son visage. Elle le savait car ses yeux rencontraient ceux de l'homme à travers le viseur en métal de son fusil. Il avait les yeux bleus.

Il avait crié quelque chose. Entre sa confusion, sa peur et le bourdonnement dans ses oreilles, il lui fallut quelques instants pour comprendre ses mots : « Ne dvigaites ! », ce qui en russe était une manière plutôt brutale de dire : « Ne bougez pas ! » Réalisant son erreur, il ajouta alors, en anglais cette fois : « Pas un geste !

– *Ne streliaite !* dit-elle, dans un russe un peu plus soutenu. Ne tirez pas ! »

Là-dessus, ils restèrent tous deux figés, le temps de compter jusqu'à trois.

Puis le Russe poussa un grand soupir et baissa le canon du fusil jusqu'à ce qu'il soit pointé vers le sol.

Olivia pivota, passa la porte et s'enfuit en courant.

La rue à l'extérieur de la fourgonnette de Yuxia devint très lumineuse et, presque aussi vite, très obscure, puis il se mit à tomber une pluie de ce qui ressemblait, tant par le son que par la quantité, à l'intégralité du contenu de l'immeuble.

Dès que Yuxia parvint à voir à plus de cinquante centimètres au-delà du pare-brise – ce qui prit quelques secondes –, elle mit le pied au plancher. La fourgonnette fit un bond de moins d'un mètre en avant et s'arrêta net.

Il y eut un grand fracas derrière elle. Elle se tourna et découvrit que la moitié du linteau en acier trempé d'une fenêtre avait crevé le toit en tôle du véhicule comme un couteau lancé à travers une feuille d'aluminium, avant de venir s'encastrer dans les restes écrasés de la banquette. De la poussière, du sable et des gravats se déversaient par le trou.

Elle fit de nouveau ronfler le moteur à plusieurs reprises. Les roues arrière patinaient sur la chaussée, sans résultat. Quelque chose était coincé sous les roues avant.

La tendance de Marlon à se laisser fasciner par les choses, qui tendait à supplanter l'instinct de conservation naturel chez l'humain, lui attirait des ennuis depuis qu'il était assez grand pour ramper jusqu'à une prise électrique et y fourrer un objet quelconque. Ayant vu le gros homme blanc abattre le jeune homme blanc dans l'escalier et l'homme noir le suivre dans la cave, Marlon ne put s'empêcher de les suivre un étage plus bas afin de connaître le fin mot de l'histoire. Descendant jusqu'au petit passage et se mettant à genoux devant le puits de jour, il avait pu assister à toute la scène : le Blanc costaud qui avait essayé d'aider la jeune Noire menottée et qui s'était fait assommer d'un coup de crosse pour sa peine, une espèce de confrontation entre le tueur blanc et la fille noire, l'intervention décisive du Noir qui les avait suivis en douce, puis le départ des deux Noirs, menottés l'un à l'autre. La fille avait regardé Marlon dans les yeux en s'en allant, et il avait eu très peur un instant qu'elle ne le trahisse et n'alerte le Noir de sa présence, faisant de lui sa prochaine victime, mais cela ne s'était pas produit.

Ils avaient laissé le jeune Blanc inconscient ou mort sur le sol de la cave. Marlon fut tenté d'en rester là et de décamper.

Mais, même si les détails étaient extrêmement peu clairs, il était fermement persuadé que si lui et ses camarades avaient tous échappé à la mort, c'était grâce à l'intervention de *quelqu'un* qui les avait prévenus en coupant et en rétablissant l'électricité dans leur appartement à plusieurs reprises. Les candidats les plus crédibles, dans la mesure où ils se trouvaient dans la pièce qui contenait les boîtes à fusibles, étaient la fille noire et le Blanc costaud. À présent, il semblait qu'on les punissait pour leur geste. Il s'en voulait d'être incapable d'aider la jeune Noire, dans la mesure où elle était menottée à un tueur armé – et pas n'importe quel tueur, mais un tueur qui venait de tuer un *autre* tueur, ce qui, dans le système métrique basé sur les jeux vidéo qu'utilisait Marlon pour compter les points dans le monde, lui conférait un statut d'élite –, mais le jeune Blanc gisait là, tout seul, sans surveillance, et Marlon eut l'idée d'entrer dans la cave par la porte de derrière de l'immeuble pour voir s'il n'allait pas trop mal.

En temps normal, bien sûr, la porte de derrière était fermée à clé. Mais ce jour-là, quelqu'un l'avait laissée grande ouverte.

Marlon venait de mettre un pied à l'intérieur lorsque l'immeuble explosa. Son instinct premier lui souffla de sortir en courant, mais il s'estima heureux de s'être abstenu. Une large portion du bâtiment s'écroula dans la cave et une colonne de poussière jaillit dans le couloir en plein dans sa figure. Il se détourna et la reçut de dos. Dans la ruelle de derrière, il vit peut-être un millier de briques qui s'abattaient sur le sol. Une seule d'entre elles, si elle l'avait frappé sur le sommet de la tête, l'aurait tué. Mais le chambranle de la porte – la partie la plus solide d'un bâtiment, conformément à nos connaissances en matière sismique – tint bon et le protégea.

L'homme qui se faisait appeler M. Jones improvisait au fur et à mesure de leur avancée, c'était indéniable. Tout aussi indéniable, il le faisait avec aisance. Apparemment, il ne savait pas que la cave possédait une sortie sur la ruelle de derrière et, entraînant Zula à sa suite, il monta un étage pour rejoindre le palier du rez-de-chaussée. Comme ils en approchaient, il plaqua sa main libre sur les yeux de Zula. Il ne la laissa pas les rouvrir jusqu'à ce qu'ils se trouvent dans un couloir. Zula savait pourquoi et ne lutta pas.

À partir de là, il se dirigea vers l'entrée principale de l'immeuble, à l'avant. Après deux virages dans des couloirs étroits, ils atteignirent un point d'où Zula put voir jusqu'au bout d'un hall qui traversait ce qu'elle prit pour le lobby et rejoignait la rue. La fourgonnette était garée pile devant la porte. Au début, Zula ne vit pas Yuxia au volant, car elle s'était penchée pour fermer la portière côté passager. Mais elle se redressa, débraya et tourna la tête vers l'immeuble. Un bref instant, Zula caressa l'espoir que Yuxia la voie au fond du couloir et croise son regard. Mais cela aurait été très difficile car l'intérieur du bâtiment devait paraître très sombre de l'extérieur. Et pas seulement sombre, mais aussi plein de monde, car les locataires, effrayés par la fusillade, désertaient l'immeuble en quatrième vitesse.

Ils parvinrent presque jusqu'au lobby. Mais là, Jones, apparemment sur un coup de tête, bifurqua à gauche et poussa une porte entrouverte qu'il venait de remarquer. C'était l'appartement qui donnait sur la rue, visiblement abandonné à la hâte ; il n'y avait personne, mais la télévision était restée allumée, et une odeur chaude de nourriture provenait de la cuisine. Jones se dirigea vers la fenêtre de devant, qu'il approcha de biais. Il baissa le store, puis écarta le rebord de quelques centimètres pour observer la rue.

« Notre chauffeur est là », dit-il au bout d'une ou deux secondes. Zula pensa qu'il parlait de la fourgonnette jusqu'à ce qu'elle remarque qu'il avait pressé sa joue contre le mur et regardait plus loin dans la rue.

Puis il y eut un bruit phénoménal et le store mou alla cogner contre la vitre et, un instant plus tard, se mit à battre dans l'espace vide, vu que toute la fenêtre avait été projetée hors de son châssis. Zula se crispa instinctivement quand l'onde de choc lui remonta par les pieds. Mais les secousses continuèrent de plus belle.

Jones ne semblait pas surpris le moins du monde.

« L'immeuble est en train de s'écrouler sur lui-même, dit-il. Peut-être qu'on ferait mieux de sortir.

– Mais Csongor !

– Si Csongor, c'est l'homme dans la cave, il a choisi la bonne planque pour tenir le coup. »

Si la Chinoise ne lui avait pas parlé en russe, Sokolov l'aurait oubliée sur-le-champ. Mais à présent, elle avait piqué sa curiosité, et il traîna un peu plus longtemps dans le bureau détruit qu'il ne l'aurait fait sans cela. La pièce était complètement dévastée. C'est l'effondrement d'un plafond de Placoplâtre qui avait fait le plus de dégâts, et Sokolov dut patauger dans les gravats pour atteindre la porte. Un sac-poubelle fermé par un nœud était posé bien en évidence à côté de la porte. Apparemment, la Chinoise avait eu l'intention de l'emporter jusqu'à ce que Sokolov fasse irruption et lui flanque une trouille bleue. Il le trouva étonnamment lourd : il contenait plusieurs objets rectangulaires discrets.

Se retournant pour examiner le bureau, il fut frappé par le nombre de fils et de câbles éparpillés dans la pièce. La plupart d'entre eux n'étaient connectés à rien ; les prises gisaient au sol, couvertes de plâtre, mais pas de verre. Le verre brisé constituait la couche de débris la plus basse. Les fils et les prises avaient été jetés par terre après que les fenêtres eurent éclaté, et le plafond s'était écroulé ensuite. Dans la précipitation et la confusion de l'instant, Sokolov ne sut en tirer aucune conclusion précise et il se contenta de l'ajouter mentalement à la liste des faits déroutants pour lesquels il lui faudrait plus tard trouver une explication.

En levant un peu les yeux, il jeta un regard circulaire sur le bureau en reculant lentement, et remarqua que certains des fils avaient été collés et/ou accrochés au rebord des fenêtres ou en tout cas suspendus en l'air. Au moins l'un de ces fils menait à ce qui était de toute évidence une antenne, et pas le genre d'antenne qui s'achète dans un magasin d'électronique. Matériel militaire, se dit-il tout de suite.

Son talon heurta une masse lourde, mais molle. Il baissa les yeux et écarta du pied quelques gravats, révélant un sac de femme. L'explosion l'avait fait tomber d'une table, et quelques objets s'en étaient échappés dans la chute. Sokolov les rassembla, les remit dans le sac et remonta la fermeture Éclair. Puis il alla à la porte. Il défit le sac-poubelle et vit qu'il contenait un ordinateur portable et plusieurs boîtiers électroniques, mais rien qui lui soit intrinsèquement utile pour l'instant. En plus, il était lourd.

D'un poids suspect.

Il attrapa l'un des boîtiers au hasard et l'agita en l'air. Tout son poids était concentré dans la base. Il y avait une plaque d'acier, ou un équivalent, à l'intérieur.

Faite pour couler si on le jetait à l'eau.

Il s'agissait d'équipements d'espionnage et d'un nid d'espion; la Chinoise russophone travaillait là, elle essayait de boucler la planque.

Mais elle ne devait pas être chinoise, sans quoi elle n'aurait pas eu besoin d'être si furtive. C'était une espionne étrangère.

Sokolov jeta le sac à main dans le sac-poubelle, le referma et le jeta sur son épaule. Puis il longea le couloir jusqu'aux escaliers. Il descendit deux étages, entra dans un autre bureau dévasté et abandonné, s'approcha des fenêtres brisées et examina la rue. La fourgonnette – sa meilleure chance de s'enfuir – était toujours là, même si un énorme débris avait creusé un cratère dans le toit.

Une certaine agitation à l'entrée principale de l'immeuble attira son attention. Deux individus voulaient sortir du bâtiment. À cette fin, ils se tenaient dans l'entrée. Mais ils étaient un peu déchirés entre leur peur de ce qu'il y avait derrière eux et celle de ce qu'il y avait devant. Derrière eux, le bâtiment était en train de s'effondrer ou de s'affaisser graduellement, comme au ralenti ; les étages s'écrasaient les uns sur les autres dans un mouvement d'accordéon et le poids de l'ensemble s'en trouvait cruellement redistribué. Chaque effondrement partiel se traduisait par une massive exhalaison de poussière par tous les orifices du bâtiment, y compris la porte principale ; aussi les deux individus qu'observait Sokolov avaient-ils tendance à disparaître à intervalles irréguliers, pour quelques secondes à chaque fois, le temps qu'une nébuleuse de poussière se gonfle brusquement dans l'entrée puis retombe. Il n'y avait pour ainsi dire plus rien d'horizontal ni de vertical, et de gros amas de gravats, se détachant du sommet de la pile, roulaient vers la rue en prenant de la vitesse. Leur impact en s'écrasant sur la chaussée était si violent que Sokolov le sentait dans ses gonades ; le spectacle devait être encore plus impressionnant pour les inconnus à la porte.

Il y eut un nouvel affaissement, un nouveau nuage de poussière horizontal, en forme de champignon ; lorsqu'il se dissipa, les deux individus avaient disparu. Ils s'étaient décidés. Sokolov scruta les deux côtés de la rue, se forçant à garder son calme pour ne pas se déconcentrer. Il les vit qui s'éloignaient de l'immeuble en courant, main dans la main ; ils se dirigèrent vers un carrefour à une centaine de mètres de là, où s'était rassemblée une foule de badauds : les voitures s'étaient arrêtées en pleine rue, et des piétons se protégeaient derrière pour contempler le spectacle de l'incendie et de l'effondrement de l'immeuble.

La silhouette des deux coureurs ne lui était pas étrangère. En d'autres circonstances, Sokolov les aurait reconnus à la couleur de leur peau, mais, en l'occurrence, ils étaient tous deux blancs comme de la craie, couverts de poussière qu'ils étaient comme tous les autres passants.

Le grand, c'était le chef des moudjahidine de l'appartement 505.

La petite, c'était Zula.

Pourquoi couraient-ils main dans la main ? Se pouvait-il qu'ils travaillent ensemble ? Il ne voyait pas comment cela aurait pu être possible.

Puis leurs pieds se cognèrent, et ils trébuchèrent et titubèrent sur quelques mètres. Ils s'écartèrent un peu. Lorsqu'ils se lâchèrent la main, Sokolov vit qu'ils étaient menottés.

Il avait le fusil sur l'épaule. Il le cala contre le rebord de la fenêtre et visa le grand djihadiste noir. À cette distance, le coup était faisable, si toutefois le précédent propriétaire de ce fusil en avait pris soin correctement, mais il lui faudrait contrôler sa respiration et attendre que la cible s'immobilise. Jusque-là, tout ce qu'il pouvait faire, c'était le suivre du bout de son canon et réfléchir au b.a.-ba de son tir : la qualité de son appui et les obstacles qui risquaient de s'interposer.

Le but de leur course devint soudain évident : un taxi venait de s'arrêter, deux roues sur le trottoir et deux sur la chaussée, et le chauffeur en était descendu. Il se tenait debout devant la portière ouverte, face à la scène du désastre, bouche bée, avec une cigarette qui pendouillait de sa lèvre inférieure.

La cible de Sokolov l'avait repéré aussi. Accélérant un coup, traînant pratiquement Zula derrière lui, il fonça jusqu'au taxi. Dans son élan, il heurta la portière arrière du côté conducteur, se recula, l'ouvrit, fit la prise de l'ours à Zula et, d'une poussée sur ses jambes, plongea dans le taxi, tirant la jeune femme avec lui, de sorte qu'ils se retrouvèrent tous deux étendus côte à côte à l'arrière.

C'était peut-être la seule chose capable de détourner l'attention du chauffeur de l'immeuble en train de s'écrouler. Il se retourna et contempla, avec une stupéfaction presque égale, les quatre jambes couvertes de poussière qui dépassaient de la portière ouverte de son taxi. Il essaya de dire quelque chose, s'aperçut qu'il avait une cigarette collée à la lèvre, la retira de sa bouche, passa la tête par la portière et se raidit.

Sokolov savait pourquoi, même s'il ne pouvait le voir : le djihadiste lui braquait un revolver en plein visage.

Après une brève discussion, le chauffeur se laissa tomber au volant, claqua sa portière, mit le moteur en marche et démarra. Il y avait un tel chaos à ce carrefour que Sokolov aurait pu les rattraper à pied. Voire à quatre pattes. Mais tuer le djihadiste et aider Zula, si désirables que puissent paraître ces deux choses, n'était pas ses priorités pour l'instant. Il lui fallait vider les lieux avant que le BSP ne boucle tout le quartier.

Jusqu'à tout récemment, lorsqu'il se représentait sa position dans le monde, Csongor n'avait jamais imaginé être le genre d'homme qui risquait de se retrouver dans une situation ressemblant, même de loin, à celle-ci. Cela peut sembler curieux, car, depuis l'âge de 14 ans, il était employé, à différents degrés, par des criminels. Mais ainsi qu'il s'était donné tant de mal pour l'expliquer à Zula, la plus grande partie des activités des criminels était en fait ennuyeuse, et ils prenaient des précautions draconiennes pour éviter les événements fâcheux de cette sorte.

Son statut de personne la plus stable et la plus équilibrée de sa famille en disait plus long sur l'histoire récente de la Hongrie que sur Csongor lui-même.

Sa famille, au moins du côté paternel, était installée à Kolozsvár, la capitale de la Transylvanie, depuis le Moyen Âge.

Depuis des siècles, la ville faisait l'objet d'une lutte acharnée, cruelle et ininterrompue entre les Hongrois et les Roumains, qui l'appelaient Cluj. Après la Première Guerre mondiale, la Hongrie l'avait perdue au bénéfice de la Roumanie, tout comme le reste de la Transylvanie. La famille de Csongor s'était soudain retrouvée en pays étranger. Cela ne leur avait pas du tout réussi, et, lorsque la Hongrie s'était alliée avec l'Axe à la fin des années 1930, le grand-père de Csongor s'était enrôlé dans l'armée hongroise avec enthousiasme. Il avait épousé une Hongroise à Budapest, l'avait ramenée à Kolozsvár, l'avait mise enceinte, puis était reparti pour aider Hitler à envahir la Russie. Comme beaucoup des Hongrois qui participèrent à la bataille de Stalingrad, il s'évanouit comme un grain de sable jeté dans l'océan Pacifique, et son fils nouveau-né – le père de Csongor – ne posa même jamais les yeux sur lui. Sa mère retourna dans sa famille à Budapest où ils survécurent à la féroce occupation nazie et au massacre final de l'Armée rouge soviétique avec la litanie habituelle des horreurs, des privations et des confrontations à la mort violente et soudaine. Lorsque les choses se calmèrent un peu, et que la Hongrie et la Roumanie devinrent, au moins en théorie, des nations sœurs vivant en harmonie sous l'ombrelle du pacte de Varsovie, la grand-mère de Csongor retourna s'installer dans l'ancienne maison de famille à Kolozsvár, qui s'appelait de nouveau Cluj depuis qu'elle avait été restituée à la Roumanie. C'est là que le père de Csongor avait subi le reste de son enfance, là qu'il était allé à l'université où il avait entamé un troisième cycle de mathématiques. Mais autour de 1960, l'université, qui était à prédominance hongroise, était tombée sous le joug des nationalistes roumains qui avaient soumis l'institution à un nettoyage ethnique rigoureux. Son directeur de mémoire s'était suicidé. Désormais homme de la maison – car sa mère avait un peu perdu la tête –, le père de Csongor avait revendu la résidence familiale, pris ses cliques et ses claques, et il était allé s'installer à Budapest où, manquant d'un diplôme d'études supérieures, il avait trouvé un travail d'enseignant.

Il fut un instituteur célibataire pendant longtemps, car, entre sa pauvreté et le fait qu'il vivait avec une mère difficile qui demandait beaucoup d'attention, il lui avait été difficile d'attirer des amours durables. Mais sa mère était morte au milieu des années 1970 et il avait entamé une relation avec une femme beaucoup plus jeune – une de ses anciennes élèves, retrouvée par hasard dans le métro, des années après le bac. Ils s'étaient mariés en 1979. Bartos était né en 1982 et Csongor en 1985. Leur père était bel homme, mais il avait déjà 45 ans bien tassés. Il fumait plusieurs paquets par jour et il avait consumé son corps telle une cigarette de chair. Il était mort lorsque Csongor avait 10 ans. Mais pas avant d'avoir pu télécharger la plupart de ses connaissances en mathématiques dans l'esprit de Bartos et, dans une moindre mesure, de Csongor.

Les Hongrois avaient un don pour les maths. Contrairement à la rumeur, ce n'était pas génétique. Ce n'était pas possible. Comme n'importe qui pouvait le constater, c'était un peuple de bâtards complets – les Américains d'Europe. Beaucoup d'yeux bleus dans des visages où l'on ne se serait pas attendu à en voir. De coûteux panneaux publicitaires, dans tous les aéroports de Budapest, vantaient l'expertise, la puissance et la portée mondiale des firmes d'ingénierie et de construction allemandes. L'ingénierie ! Encore un luxe des nationalités dotées d'une population énorme et d'une masse terrestre intacte. La Hongrie, coupée de la moitié de la population et de la plus grande partie des ressources naturelles qu'elle tenait autrefois pour siennes, était désormais contrainte de pratiquer une sorte d'acupuncture économique, employant tous ses efforts à identifier dans le flux d'énergie mondial les nodules magiques dans lesquels l'insertion d'une simple aiguille pourrait altérer le fonctionnement d'un organe vital. Les mathématiques étaient l'une des rares disciplines dans lesquelles il était possible d'exercer un tel degré d'influence, c'est pourquoi les Hongrois s'étaient mis à devenir prodigieusement bons dans l'art de les apprendre à leurs enfants. Cela valait une certaine reconnaissance à ceux qui excellaient dans la matière. Bartos avait participé à des concours de mathématiques diffusés à la télévision nationale, comme pour les championnats de football. Il avait même *l'air* d'un mathématicien.

Pendant ce temps, Csongor, qui, lui, n'en avait pas l'air, rôdait dans les couloirs de son école pour essayer d'éviter l'entraîneur de l'équipe de lutte, qui le coinçait au moins une fois par jour. C'est tout juste s'il ne lui faisait pas une clé à la tête pour l'obliger à venir à l'entraînement. Csongor n'avait réussi à tenir à distance le département d'athlétisme qu'au prix d'une inscription dans l'équipe de hockey. Mais il n'arrivait pas à reculer sur ses patins, aussi se retrouva-t-il dans les buts. Là, effectivement, il était bon, grâce à l'alliage inhabituel de sa masse corporelle et de ses réflexes extrêmement rapides (il avait une fois essayé d'exploiter ces derniers en se lançant dans l'escrime mais, comme le lui avait expliqué l'entraîneur, il présentait trop de « surface » à frapper à son adversaire).

Il ne pouvait pas savoir, à l'époque du hockey, que ses dons de goal rendraient un jour son futur patron si loquace : un ponte du crime organisé russe et fanatique de hockey qui se faisait appeler Ivanov.

Voulez pas vieillir et vous faire pousser la moustache ? Conduire le bus ?

Ivanov disait toujours qu'il admirait énormément les Hongrois. Il s'émerveillait sans cesse du miracle qui faisait qu'ils existaient encore. Au début, Csongor prenait cette remarque, naïvement, pour un compliment, mais il avait fini par entendre la menace voilée. Pour se lier avec Csongor, Ivanov lui avait fait toutes sortes de commentaires sur son apparence : « Vous n'avez pas l'air de hacker. Si je vous connaissais pas, je dirais, capitaine d'équipe water-polo. Ou videur dans une boîte de nuit.

Ou chauffeur de bus ? Quand est-ce vous fous faites pousser une grosse moustache ? » Car on aurait dit que les hommes hongrois, s'ils différaient grandement entre eux dans leur jeunesse, convergeaient vers une poignée de types corporels de base en vieillissant. La tête ronde et grisonnante en balle de revolver. Le front haut, les cheveux argentés plaqués en arrière. Le sauvage des Carpathes, précédé partout par ses sourcils. Csongor, qui était le type même de la tête ronde, savait que ce n'était qu'une question de temps avant qu'il se laisse pousser la moustache. Mais pour l'instant, il avait pour habitude de se tondre le premier mardi de chaque mois et de raser de près son visage, qu'il jugeait tout à fait passable, mais loin d'être beau.

Il avait appris que certaines femmes étaient attirées par les hommes grands et gros, et il ne s'était pas gêné pour en profiter de temps à autre. Il n'avait eu qu'une seule véritable petite amie, un an plus tôt. La veille, il avait décidé que Zula était la femme qu'il lui fallait.

Il n'avait pas exactement perdu connaissance lorsque Ivanov lui avait donné un coup de crosse dans la mâchoire, mais il était tombé, pour ainsi dire, dans une espèce de distraction extrême, comme coupé de son propre corps, pendant les instants où l'autre tireur avait fait son intervention surprenante. Il avait senti, et apprécié au plus haut point, le contact de la main de Zula sur sa joue lorsqu'elle avait amorti sa chute, mais il n'aurait pas su dire clairement ce qui s'était passé ensuite, ne serait-ce que parce que sa tête était tournée dans le mauvais sens et qu'il n'avait pu la remuer.

À présent, il n'était plus du tout dans le flou. Il savait qu'il se trouvait dans la cave d'un immeuble en train de s'écrouler. Que la cage d'escalier, extrêmement solide, tenait bien le coup et offrait donc un espace de sécurité relative. Et qu'il était coincé dans cet espace avec le cadavre semi-décapité d'Ivanov et un fusil d'assaut Kalachnikov. Et si, à un certain niveau, la situation était, bien évidemment, affreusement chaotique et dangereuse, le Hongrois se dit en lui-même : *Je me demandais quand j'allais finir comme ça.*

De temps à autre, il s'était demandé comment son grand-père était mort, puisque personne ne savait où ni même en quelle année cela s'était produit. Peut-être dans la cave d'un immeuble à Stalingrad, comme maintenant.

Dans les intervalles où l'avalanche de gravats s'arrêtait, il hurlait : « Hé, oh ! Hé, oh ! » du plus fort qu'il pouvait.

Il faisait presque complètement noir. À tâtons, Csongor palpa du cuir souple recouvert de saleté : le sac d'Ivanov, qui était tombé par terre juste à côté de lui. Csongor le tira à lui et l'ouvrit, au cas où il contiendrait une lampe torche ou un autre outil qui aurait pu lui servir. Il sentit sous ses mains qu'il était presque entièrement rempli de monnaie chinoise. Il y avait également deux rectangles de métal froid incroyablement denses : des chargeurs pleins pour un revolver introuvable. À côté, une boîte noire dont l'une des extrémités était en forme de mâchoires béantes avec de petits crocs de métal. Csongor la ramassa et son doigt tomba naturellement sur un bouton, visiblement un interrupteur. Il l'enfonça, et un éclair mauve jaillit entre les crocs et dansa un twist endiablé dans la pièce jusqu'à ce qu'il lâche. Quel imbécile ! S'il y avait eu une fuite de gaz dans la pièce, l'étincelle aurait déclenché une explosion.

Mais rien ne s'était produit ; il n'y avait pas de fuite de gaz.

C'était une sorte d'arme non létale : un pistolet incapacitant. Peut-être Ivanov l'avait-il apporté dans le but de torturer le Troll. Csongor appuya de nouveau sur la gâchette et utilisa la lumière dansante de l'arc électrique pour s'éclairer. Comme il s'y était attendu, le sac était plein de monnaie chinoise. Mais des sachets étanches contenant les indispensables étaient calés dans un coin : passeports et téléphones.

Il entendit du remue-ménage à proximité.

« Au secours ! » cria-t-il.

Le mouvement cessa.

« Y a quelqu'un ? appela Csongor.

– Y a quelqu'un, répondit une voix dans le noir. Venez par ici, s'il vous plaît.

– J'arrive. »

Csongor laissa tomber le pistolet incapacitant dans le sac, qu'il referma. Puis il se mit à ramper en direction de la voix, traînant le sac derrière lui.

« À l'aéroport ! » beugla M. Jones. Puis un remords envahit son visage, sans doute, d'après Zula, parce qu'il venait de réaliser qu'il perdait les pédales. « À l'aéroport », répéta-t-il beaucoup plus calmement et distinctement.

Comme la main droite de M. Jones était menottée à la main gauche de Zula, ils n'avaient eu d'autre choix que de s'installer de telle sorte que Zula soit assise du côté droit de la banquette arrière et M. Jones du côté gauche, juste derrière le chauffeur, qui s'était retourné complètement, paralysé de terreur, pour regarder M. Jones.

« L'a... é... ro... port », dit Jones pour la troisième fois d'un ton de rage à peine contenue, accompagné d'un petit mouvement du pistolet dans sa main gauche. Le chauffeur finit par détourner les yeux de lui et démarrer. Le taxi ne fit qu'une dizaine de centimètres avant de stopper pour éviter un réfugié qui titubait, couvert de poussière. Mais au moins, le véhicule était en mouvement ; le chauffeur pouvait se concentrer sur autre chose que l'étrange duo à l'arrière de sa voiture. Un instant plus tard, il avait fait tout un mètre. À partir de là, ce fut de plus en plus facile. Comme si la foule, ayant reconnu le droit du taxi à avancer d'un mètre, ne pouvait plus lui interdire les dix ou les cent prochains.

Sokolov observa la lente dissolution du taxi dans la foule avec admiration professionnelle. Lui-même était un guerrier extrêmement entraîné et expérimenté, n'obéissant qu'à ses propres ordres, libre de se cacher dans cet immeuble un moment ou d'en sortir à l'instant de son choix. Cependant, *grosso modo*, il avait estimé ses chances de réchapper à cette situation à zéro. Et pourtant ce nègre musulman, victime d'une descente imprévue, menotté à une otage et en plein dans la ligne de mire du fusil de Sokolov, semblait avoir réussi sa fuite en se contentant de saisir une opportunité qui s'était présentée par hasard. Bien sûr, la distraction occasionnée par l'explosion et l'effondrement de l'immeuble l'avait énormément aidé, mais ce n'en était pas moins admirable. Se fiant à sa longue expérience dans des pays tels que l'Afghanistan et la Tchétchénie, Sokolov reconnaissait, dans les gestes du djihadiste noir, une espèce d'avantage culturel, une certaine attitude qui favorisait toujours ce genre d'individus dans des situations comme celle-ci : fatalistes complets, ils croyaient que Dieu était de leur côté. Les Russes, quant à eux, avaient leur propre fatalisme, quelque peu différent : ils croyaient, ou du moins suspectaient fortement, qu'ils étaient foutus quoi qu'il arrive et qu'il valait mieux en profiter au maximum, mais ils ne voyaient dans ce funeste destin ni l'œuvre de Dieu ni l'espoir d'une gloire à venir dans un paradis des martyrs.

Ainsi, ce qui le poussa à avancer et à descendre les escaliers de l'immeuble de bureaux, ce ne fut nullement un quelconque espoir naïf de s'en sortir, mais la fièvre de la compétition, déclenchée par le fait qu'il venait d'être surpassé par les improvisations suicidaires de ce fanatique.

Csongor reconnut son sauveur : c'était l'un des hackers. Manu, comme ils l'appelaient entre eux. « Manu » montra à Csongor comment sortir de la cave et rejoindre la porte de derrière pour déboucher sur la ruelle. De là, Csongor le suivit le long de la ruelle jusqu'à la petite rue puis jusqu'au carrefour avec la plus grande rue qui passait devant la façade de l'immeuble. Quand ils furent suffisamment loin du danger immédiat, Manu tourna la tête pour jeter un regard curieux à Csongor.

« Merci, dit ce dernier.

– Je m'appelle Marlon.

– Moi, c'est Csongor. »

Ils se donnèrent une poignée de main d'une étrange solennité.

« Qu'est-ce qui s'est passé ? » demanda Marlon.

Csongor, pas pleinement convaincu de leur capacité à communiquer en langue anglaise, haussa les épaules pour indiquer qu'il n'en avait pas la moindre idée.

Non loin, quelqu'un klaxonnait depuis un moment. Au départ, c'était une série de longs beuglements et, à présent, c'était une longue suite de petits coups qui se termina en tagada tsoin-tsoin ! Le quartier offrait beaucoup de distractions à l'heure qu'il était, mais Csongor finit par se retourner. Il remarqua la fourgonnette garée à environ dix mètres. Sous la portière ouverte du côté conducteur dépassait une paire de bottes bleues. Yuxia passa la tête par la fenêtre dépourvue de vitre pour voir si elle avait réussi à capter son attention.

« Vous voulez qu'on vous dépose quelque part ? » demanda Csongor, tendant une main vers la fourgonnette, tel un chauffeur de limousine accueillant une star de cinéma dans un aéroport.

Marlon haussa les épaules en souriant. « OK. »

Tandis qu'ils s'approchaient, Yuxia s'extirpa de derrière la portière et se rendit à l'avant de la fourgonnette. Elle s'accroupit et empoigna un morceau tout tordu de barre d'armature rouillée qui dépassait devant le pare-chocs. Le bout de ferraille était planté dans un beau morceau de béton qui empêchait le véhicule d'avancer et il était trop lourd pour elle seule. Marlon et Csongor l'aidèrent à écarter l'obstacle, puis montèrent à l'arrière du véhicule tandis que Yuxia s'installait au volant. Elle démarra et se mit à avancer à grand-peine, roulant sur des gravats plus petits qui, s'ils rendaient la route mauvaise, n'empêchaient pas les roues de tourner. Marlon et Csongor s'employèrent pendant quelques instants à repousser le linteau de béton par la portière latérale. La portière ne voulait pas fermer car tout le châssis de la fourgonnette avait été distordu par le choc, et Csongor devait la maintenir lui-même. Marlon s'allongea sur le siège défoncé, cala ses pieds contre le toit enfoncé et poussa de toutes ses forces, soulevant la tôle à quelque distance, recouvrant en partie le trou dans le toit et accroissant grandement l'espace libre dans la fourgonnette. Ensuite, sa force ne fut pas suffisante pour bouger davantage la tôle : Csongor et lui durent s'y mettre à deux pour s'allonger sur le dos et donner des coups de pied dans le toit, cognant sur le métal comme des forgerons. Cela leur donnait quelque chose à faire et leur évitait de penser à la conduite de Yuxia, laquelle, s'ils y avaient prêté attention, aurait très bien pu être la chose la plus effrayante qu'ils aient vue de la journée.

« On va où ? » pensa enfin à demander Csongor. Car il ne comprenait pas du tout les décisions de Yuxia.

« Au même endroit que ce taxi, répondit-elle, désignant d'un coup de tête un point indistinct dans la mer de piétons et de véhicules qui les précédait.

– Pourquoi ?

– Parce que ma copine est dedans », répondit Yuxia.

Elle se retourna pour le pétrifier du regard. « Ma copine et la vôtre.

– J'aimerais bien ! laissa échapper Csongor avant de pouvoir se retenir.

– Dans ce cas, vous ne voulez pas savoir où elle va ? »

Arrivé au rez-de-chaussée, Sokolov éjecta le chargeur de son fusil, vida la chambre et le jeta dans l'escalier. Il entra dans le couloir qui donnait sur l'entrée principale de l'immeuble et se mit à courir. Lorsqu'il atteignit le lobby, il rétrograda en marche rapide, passa deux portes intérieures, se fraya un chemin vers l'entrée et sortit par l'une des portes extérieures.

Juste à temps pour voir s'éloigner la fourgonnette. Comme un cheval qui lâche une crotte, elle éjecta un gros morceau de béton en prenant de la vitesse.

Cela n'avait pas tellement d'intérêt désormais de se demander comment la jeune Chinoise avait réussi à faire démarrer le moteur. Sokolov tourna la tête de droite à gauche, inspectant le trottoir, puis rentra dans le lobby pour réfléchir aux options qui se présentaient à lui. Un grand nombre d'individus s'étaient abrités sous les échafaudages, et ils étaient tous bien trop captivés par les événements en train de se produire de l'autre côté de la rue pour remarquer la présence de Sokolov. Malgré cela, il préférait éviter de rester dehors à visage découvert plus longtemps que nécessaire.

Mais il avait vu quelque chose. Sur sa droite.

Il ouvrit la porte gauche du bout du pied. La vitre était brisée mais tenait encore dans son cadre. Au départ, il se voyait dedans, mais, lorsqu'il la poussa, l'angle changea et le reflet se décala. Arrivé à une ouverture de quarante-cinq degrés environ, il parvenait à voir le trottoir sur sa droite et il put vérifier ce qu'il avait remarqué quelques instants auparavant : au coin du bâtiment, l'un de ces types qui tiraient des petits chariots s'était abrité tout au bout des échafaudages. Sokolov pouvait pratiquement lire dans les pensées de l'homme. Il s'était fait surprendre au milieu du désastre et il avait couru sous le premier abri qu'il avait trouvé. À présent, le pire était passé, les voitures de police et les camions de pompiers convergeaient bruyamment vers le quartier, et il flairait une occasion de se faire de l'argent. Parce qu'il allait y avoir un tas de saloperies à évacuer d'ici sur son petit chariot.

Sokolov remonta jusqu'au deuxième étage, enfonça la porte d'un bureau vide et dégagea d'un coup de pied le verre brisé d'une fenêtre, de façon à libérer son accès aux échafaudages. Il fit basculer le sac-poubelle sur la plate-forme, puis se hissa lui-même sur les planches. Une bâche bleue, très abîmée, pendouillait là. Il était richement équipé en couteaux et il en prit un pour détacher la bâche en quelques coups rapides. Sans prendre le temps de la plier ni même de la rouler en boule, il la jeta sur ses épaules comme une cape. Il ramassa le sac-poubelle et se mit à avancer vers le coin où il avait repéré le charretier.

Lorsqu'il atteignit le bout de l'échafaudage, il posa le sac-poubelle, empoigna la rampe de bambou, l'enjamba et trouva un appui. En se penchant en avant pour regarder en bas, il pouvait tout juste distinguer le rebord du chapeau de paille conique du charretier, quelques mètres en dessous de lui. Sokolov attrapa le sac-poubelle, le tira au bout de la plate-forme et le laissa tomber dans la ruelle, à guère plus d'un mètre de la portée du charretier.

Le charretier s'avança dans la ruelle pour voir ce dont il s'agissait. Sokolov ne voyait que le sommet de son chapeau.

Lorsque le charretier leva les yeux pour voir d'où était tombé le mystérieux sac, Sokolov l'atteignit au front avec une liasse de billets de six centimètres d'épaisseur. La liasse rebondit sur son nez, son menton, et finit coincée entre ses mains et son ventre décharné.

Il lui fallut quelques instants pour en croire ses yeux. Sokolov n'avait pas la moindre idée du salaire d'un charretier et il n'avait qu'une notion vague de la valeur de la liasse de billets, mais il supposait que la disparité entre ces deux chiffres était conséquente.

Lorsque le charretier leva de nouveau les yeux, il se trouva nez à nez avec le barillet du revolver de Sokolov.

Sokolov désigna la charrette, puis fit un geste pour inciter son propriétaire à la tirer dans la ruelle.

L'homme fit un mouvement à mi-chemin entre le hochement de tête et la révérence, fila de nouveau sous la plate-forme pour un instant, puis tira sa charrette de façon à la placer juste en dessous de Sokolov. Sokolov se laissa tomber dedans. Dans le même mouvement, il rabattit la bâche bleue sur lui. Il fit mine d'attraper le sac-poubelle, mais le charretier, comprenant son intention, l'avait déjà ramassé. Sokolov le tira sous la bâche bleue. Ils se regardaient désormais par un tunnel de la taille d'un poing qu'avait pratiqué Sokolov dans la bâche. Sokolov agita la tête vers la ruelle pour indiquer la direction qu'il voulait qu'emprunte le charretier.

La charrette se mit en route. Sokolov défit la fermeture Éclair d'une de ses poches, sortit son téléphone, ouvrit l'application « Photos » et consulta les images jusqu'à trouver celle d'un des gros hôtels d'affaires à l'occidentale des quais : l'un de ces endroits où il était possible d'être blanc sans s'attirer son Stonehenge personnel de badauds cataleptiques, bouche bée. Il attira l'attention du charretier avec un psst ! énergique, puis lui montra l'image. Il lui fallut un moment pour faire le point sur la photo – peut-être n'avait-il pas une très bonne vue – mais il sembla ensuite comprendre. Il changea de direction et tira Sokolov dans une rue plus large qui était encore plus follement encombrée qu'à l'ordinaire. La police et les véhicules de secours s'approchaient d'eux en procession. Sokolov tira les rebords de la bâche vers l'intérieur et s'appuya dessus de tout son poids de sorte que sa couverture ne puisse être arrachée par un caprice du vent ou la main d'un petit garçon curieux. Une lumière bleue filtrait à travers la bâche. Il faisait trop chaud, mais il allait devoir s'y faire. Son cœur battait à quelque chose comme cent quatre-vingts pulsations par minute, ce qui signifiait que son corps générait une chaleur énorme. Il posa sa tête sur son bras, ferma les yeux et entreprit un effort conscient pour ralentir sa respiration. Il avait de l'eau dans le sac CamelBak qu'il portait sur le dos. Il s'en passa un peu dans les cheveux de façon à se rafraîchir la tête, puis plaça le tube dans sa bouche et se mit à boire de petites gorgées toutes les dix secondes environ. La charrette eut un soubresaut, pivota et se lança dans la foule. Il était vivant, et il mettait de la distance entre lui et l'épicentre.

« C'est ma faute, ne cessait de répéter Yuxia, tandis que la fourgonnette prenait la bretelle pour rejoindre le périphérique, talonnant le taxi couvert de poussière qui emmenait Zula. Ma faute, ma faute, ma faute.

– Il n'y a pas de faute », dit Csongor.

Il dut crier pour se faire entendre, car, comme ils accéléraient sur la grande route, le vent hurlait à travers le trou dans le toit de la fourgonnette. « Vous n'avez rien fait de mal.

– Mais je l'ai vue ! Elle est passée devant moi en courant ! J'ai klaxonné mais elle n'a pas tourné la tête. Aiyaa ! »

Apparemment, ils doublaient un grand nombre de voitures. Marlon, assis à côté de Csongor sur la deuxième rangée de sièges, juste derrière Yuxia, se pencha en avant et fit une remarque un peu sèche. Yuxia jeta un œil au compteur de vitesse pour la première fois depuis le début de leur expédition, et la botte bleue se fit plus légère sur la pédale d'accélérateur.

Juste à temps, car ils avaient failli doubler le taxi couvert de poussière sur la voie de droite. Yuxia les laissa prendre un peu d'avance, puis changea de voie, s'attirant les cris de stentor des klaxons de tous les véhicules alentour.

« Alors », dit Csongor. Car il n'avait en fait pas la moindre idée de ce qui se passait. « Zula est passée devant vous en courant. Vous avez klaxonné. Elle vous a ignorée. Elle est montée dans un taxi... ?

– S'est fait jeter dans un taxi, pour faire court.

– Qui l'a jetée dans un taxi ? De quoi parlez-vous ? »

Elle ouvrit la bouche et secoua la tête, visiblement découragée.

« Le grand Noir ? proposa Marlon.

– Non, grand homme blanc. »

Marlon et Csongor échangèrent un regard.

« Blanc comme du papier », poursuivit Yuxia. Elle se lécha un doigt, essuya une traînée de poussière de béton sur sa joue, puis l'agita sous leur nez. « Même couleur que ça. »

Marlon intervint : « Si vous aviez essayé d'intervenir, il vous aurait tuée, ce type. » Mais ses mots eurent pour seul effet de précipiter Yuxia dans un nouveau paroxysme : elle se mit à marteler furieusement le volant.

« J'étais dans le cirage, dit Csongor. Je n'ai pas bien vu la scène. Mais après qu'Ivanov m'a frappé, quelqu'un d'autre est descendu à la cave – le même homme dont vous parlez ?

– Oui, le même, confirma Marlon. Il a tiré sur l'homme qui vous a frappé et... »

Revoyant la scène, Marlon secoua la tête avec un mélange d'incrédulité et d'écœurement. Csongor, qui ne parlait pas un mot de chinois, était impressionné, pour l'instant, par la maîtrise que Marlon avait de l'anglais universel des films d'action et des *chat rooms*.

Ils approchaient d'un échangeur énorme où le périphérique rencontrait un pont colossal d'allure récente, sans doute jeté par-dessus un canal pour rejoindre le continent : une zone de marais salants supportant d'immenses tours résidentielles encore en construction et des poteaux tout aussi hauts pour tenir les lignes électriques suspendues au-dessus de l'eau.

« Quiconque tue Ivanov est mon chéri », lança Yuxia.

Csongor avait la nette impression que le tueur d'Ivanov ferait un terrible chéri. Il se tourna vers Marlon.

Une silhouette humaine, à l'extérieur de la voiture, attira son attention. Il regarda par le pare-brise couvert de poussière : un officier du BSP, en uniforme, se tenait sur le terre-plein central, tout près de la route, face à la circulation. Les deux mains devant lui.

Un revolver braqué.

En plein sur eux.

Csongor sursauta si fort qu'il expédia le sac d'Ivanov sous le siège passager d'un coup de pied involontaire. Mais lorsqu'ils dépassèrent le flic, il vit qu'il s'agissait en fait d'un mannequin, planté sur un socle de béton, et que ce qu'il tenait entre les mains n'était qu'un radar factice. Il porta ses mains à son visage, se pencha en avant et tâcha de se reprendre.

Une chose à la fois. « Vous avez un téléphone ? » demanda Csongor.

Marlon n'avait pas remarqué le mannequin. Il observait avec curiosité les réactions et mouvements bizarres de Csongor. Il hocha la tête, se redressa, sortit un téléphone et arracha la batterie. Csongor sentit une onde de soulagement. Non seulement Marlon l'avait guidé hors de l'enfer, mais c'était le genre de mec qui n'avait pas besoin d'un dessin pour rendre son téléphone silencieux et impossible à localiser.

« Yuxia ?

– Non ! Le Docteur Evil l'a confisqué.

– Alors il est sans doute dans le sac du Docteur Evil. »

Csongor l'extirpa de sous le siège passager, le prit sur ses genoux et se mit à le dézipper. Il y eut un éclair du rose criard inimitable de la monnaie chinoise, et il préféra s'abstenir de l'ouvrir plus grand. Il l'ouvrit juste assez pour passer la main à l'intérieur et chercher à tâtons. C'était un processus lent, car il ne voyait pas ce qu'il faisait. Marlon l'observait avec un mélange de curiosité et de nervosité.

« C'était qui, ce type ? demanda Csongor pour essayer de le faire penser à autre chose. Le Noir ? »

Les yeux de Marlon quittèrent le sac pour se planter dans ceux de Csongor. « Et vous, vous êtes qui, putain ? »

Une dispute s'engagea entre Marlon et Yuxia. Csongor eut l'impression que Yuxia reprochait à Marlon ses mauvaises manières.

« Ne vous en faites pas, dit Csongor. C'est une question légitime. » Il sourit pour tâcher de montrer qu'il n'était pas froissé. Mais n'importe quelle expression du visage trop prononcée lui donnait mal à la tête.

En réponse, peut-être à quelque chose qu'avait dit Marlon, Yuxia haussa les sourcils et se retourna pour examiner Csongor. Puis ses yeux tombèrent sur le sac.

Marlon lui donna une petite tape sur l'épaule et fit un signe de tête en direction du pare-brise, tentant d'attirer son attention sur la route, car elle avait de nouveau dérivé dans la file de gauche et dépassait beaucoup de voitures.

« Marlon a raison », conclut-elle en ralentissant. Elle se tourna de nouveau vers lui. « Qui êtes-vous, putain ? »

De toute évidence, l'attitude de Csongor avec le sac les avait mis sur les nerfs. Il le laissa tomber sur le plancher de la fourgonnette, à distance égale de lui, Yuxia et Marlon. Il défit complètement la fermeture Éclair et leva le rabat pour exposer le contenu.

Le sac possédait une sorte d'armature qui lui permettait de garder une forme de boîte. La cavité principale était pleine de billets : au moins une douzaine de briques retenues par des élastiques qui, avec les chargeurs et le pistolet incapacitant, flottaient dans un fouillis de billets volants et de liasses de billets de 10. Un certain nombre de petites pochettes en maille, pleines à ras bord, étaient cousues sur les parois internes du sac. Csongor, reconnaissant la teinte violacée d'un passeport hongrois, ouvrit une de ces pochettes et en sortit un sachet en plastique transparent contenant son passeport, son téléphone et presque tout le contenu de son portefeuille. Il retira la batterie du téléphone et posa le reste sur la banquette à côté de lui. En explorant les autres pochettes, il trouva deux autres sachets, contenant l'un les affaires de Peter et l'autre celles de Zula. Il désactiva les deux téléphones.

Mais un autre téléphone, de modèle chinois, avait été jeté dans une des pochettes. Csongor le sortit et l'agita pour ses compagnons. « Il est à vous ? » demanda-t-il en ôtant la batterie.

Aucune réponse ne vint de Yuxia, et, lorsqu'il leva les yeux pour la première fois, il s'aperçut qu'elle et Marlon regardaient l'intérieur du sac avec une stupéfaction muette. La jeune femme, au moins, avait la présence d'esprit de jeter un œil sur la route de temps à autre.

« C'est le sac d'Ivanov, expliqua Csongor. Vous comprenez ? Ce n'est pas le mien.

– Maintenant si, dit Marlon.

– C'est des balles ? » demanda Yuxia.

Csongor plaça le téléphone de Yuxia avec sa batterie dans le porte-gobelet près de son coude, puis plongea la main dans le sac et en sortit l'un des chargeurs. Les deux cartouches du haut étaient bien visibles. « Oui.

– Vous avez une arme ? »

Elle ne voulait pas dire : *Ce serait vraiment formidable et utile si vous aviez une arme.* Mais plutôt : *Si vous avez une arme, on est encore plus dans la merde que je ne l'avais cru.*

« Non. C'est tout ce que j'ai. Peut-être que l'autre mec a pris le revolver d'Ivanov.

– Qu'est-ce qu'il y a dans la poche extérieure ? » demanda Marlon, les yeux fixés sur un compartiment extérieur au sac, assez grand pour contenir deux livres de poche.

Pas de doute, il y avait dedans quelque objet volumineux. Csongor défit la fermeture, plongea la main dedans et, à sa propre stupéfaction, en sortit un revolver. Il était plus petit que celui que portait Ivanov, avec une crosse en bois. Il le reconnut : c'était l'arme de poing classique que les militaires soviétiques et russes portaient depuis toujours. Il n'arrivait pas à croire qu'il en tenait un à la main.

« OMG », dit Marlon.

En Hongrie, Csongor n'avait eu que très peu d'accès aux armes à feu. Mais, lors d'un congrès de hackers à Vegas deux ans plus tôt, il avait passé deux ou trois soirées dans des stands de tir ouverts aux visiteurs étrangers pour apprendre quelques bases. Il se débrouilla pour retirer le chargeur de l'arme, puis l'amena précautionneusement dans un rai de lumière venu du toit pour vérifier qu'aucune balle n'était engagée dans le magasin. Puis il trouva la sécurité et l'actionna plusieurs fois dans les deux sens pour bien sentir quand elle était enclenchée et quand ce n'était pas le cas. Lorsqu'il fut certain que l'arme ne contenait aucune cartouche et qu'elle était inoffensive, il la posa sur la banquette à côté de lui. Il sortit un chargeur de rechange, plein de cartouches. Puis une paire de lourds cylindres noirs avec des anneaux d'acier fixés à leur sommet.

Il leva les yeux et les planta dans ceux de Marlon. Ni l'un ni l'autre n'avait jamais vu un tel attirail en dehors d'un jeu vidéo, mais Csongor en était assez certain, et l'expression de Marlon le lui confirma : c'étaient des grenades.

« Dites quelque chose si vous êtes toujours vivants », dit Yuxia. La circulation se compliquait, et elle changeait souvent de file.

« Maintenant, on a un revolver et deux grenades. »

Marlon avait pris une des deux grenades et l'examinait. Les côtés du boîtier étaient perforés de larges trous, révélant une structure interne. « Ce ne sont pas de vraies grenades, annonça-t-il. Regardez : pas de shrapnel. Des trous à la place !

– Des grenades incapacitantes ?

– Ou à fumée, ou à gaz lacrymogène. »

Marlon et Csongor communiquaient très facilement tant qu'ils s'en tenaient au vocabulaire des jeux vidéo.

Yuxia intervint. « Csongor est censé nous dire qui il est, rappela-t-elle à Marlon. On pourra expliquer la grenade plus tard.

– Je vais vous expliquer qui je suis, promit Csongor. Mais d'abord dites-moi juste ce qui s'est passé. Que savez-vous du grand Noir ? »

Marlon lui jetait des regards assassins. Csongor comprit qu'il l'avait insulté ou, plus probablement, effrayé, en suggérant qu'il pourrait savoir quelque chose de l'identité du mystérieux tueur. Il regarda Marlon dans les yeux. « Ça pourrait être important, insista Csongor.

– Il vivait en haut avec des types d'Extrême-Occident. On ne l'a aperçu que deux ou trois fois.

– Vous saviez que ces types avaient des AK-47 ?

– Vous me prenez pour qui, mec ?

– OK, pardon. »

Csongor se laissa aller contre le dossier de son siège, espérant soulager la pulsation dans sa tête. Il y eut un silence lourd de sens : leur façon de lui rappeler qu'il avait encore à s'expliquer. « OK, dit-il. Vous connaissez un peu la Hongrie ? »

Ils ne savaient rien sur la Hongrie. Mais ils n'eurent pas le cran de le reconnaître, par peur, peut-être, d'être impolis. Marlon, assez curieusement, évoqua l'équipe olympique de water-polo de 1956. Mais c'étaient là l'alpha et l'oméga de ses connaissances sur la Hongrie.

À chaque fois que Csongor se retrouvait dans un aéroport, il se rendait au kiosque à journaux pour parcourir des yeux les interminables présentoirs de magazines en anglais et en allemand, déconcerté par l'existence de cultures assez majoritaires pour assurer des publications mensuelles dans lesquelles des individus méditaient sur les moindres subtilités du maquillage, des motos de compétition et des trains électriques. Les Hongrois apprenaient ces langues de façon à pouvoir feindre d'appartenir à ce monde lorsque cela leur convenait. Mais leur isolement et leur faible nombre n'étaient rien comparés à ce qu'ils auraient été si la Hongrie avait fait partie de la Chine. Ici, si les Hongrois avaient tout de même survécu, on les aurait sortis et exhibés une fois par an pour faire des démonstrations de danses folkloriques, simplement pour prouver au reste du monde qu'ils n'avaient pas été exterminés. Csongor n'avait jamais entendu parler de la minorité à laquelle appartenait Yuxia, les Hakkas, et pourtant il n'avait pas besoin de consulter Wikipédia pour deviner qu'ils étaient sans doute dix fois plus nombreux que les Hongrois.

Par où commencer ?

« C'est une longue histoire. Je pourrais commencer par la bataille de Stalingrad. Mais... » Il se tut, soupira et réfléchit un instant.

« D'abord, je suis un imbécile qui a fait beaucoup de mauvais choix. »

La Hongrie était un système intégré. Il était vain de rêver à ce qu'elle aurait été, à toutes les décisions nobles et courageuses qu'auraient prises les Hongrois si elle avait été plus étendue et entourée de douves d'eau salée. Il fit une nouvelle pause pour reprendre ses esprits.

Yuxia le regarda dans le rétroviseur.

Marlon fixait sur lui un regard quelque peu incrédule, comme pour dire : *Si toi, t'es un imbécile qui a fait de mauvais choix, qu'est-ce que je suis, moi ?*

Csongor ne put retenir un petit rire. À sa stupéfaction, le visage de Marlon se fendit d'un sourire. Un sourire désinvolte, dur, aguerri, mais incontestablement un sourire. Le jeune homme se tourna vers la vitre pour le dissimuler.

« Et à cause de certains vestiges pourris du passé, dont nous essayons aujourd'hui de nous débarrasser, poursuivit Csongor, j'avais une vie relativement simple et facile tant que je continuais à prendre les mauvaises décisions. Cependant... – il consulta sa montre et constata que l'écran en était brisé et les aiguilles arrêtées – ... il y a environ une demi-heure, j'ai pris la bonne décision et j'ai fait le choix de la justice. Regardez où ça m'a mené. »

Un autre regard nerveux de Yuxia dans le rétroviseur. Csongor comprit qu'il lui fallait expliciter sa remarque. « Dans une voiture avec des individus fort sympathiques. »

C'était mieux, mais il continuait de se prendre les pieds dans le tapis. Pour Csongor, Marlon serait toujours le type qui avait risqué sa vie pour entrer dans un bâtiment en train de s'écrouler afin de sauver un inconnu. Mais ce n'était pas, il le sentait, l'image que voulait donner Marlon. Il avait l'insouciance hâbleuse des skateurs impénitents qui défiaient la mort dans leurs sauts périlleux sur la place Erzsébet-Tér à Budapest, des hackers qui se vantaient de leurs derniers exploits au Defcon à Vegas.

Csongor se corrigea : « Ou au moins une personne sympathique. »

Marlon se retourna et lui sourit de nouveau, puis lui tendit sa main droite. Une espèce de poignée de main complexe de basketteur s'ensuivit. Csongor était pratiquement certain de s'y prendre comme un manche ; les joueurs de hockey d'Europe centrale n'étaient pas adeptes de ce genre de saluts. Mais il n'éprouvait plus cette sensation affreuse qui était autrefois la sienne lorsqu'il tentait de patiner à reculons et il ne se tracassa pas pour sa maladresse.

M. Jones ne prononça plus une phrase en anglais pendant une heure après leur départ. Puis il regarda Zula et dit : « J'abandonne. »

Entre-temps, ils avaient fait deux fois le tour du périphérique qui longeait le littoral de l'île. Zula s'en était étonnée jusqu'à ce qu'elle comprenne que son compagnon – si c'était le bon mot – ne parlait pas un mot de chinois, et qu'il supposait (avec justesse, en l'occurrence) que le chauffeur de taxi ne parlait pas un mot d'anglais ; il avait donc crié le seul mot anglais que tous les chauffeurs de taxi du monde étaient forcés de connaître. Cela pour le faire démarrer. Une fois que le chauffeur avait réussi à s'éloigner à grand renfort de klaxon du chaos qui entourait l'immeuble en flammes, M. Jones avait sorti un téléphone, composé un numéro et tenu une conversation en arabe. Zula avait reconnu l'arabe parce qu'elle l'avait souvent entendu parler lorsqu'elle vivait dans un camp de réfugiés au Soudan. Après un bref échange de nouvelles, qui, Zula le devina, étaient extrêmement surprenantes pour la personne à l'autre bout du fil – car M. Jones s'était vite lassé de préciser que chacun de ses mots était vrai –, il avait passé le téléphone au chauffeur, qui avait écouté les instructions, hoché vigoureusement la tête et dit quelque chose qui devait signifier « oui » ou « je vais le faire ».

M. Jones avait alors échangé quelques dernières phrases laconiques avec son interlocuteur et raccroché. Et le taxi s'était mis à faire des tours de périphérique.

Zula avait posé son coude libre sur le rebord de la vitre du taxi, tournant de temps à autre sa main vers l'extérieur afin de presser les doigts contre le verre teinté. Il y avait quelque chose dans l'environnement manufacturé d'une voiture qui engendrait un sentiment de sécurité complètement bidon.

Lorsque M. Jones dit ces deux mots : « J'abandonne », Zula ouvrit les yeux et sursauta un peu. Se pouvait-il qu'elle se soit endormie ? Drôle de moment pour une sieste. Mais le corps avait des réactions imprévisibles au stress. Et une fois qu'ils s'étaient retrouvés sur le périph, il n'y avait plus eu ni coups de feu ni explosions pour solliciter son attention. L'épuisement l'avait surprise.

« Il était russe, c'est ça ? Le gros ?

– L'homme que vous avez... tué ? »

Elle n'en revenait pas d'entendre sortir de sa propre bouche des phrases comme celle-ci.

De la surprise, puis l'ombre d'un sourire gagnèrent le visage du tireur.

« Oui.

– Exact. Il était russe.

– Les autres aussi. À l'étage. La Spetsnaz. »

Zula n'avait entendu le mot « Spetsnaz » pour la première fois que deux jours auparavant, mais elle connaissait sa signification, à présent. Elle hocha la tête.

« Mais il y en avait trois autres... Pas pareils. » Il leva sa main menottée, entraînant avec elle celle de la jeune femme, et leva son pouce. « Vous. » Son index. « Celui que le gros Russe a tué dans l'escalier. Je crois qu'il était américain. » Son majeur. « Et celui dans la cave qui a essayé de vous protéger.

– Il n'a pas fait qu'essayer.

– Il était peut-être russe aussi – mais pas comme les autres ?

– Hongrois.

– Le gros – il était dans le crime organisé ?

– Plutôt dans le crime désorganisé. Nous pensons qu'il essayait d'échapper à sa propre organisation. Il a fait une bêtise, et une grosse. Il essayait de la cacher, de se rattraper.

– Vous dites "nous". Qu'entendez-vous par là ? »

Avec une torsion, elle leva sa main menottée et fit mine de compter sur ses doigts à son tour.

« Vous trois », dit-il.

M. Jones réfléchit pendant un moment. Son humeur semblait s'améliorer, mais il n'en était pas moins prudent. « Si je vous crois sur parole, alors c'est très différent de ce que j'avais cru au départ.

– Vous aviez cru quoi ?

– Un raid des services secrets, bien sûr. »

L'expression lui était assez familière, vu qu'elle faisait l'objet d'innombrables articles de journaux et de scénarios de films hollywoodiens, mais il la prononça avec une insistance, une inflexion qu'elle n'avait jamais entendues jusque-là : il connaissait ces choses de première main, il avait vu ses amis mourir dans des opérations de ce genre. « Mais si c'est vraiment ce que vous dites… » Il cligna des yeux et secoua la tête, comme pour essayer de dissiper les effets d'un somnifère. « C'est impossible. Stupide. C'était un job des services secrets, pas de doute. En costume.

– En costume ?

– Oui, c'était ce que vous appelleriez un "bal masqué", répliqua-t-il en parodiant l'accent du Middle West américain. Pour pouvoir le nier. » Il reprit son accent britannique naturel, l'accent qu'elle n'arrivait pas tout à fait à situer. « Parce que ça ferait un sacré incident diplomatique d'envoyer un commando militaire en Chine. Mais en s'y prenant comme ça, ils peuvent s'en laver les mains : "Ce n'est pas nous, c'est ces cinglés de la mafia russe, on n'a aucun pouvoir sur eux, on ne pouvait rien y faire." »

C'était tellement convaincant que Zula commençait à le croire elle aussi.

« Quel était votre rôle ? » demanda-t-il.

Zula éclata de rire.

Les yeux de l'homme s'agrandirent légèrement. Puis il rit à son tour. « Les trois, dit-il, en indiquant de nouveau ses doigts. Pourquoi une équipe de tueurs russes infiltrés aurait-elle besoin de trimballer vos "nous trois" ? En les menottant à des tuyaux et en leur collant des balles dans la tête, par-dessus le marché ? »

Lorsqu'il lui rappela ainsi que Peter était mort, Zula s'assombrit brusquement. Elle fut écœurée et choquée en pensant qu'elle était en train de rire quelques instants plus tôt. Ils gardèrent le silence un moment.

« Alors vous, vous créez des virus, c'est ça ? » tenta-t-elle.

Elle découvrit alors l'expression de Jones quand il était complètement interloqué. Ça aurait été plutôt gratifiant si elle n'avait pas été aussi perplexe que lui.

« Les Russes, expliqua-t-elle. C'est pour ça qu'ils – que nous sommes allés dans cet immeuble. Pour trouver quelqu'un qui avait créé un virus.

– Un virus *informatique* », dit Jones, prononçant sa question sur un ton affirmatif.

Zula hocha la tête mais retira de cette mise au point l'impression déstabilisante que le groupe de Jones travaillait peut-être avec d'autres types de virus.

« La création de virus informatiques, ce n'est pas du tout notre rayon, annonça Jones. En même temps, quand j'y réfléchis, ça serait peut-être pas une mauvaise idée de se lancer là-dedans. » Puis il eut un déclic. « Oh ! dit-il. L'appart en bas. Des jeunes avec des ordinateurs. Je me suis toujours demandé ce qu'ils fabriquaient. »

Zula déglutit péniblement et retomba dans le silence. Elle venait de se rappeler une image fugace qui remontait juste avant la fusillade : une pièce de monnaie insérée à l'emplacement du fusible, un croissant de lune et une étoile. Quelqu'un – peut-être Jones en personne – avait placé cette pièce en s'installant dans l'appart vide pour monter un squat.

Tout était sa faute, à elle. Qu'allait donc lui faire Jones lorsqu'il s'en apercevrait ?

« Alors le gros Russe...

– Ivanov.

– Il en voulait royalement à ces branleurs.

– On peut le dire.

– Comment vous vous êtes retrouvée impliquée là-dedans ?

– C'est une longue histoire. »

Jones renversa la tête en arrière et éclata de rire. « Regardez-moi, dit-il. Votre Ivanov m'a forcé à annuler certains arrangements. À établir de nouveaux plans. Du temps, j'en ai à revendre. Et, à moins que je me trompe du tout au tout, vous en avez encore plus que moi. Alors au point où on en est, une longue histoire, je ne demande que ça, vous comprenez ? »

Zula regarda par la vitre du taxi.

« C'est votre seule possibilité de vous en sortir. »

Le nez de Zula se mit à couler, prémices de larmes. Pas parce qu'elle était dans une situation de merde. Cela faisait déjà un moment que c'était le cas. Et sa situation ne pouvait pas être plus merdique qu'elle l'était avec Ivanov. C'était parce qu'elle ne pouvait pas raconter les événements sans évoquer Peter.

Elle fit un effort pour calmer peu à peu sa respiration. Si elle parvenait à prononcer son nom sans craquer, le reste suivrait sans problème.

« Peter », commença-t-elle. Sa voix tressauta comme une voiture sur un dos-d'âne et ses yeux s'humectèrent un peu. « L'homme dans l'escalier. » Elle regarda Jones fixement jusqu'à ce qu'il comprenne.

« Votre galant ?

– Plus maintenant.

– Je suis désolé », dit Jones.

Il n'était absolument pas désolé. Il respectait les convenances.

« Non, je veux dire – pas parce qu'il est mort. » Voilà. Elle l'avait dit. « Pas parce que Peter est mort. » Elle essayait les mots, comme si elle tâtait la fine couche de glace recouvrant un étang, se demandant jusqu'où elle pouvait s'aventurer avant de la sentir craquer sous ses pieds. « Nous avions rompu avant. Le jour où tout a basculé.

– Dans ce cas, ce serait peut-être plus informatif si vous commenciez par ce jour où tout a basculé, vu qu'à ce qu'on dirait, c'est un jour important.

– Nous étions allés faire du snowboard.

– Vous habitez à la montagne ?

– Seattle. En fait, on était à plusieurs heures de route de Seattle, en Colombie-Britannique.

– Comment une fille de la corne de l'Afrique a-t-elle appris à faire du snowboard ? » Car pour un homme tel que Jones, le visage de Zula trahissait tout à fait clairement son origine d'Afrique de l'Est.

« Je n'ai jamais appris. J'accompagnais, c'est tout.

– Votre mec vous traîne dans la montagne pour pouvoir faire du snowboard pendant que vous vous tournez les pouces ?

– Non, je n'accepterais jamais une chose pareille.

– Mais je crois que vous venez de me dire que vous *l'aviez* acceptée.

– J'avais plein de trucs à faire.

– Quoi ? Du shopping ? »

Elle secoua la tête. « Ce n'est pas mon genre. » La question restait sans réponse. « Mon oncle habite là-bas, donc c'était l'occasion de faire une visite de famille. Et j'avais du travail ; j'avais apporté mon ordinateur.

– Votre oncle habite dans une station de ski ?

– Une partie de l'année.

– Vous avez beaucoup de famille en Colombie-Britannique ? »

Elle secoua la tête. « Iowa. Lui, c'est le mouton noir.

– J'aurais pensé que c'était *vous* le mouton noir. »

Zula ne put réfréner un léger sourire.

Jones en fut enchanté.

Elle en fut dégoûtée. Dégoûtée qu'il ait joué si vite la carte de la couleur de peau et que cela ait marché sur elle.

Comment avait-il deviné qu'elle était adoptée ? L'Iowa représentait un fameux indice, c'est sûr. Ça, et son accent.

« Donc les *deux* moutons noirs se retrouvent pendant que Peter fait du snowboard. C'est là que tout a basculé ?

– Non. C'est là que ça a commencé.

– Et ça a commencé comment ?

– Un homme est entré dans le bar.

– Ah, oui ! C'est le début de beaucoup de bonnes histoires. Je vous en prie, continuez. »

Et Zula continua. Si Jones lui avait laissé le temps de considérer les choix qui s'offraient à elle, de réfléchir à la stratégie et à la tactique à adopter, à ce qu'elle devait ou non divulguer, en aurait-elle fait de même ? C'était impossible à dire. Elle se mit à raconter ses souvenirs de Wallace dans la taverne, et le reste de l'histoire suivit comme le sillage d'un bateau. M. Jones l'écoutait attentivement au départ, mais, à mesure qu'elle en arrivait au point où il parvenait à faire lui-même les liens, il se déconcentra et redoubla son activité téléphonique.

Il semblait s'en sortir correctement en arabe, mais il devenait peu à peu évident que ce n'était pas sa langue maternelle ; il parlait lentement, avec des interruptions, et, de temps en temps, en écoutant son interlocuteur, son visage prenait une expression perplexe et il demandait des éclaircissements.

Rien de tout cela ne semblait l'empêcher d'élaborer un plan d'action. La première partie de la conversation avait été hachée, avec beaucoup d'impasses et de soudains retours en arrière. Ou c'est du moins ce que Zula déduisait du ton de la voix de Jones, de ses gestes. Mais soudain, dans les dernières minutes, M. Jones et l'autre homme parurent avoir trouvé un plan qui leur convenait ; il finit par lever les yeux de l'arrière du siège devant lui et se mit à regarder gaiement autour de lui, ponctuant ses phrases de « OK ».

Ils se trouvaient sur la courbe est de l'île. C'était la zone la moins construite, mais personne ne l'aurait confondue avec une réserve naturelle. Une partie de la route était bâtie sur des terres assainies et passait sur le sommet d'une digue, de sorte que l'eau se trouvait juste en dessous de la fenêtre de Zula. Sur d'autres passages, une large plage de sable s'étendait entre la route et le rivage. De temps à autre, la route bifurquait vers les terres, cédant le front de mer à un terrain de golf ou à un complexe résidentiel. Ils tournaient autour de l'île dans le sens des aiguilles d'une montre depuis un long moment – Zula n'avait pas l'heure, mais elle estimait que cela devait faire au moins deux heures. Jusqu'à ce que, suite à une indication donnée par téléphone, le chauffeur fasse demi-tour et prenne la direction du nord, remontant le flanc est dans le sens inverse des aiguilles d'une montre.

« Oh, merde ! dit Yuxia. Il fait demi-tour ?

– Pourquoi ferait-il une chose pareille ? » demanda Csongor.

Question rhétorique.

« Il a peur qu'on le suive », philosopha Marlon.

Ils dépassèrent le taxi, qui s'était rangé dans la voie de décélération centrale et attendait une ouverture dans la circulation venant d'en face. Les vitres arrière étaient si fortement teintées qu'ils ne purent rien voir à travers. Mais le chauffeur était clairement visible, tenant le volant d'une main, pressant un téléphone contre son oreille de l'autre. Et ne leur prêtant pas la moindre attention.

« Pourquoi il parle au téléphone ? » demanda Yuxia. Elle glissa la fourgonnette entre deux voitures et rejoignit la file de gauche.

« Je crois que je me trompe, dit Marlon. Il n'avait pas l'air d'un homme qui pense être suivi. »

Csongor, l'étranger, fut le premier à comprendre la situation. « Il ne parle pas anglais, dit-il. Et Zula et le terroriste ne parlent pas chinois. Il y a quelqu'un qui traduit au bout du fil. »

Yuxia donna un grand coup de frein, déclenchant un furieux concert de klaxons, et prit la voie de décélération suivante.

« Ce qui soulève une question, poursuivit Csongor. Qui aide ce mec ? »

Un vide dans la circulation se présenta fortuitement et, au lieu de s'arrêter complètement, Yuxia traversa la file de gauche et termina son virage sur la bande d'arrêt d'urgence ; elle ralentit un peu pour laisser passer quelques voitures, puis accéléra. Le taxi ne les avait pas distancés de beaucoup ; il avait eu nettement moins de chance qu'eux avec la circulation et, de toute façon, conduisait plus prudemment. Mais, s'ils prenaient la peine de regarder par ces vitres teintées, il était désormais évident que la fourgonnette défoncée les suivait.

Marlon haussa les épaules ; pour lui, la réponse allait de soi. « Il a des amis sur l'île.

– Mais ils sont tous morts.

– Pas tous. Il doit y en avoir d'autres. Dans un autre bâtiment.

– Dans ce cas, pourquoi ils ne sont pas allés directement dans le bâtiment en question ? Pourquoi faire le tour de l'île pendant des heures ?

– Il voulait voir s'il était suivi ! En même temps, on n'a pas été discrets du tout et il ne nous a pas remarqués.

– Comment ça, "pas discrets du tout" ? protesta Yuxia, vexée, déclenchant un bref échange de récriminations en mandarin.

– Il organise quelque chose. Un rendez-vous, ou un échange, poursuivit Csongor sans tenir compte de la dispute. L'arrière du taxi lui sert de bureau.

– Putain, merde ! dit Marlon. J'aurais jamais dû monter dans cette fourgonnette.

– Tu commences seulement à piger ? » demanda Yuxia, encore un peu agacée contre lui.

Marlon se tourna vers Csongor :

« Vous avez dit que vous alliez me déposer quelque part.

– Vous pouvez descendre quand vous voulez. »

Yuxia dit quelque chose en mandarin qui semblait appuyer l'offre de Csongor avec une vigueur considérable.

« C'est sérieux, dit Csongor. Vous m'avez sauvé la vie, ça suffit pour une journée.

– Qui a sauvé la mienne ? demanda Marlon. La mienne, et celle de mes amis ? »

Csongor le regarda sans comprendre.

« En coupant et en rétablissant le courant. Pour nous prévenir.

– Oh ! »

Les événements s'étaient enchaînés tellement rapidement que Csongor avait complètement oublié ce détail. « C'est Zula. » Il fit un signe de tête en direction du taxi, quelque deux cents mètres devant eux.

« Et c'est pour ça que le gros – Ivanov – était tellement furieux, dit Marlon, réfléchissant tout haut. Parce qu'il savait que Zula avait saboté son plan pour nous tuer.

– Oui.

– Je vois. »

Marlon hocha la tête, puis respira un grand coup et se mit à caresser distraitement son menton imberbe. Finalement, il parvint à une sorte de décision et se redressa. « Je n'ai rien fait de mal aujourd'hui. Les flics ne peuvent rien me reprocher.

– Vous oubliez REAMDE, lui rappela Csongor.

– Pour ça, je suis déjà niqué. Mais c'est une goutte d'eau dans ce bordel. Je vais continuer un peu avec vous et voir ce qui se passe.

– Vous serez aux premières loges », dit Csongor.

À chaque fois que la vue était dégagée, M. Jones regardait en direction de l'eau. Zula essayait de suivre son regard. Mais il n'y avait pas grand-chose à voir. Juste en face, de l'autre côté d'un étroit chenal, assez près pour qu'un bon nageur puisse l'atteindre en quelques heures, la plus petite des deux îles taïwanaises. Peut-être était-ce pour cette raison que la côte était si nue et le trafic maritime si clairsemé. En l'espace de quelques minutes, leur orbite les éloigna de ce fragment de terre étrangère. Un promontoire plus large, plus construit, apparut sur leur droite, et ils commencèrent à voir davantage de trafic maritime, car le chenal, large maintenant de moins de deux kilomètres, séparait à cet endroit Xiamen d'une autre partie de la République populaire. La route s'écartait de la côte pour faire place à un terminal portuaire bâti sur des marais réhabilités, parfaitement identique, aux yeux de Zula, à celui d'Harbor Island à Seattle, avec les mêmes équipements et les mêmes noms peints sur les conteneurs. Une série d'immenses complexes résidentiels bordaient la route du côté terre. Puis la mer rejoignait de nouveau la route, et toute la circulation était orientée sur une section route suspendue/pont qu'ils avaient déjà empruntée à plusieurs reprises ; elle traversait une anse, un bras de mer qui pénétrait le pourtour circulaire de l'île et venait faire méandre en son sein.

En regardant par la vitre tandis qu'ils roulaient à bonne vitesse sur le pont, M. Jones vit quelque chose. Apparemment, il regardait fixement un bateau de pêche chinois typique qui s'était écarté du gros de la troupe des caboteurs et passait sous le pont pour rejoindre l'anse : une longue chaussure plate sur l'eau, avec une cabine sur le dessus, vers la poupe, et une cargaison arrimée sur le pont à l'avant. Un homme s'était hissé sur le sommet d'un des tas et se tenait là, les coudes levés de chaque côté de son visage ; Zula s'aperçut qu'il les observait avec des jumelles. Ses coudes retombèrent, et il fit un geste qu'elle reconnut : celui de sortir un téléphone et de le porter à son oreille.

Celui de M. Jones sonna. Il répondit et écouta pendant quelques instants. Ses yeux pivotèrent et vinrent se fixer sur la nuque du chauffeur de taxi. Après avoir écouté une longue tirade, il dit : « OK », et lui passa de nouveau le portable.

Ils quittèrent le périphérique à la sortie suivante.

« Un bateau, dit Yuxia, levant le pied de l'accélérateur et se préparant à prendre la sortie. Ils vont prendre un bateau. Tout s'explique.

– Ne les suis pas de si près ! protesta Marlon.

– Ça ne fait rien, dit Csongor. Ils ne regardent même pas. Réfléchissez. Tous les Russes sont morts. Et s'ils étaient suivis par les flics, il y a belle lurette qu'ils se seraient fait arrêter, pas vrai ? Le fait qu'ils n'aient pas encore été arrêtés leur prouve que personne ne les suit.

– Mais dans très peu de temps, ça va se voir comme le nez au milieu de la figure, insista Marlon. Et on sait que le Noir est armé, et s'il a des amis sur un bateau, ils seront sans doute armés eux aussi. »

Il jeta un coup d'œil nerveux au revolver que Csongor avait laissé, sans le charger, sur la banquette.

Était-il nerveux parce qu'il y avait un revolver ?

Ou parce que Csongor ne l'avait pas encore chargé ?

C'était une question que Csongor devait commencer à se poser.

Le taxi fit quelques centaines de mètres sur une large quatre-voies qui semblait avoir été construite sans raison précise, car elle traversait des marais réhabilités, parfaitement plats, à quelques mètres seulement au-dessus du niveau de la mer. Une terre complètement stérile : de la vase qui avait été draguée du canal, trop salée ou trop polluée pour accueillir faune ou flore. Bien vite, cependant, ils prirent une petite rue en sens inverse qui traversait une espèce de cité naissante, dessinée et planifiée mais pas encore réalisée. De là, ils débouchèrent sur la route qui longeait le rivage de l'anse. Zula avait perdu le sens des directions dans la dernière série de virages, mais elle aperçut alors le pont qui traversait l'embouchure du bras de mer, celui qu'ils venaient de traverser.

Au plus large, l'anse faisait peut-être presque un kilomètre d'une rive à l'autre. Docks et marinas clairsemés affleuraient sur la côte, mais le trafic maritime était minimal. Après une nouvelle conversation téléphonique, le taxi tourna derechef en direction d'un groupe d'immeubles en construction le long du littoral, reliés par des passages piétons qui surplombaient les hauts-fonds par un système de pilotis. Visiblement, l'intégralité du complexe était en travaux, ou alors s'agissait-il d'un lotissement abandonné par manque de moyens. À côté, une jetée large et robuste, jonchée de palettes vides, avançait dans l'anse. Jones passa sa main libre par-dessus le siège avant et indiqua cette direction au chauffeur du canon de son revolver. Le taxi ralentit presque jusqu'au point mort, et le chauffeur, nerveux, protesta faiblement.

M. Jones indiqua de nouveau la même direction, avec insistance, et retira sa main. Puis, s'assurant bien que le chauffeur le voyait dans le rétroviseur, il défit la sécurité du revolver et le posa sur son genou, visant le milieu du dos du chauffeur à travers le siège.

L'homme s'empressa de tourner sur la jetée, qui était assez large pour accueillir trois véhicules comme le sien de front. Il avançait au ralenti. Le bateau transportant les amis de Jones se dirigeait droit sur eux, suivi d'un sillon considérable.

« OK. Stop ! » lança Jones.

Suivre le taxi n'était plus nécessaire, car il s'était immobilisé sur la jetée. Yuxia gara la fourgonnette dans un espace entre deux immeubles donnant sur le front de mer, à quelque deux cents mètres, d'où ils pouvaient espionner les opérations en restant à demi cachés. Manifestement, il attendait quelque chose, et, manifestement, ce quelque chose était un bateau, et le candidat le plus probable, de loin, cabotait tranquillement juste devant eux dans l'anse, bien en évidence, transportant plusieurs jeunes passagers de sexe masculin beaucoup trop habillés, ce qui était suspect par ce temps lourd et étouffant.

Csongor poussa un grand soupir qui se termina en éclat de rire. Il ramassa le pistolet semi-automatique. Il y avait deux chargeurs. Il en glissa un dans sa poche, puis fourra l'autre dans la crosse de l'arme jusqu'à entendre un déclic.

Marlon et Yuxia l'observaient attentivement.

« En anglais, quand il faut tout le temps se mettre en quatre pour une petite amie super exigeante, on dit que c'est une *high-maintenance girlfriend*, que c'est un sacré boulot de la garder, dit Csongor. Là, bien sûr, Zula n'est pas ma copine. Et ne le serait sans doute jamais, même sans tout ce chaos. Mais si c'était *vraiment* ma copine ? Elle ne serait pas du tout *high-maintenance*. Ce n'est pas du tout son genre. N'empêche. À cause des circonstances, aujourd'hui, c'est la fille la plus *high-maintenance* depuis Cléopâtre. »

Si ce revolver fonctionnait normalement, il lui restait une chose à faire : reculer la glissière pour chambrer la première cartouche du magasin qu'il venait d'installer. Il s'exécuta. L'arme était prête à faire feu.

« Qu'est-ce que tu vas faire ? demanda Marlon avec un sang-froid admirable.

– Je vais m'approcher à pied, à moins que vous ne vouliez m'avancer, et je vais buter ce mec », dit Csongor. Il posa la main sur la poignée de la portière et tira un petit coup. Mais, à cause des dégâts subis plus tôt, elle ne céda pas facilement. Avant qu'il parvienne à la faire bouger, Yuxia avait démarré le moteur et commencé à sortir en marche arrière de leur cachette.

« Je vais t'avancer », dit-elle. Mais Csongor soupçonnait qu'elle cherchait simplement à compliquer les choses. Et de fait, sa phrase suivante fut : « Pourquoi on n'appelle pas le BSP ?

– Allez-y si vous voulez, dit Csongor, mais dans ce cas je vais passer beaucoup de temps dans une prison chinoise.

– Mais tu n'es pas un méchant », dit vivement Yuxia.

Marlon renâcla avec mépris et, en mandarin, donna à Yuxia un aperçu de sa pensée sur (supposa Csongor) l'aptitude du système judiciaire chinois à faire la distinction entre les bons et les méchants en temps normal, et plus encore lorsque le gentil était un étranger présent illégalement dans le pays, relié à des gangsters étrangers assassins, avec ses empreintes de pied partout dans la cave d'une planque de terroristes qui s'était effondrée, et ses empreintes digitales partout sur une cache d'armes et de briques de billets. Du moins, c'est ce qu'imagina Csongor ; mais, vers la fin de son laïus, Marlon se mit également à se désigner lui-même, ce qui laissait penser que le sujet s'était déplacé sur sa propre culpabilité. Et, comme si cela ne suffisait pas, il pointa un doigt ou deux vers Yuxia. Car pendant leurs tours de périphérique, Yuxia leur avait expliqué comment elle avait menotté un pauvre serrurier au volant, tout en racontant des bobards au flic du quartier.

En tout cas, les propos de Marlon finirent par faire mouche assez profondément pour que Yuxia soit obligée de garer la fourgonnette sur le bord de la route et se mette à pleurer en silence pendant quelques instants. Csongor était à la fois reconnaissant envers Marlon pour son acuité et désolé de l'effet produit sur Yuxia.

Mais juste au moment où Csongor profitait de ce rare moment de faiblesse de la part de la conductrice en tentant de nouveau d'ouvrir la portière, une puissante accélération le rabattit contre son siège : elle était repartie en trombe.

Marlon lui hurla quelque chose, et Csongor devina la signification de ses mots : *Qu'est-ce que tu fabriques ?*

Toutes ces secousses violentes firent craindre à Csongor une décharge accidentelle du revolver. Il enclencha la sécurité.

Marlon repassa à l'anglais et se tourna vers lui. « Je voudrais descendre de cette voiture.

– Très bien », dit Csongor.

Il fourra le Makarov dans une poche latérale de son pantalon, puis fit de nouveau mine d'ouvrir la portière.

« Je croyais que tu voulais aider la fille qui t'a sauvé la peau, dit Yuxia avec un regard assassin par-dessus son épaule.

– Je le veux. Peut-être d'une manière moins débile. »

Csongor avait réussi à ouvrir la portière latérale de la fourgonnette. Marlon se releva péniblement, gardant le dos voûté pour éviter de s'ouvrir le cuir chevelu contre le métal coupant du toit crevé. Il sortit son téléphone et sa batterie de sa poche et les réassembla. Il laissa tomber le tout dans le porte-gobelet à côté de Yuxia. Dans le même mouvement, il s'empara du téléphone et de la batterie de la jeune femme, que Csongor avait laissés là, et les mit dans sa poche. Yuxia, s'inclinant devant l'inévitable, ralentit enfin. Marlon pivota sur un pied, enjamba Csongor et attrapa une petite liasse de billets dans le sac ouvert. Il la leva à son visage et la coinça entre ses dents, puis il sauta de la fourgonnette, à reculons, cognant le siège à côté de celui de Csongor en tombant à demi. Il tituba et roula dans la poussière sur le bord de la route et disparut à l'arrière tandis que Yuxia reprenait de la vitesse.

Csongor remarqua que l'une des deux grenades incapacitantes était manquante. Il mit celle qui restait dans la poche de sa veste. Il ne savait plus où ils se trouvaient : ils longeaient une rue désolée bordée de petits commerces qui semblaient tous en rapport avec la mer, ce qu'il n'apprit pas par une observation attentive, mais par des aperçus fugaces et des odeurs d'étincelles, de fumée, de poisson, de térébenthine, d'essence. Mais soudain ils traversèrent un terre-plein invisible qui donnait sur une autre propriété, et les immeubles disparurent pour révéler une voie dégagée qui donnait sur la jetée. Le taxi attendait encore et le bateau était presque arrivé.

Jones ne pouvant pas se montrer à l'extérieur du taxi, ils restèrent assis, moteur allumé, pendant plusieurs minutes, regardant l'approche du bateau. Le chauffeur de taxi, immobile, regardait droit devant lui; de la sueur dégoulinait sous ses cheveux courts et le long de sa nuque. Zula savait, bien sûr, que, à eux deux, ils auraient peut-être pu triompher de Jones, ou au moins le neutraliser suffisamment longtemps pour que le chauffeur puisse s'enfuir et avertir des secours. Mais il aurait fallu qu'ils puissent communiquer – or, avec Jones assis si près, tout ouïe, cela aurait été impossible même s'ils avaient eu une langue en commun.

Le bateau glissa jusqu'au bout de la jetée et coupa ses moteurs. Le pilote avait estimé les distances à la perfection et il s'arrêta naturellement juste devant eux. La différence d'altitude entre la surface de la jetée et le pont du bateau n'était que de quelques dizaines de centimètres: un obstacle mineur, visiblement, pour trois hommes qui sautèrent à quai et s'approchèrent du taxi. L'un d'entre eux passa du côté conducteur et laissa voir au chauffeur la crosse d'un revolver qui dépassait de la poche de son pantalon. Puis il fit un petit signe de tête pour lui dire: *Sortez.* Le chauffeur déverrouilla sa portière, et l'homme armé l'ouvrit en grand. Avec des gestes saccadés, le chauffeur pivota sur son siège, posa les pieds par terre et regarda l'autre dans l'attente de nouvelles instructions.

Un deuxième homme se colla contre la portière côté passager. Le troisième fit le tour, ouvrit la portière de Jones et le salua en arabe. Jones répondit de même tout en cherchant la main de Zula. Il entrelaça ses doigts aux siens puis l'entraîna vers l'extérieur.

Monter sur ce bateau – le prochain épisode, visiblement – paraissait épouvantablement contre-indiqué à Zula. De sa main libre, elle s'agrippa à la poignée de la portière, s'arc-bouta et refusa de suivre le mouvement.

Jones s'arrêta sur le seuil et lui dit: « Oui, on peut faire ça avec des cris et des coups de pied. On est *quatre*. Quelqu'un *pourrait* remarquer, quelqu'un *pourrait* avertir le BSP. Le BSP *pourrait* répondre et *pourrait* arriver suffisamment tôt pour parvenir à distinguer un bateau, dans le lointain, parmi des dizaines de milliers de bateaux identiques. Mais vous devez comprendre, Zula, que c'est très serré, tout ça. Nous avons peu de marge d'erreur. Nous ne pouvons pas nous permettre de prendre plus d'un certain nombre de passagers récalcitrants. Si vous ne lâchez pas cette fichue poignée pour nous suivre gentiment, on va fourrer le chauffeur de taxi dans le coffre de son véhicule et on va le pousser dans la flotte. »

Zula lâcha la poignée et reprit la main de Jones. Elle glissa latéralement sur la banquette jusqu'à atteindre l'endroit où elle pouvait pivoter sur ses fesses et orienter ses pieds vers la portière. Jones était fort, et elle apprit qu'elle pouvait compter sur la fermeté de sa prise. Elle enveloppa son avant-bras de sa main libre et exécuta une espèce de traction pour sortir les pieds du taxi. Lorsqu'elle se redressa sur le sol de la jetée, elle le surprit à regarder, avec moins d'étonnement que de simple curiosité, une forme qui s'approchait d'eux par la route.

À cet instant – car le fonctionnement du cerveau a sa logique étrange – Zula le reconnut soudain : c'était Abdallah Jones, un terroriste d'envergure internationale. Elle en avait entendu parler dans les journaux.

Suivant le regard d'Abdallah Jones, Zula tourna la tête juste à temps pour voir une fourgonnette débouler à toute vitesse et enfoncer le pare-chocs du taxi.

Sokolov procéda à un inventaire. Pendant le combat, on avait tendance à se défaire des objets à une vitesse phénoménale, et c'est pourquoi lui et tous ceux qui exerçaient la même profession que lui attachaient presque systématiquement les choses vraiment essentielles directement à leur corps. Moins d'une heure plus tôt, dans la cave de l'immeuble, il avait retiré son costume de retraité chinois adepte de la pêche à la ligne pour revêtir un survêtement noir, des tennis noires, des genouillères en dur, un suspensoir d'athlétisme avec une coque en plastique pour protéger ses organes génitaux, et une ceinture avec le holster Makarov et quelques cartouches supplémentaires. Un volumineux coupe-vent recouvrait un harnais noir doté d'un gilet pare-balles et d'un filet auquel il avait suspendu tout un assortiment de couteaux, torches, colsons et autres outils dont il se pensait susceptible d'avoir besoin. Sur son dos, il portait une gourde CamelBak pleine d'eau. Pourquoi prendre de l'eau pour une mission censée durer quinze minutes ? Parce qu'un jour, en Afghanistan, il était parti pour une mission de quinze minutes qui avait duré au final quarante-huit heures, et lorsqu'il était rentré à la base, ayant tout juste réussi à se maintenir en vie en buvant sa propre urine et en suçant le sang de rongeurs et de petits volatiles, il avait fait le vœu de ne plus jamais manquer d'eau.

Il dénoua le sac-poubelle qu'il avait pris dans le bureau. Il devait faire des mouvements minuscules pour éviter de montrer à la foule alentour que la bâche sur la charrette cachait un être vivant. Il tâta l'intérieur du sac, reconnut les divers boîtiers électroniques, puis trouva le sac à main de cuir mou et spongieux.

La plupart des objets qu'il contenait ne présentaient qu'un intérêt nul ou minime. Par exemple, il y avait une capote ; il pensa d'abord l'ajuster sur le canon de son Makarov pour l'empêcher de s'encrasser, mais cela n'avait plus beaucoup de sens à présent. Il trouva, en revanche, un portefeuille, avec une carte d'identité officielle portant une photo qui correspondait plus ou moins au visage de la femme d'apparence chinoise qui parlait le russe – l'espionne – qu'il avait vue dans le bureau. C'était donc un de ces cas où un aspect en apparence des plus insignifiants de l'industrie de la mode féminine avait des conséquences profondes, au moins pour Sokolov. Car, si le propriétaire de ce portefeuille avait été un homme, il en aurait transporté le contenu sur lui et serait parti avec. Mais les vêtements pour femme n'ayant aucune indulgence pour ce genre d'objets, tout allait dans le sac à main.

La photographie se trouvait du côté droit de la carte d'identité. Un numéro de série, en chiffres arabes, était inscrit sur la dernière ligne. L'espace restant était occupé par une série de rubriques dont le titre était inscrit en bleu et le renseignement en noir. La première rubrique se constituait de trois caractères : il supposa qu'il s'agissait du nom de la femme. En dessous, deux autres rubriques, disposées sur la même ligne car elles ne comportaient qu'un seul caractère chacune. Il supposa que l'une des deux devait être le sexe. En dessous, trois rubriques sur la même ligne, avec des renseignements en chiffres arabes. Le premier était « 1986 », le second « 12 » et le dernier « 21 » : sa date de naissance, à n'en pas douter. La dernière rubrique était beaucoup plus longue et constituée de caractères chinois qui prenaient une ligne et demie, avec encore de la place en dessous. Il devait s'agir de l'adresse.

Il sortit de son gilet un carnet et un crayon et entreprit de recopier l'adresse. À cause de sa position inconfortable dans la charrette cahotante, cela lui prit un long moment. Mais il n'avait rien de mieux à faire pour l'instant.

Dans le sac, il trouva également un téléphone portable : bien sûr, il l'explora en quête de photos ou d'autres renseignements de ce type. Il ne s'attendait pas à faire de grandes découvertes. Si la femme était un tant soit peu qualifiée dans son boulot d'espionne, elle devait prendre les précautions les plus drastiques avec un appareil comme celui-ci. Effectivement, le nombre de photos était relativement bas, et il s'agissait surtout d'immobilier, apparemment. La plupart des photos montraient des immeubles, situés pour la plupart dans le pâté de maisons où s'étaient déroulés les événements de la matinée. Mais sur quelques images, on voyait un immeuble résidentiel dans un quartier pentu et très arboré. Parmi celles-ci, quelques clichés de l'intérieur d'un appartement vide, et le panorama de sa fenêtre : vu de l'autre côté de l'eau, le centre-ville de Xiamen.

Tout cela était fort divertissant, mais il fallait qu'il se décide sur la conduite à suivre lorsque le charretier l'aurait enfin déposé à l'hôtel. Car à présent, ils avaient rejoint le grand boulevard qui longeait le front de mer et, de là, ils allaient rouler plus vite. Sokolov ouvrit son portable et rafraîchit sa mémoire des lieux en examinant les photos qu'il avait prises deux jours plus tôt. Cela ne lui fut pas d'un grand secours : les photos représentaient l'entrée principale d'un énorme et luxueux hôtel d'affaires de style occidental, et en tant que tel impossible à distinguer de ses équivalents à Moscou, Sydney ou LA.

Il continua d'examiner les douze mêmes photos dans tous les sens, dans l'espoir de trouver un indice utile. La plupart des gens qui traînaient dans l'entrée étaient, bien sûr, des porteurs et des chauffeurs de taxi. Les clients entraient et sortaient. Certains étaient vêtus de costumes stricts, d'autres en touristes, décontractés. Il ne vit pas trace d'un commando en survêtement.

Cependant, quelque chose dans cette idée de *survêtement* le tracassait. Il se repassa plusieurs fois la série avant de trouver ce qu'il cherchait : un homme qui entrait dans l'hôtel. Il apparaissait sur deux photos successives. Dans la première, sa jambe et son bras nus mordaient tout juste sur la photo. Dans la seconde, il adressait un signe de tête à un porteur tout sourire qui lui tenait la porte. L'homme avait sans doute une petite quarantaine, grand, mince, blond avec un début de calvitie ; il était vêtu d'un grand short léger et d'un débardeur défraîchi estampillé du logo d'une équipe de triathlon. Des tennis venaient compléter l'ensemble. Il avait une banane autour de la taille, avec une bouteille d'eau suspendue dans un filet noir.

Sokolov transportait trois couteaux, dont l'un comportait un crochet recourbé au bout de la lame, afin de fendre rapidement n'importe quel tissu. Avec de petits mouvements nerveux, il l'enserra dans le tissu de son survêtement à mi-cuisse et pratiqua une découpe circulaire, détachant la plus grande partie d'une des jambes de son pantalon. Il répéta la même procédure de l'autre côté. À présent, il espérait pouvoir faire croire qu'il portait un short de sport. Avec un soin extrême, il retira son coupe-vent, son harnais et son ceinturon. En haut, il ne portait plus qu'un tee-shirt.

Il aplatit le CamelBak du mieux qu'il put. Il s'agissait d'un sac de nylon balistique, à peu près de la taille d'une miche de pain, avec un bouchon circulaire. Le bouchon était large – environ comme la paume de sa main –, ce qui rendait le remplissage plus facile. Il jeta dedans le portable de la femme, sa carte d'identité et presque tout le contenu de son portefeuille – tout ce qui pouvait être utilisé pour l'identifier. Cela se résumait à quelques cartes de crédit et bouts de papier et ne prenait pas beaucoup de place. Il y ajouta son petit carnet et deux de ses couteaux. Il retira la glissière du Makarov et jeta dedans toutes les parties du revolver, ainsi que deux chargeurs qu'il gardait dans son ceinturon. Il bourra le volume restant de billets, en partie parce qu'il pouvait en avoir besoin, en partie pour le gonfler comme s'il était plein d'eau. Puis il referma le bouchon du CamelBak.

Bien pliée dans une poche de son gilet, il avait une serviette – la moitié d'une couche, en fait, suffisamment élimée pour pouvoir être compressée en un petit paquet. C'était encore une chose dont il avait appris à ne jamais manquer. Il la sortit de son compartiment et la coinça dans l'élastique de son survêtement.

Il fourra le reste de ses affaires dans le sac-poubelle. Il bougeait un peu moins furtivement désormais car le charretier avait tourné dans une rue moins animée. Sokolov avait gardé un colson qu'il employa pour fermer le sac.

Il risqua un coup d'œil sous la bâche et aperçut la tour de l'hôtel à quelque deux cents mètres devant eux.

Même si son déguisement de joggeur était parfait, il n'avait guère intérêt à sauter de sous une bâche à l'arrière d'un chariot au vu et au su des porteurs, ni de quiconque, d'ailleurs. Et il fallait encore qu'il se débarrasse du sac-poubelle. Il ouvrit de nouveau son portable et examina une nouvelle fois ses clichés.

L'autre jour, après avoir observé cet hôtel, ils étaient partis en reconnaissance de l'autre côté de la rue, vers le front de mer. La plus grande partie était construite de terminaux de ferrys noirs de monde mais, plus au nord, il subsistait une zone de quais miteux et des portions de littoral à l'abandon. Il trouva une photo de cc niveau du front de mer et attira l'attention du charretier en le sifflant.

Ils se regardaient par un petit espace sous le rebord de la bâche. Sokolov lui fit signe de tendre la main et il s'exécuta. Sokolov lui passa le téléphone. Le charretier le sortit et l'examina pendant quelques instants puis hocha la tête et le glissa de nouveau sous la bâche. Sokolov l'inséra dans une petite pochette extérieure du CamelBak.

Il avait trouvé une position qui lui permettait de regarder par-dessous la bâche et de garder un œil sur leur direction. Ils quittèrent la circulation dense du boulevard et prirent une plus petite rue qui longeait le front de mer, plus calme, entre la route principale et le littoral. Il y avait étonnamment peu de passage. Il entendait le clapotis de l'eau et la puanteur inimitable des quais chatouillait ses narines. Il se risqua à tirer un peu le rebord de la bâche, mais le charretier, sans se retourner, secoua la tête et prononça une espèce d'avertissement qui immobilisa Sokolov. Quelques secondes plus tard, un cycliste les dépassa.

Mais un instant après, le charretier tourna sur une rampe qui descendait jusqu'à un quai branlant, arrêta la charrette et alluma une cigarette. Après avoir fumé pendant environ une minute, il écarta brusquement la bâche et marmonna quelque chose.

Sokolov bondit sur le sol, tirant le sac-poubelle derrière lui. Il exécuta une pirouette à trois cent soixante degrés, scrutant toutes les directions en quête de témoins. N'en voyant aucun, il pivota de nouveau sur lui-même, plus vite, et lâcha le sac-poubelle. Il vola à environ quatre mètres et coula dans une eau qui ne lui serait probablement pas arrivée à mi-cuisse s'il avait eu l'imprudence insigne de s'y aventurer. Mais cela suffisait pour dissimuler parfaitement le sac, car l'eau n'était pas franchement limpide, et le sac était noir.

Tournant le dos au plouf ! Sokolov remarqua que le charretier avait déjà découvert son pourboire qui l'attendait au fond de la charrette : une autre brique de billets magenta. Elle disparut instantanément dans le pantalon de l'homme. Il dit quelque chose à Sokolov. Merci, sans doute. Sokolov l'ignora et se mit à courir au petit trot. En moins d'une minute, il était de retour sur le front de mer. Il se dirigea vers la tour de l'hôtel, allongeant le pas entre deux zones d'ombre, en s'efforçant de ne pas prêter attention au rugissement des sonnettes d'alarme qui se déclenchaient dans sa tête. Car il avait passé toute la journée à espérer que personne ne le verrait. Or, à présent, un millier de personnes l'observaient, le montraient du doigt, le remarquaient et s'étonnaient de sa présence. Mais ils ne le faisaient pas parce qu'ils savaient qui il était ou ce qu'il était – il ne cessait de se le répéter. Ils l'auraient fait de n'importe quel joggeur occidental assez fou pour sortir dans le soleil de midi.

Olivia descendit jusqu'au rez-de-chaussée avant de réaliser pleinement qu'elle était pieds nus. L'explosion lui avait arraché ses chaussures. Elles étaient dans le bureau avec le chien de guerre russe.

Dans une hypothétique course de vitesse entre Olivia pieds nus et Olivia sur ses talons hauts d'*executive woman*, sur le sol inégal et jonché de gravats, il était difficile de dire laquelle aurait eu la meilleure chance de l'emporter. Cela dépendait sans doute du temps qu'il faudrait à l'Olivia déchaussée pour marcher sur un morceau de verre et s'ouvrir le pied. Pas très long, ce temps, à moins de faire preuve d'une prudence extrême.

L'immeuble possédait une façade ancienne qui faisait face à celle du bâtiment qui venait d'exploser et, de l'autre côté, une nouvelle façade, encore en construction, qui donnait sur un futur quartier commerçant. Les travaux compliquaient l'accès à la deuxième façade, mais elle savait comment l'atteindre, car ses formateurs à Londres lui avaient bien inculqué la leçon: elle devait systématiquement connaître toutes les issues d'un bâtiment. Au lieu d'emprunter la sortie principale qui s'offrait à elle au risque de déboucher sur une zone couverte de verre brisé jusqu'à hauteur de chevilles, elle fit demi-tour et emprunta l'itinéraire qu'elle avait déjà repéré pour dépasser la zone de travaux. Celui-ci changeait d'un jour à l'autre: des barrières temporaires étaient érigées puis retirées entre les magasins et bureaux que les travailleurs construisaient. Aujourd'hui, cependant, ils avaient laissé toutes les portes ouvertes en s'enfuyant du bâtiment, et Olivia n'eut qu'à suivre la lumière du jour en regardant bien où elle mettait les pieds afin d'éviter les clous.

Il n'y en avait pas. Les ouvriers du bâtiment, en Occident, laissaient peut-être traîner des clous, mais, visiblement, pas les Chinois.

Elle parvint donc sans encombre du côté relativement épargné du bâtiment, qui donnait sur le rebord d'un cratère artificiel de plusieurs centaines de mètres de diamètre, gardé par des clôtures temporaires. Les gens qui visitaient la Chine parlaient souvent d'une « forêt de grues », mais, en l'occurrence, on aurait plutôt dit une savane: un terrain très découvert que n'occupaient que quelques grues très espacées. Sa faune naturelle se constituait d'ouvriers du bâtiment, et, pour l'heure, environ vingt-cinq d'entre eux regardaient, l'air horrifié, dans sa direction.

Non, pas dans sa direction: ils la regardaient, elle.

Les théoriciennes du féminisme s'opposeraient sans doute aux conservateurs sur la question de savoir si la tendance des femmes à être extrêmement sujettes aux complexes pour ce qui concerne leur apparence est un trait naturel – le résultat de forces darwinistes – ou une habitude arbitraire, construite socialement. Quelle qu'en soit l'origine, c'est un fait que, lorsque Olivia se trouva nez à nez avec un grand nombre d'hommes inconnus qui l'observaient, elle fut remplie de complexes qu'elle n'éprouvait pas quelques instants auparavant. À défaut de miroir, elle passa ses mains sur son visage et dans ses cheveux. Elle s'attendait à les trouver couvertes de poussière. Mais elles étaient luisantes et rouges.

Oh merde !

Elle n'était pas du genre à s'évanouir et elle doutait que les blessures lui coûtent une grande quantité de sang. La voix d'un de ses profs de secourisme lui revint : *Si je prenais un petit verre de jus de tomate et que je vous le jetais à la figure...* Mais il n'était pas question pour ces mecs de laisser une femme pieds nus, en sang, courir seule les rues. Deux hommes s'élançaient déjà vers elle, les mains tendues d'une façon qui, en d'autres circonstances, aurait semblé peu élégante. Ce qui, dans un contexte occidental, aurait été considéré comme un environnement hostile s'anima bien vite, et plusieurs mains puissantes passèrent sur elle, l'aidèrent à s'asseoir sur une chaise qui apparut comme par magie, tâtèrent son cuir chevelu en quête de bosses et de lacérations. Trois différents kits de premiers secours s'ouvrirent à ses pieds ; des hommes plus âgés et plus sages commencèrent à émettre des objections sur leur usage exagéré, disaient-ils, de tout ce matériel : ils laissaient entendre, non sans mélancolie, que les autres ne s'agitaient ainsi que parce qu'Olivia était une jolie fille. Un jeune homme particulièrement fringant dérapa à ses pieds, à genoux (il portait des genouillères), et, tel le prince à la dernière page de *Cendrillon*, lui passa une paire de tongs.

Il était tout à fait exclu de faire venir une ambulance pendant cette pause d'une demi-heure : ils passèrent deux tiges de bambou à travers les pieds de sa chaise, les coincèrent solidement et transformèrent le tout en un palanquin artisanal dans lequel ils portèrent Olivia, telle une jeune mariée juive, sur le rebord du cratère, jusqu'à un endroit où il était possible de trouver un taxi. Le trajet fut plaisant, ne serait-ce que parce qu'Olivia ne pouvait pas s'empêcher de penser aux Anglais qui l'avaient formée au MI6, qui avaient tant insisté sur la nécessité d'éviter toute situation qui risquerait d'attirer l'attention sur elle. Par chance, elle avait tellement de pansements autour de la tête que personne n'aurait été capable de la reconnaître dans un groupe de mères ou de victimes de l'incendie.

Le taxi fit un bond en avant et disparut au bout de la jetée. L'effet sonore qui s'ensuivit – un bruit de collision plutôt qu'un plouf ! – apprit à Zula qu'il avait percuté le pont du bateau.

La fourgonnette s'immobilisa pratiquement, ce qui permit à Zula de bien voir à travers le pare-brise – aussi bien que possible, du moins, car il était couvert de poussière et la collision l'avait fissuré en forme de toile d'araignée. Derrière le volant, elle ne vit rien d'autre qu'un ballon blanc : l'airbag. Mais elle était certaine que juste avant l'impact, de façon presque subliminale, elle avait entraperçu le visage de Yuxia.

La camionnette continua d'avancer, passa à moins d'un mètre de Zula, et elle eut alors une vue directe, par la fenêtre, du profil de Yuxia. L'airbag se dégonflait et se détachait de son visage, mais elle regardait droit devant elle d'un air vide, assommée par l'impact, et elle devait encore appuyer sur l'accélérateur. « Yuxia ! » cria Zula, et elle crut la voir s'agiter ; mais la fourgonnette accéléra et suivit le taxi dans sa chute au bout de la jetée.

Elle ne disparut pas complètement, toutefois. Les véhicules commençaient à s'accumuler sur le pont du bateau, et seul le nez de la fourgonnette atterrit, tandis que les roues arrière se projetaient en l'air.

Ce n'était pas un spectacle auquel on assistait tous les jours, et il retint l'attention de tous : Zula, Abdallah Jones, ses deux complices survivants (car l'homme situé du côté conducteur, penché à l'intérieur du taxi au moment de l'impact, avait eu moins de chance : il reposait, inanimé, sur la jetée) et le chauffeur de taxi. Il s'écoula donc un laps de temps étrangement long avant qu'ils ne prennent pleinement conscience qu'un nouveau participant les avait rejoints. Avant de s'être même retournée pour voir son visage, Zula le reconnut, dans sa vision périphérique, à la seule forme de son corps : Csongor. Il s'avançait, titubant, vers elle et Jones. Il était bien amoché et produisait un effort manifeste pour s'extraire d'une espèce d'hébétude consécutive au choc. Il avait dû sauter du véhicule juste avant l'impact. Zula esquissa le geste de lever les bras pour l'enlacer, mais elle ravala son impulsion en sentant la chaîne des menottes se tendre. Csongor cherchait quelque chose dans la poche de son pantalon.

Une secousse douloureuse envahit le poignet de Zula lorsque la main de Jones se leva en travers de son corps. Il passa le dos de sa main devant son sein droit et fourra ses ongles mal taillés dans l'interstice entre son aisselle et le haut de son bras droit : l'acier de la menotte lui entra dans la chair. Puisque son bras gauche n'avait d'autre choix que de suivre le droit, il finit en travers de son ventre, en biais.

Il referma la main sur le biceps de Zula. Son coude rentra dans la poitrine de la jeune femme tandis qu'il pliait le bras, et la forçait à se tourner de façon à se trouver face à lui et dos à Csongor. Il la prenait comme bouclier.

Jones avança sa main gauche, munie du revolver, et plaça le canon contre son cou, dans une position inconfortable qui lui permettait de viser *à travers* elle. Elle l'entendit ôter la sécurité. Et en même temps, Csongor passa le bras autour de la tête de Zula, et elle eut la surprise de découvrir un revolver dans sa main. À part cette main, elle ne voyait pas Csongor, mais elle le sentait. La pression du canon du revolver de Jones contre son cou la fit reculer, et elle se pencha en arrière : sa tête vint presque aussitôt s'appuyer contre le tonneau tressautant, plein de sueur, du torse de Csongor. Les deux hommes faisaient à peu près la même taille, et Zula était maintenant prise en sandwich entre eux.

« C'est un vrai Makarov ou c'est la version hongroise ? demanda Jones d'un ton léger, comme pour faire la conversation. J'ai du mal à distinguer la marque, à cette distance. » Il faisait allusion au fait que Csongor pointait le canon de son arme directement contre son front, juste au-dessus d'un de ses yeux.

« Je l'ai pris à un Russe.

– Ça doit être un vrai, dans ce cas. Je vais vous donner le bénéfice du doute et supposer que vous avez eu la présence d'esprit de chambrer une balle. »

Il scrutait les yeux de Csongor (supposa Zula) pour essayer d'y lire un indice.

Avec succès, manifestement. « Ce n'est pas vraiment une certitude parfaite que je lis dans votre expression, dit Jones d'une voix traînante, amusé. Mais ce serait imprudent de ma part de présupposer qu'il n'y a pas de balle dans la chambre. Il se trouve que je suis très familier avec le Makarov : il y en a partout en Afghanistan. J'ai l'impression que vous êtes un novice. Simple curiosité : vous avez mis la sécurité ?

– La sécurité n'est certainement pas enclenchée en ce moment.

– Oh ! mais ce n'est pas ce que j'ai demandé. Je vous ai demandé si *vous* l'aviez enclenchée, *à un moment ou à un autre*, après avoir chambré une balle et armé le revolver. Vous êtes du genre à l'enclencher, il me semble, à en croire la façon dont Ivanov parlait de vous. Votre côté protecteur avec Zula. Vous êtes réfléchi, prudent, précautionneux. »

Csongor ne dit rien.

« Je pose juste la question parce que le Makarov a une particularité intéressante : quand vous enclenchez la sécurité, ça désarme automatiquement le chien. Enlever la sécurité ne suffit pas pour l'armer de nouveau. Non. Vous vous retrouvez avec une arme qui est chargée, mais pas encore prête à faire feu. Pas du tout comme ce formidable 1911 fourni par Ivanov, qui est à la fois chargé et tout à fait armé. Si *moi* j'applique la moindre pression sur la gâchette, je vais introduire une pièce de métal assez conséquente dans le cou de Zula et, de là, dans votre cœur, vous tuant tous deux si rapidement que vous n'aurez même pas le temps de vous en rendre compte. »

Des sirènes approchaient : plusieurs voitures de police contournaient l'anse et se dirigeaient vers eux. Jones leur jeta un coup d'œil puis se remit à dévisager Csongor : « Vous n'allez même pas savourer l'expérience romantique consistant à vous vider de votre sang avec le cadavre décapité de mademoiselle au-dessus de vous, car une onde de choc hydrostatique va remonter immédiatement de votre aorte à votre cerveau, ce qui va vous plonger dans l'inconscience et peut-être même vous faire sauter les globes oculaires. Vous, par contre – si vous décidez de passer à l'action –, ça va être très long pour vous d'appuyer sur la gâchette. C'est la première balle qui sort du magasin du Makarov qui est une vraie saloperie. Parce que comme le chien n'est pas armé, vous allez devoir appuyer *fort* sur la gâchette pour le préparer à ce premier coup. Et vu que votre doigt se trouve à environ six centimètres de mon œil gauche, ça va être *affreusement* difficile de préserver l'effet de surprise, vous ne croyez pas ? »

Csongor ne dit rien. Mais Zula sentait à sa respiration que les mots de Jones faisaient leur chemin dans son esprit. Entre ça et la voiture de flics qui approchait, ses forces étaient en train de le quitter.

« Quelles sont les chances que vous parveniez jusqu'au bout de votre geste en préservant votre vie sauve, et celle de Zula, Csongor ? »

Jones regardait Csongor droit dans les yeux, imperturbable : il attendait sa soumission. « Est-ce que je vous ai dit, au fait, que c'est atrocement chiant d'être menotté à cette salope ? Je ne demande rien de mieux que d'être débarrassé d'elle.

– Csongor, dit Zula. Écoute. Tu m'entends ? Dis quelque chose.

– Oui, dit Csongor.

– Je voudrais que tu regardes le revolver que M. Jones presse contre mon cou. Tu le vois ? »

Une pause, puis : « Oui, je le regarde.

– Est-ce que tu as bien remarqué l'état du chien ? »

Jones, qui regardait toujours Csongor, fut surpris par l'irruption de Zula dans la conversation. Maintenant, toutefois, il fit un large sourire. Zula, semblait-il, faisait son boulot pour lui. Rappelant à Csongor, au cas où il n'aurait pas bien compris la première fois, que le 1911 n'était qu'à une microseconde de les tuer tous les deux.

Puis le sourire fut remplacé par de la stupéfaction lorsque l'index de Csongor se mit en mouvement, exécutant cette longue et difficile poussée contre laquelle Jones venait de le mettre en garde.

Les porteurs qui allaient voir Sokolov *entrer* en courant ne l'avaient pas vu *en sortir* en courant. Dans un plus petit établissement, cela aurait pu éveiller les soupçons. Mais la tour faisait quarante étages, et il savait qu'ils n'en tireraient aucune conclusion tant qu'il ne se ferait pas remarquer. Si son travail de consultant en sécurité lui avait appris quelque chose, c'était bien à entrer et sortir d'un hôtel de luxe. Il remonta la rue à longues foulées, tourna dans l'énorme voie d'accès qui donnait sur l'entrée de l'hôtel, passa au petit trot et arriva sous l'ombre de sa marquise, assez large pour abriter une vingtaine de voitures. Là, il cessa de courir et se mit à marcher d'un pas vif, consulta sa montre-bracelet et fit semblant d'appuyer sur un petit bouton. Il prit sa serviette dans la poche extérieure du CamelBak, la déplia, s'essuya le visage, puis l'enroula autour de sa tête comme un joueur de la NBA qui vient d'être exclu du terrain. Il plaça le tube du CamelBak dans sa bouche et fit mine de le téter en tournant en rond, pendant une demi-minute, devant une série d'arbustes en pots qui avaient été disposés le long de la voie d'accès. Les végétaux poussaient dans des boîtes de béton rectangulaires remplies de terre et parsemées de graviers. Entre elles venaient s'intercaler des poubelles construites sur le même modèle, avec au sommet un lit de sable où les chauffeurs de taxi pouvaient jeter leurs mégots, et dessous des fentes pour accueillir les détritus.

Pour l'instant, il n'avait pas de plan spécifique, si ce n'est d'entrer dans l'hôtel et de s'efforcer de trouver une idée. Mais soudain, dans l'une des poubelles, Sokolov aperçut quelque chose qui ressemblait à une carte de crédit, mais estampillée du logo de l'hôtel. C'était la carte magnétique qu'un client avait jetée en partant ; ou peut-être un chauffeur de taxi l'avait-il retrouvée à l'arrière de son taxi et s'en était-il débarrassé. Sous prétexte de jeter un petit morceau de caillou, Sokolov s'en empara et la cacha dans sa paume. Puis, s'essuyant le visage avec sa serviette à l'aide de l'autre main – il espérait ainsi compliquer l'analyse future qui serait faite des images de la caméra de surveillance –, il s'approcha de l'entrée. Il se pencha, laissant la serviette lui recouvrir la tête, et fit semblant de sortir la carte magnétique de sa chaussette. Un porteur lui ouvrit la porte et le salua gaiement. Sokolov lui répondit par un signe de tête et entra dans le hall.

Quel était leur mot ridicule pour *gymnasticheskii zal* ? Il parcourut des yeux les pancartes en essayant de se faire discret.

Fitness Center. Bien sûr.

Il se trouvait au troisième étage : c'était une belle salle, avec des fenêtres donnant sur le front de mer. Accès sécurisé, cartes magnétiques uniquement. Il passa la carte qu'il avait volée et déclencha une lumière rouge. Il cogna alors la carte contre la vitre et attira l'attention d'une hôtesse qui s'empressa de lui ouvrir la porte avec un grand sourire.

Il y avait des petites bouteilles d'eau et des bananes. Dieu merci ! Mais il devait réfréner ses ardeurs ou son comportement semblerait très bizarre. Une série de casiers, juste à côté de l'entrée, servaient aux clients pour déposer leurs affaires pendant leurs exercices. Sokolov glissa son CamelBak dans un des casiers. Plein de billets comme il l'était, il ne s'affaissait ni ne remuait comme l'aurait dû une gourde pleine d'eau, aussi décida-t-il finalement de le placer sur l'étagère du haut, où il avait moins de chances de se faire remarquer. Une demi-douzaine d'autres casiers étaient occupés, deux par des sacs de femme, les autres par de petits objets – cartes magnétiques, téléphones portables, etc. Sokolov se rendit dans les toilettes des hommes, s'assura qu'il était seul, ouvrit un robinet, se pencha et but goulûment. De la poussière, vestige des activités de la matinée, s'était collée aux poils de ses bras. Il les rinça et s'aspergea le visage d'eau. En sortant des toilettes, il prit deux petites bouteilles et une banane sur la table et les porta jusqu'à une rangée de tapis roulants. La rangée en question bénéficiait de trois gros téléviseurs à écran plat, dont deux étaient réglés sur CNN et le troisième sur une chaîne d'informations chinoise. Sokolov monta sur le tapis roulant qui était le plus proche d'un des écrans CNN mais permettait de garder l'œil sur la chaîne chinoise, et il marcha pendant un moment, buvant de l'eau et mangeant la banane tout en regardant les actualités régionales. La plus grande partie des infos était consacrée au sommet diplomatique. Il y eut un bref sujet qui semblait traiter d'un incendie à Xiamen. Mais ce n'était qu'une supposition, basée sur la mise en scène et quelques images vidéo floues de camions de pompiers et d'ambulances dans une rue pleine de monde, où l'on voyait des gens couverts de poussière, boitant et titubant, s'appuyer sur des passants stupéfaits.

Bien sûr, ils allaient prétendre qu'il s'agissait d'une explosion au gaz. Il pouvait arriver n'importe quoi, c'était toujours une explosion au gaz. Mais Sokolov savait que les enquêteurs du BSP qui travaillaient sur l'affaire ne se faisaient pas d'illusions.

Il passa quarante-cinq minutes sur le tapis roulant et une demi-heure à soulever des poids. Des clients de l'hôtel entrèrent et sortirent. Sokolov en profita pour mémoriser leurs caractéristiques : sexe, nationalité, taille, corpulence, âge. Dans quel casier ils rangeaient leurs affaires.

Un Asiatique entra. Japonais ou Coréen, pensa Sokolov. C'était un homme soigné, bien mis. Il plaça son portefeuille et un téléphone portable dans l'un des casiers. Sokolov, en changeant de machine, passa devant lui et estima qu'ils faisaient à peu près la même taille. La pointure de ses chaussures était plus difficile à estimer d'un coup d'œil. Après avoir fait le tour du Fitness Center pour faire l'inventaire de ses machines et équipements, l'homme enfourcha un vélo elliptique et le régla sur un programme d'une demi-heure, puis se plongea dans un magazine.

Sokolov se dirigea vers l'entrée. Il posa une bouteille d'eau à moitié vide sur la petite table, puis il descendit son CamelBak, passa un bras dans une des bretelles et le laissa se balancer pendant qu'il passait l'autre bras dans l'autre bretelle. Il renversa la bouteille d'eau posée sur la table. Il poussa un juron et se pencha pour la ramasser, mais elle s'était déjà vidée de presque tout son contenu et une flaque se formait par terre. L'hôtesse, ravie d'avoir quelque chose à faire, se précipita à la rescousse, évalua la situation, puis courut chercher des serpillières, assurant Sokolov que ce n'était rien et qu'elle allait s'en occuper.

Pendant qu'elle avait le dos tourné, Sokolov se plaça face aux casiers. Il sortit le portefeuille de l'Asiatique et l'ouvrit. Sa carte magnétique se trouvait dans la poche la plus facile d'accès. Sokolov la prit et la remplaça par celle qu'il avait volée dans la poubelle dehors. Il remit le portefeuille en place.

Il se rendit ensuite au sauna, qui était désert, et glissa la carte volée dans sa chaussette. Il passa vingt minutes dans le sauna.

Lorsque le Japonais, ou le Coréen, eut terminé ses exercices quotidiens, il récupéra ses affaires dans le casier et sortit du Fitness Center, précédé de quelques pas par Sokolov. Ils se retrouvèrent tous deux devant l'ascenseur. Sokolov, feignant d'être distrait par un coup de téléphone, n'entra pas tout de suite dans l'ascenseur; l'autre tint courtoisement la porte ouverte pour l'attendre. Sokolov examina le panneau de commandes, fit mine d'enfoncer le 21e, puis hésita, surpris de découvrir que son étage avait déjà été sélectionné. Il appuya tout de même de nouveau. Pendant la montée, il fit semblant d'avoir perdu son réseau et, après avoir lâché deux jurons à mi-voix, se mit à tripoter les touches, comme pour passer un autre appel. Il y était encore lorsque les portes s'ouvrirent et que l'autre homme sortit. Sokolov le suivit à bonne distance, longeant le couloir d'un pas tranquille. L'homme s'arrêta devant la porte de la chambre 2 139 et passa sa carte magnétique dans la fente, n'obtenant qu'un signal rouge. Sokolov le dépassa sans s'arrêter et disparut derrière le tournant suivant.

Quelques instants plus tard, il jeta un nouveau coup d'œil dans le couloir et vit que l'homme rebroussait chemin. Il se dirigeait vers l'ascenseur afin de descendre dans le hall se faire faire une nouvelle carte.

Sokolov avança jusqu'à la chambre 2139, ouvrit la porte et dressa un rapide inventaire de la penderie et de la commode. Le nom de l'occupant de la chambre était Jeremy Jeong, c'était un citoyen américain (il avait laissé son passeport dans un tiroir). Sokolov établit que le meilleur endroit pour se cacher, c'était sous le lit. Dans la plupart des hôtels, cela n'aurait pas été le cas car le lit n'était qu'une boîte, sans espace « dessous », mais il se trouvait dans un établissement de luxe, avec de vrais lits, et la courtepointe débordait suffisamment pour le dissimuler. Une fois bien installé là, il ouvrit le CamelBak, retira les liasses de billets et en sortit les pièces détachées du Makarov, qu'il assembla rapidement pour en faire une arme chargée en parfait état de marche. Il espérait sincèrement ne pas devoir en arriver à de telles extrémités, mais garder une arme inutilisable aurait été stupide.

Il était en train de remettre l'argent dans le CamelBak lorsqu'il entendit la porte s'ouvrir et Jeremy Jeong entrer dans la chambre.

Abdallah Jones appuya sur la gâchette de sa propre arme : le chien fut projeté en avant et pinça douloureusement le petit doigt de la main droite de Zula, qu'elle avait inséré dans l'interstice entre le chien et l'arme proprement dite. Ce qui l'empêcha de heurter le percuteur. Rien ne se produisit.

Jones n'eut pas le temps de constater et de comprendre la raison de ce raté. La vue du geste de l'index de Csongor avait déclenché chez lui un mouvement réflexe. Il projeta sa tête sur la gauche, repoussant le canon du Makarov. Zula vit et entendit la détonation, et elle vit la tête de Jones qui s'écartait de la ligne de tir.

Un instant auparavant, Jones avait saisi son bras droit et l'avait plaquée contre lui afin de s'en faire un bouclier humain. Leur étreinte se défit. Jones s'écarta d'elle en pivotant, dégageant son revolver du doigt de Zula, lui laissant au bout du doigt une sensation glacée qui correspondait, elle le savait, à une blessure sérieuse. Le bras gauche du terroriste, qui tenait toujours le revolver, partit en arrière tandis qu'il s'écartait. Sa main droite lâcha le bras de la jeune femme et recula jusqu'à ce que la chaîne des menottes la ramène brusquement à l'ordre comme un chien arrivé au bout de sa laisse. Le bracelet d'acier lacéra quelques couches supplémentaires de la peau de son poignet, et elle bascula en avant. Après un demi-tour presque complet, Jones s'écroula sur la jetée, les quatre fers en l'air ; sa main droite attirait Zula vers le bas – elle n'avait plus d'autre choix que de tomber sur lui – et la gauche reposait sur le quai. Il n'avait toujours pas lâché le revolver.

Zula tomba. Mais ce faisant, elle fit de son mieux pour se jeter vers le bras qui tenait l'arme. Son épaule droite s'abattit sur la cage thoracique de Jones, ce qui eut pour effet de lui couper le souffle, et, tandis qu'elle rebondissait sur son torse, elle projeta sa main droite sur l'avant-bras de Jones, clouant sa main et le revolver sur le sol de la jetée.

Ce ne fut qu'après avoir renforcé sa prise en appuyant un genou sur son coude qu'elle osa regarder la tempe de Jones. Elle vit du rouge, mais c'était dû aux brûlures et abrasions, pas à une hémorragie. Le coup de feu avait rasé sa tête, mais la balle n'avait pas pénétré dans son crâne.

Csongor ne le savait pas ; il était toujours planté devant eux, et regardait Jones et Zula s'immobiliser, peu désireux de tirer de nouveau de peur de blesser Zula et estimant, sans doute, que ce n'était pas nécessaire. Il avait déjà tiré une balle dans la tête de Jones et, elle le sentit, il était un peu secoué par son geste.

De fortes détonations retentirent tout près, et Csongor leva les yeux, alarmé. Zula suivit son regard par-dessus son épaule et vit un des camarades de Jones, à peut-être dix mètres, qui tirait dans tous les sens ; il tenait son revolver d'une seule main, et l'arme tremblait fortement à chaque recul. Il ne prenait même pas la peine de viser.

Le chauffeur de taxi choisit cet instant pour tenter de prendre la fuite, et le tireur, suivant une espèce de réflexe stupide lui dictant d'attaquer tout ce qui bougeait, lui tira dessus deux balles qui le firent tomber à plat ventre.

Csongor tourna les yeux vers Zula : elle avait prit l'initiative extrêmement imprudente de retirer sa main libre du bras armé de Jones pour lui faire signe de s'écarter et de se baisser. Il recula de deux pas et leva son revolver.

Remarquant du coin de l'œil un mouvement brusque, Zula porta son attention sur l'autre djihadiste survivant, qui plongeait sur un revolver tombé de la poche de l'homme qui avait été heurté par le taxi.

« Sauve-toi, les flics arrivent de toute façon ! » cria Zula.

Csongor recula de deux pas vers le bord de la jetée, puis, juste comme l'autre djihadiste ouvrait le feu, il sauta. À l'inverse du taxi, il fit un plouf !

Zula entendit des pas derrière elle et sentit un objet dur contre sa nuque. Elle ôta son genou du coude de Jones.

« Merci », dit Jones, un peu groggy, mais prompt à reprendre ses esprits. Il plia le bras, levant son arme, et s'en servit pour désigner le chauffeur de taxi puis l'endroit où avait sauté Csongor. Il hurla un ordre en arabe. Celui-ci fut observé avec respect par le premier tireur à avoir ouvert le feu, qui s'approcha du chauffeur de taxi et l'acheva tranquillement d'une balle dans la nuque. Puis il alla se poster sur le rebord de la jetée et se mit à observer l'eau.

Une série de coups de feu venus d'en bas retentit, et l'homme bascula sans bruit et disparut.

« Des ours polaires et des phoques », observa Jones. Il leva sa main menottée, forçant le bras de Zula à se plier, et lui empoigna ses cheveux qui, frisés comme ils l'étaient, offraient une prise éminemment facile. Il lui tordit la tête d'un geste violent et rapide et lui plaqua le visage contre le quai. Il se jucha sur elle, la clouant au sol de tout son poids. « Je ne vous protège pas, au fait, expliqua-t-il. C'est vous qui me protégez. Vous savez comment chassent les ours polaires ?

– Par en dessous ?

– Très bien. C'est *formidable* d'être en compagnie d'une personne cultivée. Votre copain Csongor, il aperçoit ce qui se passe au-dessus par l'interstice entre les planches. Il savait exactement où se trouvait mon gars. »

Visiblement, l'autre tireur était arrivé à la même conclusion ; il se déplaçait avec nervosité, tentant de s'approcher du bout de la jetée, où le bateau attendait et où l'eau était plus profonde.

Les sirènes étaient maintenant très proches. Jones se redressa sur ses coudes, libérant Zula d'une partie de son poids, considérable, et jeta un regard interrogateur vers le bout de la jetée. Puis, sans raison apparente, il consulta sa montre. Du sang dégoulinait de la plaie sur le côté de sa tête et éclaboussait la joue de Zula. Elle détourna le visage pour le laisser couler dans son cou. Son petit doigt commençait à la lancer terriblement. Elle l'examina : l'ongle avait été arraché à la base et ne tenait plus que par quelques lambeaux de cuticule, et le sang s'était mis à affluer.

La jetée tressauta sous eux. Quelques instants plus tard, un bruit sourd venu d'on ne savait où se fit entendre. Ce ne fut pas un bruit particulièrement fort, mais il donnait l'impression d'avoir été causé par un événement, à grande distance, qui avait dû être tonitruant.

Zula ne pouvait pas voir ce que faisaient les voitures de police, mais elle savait qu'elles étaient toutes proches, à pas plus de deux cents mètres. Il y en avait deux. L'une après l'autre, elles éteignirent leurs sirènes.

Puis rien ne se produisit pendant une demi-minute. Jones regardait toujours vers le lointain, fasciné. Il consulta de nouveau sa montre.

Les sirènes se firent de nouveau entendre et les voitures redémarrèrent. La fréquence des sirènes se fit plus basse et leur volume diminua peu à peu.

Les flics *s'éloignaient d'eux* à vitesse grand V.

« L'anarchie pure est lâchée sur le monde », annonça Jones, avec un accent snob. Il baissa les yeux sur elle, comme surpris de la découvrir sous lui. « Ce bruit, c'était le son d'un homme très courageux en train de mourir en martyr. Dans les parages du palais des congrès. Apparemment, il a retenu l'attention des flics. C'était toute l'idée, bien sûr. On a été obligés d'improviser énormément, aujourd'hui. Et d'ailleurs, vous et moi, nous allons exécuter une longue promenade absolument pas improvisée pour descendre de cette courte jetée. Si vous me facilitez la tâche et que vous me suivez gentiment, je vous permettrai de garder vos dents. »

Jeremy Jeong ferma sa porte à double tour, une précaution approuvée par Sokolov. On n'est jamais trop prudent. Puis il ôta ses affaires de gym, entra dans la salle de bains et ouvrit le robinet de la douche.

Sokolov sortit de sous le lit, se déshabilla et fourra ce qu'il restait de ses frusques dans un sac de linge sale de l'hôtel qu'il trouva accroché à un portemanteau. Il y déposa également le CamelBak et roula proprement le tout. Ayant déjà repéré l'emplacement des vêtements qu'il voulait, il put trouver et enfiler des sous-vêtements, des chaussettes, une chemise et un costume en moins de temps qu'il n'en fallait à Jeremy pour se faire un shampooing. Il fourra une cravate dans sa poche et enfila une paire de chaussures – un peu serrées, mais tolérables. Puis il sortit sans bruit de la chambre et laissa la porte se refermer doucement derrière lui. Il prit l'ascenseur jusqu'à la mezzanine, se rendit dans les toilettes des hommes, s'enferma dans un cabinet, s'assit sur un W-C et noua sa cravate et ses lacets. Dans le CamelBak, il récupéra le petit carnet dans lequel il avait noté l'adresse de l'espionne. Il sortit du cabinet et s'inspecta dans le miroir. Sa cravate était un peu de travers, il la remit droite. Puis il reprit l'ascenseur et descendit dans le hall. Il alla trouver la concierge avec un sourire impuissant.

« Pardon, anglais pas bon. »

La concierge, une femme éblouissante d'une trentaine d'années, essaya plusieurs autres langues occidentales, mais ils décidèrent pour finir de s'en tenir à l'anglais.

« Il y a une femme chinoise gentille ici. Beaucoup aider ma compagnie. Je veux la remercier. Quand je rentre en Ukraine, je lui envoie joli cadeau, vous comprenez ? »

La concierge comprenait.

« Doit être surprise. Bonne surprise. »

La concierge approuva de la tête.

« Voilà l'adresse de femme. J'essayer écrire correctement. Pas bon pour écriture chinoise comme vous pouvez voir. Je crois que c'est ça. »

La femme passa les yeux sur les caractères grossièrement dessinés, glissant sans difficulté sur certains, butant sur d'autres. À une ou deux reprises, elle plissa très légèrement ses sourcils parfaits. Mais finalement, elle hocha la tête et fit un sourire rayonnant. « C'est une adresse sur l'île de Gulangyu.

– Oui. La petite île juste là. »

Sokolov fit un geste en direction du front de mer. « Le problème, c'est que, quand je rentrer en Ukraine, je pas pouvoir écrire l'adresse de femme en chinois sur documents FedEx. Dois l'avoir en anglais. Donc ma question pour vous est : pourrez-vous traduire cette adresse en mots anglais pour FedEx, je vous prie ?

– Bien sûr ! s'exclama la concierge, ravie de prendre part à l'envoi d'un joli cadeau surprise à une gentille dame chinoise. Je m'en occupe tout de suite. »

Pendant une minute ou deux d'angoisse modérée, Sokolov la regarda écrire les mots sur un bloc à en-tête de l'hôtel, tout en gérant deux interruptions. Il lui semblait très probable que Jeremy Jeong ne remarquerait même pas que l'un de ses costumes manquait (il en avait trois) avant plusieurs heures ; et, même à ce moment-là, cela lui semblerait tellement bizarre qu'il hésiterait à le signaler. Mais il pouvait aussi très bien être un homme hyper vigilant enclin à prévenir les autorités sous le moindre prétexte, auquel cas Sokolov devait dégager les lieux au plus vite.

La concierge lui sourit de nouveau et lui glissa le papier par-dessus son bureau. Sokolov l'accepta avec moult remerciements, sortit, monta dans un taxi et se fit emmener dans un autre hôtel d'affaires à l'occidentale huit cents mètres plus loin. Là, il profita d'un point informatique gratuit dans le hall pour taper l'adresse de l'espionne en anglais dans Google Maps.

Il obtint un gros plan d'une rue irrégulière qui ne lui apprit rien, aussi fit-il un zoom arrière jusqu'à voir toute l'île. En regardant l'échelle, il vérifia son impression première : Gulangyu ne faisait pas plus de deux kilomètres de large. Il s'efforça de mémoriser *grosso modo* le plan de l'île, les directions cardinales : principalement, comment rejoindre le terminal de ferrys même s'il se perdait. Puis il consulta les images satellite, qui lui apprirent quelques évidences. Premièrement, le réseau routier était beaucoup plus complexe que ne le laissait croire le plan, qui ne dépeignait que 10 % environ des routes et des droits de passage. Ou peut-être ne s'agissait-il pas de routes, mais de ruelles et d'allées, de chemins privés entre les bâtiments. Deuxièmement, les toits de tous les bâtiments étaient colorés de teintes ocre distinguées, contrastant avec les tuiles criardes et les tôles qui protégeaient de la pluie la plupart des bâtiments de Xiamen. Troisièmement, la verdure était abondante. Quatrièmement, les bâtiments officiels étaient souvent des écoles, des établissements du secondaire ou du supérieur ; et la présence d'immenses terrains d'athlétisme ovales et d'autres équipements de ce type suggérait qu'il s'agissait d'établissements plutôt huppés.

Pour paraphraser Tolstoï, tous les lieux d'opulence étaient identiques, mais tous les lieux de pauvreté avaient leur caractère bien à eux. Les bas-fonds de Lagos, de Belfast, de Port-au-Prince ou de Los Angeles auraient tous présenté une panoplie de risques fort variée et déconcertante. Mais, rien qu'à regarder ce plan, Sokolov sut qu'il pouvait se rendre à Gulangyu, se promener dans les rues et s'orienter aussi facilement que dans une banlieue humide de Toronto ou de Londres.

Ne voulant pas attirer l'attention en lançant une impression, il esquissa un croquis rudimentaire de l'île sur le dos de la feuille que lui avait remise la concierge et passa un petit moment à examiner la vue satellite du bâtiment en question, se faisant une idée générale de son plan et de ses fondations. Il remarqua qu'il y avait un hôtel non loin, mais considérablement plus en altitude. Le site web lui apprit que ce dernier disposait d'une terrasse où il était possible de prendre un verre dans l'après-midi.

Il acheta une sacoche dans une boutique située dans le lobby de l'hôtel et y jeta son CamelBak et le reste de ses affaires, puis il se rendit sur le front de mer et prit le premier ferry pour Gulangyu.

Le plan de l'opération de carambolage du taxi n'avait absolument pas atteint un stade avancé pendant les quinze secondes qui avaient séparé sa conception dans l'esprit de Yuxia de son exécution. Elle n'avait pas, par exemple, eu le temps d'en communiquer le contenu à Csongor. Par conséquent, il avait dû le comprendre de lui-même et se protéger contre le choc en appuyant la tête sur le siège devant lui. Comme beaucoup de plans qui marchent, cependant, il était d'une extrême simplicité. Les méchants mijotaient un sale coup impliquant un bateau. Yuxia pouvait utiliser le seul outil à sa disposition (la fourgonnette) pour le couler et les empêcher ainsi de mener leur projet à bien.

Fille des hautes montagnes, elle n'y connaissait pas grand-chose en bateaux. Elle apprenait maintenant que toutes ses intuitions en la matière étaient particulièrement à côté de la plaque. Elle n'avait pas douté un instant que si un taxi – et à plus forte raison, un taxi suivi d'une fourgonnette – s'écrasait sur le pont d'un de ces engins flottants, celui-ci serait complètement détruit. À sa grande consternation, elle dut bien admettre que le bateau n'était pas détruit. Il flottait encore ; c'était encore un bateau.

Il ne s'agissait pas de minimiser la portée de ce qui venait de se passer. Indubitablement, le bateau avait passé un très sale quart d'heure. Il avait peut-être subi des dommages irréparables. *Mais il flottait encore*. En regardant par le pare-brise détruit, suspendue à la ceinture de sécurité, elle pouvait deviner comment fonctionnait la chose : le pont était peut-être en bois, mais la coque était en acier. Et comme le bateau flottait, si un engin quelconque lui rentrait dedans, l'eau tenait lieu d'absorbeur de chocs à la capacité pour ainsi dire infinie. La relative fragilité des planches de bois était en fait un avantage, car, en se brisant et se tordant, elles se faisaient seul réceptacle d'une grande partie des dégâts. Et les piles de palettes de bois vides stockées sur le pont s'étaient écroulées sous l'effet de la chute du taxi, amortissant encore l'impact.

Un autre élément de surprise : *Qiu Yuxia se retrouvait sur le bateau !* Ce détail ne faisait absolument pas partie du plan. En principe, elle pensait stopper sur la jetée. Mais elle n'avait pas pensé à l'airbag. Elle avait dû connaître quelques instants d'inattention, après le crash, et laisser son pied enfoncé sur l'accélérateur.

« Csongor ? » appela-t-elle. Mais il ne se trouvait plus dans le véhicule.

Un téléphone se mit à sonner. Pas le sien. Ça venait de quelque part sous ses pieds...

Dans sa botte ! Le téléphone avait volé, rebondi contre les parois du véhicule et atterri à l'intérieur de sa botte bleue. Il était coincé contre sa cheville droite. Elle ramena son pied vers elle et attrapa l'appareil.

« *Wei ?*

– *Wei ?* Yuxia ?

– Qui est-ce ?

– Marlon.

– Pourquoi t'appelles sur ton propre téléphone ? »

Car elle avait reconnu qu'il s'agissait de celui du jeune homme.

« Comme ça. Est-ce que ça va ?

– Je réponds au téléphone, non ?

– Tu es toujours dans la fourgonnette ?

– Oui, mais elle est...

– Je sais. Je la vois d'ici. Tu ferais bien de descendre.

– Pourquoi ?

– Parce qu'il se passe des choses terribles sur cette jetée... oh, mon Dieu ! »

Marlon n'eut pas besoin d'expliquer pourquoi il disait cela, car Yuxia entendit des coups de feu derrière elle. Des coups de feu et des sirènes.

Calant son coude droit contre le volant pour soutenir le poids du haut de son corps, Yuxia tendit la main gauche, trouva la poignée de la portière et tira dessus. Il y eut un petit clic ! à l'intérieur de la portière, mais elle ne s'ouvrit pas. Un des nombreux impacts violents subis dans la journée l'avait sans doute enrayée. Elle tenta un coup d'épaule, mais sans résultat. Elle passa le téléphone dans sa main gauche de façon à pouvoir défaire sa ceinture de sécurité de l'autre. Une fois libérée, elle tomba en avant sur le volant et appuya sur le klaxon. « Je te rappelle », cria-t-elle. Elle referma le téléphone et, faute de meilleure cachette, le glissa de nouveau dans sa botte. Puis, usant de tous les points d'appui et prises qu'elle put trouver dans l'habitacle de la fourgonnette, elle se hissa à l'arrière et rejoignit la portière latérale, ouverte.

À partir de là, pour avancer, elle devait traverser un terrain qui semblait excessivement dangereux, entre les débris de taxi et les esquilles du pont brisé. Sous l'effet combiné du choc contre l'airbag et du léger tangage du bateau, elle avait un peu la nausée et ne se sentait pas très sûre de ses gestes. Elle s'accroupit sur le seuil de la fourgonnette pour tenter de retrouver son équilibre. Elle vit, et fut vue par, un homme plus âgé qui était sorti de la cabine de pilotage pour inspecter les dégâts. Elle hésita à dire quelque chose mais comprit, à l'apparence de l'homme, qu'il ne parlait sans doute pas mandarin. Il tira une longue bouffée sur sa cigarette en lui jetant un regard des plus désagréables. Elle en fut vexée jusqu'à ce qu'elle se rappelle qu'elle venait de faire tout son possible pour détruire son bateau, qui était probablement sa seule source de revenus.

La confrontation aurait pu déboucher sur un échange d'invectives, ou même de coups, s'ils n'avaient pas été distraits par l'apparition de deux silhouettes au-dessus d'eux sur le rebord de la jetée : le grand Noir et Zula. Yuxia retint une impulsion soudaine et ridicule de leur faire signe et de les saluer.

Le Noir dit : « Je vais compter jusqu'à trois, puis je vais sauter. Vous pouvez sauter ou pas. » Yuxia comprenait que, dans la mesure où l'homme était menotté à Zula et bien plus lourd qu'elle, c'était à la fois une plaisanterie cruelle et une menace.

En fin de compte, ils sautèrent ensemble et atterrirent tant bien que mal sur une portion intacte du pont. Zula poussa un cri de douleur et porta un poing ensanglanté à son ventre pour le protéger. Ce geste décida Yuxia à bouger enfin ; elle descendit péniblement de la fourgonnette pour aller voir ce qui se tramait. Le Noir la regarda avec curiosité, mais reporta aussitôt son attention sur le capitaine en colère et lui donna un ordre dans une langue que Yuxia ne reconnut pas. Le capitaine retourna au petit trot dans sa cabine.

La douleur qui avait arraché un cri à Zula semblait diminuer. Elle leva les yeux et chercha ceux de Yuxia. Un regard plein de joie et de reconnaissance passa sur son visage, mais pour un bref instant seulement ; presque aussitôt, son visage fut envahi par une expression horrifiée d'effroi. « Yuxia ! Descends ! Jette-toi à l'eau tout de suite ! »

Yuxia hésita, puis réalisa que son amie était sans doute en train de lui donner un bon conseil. Mais pendant ce bref laps de temps, un autre homme avait sauté sur le pont. Il était armé. Sur un mot du grand Noir, il leva son revolver sur Yuxia. Il le tenait à deux mains et la fixait par-dessus le canon. Lorsqu'il parvint à capter son regard dans le viseur d'acier, il cligna de l'œil pour lui faire signe d'approcher. Elle envisageait toujours de suivre le conseil de Zula, mais, à ce moment-là, le moteur rugit et le bateau fit un bond en avant, ce qui fit verser la camionnette. Yuxia n'eut pas d'autre choix que de s'écarter brusquement tandis que le véhicule basculait de côté sur le taxi ratatiné. Ce mouvement ne fit que la rapprocher de l'homme armé, qui faisait preuve d'une concentration admirable, ignorant l'avalanche de tôle au ralenti qui se produisait à quelques mètres de lui.

Elle n'était plus qu'à deux ou trois mètres de Zula, aussi s'avança-t-elle jusqu'à elle. Zula passa son poing droit ensanglanté autour de l'épaule de Yuxia, et Yuxia passa ses deux bras autour de la taille de Zula. « Merci, dit Zula dans un début de sanglots. Je suis désolée.

– Moi, je suis désolée que ça n'ait pas marché. »

Le grand Noir fourra son revolver dans l'élastique de son pantalon, puis fouilla dans sa poche. « Puisque vous vous aimez tant que ça, toutes les deux, dit-il, sortant une clé de métal, on va officialiser la chose. » Il défit le bracelet de menotte de son poignet droit, puis, après avoir écarté le bras gauche de Yuxia de la taille de Zula, il le referma sur elle. Les deux femmes étaient maintenant menottées par le poignet gauche, ce qui signifiait, ainsi qu'elles le découvrirent aussitôt, qu'elles ne pouvaient pas regarder dans la même direction. Si l'une d'elles avançait, l'autre était obligée de reculer, à moins qu'elles n'entrelacent inconfortablement leurs bras pour se déplacer épaule contre épaule. Leur ravisseur en était tout à fait conscient. Saisissant la chaîne, il les attira vers l'arrière, leur fit contourner la cabine de pilotage, jusqu'à un espace libre sur la proue, abrité sous un auvent de tissu. Il fouilla dans une trousse à outils et en sortit un marteau et un long clou. Il enfonça le clou à demi dans une planche du pont, puis attira à lui les deux jeunes femmes, les força à se baisser, posa la chaîne des menottes sur le pont juste à côté du clou, et martela le clou jusqu'à ce qu'il se soit replié sur la chaîne et que sa tête courbée se soit profondément enfoncée dans le bois.

Une fois certain qu'elles ne viendraient pas le déranger, il retourna à l'avant et aida le reste de l'équipage – une demi-douzaine d'hommes, en tout – à pousser d'abord la fourgonnette puis le taxi par-dessus bord. Le bateau se trouvait maintenant au milieu de l'anse et filait tout droit vers le grand pont qui traversait le canal qui la reliait à la mer. La plus grande partie de l'anse était très peu profonde, mais, visiblement, il y avait des hauts-fonds à cet endroit. Les deux véhicules coulèrent sur-le-champ et disparurent dans les eaux troubles.

Au-dessus d'eux, on aurait dit que tous les véhicules de police et de secours de la république populaire de Chine passaient le pont toutes sirènes dehors : ils se dirigeaient tous dans la même direction et, tous, les ignoraient complètement.

Tandis que les hommes s'affairaient à jeter les véhicules dans l'eau, Yuxia sentit une brève vibration contre sa cheville. Elle sortit le téléphone de Marlon et consulta l'écran. Un SMS : « ÉTEINS LA SONNERIE ».

Tandis qu'elle observait l'écran, un second message arriva : « BOUTON ROUGE SUR LE CÔTÉ ».

Elle retourna le téléphone et trouva un minuscule bouton rouge représentant une cloche. Elle le régla sur « off » et remit le téléphone dans sa botte.

Csongor observa le départ du bateau accroupi dans l'eau peu profonde en dessous de la jetée. Seule sa tête dépassait de l'eau. Il s'abritait derrière un vieux pilot pour regarder. Le va-et-vient rythmique des vagues le berçait d'un côté et de l'autre. Il avait déjà appris qu'il n'était pas conseillé de s'accrocher au pilot pour se stabiliser, car il était couvert de bernacles qui en faisaient une espèce de scie en 3D, or les vagues avaient déjà tendance à le pousser contre la surface coupante. Des petites vaguelettes venaient s'écraser contre les carapaces gris-blanc des bernacles et les tâchaient de rose, car du sang coulait en quantité impressionnante du corps de l'homme abattu par Csongor quelques instants plus tôt, qui flottait à demi.

Tout son corps tremblait de façon incontrôlable, mais pas parce qu'il était immergé dans l'eau. Dans les dernières heures, il s'était produit beaucoup d'événements qui dépassaient largement toutes ses expériences passées, mais ce qu'il ne pouvait chasser de son esprit, c'était qu'il avait plaqué un revolver sur la tête d'un homme et appuyé sur la gâchette. Obscurément, c'était beaucoup plus perturbant que de s'être fait tirer dessus. En revanche, tuer l'autre type l'avait étrangement peu troublé, même s'il était convaincu que cela reviendrait un jour dans ses cauchemars.

Sa nervosité extrême ne lui rendait pas service pour l'instant. Il regardait sans rien faire, à quelques mètres, une bande de terroristes qui s'enfuyaient avec quelqu'un qu'il aimait. Et pourtant il avait beau réfléchir de toutes ses forces, il ne voyait pas d'issue à la situation. Il avait déjà essayé l'attaque frontale. Seule la vivacité d'esprit de Zula – comment en savait-elle si long sur les armes à feu ? – l'avait sauvé. Mais l'avantage de la surprise avait été balayé. La seule action qu'il pouvait tenter désormais, c'était de s'approcher en marchant dans l'eau et de canarder avec le Makarov. Mais ils s'y attendaient ; et à cette distance, avec ses mains tremblantes, il risquait tout autant de blesser Zula ou Yuxia que les terroristes. Il avait entendu le grand Noir parler de l'attentat-suicide et il avait vu de ses propres yeux les flics des deux voitures de patrouille écouter les ordres sur leur radio, faire demi-tour et repartir à toute allure vers des tâches plus importantes. Donc, même s'il avait voulu appeler la police et se remettre entre les mains de la justice, il n'aurait pas pu attirer leur attention.

L'échange de coups de feu sur la jetée, bien sûr, n'avait échappé à personne à la ronde : toutes les autres petites embarcations s'étaient empressées d'accoster et l'anse était devenue parfaitement calme, à part le remous du sillage du bateau des terroristes, qui progressait péniblement vers le large, déstabilisé par le poids des deux véhicules emboutis. Le littoral était désert.

Seule exception, un petit hors-bord qui sortit avec un ronronnement d'une anfractuosité à quelques centaines de mètres de là et se mit à longer le rivage en direction de la jetée où se cachait Csongor. Le moteur faisait des à-coups, comme un chanteur sans oreille qui essaie de suivre une mélodie, et, au départ, l'embarcation zigzagua quelque peu. Mais son pilote – un grand maigre coiffé d'un *douli*, le chapeau traditionnel conique du travailleur chinois – semblait apprendre vite. Il gagna en confiance au fur et à mesure de son avancée et, lorsqu'il fut près de la jetée, il repoussa sa large coiffe sur son front pour laisser voir son visage: c'était Marlon.

Csongor se redressa et sourit, un réflexe parfaitement stupide, à la réflexion, dans les circonstances présentes. Marlon lui rendit son sourire. Puis son sourire s'évanouit lorsqu'il réalisa qu'il fonçait droit vers le littoral plein de vase sans pouvoir s'arrêter et qu'il n'avait pas assez de place pour virer de bord.

Csongor se plaça face au bateau, se pencha en avant et saisit la proue couverte de lambeaux de pneus crevés. La vitesse de l'embarcation le força à reculer de quelques pas, mais bien vite il parvint à cesser sa course et à la faire pivoter vers le large. C'était un bateau de bois de peut-être quatre mètres de long, plus allongé qu'une barque, mais moins qu'un canoë. La dernière fois qu'on l'avait peint, c'était en rouge, mais, juste avant, il avait été jaune et, encore avant, bleu. Conçu pour transporter du matériel plutôt que des passagers, il n'était pas très pourvu en matière de bancs: il y en avait un à la poupe pour le pilote, et un à la proue, qui tenait plus de l'étagère que du siège.

Csongor portait la sacoche d'Ivanov en bandoulière. Tout le temps qu'il avait été accroupi sous la jetée, elle avait flotté à côté de lui, coulant peu à peu à mesure qu'elle prenait l'eau. Il la fit passer par-dessus sa tête et la jeta sur le bateau, puis posa les mains sur le plat-bord, fléchit les genoux, sauta et se hissa d'un bond, basculant la tête la première, priant pour que la petite embarcation ne chavire pas sous son poids. Elle sembla extraordinairement près de le faire, mais se redressa. Marlon donna un petit coup d'accélérateur, et ils se mirent à filer le long de la jetée vers l'intérieur de l'anse. « Descends », dit-il. Csongor se laissa glisser du siège avant du vaisseau et se mit à patauger dans l'eau sale qui croupissait au fond de la coque. Il se sentait encore affreusement exposé. Mais lorsqu'il jeta un regard au large, il remarqua qu'il ne voyait plus le bateau des terroristes, ce qui signifiait qu'ils ne pouvaient pas le voir non plus.

Et c'était tout ce qui comptait. S'ils regardaient derrière eux, tout ce qu'ils pourraient distinguer, c'était un skiff piloté par un homme avec un chapeau des plus courants. Pas trace d'un gros Hongrois armé, à moins que Marlon ne s'approche très près, ce qui semblait peu probable.

« Tu l'as acheté ou tu l'as volé ? demanda Csongor d'un ton qui marquait bien qu'il s'en fichait complètement.

– Je crois que je l'ai acheté », dit Marlon.

Il pilotait d'une main et écrivait un SMS de l'autre. « Le propriétaire ne parlait pas bien *putonghua.* »

Csongor se familiarisait avec les affaires éparses qui gisaient au fond du bateau, que l'ancien propriétaire n'avait pas eu le temps de retirer pendant ce qui avait dû être une transaction fort hâtive et peu réfléchie. Il trouva un parapluie bleu, tellement usé qu'il ne fermait plus. En le tripotant, il vit qu'il parvenait à l'ouvrir presque complètement afin de protéger son crâne tondu de la lumière directe du soleil. Deux rames pour servir de propulsion de secours. Un pot de plastique semblable à ceux qu'on utilise en Occident pour conditionner les yaourts pour écoper. Csongor, n'ayant rien de mieux à faire, s'y employa. Il avait soif. Il regarda autour de lui et vit que Marlon n'avait pas eu le temps de se procurer de l'eau potable.

Lorsqu'ils eurent mis environ huit cents mètres entre eux et le littoral de Xiamen, Jones s'agenouilla et ouvrit les deux bracelets des menottes. Quelqu'un amena une trousse de secours. Jones s'empara aussitôt d'une grande partie de son contenu. Aidé par un membre de l'équipage, il pressa une pile de compresses stériles contre sa tempe puis la maintint en place en s'enturbannant avec un rouleau de gaze. Avec ce qui restait, Yuxia s'occupa du petit doigt de Zula. Depuis un bon moment, Zula le tenait replié contre son ventre, et l'avancer et l'allonger fut une entreprise douloureuse et sanguinolente. Elle souffrait et saignait démesurément par rapport à la gravité réelle de la blessure. Yuxia versa de l'eau dessus pour nettoyer le sang coagulé et gluant. L'ongle n'était pas tout à fait prêt à s'arracher : elles le laissèrent en place. Puis elles l'enroulèrent dans de la gaze jusqu'à ce que son auriculaire ressemble à une batte de base-ball blanche et peu maniable.

Pendant ce temps, juste à côté d'elles, les hommes préparaient du thé. Zula était là depuis assez longtemps pour reconnaître tous les éléments du rituel. La procédure locale impliquait beaucoup d'éclaboussures, qui ici étaient retenues par une plaque de four qui semblait avoir servi autrefois de bouclier à un policier anti-émeutes. Un égouttoir perforé et plat était installé dessus et, posées sur l'égouttoir, de minuscules tasses, plus petites que des verres à liqueur, vieilles et tachées. Apparemment, il était de la plus haute importance pour les hommes du bateau que Zula accepte d'en boire une. Elle s'exécuta donc. La première gorgée de thé lui rappela seulement qu'elle avait une soif terrible, et elle vida le reste d'un trait ; lorsqu'elle reposa la tasse, on la remplit immédiatement. Yuxia passa ensuite. Puis Jones. À ce qu'il semblait, elles étaient considérées comme des invitées.

Elle n'avait jamais vraiment compris la cérémonie du thé jusqu'à cet instant. Les êtres humains avaient besoin d'eau, faute de quoi ils mouraient, mais l'eau souillée pouvait tuer aussi bien que la soif. Il fallait donc la faire bouillir avant de la boire. Cette culture du thé permettait de contourner en douceur le fil du rasoir qui séparait ces deux façons de mourir.

Ces hommes n'étaient pas moyen-orientaux ni chinois, mais, en fonction de la lumière et des émotions qui se jouaient sur leurs visages, ils montraient des signes manifestes d'appartenance à ces deux ascendances. Ils parlaient une langue qui n'était ni le chinois ni l'arabe, mais il y en avait au moins un – le plus compétent des tireurs qui étaient descendus sur la jetée, celui qui était équipé des jumelles et du téléphone – qui pouvait passer à l'arabe lorsqu'il voulait communiquer avec Jones. Zula eut l'impression qu'ils brûlaient une grande quantité de carburant pendant les quinze premières minutes de la traversée, sans doute pour mettre au plus vite de la distance entre eux et le grabuge. L'emplacement de leur échange musclé avec Csongor était visible depuis un bon paquet de tours d'habitation ; peut-être quelque curieux avait-il observé toute la scène caché derrière un store et surveillait-il à présent leur fuite. Mais, même si c'était le cas, Jones n'avait pas à s'en faire, car leur embarcation ne se distinguait en rien de toutes les autres. Ils arrivèrent au large, puis contournèrent le bras nord de l'île, passant juste devant la piste de l'aéroport, où un avion de ligne prêt à atterrir passa si près au-dessus de leurs têtes que Zula put compter ses roues. Un lent virage vers le sud les amena dans la zone la plus fréquentée, le détroit entre Xiamen et ses banlieues industrielles sur le continent, enjambé par des ponts immenses et surpeuplés de vaisseaux beaucoup plus grands que le leur.

« Vers l'Île sans Cœur, dit Jones, sentant probablement la curiosité de Zula quant à leur destination.

– Pardon ? »

Le skipper avait coupé les gaz et le bateau, après qu'une vague due à sa propre vitesse est venue fouetter sa poupe, avançait maintenant à une allure bien plus tranquille. Ils s'étaient fondus confortablement dans une voie de trafic – constituée principalement de bateaux exactement comme le leur et de ferrys – qui zigzaguait entre les énormes cargos arrimés comme un courant autour des rochers.

Jones fit un vague signe de tête vers l'horizon au sud, qui était encombré de petites îles, à moins qu'il ne s'agisse dans certains cas d'avancées du continent asiatique se découpant dans le port. « Le centre névralgique de la flotte de pêche commerciale, expliqua-t-il. Les émigrants économiques de toute la Chine affluent là parce qu'on leur a promis du boulot. Une fois sur place, ils découvrent qu'il n'y a rien pour eux et ils n'ont pas assez d'argent pour rentrer dans leur région. Alors ils travaillent pratiquement comme des esclaves. » Il fit un signe de tête vers l'un des membres de l'équipage, qui remplissait la théière. « L'île a un nom officiel, bien sûr. Mais les gens l'appellent l'Île sans Cœur. »

S'il s'était agi d'une véritable conversation, Zula aurait peut-être cherché à en savoir davantage. Mais cela lui parut inutile. Il ne lui était pas très difficile de deviner le reste. Ces hommes, sur le bateau, appartenaient à un quelconque groupe ethnique d'obédience musulmane de l'Ouest de la Chine. Ils avaient été attirés sur l'Île sans Cœur ainsi que Jones l'avait décrit. N'ayant pas d'autre moyen de donner un sens à leur vie, ils s'étaient laissé recruter par une sorte de groupe radical appartenant à un réseau connecté aux acolytes d'Abdallah Jones. Et lorsque Jones avait décidé de se rendre en Chine, ces hommes lui avaient fourni l'infrastructure dont il avait besoin pour survivre.

Mais elle avait l'impression qu'il n'avait pas terminé. De son côté, il la dévisageait avec une expression quelque peu indéchiffrable, dans la mesure où la moitié de son visage était gonflée et déformée ; d'autant qu'il n'était pas, à la base, le plus transparent des hommes. « Ces hommes travaillent avec moi, dit-il, parce qu'ils l'ont choisi. Je n'ai aucun pouvoir sur eux. S'ils se mettaient à ignorer mes ordres ou me jetaient par-dessus bord, la seule conséquence pour eux serait que leur vie deviendrait immédiatement plus simple et plus sûre. Et même si j'étais le genre d'homme capable de pardonner et d'oublier votre tentative, il y a quelques minutes, de me faire tirer une balle dans la tête, il faudrait que je sois inconscient pour laisser ces hommes me voir faire montre d'une telle faiblesse. Ce n'est pas le genre de choses qui attirent respect et influence dans le milieu de l'Île sans Cœur, si vous me suivez. »

Zula ne voulait pas admettre qu'elle le suivait parfaitement, mais elle s'aperçut qu'elle ne parvenait plus à soutenir son regard, aussi tourna-t-elle les yeux vers Yuxia. Le visage de Qian Yuxia s'était figé, sans expression, et elle ne lui rendit pas son regard. Zula comprit qu'elle avait déjà deviné ce que Jones décrivait comme le milieu de l'Île sans Cœur.

« Et donc, conclut Jones, ça ne va pas être très joli. Ça ne l'était pas au départ, remarquez. Mais, pendant le voyage, vous feriez sans doute bien de réfléchir à un moyen d'empêcher la situation de devenir vraiment incontrôlable. Je vous conseillerais de mettre fin aux démonstrations de courage ou de cran, quelle que soit l'étiquette qu'il vous plaît de mettre sur le genre de comportement dont vous avez fait preuve sur la jetée, et d'envisager un tournant décisif vers *l'islam*. Et l'islam, ça veut dire la "soumission". Juste une idée comme ça. »

Olivia, l'Occidentale privilégiée, fut outrée par le temps d'attente à l'hôpital. Meng Anlan, la citadine chinoise endurcie, se demanda la patte de qui il lui fallait graisser, puis se rappela qu'elle n'avait pas d'argent. Et pire, elle n'avait pas non plus de papiers d'identité, condition *sine qua non* de la reconnaissance de l'individu en Chine. Pas franchement de relations non plus. Elle pouvait se débrouiller pour que son oncle Binrong passe un coup de fil à un quelconque responsable de l'hôpital pour le sermonner un bon coup ; mais Meng Binrong, en tant que personnage de fiction basé à Londres, n'avait pas non plus d'influence ici, et, pour l'heure, un grand nombre d'individus devaient faire la queue pour aller dire le fond de leur pensée aux responsables de cet établissement.

À mesure que le temps passait, cependant, son côté Meng Anlan commença à voir la logique simple qui était ici à l'œuvre : elle avait été blessée plusieurs heures auparavant et, au final, elle se portait bien. La blessure – une estafilade de quelques centimètres dans son cuir chevelu, bien au-dessus du front – avait cessé de saigner. Elle avait mal à la tête, ce qui indiquait peut-être une légère commotion, mais sa vision n'était pas brouillée et elle ne souffrait d'aucun déficit cognitif. Peut-être juste quelques pertes de mémoire du moment où elle s'était retrouvée soudain recroquevillée contre le mur d'un bureau dévasté. Mais il ne s'agissait peut-être même pas de perte de mémoire ; peut-être ce blanc reflétait-il simplement un fait : les explosions, à l'inverse de ce qu'on voyait au cinéma, se produisaient avec une rapidité extrême, comme des flashs.

Elle comprit qu'elle pourrait se lever et s'en aller sans prendre la peine de recevoir le moindre traitement – c'était manifestement ce qu'espérait le personnel débordé.

Le seul obstacle, dans ce cas, consistait à rendre des comptes aux deux ouvriers du bâtiment qui attendaient avec elle depuis le début. Visiblement, ils se sentaient en quelque sorte obligés d'amener l'aventure à une conclusion satisfaisante – une histoire qu'ils pourraient rapporter à leurs collègues le lendemain. Ou peut-être espéraient-ils une récompense ? Elle trouva le moyen de contenter ces deux exigences en prenant leurs noms et leurs numéros de téléphone. Elle leur emprunta également un peu de monnaie pour s'acheter un ticket de ferry et promit de les rembourser à la première occasion, en y ajoutant un petit quelque chose pour leur peine. Ils protestèrent, mais elle eut comme l'impression qu'ils ne cracheraient pas dessus.

Dans une épreuve de marchandage épique dans le couloir de l'hôpital, elle convainquit un aide-soignant de lui céder un rouleau de gaze, insistant bien sur le fait que s'il lui donnait ce qu'elle demandait, elle disparaîtrait sur-le-champ et ne reviendrait jamais les embêter.

Elle se nettoya ensuite du mieux qu'elle put dans les toilettes et enveloppa de nouveau sa plaie d'un bandeau de gaze élégamment arrangé qui aurait presque pu passer pour un accessoire de mode, au moins jusqu'à ce que le sang se mette à perler au travers. Elle tint sa promesse de quitter l'hôpital et rejoignit le front de mer dans sa paire de tongs gratuite. Là, elle utilisa l'argent donné par les ouvriers pour s'acheter un billet de ferry à destination de Gulangyu.

Sur le chemin, elle avait opéré sa transformation : de Meng Anlan, jeune cadre chinoise, elle était redevenue Olivia Halifax-Lin, espionne du MI6. Pendant le bref trajet de ferry, cette dernière se demanda à plusieurs reprises s'il était vraiment opportun de se rendre à l'appartement. Mais pour l'instant, il n'y avait pas de raison que le BSP l'ait percée à jour. Et si toutefois ils avaient des soupçons, qu'est-ce qui serait plus louche que de ne *pas* se rendre à son appartement alors qu'elle avait un besoin si pressant de vêtements de rechange et de repos ? Il lui fallait quitter la Chine, ça, c'était certain. Mais sans argent et sans papiers, elle allait devoir appeler ses responsables à la rescousse. N'ayant pas non plus de téléphone ni d'ordinateur, elle allait devoir pour ce faire se rendre dans un *wangba* afin d'envoyer un message codé.

Mais elle ne pouvait pas louer un terminal dans un *wangba* sans carte d'identité.

Elle n'avait même pas les clés de chez elle. Aussi, après s'être traînée pendant dix minutes dans les allées sinueuses et escarpées de l'île de Gulangyu dans ses tongs trop grandes qui semblaient tout faire pour s'échapper de ses pieds, dut-elle aller trouver le gardien de l'immeuble, interrompre son dîner et faire en sorte que sa femme l'introduise dans son propre appartement.

La femme fut déstabilisée par le désordre de sa tenue. Mais au cours de l'interrogatoire exhaustif mais poli auquel elle fut soumise sur le seuil de sa porte, Olivia parvint à la convaincre que tout allait bien et que tout ce dont elle avait besoin pour l'instant, c'était d'être seule. Elle ne voulait pas donner l'impression qu'elle bloquait physiquement l'entrée, mais c'était pourtant bien le cas. Le langage corporel ne fonctionnait pas bien sur cette femme, et elle dut se servir de l'autre langage. Mais à la fin, Olivia réussit à avoir le dessus. Elle sentit qu'elle pouvait fermer la porte et la verrouiller à double tour sans l'offenser.

Elle sortit du frigo une bouteille d'eau et but au goulot. Puis elle sortit un sachet de baozi surgelés, l'ouvrit et vérifia que son passeport chinois au nom de « Meng Anlan » se trouvait toujours à l'intérieur.

Cette cachette, bien sûr, n'était pas un fait d'espionnage. Ce n'était pas là qu'une espionne irait cacher de faux papiers compromettants. Mais c'était le genre de coin où une jeune femme qui ne serait *pas* espionne serait susceptible de ranger son *authentique* passeport pour le protéger du tout-venant des cambrioleurs. À présent, même si sa carte d'identité était perdue, elle disposait donc d'un moyen de prouver son identité de Meng Anlan.

Ces quelques gorgées d'eau avaient suffi à remettre ses reins en marche : elle reposa la bouteille, laissa le passeport sur le plan de travail et se rendit aux toilettes.

Aussitôt qu'elle entra, elle sentit et entendit qu'on claquait la porte d'un coup de pied derrière elle. Elle se retourna et se retrouva nez à nez avec une masse blanche qui s'approchait à grande vitesse. Un oreiller s'écrasa contre son visage et une main la saisit par la nuque. Elle poussa un cri, mais le son se perdit. Puis une voix posée souffla dans son oreille : « Ne faites pas de bruit. Vous comprenez ? »

Il avait parlé en russe.

Elle hocha la tête.

Il retira l'oreiller, et elle plongea son regard dans les yeux bleus de l'homme qui avait fait irruption dans son bureau dans la matinée ; mais à présent, il portait un costume et il s'était rasé la tête. Manifestement, il l'avait fait dans l'évier de la salle de bains d'Olivia, avec un rasoir pour filles en plastique rose qu'il avait trouvé dans ses affaires.

« Toutes mes excuses », dit-il.

Elle esquissa un geste vague, entre le haussement d'épaules, le hochement de tête et le tressaillement.

« On peut parler gentiment ? » demanda-t-il, en anglais.

Elle évitait son regard à tout prix.

« Je sais que vous êtes espionne », dit-il, toujours en anglais ; peut-être n'était-il pas certain du niveau de la jeune femme en russe.

Finalement, elle le regarda dans les yeux. Elle attendait, ou craignait, un air triomphant. De la jubilation. *Je vous tiens.* Mais il n'y avait rien de tout cela. Plutôt une espèce de... courtoisie professionnelle.

« Peut-être vous êtes la seule personne à Xiamen qui plus dans la merde que moi. Je m'appelle Sokolov. Nous devons parler. »

Au point où elle en était...

« Je m'appelle Olivia », dit-elle.

Ils voguaient depuis une heure. La ville était loin derrière eux. Ils avançaient à découvert à travers un archipel d'îles rocailleuses très espacées. Jones avait passé le plus clair du voyage à discuter le coup en arabe avec l'homme que Zula prenait désormais pour son lieutenant : le tireur muni des jumelles et du téléphone. À un moment donné, les deux hommes s'étaient mis à lancer des regards furtifs dans la direction de Zula et Yuxia, puis le lieutenant était revenu se planter en face de Yuxia, avait attiré son regard et projeté son menton en avant comme pour lui faire signe de le suivre. Yuxia ne s'était absolument pas montrée réceptive à la proposition. Jones s'était approché, comprenant la situation. Il s'était placé entre le lieutenant et Yuxia, s'était accroupi et lui avait expliqué le plus poliment du monde que lui, Jones, désirait avoir un entretien privé avec Zula, et que, par conséquent, Yuxia devait soit s'avancer tranquillement vers la poupe, soit sauter du bateau et mourir – ce qui, de son point de vue à lui, serait bien préférable. « Si nous voulions vous faire du mal, ce serait fait depuis longtemps. »

Yuxia avait donc suivi le lieutenant à l'avant du bateau et s'était trouvée une place vers la proue.

« Je ne supporterai pas davantage votre petit numéro à la Alice Roy, commença Jones. Cela fait grimper énormément le coût de votre présence parmi nous, et dans la mesure où votre valeur est pratiquement égale à zéro – eh bien – je vous laisse faire le calcul.

– *Pratiquement* égale à zéro ou égale à zéro ? Parce que…

– Ah, j'oubliais que vous êtes une fille intelligente et que vous aimez à décortiquer mes paroles ! Très bien, alors. Regardez-vous un peu. Réfléchissez à votre situation. Et coopérez avec moi. Coopérez en répondant à mes questions. Ensuite, je poserai les mêmes questions à Yuxia. Il serait préférable pour toutes les parties concernées que les réponses concordent. »

Il se tut un moment. Il était prêt à attendre toute la journée.

Zula haussa les épaules. « Allez-y.

– Décrivez-moi le chef de l'escadron militaire russe. »

Elle commença à décrire Sokolov. Bien vite, Jones se mit à hocher la tête, d'abord discrètement, puis de façon plus appuyée pour la ramener au silence.

« Vous l'avez vu ? » demanda Zula, mais c'était une question stupide ; il était clair que la réponse était oui.

Jones détourna les yeux et ignora la question.

Elle aurait voulu en poser une autre : *Est-il encore en vie ?* Mais elle se retint.

Jones enchaîna sur une batterie de questions au sujet de Sokolov. Il n'aurait pas gaspillé une telle énergie à satisfaire sa curiosité sur un mort. Elle avait donc sa réponse.

C'était de cela, comprit-elle, que Jones s'était entretenu avec son lieutenant. Jones lui avait rapporté les événements de la matinée tels qu'il en avait été témoin, et, à un moment donné de son récit, une faille s'était fait sentir : ils n'avaient pas vu Sokolov mourir, ils n'avaient pas vu son cadavre.

L'idée que Sokolov était encore en vie lui donna un frisson d'enthousiasme irrationnel et une sorte d'espoir paradoxal. Parmi tous les gens qu'elle avait vus ces derniers jours, il était le seul qui semblait à la hauteur de la situation. Était-il absurde de penser qu'il serait susceptible de vouloir l'aider ? Mais même si c'était le cas, cela ne lui servait à rien s'il ignorait qu'elle était en vie et où elle se trouvait. Il devait être en cavale, encore plus aux abois qu'elle ne l'était.

Ils avaient dépassé deux îles assez petites et avaient mis le cap sur une autre, un peu plus grande, mais qui ne devait cependant pas faire plus de quatre kilomètres de large.

Il lui fallait commencer à réfléchir comme Oncle Richard. Pas Oncle Richard quand il se trouvait à la Ré-U, mais Oncle Richard quand il faisait des affaires. Elle n'avait pu l'observer dans ce mode qu'une ou deux fois – elle n'était pas conviée aux réunions de première importance – mais, en ces occasions, elle avait été fascinée par sa manière d'enfiler une autre personnalité par-dessus sa personnalité ordinaire. *Que veut cette personne ? En quoi est-ce contraire, ou non, à ce que je veux ?* Et pourtant il n'était jamais faux, jamais malhonnête. Car ses manœuvres avaient toujours un côté transparent.

Pour l'heure, Jones voulait absolument en savoir plus sur Sokolov. Il s'était passé quelque chose entre les deux hommes, quelque chose qui avait fait une profonde impression sur Jones.

« Je ne sais pas grand-chose sur son passé, si ce n'est les médailles et ce genre de choses...

– Les médailles ?

– Mais j'ai pas mal discuté avec lui quand on a pris le jet pour venir à Xiamen, puis à la planque et pendant qu'on traquait les créateurs de virus.

– Attendez, attendez », dit Jones.

Car ses yeux s'étaient légèrement élargis, son regard s'était fait un peu plus perçant à chacune de ces révélations.

Elle n'avait pas révélé, jusque-là, la présence du jet d'Ivanov à Xiamen.

Bien. Répondre à ses questions sur ces faits nouveaux tuerait encore une heure.

Que se passerait-il quand elle serait à court de renseignements ?

Il n'avait qu'à taper le nom de Zula sur Google pour découvrir son lien avec Richard. À partir de là, ce qu'il aurait de plus logique à faire serait de demander une rançon.

Évidemment, il ne connaissait pas encore son nom de famille.

La malédiction d'avoir un prénom rare : s'il tapait juste « Zula » et le nom de la compagnie qui l'employait, il trouverait sans doute quelque chose.

Mais il n'y avait pas Internet sur le bateau et, au vu de leur destination, ils n'allaient pas trouver un réseau de sitôt.

« Vous êtes en train de me dire que les Russes avaient une planque ? » Son accent britannique reprit le dessus sur cette phrase.

« Oui.

– À Xiamen ?

– Oui.

– Où ?

– Dans un... »

Zula s'apprêtait à décrire l'immeuble. Puis elle se retourna et regarda la ville. Elle était à quelques kilomètres derrière eux maintenant, mais on distinguait encore clairement les gratte-ciel du centre-ville. « Celui-là, dit-elle. La tour moderne. Avec un plan au sol arrondi. Et une grue jaune qui dépasse sur le dessus. »

Jones demanda les jumelles. Les échangeant avec Zula, il s'assura qu'ils parlaient bien de la même tour.

Il voulut savoir à quel étage. Zula hésita car, en regardant par les jumelles, elle s'était demandé si Sokolov se trouvait là, à la fenêtre. Le mettait-elle en danger en divulguant tant d'informations ?

Mais Sokolov savait parfaitement qu'il était en danger et il prendrait ses précautions.

C'était une manière de communiquer avec lui. Si Jones envoyait des hommes au quarante-troisième étage de cette tour, Sokolov se demanderait comment ils avaient trouvé l'emplacement de la planque et il en conclurait peut-être que c'était Zula qui leur avait fourni l'information.

« Quarante-troisième, dit-elle.

– Décrivez-moi le... » commença Jones, mais ils furent interrompus par quelques mots du skipper.

Jones écouta, hocha la tête, puis fit un signe de tête en direction de la cabine de pilotage. « On arrive dans une zone fréquentée. Vous serez moins repérable là-dedans. »

Zula se demanda, et ce n'était pas la première fois, jusqu'à quel point elle devait coopérer. Mais Jones semblait apprécier sa compagnie et avait l'air preneur pour les informations qu'elle pouvait lui fournir ; elle avait donc l'impression globale que la situation était certes mauvaise, mais pas désespérée. Sauter par-dessus bord et tenter de s'enfuir à la nage, en revanche, serait indubitablement un geste désespéré. Coopérer maintenant lui permettrait peut-être de s'assurer ultérieurement un supplément de confiance. Elle se leva et se rendit dans l'espace confiné, bruyant et étriqué de la cabine de pilotage. Un instant plus tard, elle fut rejointe par Yuxia. Elles y restèrent jusqu'à la fin du voyage.

Le mot « grouillant » devait avoir été inventé pour décrire des endroits tels que le port de cette petite île, se dit-elle. Depuis lors, toutefois, on l'avait vidé de son sens en l'appliquant à des sujets tels que la circulation à Manhattan, la jungle ou une ruche d'abeilles : rien de tout cela n'approchait en réalité le niveau d'activité et de surpeuplement qui assaillait les yeux de Zula tandis qu'ils s'enfonçaient de plus en plus dans le port. On aurait pu croire qu'une telle surpopulation dans un si petit espace aurait conduit à un ralentissement, et non à un accroissement de l'activité, puisque l'encombrement compliquait les déplacements, mais les habitants du lieu ne semblaient absolument pas tenir compte de cette équation. La périphérie de la baie était quadrillée de structures flottantes d'à peu près la taille d'un pâté de maisons, consistant chacune en un grand nombre d'enclos carrés, séparés par des passerelles et recouverts de filets étirés. Les passerelles étaient portées par différentes sortes de flotteurs – bidons de plastique remplis d'air, boudins géants de mousse cellulaire ou simplement de gros sacs en plastique bourrés de billes de polystyrène. Chacun de ces petits radeaux était surmonté d'une petite cabane. Zula comprit qu'il s'agissait de fermes piscicoles.

Le nombre de bateaux de pêche défiait l'entendement et déjouait toute tentative d'estimation. Ils excédaient le nombre de places de plusieurs centaines et ils avaient donc été repoussés vers la plage jusqu'à ce qu'elle soit pleine, puis ils avaient été attachés côte à côte, formant de longs arcs qui s'étendaient sur toute la largeur du port. Lorsqu'un arc manquait de place, on en commençait un autre et, dans la périphérie de la baie, certains d'entre eux se réduisaient à une demi-douzaine de bateaux environ.

Quelque part derrière tout cela devaient bien se trouver la terre ferme et une espèce de ville portuaire, mais Zula ne les aperçut qu'à peine. Par une fente dans tous ces amarrages de fortune qui pénétrait jusqu'à un quai : une simple jetée où, pour l'heure, un ferry était en train d'accoster. De là, une route remontait la colline, formant la colonne vertébrale d'une ville. Cette route était bordée d'immeubles bas et à moitié asphyxiée de gens en *doulis* accroupis sur la chaussée brûlante pour réparer des filets de pêche déchirés ou enfiler des pneus crevés sur des câbles. La lueur des fers à souder et chalumeaux luisait partout, plus bleue et plus vive que le soleil. Des petits bateaux comme le leur circulaient sur toutes les portions d'eau assez larges pour les accueillir, telles des mitochondries dans des cellules. La complexité extrême des gréements et de la circulation et les itinéraires alambiqués qu'ils étaient contraints d'emprunter plongeaient l'esprit dans la plus grande confusion, et se perdaient dans la brume et l'humidité bien avant de présenter la moindre logique.

À voir l'expression de Yuxia, Zula comprit que le spectacle ne lui était guère plus familier.

Tous les vaisseaux de pêche avaient été construits exactement sur le même plan, produits en masse dans quelque chantier naval quelque part, et ils étaient tous peints de la même nuance de bleu. Pour Zula, c'était un miracle que les gens qui vivaient et travaillaient ici parviennent à les distinguer. Il y en avait un, toutefois, qui ressortait de la masse, tout simplement parce qu'il en était de fait un peu éloigné : il était mouillé un peu plus loin dans la baie et n'était attaché à aucun autre bateau. Ce fut vers celui-là qu'ils se dirigèrent. Ils approchèrent du côté mer, où moins d'yeux pouvaient les voir, et escaladèrent une échelle pour grimper sur le pont. Comme tous les autres, le bateau avait une proue qui semblait lourde, qui dépassait largement de l'eau et était chargée d'équipements techniques. Juste derrière, une avancée de pont encombrée de tuyaux en plastique gris empilés les uns sur les autres. Au-dessus, une superstructure qui occupait la plus grande partie de la moitié arrière du bateau. Un double pont. Les cabines à l'étage inférieur ne disposaient que de quelques petits hublots. À l'étage supérieur, on voyait quelques fenêtres et deux écoutilles ouvrant sur une passerelle étroite qui en faisait le tour. Toutes ces images n'étaient que des impressions fugaces que Zula put se faire pendant qu'on la traînait sans ménagement à une cabine du fond, apparemment utilisée comme poste d'amarrage par les pêcheurs qui vivaient sur le bateau, car, aussitôt après, deux hommes vinrent ôter toutes les affaires qui traînaient dedans, la laissant seule dans une chambre dépouillée, sans décoration, à l'exception d'un tapis persan sur le pont d'acier et deux posters fanés ornés de lettres arabes, qui montraient des hommes barbus et enturbannés, désignant le plafond et se soulageant du poids de quelque réflexion profonde sur le djihad mondial (simple supposition). La cabine n'avait qu'un seul hublot ; quinze minutes après son arrivée, il fut bouché sans cérémonie par un moyen très simple : ils collèrent un morceau de papier dessus, à l'extérieur. Lorsque la porte de la cabine s'ouvrait ou se fermait, on entendait des bruits métalliques dont elle put déduire que le hublot était fermé par une chaîne de l'extérieur. Dans un acte de galanterie muet et somme toute poignant, quelqu'un ouvrit la porte et lui passa un seau. Yuxia avait été embarquée elle aussi, mais Zula ne savait pas du tout où elle se trouvait ni ce qui risquait de lui arriver.

« Il y a de la vodka dans le bar. » L'espionne Olivia prononça ces mots en russe. D'après son accent et son approche décomplexée de la distribution de boissons alcoolisées, Sokolov conclut qu'elle était britannique.

« Merci, mais suis russe aux habitudes pas vraiment habituelles, et je pas saisir l'opportunité de me saouler. »

Elle mit un certain temps à assimiler la phrase, mais elle comprit l'idée. Son russe était, peut-être, un peu meilleur que l'anglais de l'homme. Ils allaient devoir passer d'une langue à l'autre et faire preuve d'un peu d'imagination.

« Moi, je vais saisir toutes les opportunités, par contre », répondit-elle. Elle se rendit au bar – en réalité un simple placard garni de quelques bouteilles – et sortit une bouteille de Jack Daniel's.

« Vous feriez mieux pas vous intoxiquer trop, car nous risquons devoir passer bientôt à l'action. »

Au regard qu'elle lui jeta, il vit clairement qu'elle se donnait du mal pour s'empêcher de lui rire au nez.

Quelle erreur avait-il faite ?

Celle de supposer qu'elle allait lui faire confiance.

C'était pourtant logique. Si l'espionne Olivia avait été plus expérimentée, elle aurait su immédiatement que lui faire confiance était le meilleur choix. En effet, il était dans une merde noire et il avait besoin d'elle – qui pouvait se faire passer pour chinoise – pour s'en sortir.

Pourquoi dans ce cas ne lui faisait-elle *pas* confiance ?

Sans doute parce qu'il avait débarqué par la fenêtre de son bureau sans y être invité à un moment particulièrement difficile, qu'il avait braqué sur elle un fusil d'assaut et qu'il était entré par effraction dans son appartement.

« Comment êtes-vous entré ? demanda-t-elle.

– Plan D, dit-il en anglais.

– Et c'est quoi, le plan D ?

– Quatrième plan j'ai tenté. Ça m'a pris tout l'après-midi. »

Il aurait pu s'expliquer, mais il était absurde de s'attarder sur le passé quand il était urgent de discuter de l'avenir.

Elle lui jeta un regard mauvais par-dessus le rebord de son verre de whisky.

Sortant les objets un par un des poches du costume de Jeremy Jeong, il plaça la carte d'identité de la jeune femme, son téléphone, ses clés et quelques autres affaires sur le plan de travail de la cuisine. Chaque objet fut accueilli par une petite exclamation de surprise ravie. « Pour prouver que je pas gros salopard », expliqua-t-il.

Elle prit d'abord le téléphone et consulta le dossier « Appels récents » pour voir si Sokolov avait eu la bêtise de l'utiliser. La réponse, ainsi qu'il aurait pu le lui dire, était non.

« C'est génial », dit-elle ; elle fourra la carte d'identité dans sa poche.

« Nom sur la carte pas Olivia ?

– Le nom sur la carte, c'est Meng Anlan.

– Ah !

– Ainsi, vous ne lisez pas du tout le chinois.

– Exact.

– Comment avez-vous même réussi à entrer dans le pays ?

– N'importe. Plan D. »

Elle continuait de jongler entre l'anglais et le russe. Sokolov devina qu'elle avait appris le russe dans un contexte universitaire : assez à l'aise avec les abstractions et les structures syntaxiques soutenues, elle ramait dès qu'il s'agissait de s'exprimer familièrement.

« Vous conduisiez surveillance des djihadistes ? Ou des hackers dans l'appartement du dessous ?

– Les djihadistes.

– Le nom du chef ? Le nègre ?

– Abdallah Jones. »

Sokolov hocha la tête. Il avait entendu parler de Jones, vu sa photo dans les journaux.

« Vous êtes employée par MI6 ? »

Elle fournit un effort visible pour rester impassible, puis réalisa apparemment la futilité de cette cachotterie et hocha la tête.

« Le MI6 a procédure d'extraction d'urgence ?

– Des moyens qu'ils peuvent mettre en œuvre, corrigea-t-elle. Pour improviser une procédure de ce genre. »

C'était exactement ce qu'il entendait par « procédure ». « Vous activez cette procédure maintenant ?

– Si je n'avais pas d'autre choix, j'aurais un certain coup de téléphone à passer, mais je dois l'éviter si j'ai la possibilité d'utiliser Internet.

– Vous avez un ordinateur ici ?

– Plus maintenant. Mais même si c'était le cas, je ne le ferais pas d'ici. J'irais dans un *wangba*.

– Vous l'avez fait déjà ? »

Elle secoua la tête. « Pas de papiers officiels, pas d'accès au *wangba*. Mais maintenant que j'ai ça... ? » Elle agita la carte d'identité et sourit.

« Nous allons dans *wangba* ? »

Elle sembla sur le point de dire oui. Puis son visage se durcit. « C'est qui "nous", visage pâle ?

– Je vous demande pardon ? »

Elle ferma les yeux, secoua la tête. « C'est une vieille blague américaine.

– J'aime les blagues. Racontez-moi la blague.

– Vous connaissez le Lone Ranger ?

– Le cow-boy masqué ? Avec ami indien ?

– Oui. Alors des Comanches tendent une embuscade au Lone Ranger et à Tonto et ils se retrouvent piégés dans un canyon en cul-de-sac. Ils se cachent derrière des rochers et tirent sur les

Indiens. Le Lone Ranger regarde son ami et lui dit : "Eh bien, Tonto, on dirait que nous sommes cernés." Et Tonto réplique...

– C'est qui "nous", visage pâle ?

– Oui.

– Elle est drôle.

– C'est curieux que vous disiez ça car je ne vois pas la moindre ombre d'amusement sur votre visage.

– Sens de l'humour russe. Pince-sans-rire, comme vous dites.

– OK.

– Blague a un sens.

– Oui, monsieur Sokolov, elle a un sens.

– Pourquoi vous devoir aider pauvre Russe dans la merde ? C'est le sens.

– Surtout, pourquoi le MI6 devrait-il vous aider ? Parce qu'au final, ce que je veux ou ce que je suis prête à faire, ça ne compte pas. Ce qui compte, c'est ce que le MI6 est prêt à faire. Et mettons qu'ils soient d'accord pour remuer ciel et terre afin de me sortir de Chine, je ne vais pas forcément être en mesure de les persuader d'en faire de même pour vous.

– Dites-leur que j'ai information utile.

– C'est vrai ? »

Sokolov haussa les épaules. « Sans doute pas. Mais n'est pas la question.

– Si je leur dis que vous avez des informations utiles et qu'il s'avère que vous n'en avez pas, j'aurai l'air d'une imbécile.

– Peut-être il y a des choses plus importantes à s'inquiéter maintenant que si vous allez passer pour une imbécile quand vous bien en sécurité à Londres en train de manger le poisson et boire la bière. »

Elle y réfléchit un instant.

« Je connais Britanniques, dit-il. Avoir l'air imbécile, ça fait partie de la nature britannique. Ça arrive tout le temps. Ils comprennent. Il y a procédures pour.

– Vous pouvez accéder à Internet plus tard ? demanda-t-elle.

– Heu... Difficile. Pourquoi ?

– Là, il faut que je reprenne le ferry pour aller envoyer mon petit appel de détresse d'un *wangba* en ville. Plus tard, je recevrai sans doute des instructions me disant où aller, quoi faire. Il faudra que je vous transmette ces informations d'une manière ou d'une autre. »

Sokolov sembla rechigner.

« Vous pensiez que vous alliez rester ici ? Parce que vous n'allez pas rester ici. Pour des raisons évidentes, Meng Anlan ne peut pas se permettre d'avoir un mercenaire russe qui dort sur son fichu canapé. Il vous faut trouver un endroit pour passer la nuit, et il vous faut trouver un moyen d'accéder à Internet. Parce que dans ce cas, je pourrai vous envoyer un message dans une *chat room*, ou quelque chose comme ça.

– Mmm. Il y a solution.

– Oui ?

– J'ai endroit où aller. Avec Internet. Je vais aller là-bas. Attendre les instructions. »

Un silence. « Vraiment ?

– Dangereux, reconnut-il. Peut-être très con. Mais peut-être ça ira.

– Vous n'allez pas ligoter ou tuer mes voisins ?

– Non, sauf s'il y en a un que vous détestez particulièrement. »

Elle ne sut comment prendre sa remarque.

« Humour », précisa-t-il. Puis il montra la fenêtre d'un signe de tête. Le soleil se couchait sur le Fujian, et la lumière orangée se reflétait sur les vitres des gratte-ciel de l'autre côté de l'eau. « C'est là-bas. Pas de problème pour vous.

– Alors allons-y. Bien sûr, il faut que nous sortions séparément. Je peux faire le guet pour vous. Je vous avertirai quand l'escalier sera vide, et vous pourrez partir.

– Très bien.

– Nous allons rejoindre le terminal de ferrys séparément et prendre chacun un ferry. Après ça, je ne peux rien promettre.

– Peut-être vous pouvez me sortir de Chine. Peut-être pas. Peut-être je suis capturé. Interrogé. Obligé dire l'emplacement des équipements d'espionne britannique et documents de son bureau. »

Elle le dévisagea sans mot dire.

« Détails à partager avec votre patron quand vous au *wangba* », poursuivit-il.

Plus tard, lorsqu'un membre de l'équipage ouvrit l'écoutille pour lui apporter un bol de nouilles et vider son seau, Zula vit qu'il faisait nuit.

Elle avait essayé d'utiliser ce temps pour réfléchir. Rien n'était venu. Elle se sentit un peu forcée de penser à Peter et se prépara à pleurer. Assise sur le rebord d'une couchette métallique, les coudes sur les genoux, elle laissa monter le chagrin. Et des larmes vinrent effectivement. Assez pour brouiller sa vue et la faire renifler, mais pas assez pour la faire éclater en sanglots et laisser les gouttes salées dégouliner sur son visage. Elle était triste que Peter soit mort. Suffisamment triste pour pardonner, mais pas suffisamment pour oublier le fait que Peter l'avait abandonnée dans la cave quelques minutes avant qu'Ivanov ne l'exécute, somme toute, pour cette raison même. C'était ce qu'il y avait de plus lamentable dans la mort de Peter : ce qu'il avait fait juste avant.

Mais son esprit dériva de ce deuil auto-imposé et elle se mit à s'inquiéter pour Csongor. Pour Yuxia.

Un souvenir la traversa, presque aussi saisissant que la vision d'origine, celle du visage du jeune Chinois par la fenêtre de l'escalier, à quelques centimètres du sien.

Le moment semblait tout indiqué pour dire ses prières. Des prières pour les morts, pour les absents et pour elle-même. Ayant été élevée par des pratiquants, il était un peu curieux qu'elle n'y ait pas pensé plus tôt. Certes, la communication avec une divinité ne paraissait guère susceptible d'améliorer la situation présente. Mais peut-être cela pourrait-il la soulager un peu. Cette dimension, à sa connaissance, était la finalité de la religion dans laquelle elle avait grandi : soulager les gens lorsque se produisaient des événements atroces, offrir toute une gamme de cérémonies qui permettaient d'ajouter une touche de classe à des actes aussi triviaux qu'emménager avec quelqu'un ou jeter une poignée de terre sur un cadavre. Tout cela ne dérangeait pas spécialement Zula et ne la faisait pas douter de la valeur de la chose. Aider les gens tristes à se sentir mieux, c'était une noble cause.

Une foi de ce genre ne risquait pas de pousser quelqu'un à donner tout son argent à un charlatan, à boire du Kool-Aid empoisonné ou à fixer des explosifs sur son corps, mais, en même temps, elle ne semblait pas non plus à la hauteur des défis imposés par une situation comme celle-ci. Toutefois, puisqu'elle lui avait semblé parfaitement acceptable jusqu'ici, il ne lui parut pas spécialement judicieux, en un moment pareil, d'opter soudain pour une variété plus fervente.

Ce qu'elle ne comprenait pas, c'était l'idée de prier en vue d'un résultat. Depuis quand avait-elle son mot à dire ? Ce bateau irait là où les hommes le dirigeraient.

Et il *pouvait* aller n'importe où. C'était évident. Tout l'intérêt d'un bateau de pêche, c'était d'aller en haute mer – dans les eaux internationales. Elle n'avait pas de carte, mais elle devinait que cette embarcation pouvait les emmener n'importe où en Asie du Sud-Est en quelques jours. C'était sans doute ce qu'avait projeté Jones.

La quincaillerie fixée à la porte se remit à cliqueter. L'écoutille s'ouvrit et il entra. Il referma la porte derrière lui et s'installa en tailleur sur le tapis, adossé à une cloison d'acier. Elle resta assise sur le rebord de la couchette.

« Parlez-moi du jet.

– Ils venaient de Toronto.

– Ça, je sais. Il est où, maintenant, ce jet ?

– Vous êtes irritable, ce soir. »

Il lui lança un regard noir. « L'adrénaline est retombée. Dix de mes camarades sont morts aujourd'hui. Je crois que votre pote Sokolov en a tué une bonne moitié à lui tout seul. Il y avait un mur de flammes dans l'appartement. Il était piégé du mauvais côté. Sans issue. Il a tué un de mes hommes pour lui prendre son fusil puis il a tiré à travers les flammes. Il a troué le crâne de plusieurs de mes hommes. Ça me met hors de moi.

– Combien de ses hommes ont survécu, à Sokolov ?

– Pas un.

– Dans ce cas.

– Dans les heures qui suivent un événement pareil, on est shootés à l'adrénaline. Quand ça retombe... eh bien... c'est là qu'un chrétien irait se saouler à mort.

– Et un musulman ?

– Un musulman dit ses prières et rêve de vengeance.

– Je n'ai pas la moindre idée d'où pourrait se trouver Sokolov, je ne sais même pas s'il est vivant.

– Il est vivant. Je ne vous demande pas de me dire où il est. Vous ne pouvez pas le savoir, j'en suis bien conscient. Je vous demande de me parler du jet.

– Oui, je réfléchis tout haut. Je ne crois pas qu'il appartenait à Ivanov. Je crois qu'il l'avait loué.

– Qu'est-ce qui vous fait dire ça ?

– Les autres, pour certains, semblaient choqués par ses actes. Comme s'il dépassait complètement les bornes.

– Je veux bien le croire », dit Jones. Zula se sentit encouragée d'entendre quelque chose de positif dans sa bouche. « Je ne sais pas ce que gagnent ces Russes, mais je m'en fous, ils ne peuvent pas se permettre de se balader en jet privé tous les jours.

– Eh bien, je ne sais rien de ce monde. Mais j'ai entendu dire que faute de posséder un jet, on peut en louer un. Je pense qu'Ivanov avait loué celui-là.

– Il est à l'aéroport de Xiamen ?

– Aucune idée. C'est là que je l'ai vu pour la dernière fois.

– Et les pilotes ?

– On les a déposés au Hyatt, à côté de l'aéroport.

– Vous êtes à Xiamen depuis trois jours.

– C'est la fin du troisième jour complet, là.

– Est-ce qu'Ivanov ou Sokolov vous ont laissé voir des indices sur ce qu'ils comptaient faire aujourd'hui ? À part choper les hackers ?

– On nous a dit de prendre toutes nos affaires en quittant la planque.

– Donc le plan était de partir. De reprendre l'avion aujourd'hui. »

Zula haussa les épaules pour montrer à Jones que cela ne l'intéressait pas de faire des suppositions hasardeuses.

« Il est toujours là, dit Jones. Le jet est toujours là.

– Je n'ai absolument aucun moyen de le savoir.

– Vous pouvez compter là-dessus. Dans l'aviation, la grosse dépense, c'est le kérosène. À côté, tout le reste n'est que bagatelle. Il n'y a absolument pas moyen qu'ils aient remis du kérosène dans cet avion afin de l'envoyer dans un autre endroit pour trois jours, juste pour économiser sur les notes d'hôtel des pilotes. Non. Vous pouvez me croire, les aviateurs sont tranquillement installés au Hyatt à regarder de la pornographie et à faire grimper leur note de bar depuis que vous êtes à Xiamen, et ils ont sans doute reçu l'instruction d'être prêts à partir d'aujourd'hui. Ils y sont sans doute toujours pour l'instant et ils doivent se demander ce que fabrique Ivanov. »

Zula était contente de laisser parler Jones. Elle ne voyait pas l'intérêt que tout cela présentait pour elle.

« Mais Ivanov ne va pas venir, parce que je l'ai tué. »

Il se leva et se mit à faire les cent pas, plongé dans ses pensées. La cabine était si exiguë qu'il en fut bien vite réduit à faire passer son poids d'un pied sur l'autre avec agacement. Il évitait son regard. Il tentait de poursuivre une idée, essayait d'éclaircir un point. « Donc, reprit-il. Quels peuvent être leurs ordres, si le patron ne se présente pas ? Ils ne peuvent pas partir comme ça. Ils doivent attendre son retour. Ils ne font que ça, ces types-là, ils se tournent les pouces en attendant que leurs maîtres claquent des doigts. »

L'idée qui germait dans l'esprit de Jones était si énorme et si folle qu'il fallut un certain temps à Zula pour la saisir. Puis elle dut se mordre les lèvres pour s'empêcher de s'exclamer : *Vous voulez le jet !*

Qu'avait-il en tête ? Il aurait besoin des pilotes pour le démarrer. Ce qui signifiait qu'il devait prendre un ascendant sur les pilotes, coûte que coûte.

Elle prit conscience, tout à coup, que Jones la regardait fixement.

« Ils doivent se rappeler de vous. Ils reconnaîtraient votre voix au téléphone. »

Le visage de Zula se pétrifia. Mais elle savait qu'il était trop tard. Il avait trouvé la solution.

Moins de trente minutes après la conclusion de l'entretien dans l'appartement d'Olivia, Sokolov était de retour dans la planque, au quarante-troisième étage du gratte-ciel.

Tout avait disparu, à part les détritus qu'ils avaient abandonnés et l'ordinateur qu'ils avaient acheté sur place. Lorsque Ivanov était resté sourd au conseil de Peter, qui estimait qu'il ne valait mieux pas l'abandonner sur place, celui-ci avait pris l'initiative d'ouvrir le boîtier pour récupérer le disque dur afin de l'emporter avec lui. Mais il s'était montré trop lent pour Ivanov et avait été interrompu au milieu de sa tentative.

Sokolov était maintenant confronté, par conséquent, à une machine partiellement démontée, dont le disque dur – une brique d'acier de la taille d'un sandwich – avait été débranché, mais pas retiré de son boîtier. Le reconnecter était un jeu d'enfant, car les fils ne s'adaptaient qu'à une seule prise chacun. Il redémarra l'engin : il s'alluma normalement. L'Internet semblait fonctionner, mais il ne surfa pas, car presque tout ce qu'il regarderait risquerait d'alerter le BSP. Olivia lui avait noté l'URL d'une *chat room* populaire sur laquelle il y avait parfois des discussions en anglais. Il tapa l'adresse et navigua jusqu'au forum qu'elle avait spécifié. Il semblait pour l'heure très calme, et il ne repéra aucune des expressions codées qu'elle lui avait dit de chercher. Rien de surprenant; elle n'était sans doute même pas encore arrivée au *wangba.*

Ce dont il avait besoin par-dessus tout, c'était de sommeil, de façon à être en forme le lendemain. L'idée de gaspiller les heures nocturnes durant lesquelles il lui était plus facile de se déplacer sans attirer l'attention lui déplaisait fortement. Mais il n'avait pas de raison de se déplacer, rien à faire. Il longea deux ou trois fois la suite de bureaux en contemplant la galaxie de lumières colorées qui s'étalaient en dessous, les lettres de néon qu'il ne savait pas déchiffrer.

En dépit de sa fatigue immense, il n'allait pas passer une bonne nuit, il le savait déjà.

Son commandement avait été balayé ce jour-là. Tous les hommes qui répondaient à ses ordres étaient morts. Ils avaient en Russie des femmes, des mères, des fiancées qui attendaient de leurs nouvelles et ne savaient pas encore qu'ils étaient partis pour de bon. Jusque-là, il avait chassé cette pensée, puisque ressasser ne servait à rien. Il dirigeait des hommes depuis longtemps, depuis qu'il avait été promu au grade de caporal et s'était vu assigner la responsabilité d'une escouade. Étant donné la nature des lieux où il avait été envoyé, les pertes avaient été fréquentes et sévères. Il en avait écrit, des lettres à des mères et à des épouses endeuillées. Avec le même baratin éculé, il leur avait appris que ces hommes étaient morts en se battant pour la patrie : une assertion difficile à soutenir pendant l'invasion de l'Afghanistan, à peine plus facile en Tchétchénie.

S'il avait disposé d'un papier et d'un stylo, et de l'adresse des familles, quel mensonge pieux aurait-il bien pu inventer ? Ces hommes n'étaient autres que des mercenaires au service d'une organisation louche dont la seule motivation était le profit.

Comme lui.

Même s'il était possible d'instiller un peu de loyauté personnelle dans un cartel de crime organisé – ce qui, au fond, ne devait pas être si compliqué que ça, vu que des hommes se battaient et mouraient tous les jours pour ce type d'organisation –, le fait était qu'il ne s'agissait pas ici d'une opération digne de ce nom, mais d'une erreur colossale, commise par un homme qui avait escroqué l'organisation et à demi perdu la raison.

À la limite, cela pouvait encore s'expliquer. Il faudrait faire preuve d'un peu d'ingéniosité, mais cela s'inscrivait dans une situation cohérente, en un sens. Ce qu'il ne serait jamais capable d'expliquer, c'était le fait qu'ils étaient tombés accidentellement sur une fabrique de bombes dirigée par une cellule de djihadistes.

On pouvait comprendre les autorités chinoises, qui parlaient d'explosion au gaz. Ce n'était même pas qu'ils cherchaient à cacher la vérité. Mais c'était nettement plus simple à expliquer.

S'il devait dire quelque chose aux familles, ce serait qu'ils étaient morts dans une explosion au gaz ou dans un accident de voiture, ou suite à un autre hasard malheureux qui se produisait au cours d'une guerre. Comme les soldats américains qui s'étaient électrocutés en prenant des douches dans leurs bases militaires mal conçues. Qui avait eu la charge d'écrire *ces* lettres-*là* ?

Tandis qu'il faisait les cent pas en observant le ruissellement palpitant des lumières de la ville, il lui apparut qu'il n'y avait en fait qu'une seule façon de donner un sens à toute cette situation, si par « donner un sens », on entendait « amener à une conclusion telle que des lettres acceptables puissent être adressées aux mères des hommes qui étaient morts dans la matinée ». Et cette conclusion, c'était de retrouver Abdallah Jones et de le tuer.

Il s'accroupit sur ses talons, étirant les muscles endoloris et fatigués de ses jambes, geste douloureux, mais qui lui fit du bien, croisa les bras sur ses genoux, appuya son menton sur ses mains et contempla la Chine par la fenêtre.

Tout était clair pour lui, sauf la façon dont il allait sortir du pays. Cela dépendait entièrement d'Olivia. Impuissante comme un bébé avec ses pieds nus, sa solitude. Et pourtant infiniment plus puissante, plus capable que Sokolov dans ce contexte.

Sur l'île, il y avait eu un moment de flottement, vers la fin de leur conversation, lorsqu'elle avait insisté sur le fait qu'il ne pouvait pas rester dans son appartement. Il était étrange qu'elle ait même évoqué cette possibilité. Comme si Sokolov s'était attendu à une faveur de ce genre. Et pourtant elle avait éprouvé le besoin d'expliciter la chose. Pourquoi ? Parce qu'elle était attirée par lui, comme il l'était par elle, et que cela rendait essentiel que les scrupules soient observés, les règles appliquées.

Il releva la tête, se laissa retomber sur ses fesses et s'allongea en amortissant sa chute à l'aide de ses bras, comme dans le sambo. Ce ne serait pas le pire endroit où il avait dormi. Ce serait encore plus confortable s'il sortait le Makarov de sa ceinture. Il s'exécuta donc et sortit le chargeur de rechange de la poche poitrine de sa veste et une petite lampe torche de la poche de son pantalon. Il plaça le tout à côté de sa tête. Il délaça les chaussures de Jeremy Jeong. Mais, au lieu de les retirer, il décida de retenir la leçon d'Olivia et les garda aux pieds, au cas où une nouvelle fuite de gaz devrait se produire.

Le sommeil ne vint pas ; il ne pouvait s'empêcher de penser à la vulnérabilité qui serait la sienne si quelqu'un faisait irruption dans la planque.

Il passa son CamelBak sur ses épaules et se rendit dans la salle de réunion. La grande table était équipée de branchements Internet : un bouquet de câbles gris, reliés par un colson, traînait dessous. Avec quelques coups de couteau rapides, il détacha plusieurs mètres de câble qu'il jeta sur ses épaules. Il planta une chaise au milieu de la table, grimpa dessus, leva les bras et souleva une dalle d'une poussée.

Au-dessus de lui, si sa mémoire était bonne, il y avait un treillis en acier en zigzag. Il était hors de sa portée mais, en s'y reprenant à plusieurs fois, il parvint à jeter le bout du câble au travers et à faire passer suffisamment de longueur pour qu'il retombe à bonne hauteur sous l'effet de son seul poids. Il le ramena vers lui à petites secousses et attacha les deux bouts pour former une boucle qui pendait par le trou du plafond à environ un mètre du dessus de la table.

Puis il replaça la chaise par terre, s'allongea au milieu de la table de conférence et dormit à poings fermés.

« Ce que j'essaie de prouver par cette petite démonstration devrait être évident pour n'importe quel individu pourvu d'un minimum d'imagination. Or, il est évident que c'est votre cas. Donc moi, personnellement, je trouve que c'est une perte de temps. Mais mes collègues ici présents sont des types pragmatiques. Ils aiment le concret. Ils n'ont pas confiance en leur faculté de communiquer en raison des barrières culturelles et linguistiques. »

Jones précédait Zula sur une échelle d'acier qui descendait dans la cale.

« À moins, ajouta-t-il gaiement, que ce soient juste des sadiques. »

À ces mots, Zula tourna brusquement la tête et eut un bref et vague aperçu d'un grand espace mal éclairé où se pressaient plusieurs hommes. Yuxia était assise sur une chaise au milieu. Elle eut un mouvement de recul. Mais le lieutenant de Jones – elle avait compris qu'il s'appelait Khalid – était au-dessus d'elle, lui marchant quasiment sur les doigts.

Les moteurs du bateau avaient démarré quelques minutes plus tôt, on avait levé l'ancre, puis quitté la crique encombrée et commencé à faire le tour pour rejoindre l'arrière de l'île, qui semblait complètement désert. Cette rive était exposée aux intempéries venant du large, et il lui manquait un port naturel, aussi la jugeait-on sans doute sans valeur. Dans l'espace entre les deux ponts, les moteurs faisaient un raffut impossible. Mais aussitôt que Zula posa le pied sur le pontet, le tintamarre se réduisit à un faible ronronnement, juste assez pour avancer un peu et garder le contrôle du vaisseau.

Les jambes de Yuxia avaient été ligotées ensemble aux chevilles et aux genoux, et ses bras étaient immobilisés dans son dos.

Un membre de l'équipage descendit par l'échelle après Khalid, courbé sous le poids d'un seau en plastique de vingt litres rempli à ras bord d'eau de mer. Il en renversa une bonne quantité en traversant la cabine d'un pas incertain, mais, lorsqu'il le posa sur le pont devant Yuxia, il était toujours plein jusqu'à cinq ou six centimètres du bord.

« Arrêtez, s'écria Zula. C'est complètement...

– Inutile. Oui. Je viens de le dire, enchaîna Jones. Pour vous et moi, oui. Et pour *elle*, très certainement. Mais cela semble terriblement important pour tous les autres. »

Khalid était allé se placer derrière Yuxia et, pendant un instant, le tableau qui se présenta devant les yeux de Zula fut en tout point semblable à ces images granuleuses de webcams qui montrent un otage impuissant se faire massacrer.

Mais ce n'était pas ce qui allait se passer. Pas exactement. « Votre amie ! » annonça Khalid, puis il fit un signe de tête aux hommes qui se tenaient de chaque côté de la chaise de Yuxia. Ils convergèrent vers elle et, dans une démonstration de maladresse et de gaucherie qui aurait été comique en d'autres circonstances, ils parvinrent finalement à la renverser, les pieds en l'air, la tête en bas, après quoi ils lui plongèrent la tête dans le seau. De l'eau se répandit sur le pont.

« Non, dit Zula d'une voix calme.

– Pensez-y comme à une performance, dit Jones.

– Je vous en prie, dites-leur d'arrêter.

– Vous m'avez mal compris. C'est *vous* qui devez faire une performance. Ils veulent vous réduire à l'hystérie larmoyante.

Et plus longtemps vous vous accrochez à votre sang-froid, plus longtemps elle va manquer d'oxygène. »

Zula se lança en avant et parvint à s'échapper. Jones lui fit un croche-pied *in extremis*. Elle s'étala de tout son long sur le pont, la main droite à seulement quelques centimètres de la base du seau. Elle se redressa pour se préparer à bondir de nouveau, mais un pied botté lui bloqua la main. Elle se tordit pour lever les yeux sur le visage de Khalid, qui la fixait de toute sa hauteur avec une expression d'extase et de fascination. De la main gauche, elle tenta d'attraper sa cheville. Il portait des rangers militaires avec des crochets pour faciliter le laçage rapide. Un crochet se prit dans le pansement de son petit doigt ; il se détacha de sa main blessée, emportant l'ongle. Khalid posa son autre pied sur son avant-bras gauche, l'emprisonnant à son tour. Elle s'était tortillée de telle sorte qu'elle était allongée sur le flanc, les deux mains coincées, à quelques centimètres seulement du seau dans lequel Yuxia luttait à présent pour sa vie ; ses cheveux noirs joliment coupés flottaient contre le plastique translucide tandis qu'elle agitait la tête de tous côtés pour essayer de le renverser ; des bulles se formaient à la surface de l'eau à mesure que ses poumons se vidaient.

Zula ne ressentait rien de ce qu'ils voulaient lui faire ressentir. Sa seule envie, c'était de les tuer. Et si Jones ne lui avait pas fait son aimable suggestion, elle aurait peut-être manqué de leur donner la performance qu'ils voulaient : la seule chose qui pouvait sauver la vie de Yuxia. Mais quelques détails – les cheveux de Yuxia qui flottaient, le sang qui dégoulinait librement de son propre petit doigt – suffirent finalement à la pousser à bout et à la faire entrer dans un espace mental gouverné, sans doute, par une version approximative de l'Actor's Studio, espace dans lequel elle lâcha finalement la bride à tout le chagrin et à toute la rage qui s'étaient accumulés dans sa zone tampon émotionnelle pendant les derniers jours ; elle s'autorisa à perdre tout contrôle et à être réduite à l'état de boule de nerfs toute de sanglots et de gémissements que ces types voulaient apparemment voir.

Elle comprit ce qu'avait essayé de lui dire Jones. Ces hommes avaient besoin de savoir qu'elle était brisée. Parce qu'il n'y a qu'ainsi qu'ils pourraient lui faire confiance.

Ce qui soulevait la question suivante : lui faire confiance pour faire quoi ? Parce que s'ils voulaient simplement la tuer, dans ce cas...

Que pouvait-elle bien faire pour ces hommes ? À quelle fin se donnaient-ils tout ce mal ?

« Je vous en prie, je vous en prie, je vous en prie, s'entendit-elle sangloter. Je vous en prie, lâchez-la ! Je vous en supplie ! »

Khalid retira son pied de sa main et donna un coup dans le seau, qui roula sous la tête de Yuxia et se renversa sur le pont. Zula fut trempée. Yuxia, qu'elle aurait presque pu toucher en tendant la main, avait toujours la tête baissée. Elle cracha l'eau qui s'était engouffrée dans ses poumons, s'étrangla, puis vomit. Lorsqu'elle en eut terminé, ils la redressèrent et la rassirent sur la chaise. La première chose qu'avait dû voir Yuxia en rouvrant les yeux, c'était Zula étendue sur le pont à ses pieds avec du sang qui dégoulinait de son auriculaire blessé. Zula ne put vraiment la regarder tant que Jones ne l'eut pas aidée à se remettre sur pied. Elle avait envie de prendre Yuxia dans ses bras et de lui dire à quel point elle était désolée que tout cela se soit produit simplement parce que Yuxia, quelques jours plus tôt, avait pris sur elle de sympathiser avec une bande d'Occidentaux perdus dans les rues de Xiamen. « Nulle bonne action ne reste impunie », comme disait toujours Oncle Richard. C'était le cas de le dire. Mais Jones était en train de prendre les deux bras de Zula par en dessous pour la tirer de nouveau vers l'échelle. « Faut y aller, maintenant, dit-il. Plus vite on s'y met, plus vite elle sera libre. » Il la fit pivoter pour faire face à l'échelle, puis la poussa suffisamment fort pour qu'elle soit contrainte de ramener ses deux mains devant elle afin d'éviter de prendre un des échelons en plein visage.

Elle lui jeta un coup d'œil par-dessus son épaule. Une expression d'incompréhension devait flotter sur son visage, car il eut soudain l'air dégoûté. « Ce qu'il faut retenir de ce que vous venez de voir, c'est que votre amie va être gardée ici en otage, et que si vous ne vous comportez pas à la perfection pendant la phase suivante, on la jettera par-dessus bord sans plus de cérémonie, lestée avec quelque chose de lourd. Et là, elle souffrira le destin simplement suggéré aujourd'hui. »

Zula se détourna de Jones pour regarder Qian Yuxia. Assise sur sa chaise, elle respirait toujours rapidement, les yeux dans le vague. Il était difficile d'imaginer quelqu'un de plus calme et imperturbable devant l'épreuve de la torture et de la quasi-noyade. Peut-être Yuxia était-elle juste sonnée, peut-être avait-elle subi une lésion cérébrale ou peut-être retenait-elle un profond traumatisme émotionnel qui exploserait d'une manière spectaculaire et imprévisible plus tard.

Mais ce n'était pas ce qu'on aurait dit à la regarder. Ce qu'on aurait dit, c'était qu'elle était en train de calculer la meilleure façon de se venger de ces salopards.

« Copine, je vais faire ce que je peux pour éviter qu'ils te fassent plus de mal, dit Zula.

– Je sais », murmura Yuxia.

Jones poussa Zula vers le haut de l'échelle et elle se mit à grimper vers la lueur des étoiles.

Une embarcation plus petite, identique à celle qui les avait amenés de Xiamen, à ce détail près qu'aucun taxi ne s'était écrasé dessus, les avait rejoints et s'était amarrée à leur vaisseau. On fit comprendre à Zula qu'elle devait monter dedans. Elle s'exécuta et s'assit dans un endroit où elle ne gênerait pas les manœuvres.

Au moins une demi-heure s'écoula en palabres et préparatifs. Il lui sembla que les hommes récoltaient une grande quantité de matériel dans les différents cabines, cales et placards du plus gros bateau. Ils examinaient les affaires, les triaient, les comptaient et les remballaient. Ayant passé toute sa vie entourée d'armes à feu, elle devina au son, au poids des objets et simplement à la posture des hommes qui les transportaient que c'était d'artillerie qu'il s'agissait, au moins dans certains cas. Brûlant de comprendre les conversations en arabe, elle s'exaspérait de sentir qu'elle n'était qu'à un cheveu de parvenir à suivre. Elle entendit, indéniablement, les mots pour « avion » et « aéroport », ce qui ravit la petite fille cachée en elle (« Super, on part en voyage ! »), alors même que ses fonctions cérébrales supérieures énuméraient intérieurement toutes les catastrophes susceptibles de se produire lorsque des hommes tels que Jones se mêlaient de faire joujou avec des avions.

Elle était presque certaine d'avoir entendu le mot qui signifiait « russe », aussi. Mais il était difficile de saisir quoi que ce soit, car ils parlaient tous à voix basse, et le premier qui haussait le ton un tant soit peu était rappelé à l'ordre par des regards noirs et des « chut ! ».

Ils procédaient, semblait-il, à une espèce de tri. Elle avait remarqué que certains des hommes de Jones présentaient un type plus moyen-oriental et préféraient l'arabe à la langue non identifiée que parlaient entre eux ceux qui ressemblaient davantage à des Chinois. Ces derniers restèrent sur place tandis que les premiers embarquaient sur le petit bateau.

Conformément au scénario bien connu de tous ceux qui ont un jour chargé une voiture en famille avant un départ en vacances, la confusion aimable laissa la place à l'impatience, laquelle déboucha sur des ultimatums rageurs, puis des décisions hâtives et mal avisées. Finalement, ils larguèrent les amarres et le plus petit bateau commença à s'éloigner.

Ayant visiblement délégué Khalid pour donner des ordres au skipper et mener la barque, Jones s'éloigna du groupe principal et vint s'asseoir près de Zula. « Tout à l'heure, dit-il, j'essayais de trouver un moyen de vous dire que vous êtes tombée entre les mains d'hommes qui se font un plaisir de lapider des jeunes femmes à mort pour les punir de leurs mauvaises actions. » Et il désigna de la tête les hommes de l'équipe de Khalid, qui s'affairaient à trier et à remballer le matériel qu'ils avaient chargé à bord. « Mais vous l'avez sans doute deviné par vous-même. » Il se retourna vers elle avec un sourire joyeux. « Puis je me suis rappelé une anecdote au sujet de Khalid. Vous savez lequel c'est ?

– Celui qui est en train de me fusiller du regard ? »

Jones vérifia. « Oui. Celui-là. » Il reporta son attention sur Zula. « Lorsque Khalid se battait contre les croisés en Afghanistan...

– Les croisés ? Vous voulez dire des chevaliers avec des croix rouges sur leurs boucliers ?

– Les Américains, en l'occurrence. Lui et son groupe ont été chassés, pendant un certain temps, d'une région qu'ils contrôlaient depuis plusieurs années. Les Américains ont occupé l'endroit et ont commencé à imposer leur culture. Les choses ont changé. On a ouvert une école pour filles.

– Laissez-moi deviner – Khalid n'était pas d'accord ?

– Pas du tout. Mais il ne pouvait rien y faire, à part observer depuis les collines et attendre. Bien sûr, rien ne les empêchait, lui et les autres membres de son groupe, de se glisser en ville de temps à autre pour conduire des opérations d'espionnage. Ils se déguisaient – ça va vous plaire – avec des burqas, de telle sorte que tout le monde les prenait pour des femmes. Évidemment, l'école pour filles était loin d'être le souci n° 1 de Khalid, mais il y faisait des incursions. Deux hommes sur un scooter, un qui conduit, l'autre qui tient une bouteille en plastique remplie d'acide. Vous attendez de repérer un groupe de filles sur le chemin de l'école, vous les dépassez en moto, et vous visez au visage – splash, splash ! »

Jones mima la scène en jetant une bouteille en plastique imaginaire vers le visage de Zula. Elle se retint de tressaillir. « Ça en décourageait certaines. Et l'attaque au gaz létal est vraiment passée tout près de faire fermer l'établissement. Mais la prof était une dame coriace. Indomptable. Incontrôlable. Le genre de femme que vous aimeriez être, Zula, mais que vous n'êtes pas.

Et ainsi, avec une aide considérable des Américains, l'école est restée ouverte malgré tous les efforts de Khalid. Mais au final, les Américains ont décidé, comme d'habitude, qu'ils avaient suffisamment pacifié la région, et qu'ils en avaient marre de voir leurs jeunes se faire dégommer un par un par les snipers et les cocktails Molotov. Donc ils ont déclaré leur mission terminée et ils se sont retirés de la ville. Vous savez ce qu'a fait Khalid à ce moment-là ?

– Étant donné votre manière de raconter l'histoire, je suppose qu'il a fermé l'école et fait lapider la prof, quelque chose dans ce goût-là.

– C'est ce qu'il a fait *avant* de la lapider qui est particulièrement intéressant.

– Et c'est quoi ?

– Il l'a violée.

– OK, donc c'est quoi la morale de cette histoire ? Qu'il n'est pas aussi musulman qu'il veut bien le dire ?

– Au contraire. Il a fait ça pour la plus islamique des raisons. De son point de vue, du moins. Il se trouve que je suis en désaccord avec lui sur une subtilité de la théologie, en l'occurrence.

– Vous êtes en train de me dire qu'il y a une justification théologique à son acte ?

– Disons plutôt un *mobile* théologique. Vous comprenez, en violant cette enseignante, il a fait d'elle une femme adultère. Et vous savez ce qui arrive à une femme adultère après qu'elle a été lapidée à mort ?

– Elle va en enfer ? » Zula faisait tout pour ne pas perdre son sang-froid, mais sa voix se brisa.

« Exactement. Donc, dans l'esprit de Khalid, il ne se contentait pas de *tuer* l'enseignante – il le faisait d'une manière qui la condamnait à...

– Je sais ce que c'est que l'enfer.

– J'essaie juste d'insister sur le danger que cela représente de se retrouver entre les mains d'individus tels que Khalid.

– J'avais compris.

– Vous aviez peut-être *compris*, mais maintenant vous avez plus que *compris*. Maintenant, vous l'avez *senti*, et ça va vous guider dans vos actions.

– Me guider ou me contrôler ?

– C'est une distinction occidentale. Bref. Maintenant, ils ont eu ce qu'ils voulaient de vous : une hystérie larmoyante. Bien joué. Pour ma part, sa fausseté patente l'a presque rendue émouvante.

– Merci.

– Moi qui suis occidental, par contre, je vais avoir besoin de quelque chose d'un peu plus intellectuel.

– À savoir ?

– *L'islam*. La soumission.

– Vous voulez que je me soumette.

– Votre petit jeu ce matin dans la cave. Quand vous avez envoyé Sokolov dans le mauvais appartement. Ça m'a coûté très cher.

– Comment croyez-vous que je me sente maintenant ?

– Pas aussi mal que vous le méritez. »

Elle en connaissait, des hommes de ce genre, qui rôdaient sur les branches extérieures de l'arbre généalogique. Des hommes qui semblaient assister à la Ré-U dans le seul but de faire honte aux petits. Par chance, Oncle John et Oncle Richard avaient toujours été là pour les tenir à distance.

Ses oncles, bien sûr, n'étaient pas là aujourd'hui.

Elle n'en pouvait plus de cette conversation. « Je me soumets, dit-elle.

– Plus d'acte de bravoure ?

– Plus d'acte de bravoure.

– Plus d'entourloupe ?

– Plus d'entourloupe.

– Une obéissance parfaite et totale ? »

Celle-ci était plus dure. Mais en fait, pas si dure que ça, lorsqu'elle songeait à Yuxia et au seau d'eau. « Une obéissance parfaite. Et totale.

– Excellent choix. »

Lorsqu'ils avaient fait basculer Yuxia, sa plus grande crainte n'avait pas été d'être plongée la tête la première dans un seau d'eau – car elle sentait, obscurément, que ce n'était rien de plus qu'une démonstration de force –, mais que le téléphone ne tombe de sa botte.

Ils n'avaient jamais vu un film de leur vie, ces hommes, ou quoi ? Car dans les films, on fouillait toujours les prisonniers pour s'assurer qu'ils n'avaient rien sur eux. Mais ce traitement ne fut pas infligé à Qian Yuxia. Peut-être parce que c'étaient des islamistes et que, pour eux, toucher une femme était tabou. Peut-être parce que, étant de sexe féminin, elle était considérée comme inoffensive. Ou peut-être parce qu'elle portait un jean moulant et un tee-shirt sans manches tout aussi ajusté, laissant bien voir qu'elle n'avait rien sur elle. Quelle qu'en soit la raison, ils n'avaient pas pris la peine de l'inspecter ; ils l'avaient simplement emmenée dans une grande cabine sur le pont supérieur et l'avaient menottée à un pied de table. Il y avait de l'animation dans la cabine, qui servait à la fois de mess et de cambuse à l'équipage du bateau, et c'est sur la table à laquelle elle était attachée qu'ils prenaient leurs repas et leur thé. Il y avait toujours quelqu'un, et elle n'avait pas jugé prudent de sortir le téléphone de sa botte. De temps à autre, une vibration contre sa cheville l'informait qu'elle, ou plutôt Marlon, avait reçu un message. Si la pièce avait été plus silencieuse, elle aurait eu peur que quelqu'un n'entende le vibreur, mais avec le grommèlement du moteur, le clapotis des vagues contre la coque, les bruits de casserole et de bouilloire, et les éclats de friture et de conversation qui s'élevaient de la radio, elle ne risquait rien de ce côté-là. Zula avait été placée ailleurs, sans doute dans une cabine isolée, et Yuxia s'était interrogée : si leurs situations avaient été inversées et qu'elle s'était retrouvée seule, qu'aurait-elle fait du téléphone ? Les deux options évidentes étant contacter Marlon ou appeler la police et tout leur raconter.

Lorsque les hommes étaient entrés pour l'attacher, l'un d'eux s'était agenouillé devant elle, et elle avait dû faire un effort pour ne pas s'étrangler, pensant qu'il connaissait l'existence du téléphone dans sa botte et s'apprêtait à le confisquer. Elle avait croisé les chevilles pour le cacher. Mais l'homme n'avait pas prêté attention au contenu de ses bottes. Au lieu de cela, il avait passé une corde derrière ses chevilles, l'avait ramenée devant et l'avait nouée *par-dessus le téléphone*, ce qui signifiait qu'il était coincé là. Si bien coincé que, même lorsqu'ils l'avaient mise la tête en bas, il n'était pas tombé.

Après le supplice du seau, ils la traînèrent de nouveau jusqu'à la cambuse. L'un des membres de l'équipage – le présupposé à la cuisine, semblait-il – avait placé une tasse de thé devant elle. Elle était malade, frissonnante, elle toussait et elle avait la gorge à vif, mais elle était relativement indemne. Elle prit la tasse, la pressa de ses deux mains, prises de tremblements incontrôlables, et but. Le thé n'était pas mauvais du tout. Pas aussi bon que du *gaoshan cha*, mais non dépourvu de certaines de ses propriétés médicinales – c'était bien le remède qu'aurait prescrit un médecin à quelqu'un qui venait de respirer de l'eau de mer.

Jusqu'à maintenant, elle était poussée avant tout par son inquiétude pour Zula. Cette préoccupation n'avait certes pas disparu. Mais cette émotion était désormais occultée par un désir beaucoup plus intense et immédiat, celui de voir périr tous les hommes de ce bateau. Même pas tant un désir qu'une nécessité absolue, non négociable.

Ce n'était pas la peur qui la faisait trembler. C'était la rage.

Quelques minutes plus tard, ils l'emmenèrent dans une cabine : celle où Zula était enfermée auparavant, sans doute. Ce qui soulevait une question : qu'avaient-ils fait d'elle ?

Elle se laissa à tel point envahir par l'angoisse qu'elle mit une éternité à remarquer que le téléphone vibrait contre sa cheville. Pas juste une fois, pour annoncer un SMS, mais encore et encore, sur un rythme régulier.

Elle le sortit, affolée, craignant que l'appel ne soit redirigé vers la messagerie avant qu'elle puisse répondre. Le numéro affiché sur l'écran était le sien ; c'était Marlon qui l'appelait depuis son téléphone.

« *Wei* ? » murmura-t-elle.

Dans le fond, elle entendait un bruit rythmique de couinement.

« C'est quoi, ce bruit ? demanda-t-elle.

– C'est Csongor qui rame. »

Pendant le long trajet jusqu'à l'Île sans Cœur, Marlon et Csongor avaient appris par l'observation directe ce que tous les navigateurs savaient d'expérience, et les ingénieurs par la théorie ondulatoire : les bateaux plus longs vont forcément plus vite que les bateaux plus courts. Ils leur avaient laissé un peu d'avance pour éviter de se faire repérer. Mais peu après le début du voyage, ils avaient remarqué que leur proie s'éloignait de plus en plus, en dépit du fait qu'ils poussaient le hors-bord à pleins moteurs, si bien qu'on aurait dit que sa coque en bois d'allure frêle risquait à tout moment d'être réduite en miettes par les vagues. Le bateau qu'ils suivaient ne semblait pas aller très vite, mais il les distançait peu à peu.

En slalomant autour de quelques îles plus petites sur leur chemin, ils avaient réussi à regagner un peu du terrain perdu en coupant directement à travers les hauts-fonds alors que le gros bateau était obligé de faire un large détour. Mais lorsqu'ils étaient arrivés en vue de l'île surpeuplée qui, apparemment, était leur destination, le bateau des terroristes s'était réduit à un point presque invisible, et Csongor avait eu besoin de tous ses pouvoirs de concentration pour ne pas le perdre des yeux parmi les innombrables vaisseaux.

Mais bien sûr, il avait ralenti en s'approchant de la côte, et Marlon et Csongor avaient enfin pu le rattraper. Il était devenu plus facile de le repérer, d'autant plus lorsqu'il s'était écarté de l'encombrement du port pour aller s'amarrer à côté d'un bateau de pêche un peu à l'écart de la multitude d'embarcations.

Csongor ne pouvait pas être certain de ne pas s'être trompé durant ces quelques minutes d'anxiété : ce fut donc avec un soulagement progressif qu'il distingua les planches brisées du pont, les palettes écrasées et d'autres signes distinctifs qu'il avait mémorisés au tout début de la poursuite.

Là-dessus, ils étaient tombés en panne sèche et avaient dû sortir les rames.

Le reste de la journée avait été consacré en grande partie à des questions d'une importance énorme, mais d'une banalité exaspérante, telles que se procurer de l'eau et de la nourriture. Sans Csongor, Marlon aurait trouvé la tâche plus facile, mais pas facile tout de même. Plus facile, car il n'aurait pas eu à expliquer la présence d'un homme blanc corpulent dans le bateau avec lui. Mais pas facile non plus, car il serait plus évident pour les autorités du port que Marlon ne pouvait en aucun cas être un marin. S'il était arrivé dans un dinghy en fibre de verre rutilant, ils l'auraient probablement catalogué comme un nouveau riche qui venait de s'offrir un nouveau jouet, et n'auraient peut-être pas remarqué son ignorance totale et manifeste du b.a.-ba de la navigation. Mais là, il était dans un vieux bateau de pêcheur, un bateau bien rodé, pour le dire gentiment, qui de toute façon n'avait aucune raison de venir jusqu'ici de Xiamen. L'explication la plus simple de ce cocktail d'indices était que Marlon avait volé le bateau à un honnête pêcheur de Xiamen et fuyait maintenant la justice.

Ils en étaient bien conscients, et il ne leur avait pas paru judicieux d'entrer à la rame dans la partie la plus peuplée du port. Au lieu de cela, bien que souffrant déjà de soif et d'épuisement généralisé, ils s'étaient relayés pour ramer afin de faire le tour de l'île à quelque distance, en quête d'un mouillage plus discret. Ce faisant, ils étaient passés devant le bateau de pêche auquel l'embarcation des terroristes était attachée, sans jamais s'approcher à moins de plusieurs centaines de mètres et en s'efforçant de ne pas l'observer trop ostensiblement. Il n'y avait rien à voir, de toute façon. On apercevait deux hommes par les hublots du pont inférieur, et deux autres traînaient sur le pont supérieur juste derrière la superstructure, mais, à part ça, il n'y avait rien pour suggérer que l'équipage ne se composait pas exclusivement de pêcheurs ordinaires.

Pendant cette approche interminable, furtive de l'île, il était devenu évident qu'elle devait être en forme d'os pour chien : à chaque bout se dressait une colline couverte de végétation d'un vert sombre, et la ville, orientée à peu près dans l'axe nord-sud, s'étendait entre les deux. Les bateaux des terroristes étaient amarrés du côté sud du port, où la multitude de bateaux de pêche se raréfiait pour laisser place à un quadrillage de fermes piscicoles flottantes. Tandis qu'ils ramaient vers le sud, la ville cessa brusquement d'exister, remplacée par un terrain inhospitalier constitué de roches sédimentaires anciennes, battues par les intempéries, colonisées par des plantes grasses vert olive sur les pentes les plus basses et par un matelas miteux de végétation tropicale d'un vert presque noir en hauteur. En Chine, observa Csongor, certains endroits étaient incroyablement peuplés, et d'autres totalement déserts, mais il n'y avait pas d'entre-deux, ce qui lui semblait bizarre. Marlon ne comprenait pas que l'on s'en étonne. Si on devait occuper un endroit, autant l'exploiter au maximum, et, quant aux zones sauvages, tout individu sain d'esprit les éviterait naturellement.

Csongor devina que l'inclinaison du terrain à cet endroit était tout à fait traîtresse. La pente était assez douce pour que les hauts-fonds rocailleux s'étendent à une distance considérable du littoral, ce qui faisait de la côte un piège mortel pour les bateaux, mais elle était suffisamment raide pour que, au-dessus de la ligne de flottaison, il soit difficile d'avancer. Ainsi, ils avaient beau progresser à une lenteur presque insupportable, en l'espace de cinq minutes, ils passèrent d'une zone où dix mille paires d'yeux pouvaient les observer à une autre où ils étaient parfaitement invisibles. Les couches de soubassement, qui ne s'érodaient pas toutes au même rythme, avançaient dans l'eau tels de longs doigts osseux séparés par des fentes profondes et ombragées, et la colline s'élevait au-dessus, dépouillée de toute œuvre humaine, à l'exception de la tour radio au sommet.

Au bout d'une demi-heure, il devint évident qu'ils avaient contourné l'extrémité sud de l'île et remontaient maintenant son versant est. Telle une voile tendue entre deux poteaux, une longue plage absolument déserte s'étirait entre les collines de chaque côté. De minces traînées de roche très érodée se laissaient deviner par endroits, mais, pour le reste, c'était une étendue de sable presque parfaitement plate qui avait été déposée par un quelconque courant du large venu se briser sur le cap qu'ils venaient de doubler. Au-dessus s'élevait une dune maintenue par une mince couche de verdure constellée de fleurs jaunes et piquée par endroits de détritus visiblement jetés du haut de la falaise. Car derrière le sommet de la pente, on apercevait un ensemble désordonné de maisons basses qui, comme ils le réalisaient à présent, n'était autre que l'envers de la seule et unique ville de l'île. Ils étaient à mi-hauteur de l'île et contemplaient maintenant l'arrière de la ville, arc-boutée contre les intempéries venues de la mer de Chine méridionale.

Ils tirèrent le bateau sur la plage, jonchée, elle, de déchets d'origine plus maritime, et le laissèrent entre des blocs de roche semi-dissous qui le dissimulaient un peu. Csongor s'assit au pied d'un rocher, s'abritant sous l'ombrelle, et attendit, espérant que Marlon reviendrait vite, et que personne ne viendrait lui demander ce qu'il fichait là. Muni d'une petite quantité de billets prélevés dans la sacoche d'Ivanov, Marlon monta à la ville et revint une demi-heure plus tard avec deux paquets de bouteilles d'eau et des nouilles dans des bols de polystyrène, déjà tièdes, mais qui comblèrent d'aise Csongor. Marlon avait déjà mangé. Il s'empara donc des rames et reprit vers le sud tandis que son compagnon se sustentait. Lorsqu'ils avaient passé le cap une première fois, ils avaient remarqué quelques fentes profondes dans les rochers : des couloirs d'eau qui n'étaient pas larges de plus de deux mètres, où les couches tendres de la roche avaient été grignotées par les vagues. L'après-midi touchait à sa fin, et ces langues d'eau étaient déjà plongées dans la pénombre. Ils dirigèrent le bateau dans l'une de celles-ci et laissèrent une vague le pousser en avant jusqu'à ce que la quille dérape contre le lit de graviers et de débris qui tentait de reboucher la crevasse. Là, il faisait frais, et ils se sentaient invisibles et en sécurité. Les deux hommes étaient pratiquement terrassés par un puissant besoin de dormir. Mais ils se relayèrent pour se maintenir éveillés jusqu'à ce que leur estomac ait digéré la nourriture et que cette torpeur se soit estompée. Puis Marlon se hissa sur les rochers et disparut de nouveau.

Csongor fut réveillé par quelqu'un qui lui secouait l'épaule. C'était Marlon. Le crépuscule était complètement tombé.

« Le bateau s'est remis en marche », annonça Marlon.

Csongor en était encore à réaliser où il se trouvait. Ce n'était pas juste un mauvais rêve.

« Il retourne vers Xiamen ?

– Non. Vers nous ! »

La marée avait baissé, et ils durent tous deux descendre du bateau et le repousser sur la pente de rochers pour le remettre à flot. Le corridor était trop étroit pour déployer les rames, et ils durent avancer à contre-courant en s'appuyant sur les parois de roche. Mais finalement, ils arrivèrent dans un secteur où il était de nouveau possible de ramer, et là, Csongor vit immédiatement le bateau en question. Le plus petit vaisseau – celui avec le cratère au milieu du pont – n'était pas en vue. Le bateau de pêche, seul, avançait juste devant eux, à seulement quelques centaines de mètres de leur proue. Il se dirigeait droit vers le versant obscur, inhabité de l'île.

Sans gasoil, il était, bien sûr, hors de question pour eux de suivre ce vaisseau. Csongor supposa qu'il s'apprêtait à mettre le cap sur le large et disparaître. Mais au lieu de ça, il coupa son moteur et resta stationné en face de la plage pendant un moment – assez long pour qu'ils puissent ramer jusqu'à mi-distance. Puis ils furent terrorisés par un vaisseau plus petit, semblable à celui qui avait dû absorber la chute du taxi et de la fourgonnette, qui s'approchait au moteur depuis le nord de l'île et se dirigeait droit sur le bateau de pêche, auquel il s'amarra finalement. Marlon et Csongor firent marche arrière et reculèrent vers l'abri des rochers. Il faisait suffisamment sombre pour qu'ils aient peu de chances d'être vus, à condition de maintenir un écart raisonnable.

Une heure passa. Des bruits sourds et des voix leur dirent que des gens et des marchandises étaient transvasés du bateau de pêche à la vedette. Puis la vedette fit vrombir son moteur et se dirigea vers le sud. Bien vite, elle disparut derrière la pointe de l'île : cap sur Xiamen, sans doute.

Au bout d'un petit moment, le bateau de pêche lui aussi se mit à voguer vers le sud, avec une lenteur extrême, peut-être pour économiser le carburant. Mais entre-temps, Marlon et Csongor s'étaient de nouveau avancés à découvert et placés en plein sur son trajet.

Le bateau qui transportait Zula, Jones et son équipe reprit l'itinéraire emprunté plus tôt pour remonter le détroit entre Xiamen et Gulangyu. Mais, juste comme ils venaient de dépasser l'extrémité nord de la batterie de terminaux de ferrys, le skipper coupa presque le moteur et commença à diriger l'embarcation vers le rivage, visant un secteur plongé dans l'ombre le long des quais. À mesure qu'ils s'approchaient, l'éclairage ambiant des gratte-ciel du centre-ville leur permit de distinguer quelques jetées rudimentaires qui accueillaient un assortiment hétéroclite d'embarcations plus petites, assez robustes néanmoins pour transporter des véhicules. Un taxi les attendait sur l'une d'elles. Appuyée contre la voiture, une silhouette sombre était suspendue entre l'écran bleuté d'un téléphone portable et l'étoile rouge vacillante d'une cigarette.

À part le skipper, Jones et Zula, il y avait six hommes sur le bateau. Deux d'entre eux sautèrent à quai et amarrèrent le vaisseau, puis ils s'approchèrent du taxi et saluèrent l'homme qui les attendait.

Ensuite, suivant les ordres, un pas derrière Jones, Zula débarqua. Il la conduisit au taxi. Ils montèrent tous deux à l'arrière, où les vitres teintées les déroberaient aux regards. C'était le même taxi qu'ils avaient pris le matin.

Un homme monta, de très bonne grâce, dans le coffre de la voiture. Deux autres se tassèrent à l'arrière avec Jones et Zula, et un autre monta à l'avant. Les autres restèrent avec le bateau.

Ils roulèrent vers le gratte-ciel qui abritait la planque. Les hommes posaient des questions que Jones traduisit en anglais pour Zula; il retraduisait ensuite ses réponses en arabe. C'étaient exclusivement des questions concrètes, mais fort utiles, sur les sorties de secours, les postes de garde, le parking souterrain, etc. L'interrogatoire dura plus longtemps que la route, et le chauffeur fit plusieurs fois le tour du bloc pour leur laisser le temps de satisfaire leur curiosité.

Finalement, le taxi stationna dans la même entrée couverte où, il semblait y avoir une éternité, Zula, Peter, Csongor et tous les Russes étaient montés dans la fourgonnette en badinant avec Qian Yuxia.

L'homme installé sur le siège passager descendit et entra dans le hall où il engagea la conversation avec un agent de sécurité assis derrière un énorme pupitre de marbre.

Au bout de quelques minutes, il se retourna à demi, tout en gardant les yeux fixés sur le gardien, et fit un petit signe de la main au taxi.

L'entrée du parking souterrain était juste devant eux, au bas d'une rampe dont l'accès était barré par un portail d'acier qui se mit en mouvement avec un grincement et s'écarta de leur passage. Le taxi roula jusqu'à une série d'ascenseurs. Les deux hommes à l'arrière sortirent d'un bond et libérèrent celui qui se trouvait dans le coffre. Pendant ce temps, les portes de l'un des ascenseurs s'ouvrirent sur le premier homme et le gardien de l'immeuble. Le gardien avait les mains derrière le dos et un revolver contre sa tempe. Ils entrèrent tous dans l'ascenseur et les portes se refermèrent.

Le taxi ressortit alors du sous-sol de l'immeuble et rejoignit le boulevard qui longeait le front de mer. Quelques minutes plus tard, ils étaient de retour sur la jetée. Khalid et un autre djihadiste les rejoignirent dans le taxi, et Jones ordonna au chauffeur de se rendre au Hyatt près de l'aéroport. Une fois qu'ils furent engagés sur la route principale, il sortit son téléphone, regarda Zula et dit : « C'est là que vous allez vous montrer merveilleusement coopérative. »

« Qu'est-ce que tu lui demandes ? s'enquit Csongor.

– De quel côté du bateau elle se trouve », dit Marlon, écartant un instant le téléphone de son oreille.

Puis il écouta de nouveau. « Elle est de ce côté-là. » Il montra le large.

Csongor examina le bateau de pêche. Il était peut-être à cent mètres d'eux. S'il cessait de ramer, et qu'il maintenait le cap du bateau droit devant, il allait passer juste devant eux, les laissant à tribord – autrement dit, du côté de l'île. Or, Marlon lui disait que Yuxia se trouvait à bâbord.

Dire qu'ils essayaient d'intercepter le plus gros vaisseau semblerait indiquer, quelque part, qu'ils avaient un plan. Mais pour cela, déjà, il aurait fallu que Marlon et Csongor eussent communiqué entre eux sur ce qu'ils devaient faire. Aucune de ces deux hypothèses n'était vraie. Plus tôt, ils avaient profité de l'obscurité et du fait que leur bateau, en panne de gasoil, était, par la force des choses, réduit au silence, pour avancer tout en continuant de surveiller les mouvements des terroristes. Cela avait failli leur coûter très cher lorsque la navette plus rapide qui avait rejoint le bateau de pêche s'était soudain élancée vers eux à pleins gaz. Depuis cet instant, Csongor ramait de toutes ses forces. Maintenant qu'il s'était réhydraté avec quelques petites bouteilles d'eau et rempli l'estomac de nouilles, ses forces étaient considérables et le petit bateau filait comme une libellule sur l'eau plate. Mais dans quel but ? À quelle fin ? Aucune idée...

« Qu'est-ce qu'on... » commença-t-il. Marlon le coupa. Il était en train de raccrocher. « Je lui ai dit : *Gao de tamen ji quan bu ning,* dit-il.

– Ça veut dire quoi ? »

Marlon fit un grand sourire et fit patienter Csongor le temps de trouver la traduction. « "Faire en sorte que même leurs chiens et leurs poules ne soient pas en paix."

– C'est-à-dire ?

– "Foutre le bordel", plus ou moins.

– OK. Et après ? »

Csongor cessa de ramer et regarda Marlon.

Celui-ci fit un signe de tête significatif vers le bateau qui s'approchait. « Les roues », dit-il.

Csongor suivit son regard. Marlon s'était trompé de mot, mais il vit immédiatement de quoi il voulait parler. Le moindre pneu crevé du monde industrialisé semblait être venu s'échouer ici, sur la côte chinoise, où les locaux en usaient avec la même prodigalité que leurs cousins de la terre ferme du bambou : pour eux, c'était la matière première universelle, qui permettait de fabriquer tous les autres objets solides. Parfois, ils devaient être fortement reconditionnés pour remplir la fonction qu'on leur assignait. En d'autres cas, ils ressemblaient encore à des pneus. Chaque bateau – non, chaque objet flottant – de cet univers était protégé de tous côtés par des pneus suspendus au bout de cordes fixées à son plat-bord, alignés en rangées comme les boucliers d'un vaisseau viking. Celui-ci ne faisait pas exception. Les pneus pendouillaient juste au-dessus de la ligne de flottaison. Il serait facile d'en agripper un depuis leur hors-bord pour monter sur le vaisseau. *Les roues*.

« On n'est pas dans un jeu vidéo, dit Csongor. C'est du sérieux.

– Ben, t'as qu'à devenir sérieux, connard ! »

Ce n'était ni très poli ni très bien formulé, mais Csongor n'eut pas de mal à comprendre.

« Tu veux attaquer ce bateau ? » dit Csongor. Juste pour s'assurer que Marlon et lui se comprenaient bien.

« Tu vois un autre moyen de se tirer de Chine ?

– On va aller où ?

– N'importe où !

– Comment va-t-on...

– Écoute ! Elle a commencé. »

Csongor se tourna vers le bateau de pêche, maintenant extrêmement proche d'eux, et entendit des bruits de coups, des hurlements et les voix d'hommes en colère. Un hublot de métal claqua, une porte s'ouvrit et la cacophonie, jusque-là assourdie, se répandit sur les flots : une voix de femme, dans laquelle il eut du mal à reconnaître celle de Yuxia, qui hurlait et, devina-t-il, jurait. Un bruit de verre qui s'écrase. Les hommes qui lui disaient d'arrêter son cinéma.

« Tu te souviens qu'on a ça ? » demanda Marlon.

Csongor regarda Marlon, qui était un peu plus visible à présent grâce à la lumière qui filtrait par les hublots du bateau de pêche, et vit dans sa main l'un des objets qu'ils avaient identifiés plus tôt : des grenades incapacitantes.

« Prends les deux », dit Csongor. Il prit la seconde dans sa poche et la tendit à Marlon. Il passa la bandoulière de la sacoche en travers de son épaule, de façon à ne pas la perdre pendant la bousculade qui allait suivre, et sortit le revolver. Un Makarov, à en croire Jones. Il retira le chargeur pour vérifier qu'une balle était engagée dans la chambre.

Puis il le glissa dans sa ceinture, prit les rames et se mit à tirer comme un damné. Il venait d'entrevoir une chance, même infime, de sortir de Chine.

Sokolov se réveilla dans un bureau parfaitement silencieux. Et pourtant le bruit de la porte de l'ascenseur était stocké dans sa mémoire immédiate.

Il s'empêcha de se rendormir et entendit bientôt des murmures.

À tâtons dans le noir, il vérifia que son revolver et sa torche se trouvaient bien là où il les avait laissés, à côté de sa tête. Il ramena un genou, puis l'autre, contre son torse, de façon à pouvoir lacer ses chaussures. Qui qu'ils soient, les visiteurs se déplaçaient avec prudence : ils évaluaient le terrain, ils discutaient. Ce n'était pas exactement une opération coup de poing.

Ils devaient être bloqués par les portes en verre. Sokolov les avait fixées avec le câble à vélo. Ils cherchaient sans doute un moyen de les franchir, hésitant à briser tout bonnement le verre. Le bruit serait énorme mais on était au milieu de la nuit, et le bâtiment était quasiment vide.

Ignorant leur nombre et leurs intentions, Sokolov décida de se cacher. Il se leva et passa un pied dans la boucle de câble Ethernet qu'il avait nouée plus tôt, puis s'y appuya de tout son poids et tendit sa jambe, projetant sa tête et ses épaules par le trou du plafond.

Avant toute chose, il posa le revolver, le chargeur et la torche sur une dalle voisine. Puis il tendit le bras et empoigna l'acier lourd. Ainsi, il lui fut facile de lever ses genoux et de se renverser complètement, pendu par les mains tout en s'efforçant de passer ses jambes par les ouvertures triangulaires du treillis. À partir de là, il put se suspendre par les genoux, la tête en bas, les mains libres.

Il tira la boucle de câble et la posa sur l'armature du plafond.

Depuis l'entrée lui parvinrent deux détonations formidables, suivies par un fracas monstrueux et un long decrescendo de cliquetis suraigus, tandis que les bris de verre allaient éclabousser le sol. Il tendit l'oreille un instant, juste pour se faire une idée du nombre des intrus et de leur vitesse de progression. Puis il prit la dalle descellée là où il l'avait rangée et la remit en place.

Pendant cette opération, quelque chose attira son attention sur la table en dessous : son téléphone et un bout de papier. Ils étaient tombés de la poche arrière de son pantalon. En temps normal, il portait des pantalons à poches zippées. Ainsi, il n'avait jamais besoin de se soucier du risque de faire tomber quelque chose lorsqu'il ne se tenait pas à la verticale, et il était libre de faire usage de sa technique de roulé-boulé acquise à la dure.

Mais avec le costume classique de Jeremy Jeong, cette habitude l'avait desservi.

Il ne pouvait plus rien y faire ; les intrus entraient déjà dans le bureau. Il replaça soigneusement la dalle manquante. Puis il attrapa sa torche et la mit dans sa bouche, sans l'allumer pour l'instant. Il prit le Makarov et chambra une balle d'un geste lent et prudent de la glissière, étouffant le bruit du mieux qu'il put de l'autre main. Le chargeur de rechange posait un léger problème, car Sokolov était toujours tête en bas et ne pouvait se fier à aucune de ses poches. Il le laissa où il était pour l'instant, mais s'entraîna à mettre la main dessus dans l'obscurité jusqu'à être sûr de l'atteindre du premier coup.

Puis, pendant peut-être un quart d'heure, il ne put strictement rien faire, si ce n'est écouter. Et encore, il n'entendait pas très bien, car il était séparé de la source sonore par des dalles conçues spécifiquement pour étouffer les bruits. Et les intrus, au moins au tout début, s'efforçaient d'avancer furtivement ; ils ne savaient pas du tout si quelqu'un se trouvait dans ce bureau et à quel genre d'accueil ils pouvaient s'attendre, il leur fallait donc nettoyer le terrain. Le nettoyer, comme une unité militaire ou une brigade de police qui inspecte toutes les pièces d'une maison pour s'assurer qu'aucun attaquant ne se cache quelque part. Même sans comprendre, ils avaient l'air de savoir ce qu'ils faisaient ; ils ne se trimballaient pas comme des idiots, coude à coude et passant la tête par les portes : ils se suivaient par sauts de puce d'une porte à une autre et communiquaient par phrases monosyllabiques, ou peut-être par signes. En d'autres termes, c'étaient des hommes entraînés. Et ils devaient être armés ; ce genre de manœuvre n'avait pas de sens à moins d'avoir des armes et d'être prêt à tirer.

Au bout d'un certain temps, ils se mirent enfin à parler à voix normale. Sokolov entendit le petit cliquetis métallique de la sécurité des armes.

Les intrus – au nombre de quatre ou cinq, jugea Sokolov – ne parlaient pas chinois. Ayant entendu beaucoup de langues d'Asie centrale, il supposa que c'était l'une d'entre elles, mais il n'en comprenait pas un mot. À un moment, il entendit un homme parler en chinois rudimentaire et entendit une voix chinoise docile qui répondait. Ils devaient avoir un otage.

Ils accordèrent beaucoup d'attention, pendant quelques minutes, à l'ordinateur. Sokolov l'avait éteint, car cela l'angoissait de partager l'espace avec une machine intelligente connectée à Internet en permanence. Ils le redémarrèrent et passèrent un petit moment à cliquer. La chose devint vite assommante pour ceux qui ne maniaient pas la souris, et au moins un des hommes se mit à inspecter le bureau – Sokolov apercevait de temps à autre les reflets de sa torche.

L'homme s'arrêta juste en dessous de sa cachette. Il garda le silence pendant quelques secondes, puis appela ses camarades.

Quelques hommes le rejoignirent, et Sokolov sut qu'ils étaient en train de regarder le téléphone qu'il avait laissé tomber.

Une étrange conversation s'ensuivit : plusieurs voix prononçaient quelques mots presque à l'unisson, marquaient une pause, puis reprenaient de même. Sokolov ne savait qu'en penser jusqu'à entendre le mot : « Westin ». Là, il comprit qu'ils passaient en revue les photos stockées sur le téléphone, les examinaient une à une en essayant de les identifier.

Lorsqu'ils arrivèrent au bout de la série, ils discutèrent de façon désordonnée pendant un instant, visiblement sans résultat. Et pour cause. Il n'y avait rien d'intéressant sur le téléphone. Juste le numéro d'hommes morts.

Puis l'un d'eux se mit à parler en chinois. À toute vitesse. Comme s'il lisait.

Sokolov entendit distinctement le mot « Gulangyu ».

C'était le morceau de papier : celui qui était tombé sur la table à côté du téléphone. Celui où il avait noté l'adresse de Meng Anlan.

À ces mots, ils s'animèrent plus qu'ils ne l'avaient fait pour le téléphone et l'un des hommes sortit son propre portable et appela quelqu'un. Il y eut une discussion dans une langue que Sokolov reconnut pour être de l'arabe. Il en connaissait quelques mots, mais le seul qu'il put distinguer à travers les dalles d'isolation, une fois de plus, fut : « Gulangyu ».

Ça, et « OK », répété plusieurs fois.

Un calcul s'imposait. Il pouvait tout simplement écarter la dalle et ouvrir le feu. Pas de doute, il parviendrait à en descendre quelques-uns avant même qu'ils ne pussent ôter la sécurité de leurs armes. Mais une fois qu'ils auraient dégainé, il lui serait très difficile de s'écarter : or, sa position était incroyablement exposée ; ils n'auraient qu'à vider leurs chargeurs dans sa direction et c'en serait fini.

D'ailleurs, il avait maintenant la certitude que Jones ne se trouvait pas parmi eux. Ces hommes parlaient une langue centrasiatique que Jones ne devait pas connaître. Mais quand ils avaient téléphoné, ils étaient passés à l'arabe. S'adressant sans doute à Jones. Donc même si, par miracle, Sokolov parvenait à abattre tous les hommes dans le bureau, il n'aurait pas Jones.

En revanche, peut-être étaient-ils maintenant en train de projeter une expédition à l'appartement d'Olivia. Si c'était le cas, il fallait les arrêter à temps.

Peut-être pouvait-il attendre qu'ils soient sortis de la pièce, puis se laisser glisser en bas, les suivre jusqu'à un coin où il pourrait lancer une attaque et les liquider tous.

Mais ils venaient de donner l'adresse d'Olivia à Jones par téléphone. C'était dit. Même s'il pouvait arrêter tous ces types, si Jones était lui aussi, de son côté, en train de se diriger vers chez elle, cela ne protégerait pas Olivia.

Mais *ça*, c'était une idée. Si Sokolov se rendait maintenant à Gulangyu, avait-il une chance d'y intercepter Jones et d'en finir avec cette affaire le soir même ?

Sa décision fut prise aussitôt.

En dessous, les hommes s'agitaient maintenant avec détermination, pressés de vider les lieux et de s'embarquer pour leur prochaine mission. Sokolov attendit d'être à peu près certain qu'ils étaient partis, puis écarta la dalle et regarda en bas. Rien.

Mais ils avaient pu soupçonner qu'il se cachait là et laisser quelqu'un sur place pour le tuer lorsqu'il sortirait.

Il empoigna la poutre métallique, se souleva, libéra ses jambes et les passa sans plus de cérémonie à travers l'ouverture. Il se laissa tomber sur la table de conférence et exécuta un roulé-boulé vers la porte. Il effectua un saut périlleux et atterrit accroupi, l'arme dressée, et regarda des deux côtés. Rien. Mais...

L'effroi s'empara de lui. Un homme était étendu sur le sol à guère plus de trois mètres de lui.

Mais il était inerte, les mains liées dans le dos par un colson. Et il était nu.

À y regarder à deux fois, pas exactement inerte. Il tressaillait encore. Une tache énorme s'étalait autour de sa tête, qui était inclinée à un drôle d'angle. On lui avait tranché la gorge.

Sokolov ramassa son chargeur de rechange et d'autres petits objets parmi les débris qui jonchaient maintenant la table, mais s'arrêta en sortant de la suite pour passer sa torche sur le visage de l'homme mort. C'était un Chinois de souche.

Pourquoi lui avaient-ils ôté ses vêtements ?

Parce qu'ils présentaient une utilité quelconque.

Un uniforme. Le type était flic ou agent de sécurité.

Ni yao gao de tamen ji quan bu ning. Facile à dire pour Marlon. Plus difficile à réaliser pour Yuxia, enfermée qu'elle était dans une cabine aux parois d'acier où tous les objets massifs semblaient fixés au sol. Il n'y avait pas grand-chose à casser ou à jeter par terre ici. Elle essaya de cogner sur la vitre du hublot et manqua se fracturer la main. Mais il y avait une chaise en bois qui n'était pas clouée au sol, et qu'elle pouvait donc saisir par le dossier et frapper contre le mur. Ses premières tentatives furent un peu désordonnées et elle l'abattit sur la porte d'acier, suffisamment fort pour que la chaise elle-même commence à se désintégrer et à lui renvoyer des éclats de bois sec au visage. Elle secoua la tête pour faire tomber les débris de ses cheveux, attrapa à deux mains l'assise de la chaise, qui était encore d'une seule pièce, et se remit au travail. Elle revint à son but initial : la vitre du hublot. La vitre ne réagit pas. Elle frappa plus fort. Toujours rien. Pour une raison ou pour une autre, cette inertie la mit plus en colère que les mensonges d'Ivanov, que le fait d'avoir été menottée au volant, que l'enlèvement de Zula par Jones, que d'avoir été maintenue la tête dans un seau d'eau.

Aucun cri ne semblait pleinement satisfaisant. À chaque coup, elle se mit à pousser un grognement puissant venu du ventre. Comme cette championne de tennis américaine, la Noire costaude, qui criait à chaque fois qu'elle tapait dans la balle. De toute façon, crier, c'était indispensable pour foutre le bordel, non ? À la fin, elle se mit à ressembler plutôt à une joueuse de base-ball, cognant de toutes ses forces avec ce qui était en train de se réduire rapidement en une courte batte de bois, tout en hurlant à pleins poumons. Elle donna un méchant coup à côté. Cela l'enragea encore plus : elle inspira un grand coup, lâcha un autre hurlement et manqua de nouveau sa cible ; elle se mit alors à pimenter ses cris de malédictions qu'elle avait apprises des femmes de son village, qui les proféraient lorsqu'elles étaient très en colère contre les hommes de leur vie, et, finalement, elle administra sur le hublot un coup si puissant que la vitre explosa. Les hommes de l'équipage avaient couvert le hublot de papier. Quelqu'un de l'autre côté l'arracha et regarda par le verre brisé juste à temps pour voir une nouvelle attaque de pied de chaise qui se dirigeait droit sur lui. Il baissa vivement la tête tandis que des éclats de verre jaillissaient par l'anfractuosité qui s'élargissait et, lorsqu'il se redressa, il hurlait à son tour en direction de la jeune femme.

Quelques coups supplémentaires et un morceau de la taille d'une part de gâteau avait sauté du hublot, tandis que l'homme avait été rejoint par quatre autres. Quatre ! Il n'y avait que six hommes sur tout le bateau. Elle prit le pied de chaise comme un pilon et se mit à se servir de ce qui restait du verre comme d'un mortier sur lequel elle donnait de petits coups secs. Une manière de reprendre son souffle, en plus. Elle avait oublié de respirer. Elle vit la poignée de la porte tourner et sut qu'ils allaient entrer ; elle se recula, remplit ses poumons du mieux qu'elle put et accueillit le premier intrus par un torrent d'invectives qui, s'il avait compris le dialecte qu'elle parlait, auraient réduit ses testicules à l'état de raisins secs. Les autres hommes suivirent le premier et l'encadrèrent. Ils s'adossèrent aux parois, hors de portée des coups du pied de chaise. Ils arboraient une expression de terreur véritable. Yuxia s'était transformée en folle, en sorcière. Parce que seule une folle se serait comportée de la sorte alors qu'elle se trouvait à la merci totale d'hommes qui pouvaient la violer et la tuer quand cela les chantait.

Un homme fit irruption dans la cabine avec une telle vigueur qu'il faillit renverser les autres. C'était le capitaine du bateau. Il la détestait. Il lui fonça dessus. D'instinct, elle allait lui asséner un coup de pied de chaise, mais il devait connaître un art martial quelconque car il l'attrapa au vol, le lui arracha des mains et le jeta dédaigneusement par-dessus bord.

Yuxia plongea la main dans sa botte, sortit le téléphone et l'agita sous leur nez. « J'ai déjà appelé la police ! lança-t-elle. Vous êtes des hommes morts ! »

C'était peut-être la seule chose qui pouvait couper l'élan du capitaine. Il resta parfaitement immobile pendant quelques secondes.

Un petit objet cylindrique rebondit sur le seuil de la cabine et atterrit au beau milieu. Ce n'était pas la première fois que Yuxia en voyait une. Plus tôt dans la journée, Marlon et Csongor en avaient découvert deux parmi les effets personnels d'Ivanov et ils en avaient discuté brièvement, utilisant une terminologie anglaise qu'elle avait vaguement reconnue. Pas des mots courants, mais des mots qu'elle avait déjà entendus auparavant. « Grenade » et « incapacitante ». Grâce au cinéma, elle comprenait assez bien le concept de grenade. Mais l'objet sur le sol ne ressemblait pas aux grenades qu'on voyait dans les films, et elle ne l'aurait pas reconnue sans l'heureuse coïncidence de la conversation dans la fourgonnette quelques heures plus tôt.

À moins qu'il ne s'agisse pas d'une coïncidence.

Elle remarqua soudain que la grenade n'avait plus son anneau.

Elle se détourna, ferma les yeux et plaqua ses mains sur ses oreilles.

Zula n'arrivait plus à se rappeler le temps où elle se fondait dans la foule sans problème. Assise toute seule dans le bar du Hyatt dans des vêtements détrempés bons à mettre à la poubelle, elle ne se sentait ni plus ni moins déplacée qu'à l'accoutumée. Elle s'y était habituée. Des hommes d'affaires la regardaient curieusement, se demandant, fut-elle forcée de supposer, ce qu'une pute accro au crack pouvait bien fabriquer à Xiamen.

Les seuls hommes de l'endroit qui ne la regardaient pas étaient les deux de la table voisine : deux types moyen-orientaux ou sud-asiatiques vêtus de volumineux imperméables. Même eux, toutefois, la regardaient du coin de l'œil au cas où elle s'aviserait de tenter la fuite.

Cependant, les deux pilotes descendirent rapidement. En uniforme, parés. Ils portaient leurs sacoches spéciales de pilote et tiraient leurs valises à roulettes comme des animaux de compagnie cubiques. Ils se tenaient prêts. Elle leur avait parlé sur le téléphone de Jones. Elle avait appelé la réception, demandé à être mise en communication avec les deux Russes qui s'étaient enregistrés en même temps trois jours plus tôt. Il leur avait fallu un moment pour retrouver leurs numéros de chambre, mais le premier pilote qu'elle avait appelé, Pavel, avait décroché à la première sonnerie. Contrairement à ce qu'avait pensé Jones, il ne se prélassait pas en regardant des films pornos et en buvant. Il attendait.

Bien sûr, ce qu'il attendait, c'était la voix d'Ivanov, en russe. Zula parlant en anglais l'avait nettement surpris. Mais elle avait réussi à le convaincre que, oui, elle était la fille qui avait volé avec eux plus tôt dans la semaine. Quelque chose avait mal tourné. Et il avait vraiment tout intérêt à descendre la retrouver au bar de l'hôtel.

Pavel et l'autre pilote, Sergei, s'approchèrent avec une certaine prudence et la dévisagèrent. Comme l'aurait fait n'importe quel individu sensé.

« Je vous en prie, dit-elle avec un geste. Asseyez-vous. »

Même pour cela, il fallut les persuader.

Mais ce n'était pas grave. Elle n'avait pas besoin de persuader Pavel et Sergei de faire quoi que ce soit d'autre. Juste de s'asseoir à cette table.

Aussitôt que Pavel et Sergei se furent assis, les deux hommes en coupe-vent se levèrent, prirent leur verre d'eau gazeuse et vinrent s'installer avec eux. Ils étaient maintenant cinq à la table. Pavel et Sergei étaient encore plus déconcertés qu'au début. Mais ils furent interrompus par une serveuse qui vint prendre leur commande. Zula remarqua avec soulagement que les deux pilotes commandaient des boissons sans alcool.

L'un des hommes en coupe-vent – Khalid – annonça : « Ce soir, vous allez piloter l'avion jusqu'à Islamabad. »

Il fit alors un sourire suave tandis que Pavel et Sergei partaient d'un rire nerveux.

« Où est Ivanov ? » demanda Pavel. Il avait posé la question à plusieurs reprises au téléphone. Mais Zula n'y avait pas répondu directement jusqu'à maintenant.

« Mort », dit-elle, et elle jeta un regard lourd de sens à Khalid.

Pavel et Sergei refusèrent d'abord de la croire. Mais seulement quelques instants.

« Qui est cet homme ? » lui demanda Pavel.

Khalid posa son verre et descendit sa fermeture Éclair jusqu'au ventre. Le tissu s'écarta pour révéler une espèce de gilet de toile qui arborait des poches longues et verticales autour de l'abdomen. Chaque poche faisait une bosse. Du sommet de chaque poche dépassait un cylindre de plastique transparent, comme un morceau de film alimentaire enroulé autour d'un tube aplati, de la taille à peu près d'un burrito géant, de matière blanc-jaune informe, un peu comme de la pâte à tarte pas encore étalée. Des fils électriques sortaient de chaque tube de pâte. Ils étaient tous reliés les uns avec les autres, remontaient jusqu'à l'épaule de Khalid et redescendaient par la manche de son coupe-vent. Il avait posé la main sur ses genoux, mais il la montra discrètement à Pavel et Sergei, qui purent entrevoir un objet de plastique noir surmonté d'un bouton rouge.

Pavel et Sergei mirent un certain temps à percuter. Bien sûr, c'était une veste d'explosifs, c'était évident. Mais d'en voir une là, devant soi, sur le corps de quelqu'un, c'était tellement choquant que l'esprit ne pouvait l'accepter immédiatement. C'était un peu comme de trouver Hitler dans sa cuisine.

« On m'a recommandé de vous donner tout un tas de détails affreux sur ce qui se passe lorsqu'elle explose, dit Zula. C'est nécessaire ? Je veux dire, l'idée générale, c'est que non seulement elle nous tuera, mais elle mettra à terre la moitié du bâtiment. »

Ni Pavel ni Sergei ne trouvèrent quoi dire.

Khalid remonta sa fermeture Éclair.

La serveuse leur apporta leurs boissons. Zula demanda l'addition.

« On m'a aussi recommandé de vous dire que deux taxis attendent dehors. Pavel monte dans le premier, Sergei dans le second. Il y aura un de ces types armés de veste d'explosifs dans chaque taxi, pour maintenir la menace, je suppose. Nous irons droit à l'aéroport et partirons pour Islamabad aussitôt que vous aurez terminé vos préparatifs de vol. Vous avez des questions ? »

Ils n'avaient pas de questions.

Précédant les quatre hommes dans le hall, Zula eut l'impression d'être une terroriste.

Ça avait un côté assez cool.

Certes, elle ne risquait pas de s'enrôler auprès de ces gars de sitôt. L'obligation de porter la burqa, les lapidations et tout le tintouin l'excluaient d'emblée. Mais elle était réduite à une telle impuissance depuis si longtemps (et pourtant pas *si* longtemps que ça – moins d'une semaine) que sortir du Hyatt avec suffisamment de PETN dans son sillage pour faire sauter le bâtiment lui donna une espèce de bizarre sensation de pouvoir par procuration. Les hommes d'affaires fatigués qui s'enregistraient à l'accueil la zieutaient toujours de la tête aux pieds. Mais à présent, elle se moquait de ce qu'ils pouvaient penser. Elle avait dépassé tout ça, et elle était entrée dans une réalité bien plus énorme et plus intense que tout ce qu'ils pouvaient imaginer. Eux, et leur opinion sur elle, étaient ineptes. Risibles.

Pour un homme qui avait été impuissant sa vie entière ? Posséder un tel pouvoir ? Avoir accès à cette impression à laquelle elle ne faisait que goûter ? Ce devait être la drogue la plus puissante du monde.

Lorsqu'elle monta à l'arrière du taxi, elle vit à l'expression de Jones qu'il était lui aussi sous l'emprise de cette drogue. « J'ai salement envie de faire demi-tour pour retourner en ville », dit-il. Il tapotait l'écran de son téléphone.

« Pourquoi ?

– On a retrouvé Sokolov. »

Soudain, l'effet de la drogue s'estompa. Elle espéra que ça ne se lisait pas trop facilement sur son visage.

« Ou au moins, on sait où il est allé. Quelque part à Gulangyu. »

Alors qu'est-ce qui va se passer maintenant ? voulut-elle demander. Mais elle ne voulait pas s'attirer d'ennuis en fourrant son nez là où il n'avait rien à faire.

Il la dévisageait, comme pour lire dans ses pensées. Il avait *envie* de lui dire. *Envie* qu'elle pose la question.

Elle refusa de lui donner cette satisfaction.

« Ils y vont maintenant, dit-il, et ils vont s'occuper de lui. »

Si son expérience de créateur de REAMDE avait appris quoi que ce soit à Marlon, c'était qu'il y avait toujours quelque chose qui partait complètement en sucette dans un plan, et on ne savait jamais à l'avance ce qui allait foirer. Dans le cas présent, le problème, c'était que Csongor ramait trop fort. Marlon avait rencontré le Hongrois dans des circonstances extrêmement chaotiques, et le plus clair du temps qu'ils avaient passé ensemble, il avait été trop distrait pour prêter bien attention à la présence physique de celui-ci. Avec son mètre quatre-vingt-dix, Marlon se considérait comme inhabituellement grand. Mais face à Csongor, il faisait l'expérience inhabituelle de n'être pas le plus grand. Il était tenté de penser que Csongor faisait deux fois son poids, mais il savait que c'était impossible. Il avait du poids dans l'abdomen, mais ce n'était pas de la graisse ; sa tête était grosse et large, mais il n'avait pas de double menton. La puissance qu'il mettait dans les rames donnait à Marlon l'impression angoissante que le bateau était retiré de sous ses fesses, et c'était simplement lorsqu'il ramait *normalement*. Pendant la minute qui précéda leur collision avec le bateau de pêche,

Csongor s'était finalement mis en tête que sa vie, et peut-être celle de Zula, dépendait de son coup de rames, et il s'était mis à les hisser avec une telle puissance que, d'instinct, Marlon s'était accroupi plus bas sur le bateau et avait agrippé chaque plat-bord d'une main pour se tenir.

Csongor, bien sûr, ne voyait pas où il allait et, dans les derniers instants, Marlon, qui ne faisait pas confiance à sa capacité de communiquer en anglais, commença à montrer du doigt les directions, en lui disant où se diriger. Il avait omis de tenir compte de la vague d'étrave du bateau de pêche, qui força leur proue à se soulever brusquement à la toute fin ; puis l'un des pneus suspendus au flanc du bateau vint cogner contre leur coque et fit chavirer leur embarcation en l'espace d'un instant. Marlon, qui avait vu venir le choc, bondit de son banc alors même que le petit bateau se dérobait sous ses pieds et il réussit à attraper la jante d'un pneu d'une main. Son autre main suivit un instant plus tard, ce qui était une bonne chose, sans quoi il aurait perdu sa prise. Le plus gros vaisseau se déplaçait plus vite qu'il l'avait estimé, et il fut littéralement cueilli en avant. Cela retint toute son attention pendant un moment, mais il regarda alors derrière lui et vit le hors-bord renversé qui disparaissait rapidement à l'arrière sans aucun signe de Csongor.

Puis une main fendit l'eau et se mit à tâtonner la coque retournée sans succès. Une autre main vint la rejoindre. Le bateau s'enfonça brusquement, comme si un requin l'avait saisi par en dessous. Csongor essaya de trouver un moyen de hisser son poids dessus, mais il était rapidement distancé par le bateau de pêche. Finalement, le torse de Csongor surgit en partie de l'eau et il lança une main en l'air pour saisir la jante du dernier pneu. Instantanément, Csongor fut enseveli dans une vague d'étrave générée par son propre poids, l'équivalent de celle qui avait frappé Marlon quelques instants auparavant : il était tiré à la surface de l'eau par le câble de remorquage constitué par son bras, et sa tête fendait les vagues. Mais en luttant un peu, il parvint à sortir son second bras de l'eau et à attraper une des cordes auxquelles le pneu était suspendu, puis il effectua une traction qui lui sortit la tête de l'eau et il put respirer.

Marlon détourna les yeux et s'occupa de ses propres problèmes pendant un instant. Le haut de son corps était sorti de l'eau, mais ses jambes traînaient derrière lui, créant un puissant effet de succion qui menaçait de l'arracher au pneu. Avançant centimètre par centimètre, comme un varappeur, jusqu'à une prise un peu meilleure, il parvint à lever une de ses jambes et à la coincer sur le pneu voisin, ce qui réduisit la succion et lui permit de faire levier pour se hisser et placer mieux ses mains. Il se hissa jusqu'à un point où il se tenait d'un pied sur la jante du pneu et cherchait des deux mains à attraper le plat-bord du bateau.

Il risqua un regard en arrière et vit que Csongor était parvenu à un résultat équivalent. Le petit hors-bord avait disparu. Csongor se tenait d'une main, utilisant l'autre pour tâter ses poches, vérifier que le revolver se trouvait toujours où il l'avait rangé, la sacoche toujours en bandoulière.

Puis il se mit à escalader, et Marlon l'imita. En quelques minutes, il parvint à enjamber le plat-bord et atterrir, accroupi, sur le pont. Apparemment, il n'y avait personne. À en croire les bruits, Yuxia était toujours en train de foutre le bordel avec grande conviction de l'autre côté.

Csongor alla se carrer à l'arrière et regarda de l'autre côté, puis se tourna vers Marlon et haussa les épaules : il ne voyait rien. Il se redressa, sortit le revolver de sa poche et le vérifia, puis se mit à contourner la superstructure par-derrière.

Marlon sortit une des grenades incapacitantes de sa poche et mit un doigt dans l'anneau. Puis il contourna la superstructure par l'avant, se tenant près de la cloison avant au cas où quelqu'un l'observerait depuis le pont supérieur, et jeta un œil derrière. Peut-être à trois mètres vers l'arrière, de la lumière brillait d'un hublot ouvert. Deux hommes, un costaud et un plus petit, se tenaient sur la passerelle extérieure et regardaient dedans. Le plus costaud arborait un regard mauvais. Il enjamba le seuil surélevé et entra dans la cabine. Dès qu'il eut dégagé le passage, Marlon put voir jusqu'à l'arrière du bateau où il distingua la silhouette massive de Csongor.

Marlon se mit à avancer vers l'arrière. Csongor se mit à avancer vers l'avant. Le plus petit, qui se trouvait toujours dans le passage, remarqua Marlon d'abord, et tout son corps fut pris d'une espèce de spasme. Il n'y avait rien à y faire : il ne pouvait pas s'empêcher d'être stupéfait de la présence d'un inconnu sur le bateau. Marlon capta son regard et désigna l'arrière d'un geste significatif. L'homme se tourna pour regarder dans la direction indiquée et vit Csongor qui tenait un revolver braqué sur son visage. Tandis que ce pauvre hère était ainsi distrait, Marlon ôta l'anneau de la grenade incapacitante – tâche étonnamment difficile –, se pencha de côté et la jeta dans la cabine. Il remarqua, à cet instant, que la porte s'ouvrait vers l'extérieur : il la ferma d'une poussée, la claqua et s'appuya contre elle juste à temps pour sentir un boum ! puissant dans ses fesses et un souffle d'air chaud et de verre brisé heurter l'arrière de sa tête.

Sokolov avait une carte magnétique qui lui permettrait d'appeler l'ascenseur, mais il réalisa que les djihadistes se trouvaient peut-être dans le hall, les indicateurs lumineux à portée de vue. Ils risquaient de remarquer si l'une des cabines se mettait en mouvement et s'arrêtait au 43ᵉ. Dans ce cas, ils pourraient simplement l'abattre à l'ouverture de la porte. Il prit donc les escaliers, comme Zula l'autre jour. Il descendit à toute vitesse, rebondissant contre les rampes et les murs. Mais il allait tout de même nettement moins vite que les types dans l'ascenseur.

Craignant que l'issue de secours vers l'extérieur ne déclenche une alarme, il tenta sa chance avec la porte du hall, qu'il entrouvrit d'abord légèrement pour vérifier qu'il ne tombait pas dans une embuscade. Il n'y avait personne.

Ils l'attendaient peut-être dans les parterres de verdure à l'extérieur, mais s'ils savaient vraiment qu'il était là et voulaient le coincer, ils s'y seraient pris différemment. Il sortit donc de l'immeuble d'un air impassible et longea l'allée jusqu'à la rue. Là, il se lança au petit trot jusqu'aux terminaux de ferrys, à moins d'un kilomètre. Il garda l'œil ouvert pendant tout le trajet, mais nulle trace des djihadistes.

Au terminal pour Gulangyu, un ferry était en train d'accueillir ses passagers. Sokolov le contourna à bonne distance, évitant les réverbères, et se dirigea jusqu'à un quai plus petit et plus bas un peu plus loin, où étaient attachés plusieurs hors-bord. Leurs chauffeurs fumaient des cigarettes en bavardant. C'étaient les bateaux-taxis à grande vitesse pour passagers fortunés, et Sokolov les observait avec intérêt depuis son arrivée à Xiamen.

En chemin, il avait fait un retrait massif à la banque de CamelBak. Il leur montra la liasse de billets magenta qu'il tenait à la main. Ce geste retint leur attention. Pas favorablement. Il les rendit nerveux et soupçonneux. Mais il ne pouvait s'embarrasser de leur état émotionnel pour l'instant. Il fit un signe de tête vers l'eau et dit : « Gulangyu. »

L'un des bateliers fut un peu plus rapide que les autres ; Sokolov monta sur son embarcation. C'était une espèce de petit bateau de plaisance comme on en voit des millions sur les lacs et les rivières du monde entier : un skiff en fibre de verre blanche avec un gros moteur hors-bord à l'arrière, capable d'accueillir cinq ou six personnes sans problème. Des gilets de sauvetage orange étaient rangés dans un casier ouvert, et des manteaux de pluie jetables étaient à la disposition des passagers légèrement vêtus en cas d'averse soudaine.

Le ferry avait déjà quitté le quai. À cette heure de la nuit, il n'y avait pas tellement de passagers pour Gulangyu. La plupart d'entre eux restaient dans la grande cabine éclairée, avec un toit et des parois de plexiglas, peut-être pour éviter une fraîcheur presque imperceptible dans l'air ; même si, dans ces latitudes, le mot « fraîcheur » signifiait qu'une femme en robe légère aurait, à la rigueur, un vague frisson si elle s'exposait à la pleine force du vent.

Les quatre passagers de sexe masculin groupés sur le pont à la proue du ferry, qui regardaient dans la direction de Gulangyu en gesticulant, ne semblaient pas du tout gênés par la fraîcheur.

Au moment où le hors-bord arriva au niveau du ferry – car il allait deux fois plus vite que le gros vaisseau –, Sokolov prit un manteau de pluie, l'enfila sur ses épaules et passa la tête par le trou au milieu, puis rabattit la capuche. Il le garda sur lui et ne jeta un œil derrière lui que quelques minutes plus tard, lorsque le batelier coupa le moteur et laissa le petit vaisseau glisser sur les derniers mètres qui les séparaient du terminal de Gulangyu.

En débarquant, Sokolov vit que le ferry n'était pas si loin derrière eux qu'il l'avait espéré. Le petit bateau avait accéléré plus vivement au début du trajet et il avait pris facilement la tête, mais le ferry, une fois qu'il avait pris de la vitesse, avançait plus rapidement qu'il n'en avait l'air.

Il faillit retirer le manteau de plastique, mais se ravisa. Le batelier le regardait bizarrement. Sokolov tendit une main, paume en l'air, et regarda le ciel, comme pour mimer : *Vous croyez qu'il va pleuvoir ?* Il n'aurait su dire si le batelier le comprenait le moins du monde. Finalement, il proposa deux billets magenta. Le batelier les accepta et se détourna. Transaction terminée.

Sokolov tira la capuche sur son crâne imberbe. Il s'était rasé la tête pour se rendre plus difficile à identifier, au cas où le BSP aurait trouvé un témoin des événements de la matinée ou des images de vidéosurveillance. Mais à présent, cela le rendait trop repérable.

Il marcha un certain temps à travers le parc du front de mer, surprenant quelques jeunes couples d'amants, puis prit une rue escarpée qui grimpait entre de vieux murs de pierre. C'était une des rares voies indiquées sur le plan. Elle zigzaguait, suivant les contours abrupts de l'île, évitant d'énormes affleurements de pierre grise couverts de plantes grimpantes, coincée dans le système radiculaire monstrueux des arbres baroques et coupée par endroits par des escaliers. De temps à autre, après un virage, Sokolov regardait derrière lui pour vérifier que personne ne montait par la même route. Il ne vit rien de menaçant. Mais le réseau routier de l'île était un labyrinthe, et il y avait plus d'un chemin pour rejoindre l'immeuble d'Olivia.

D'ailleurs, il n'était pas tout à fait certain de savoir où il se trouvait ; il avait l'impression qu'il aurait déjà dû être arrivé, mais, dans la pénombre, il ne voyait aucun des repères qu'il avait mémorisés plus tôt.

Sa vue fut bloquée pendant un certain temps par un alignement de grands arbres qui poussaient derrière un mur, délimitant une propriété : une école ou une quelconque institution gouvernementale. Puis il arriva à un croisement et trouva le repère qu'il cherchait : un hôtel construit au sommet d'un pic rocheux, avec des terrasses et jardins qui offraient un charmant panorama sur Gulangyu, le détroit et la ville au-delà. Il s'y était installé un peu plus tôt dans la journée pour observer les va-et-vient dans la cour de l'immeuble d'Olivia, essayant de trouver un plan C pour pénétrer dans son appartement : les plans A et B l'auraient exposé à des risques inacceptables.

À présent, il comprenait donc où il se trouvait et où il devait se rendre : il lui fallait monter une rue qui partait sur la gauche. Mais de cette rue descendait vers lui un groupe d'une demi-douzaine de jeunes hommes un peu éméchés qui se rendaient visiblement vers le terminal de ferrys. Ils étaient au stade joyeux et convivial de l'ivresse, accostant tous les passants et tentant d'engager la conversation sur un ton qui se voulait amical mais semblait en vérité très agressif. L'un d'eux avait déjà repéré Sokolov, terriblement voyant avec son crâne rasé et son manteau de pluie, et le montrait du doigt à un de ses camarades. Sokolov s'engagea sur la voie de droite et, dès qu'il fut hors de vue, piqua un sprint d'une centaine de mètres pour se soustraire à leurs bruyantes invectives.

Une ruelle partait sur sa gauche : il la prit. Elle remontait vers l'hôtel en surplomb, et il commença à se repérer de nouveau. Grimpant un escalier de pierre qu'abritait un arc d'énormes arbres centenaires, il déboucha dans la rue un peu plus large qui passait devant l'immeuble d'Olivia. Deux vieilles dames en promenade le regardèrent comme un ouistiti dans un zoo. Il leur adressa un signe de tête poli et prit la direction de l'immeuble d'Olivia. Deux jeunes femmes jaillirent d'un portail et le poursuivirent pendant quelques mètres, gloussant en mimant le geste de prendre une photo. Elles voulaient un portrait de lui pour le montrer à leurs amis. Il pressa le pas et déclina l'offre.

Il lui fallait quitter ce foutu pays *sur-le-champ.*

Voilà, il y était. Le portail de la résidence à laquelle appartenait l'immeuble d'Olivia, impossible à confondre à cause d'un arbre qui s'était enraciné au sommet du mur adjacent et étendait ses étranges membres en fusion sur le maçonnage, essayant de trouver un peu de terre pour s'enfoncer, cherchant peut-être à échapper aux assauts continuels de trois différentes sortes de plantes grimpantes à fleurs qui se servaient d'eux comme treillis. Sokolov regarda dans toutes les directions et ne vit rien d'inquiétant dans la rue. Il passa le portail et entra dans le jardin clos qui entourait l'immeuble.

Le bâtiment était construit dans un style européen réinterprété par les artisans locaux qui avaient dû être embauchés par le propriétaire cent ans auparavant. Il était d'inspiration vaguement classique, avec une rangée de quatre piliers grêles qui soutenaient une terrasse et, au-dessus, un balcon. Au-dessus de lui, sur la terrasse, la silhouette de quatre hommes se découpait dans les lumières de l'entrée. Ils inspectaient les lieux, parlaient au téléphone. Passaient leur tête ici et là. Sokolov, se sentant comme un petit garçon qui joue à quelque jeu stupide, alla se poster derrière un arbre afin qu'ils ne le voient pas s'ils regardaient derrière eux. Cela faisait une éternité qu'il n'avait pas été réduit à se cacher derrière un arbre, et il ne considérait pas ça comme une grande réussite professionnelle.

L'un des quatre hommes était vêtu d'un uniforme trop grand.

Sokolov s'accroupit et les observa à travers un buisson.

L'homme en uniforme monta les marches et poussa la première d'une série de quatre portes en bois, garnies d'une vitre, mais protégées par une structure métallique. Derrière lesdites portes s'ouvrait un large hall d'entrée, sans doute un vestibule à l'époque où le bâtiment était la villa d'un homme d'affaires important. Dans sa nouvelle incarnation, cet espace avait été bordé de boîtes aux lettres et doté de quelques bancs et tables basses. Une série de portes intérieures le séparait des escaliers qui menaient aux appartements, mais Sokolov avait repéré précédemment que celles-ci n'étaient pas verrouillées. Le bâtiment n'était absolument pas sécurisé ; la seule serrure qui séparait ces hommes de l'intérieur de l'appartement d'Olivia était celle de sa porte.

Les trois autres hommes jetèrent un dernier coup d'œil circulaire et entrèrent.

Sokolov quitta sa cachette et courut jusqu'au côté de l'immeuble qui faisait face à l'eau et aux lumières de Xiamen. La petite terrasse d'Olivia était deux étages au-dessus de sa tête. Un arbre s'élevait dans la terre près du coin du bâtiment, trop près du mur. Il s'était sans doute planté là spontanément au début de la Seconde Guerre mondiale. Il avait poussé en liberté pendant les décennies où personne ne s'occupait du lieu, jusqu'à ce que les nouveaux propriétaires, découvrant cet arbre adulte de quinze mètres de haut sur leur terrain, l'attaquent à la scie sauteuse, élaguant les branches inférieures afin d'aboutir à un résultat qui ressemblait un peu plus à un travail de paysagiste. Ce n'était pas l'arbre le plus facile ni le plus difficile à escalader qu'ait jamais vu Sokolov ; la seule raison pour laquelle il n'y avait pas grimpé plus tôt, c'était que, en plein jour, n'importe qui aurait pu le voir par la fenêtre des appartements des étages inférieurs.

Il le fit cette fois, sans guère de grâce ni de dignité, mais il ne se tua pas et ne perdit pas trop de temps. Une branche rescapée reliait le tronc au coin du bâtiment. Il se hissa dessus. Il était à environ deux mètres au-dessus du niveau du toit de l'immeuble et à deux mètres du mur. Le saut n'était pas particulièrement difficile, mais les souliers vernis de Jeremy Jeong le trahirent lorsqu'il s'élança, et il se prit le rebord du toit dans le ventre au lieu d'atterrir directement sur la toiture ainsi qu'il y comptait. Il projeta vivement sa main gauche et attrapa le crochet d'une antenne parabolique. De la main droite, il empoigna le câble coaxial qui la rejoignait. Prenant le câble à deux mains, il se laissa glisser jusqu'à ce que ses pieds trouvent une surface qu'il identifia avec quasi-certitude comme la rambarde en béton de la terrasse d'Olivia. Il prit appui, se pencha en arrière pour s'écarter du rebord du toit, puis pivota et se laissa tomber accroupi sur la terrasse. Elle était tout juste assez large pour contenir une chaise et une petite table. De là, l'accès à son appartement était barré par une porte vitrée protégée par une grille en fer forgé. À travers, il voyait sa chambre et le petit salon derrière.

La porte était fermée à clé. Plus tôt dans la journée, il avait réussi à l'ouvrir en retirant les tiges à charnière. Car il avait remarqué sur une des photos visionnées sur le téléphone de la jeune femme que les installateurs avaient commis la grave erreur de les situer à l'extérieur. Néanmoins, il lui avait fallu plusieurs minutes pour y parvenir.

Il ne voyait pas Olivia, mais il voyait son ombre se déplacer sur le mur et le sol. Il était presque certain qu'elle se tenait près de la porte d'entrée.

Il sortit sa petite torche de son sac, la glissa entre les barreaux et donna des petits coups secs sur le verre. Puis il la retourna et la dirigea vers son visage.

L'ombre s'immobilisa, puis se mit à se mouvoir avec lenteur. Olivia regarda derrière la paroi pendant un instant, puis recula vivement la tête. Il vit qu'elle portait sa main à sa bouche. Puis elle risqua un nouveau coup d'œil.

Qu'allait-elle faire en le reconnaissant ? Il aurait été parfaitement rationnel d'appeler le BSP.

Au lieu de cela, elle se dirigea vers lui d'un pas décidé et déverrouilla la porte-fenêtre, puis s'écarta pour le laisser entrer dans la chambre.

« Un homme a frappé à la porte – il dit qu'il est agent de sécurité, dit-elle.

– Prenez des vêtements sombres et chauds, répliqua Sokolov. Mettez-les dans un sac avec de l'eau et de la nourriture. À part ça, ignorez tout ce qui se passe.

– Comment ça ?

– *Tout.* »

Sokolov poussa le Makarov dans son rail, chambrant une balle. Puis il le remit dans sa ceinture.

Il se dirigea vers la porte d'Olivia, défit le verrou et l'ouvrit d'un grand coup.

L'homme en uniforme d'agent de sécurité s'apprêtait à frapper de nouveau. Deux de ses amis se cachaient deux ou trois pas derrière lui. Le troisième était plus loin, il surveillait l'escalier.

Sokolov attrapa « l'agent de sécurité » par les cheveux, l'attira à l'intérieur de l'appartement, claqua la porte et la verrouilla de nouveau.

L'homme sortit un couteau – Sokolov le devina à son geste – et tenta de le frapper par en dessus. Sokolov bloqua son élan à l'aide de son avant-bras gauche, enroula son bras autour de celui de l'homme comme une plante grimpante, juste au-dessus du coude, et tira vers le haut jusqu'à ce qu'il entende un craquement. L'agent de sécurité se trouva très près de Sokolov, un peu de biais. Sokolov lui donna un coup de genou dans l'aine. Lorsqu'il se plia, Sokolov fourra son pouce dans la gorge de l'homme pour le forcer à se redresser, puis lança son front sur l'arête de son nez, qu'il pulvérisa. Pour finir, Sokolov sortit son couteau de la poche de son pantalon, replia le bras au-dessus de l'épaule opposée de l'homme comme pour lui administrer un revers et lui trancha la gorge.

Avant que l'homme n'ait le temps de tomber, Sokolov rouvrit la porte de l'appartement et le poussa dehors, dans les bras d'un de ses amis, avec le sang qui jaillissait de ses deux carotides.

Le troisième se tenait juste à côté. Sokolov attrapa sa veste, le tira en avant et plongea son couteau dans son cou jusqu'à ce que la poignée bute contre la pointe de sa mâchoire.

Le son d'un chien qu'on arme : l'homme en haut des escaliers. Sokolov recula, claqua la porte de l'appartement, ferma à clé, puis tira la moitié d'un chargeur à travers le bois dans la direction de l'homme encombré par le cadavre de l'agent de sécurité.

Étant donné l'échange de coups de feu, Sokolov consulta sa montre en se demandant combien de minutes il allait falloir aux autorités pour fermer le terminal de ferrys.

Quelques balles traversèrent la porte dans sa direction, mais c'était l'homme posté en haut des escaliers qui tirait depuis l'autre bout du couloir ; les balles allaient se ficher dans le mur à un angle aigu, puis se perdaient dans sa structure interne. L'arme était une mitraillette, qui tirait des balles de pistolet, dont l'énergie cinétique n'était pas comparable à des cartouches de fusil. Mais dans quelques secondes, cet homme se tiendrait sans doute face à la porte et tirerait au travers, et à ce moment-là Sokolov et Olivia auraient tout intérêt à s'être écartés de là. Il se précipita dans la chambre où Olivia fourrait des affaires dans un sac posé sur son lit. Il lui arracha le sac sans ralentir le pas, rejoignit la terrasse et le laissa tomber par-dessus la balustrade. De l'autre main, il avait pris Olivia par le bras et il la conduisait maintenant au petit balcon, la poussant à faire un pas de côté pour s'écarter de la fenêtre ouverte et s'adosser au mur extérieur en brique ; cela suffirait à stopper le genre de munitions dont le djihadiste survivant allait bientôt canarder sa porte d'entrée. Sokolov grimpa alors sur la balustrade et empoigna une plante grimpante qu'il avait remarquée, qui escaladait, touffue, le mur. Tirant dessus de toutes ses forces, il réalisa qu'elle se détacherait du mur s'il appliquait suffisamment de puissance, mais qu'elle était bien fixée. En désespoir de cause, il s'assit sur la balustrade, passa les jambes par-dessus le rebord et sauta. La plante s'arracha, faisant pleuvoir sur lui de la poussière de mortier et des débris végétaux, et il tomba, par saccades, mais pas trop vite, sur deux ou trois mètres avant qu'elle stoppe sa chute. De là, il put attraper les barreaux d'une fenêtre et descendre à une altitude où il devenait possible de sauter. Il fit une culbute en heurtant le sol. Il se redressa d'un bond, fit le tour de l'immeuble en courant et se dirigea vers l'entrée principale, pénétra dans le vestibule et monta l'escalier. Dans les appartements, les locataires hurlaient. Il essaya de ne pas penser à ce que ces cris laissaient présager et résista à la tentation de consulter nerveusement sa montre. Chaque chose en son temps. D'en bas, il ne voyait personne en haut des escaliers ; le tireur avait quitté son perchoir de tout à l'heure, sans doute pour aller se poster devant la porte d'Olivia. Il entendit une nouvelle rafale de mitraillette. Il monta les dernières marches quatre à quatre et, après avoir vérifié l'état du Makarov, déboucha dans le couloir de l'étage d'Olivia.

Le tireur était juste devant sa porte, qu'il venait de finir d'abattre à coups de pied. Apercevant Sokolov du coin de l'œil, il mit une demi-seconde à réagir. Durant la deuxième moitié de celle-ci, Sokolov lui tira deux balles dans la tête. Il vit à la manière dont l'homme était tombé que les balles lui étaient entrées dans le crâne et qu'il était mort, mais, en s'approchant, il en tira deux de plus par sécurité, puis ramassa la mitraillette que l'homme avait laissée tomber sur le sol. Le chargeur était bien près d'être vide. En inspectant le corps de l'homme, il repéra un chargeur de rechange qui dépassait d'une de ses poches et s'en empara. Il remarqua également un téléphone, qu'il empocha aussi. Et finalement, cerise sur le gâteau, il trouva son propre téléphone, que l'homme avait pris à la planque et rangé dans une poche.

Il entra alors dans l'appartement, en s'annonçant tout haut pour qu'Olivia sache que c'était lui.

Il fut consterné de découvrir qu'elle ne se trouvait plus sur la terrasse, mais, en regardant en bas, il vit qu'elle avait réussi à descendre, apparemment sans rien se casser, et rassemblait les affaires qui étaient tombées de son sac lorsque Sokolov l'avait jeté. Il siffla. Elle leva les yeux. Il désigna la porte qui menait à la rue. Elle comprit et hocha la tête. Il tourna les talons et sortit de l'appartement. Il retira le fichu manteau de pluie et le jeta par terre puis descendit les escaliers à toute vitesse, sortit de l'immeuble en trombe et dévala les marches du perron juste à temps pour voir la silhouette d'Olivia se découper dans l'embrasure du portail.

« Au terminal de ferrys, dit-il. Évitez les rues principales. » Il était en train de récupérer son ouïe, si bien qu'il entendait les sirènes.

Elle le conduisit *vers le haut de la pente*, ce qui le surprit, vu que l'eau se trouvait en général *en bas* – mais seulement de façon à pouvoir s'aventurer à l'intérieur d'une école de l'autre côté de la rue. Ils traversèrent le terrain de sport en courant et sortirent par une porte dérobée, puis prirent une série de ruelles et d'escaliers qui les emmenèrent finalement à l'un des grands parcs qui s'étendaient sur la rive de l'île orientée face à Xiamen.

Lorsqu'ils arrivèrent en vue du terminal de ferrys, Sokolov consulta sa montre : quatre minutes s'étaient écoulées depuis le début de la fusillade. La plupart des services de police étaient incapables de réagir avec une telle rapidité ; mais si les flics de la région avaient été mis en état d'alerte à cause de la catastrophe du matin à Xiamen, leur présence dans les terminaux de ferrys était peut-être plus importante qu'à l'accoutumée. Et effectivement, à travers les portes vitrées du terminal, Sokolov aperçut des officiers du BSP, au moins une demi-douzaine, qui semblaient concentrés sur leurs talkies-walkies.

Il ralentit le pas.

Olivia, qui avait remarqué la chose, se tourna vers lui.

« Il nous faut un bateau-taxi rapide », dit-il.

Olivia désigna le parc attenant au terminal. « Allez par là. Attendez-moi au pied de la grande statue. »

Il ne pouvait pas se tromper sur la signification de ces mots, pas plus qu'un touriste dans le port de New York ne pouvait manquer de comprendre ce qu'était « la grande statue ». Elle parlait d'une immense sculpture en pierre de Zheng Chenggong, qui trônait sur un piédestal au bord de l'eau, éclairée par des spots qui la rendaient visible à des kilomètres.

« Je vais chercher un bateau-taxi et je vous retrouve là-bas », expliqua-t-elle.

Il crut discerner de la sincérité sur son visage. Lui faire confiance était un risque, mais s'approcher davantage du terminal de ferrys en cet instant en était un également. Il hocha la tête, puis se rendit dans le parc.

C'était un grand parc, et il lui fallut quelques minutes pour rejoindre la statue de Zheng Chenggong.

Le piédestal lui-même s'élevait bien au-dessus de l'eau et n'était pas un bon endroit pour aborder, mais, en dessous, il y avait une petite bande de sable. Il vit un bateau-taxi blanc tourner dans la baie. Il dévala quelques niveaux de marches de pierre et attendit qu'il s'approche suffisamment pour pouvoir le rejoindre en marchant dans l'eau. Mais le chauffeur coupa le moteur et sembla refuser de venir plus près : Sokolov entendit une conversation désagréable entre lui et Olivia.

Le problème, peut-être, c'était que les gens normaux ne rejoignaient pas les bateaux-taxis en marchant dans l'océan, et cette simple proposition avait suffi à éveiller ses soupçons.

Sokolov regarda autour de lui. Le piédestal de la statue était à peut-être cent mètres sur sa droite. Le long de sa base, il y avait une passerelle qui se développait en une courte chaussée, qui surplombait les eaux peu profondes, rocailleuses, jusqu'à un bloc de roche de la taille d'une maison, à un jet de pierre du rivage. Une espèce de petit temple ou belvédère avait été construit au sommet. De là, une autre petite voie pavée rejoignait un rocher encore plus petit sur lequel était installé un signal lumineux. Sokolov fit clignoter sa torche en direction du bateau-taxi pour attirer l'attention d'Olivia et du chauffeur, puis fit un signe de la main vers cet endroit. Il ne voulait pas parler, car cela aurait aussitôt révélé qu'il n'était pas chinois. Se retenant de piquer un sprint, il remonta la plage au pas de course, gravit un petit escalier jusqu'à la passerelle et rejoignit le bloc de roche. La passerelle le contournait puis se dirigeait vers le signal lumineux. Lorsqu'il déboucha sur cette deuxième partie de la passerelle, il vit le bateau-taxi approcher et entendit les éclats de voix qui se poursuivaient.

Sokolov avait sans doute éveillé les soupçons des bateliers locaux par son comportement plus tôt dans la soirée. La rumeur s'était répandue. Peut-être même l'échange de coups de feu était-il parvenu jusqu'à eux.

Olivia passa à l'anglais. « Il refuse de nous prendre, dit-elle. Alors je lui ai demandé : "Qu'est-ce que vous voulez que je fasse ? Que je me jette à l'eau et que je regagne la rive à la nage ?" Et il a au moins accepté de me déposer là. Vous pouvez me donner un coup de main ?

– Bien sûr », dit Sokolov.

Il se plaça face au bateau.

L'expression du chauffeur était tout à fait celle qu'avait espérée Sokolov. Mais il avait déjà coupé le moteur, et son embarcation était toute proche. Il se pencha en avant pour régler son hélice en marche arrière, mais Olivia passa un bras sous le sien pour l'en empêcher. Le bateau s'approcha davantage. Sokolov sauta par-dessus la balustrade de la passerelle et atterrit bruyamment sur la proue, puis plongea par-dessus le pare-brise et se releva à temps pour intervenir dans une dispute physique entre Olivia et le chauffeur. Il lui fit une clé très simple, juste pour avoir son attention, et lui montra la mitraillette.

Là, le chauffeur revint à la raison et s'assit.

« Dites-lui d'aller vers le nord en contournant Xiamen », suggéra Sokolov.

Olivia dit quelques mots. Le chauffeur recula le bateau de la passerelle et se dirigea vers le large du canal. Une fois qu'ils eurent dépassé les hauts-fonds, il rectifia sa trajectoire, laissant Gulangyu sur sa gauche et le centre-ville de Xiamen sur la droite, et augmenta sa vitesse.

Sokolov s'installa à l'arrière, sortit un gilet de sauvetage d'un bac de rangement et entreprit de l'attacher au sac d'Olivia.

Cela ne prit pas très longtemps, et, lorsqu'il eut terminé, il se rencogna dans son siège et profita de la vue de la ville, les énormes ponts jetés au-dessus des détroits qui la séparaient du continent, le port à conteneurs, les gros cargos qui s'approchaient de leur mouillage. Il ne reverrait jamais Xiamen, ça, c'était certain.

Quelque chose trembla contre sa jambe. Il plongea la main dans sa poche et sortit le téléphone qu'il avait pris au djihadiste mort. C'était un nouveau SMS, constitué de trois points d'interrogation.

Sokolov consulta la liste des appels récents et trouva dix-sept coups de téléphone émis ou provenant du même numéro, tous au cours des dix dernières heures environ.

Il se demanda si c'était une bonne idée. Ce n'était pas la mesure la moins risquée et la plus prudente qu'il pouvait prendre. Mais ils avaient largement dépassé la partie la plus industrialisée de la ville et contournaient la courbe nord de l'île, le terrain plat où ils avaient construit l'aéroport. Dans quelques minutes, le territoire taïwanais serait en vue.

Il appuya sur la touche « Bis ».

« Ça va ? Où est Zula ?

– Ça va ? Où est Zula ?

– Ça va ? Où est Zula ? »

Même à travers ses paupières closes, le dos tourné, le flash de la grenade avait laissé d'énormes taches mauves qui flottaient au milieu de la vision de Yuxia, l'empêchant de voir le visage de Csongor. Mais elle savait qui c'était.

« Ils l'ont emmenée », dit-elle.

Jusque-là, il la tenait par les avant-bras. Il la lâcha. Elle réalisa qu'elle ne tenait debout qu'en vertu du fait que Csongor l'avait aidée à se redresser. Pendant quelques instants, elle tomba à demi et dut se rattraper, remettre ses jambes en marche et regagner son équilibre. Elle finit en partie appuyée contre le coin de la couchette métallique. La cabine était pleine de fumée, et de la fumée s'élevait encore d'un millier de petites braises qui avaient été éparpillées sur le dessus-de-lit et projetaient des flammes ou creusaient des trous dans les couvertures. Elle toussa et pressa sa main libre contre sa bouche. Csongor, pendant ce temps, s'affairait, entrant et sortant de la cabine. Elle le vit ramasser un homme couché par terre. Il le souleva sur son épaule comme un sac de riz et sortit. Il y eut un plouf ! Puis il revint et répéta la procédure.

Elle entendit Marlon émettre une faible protestation. « Mais ces hommes sont évanouis !

– Ça va les réveiller », dit Csongor.

Le seul inconvénient que cela représentait pour Yuxia, c'était que la mort de ces hommes n'était pas tout à fait certaine. Elle aurait voulu les balancer *elle-même.*

Elle n'entendait pas les moteurs du bateau et elle supposa d'abord que c'était parce que la détonation l'avait assourdie. Mais elle ne sentait pas non plus leur vibration, elle s'en aperçut. Une conversation précipitée et anxieuse eut lieu entre Marlon et Csongor. Yuxia sortit prendre l'air. Elle vit le cuisinier – l'homme qui lui avait donné du thé plus tôt – recroquevillé contre le bastingage. Il avait vu Csongor jeter les hommes par-dessus bord et supposait qu'il serait le prochain. « Lui, il a été sympa avec moi », annonça Yuxia en anglais, puis elle dit à l'homme en mandarin qu'il n'avait rien à craindre. Mais elle n'était pas sûre qu'il comprenne le mandarin.

Ni Csongor ni Marlon ne l'avaient entendue, car ils étaient en train de monter dans un fracas métallique un escalier d'acier jusqu'au pont, un étage plus haut. Une espèce de concours de cris s'ensuivit. « Allons voir ce qui se passe », proposa-t-elle au maître de thé, en lui faisant signe de passer le premier. Avec une grande appréhension, il la précéda dans l'escalier.

Csongor, debout dans un coin, tenait en joue un membre de l'équipage qui, visiblement, était resté aux commandes pendant les événements. Marlon parlait à l'homme en mandarin : « Tu n'as pas le choix, dit-il, comme s'il répétait quelque chose qu'il avait déjà dit et que le pilote avait été trop stupide pour saisir. Tu dois nous faire sortir d'ici. Nous emmener à Taïwan ou aux Philippines par exemple. On n'a pas de temps à perdre ! »

Le pilote semblait incapable de prendre une décision, jusqu'à ce que le cuisinier l'informe en fujianais que tous les autres hommes sur le vaisseau avaient été jetés à l'eau. Cela parut faire une forte impression sur le pilote. Finalement, il se tourna vers le tableau de bord et poussa une poignée qui relança les moteurs. Yuxia sentit le bateau accélérer sous elle, une sensation grisante. « Éloigne-nous du rivage ! » ordonna Marlon, qui semblait craindre que le pilote ne tente de s'échouer délibérément. Celui-ci effectua un virage timide qui mit quelque distance entre la proue et l'Île sans Cœur. Ce n'était pas suffisant pour Marlon, qui s'avança et braqua le gouvernail davantage dans la même direction. Ce geste déclencha une rafale de fujianais paniqué de la part du pilote, que Yuxia traduisit en anglais : « Il dit que tu viens de diriger le bateau droit sur Kinmen. Si on garde ce cap, on va se faire torpiller. »

Marlon s'écarta du gouvernail et laissa le pilote redresser leur trajectoire vers le sud, mais il était clair qu'il restait nerveux et soupçonneux; il fit bien le tour de la cabine et regarda par toutes les fenêtres pour vérifier qu'ils ne se dirigeaient pas vers la terre.

« Un GPS », dit Csongor, indiquant d'un signe de tête l'assortiment de petits écrans et appareils électroniques installés sur le tableau de bord. En quelques instants, ils se rassemblèrent autour de l'engin qu'avait repéré Csongor. Il était de facture grossière par rapport aux appareils à grand écran couleur qu'on trouvait dans certaines voitures. L'écran de celui-ci était petit et gris et ne montrait que les détails qui intéressent les marins: le littoral, les hauts-fonds et les balises. Mais la latitude et la longitude étaient clairement indiquées sous forme de longues séries de chiffres en bas, et les contours et symboles approximatifs qui se dessinaient sur l'écran glissaient vers le haut tandis que le bateau voguait vers le sud.

« Putain ! mais j'y crois pas, dit Csongor. Il y a quatre jours, j'étais à Budapest en train de boire une bière tranquillement. Maintenant, j'ai détourné un bateau en Chine, je suis tombé amoureux et j'ai tué des gens. »

Personne n'avait grand-chose à répliquer. Marlon demanda à Yuxia, en mandarin: « Il reste d'autres gens ?

– Je ne crois pas, mais on ferait bien de vérifier. »

Ils convinrent que Csongor devrait rester sur le pont avec le revolver tandis que Marlon et Yuxia se familiarisaient avec leur nouveau bateau.

Le cuistot les suivit en bas, sur le pont principal, et dit à Yuxia: « Il y a un revolver sur le pont supérieur, caché sous le tableau de bord. »

Alors ils remontèrent et ordonnèrent au pilote de se reculer tandis que Marlon se mettait à quatre pattes et récupérait l'arme à tâtons: un revolver ancien, un peu rouillé sur les bords, mais chargé et prêt à l'emploi. Il le jeta dans l'océan. Puis, par sécurité, ils demandèrent au pilote et au cuistot de se mettre en caleçon et fouillèrent leurs vêtements: ils trouvèrent un téléphone et deux couteaux. Marlon retira la batterie du téléphone du pilote, puis en fit de même pour le sien et celui de Yuxia.

Suivant les ordres de Khalid, Pavel, le pilote, monta à l'arrière du taxi volé, où Jones l'attendait derrière une vitre teintée. Zula monta à son tour. Khalid s'installa sur le siège passager. Un arrangement similaire eut lieu dans le second taxi derrière eux, qu'ils avaient simplement arrêté parmi la file de véhicules qui attendaient devant l'hôtel ; Sergei monta dans ce dernier avec l'autre porteur de gilet d'explosifs.

Une fois qu'ils eurent débouché sur la nationale, et que le deuxième taxi fut bien en vue dans le rétroviseur – car apparemment, ils avaient simplement demandé au chauffeur de les suivre –, Jones dit à Pavel : « En temps normal, je planifierais méthodiquement ce qui est sur le point de se passer. Peut-être qu'on construirait un faux jet au milieu du Yémen pour s'entraîner dessus. Mais étant donné les circonstances, nous allons devoir nous en remettre à Allah. Appelez ça du fatalisme si vous voulez ; il me semble que c'est ainsi que les Occidentaux voient la chose en général. »

Pavel fit mine de n'avoir pas compris un seul mot. Il était assez convaincant.

« Donc, continua Jones, parlez-moi du terminal de jets privés à Xiamen. Je n'ai jamais eu l'occasion de m'offrir ce luxe. Est-ce que quelqu'un va vouloir tamponner mon passeport ? »

Pavel ne dit toujours rien. « Je suis très sérieux, reprit Jones. J'ai besoin de savoir si nous devons passer les services d'immigration. Montrer des papiers. Parce que – et là il sourit d'une façon que Zula aurait trouvée charmante si elle n'avait rien su de lui – vous comprenez, j'ai peur que mon passeport britannique se soit égaré. Ainsi que son passeport américain. » Il désigna Zula d'un signe de tête.

« Si vous voulez connaître *normal*, dit Pavel, *normalement*, je devrais envoyer un plan de vol à la ville de destination. Et liste des passagers. Si la destination est dans même pays, bien sûr pas besoin passer par les services d'immigration. Si destination autre pays, vous devriez faire tamponner passeport au départ.

– Mais le genre de type qui se balade en jet privé est trop occupé pour faire la queue pour faire tamponner son passeport, non ?

– Souvent, oui. Ça dépend du pays. Ça dépend aussi du type aéroport.

– Développez.

– Parfois, il n'y a pas FBO.

– Pardon ?

– Exploitant de service aéronautique. Terminal spécial pour les jets privés.

– Ah, merci pour l'éclaircissement !

– Si pas FBO, vous faites la queue comme tout le monde à l'immigration.

– Et s'il y a un FBO ?

– Alors très souvent, ça se passe dans l'avion. Vous allez direct au FBO. Embarquez dans l'avion. Attendez les responsables. Les responsables montent dans l'avion. Comptent les passagers. Vérifient la liste. Tamponnent les passeports. S'en vont. L'avion décolle.

– Est-ce qu'il y en a un ici ?

– Bien sûr, notre avion est garé au FBO depuis trois jours.

– Comment vous êtes entrés dans le pays ? Vous aviez tous des visas ?

– Non. »

Zula expliqua brièvement comment ils s'y étaient pris.

Jones réfléchit. « Et si vous donniez un plan de vol pour une ville de Chine et partiez pour Islamabad à la place ?

– Il y a des endroits où ça se remarquerait. D'autres... »

Il haussa les épaules.

« Très bien, dans ce cas. Qu'est-ce qu'on a dans la direction d'Islamabad ?

– Douchanbé ?

– Je parle d'aéroport sur le sol chinois – pour éviter de fournir un plan de vol international.

– Je vois.

– Corrigez-moi si je me trompe. Mais je crois que vous venez de me dire que si vous donnez un plan de vol pour une ville chinoise, les agents de l'immigration n'ont pas besoin de monter tamponner les passeports.

– C'est ça, en gros.

– Alors on pourrait dire quoi ?

– Urumqui ?

– Et pourquoi pas Kachgar ?

– Oui, bien sûr, Kachgar.

– Je n'y suis jamais allé, mais je suis passé pas loin, du côté Tadjikistan. »

Pavel attendit.

Jones sourit. « Je crois bien que si on donne un plan de vol pour Kachgar et qu'on dépasse la ville pour rejoindre Islamabad en zigzag, personne ne remarquera. Ou dans le cas contraire, ce sera trop tard pour y faire quoi que ce soit.

– Ce n'est qu'à quelques centaines de kilomètres de la frontière ouest de la Chine, confirma Pavel.

– Dans ce cas, je suggère que vous sortiez votre ordinateur portable, si c'est comme ça que vous vous y prenez, et que vous lanciez le processus.

– Départ quand ? »

Jones regarda Pavel comme si c'était un crétin fini. « Départ *maintenant*. Nous sommes en route pour l'aéroport, là.

– Pas possible.

– Comment ça, "pas possible" ?

– En Chine, la loi exige de fournir plan de vol six heures à l'avance.

– Ah !

– Avant c'étaient trois à six *jours*, bien plus facile maintenant. »

Ils roulèrent en silence pendant quelques minutes tandis que Jones réfléchissait. Puis, juste au moment où Zula se demandait s'il avait piqué du nez, il reprit la parole : « Vous attendiez Ivanov à l'hôtel.

– Oui.

– Si Ivanov vous avait retrouvés à l'hôtel comme prévu, vous vous seriez rendus au FBO, vous auriez embarqué pour où ?

– Calgary.

– Qu'est-ce qu'il y a, à Calgary ?

– Du kérosène.

– Donc vous dites que Calgary, c'était une simple étape de ravitaillement.

– Oui.

– Et la destination finale ?

– Toronto. D'où nous sommes partis.

– Pourquoi ne pas aller directement à Toronto, dans ce cas ?

– L'orthodromie.

– Pardon ? »

Pavel poussa un soupir, puis plaça ses mains en coupe devant lui comme s'il tenait un globe terrestre de la taille d'un potiron. « Vous voyez... »

Jones lui coupa la parole : « Je sais ce que c'est que l'orthodromie, putain !

– Bon, tant mieux. Bien plus facile à expliquer.

– Alors allez-y.

– Si vous dessinez grand cercle d'ici à Calgary, il survole côte de Chine. Corée du Sud. L'île Sakhaline. Kamtchatka. Côte Alaska et Colombie-Britannique. Puis coupe au-dessus montagnes et redescend à Calgary. Tout cela, c'est couloir aérien très utilisé, vous comprenez ? Tous les jets entre Asie et Amérique du Nord suivent lui. Ne passent pas au-dessus de zones sensibles. Mais si vous tracez grand cercle d'ici à Toronto, là complètement différent. Il survole Chine. Puis Corée du Nord

– très mauvais. Plus grande partie Sibérie qui n'est pas du tout couloir aérien ordinaire. Faire approuver un tel plan de vol impossible. Donc nous devons suivre couloir normal jusqu'à survoler l'Ouest du Canada. À partir de là, beaucoup plus facile. Mais comme nous sommes loin de suivre itinéraire orthodromique, nous devons faire le plein. Calgary étape la plus pratique pour ça. On a donc donné plan de vol pour Calgary.

– Vous dites que le plan de vol est déjà enregistré ?

– Bien sûr.

– Vous dites "bien sûr" à cause de ce délai de six heures que vous avez mentionné. Ivanov était un homme pressé. Il voulait être prêt à dégager en un clin d'œil. Ce qui est difficile pour vous à concilier avec le délai de six heures imposé par les autorités chinoises. Donc vous avez préparé et enregistré le plan de vol à l'avance.

– C'est ce que j'ai fait en attendant à l'hôtel. C'est mon boulot.

– Donc il *serait* possible d'aller directement à l'aéroport, de monter dans l'avion et de partir dans la direction générale de Calgary *immédiatement*.

– Pas dans la direction générale. Dans la direction exacte. Mais oui. Pas de problème pour obtenir cette autorisation-là.

– Mais ça serait bien sûr un vol international.

– Oui.

– Donc les agents de l'immigration vont vouloir monter à bord pour tamponner les passeports.

– Oui.

– Vous avez parlé d'une liste de passagers, non ?

– Oui. Nous fournissons ces documents aux autorités. »

Jones sursauta. « Je parie qu'il y a le nom de beaucoup de Russes dessus. C'est malheureux, car tous les Russes sauf un sont morts.

– Pas un problème. La liste des passagers est un document indépendant du plan de vol. Va à d'autres fonctionnaires. Pas obligé de l'enregistrer à l'avance. Vous comprenez, la liste change tout le temps. Les gens changent d'avis à la dernière minute, décident de ne pas partir, ou on ajoute un passager. Nous fournissons la liste juste avant le départ.

– Très bien, donc dans le pire des cas on peut trafiquer la liste et décoller pour le Canada.

– Peut-être. Ça dépend des autorités et des passeports. »

Jones écarta l'objection de la main. « On s'inquiétera de ça plus tard. Pour l'instant, je veux parler plan de vol. »

Il réfléchit de nouveau pendant un long moment.

« J'aimerais *vraiment* faire une escale à Islamabad, conclut-il. Si on se sert du prétexte Kachgar, quelle serait la procédure ?

– Ça dépend ce que vous voulez faire après Islamabad. Si vous voulez abandonner avion là-bas, votre plan peut marcher sans problème. On peut enregistrer plan de vol pour Kachgar et dévier vers Islamabad, personne pourra nous arrêter.

– Ah, mais Islamabad n'est pas la destination finale ! Après une brève escale, il me faudra absolument repartir.

– Brève, c'est quoi ?

– Un jour ou deux. Trois au pire. »

Pavel réfléchit. « Ça pourrait marcher », concéda-t-il enfin.

Mais Pavel avait réfléchi tellement longtemps qu'il avait attiré l'attention, puis les soupçons de Jones, qui tira quelque chose de sa poche, baissa la main et ébaucha un geste qui fit sursauter Pavel. Zula vit la lumière d'un réverbère se refléter sur le métal poli d'une lame, que Jones tenait contre le côté de la main de Pavel. « Vous pouvez piloter un avion avec neuf doigts, non ? » demanda Jones.

Pavel ne répondit rien.

Jones poursuivit : « Je suis juste un peu inquiet. Jusqu'à maintenant, vous avez répondu à mes questions sans hésitation, ce qui me convient bien. Mais la dernière réponse a été longue à venir. Ce qui me laisse à penser que vous commencez à jouer aux échecs avec moi. Je ne veux pas de ça. Vous devez comprendre que le succès de mes entreprises et votre survie personnelle sont maintenant une seule et même chose, Pavel. Ce serait affreusement dommage, et fort regrettable pour vous, si je découvrais, dans quelques jours, que vous avez fait le malin pour me niquer. Me niquer, je veux dire, en exploitant une subtilité technique du monde des jets privés que je ne peux pas connaître.

– Je pensais à conséquences d'un séjour de plusieurs jours à Islamabad, avoua Pavel.

– Et c'est très bien, à condition que vous partagiez ces pensées avec moi en toute honnêteté.

– C'est un aéroport moderne. On ne peut pas garer un jet dans ce genre aéroport comme voiture dans parking d'un supermarché. Ça va se remarquer. Il y aura traces.

– Je vous encourage à continuer de m'alerter de ce genre de complications. Mais le fait d'être remarqués n'est pas forcément dramatique. Après Islamabad, j'ai seulement besoin que vous effectuiez un dernier vol.

– Pour où ?

– Presque n'importe quelle grande ville des États-Unis d'Amérique fera l'affaire. Personnellement, j'ai une petite préférence pour Vegas, mais je suis prêt à faire preuve de souplesse. »

Khalid, qui avait gardé le silence sur le siège avant pendant tout ce temps, fit une remarque par-dessus son épaule, entièrement en arabe, sauf pour les mots : « Supermarché de l'Amérique ».

« Mon camarade fait une observation très juste, à savoir que si Vegas est trop loin, Minneapolis serait formidable. Ce serait plus facile, n'est-ce pas ? Comme c'est plus au nord.

– Ça dépend des grands cercles, dit Pavel d'une voix impassible. Je peux utiliser ordinateur ? »

Jones hésita. « Ça va prendre plus longtemps que je ne l'avais espéré. Nous avons une petite affaire à régler d'abord. Mais après ça, oui, vous pourrez utiliser votre ordinateur. »

Ils arrivèrent au quai qu'ils avaient utilisé plus tôt. Le bateau, qui s'était un peu éloigné, revint dans leur direction.

Le chauffeur du second taxi fut escorté sur le bateau sous la menace d'un revolver, et sa place derrière le volant fut prise par le porteur du gilet d'explosifs, qui avait fait le trajet sur le siège passager. Les coffres des deux taxis furent bourrés à ras bord. Les deux derniers djihadistes de type moyen-oriental, qui étaient restés à poireauter sur le bateau, montèrent dans le second taxi avec Sergei. Les deux taxis reprirent le périphérique et partirent pour l'aéroport, puis le terminal de jets privés – l'espace que Pavel appelait « FBO ». L'accès en était protégé par un portail contrôlé par un garde, mais Pavel, avec son uniforme de pilote, savait apparemment ce qu'il convenait de dire, et on les autorisa à aller se ranger juste à côté du jet. Jones, Zula et les deux pilotes montèrent directement à bord tandis que les hommes de Jones, sous la direction de Khalid, entreprenaient de transvaser le matériel du coffre des taxis dans la soute de l'avion.

L'intérieur du jet avait été nettoyé et rafraîchi à la hauteur des attentes du genre d'individus qui pouvaient se permettre de voyager ainsi – jusqu'aux compositions florales, chocolats et boissons des minifrigos. Les parois lambrissées luisaient doucement sous des halogènes design et, après les rigueurs des derniers jours, les fauteuils en cuir donnaient l'impression de se nicher sur les genoux d'un bébé géant. Jones ne s'assit pas tout de suite, mais passa quelques minutes à parcourir l'habitacle d'un bout à l'autre, alternant entre la stupeur, l'indignation devant un tel degré de luxe et l'amusement bruyant.

Il était dans le cockpit, lorgnant les affichages dernier cri, lorsque son téléphone sonna. Il regarda l'écran.

« Ah ! dit-il, la seule chose qui pouvait encore embellir cet instant. » Il ouvrit l'appareil, le porta à son visage et se mit à parler d'une voix extatique. Zula ne comprenait pas son arabe, mais elle n'avait pas de mal à comprendre ce qu'il disait : « Hé, mec, tu devineras jamais d'où je t'appelle ! »

Puis il tourna les talons et sortit du cockpit, l'air complètement stupéfait. Il se plaça dans l'embrasure de la porte ouverte de l'avion, comme pour avoir plus de réseau. Passant à l'anglais, il demanda : « Qui est-ce ?

– Sokolov, dit le Russe au téléphone. On s'est rencontrés tout à l'heure quand moi tué la moitié de vos hommes. Il y a dix minutes, moi tué l'autre moitié. Maintenant, il ne reste que vous, enfoiré. Une espèce de pauvre minable qui se sert téléphone pour envoyer à la mort hommes meilleurs que lui. Et s'enfuit à l'aéroport. »

Olivia, qui observait la scène avec intérêt depuis l'autre côté du bateau, se demanda comment Sokolov savait que la personne à laquelle il parlait se trouvait à l'aéroport. Peut-être entendait-il les moteurs des jets en fond sonore. En réalité, ils étaient en train de dépasser le cap nord de Xiamen, où se trouvait l'aéroport ; lorsqu'il s'en aperçut, Sokolov commença à regarder dans cette direction, juste à temps pour voir un 747 jaillir du tarmac et filer tout droit dans le ciel nocturne. Sokolov fit un mouvement brusque vers le coin où il avait rangé la mitraillette et Olivia se tassa sur le banc en fibre de verre, anticipant avec un mélange de terreur, de sidération et de délice le moment où il allait sortir l'arme et essayer d'abattre l'avion. Mais l'esprit rationnel de Sokolov sembla dominer cette très mauvaise idée. « Vous vous échappez comme une crevure tandis que hommes courageux sont morts dans cette ville. Quelle noblesse, Jones ! Vous avez toujours Zula ? Vous la traitez bien ? Je vous suggère de la traiter bien, cette fille, Jones, parce que quand je vais trouver vous, je tuerai vous rapidement si vous l'avez traitée bien, et si vous lui avez fait le moindre mal, je tuerai vous moins gentiment. Je expédié un millier de djihadistes au ciel retrouver leurs vierges, mais vous, je vais envoyer vous en enfer. » Il raccrocha et jeta le téléphone à la mer.

Il y eut une accalmie de quelques minutes au cours desquelles Olivia tenta de se repasser mentalement les événements de la journée. Peut-être était-ce une erreur. Elle soupçonnait que des hommes tels que Sokolov ne consacraient pas beaucoup de temps à ce type d'introspection. Mais cela semblait faire partie de sa formation universitaire/analytique, et c'était tout ce qu'elle avait à offrir à ce partenariat de circonstance. Les talents et les capacités de Sokolov avaient été largement exposés au cours de la dernière demi-heure, et Olivia avait le sentiment, de temps à autre, d'être un morceau de viande qu'il était obligé de trimballer comme pour un bizutage (même si elle lui avait sauvé la vie en engageant le bateau-taxi et en convainquant le chauffeur de s'approcher suffisamment de Sokolov pour qu'il puisse sauter à bord ; elle se demandait s'il en était conscient). La tentation était forte de laisser sa volonté se dissoudre dans celle de l'homme et de le regarder agir les bras croisés. Mais le genre de choses dans lesquelles Sokolov excellait était utile dans des circonstances limitées et très spéciales qui, dans la vie courante, ne se présentaient pas très souvent. Bientôt viendrait le moment où il serait aussi impuissant et dépendant d'elle qu'elle l'avait été de lui pour échapper à leurs mystérieux assaillants de Gulangyu.

À ce sujet, elle avait vu ce qu'il avait fait à ces hommes, mais elle avait du mal à y croire. C'était certainement vrai, vu qu'ils étaient tombés et ne s'étaient pas relevés. Mais pour le moment, ce n'était qu'un magma d'impressions peintes sur l'écran de sa mémoire, pas encore digérées, qui n'avaient même pas encore la dignité de faits réels.

Le téléphone de Sokolov avait un GPS et des plans, qu'il consultait avec intérêt depuis qu'ils avaient laissé l'aéroport derrière eux. Ils descendaient Xunjianggang, un détroit large d'environ trois kilomètres qui séparait l'île de Xiamen et le district nord-ouest de Xiang'an. Le détroit était braqué comme un revolver vers une île sombre située à quelque dix kilomètres : Kinmen, le « Quemoy » de la propagande de la guerre froide. Bien qu'elle n'en ait pas discuté avec Sokolov – ils n'avaient discuté de *rien* en réalité –, c'était manifestement leur destination. Pendant encore à peu près une minute, ils seraient à portée du territoire chinois à bâbord comme à tribord, et quiconque observerait la progression de leur vaisseau sur radar – en supposant qu'il soit discernable parmi le fatras de cargos géants et de petits bateaux de pêche – ne trouverait rien d'exceptionnel à leur trajectoire. Mais une fois qu'ils auraient débouché du Xunjianggang dans la mer, ils attireraient l'attention à coup sûr, car il n'y avait rien dans cette direction qui ne soit pas taïwanais.

Le littoral à bâbord – la banlieue de Xiang'an, sur le continent – était moins construit que la rive de Xiamen à tribord, il avançait plus à l'est et les rapprochait donc de Kinmen. Sokolov dit qu'il voulait caboter le long de cette rive, et Olivia transmit cette instruction au pilote.

Sokolov alla s'installer à l'avant, à côté du pilote. Il avait son sac. Il alluma sa torche et la mit dans sa bouche comme un cigare, puis éclaira l'intérieur du sac, dont il avait ouvert la fermeture Éclair. Il était bourré d'un assortiment d'objets hétéroclites, mais la couleur prédominante était le rouge magenta nauséeux des gros billets chinois. Il y avait surtout des billets froissés en vrac, mais Sokolov parvint à sortir une brique enveloppée d'environ trois centimètres d'épaisseur. Il laissa sa lampe braquée dessus et jeta un coup d'œil au pilote pour être certain qu'il avait remarqué la chose. Puis il sortit un sachet plastique – un sac de linge estampillé du logo d'un hôtel de luxe. Il laissa tomber la liasse de billets dedans et le roula soigneusement en un petit paquet bien net.

Puis il regarda Olivia. « Conduisez le bateau, s'il vous plaît, dit-il.

– C'est moi qui vais conduire le bateau maintenant écartez-vous, s'il vous plaît », dit-elle au pilote en mandarin.

Il tarda à obéir.

« J'observe cet homme depuis un moment maintenant et je ne crois pas qu'il fasse du mal aux gens qui ne sont pas ses ennemis, dit-elle. Tout va bien se passer, je pense. »

Observant attentivement Sokolov, le pilote se leva et libéra les commandes. Olivia enjamba le dossier de son siège et s'installa derrière le gouvernail. Elle sélectionna une lumière au loin afin de se guider.

Ils étaient sortis du détroit et voguaient maintenant à portée de larges vagues océaniques qui secouaient le petit bateau. Afin de conserver son centre de gravité le plus bas possible, le pilote alla s'asseoir sur l'un des bancs. Sokolov se mit à genoux devant l'homme et lui jeta la liasse de billets enveloppée, puis mima le geste de la fourrer dans son pantalon. Le pilote, dont l'humeur hésitait entre la peur la plus abjecte et la curiosité la plus extrême, obéit. Sokolov lui tendit alors un gilet de sauvetage et lui indiqua par geste de l'enfiler. « Plus près de la plage, s'il vous plaît », dit-il à Olivia. Elle dirigea le bateau plus près de prés salés qui, comme la marée était basse, s'avançaient loin du littoral de Xiang'an et reflétaient mollement ses lumières rose orangé.

Le pilote mit le gilet de sauvetage et serra la sangle autour de sa taille. Sokolov, l'inspectant comme un chef d'escadron vérifie le parachute d'un simple soldat, tira sur la sangle et donna un petit coup sec pour bien la coincer. Il porta ensuite son poing, pouce et petit doigt écartés, à sa mâchoire. Le pilote, comprenant ce geste universel, fouilla dans sa poche et sortit son téléphone, que Sokolov confisqua.

Puis Sokolov fit un petit geste de la tête et regarda le pilote dans les yeux, dans l'expectative.

Le pilote ne voulait pas sauter, mais il atteignit bien vite un stade où il aurait préféré se noyer que supporter ce regard une minute de plus, aussi se décida-t-il à lever les bras, à se pincer le nez et à sauter par-dessus bord.

« Kinmen, dit Sokolov. Le plus vite possible. »

Olivia braqua le gouvernail à tribord et poussa l'accélérateur au maximum. Le moteur hurla, le bateau s'élança en avant dans l'obscurité et se mit à rebondir sur la crête perpendiculaire des vagues. Sokolov retourna s'asseoir à côté d'Olivia et pressa des boutons sur le tableau de bord jusqu'à ce qu'il trouve celui qui éteignait les feux de vitesse.

Puis il passa un moment à essayer de lire l'écran minuscule de son téléphone malgré les impacts brutaux de la coque sur les vagues.

« Les militaires taïwanais tireraient sur un bateau ?

– Peut-être.

– Vous nagez ? cria-t-il.

– Très bien.

– Mieux que moi », avoua-t-il.

Il se glissa de nouveau à l'arrière et revint quelques instants plus tard avec deux gilets de sauvetage. Il en plaça un sur les genoux d'Olivia. Il enfila l'autre, puis tint le gouvernail tandis qu'elle mettait le sien.

Elle avait pris l'habitude d'imaginer Kinmen plus lointain qu'il ne l'était vraiment, à cause de la barrière militaire et politique ; mais entrer dans les eaux territoriales alla si vite qu'ils avaient à peine eu le temps de se glisser dans les gilets de sauvetage qu'ils étaient déjà à quelques brasses du rivage. Sokolov essaya d'ôter ses mains du gouvernail pour voir comment le bateau réagissait et constata qu'il était ainsi gréé qu'il continuerait à aller à peu près droit.

Et, à un moment donné, bien plus tôt que ce à quoi elle se sentait préparée, il lui fit soudain un signe de tête, et – comme c'était apparemment ce qu'il attendait d'elle – elle le lui rendit. Sokolov braqua le gouvernail et dirigea le bateau vers le large, puis la prit par la main et posa un pied sur le plat-bord. De sa main libre, il récupéra le CamelBak qu'il avait précédemment enveloppé dans un gilet de sauvetage. Un autre échange de signes de tête et ils sautèrent.

L'eau était relativement chaude par rapport à l'océan en général, mais l'impression puissante qui envahit tout de suite Olivia fut d'avoir froid. Puis elle se domina et se mit à nager.

Apparemment, ils étaient désormais sous le vent de Kinmen. Les vagues n'étaient plus aussi puissantes, mais elles venaient de toutes les directions et formaient en se heurtant de soudaines pyramides d'eau qui s'effondraient presque aussitôt. Elle essaya juste de s'orienter par rapport à la lune et de continuer de nager à tout prix. Sa plus grande crainte était d'être entraînée vers le large par quelque courant invisible, et effectivement, lorsqu'elle sortait la tête de la soupe pour regarder les lumières de l'île, elle avait l'impression qu'ils se déplaçaient de biais au moins aussi vite qu'ils avançaient. Elle n'était pas particulièrement spécialiste de la mer, mais elle était suffisamment britannique pour avoir absorbé, par contagion, certaines formules telles que « eaux mortes », et elle était à peu près certaine que cette dernière s'appliquait dans le cas présent : la marée était basse, ni montante ni descendante, et l'eau ne remuait pas tellement. Mais de larges fleuves se déversaient dans la mer aux alentours de Xiamen, et leur cours devait contourner toutes les îles ; ce qui produisait forcément des courants.

Après quelques poussées d'angoisse, elle dut se rendre à la conclusion qu'ils n'étaient pas dans l'eau depuis si longtemps que cela, qu'elle avait sous-estimé le temps qu'il leur faudrait, et qu'il lui fallait simplement continuer à nager. Elle et Sokolov pratiquaient la nage indienne et le dos crawlé lorsqu'ils étaient fatigués. Dans cette position, elle vit un hélicoptère survoler plusieurs fois les eaux, plus près de Kinmen que de Xiang'an, fouillant la surface de la mer avec des torches. Le bateau devait avoir été remarqué sur les radars. Il était naturel de se sentir vulnérable, trop visible, exposée. Mais elle essaya de s'imaginer le pilote assis dans le cockpit de cet hélico avec tous ces kilomètres carrés d'eau noire en dessous et un rayon lumineux aussi fin qu'une aiguille. Si elle avait coulé son bateau et cherchait à tout prix à se faire secourir, elle désespérerait d'être jamais repérée ; alors pourquoi s'en inquiéter ?

Sokolov retira son gilet de sauvetage et disparut sous l'eau pendant peut-être une demi-minute, puis remonta à la surface, haletant. « À peu près trois mètres », dit-il, donnant apparemment une estimation de la profondeur de l'eau. Elle en fut rassurée.

Ce fut peut-être une demi-heure plus tard que quelque chose égratigna le bout de son doigt pendant une brasse profonde. Elle réalisa qu'elle pouvait se tenir debout. Elle le pouvait sans doute depuis un moment.

Un instant plus tard, elle baissait les yeux sur le visage stupéfait de Sokolov, qui nageait sur le dos. Il rassembla ses jambes sur lui, puis gesticula d'une main dans un geste qui voulait dire, sans ambiguïté: *Baissez-vous, idiote!*

Ils s'accroupirent, laissant juste leur tête dépasser de l'eau, et observèrent le rivage qui s'ouvrait devant eux du mieux qu'ils purent dans la faible lueur de la lune. Olivia avait l'impression de regarder à travers les dents brisées d'un peigne en fin de course.

« Des pièges à tanks, dit Sokolov. Pour empêcher les débarquements de véhicules amphibies. Pas un problème pour nous. Tant qu'on ne conduit pas de tank. »

De l'humour. Elle était trop crevée pour l'apprécier. Lorsqu'elle était rentrée à son appartement après la fusillade et l'explosion, un bandage de fortune autour de la tête, elle avait prévu de se fourrer au lit et de ne pas se lever avant longtemps. En se forçant un peu, et avec l'aide de Sokolov, elle avait réussi à faire une expédition jusqu'au *wangba* pour lancer un appel de détresse. L'adrénaline lui avait permis de traverser les événements des dernières heures. Mais aussitôt qu'elle sentit la terre sous ses pieds et quitta le mode « nage-ou-crève », elle s'effondra. Elle tomba à quatre pattes dans l'eau, pas seulement pour plus de discrétion, mais parce qu'elle ne se sentait plus capable de tenir debout. Tel un poisson préhistorique qui se traîne sur la grève à l'aide de ses ailerons souples et atrophiés, elle suivit Sokolov dans l'eau de moins en moins profonde jusqu'à une plage de sable gardée par un imposant dispositif de défense: une double rangée de pointes orientées vers le continent. Comme ils purent le voir en s'approchant, chaque pointe était un rail de chemin de fer qui avait été planté dans une cuve de béton massive et coupé en biseau. Un épais boulon à œil dépassait du sommet de chaque bloc de ciment : c'était visiblement grâce à cela qu'ils avaient été débarqués et installés à leur place, un par un, durant l'époque oubliée où la guerre froide battait son plein. La rouille avait attaqué l'acier, les bernacles l'avaient épaissi et couvert d'une sorte de fourrure. Les blocs s'étaient inclinés à des angles divers. Sokolov avait raison : ce n'était pas un obstacle pour eux.

Quelques mètres derrière les pièges à tanks, ils tombèrent sur une zone de blocs hexagonaux qui avaient été enfoncés dans le sable, sans doute pour éviter l'érosion de la plage ; ceux-ci formaient une bande de chaussée terriblement irrégulière d'environ dix mètres de large, qui s'étendait à perte de vue (c'est-à-dire pas très loin) de chaque côté.

Encore derrière, c'était juste une plage comme les autres. Vivante, cependant, sous les mains d'Olivia. Car des milliers de petits crabes, pas plus gros que des scarabées, détalaient, entrant et sortant de trous épais comme des crayons dans le sable.

Sokolov siffla : elle s'aperçut qu'elle était allée trop loin. Elle s'aplatit sur le sable, ravie d'avoir une occasion de s'allonger et de cesser de bouger, même si elle était mouillée et qu'elle avait froid. Il était quelques mètres derrière elle, à plat ventre sur les blocs hexagonaux, invisible même aux yeux d'Olivia qui savait où il se trouvait.

Ils restèrent allongés là pendant quelques minutes, attendant et observant. Olivia avait commencé à frissonner en sortant de l'eau et à présent elle tremblait convulsivement. Elle claquait littéralement des dents pour la première fois depuis l'âge de 4 ans. Elle ouvrit la bouche pour arrêter le bruit.

Le clair de lune et un examen lent et patient leur révélèrent que la plage donnait, au-dessus d'eux, sur un long glacis de sol sablonneux, sans doute, maintenu par une végétation basse constellée de fleurs jaunes. Au-dessus s'élevait une rangée de structures grossières et massives plongées dans une obscurité totale. À quelque cent mètres sur leur gauche, un petit blockhaus blanc se découpait sur la plage, équipé d'un assortiment d'antennes et de phares. Mais les phares n'étaient pas orientés dans leur direction, et il semblait peu probable qu'on puisse les voir, même à supposer qu'on les cherche.

Lorsqu'il fut satisfait, Sokolov se laissa glisser au bas de la masse de blocs hexagonaux et rampa sur les coudes jusqu'à la frontière entre le sable de la plage et le tapis de fleurs jaunes. Olivia le suivit tandis qu'il passait sous un câble d'acier tendu sur une rangée de poteaux.

« Restez en arrière », dit-il. Elle s'arrêta devant le câble.

Il se redressa sur les bras, ramena ses genoux sous lui afin de s'accroupir, sortit son couteau et le planta dans le sable. Au bout de quelques instants, il le reprit, avança de quelques centimètres et le planta de nouveau. Puis il répéta l'opération. « Marchez dans mes pas, dit-il.

– Qu'est-ce que vous faites ?

– Lisez le panneau », suggéra-t-il.

Se hissant sur ses talons, elle se retrouva le nez sur un triangle rouge suspendu au câble, avec une tête de mort et les mots : « DANGER MINES ».

Elle se demanda si ses tremblements étaient susceptibles de faire sauter une mine.

Sokolov traînait le CamelBak derrière lui. Comme ni celui-ci ni elle ne se trouvaient encore dans le champ de mines, elle s'avança en canard, l'ouvrit et en sortit un pull qu'elle avait mis dedans plus tôt. Il était mouillé, mais, comme c'était de la laine, il lui tiendrait chaud tout de même. Elle l'enfila et se sentit tout de suite un peu mieux. Puis elle fit glisser le sac sur ses genoux et passa lentement sous le câble, dans les traces de Sokolov.

Ils passèrent ce qui lui parut une heure à ramper dans le champ de mines.

« Mines très anciennes, dit Sokolov.

– Ah, tant mieux !

– Non, pas bon du tout. Plus dangereux. »

Ça, c'était de la conversation !

Sentant peut-être l'humeur d'Olivia, Sokolov essaya autre chose :

« Vous pourriez peut-être passer un coup de téléphone ?

– J'ai perdu mon téléphone. »

Elle l'avait laissé échapper pendant le trajet à la nage.

« Tant mieux. »

Elle approuva. À l'heure qu'il était, le BSP devait avoir envahi son appartement. Ils n'y trouveraient absolument rien de compromettant en soi : juste les effets personnels d'une certaine Meng Anlan. Mais une enquête sommaire leur apprendrait vite que Meng Anlan était un individu factice. Ils découvriraient qu'elle avait loué un espace juste en face de l'épicentre du tohu-bohu de la matinée, et elle deviendrait donc l'objet d'un intérêt intense : ils se mettraient à l'écoute de tout signal émis par ou en direction de son numéro de téléphone. Certes, cela n'avait plus la même importance maintenant qu'elle et Sokolov avaient abordé dans un autre pays, mais agiter le chiffon rouge ne semblait pas particulièrement avisé pour l'instant.

« Regardez dans le CamelBak », suggéra Sokolov.

Elle n'en avait jamais vu de pareil, mais elle parvint à l'ouvrir et y trouva deux téléphones. « Je prends lequel ?

– Le petit Samsung.

– Il est à qui ?

– Personne. Acheté hier. Jamais servi. »

Elle l'alluma et vit qu'il captait un faible signal. Apparemment, l'engin avait réussi à se connecter à une antenne-relais située à Xiang'an, de l'autre côté du détroit.

Elle tapa un bref SMS et l'envoya à un numéro qu'elle avait mémorisé mais jamais utilisé auparavant. Cela faisait partie de sa formation. Que faire quand tout s'est cassé la gueule ? Ne pas utiliser les adresses mail ou les numéros de téléphone habituels. Ne pas utiliser son propre téléphone. Envoyer un message à ce numéro spécial, le numéro spécial foirage, qu'il fallait mémoriser et se répéter tous les soirs avant d'aller se coucher et tous les matins au réveil. Utiliser le numéro spécial foirage une seule fois, et ne jamais plus le réutiliser.

Le message disait : « PARTIE VOIR GRAND-MÈRE À HAICANG », et il signifiait : *Je suis à Kinmen et ma protection est foutue.*

Puis elle referma le téléphone.

Une demi-heure plus tard, ils arrivèrent de l'autre côté du champ de mines et entrèrent dans une zone de végétation plus luxuriante, avec des aloès et des cactus à fleurs qui poussaient autour de boîtes de béton à demi ensevelies, des bunkers, comprit-elle, faits pour résister aux attaques d'artillerie venues du continent. Le sol des cabanes était jonché de débris militaires, mais, à part ça, elles avaient été vidées, et des chevrons tordus et rouillés pendaient aux murs à l'emplacement des faisceaux de câblage arrachés. Après cette zone s'élevait un mur de végétation complètement sauvage. Sokolov s'aventura dedans et en ressortit en traînant de grandes quantités de plantes grimpantes qu'il avait coupées et arrachées au fouillis. Ils les empilèrent sur le sol d'un bunker jusqu'à mi-cuisse. Ils revêtirent tous les vêtements qu'ils avaient, s'allongèrent l'un à côté de l'autre et tirèrent d'autres branches feuillues sur eux pour faire une sorte d'édredon. Sokolov prit Olivia dans ses bras et elle enfouit la tête dans sa poitrine. Ils enchevêtrèrent leurs jambes. Un quart d'heure plus tard, elle cessa de trembler. Puis elle sombra dans un sommeil si profond qu'il se rapprochait de la mort.

Jones n'avait pas dit grand-chose pendant cette mystérieuse conversation téléphonique. Il avait surtout écouté. Et ce qu'il avait entendu avait profondément changé son humeur. Il ne jubilait plus du tout. Au lieu de cela, il insistait, irritable, pour qu'ils passent aux affaires sérieuses.

Les affaires sérieuses, bien sûr, c'était pour cela que l'avion était conçu. La cabine principale pouvait être configurée en salle de réunion ; un vidéoprojecteur avait été caché dans la cloison arrière et pouvait envoyer une image sur toute la longueur de la cabine vers un écran rétractable installé à l'avant. Ils baissèrent tous les stores et connectèrent l'ordinateur de Pavel au projecteur.

Les deux djihadistes au volant des taxis allèrent les garer dans le parking du FBO et rejoignirent l'avion à pied. En tout, ils étaient maintenant neuf à bord : les deux pilotes, Pavel et Sergei, Abdallah Jones, Zula, Khalid, et quatre individus que Zula considérait comme des soldats : celui qui avait passé la journée à conduire le taxi volé dans Xiamen, le second porteur de gilet à explosifs du Hyatt, et deux autres qu'ils venaient de récupérer sur le bateau. Ces deux derniers semblaient plus jeunes, moins expérimentés. Plus obséquieux, en tout cas. Ces quatre soldats allèrent s'entasser dans la cabine privée équipée de couchettes à l'arrière afin de dégager la cabine principale pour la réunion. Zula n'y fut pas invitée, mais on ne lui demanda pas de bouger et, de fait, sauf à l'enfermer dans les toilettes, ils n'avaient pas vraiment d'autre endroit où la mettre.

Ainsi, peu avant minuit, ils reprirent leur conversation sur les plans de vol et les itinéraires orthodromiques, documents à l'appui cette fois. Car Pavel avait un logiciel qui pouvait calculer ce genre d'itinéraire sur une carte du monde, et il s'en servit pour tracer des trajets possibles entre Islamabad et différentes villes des États-Unis.

La portée maximale de l'avion était de dix mille sept cents kilomètres. Les pilotes voulaient faire comprendre à Jones qu'il fallait soustraire une certaine distance à ce chiffre pour chaque plan de vol, prenant en compte les vents contraires imprévus et les temps de manœuvre à chaque aéroport.

Il en ressortit qu'Islamabad se trouvait pratiquement aux antipodes de Denver, et qu'il faudrait donc passer directement au-dessus du pôle Nord pour voler jusqu'à Mile-High City, ce qui dépassait les capacités du jet. En fait, s'ils devaient emprunter cet itinéraire, ils auraient de la chance de parvenir jusqu'à Regina, dans le Saskatchewan. Mais ils devraient sans doute se poser à Saskatoon pour se ravitailler en carburant.

La discussion sembla mettre Abdallah Jones de méchante humeur. Après avoir arpenté rageusement l'allée à quelques reprises, il fit mine de se calmer et divulgua quelque chose aux pilotes. Ou du moins agit-il *comme s'il* divulguait quelque chose. Zula s'était déjà suffisamment familiarisée avec l'homme et avec ses ruses pour douter qu'il divulgue jamais sincèrement quoi que ce soit.

Tout ce qu'il voulait, affirmait-il, c'était passer le 49e parallèle et atterrir sur le sol américain. Un grand aéroport n'était pas indispensable. D'ailleurs, il préférait largement une destination plus modeste, plus rurale. La piste d'atterrissage idéale serait une bande de terre non gardée au milieu de nulle part. Son seul but était d'introduire quelques-uns de ses frères aux États-Unis où ils pourraient se mêler à la population en attendant les ordres à venir. Mais si le jet ne pouvait pas aller plus loin que Saskatoon, cela ne pourrait pas fonctionner.

Ils continuèrent à bricoler des plans et des calculs détaillés. L'idée générale, c'était que le milieu des États-Unis était en fait la pire destination possible. À cause des calculs orthodromiques, il s'avéra que les coins nord-est et nord-ouest du territoire étaient nettement plus proches d'Islamabad – suffisamment proches pour que le jet puisse les atteindre sans avoir besoin de refaire le plein.

Puis ils se mirent à examiner les itinéraires orthodromiques entre Islamabad et plusieurs destinations en Nouvelle-Angleterre et dans le Nord-Ouest. Jones était fasciné par les différences entre celles-ci. L'itinéraire d'Islamabad à Boston, par exemple, survolait la Russie-Occidentale profonde, la Finlande, la Suède, la Norvège, filait entre l'Islande et le Groenland, puis passait au-dessus des provinces maritimes du Canada et du Maine. Chacun de ces endroits semblait soulever sa propre série de doutes dans l'esprit de Jones. Le trajet pour Seattle, à l'inverse, coupait au-dessus de la bande la moins peuplée de Sibérie, traversait l'océan Arctique, rejoignait la terre dans l'extrême Nord-Ouest du Canada, et suivait les étendues sauvages du Yukon et de l'Ouest de la Colombie-Britannique avant de passer la frontière américaine à quelques kilomètres seulement de sa destination. La trajectoire ne quittait jamais une des bandes de terre les plus désolées et les moins peuplées du monde. Une déviation minime d'un côté ou de l'autre et le jet descendrait dans les contrées sauvages de la péninsule Olympique, ou dans les montagnes ou les déserts de l'Est de l'État de Washington.

Une fois que cela fut bien compris, toute hésitation sur la marche à suivre quitta Jones.

« Quand on arrivera à Islamabad, on donnera un plan de vol allant de là à Boeing Field, à Seattle. On peut y arriver sans refaire le plein. L'idée me plaît, parce que ça ne va pas éveiller les soupçons des autorités ; après tout, vous êtes partis de Boeing Field la dernière fois que vous avez quitté les États-Unis.

– Mais si vous atterrissez là… commença Pavel.

– On sera arrêtés, bien sûr, par la sécurité nationale. Mais on ne va pas réellement atterrir là. On va dévier à la dernière minute, atterrir au milieu de nulle part et se séparer. Il vous faudra donc garder assez de carburant pour y parvenir.

– Vous vouloir aller d'Islamabad à Seattle sans refaire plein ?

– Ce n'est pas pour ça qu'on a fait tous ces calculs ?

– On a prévu itinéraires orthodromiques. Ce n'est pas même chose que plan de vol.

– Je comprends ça.

– Impossible emprunter les grands cercles au-dessus Russie », insista Pavel, surpris que Jones ne soit pas déjà au courant.

Il dirigea leur attention vers l'arc de cercle rouge que son logiciel avait tracé au nord d'Islamabad, qui coupait la Sibérie sur la route de l'Arctique. « Il n'existe pas de couloir aérien. L'armée de l'air russe abattrait nous dès que nous aurions traversé frontière. C'est impossible.

– Merde. Merde, merde, merde ! »

Il réfléchit un instant. « Est-ce qu'on peut se débrouiller pour contourner l'espace aérien russe ?

– Je peux dire à vous tout de suite que si l'on essaie de rejoindre États-Unis depuis Islamabad sans passer par Russie, on va être obligés prendre trajet indirect, et on n'aura pas assez carburant.

– Dans ce cas, en partant d'Islamabad, on devrait aller ailleurs, Hong Kong, par exemple, pour refaire le plein et repartir par le couloir normal.

– Qu'est-ce qu'il y a si important à Islamabad ?

– Ça, ça ne vous regarde pas. Vous avez juste besoin de piloter l'avion. »

Pavel le corrigea :

« Vous avez besoin *nous* pour piloter avion. » Et il échangea un regard avec Sergei, qui opina. Pendant la discussion, les deux pilotes étaient de temps à autre passés au russe pour de brefs apartés, et il semblait maintenant qu'ils n'avaient pas parlé uniquement d'itinéraires orthodromiques. « C'est bien joli penser à Islamabad et partir ici ou là, à faire le tour du monde en avion, mais pour l'instant, vous coincés à l'aéroport de Xiamen et nous sommes les seuls à pouvoir sortir vous de là. »

Jones poussa un soupir. « J'avais espéré pouvoir éviter d'être si brutal, mais la réalité, c'est que si vous ne proposez pas de nouveau plan de vol pour nous emmener à Islamabad, nous allons vous tuer.

– À Islamabad, poursuivit Pavel, parfaitement imperméable à la menace, vous avoir protection de fonctionnaires à qui vous pouvez graisser patte, et vous pouvez entrer en contact avec amis à vous qui vivent au Waziristan, en Afghanistan, au

Yémen. Vous pouvez certainement trouver un ou deux camarades qui savent piloter avion. Vous avoir l'intention de tuer nous une fois sur place et de repartir avec vos propres pilotes. »

Jones sembla sur le point de le contredire, mais Pavel leva une main pour l'arrêter. « Ne vous donnez pas cette peine. C'est ridicule. Vous possédez arme terrible que vous voulez passer prendre à Islamabad. Vous avoir bombe nucléaire ou virus puissant, quelque chose comme ça. Et votre plan est de charger ça dans avion pour le transporter dans ville américaine. Vous allez écraser avion contre immeuble pour faire exploser ville ou vous allez empoisonner elle, diffuser épidémie. Et tous les passagers de l'avion vont mourir, d'une manière ou d'une autre. C'est ridicule. Vous devez prendre nous pour des imbéciles, Sergei et moi. Vous avez tort. Nous comprenons. De toute évidence, dans tous les cas, nous sommes morts. Et nous nous sommes mis d'accord : vous pouvez nous tuer maintenant. Allez-y. Tuez-nous maintenant, ensuite vous pourrez chercher moyen de sortir votre petit cul de Chine. »

Jones réfléchit sérieusement pendant quelques instants. Ça, ou bien il attendait simplement d'avoir repris son calme.

Finalement, il dit : « Vous avez sans doute une contre-proposition ? À part l'exécution sommaire et immédiate ?

– On peut faire sortir vous d'ici, dit Pavel, dès que nous établir un plan qui garantit que nous restons en vie. »

Il échangea un regard avec Sergei et fit un signe de tête vers Zula. « Nous, et la fille. »

C'était la première fois que la présence de Zula était ne serait-ce que mentionnée, et elle en ressentit une étrange gratitude. Jones eut une réaction un peu curieuse : pleine de honte et sur la défensive. Il avait le même air qu'à la fin de cette conversation téléphonique sur le seuil de l'avion, un peu plus tôt.

Pourquoi donc réagissait-il ainsi ?

Sans doute, comprit-elle, parce qu'il avait *eu* l'intention de la tuer. Ou du moins ne s'était pas franchement préoccupé de savoir si elle vivrait ou mourrait. Cela ne lui posait pas de problème, semblait-il, tant qu'il s'agissait d'une affaire privée. Mais lorsque les gens attiraient son attention sur ce fait, il n'aimait pas ça.

« Très bien, dit Jones, puisque nous ne parlons plus que de *vous* autres et de ce que *vous* voulez, avez-vous réfléchi à ce qu'il va vous arriver si vous vous faites arrêter en Chine ? Parce que vous êtes responsables de l'introduction d'individus très nuisibles sur le territoire, pas vrai ?

– Bien sûr, nous aimerions sortir pays, concéda Pavel.

– Et vite, j'imagine, car d'ici peu, ils vont sortir le cadavre d'Ivanov de cette cave et trouver son identité, après quoi ils le relieront à cet avion, qui est ici *immobile*, avec nous dedans.

– Effectivement.

– On ne peut pas donner un plan de vol international parce que les agents de l'immigration voudront monter à bord et vérifier nos papiers.

– Exact.

– Donc nous n'avons pas d'autre choix que de fournir un plan de vol interne, attendre six heures et, faute d'un mot plus approprié, gruger. Car nous ne pouvons pas atterrir dans un autre aéroport chinois, ou nous sommes morts. Donc nous devrons dévier du plan de vol et nous rendre dans un endroit où nous avons quelques chances de survie.

– Quelque chose comme ça, oui. »

Jones écarta grand les mains. « Éclairez-moi, alors. Comment on peut s'y prendre ? »

Pavel réfléchit et discuta la question en russe avec Sergei. Zula comprit, après un premier échange, que la discussion allait durer un petit moment, aussi se leva-t-elle pour se rendre aux toilettes. Une fois assise, elle s'aperçut qu'elle était passée devant le miroir sans même y jeter un œil, comme si son propre reflet était lui-même un ennemi intime complètement séparé d'elle et qu'elle ne pouvait en aucun cas croiser son regard. Elle se força donc à tourner la tête de côté – car, dans ces toilettes grand luxe, la paroi entière était constituée d'un miroir – et se regarda dans les yeux. Elle fut stupéfaite de découvrir que c'était Zula Forthrast, et personne d'autre, qui lui rendait son regard. Cette bonne vieille Zula, la même. Un peu abîmée, bien sûr. Plus vieille. Pas vieille-vieille, mais elle semblait en avoir vu davantage dans la vie. Elle se demanda ce que les autres voyaient en elle ; pourquoi Csongor, précisément, se donnait tant de mal pour la protéger. Pourquoi Jones s'encombrait d'elle. Pourquoi Pavel et Sergei avaient décidé – spontanément, lui semblait-il – de l'inclure dans le marché qu'ils passaient avec Jones. Mais surtout, pourquoi Yuxia avait fait ce qu'elle avait fait. Non pas pousser la fourgonnette dans le bateau, car ça, c'était un accident, mais foncer dans le taxi sur la jetée et prendre l'airbag en pleine face.

Car en un sens, la seule chose valable qu'avait faite Zula de toute la journée, c'était d'essayer d'aider les hackers dans l'immeuble. Et Yuxia n'en avait pas été témoin. « Manu » et les autres hackers – les bénéficiaires de son geste – non plus. Seulement Csongor. Mais peut-être avait-il raconté la chose aux autres ?

Ou peut-être que rien de tout cela n'avait été si rationnel. Peut-être Yuxia n'était-elle pas au courant du SOS lancé à l'aide des fusibles. Peut-être tout se ramenait-il à une sorte d'effet surnaturel, une sorte de grâce, qui coulait dans la vie des êtres même s'ils ne comprenaient pas pourquoi.

Et ainsi, là, sur les toilettes, regardant le miroir de biais, elle fut toute proche de prier. Ses opinions sur le sujet n'avaient pas changé, donc elle ne pria pas mains jointes, les yeux fermés, pour s'en remettre à Dieu. C'était plutôt un acte de volonté. Parce que si une puissance telle que la grâce ou la Force, ou la Providence, ou ce qu'on voudra, avait été à l'œuvre dans le monde ce jour-là, il fallait maintenant qu'elle trouve le chemin du bateau où Qian Yuxia était maintenue en captivité, et il fallait qu'elle avance d'un pas dans la mystérieuse chaîne de transactions qui se jouait ici. Et si, par un effort conscient de la volonté, Zula pouvait rendre la chose possible, elle fournirait cet effort.

Elle se reprit, aspergea d'eau son visage et retourna dans la cabine. Pavel et Sergei discutaient toujours en russe, se déplaçant et effectuant des zooms sur les cartes numériques du monde qui s'affichaient sur le grand écran. Jones était debout, un téléphone vissé à une oreille, un doigt dans l'autre, visiblement interloqué. Il parla en arabe pendant un moment, la voix monocorde et les yeux ternes. Moins défait, pensa-t-elle, que complètement épuisé. Puis il raccrocha.

« Vous êtes libre de vous en aller, dit-il, regardant Zula dans les yeux.

– Qu'est-ce que vous racontez ? » dit-elle. Parce qu'il était capable de faire preuve d'un sarcasme mauvais, et c'était apparemment ce qu'il était en train de faire.

« Le bateau, dit-il, avec votre amie...

– Oui ?

– Il a disparu.

– Comment ça ?

– Dis-pa-ru. Sans laisser de trace. Il n'apparaît pas sur le radar. Il ne répond pas au téléphone. Pas de signe de naufrage. Pas d'appel de détresse.

– Comment vous le savez ?

– Ces mecs qui nous ont laissés sur les quais. Ils sont retournés à l'île, et il n'y a rien du tout là-bas. »

Zula mourait d'envie de laisser exploser sa joie, mais certaines questions devaient être réglées d'abord.

« Pourquoi vous me dites ça ?

– Parce que ça n'a pas d'importance. Vous allez rester dans l'avion quand même.

– Vous croyez ça ?

– Oui. Parce que vous êtes en Chine illégalement. Vous êtes associée à des gens qui ont commis plus de meurtres en quelques jours qu'il ne s'en produit en un an à Xiamen en temps normal. Et vous n'avez qu'un seul moyen de quitter le pays, c'est de rester dans cet avion – Jones désigna Pavel et Sergei d'un grand geste sarcastique – avec vos chevaliers blancs. »

L'ironie raciste n'échappa pas à Zula. « J'accepte les chevaliers de n'importe quelle couleur », dit-elle. Remplaçant l'action par la joute verbale. Car elle savait que Jones avait raison. Cet avion était son seul espoir de fuite.

« OK, dit Pavel, on a plan.

– Comment ça va se passer ?

– On envoie plan de vol maintenant. On expliquera après.

– Allez-y, alors. Je vais piquer un roupillon. »

Jour 5

Une série de malentendus parfois farfelus conduisit finalement, non sans nervosité, à l'arrangement suivant sur le bateau de pêche : Mohammed (car c'était le nom du pilote qu'ils avaient laissé aux commandes du bateau) restait à son poste, suivant un itinéraire qui, affirmait-il, les ferait sortir des eaux territoriales chinoises aussi rapidement que possible sans laisser soupçonner qu'ils se dirigeaient vers Kinmen. Csongor, armé du revolver, restait sur le pont avec lui pour garder un œil sur le petit écran GPS et s'assurer qu'il ne jouait pas au con. Pendant ce temps, Yuxia et Marlon, accompagnés par le cuistot, qui dit s'appeler Batu, parcoururent le bateau de long en large pour essayer de visualiser à peu près l'emplacement et le fonctionnement des choses. Au nom, à l'apparence et à l'accent de Batu, il sembla évident pour Marlon et Yuxia qu'il appartenait à la minorité ethnique mongolienne, et on pouvait supposer qu'il avait été attiré sur l'Île sans Cœur pour des raisons économiques. Il avait accepté l'invasion soudaine de son bateau par des inconnus armés avec une sérénité remarquable et semblait préférer la nouvelle direction à l'ancienne.

Ils commencèrent par se hisser sur le toit plat de la superstructure, juste au-dessus du pont. Une grande capsule en fibre de verre blanche était fixée là. Batu leur apprit qu'elle contenait un canot de sauvetage gonflable. Sa voix étouffée, sa posture craintive et les coups d'œil furtifs avec lesquels il leur expliqua ces choses leur firent comprendre que c'était une sorte d'obligation légale, et par conséquent l'épicentre d'un ensemble complexe de lois, de pénalités, d'inspecteurs et de pots-de-vin. À part ça, le bateau ne disposait d'aucun dinghy. Apparemment, dans les ports qu'il fréquentait, les petits bateaux étaient si nombreux qu'on pouvait en arrêter un sur-le-champ d'un signe de la main, et il n'y avait donc pas besoin d'en transporter un. Un enclos circulaire monté assez haut sur un mât d'acier contenait, soi-disant, une antenne radar, mais Batu était sceptique sur son état. Le même mât arborait également des crochets destinés à accueillir des lampes et antennes supplémentaires, mais seuls quelques-uns étaient utilisés. Marlon examina prudemment les éléments qui ressemblaient à des antennes, et Yuxia vit ses yeux suivre les câbles au bas du mât et plonger dans des trous pratiqués dans le toit du pont.

Un niveau en dessous, c'était le pont, et la passerelle étroite qui en faisait le tour. Fixés à la rampe de la passerelle, juste en face des hublots qui donnaient sur l'avant du bateau, il y avait deux gilets de sauvetage, anciennement orange vif mais passés par le soleil et ramenés à une espèce de teinte caramel bilieuse. Des cordes vert et blanc en synthétique usé avaient été passées au travers des poteaux de la rampe et servaient à maintenir un côté d'une bâche en plastique qui avait été tendue sur la plus grande partie du pont avant ; c'était protégés par celle-ci, expliqua Yuxia, que les hommes avaient, plus tôt, préparé et emballé leur cargaison, quelle qu'elle soit. Si le bateau avait été employé pour son usage prévu, c'était là que les pêcheurs auraient préparé les filets, remonté les poissons et vaqué à leurs occupations de pêcheurs.

Ils firent un rapide tour des cabines, à l'affût surtout d'articles dangereux ou utiles, puis s'aventurèrent sur le pont inférieur. Il n'avait pas le même aspect qu'au moment où Yuxia avait été mise au supplice. À ce moment-là, la pièce semblait plus grande, car tout était bien rangé dans des cartons. Mais les heures qui avaient suivi avaient fait place à un déballage frénétique, et divers objets jonchaient le sol, entre les cartons ouverts à coups de cutter. Yuxia fit la remarque, puis expliqua à Marlon, d'un ton aussi neutre que possible, ce qui s'était produit là dans l'après-midi. Yuxia leva les poignets pour montrer les blessures causées par les cordes lorsqu'elle s'était débattue. Cette vision sembla affecter profondément Marlon, et elle fut stupéfaite de voir des larmes lui monter aux yeux.

Ils décidèrent de sortir de là. Ils trieraient le bordel plus tard.

Batu les conduisit à la cambuse et, par une espèce d'automatisme, se mit à préparer du thé. Le voyant remplir la bouilloire au robinet, Marlon l'interrogea sur la réserve d'eau potable du bateau, et Batu l'assura qu'il y en avait quantité – des centaines de litres – dans les réservoirs de stockage ; il se faisait une fierté de les garder pleins en permanence. « L'eau, c'est pas cher – pas comme le carburant ! »

Cette remarque engendra une question évidente – qui, aussitôt soulevée, fit honte à Marlon, qui se sentit stupide de ne l'avoir pas posée plus tôt : de quelle quantité de carburant disposaient-ils ?

Batu ne connaissait pas la réponse, mais son expression montrait bien que le problème pourrait s'avérer d'importance.

« Je vais aller voir la jauge sur le pont », annonça Marlon, faisant mine de se lever, mais Batu l'arrêta d'un geste, expliquant que ce genre de dispositif n'existait pas sur un bateau comme celui-ci : on estimait le niveau de gasoil en plongeant un bâton dans le réservoir. Marlon se rassit, et ils attendirent qu'il ait fini de préparer le thé.

« Ce type sur le pont, dit Marlon. Mohammed. C'était un de ceux qui...

– Qui quoi ?

– Qui t'ont fait ça ?

– Oui », dit sèchement Yuxia.

Sur ces mots, la conversation s'embourba et ils se mirent à siroter leur thé en silence pendant quelques minutes. Les yeux de

Yuxia se fermèrent, puis se rouvrirent lentement. « Je tombe de sommeil », dit-elle en anglais. Repassant au mandarin, elle demanda à Batu de verser une plus grande tasse de thé – pas un dé à coudre – pour l'apporter à Csongor, qui avait peut-être du mal à rester éveillé là-haut. Batu fouilla dans ses placards dont les portes étaient fixées par des tendeurs jusqu'à ce qu'il trouve un mug. Marlon lui demanda : « C'est quand, la dernière fois qu'ils ont acheté du carburant ? »

Batu peinait à se rappeler. « Ils ont apporté deux bidons la semaine dernière », dit-il. Il posa le mug sur la table et le retint d'une main, car le bateau tanguait depuis qu'ils s'étaient éloignés du rivage. Il le remplit à ras bord, ne s'interrompant que pour rajouter de l'eau dans la petite théière.

« Deux *bidons*, répéta Marlon. Ça ne peut pas représenter grand-chose pour un bateau de cette taille. »

Batu ne fit aucun commentaire.

« Il n'y a pas de raison de remplir les réservoirs à moins de partir pour un voyage en mer, dit Marlon, essayant de comprendre la logique. Et ce rafiot ne faisait pas de longues expéditions, si ?

– Pas récemment », dit Batu, pensant *pas depuis qu'il est devenu le QG flottant d'une cellule terroriste.*

Yuxia vida le fond de son dé à coudre de thé, puis prit le mug de Csongor, se leva précautionneusement et traversa la cambuse d'un pas un peu chaloupé pour compenser le mouvement du bateau sous elle. Elle monta les marches qui menaient au pont.

« D'après vous, il peut aller jusqu'où, ce bateau ? Il est assez costaud pour aller jusqu'à Taïwan ? » demanda Marlon.

Batu haussa les épaules, comme pour dire : *Vous posez des questions sur les bateaux à un Mongole ?*

À l'étage au-dessus, ils entendirent Yuxia poser une question puis se mettre brusquement en colère et élever la voix. Il y eut un énorme bruit sourd, comme si un corps heurtait le pont, et on entendit la tasse se briser. Csongor poussa un cri indistinct.

Il y eut encore des bruits de verre brisé et de coups, puis une série de bangs très puissants.

Csongor le savait depuis le début. C'était une erreur de s'asseoir. La seule manière qu'il avait de demeurer éveillé, c'était de rester debout. Mais lorsque le bateau avait commencé à voguer sur les grosses vagues, et que le pont s'était mis à se lever et à s'enfoncer sous ses pieds, il avait finalement eu l'excuse dont il avait besoin. Jusque-là, il était resté planté au milieu du pont, regardant par les hublots avant par-dessus l'épaule de Mohammed. Mais le long de la paroi arrière, il y avait un petit banc qui appelait Csongor depuis un moment. Comme tous les meubles volumineux, il était soudé au pont ; ces gens utilisaient le fer à souder comme les menuisiers utilisent les pistolets à clous. Csongor s'écarta de Mohammed, lentement, afin de compenser le tangage du pont, et alla s'asseoir sur le banc.

La voix de Yuxia retentissait dans ses oreilles, tout près. Bizarre, car Yuxia n'était pas sur le pont.

Encore une chose bizarre : Csongor avait les yeux fermés. Il ne se rappelait pas se l'être autorisé. Il les ouvrit et découvrit Yuxia sur le seuil, un mug à la main. Elle regardait Mohammed, de l'autre côté du pont, dont la posture semblait indiquer qu'il venait de faire volte-face pour découvrir Yuxia avec stupéfaction.

Stupéfaction et peur.

Mohammed tenait quelque chose à la main : un micro en plastique gris, connecté par un cordon en spirale noir à un petit boîtier électronique monté sur des crochets obliques au-dessus du tableau de bord. Il n'émettait aucun signal lorsque les yeux de Csongor s'étaient fermés, mais présentait désormais des LED en position allumée.

Le pilote parlait sur l'émetteur-récepteur ou s'y apprêtait.

Csongor porta une main au revolver fourré dans l'arrière de son pantalon en se servant de l'autre pour se relever du banc.

Il remarqua que ses pieds se déplaçaient avec peine. Au même moment, Yuxia jeta le contenu du mug sur Mohammed.

Le poids du corps de Csongor s'était maintenant porté en avant, mais ses pieds n'avaient toujours pas décollé du sol. Quelque chose devait les coincer. Il comprit subitement qu'il allait tomber la tête la première. Ses mains vinrent d'instinct amortir sa chute. Il avait réussi à agripper imparfaitement le revolver. Ses chevilles se tordaient en un angle malaisé, et il était en train de tomber d'une manière très peu contrôlée, au risque d'entraîner Yuxia avec lui. Il toucha le sol douloureusement, en plusieurs fois, comme un gros arbre qui se brise en mille morceaux en cédant à l'ouragan. Le revolver glissa sur le pont. Hors de sa portée. Mohammed hurlait de rage, essuyant le thé brûlant sur son visage. Yuxia lui jeta le mug vide, puis se laissa tomber à genoux et ramassa le revolver. Elle le visa approximativement et appuya sur la gâchette, mais rien ne se produisit, car la sécurité était enclenchée.

« Yuxia, passe-le-moi ! » cria Csongor en agitant la main. Yuxia fit glisser le revolver sur le pont dans sa direction.

Mohammed avait suffisamment récupéré pour attraper le micro, qui pendouillait au bout de son cordon. Il le porta à sa bouche.

Csongor retira la sécurité du revolver et arma le chien. Il visa Mohammed mais son champ de vision était bloqué par Yuxia, qui s'était jetée en travers du pont pour saisir le micro. La lutte dura quelques instants. Mohammed la repoussa, mais elle l'entraîna avec elle. La radio se trouvait maintenant dans la ligne de mire de Csongor. Une balle dans ce boîtier mettrait fin aux ambitions radiophoniques du pilote. Csongor visa.

Mohammed attrapa une torche à un crochet au-dessus des hublots du pont et en donna un coup sur la tête de Yuxia. Elle tomba en arrière, s'agrippant le visage en criant, plus de colère que de douleur. Il porta de nouveau le micro à sa bouche. Csongor appuya sur la détente : le revolver fit reculer brusquement ses mains et l'assourdit. Un trou apparut dans le hublot situé au-dessus de la radio, et la vitre se mit à se fissurer. Csongor tira une deuxième fois et fit un autre trou, à quelques centimètres du premier. Il baissa le canon d'un poil et tira à trois reprises.

Mohammed s'était figé un instant après le premier coup de feu. Puis, voyant Csongor viser à peu près dans sa direction, il en déduisit qu'il le visait, lui, et décida de dégager. Pour ce faire, il passa juste devant la radio, et au moins l'une des trois balles tirées coup sur coup par Csongor le frappa au thorax. Il s'écroula immédiatement.

Marlon monta les escaliers quatre à quatre jusqu'à mi-hauteur puis marqua une pause, se demandant s'il était sur le point de se prendre une balle dans la tête. Mais entendant la voix de Csongor, puis celle de Yuxia, il termina son ascension et entra sur le pont.

Csongor était étendu par terre, tordu dans une position peu naturelle. Yuxia, assise dans un coin, protégeait de la main une estafilade sanglante sur le côté de sa tête en pleurant. Mohammed gisait sur le sol, au milieu d'une grande quantité de sang, tenant toujours à la main le micro d'une radio. Le cordon, presque tendu à présent, courait presque verticalement du microphone à un petit boîtier fixé au-dessus du tableau de bord. Le boîtier avait été perforé par une balle de revolver, et le hublot présentait deux autres traces d'impact et un réseau de fêlures.

En glissant de la main de Mohammed qui se relâchait, le micro jaillit et se mit à sauter au bout du cordon comme un yoyo.

Csongor effectua une manipulation pour remettre la sécurité du revolver et se traîna sur un banc rudimentaire au fond du pont. Il y avait quelque chose qui clochait avec ses chevilles. En s'avançant pour voir ce qui se passait, Marlon constata qu'elles avaient toutes deux été arrimées aux équerres du banc par plusieurs tours de fil électrique. Une bobine et un coupe-câbles étaient posés sur le pont.

Marlon ramassa le coupe-câbles et le lança à Csongor, qui entreprit de se détacher. « Je me suis endormi, dit-il. Il voulait se servir de la radio – pour appeler ses amis, je suppose. Mais il a dû avoir peur que sa voix me réveille. Il ne pouvait pas m'attaquer frontalement parce qu'il n'avait pas d'arme. Alors il m'a attaché. Il savait qu'il aurait le temps d'envoyer un signal de détresse avant que je ne puisse me libérer et l'en empêcher. Mais Yuxia est arrivée.

– Elle est arrivée à temps ?

– Je ne sais pas, mais je crois que oui. »

Marlon, enjambant un large ruban de sang qui s'allongeait sur le pont, se rendit auprès de Yuxia. Une torche roulait sur le sol, pleine de sang. Maîtrisant un puissant dégoût, Marlon la ramassa et l'alluma. Yuxia était parfaitement consciente, mais bouleversée. « Laisse-moi voir, dit Marlon. Laisse-moi regarder.

– Ça va. C'est rien.

– Laisse-moi jeter un coup d'œil.

– Ça va.

– Je veux voir. »

Il comprit finalement qu'elle se moquait de sa blessure et voulait juste être réconfortée. Il n'eut pas l'impression qu'il aurait été judicieux, pour l'instant, de la prendre dans ses bras, ou de manifester toute autre effusion de ce genre ; il posa juste sa main libre sur son épaule et la pressa doucement. « Je vais demander de la glace à Batu.

– Merci », dit-elle d'une toute petite voix, comme une enfant. Ça ne lui ressemblait pas.

Marlon se leva et passa l'écoutille de la passerelle juste à temps pour entendre un puissant bruit de raclage et d'entrechoquement au-dessus de sa tête. Batu n'était pas dans la cambuse, où Marlon l'avait laissé ; il était sur le toit du pont. Des pas précipités indiquaient maintenant qu'il s'activait à la hâte.

Une large capsule de fibre de verre blanche roula bruyamment du toit, manquant atteindre Marlon à la tête. Elle termina sa chute dans la mer, à côté du bateau, avec un grand plouf !

Batu était au-dessus de lui, perché comme un chat sur le bastingage. Un gilet de sauvetage orange passé était jeté sur une de ses épaules. « Il reste de l'eau dans la réserve, dit-il, dans des bidons de plastique. Utilisez-la avec parcimonie. Vous ne savez pas combien de temps vous allez dériver. » Puis il sauta du bastingage et fit un saut d'environ cinq mètres dans l'eau.

La capsule blanche tanguait dans le sillage du bateau à présent. Elle s'était ouverte, et une grosse chose orange prenait forme dans l'eau : le canot de sauvetage, en train de se gonfler automatiquement. Batu, sur le ventre dans son gilet de sauvetage, s'en approchait à la nage.

Marlon retourna sur le pont et enjamba avec précaution une flaque de sang extrêmement large pour rejoindre les commandes, où il tira le levier qui contrôlait la vitesse. Puis il tourna le gouvernail de sorte que le vaisseau s'oriente plein est, vers Taïwan.

« Pourquoi tu nous ralentis ? demanda Yuxia.

– Pour économiser le carburant.

– Tu crois qu'on va en manquer ? demanda Csongor.

– Batu pense que oui. »

« OK, ON SE VOIT À 11 HEURES ».

C'était le SMS qu'Olivia trouva sur le téléphone lorsqu'elle l'alluma en faisant pipi dans un fourré à 6 h 49 le lendemain matin. C'était une réponse au « PARTIE VOIR GRAND-MÈRE À HAICANG » de la veille au soir.

En réalité, toute l'île était un fourré ; elle avait trouvé un coin particulièrement dense à cette fin et vérifié qu'il n'y avait ni serpents ni gros insectes avant de s'accroupir.

Elle et son interlocuteur, quel qu'il soit – sans doute un responsable à Londres, routé par une connexion intraçable au réseau de messagerie instantanée –, se servaient d'un canal complètement ouvert et public pour échanger des messages en clair. Ils se devaient d'être évasifs. « PARTIE VOIR GRAND-MÈRE

À HAICANG » était écrit selon un code fixé à l'avance, à l'aide de caractères calculés pour ne pas éveiller l'intérêt du BSP. Elle passa une minute ou deux accroupie, à s'interroger, perplexe, sur le sens de « ON SE VOIT À 11 HEURES », avant de réaliser que cela signifiait exactement ce que cela disait. Kinmen était relié à Taïwan par un ferry longue distance, utilisé principalement par des touristes chinois du continent et par un service aérien ordinaire. Le ferry n'était pas d'une grande utilité dans ces circonstances, mais il serait facile pour l'ambassade anglaise de Taipei d'envoyer quelqu'un par un vol commercial pour la retrouver à l'aéroport.

C'était un téléphone vierge sans connexions traçables et, de toute façon, elle était sur le sol taïwanais, donc elle n'hésita pas une seconde à se servir de la connexion Internet pour chercher les horaires d'avion. Apparemment, un vol de Taipei arrivait au terminal local à 10h45.

Elle retourna au bunker, qui était vide. Mais après avoir cherché un peu, elle trouva Sokolov qui se tenait au bord du champ de mines et regardait vers le nord de la plage. Vers Xiamen. Il consulta sa montre, puis se tourna vers elle.

Elle tendit une main et trouva la sienne. Il ne la retira pas, et elle l'entraîna et se mit à marcher.

Elle le ramena au bunker. Toujours sans le regarder, elle se mit sur la pointe des pieds, se stabilisa en passant un bras autour de sa nuque et posa des lèvres prudentes sur les siennes. Son cœur battait fort, sous l'effet de la peur plus que de la passion, car elle craignait qu'il ne se détourne, qu'il ne la rejette. Que le fait qu'il n'ait pas profité de la situation la nuit précédente ne témoigne simplement d'un manque d'intérêt. Mais la main de Sokolov vint se placer sur le creux de ses reins, et il devint clair qu'il n'avait fait qu'attendre sa permission.

Elle s'était demandé comment ce serait de faire l'amour sur le matelas de branchages, qui s'était aplati pendant la nuit, mais, finalement, ce ne fut pas un problème, car ils le firent debout,

Olivia adossée au mur. Après des mois de rude labeur à Xiamen, caractérisés uniquement par la solitude et l'anxiété, c'était tellement bon qu'elle faillit se mettre à sangloter dans une hystérie pleine de reconnaissance. Pour sa part, après l'avoir reposée doucement, Sokolov se laissa tomber par terre. Il claqua le sol de ses deux mains et s'allongea, comme crucifié par le rayon de soleil qui passait par la porte.

« Je ne suis plus un pauvre Russe foutu, dit-il, après quelque dix minutes.

– J'ai des nouvelles pour toi, chéri...

– Non. Je parlais de notre conversation d'hier. Dans appartement.

– Eh bien, tu es sorti de Chine au moins, mais...

– Non. J'ai des informations utiles.

– Vraiment.

– Oui.

– Quel genre d'informations utiles ? »

Votre espionne Olivia Halifax-Lin est une incorrigible traînée.

« Des informations qui peuvent aider ton employeur à retrouver Abdallah Jones.

– Tiens donc. »

Sokolov ramena ses jambes sous lui et se mit en position accroupie. Il attrapa son pantalon, qui comme le reste de leurs vêtements avait valsé quelques minutes plus tôt. Il se leva et l'enfila.

« Parce que, dit-il, tu as eu un message, non ?

– Comment tu le sais ?

– J'ai entendu vibrer téléphone. »

Il détourna poliment les yeux et monta une opération de sauvetage des vêtements de la jeune femme. Pendant qu'elle quadrillait le sol du bunker sur ses pieds nus dégueulasses, elle pensa à tous les efforts et à tout l'argent qu'elle consacrait, chaque jour, à ses toilettes : tout cela avait été complètement hors sujet dans ses deux dernières liaisons.

« Pourquoi tu ne me l'as pas dit plus tôt ?

– Parce que plus tôt on baisait.

– Non, je veux dire : pourquoi tu ne me l'as pas dit hier soir ?

– Parce que hier soir je n'avais pas l'information.

– Comment as-tu bien pu obtenir des informations ce matin ?

– Ça doit rester mystère pour l'instant. »

Mais il leva les yeux en disant ces mots, comme si la réponse était écrite dans le ciel au-dessus du Xunjianggang.

Zula sentit le jet faire des ruades sous elle et se réveilla en sursaut, craignant et espérant en même temps qu'ils faisaient l'objet d'une charge de la police. Mais les premières secondes après avoir ouvert les yeux, elle fut stupéfaite de voir les gratte-ciel et les avions au sol défiler devant eux, et un soleil oblique qui s'élevait sur la mer.

Elle était dans un avion ou un autre véhicule qui bougeait sacrément vite. Elle ne savait même pas s'ils étaient en train de décoller ou d'atterrir.

Comment se faisait-il que le soleil soit levé ? Des heures avaient dû passer pendant qu'elle dormait comme une bûche.

Le fait de se retrouver allongée sur un lit *king size* ne l'aida guère à déterminer sa position.

Le sol s'éloignait, pas de doute.

Une chose après l'autre : elle était dans un avion. L'avion était en train de décoller. Il était quelque chose comme 7 ou 8 heures du matin. Le lit se trouvait dans une cabine privée à l'arrière de l'avion – la cabine d'Ivanov. L'odeur de sa lotion capillaire imprégnait l'oreiller.

La ville qui disparaissait sous elle était Xiamen. En regardant par les hublots du côté droit, elle pouvait voir, à seulement deux ou trois kilomètres, le large bras de mer où Csongor avait affronté Jones la veille. La fourgonnette de Yuxia et un taxi embouti devaient reposer au fond. Et, quelques kilomètres plus loin, dans la même direction, de l'autre côté du détroit, se dressait la plus grande des deux îles taïwanaises : Zula avait une vue directe sur une grande plage hérissée de pièges à tanks et couverte de blocs hexagonaux.

Peu après avoir quitté la piste, le jet effectua un virage abrupt sur la droite, ce qui lui donna encore une meilleure vue de l'île taïwanaise – Kinmen – comme ils la contournaient en un large arc de cercle, prenant rapidement de l'altitude et s'orientant vers le sud. Un autre virage, quelques minutes plus tard, les mit sur un cap sud-ouest, supposa-t-elle. Sur la gauche de l'avion, il n'y avait plus rien à voir, si ce n'est l'océan, mais sur la droite s'ouvrait l'étendue du continent chinois, qui s'éloignait lentement d'eux.

Elle avait dû s'endormir dans son siège aux alentours de 1 heure du matin, tandis qu'ils parlaient encore plans de vol. Jones ou quelqu'un d'autre avaient dû la porter dans la cabine arrière et la déposer sur le lit. Les quatre « soldats » qui s'y reposaient avaient dû être éjectés et renvoyés dans la cabine principale. Ces hommes risquaient fort de la lapider tôt ou tard, mais, en attendant, ils feraient tout leur possible pour préserver sa pudeur.

Elle se rappelait très distinctement un chiffre : six heures. C'était le temps nécessaire pour enregistrer un plan de vol en Chine. Pavel avait dû envoyer le plan vers le moment où elle s'était endormie, et ils venaient sans doute tout juste de recevoir l'autorisation de décollage.

Ils commencèrent à réfléchir au meilleur moyen de se rendre à l'aéroport de Kinmen. Olivia chargea une carte sur son téléphone, et ils découvrirent qu'il se trouvait à trois mille mètres tout au plus.

Olivia était pour s'y rendre directement. Suivie par un Sokolov pensif et réticent, elle s'engagea dans la brousse vers l'intérieur des terres. Ils traversèrent rapidement ce qui se révéla une étroite ceinture de bois parallèle à la côte nord de l'île et émergèrent sur des terres agricoles plates, quadrillées de pistes étroites. À moins de deux cents mètres sur leur droite, ils virent un hameau, constitué d'une vingtaine de bâtiments rapprochés ; ils l'évitèrent d'instinct et prirent un chemin de traverse jusqu'à ce qu'un village un peu plus conséquent apparaisse devant eux. Ils coupèrent alors vers le sud et tombèrent bientôt sur une plus grande route sur l'axe est-ouest, qui croisait leur sentier. Il n'y avait rien non plus d'étonnant à cela, car les principaux foyers de population de l'île se situaient apparemment autour de ses extrémités est et ouest, plus larges, et les nombreuses routes qui les reliaient se rejoignaient dans le centre plus étroit de l'île, qu'ils étaient en train de traverser : une colonne vertébrale rocailleuse hérissée d'arbres et piquée en son sommet par les dômes géodésiques d'équipements radars datant de la guerre froide.

L'endroit était nettement plus rural que le continent qui guettait à quelques kilomètres de l'autre côté de l'eau. Rural, en tout cas, pour la Chine. À tout moment, il y avait un bâtiment en vue. Des cyclistes les dépassaient, seuls ou à deux, et les regardaient avec curiosité. Olivia était encline à les ignorer et à poursuivre son chemin, mais Sokolov était visiblement mal à l'aise. Après qu'ils eurent traversé la deuxième route est-ouest, il repéra un cours d'eau arboré et la conduisit sur ses berges. C'était une sorte de fossé d'évacuation ou de ruisseau canalisé qui courait sous la route par un ponceau de pierre. Avant de disparaître tout à fait dans la végétation qui bordait ses berges, Sokolov jeta un regard circulaire sur la campagne alentour. Ils étaient complètement à découvert.

« Bon endroit de rendez-vous », médita Sokolov.

Olivia comprit que le paysage dégagé pouvait aussi bien jouer en leur faveur qu'en leur défaveur : n'importe qui pouvait les voir de loin, mais, pour la même raison, personne ne pouvait les surprendre.

Dès qu'ils eurent atteint la berge, ils avancèrent plus de deux fois plus lentement qu'ils ne l'auraient pu en terrain dégagé, et suivirent le cours d'eau vers le sud et en haut de la colline jusqu'à une étroite bande de végétation s'élargissant en un bois qui se mêlait à l'épais matelas d'arbres qui s'étalait sur l'arête centrale de l'île.

Ils avaient fini leur eau potable la veille au soir et, à cause des précautions de Sokolov, ils ne s'étaient nullement rapprochés d'un endroit où ils auraient pu en racheter. « Je suis complètement déshydratée », dit Olivia à un moment. Sokolov la fixa avec un regard curieux. Elle décida de ne pas insister.

L'emplacement de l'aéroport était maintenant évident car, à cette altitude, ils furent en mesure de voir un avion descendre en vue d'un atterrissage et disparaître derrière la crête. Olivia consulta sa montre : c'était bien le vol de 10 h 45 en provenance de Taipei. Son instinct de fille sage lui dictait de descendre sur-le-champ pour impressionner son contact par sa ponctualité. Sokolov, cependant, ne voulut rien savoir. « Il attendra, dit-il.

– Mais...

– Tu n'es pas là pour lui faire plaisir. »

Olivia pouvait difficilement le contredire.

Sokolov s'empara du téléphone, et Olivia regarda par-dessus son épaule pendant quelques minutes tandis qu'il consultait le plan. Il sollicita son aide linguistique pour localiser le terminal de ferrys de l'île, où des bateaux arrivaient à heure fixe de Xiamen. Elle le repéra à l'extrémité sud-ouest de l'île. L'itinéraire le plus évident de là à l'aéroport consisterait à suivre la plus grosse route est-ouest de Kinmen, qu'ils n'avaient pas encore rencontrée car elle traversait la partie sud de la crête.

Ils n'étaient qu'à un kilomètre environ de l'aéroport – un millier de pas, s'ils marchaient bien. Et pourtant Sokolov insista pour qu'ils passent par l'est – autrement dit, à bonne distance du terminal de ferrys –, empruntant les chemins les plus accidentés, courant si nécessaire sur les petits sentiers montagneux, jusqu'à arriver en vue d'un croisement important. Sokolov trouva une cachette pour observer la scène et dit à Olivia de descendre seule : elle devait prendre le bus, insista-t-il, de façon à pouvoir entrer dans l'aéroport « comme femme normale ». « Je te retrouve au point de rendez-vous, dit-il.

– Quand ?

– Quand tu y seras. »

Olivia fit un dernier effort pour se rendre semi-présentable, attendit que la voie soit libre, puis sortit du bois, traînant à la cheville un ruban de quatre mètres de liane fleurie. Elle s'en libéra d'un coup sec. Le bus arriva au bout de quarante-cinq minutes et l'emmena pour un trajet qu'elle aurait pu faire à pied en dix.

Pendant l'attente, elle eut la présence d'esprit de consulter l'écran du téléphone. Il y avait un message : « PARTI FAIRE DES COURSES – CADEAU DE MARIAGE POUR NIÈCE – JE CROIS QU'ELLE AIMERAIT NOUVEAU COUTEAU DE CUISINE ».

« Couteau de cuisine » et « cadeau de mariage » n'étaient pas des codes préétablis. « Parti faire des courses » semblait indiquer que son contact avait décidé de quitter l'aéroport et de se rendre quelque part sur l'île. Mais où, Olivia n'en avait aucune idée. Et le prochain bus qui passait se rendait à l'aéroport, que ça lui plaise ou non. Elle monta. Il y avait trois places libres. Elle en choisit une dans l'allée pour éviter de laisser voir son visage par la fenêtre.

Elle s'interrogeait encore sur le message lorsque le bus stoppa devant le terminal principal et vomit une vingtaine de gens de la région, principalement du personnel de l'aéroport. Olivia jeta un œil à l'intérieur du terminal, et toutes ses sonnettes d'alarme se déclenchèrent d'un seul coup. Tous les signes funestes qu'on l'avait entraînée à repérer se présentaient à elle, comme dans un film de formation à l'espionnage soigneusement conçu pour mettre en scène le pire des cas de figure. Sur chaque banc, dans chaque snack-bar, à chaque poste de contrôle, un ou deux flâneurs vigilants, qui faisaient semblant d'être absorbés par leur téléphone portable. Certains d'entre eux avaient même la témérité de porter des lunettes de soleil en intérieur.

C'était exactement ce qu'avait anticipé Sokolov : le BSP du continent avait bourré le ferry du matin de gros bras en civil qui avaient envahi l'aéroport et tous les autres lieux où Olivia et Sokolov étaient susceptibles de se montrer. Ils étaient à l'affût d'un homme blanc – mais en particulier d'un homme blanc qui voyageait avec une femme chinoise.

Ce que ces hommes risquaient de faire s'ils les repéraient ensemble, elle n'en savait trop rien. Ils n'avaient pas le pouvoir de procéder à une arrestation sur le sol taïwanais. Des coups de feu dans un lieu public, cela semblait peu probable. Mais ils pouvaient prendre des photos et déclencher un vrai scandale.

À sa descente d'avion, en voyant cela, le contact d'Olivia avait dû décider de prendre la tangente.

Elle renonça à descendre du bus et s'enfonça dans son siège, épiant l'extérieur par le bas d'une vitre sale. Un homme râblé d'une quarantaine d'années, engoncé dans un costume trop petit et des lunettes miroir sur les yeux, était adossé à une vitrine publicitaire. Il fumait une cigarette et aboyait dans un téléphone. Lorsque le bus redémarra, elle remarqua que la vitrine était garnie de couteaux de cuisine – les couteaux traditionnels chinois, en forme de fendoirs. Ce détail lui rafraîchit enfin la mémoire. L'île se trouvait à portée de canon de Xiamen et, à la fin des années 1950, un demi-million d'obus avaient été lancés sur elle. Au cours des deux décennies suivantes, ceux-ci avaient été suivis par cinq millions d'obus remplis de tracts de propagande. Les artisans du coin les avaient déterrés et s'étaient servis de l'acier pour fabriquer des fendoirs.

L'usine de couteaux était un endroit idéal pour un rendez-vous, pour qui craignait d'être embêté ou espionné. C'était une énorme structure industrielle à ciel ouvert, remplie au milieu de plusieurs milliers de vieux obus rouillés de la taille d'un melon. Les ouvriers les coupaient en blocs de la taille d'un paquet de cigarettes à l'aide de meules abrasives qui couinaient comme des âmes damnées en soulevant des nuées blanches d'étincelles infernales. Un marteau mécanique aplatissait les blocs, après quoi on les poussait dans un bruyant fourneau pour le traitement thermique. Enfin, les blocs d'acier trempé étaient façonnés en couteaux sur des roues de pierre et achevés sur des ponceuses à courroie qui, à en croire leur apparence et leur son, semblaient pouvoir trancher un doigt à la moindre seconde d'inattention. La transformation des obus en coutellerie était suffisamment insolite pour que l'usine propose des visites guidées. Olivia se joignit à un groupe de cinq venus de Taïwan pour faire du tourisme et acheter des couteaux.

Le trajet jusqu'ici lui avait pris assez longtemps pour que les implications de la présence de tous ces gros bras à l'aéroport aient commencé à s'éclairer dans son esprit. Le MI6 avait fortement intérêt à la ramener à Londres saine et sauve, elle avait donc peu de soucis à se faire de ce côté-là. Mais Sokolov, c'était une autre histoire. Le MI6 ne savait pas, pour l'instant, comment elle avait fait pour arriver à Kinmen. Ils n'étaient pas au courant de l'existence de son compagnon de route. Maintenant qu'elle était sur le sol taïwanais, il représentait un encombrement – pour employer un euphémisme bien anglais. Mais si elle le larguait ici – ce qui serait facile –, elle devrait passer le restant de ses jours à éviter les miroirs.

À la belle époque de la guerre froide, si Sokolov avait été un possible transfuge, coincé derrière le rideau de fer, ils auraient peut-être organisé une petite virée pour le faire passer à l'Ouest, ils lui auraient peut-être fourni une nouvelle vie. En échange, il leur aurait donné des renseignements militaires inestimables. Mais du peu qu'elle savait, Sokolov partageait son temps entre Toronto, Londres et Paris. Et il connaissait peu de choses que le MI6 ne savait déjà.

« Meng Anlan ? »

L'homme était chinois ou du moins il en avait l'air : un homme corpulent, d'une cinquantaine d'années, qui portait des lunettes teintées et une chemise criarde de touriste qui s'assume. Il la regardait depuis un moment à travers ses verres teintés.

Elle se contenta de lui rendre son regard. S'il devait poser la question...

« Je peux marcher avec vous ? » demanda-t-il. Ou plutôt il le cria, car ils se tenaient à deux mètres d'une des meules abrasives.

Apparemment, la conversation se tiendrait en mandarin teinté de fujianais. Ça ne la dérangeait pas.

Elle se mit à marcher au diapason de l'homme, et ils entreprirent de se laisser lentement distancer par le groupe principal. Il avait un sac sur l'épaule. Elle espérait qu'il soit plein de vivres. Mais ce n'était pas le moment de poser la question.

Et puis merde ! « Vous auriez quelque chose à grignoter, n'importe quoi – une barre chocolatée, un sachet de cacahuètes ? » Elle avait réussi à s'acheter de l'eau en route mais elle n'avait rien mangé depuis près de vingt-quatre heures.

« Pardonnez-moi », dit-il en anglais. Il fouilla dans son sac. Faute de mieux, il en ressortit un sachet d'amandes.

Tandis qu'elle en fourrait une poignée dans sa bouche, il dit : « Ça râle un peu. » Son accent disait qu'il avait grandi en Angleterre.

« Je suis sûre que plein de gens sont fous de rage. On pourrait pas régler ça plus tard ?

– La faim vous rend irritable ?

– Ce n'est pas la faim, c'est de ne pas savoir ce qui va se passer.

– Vous ne risquez rien. Vous êtes en sécurité. Vous rentrez à la maison. Mais nous devons éviter de froisser les sentiments de cette bande-là. »

Il fit un signe de tête en direction du continent, qu'ils ne voyaient pas d'où ils étaient, mais qui, psychologiquement, surplombait tout. « Ils surveillent les ferrys. Les terminaux. Si vous montez à bord d'un avion pour Taipei comme une fleur, ils vont interpréter ça comme...

– De la provocation.

– Apparemment, il y a eu *beaucoup* de cadavres.

– Quatre, pour être exacte.

– *Dans votre appartement*, oui. Mais il y a aussi l'immeuble à Xiamen – vous avez déjà oublié ?

– Je me rappelle très bien.

– Qu'est-ce qui a bien pu se passer là-bas ?

– C'est une longue histoire. Ce n'est pas le lieu.

– Nous sommes d'accord.

– Pardon si je reste bloquée sur les détails bassement matériels, mais comment je fais pour monter dans un avion sans avoir l'air de monter comme une fleur ?

– Utilisez un faux nom. Changez votre apparence. Et voyagez avec moi.

– Vous croyez que ça suffira à déjouer leur surveillance ?

– Oui, je le crois, mais même dans le cas contraire, l'important, c'est de...

– Veiller à ne pas froisser leurs sentiments.

– Oui. »

L'homme – ils avaient sauté les présentations – se glissa près d'elle et transféra son sac sur l'épaule d'Olivia. « Des vêtements. De l'argent. Un passeport britannique. Pas à votre nom, bien sûr. Une vraie profusion d'articles d'hygiène féminine. Diverses bricoles.

– Un ou deux bouquins ? demanda-t-elle. Ou c'est trop demander ? »

Il poussa un petit gloussement. « Vous vous inquiétez déjà de ce que vous allez faire pendant le vol pour Londres ?

– Ça ne fait rien. Je me saoulerai à mort, voilà tout. »

Il s'absorba un instant dans la contemplation du tour sur lequel se polissaient les couteaux, admirant un marteau à bascule hydraulique qui cognait furieusement sur un morceau d'acier brûlant manipulé à la pince par un ouvrier torse nu.

Puis il se tourna de nouveau vers elle.

« Il y a, bien sûr, de nombreuses questions.

– Bien sûr.

– Vous y répondrez en temps voulu.

– C'est ce que je me suis dit.

– Mais il y en a une en particulier qu'on m'a demandé de vous poser, au cas où quelque chose irait de travers.

– Au cas où je tomberais de l'avion.

– Un raz-de-marée. Une météorite.

– Très bien. Que voulez-vous savoir ?

– Qui a tué tous ces hommes dans votre appartement ? »

Elle ne répondit pas.

« C'est vous ? »

Elle renifla.

« Parce qu'on ne pensait pas que vous étiez une espionne de ce genre.

– Non, je ne le suis pas. Ce n'est pas moi.

– Bon, qui était-ce, alors ?

– Vous avez gaspillé votre unique question sur quelque chose qu'il me faudrait un jour et demi pour vous expliquer comme il faut.

– Est-ce que nous devons *redouter* qu'il – je me permets de supposer qu'il y a un chromosome Y dans le coup et d'utiliser le pronom masculin –, est-ce que nous devons redouter qu'il tue *encore* beaucoup de Chinois sur le sol chinois dans l'avenir proche ?

– Ce n'étaient sans doute même pas des Chinois, mais la réponse est non. Et d'ailleurs, il n'est pas anglais.

– Bien. Ah oui ! Autre chose.

– Je croyais que vous aviez dit que c'était la dernière question.

– C'est difficile de m'arrêter une fois que j'ai commencé.

– Bon, allez-y.

– Où est Abdallah Jones ?

– Il pourrait être n'importe où dans le monde. Il était dans un aéroport hier soir.

– Quel dommage !

– N'est-ce pas ?

– *Un* aéroport ? Drôle de formulation. »

Olivia haussa les épaules.

« Comment savez-vous qu'il était dans *un* aéroport ? »

C'était maintenant, c'était l'instant T. Mais elle ne savait pas qui était ce type. Quel pouvoir il avait, ce qu'il serait susceptible, ou pas, de faire pour elle. Son impression était qu'il agissait seulement comme intermédiaire entre elle et quelqu'un d'autre, à Londres. « M. Y, dit-elle.

– Le porteur du chromosome ?

– Oui.

– Je suis tout ouïe.

– Y a eu Jones au téléphone.

– Ça a dû être une conversation intéressante.

– Du côté d'Y, oui, tout à fait. En tout cas, il a su, je ne sais comment, que Jones se trouvait dans un aéroport. À mon avis, il a entendu des moteurs d'avions dans le fond ou une hôtesse en train d'expliquer le fonctionnement des ceintures de sécurité.

– Mais Y ne sait rien de plus.

– C'est amusant que vous posiez la question. Y dit qu'il a davantage d'informations à présent. Des informations qui pourraient aider à déterminer où est parti Jones.

– Et il est où, monsieur Y ? Coincé en Chine ?

– Il vous regarde sans doute de derrière un arbrisseau. Mais ne regardez pas autour de vous.

– Non, non. Je ne saurais vous dire à quel point je suis content qu'il comprenne la nécessité de se faire discret.

– Il a toutes sortes de talents. »

L'homme la regarda d'un air inquisiteur. Olivia, se remémorant les activités du matin dans le bunker, sentit son visage s'échauffer et espéra qu'il prenne sa rougeur pour le reflet des flammes du fourneau qui durcissaient l'acier. Elle se hâta de continuer: « Si vous voulez bien vous arranger avec lui pour le faire sortir du pays sain et sauf – ce que je recommande et défends –, je peux lui proposer un rendez-vous et lui faire savoir où on en est.

– De toute évidence, je ne dispose pas d'un passeport tout prêt pour un gentleman dont le signalement correspond au sien, puisque je ne sais même pas quel *est* son signalement. Même si j'en avais un, s'il devait se rendre à l'aéroport aujourd'hui...

– Je comprends. C'est piégé.

– En parlant de passeports... »

Olivia resta interdite un instant, puis comprit ce qu'il voulait dire. Elle sortit son passeport chinois de sa poche. Son passeport de Meng Anlan, qui avait coûté un million de livres. L'homme le lui prit et, d'un petit coup de poignet, le jeta dans la gueule ouverte de la forge. Il s'embrasa avant même de toucher le charbon et fut réduit en cendres en l'espace de quelques secondes.

« Adieu, Meng Anlan, dit-il. Bonjour à la personne dont le nom figure sur le passeport dans ce sac. Je l'ai déjà oublié.

– Bien sûr, je suis contente que vous puissiez me faire sortir du pays, quel que soit mon nouveau nom. Mais je suis peu disposée à m'en aller sans savoir ce qu'il va advenir de M. Y. Je sais que vous ne pouvez pas lui obtenir de passeport. Mais n'y a-t-il pas un moyen... »

L'homme hocha la tête. « De fait, on a un plan B.

– Vraiment ?

– Oui. C'est une de nos spécialités. C'est beaucoup plus *old school*. Très guerre froide. Ça devrait plaire à votre ami.

– Un sous-marin de poche ?

– Encore plus *old school* que ça. Il y a un porte-conteneurs. On le voit de la rive nord de l'île. Il est enregistré au Panama. L'équipage est philippin. Le propriétaire est taïwanais. Il a embarqué une cargaison à Xunjianggang. Dans quelques heures, il part pour le port de Long Beach. On espérait pouvoir trouver un bateau pour Sydney – ce qui serait plus rapide – mais le plus important, c'est de vous sortir d'ici *aujourd'hui*, vous et votre entourage incroyablement homicide, avant que la colère des Chinois ne monte d'un cran. Alors va pour Long Beach. L'itinéraire orthodromique prend environ deux semaines.

– Comment on fait ?

– Il va devoir se rendre au bateau juste après la tombée de la nuit. C'est quelque chose que vous devrez organiser vous-mêmes, de préférence sans joncher de cadavres le quartier des quais. Au moment où le bateau ressort du Xunjianggang, quand il commence tout juste à prendre de la vitesse, il devrait être possible de se ranger à côté et de monter à bord. Tant que vous évitez de vous faire voir, ça devrait fonctionner.

– Éviter de nous faire voir ? Vous rigolez ?

– Depuis le continent. Passez à tribord.

– Et ils se tiendront prêts ?

– Ils ont intérêt, avec le fric qu'on leur a versé. »

Ils passèrent les dernières heures de la nuit à apprendre la physique du bateau, entreprise qui ne fut en rien facilitée par le fait qu'ils étaient tous éveillés depuis plus de vingt-quatre heures.

Il fallait se débarrasser du corps de Mohammed. Autrement dit, il fallait le jeter par-dessus bord, ce qui semblait affreusement déshonorant, nonobstant le précédent d'Oussama Ben Laden. Ils évitèrent le sujet pendant un petit moment, mais il était tout bonnement hors de question de partager le pont avec un mort. Après quelques tergiversations, Csongor se mit en quête d'un objet assez lourd et compact pour entraîner le corps au fond de la mer, mais pas trop lourd pour qu'ils puissent le soulever, et dont ils n'auraient pas besoin pour autre chose. Il arrêta son choix sur une boîte en acier noire remplie de cartouches de 7,62 millimètres, dont un certain nombre s'étaient renversées dans la réserve. Il la plaqua le long des chevilles de Mohammed, qu'il souleva tandis que Yuxia liait le tout avec un reste de bâche, puis il traîna le corps de Mohammed au bord du pont et le hissa sur le bastingage. Le cadavre resta figé là pendant un instant. Csongor sentait qu'il serait bon de dire quelques mots. Mais il réalisa qu'il ne connaissait aucune parole que Mohammed et les siens ne jugeraient pas atrocement sacrilège. Il fit donc basculer le corps. Apparemment, la bâche tint bon, et le corps disparut.

Avec des seaux d'eau de mer, puisée à l'aide d'une corde, ils lavèrent généreusement le sol métallique du pont jusqu'à éliminer le sang. En fouillant le vaisseau, ils trouvèrent des brosses et des produits d'entretien et procédèrent à un nettoyage plus en profondeur, effaçant les éclaboussures et les traces de sang sur les surfaces verticales du pont. Marlon arracha la radio à son crochet et la jeta dans la mer, avec son micro plein de sang.

L'interface utilisateur du GPS était tout sauf intuitive, mais Marlon trouva comment zoomer et parcourir sa minuscule carte. Considérant l'écran dans le noir, ils commencèrent à se faire une idée de là d'où ils venaient – car le GPS montrait le trajet passé du bateau – et de là où ils allaient. Visiblement, pendant la première heure de leur voyage, Mohammed avait orienté le bateau vers le sud en suivant la côte, puis il avait mis le cap à l'est, droit sur Taïwan, à une vitesse de quelque dix nœuds. Cela les avait emmenés à un point situé à environ trente milles marins de la côte chinoise. C'est là que l'affrontement et la fusillade avaient eu lieu.

À ce moment-là, Marlon avait réduit la vitesse du bateau à peu près de moitié, cinq nœuds. Dans l'absolu, ils auraient pu aller encore moins vite, mais s'ils ralentissaient davantage, leur avancée n'était plus du tout perceptible et le bateau semblait peiner à garder le cap (une impression qui se confirmait lorsqu'on zoomait sur sa trajectoire : il semblait vaciller en travers de l'écran). Le gouvernail, apparemment, ne pouvait pas fonctionner normalement à moins de fendre l'eau avec un peu de vitesse.

Marlon informa Csongor de ce que Batu avait dit sur le niveau de gasoil, ou plutôt sur le manque de gasoil, et Csongor descendit à la salle des moteurs et passa un moment à essayer de comprendre comment fonctionnaient les diesels. Il finit par identifier l'arrivée de gasoil et la pompe qui l'alimentait. De là, des tuyaux traversaient une paroi pour rejoindre un espace occupé principalement par deux cuves cylindriques d'une taille impressionnante et rassurante : plus d'un mètre de diamètre et peut-être trois mètres de hauteur. Les deux étaient équipées d'un tuyau de remplissage soudé sur le dessus. Csongor suivit leur raccordement jusqu'à deux accessoires situés sur le pont, qu'ils utiliseraient, supposa-t-il, lorsqu'ils trouveraient l'équivalent maritime d'une station-service. Il passa lentement sa torche en cercles concentriques sur cette zone et finit par trouver l'emplacement de la jauge : un morceau de bambou (comme de juste) fixé sous le plat-bord à l'aide de tendeurs, strié de marques au feutre et d'annotations indéchiffrables (pour lui). Il appela Yuxia à la rescousse pour l'aider à interpréter les marques, puis ils ouvrirent une des trappes de remplissage et plongèrent le bâton de bambou à l'intérieur. Puis il se mit à le sortir, une main par-dessus l'autre, en priant pour sentir du gasoil froid et visqueux sur ses paumes. Mais cela ne se produisit qu'une dizaine de centimètres avant le bout. Yuxia lut le chiffre le plus proche inscrit sur le bâton. Il ne signifiait rien pour eux, car ils n'avaient aucune notion de la consommation de carburant des diesels. Mais ils ne pouvaient ignorer le fait que c'était le dernier chiffre sur la jauge. « Va falloir faire des calculs rigoureux », dit Csongor. Il nota l'emplacement exact du niveau de fioul et l'heure qu'il était.

Puis ils répétèrent l'opération avec l'autre réservoir et découvrirent qu'il était complètement à sec. Csongor descendit tripoter les soupapes : ses soupçons se virent confirmés. Le réservoir vide était complètement déconnecté du système ; les djihadistes ne se servaient que de l'autre et ils n'avaient pas pris la peine de le remplir davantage que le strict minimum, car ils se déplaçaient seulement dans les alentours du port, de l'île.

Yuxia remonta sur le pont pour tenir compagnie à Marlon et s'assurer qu'il ne s'endormait pas debout, tandis que Csongor continuait de trier le contenu de la réserve. Pas besoin d'être Sherlock Holmes pour deviner l'histoire récente de ce bateau. Il avait appartenu pendant des années à de vrais pêcheurs qui en avaient fait un usage intensif. Ils avaient accumulé le genre de matériel et de fournitures qu'on pouvait s'attendre à trouver dans ce type de vaisseau : filets, lignes, bacs plastiques superposables, planches à découper en polyéthylène, couteaux, pierres à aiguiser, outils de toutes sortes, peinture, lubrifiants, solvants et d'autres choses du même genre. En guise de vivres pour les voyages plus longs, ils avaient aussi stocké des bidons blancs en plastique de ce qu'il supposa être de l'eau potable, des sacs de riz et quelques autres denrées de base comme la sauce soja et l'huile de cuisson.

Puis le bateau avait été racheté par les djihadistes, qui l'avaient métamorphosé en arsenal flottant : sans doute pas suffisamment pour mener une guerre, ou même une insurrection, mais plus qu'assez si le seul but était de faire sauter un bâtiment ou de préparer une série de fusillades meurtrières comme à Bombay. Sur une palette, il y avait ainsi un bidon en acier noir rempli de fioul, à en croire l'odeur, et sur une autre, de lourds sacs en plastique tressé remplis de poudre blanche, avec l'étiquette : « ENGRAIS » ; du nitrate d'ammonium, sans doute. Ces deux ingrédients, mélangés, feraient un explosif puissant qu'on pouvait faire sauter à l'aide d'une simple amorce, Csongor l'avait lu dans le journal. Csongor ne savait même pas à quoi ressemblait une amorce, mais il le découvrit bien vite : un carton plein desdits objets était sagement rangé sur une étagère à côté d'une caisse translucide remplie de téléphones, tous de la même marque et du même modèle.

D'autres caisses et palettes avaient été bourrées de munitions, principalement des cartouches de fusil dépareillées dans des boîtes en acier vert foncé ou noires. Mais le niveau avait baissé plus tôt dans la journée lorsque Jones et ses hommes se préparaient hâtivement pour le départ. Il savait déjà que les armes manquaient toutes, car ils les avaient cherchées méthodiquement plus tôt.

S'ils devaient finir par être interceptés par des garde-côtes ou la police maritime, il ne voulait pas risquer d'être trouvé à bord avec un tel arsenal, et il se mit à réfléchir à la meilleure manière de le jeter par-dessus bord. Il leva les yeux et remarqua qu'une bonne partie du pont avant était percée d'un large sabord de charge; il monta pour voir comment s'ouvrait celui-ci, puis passa quelques minutes à promener sa torche sur les équipements fixés dessus: des poulies, des treuils et des câbles qui avaient manifestement été installés là pour faciliter le passage des marchandises par cette trappe, si seulement il parvenait à les actionner correctement. Certains des treuils étaient équipés de manivelles: il se dit qu'il pourrait procéder à la force du poignet si nécessaire. Maintenant qu'il avait quitté la Chine, il commençait enfin à apprécier la façon dont les choses se faisaient dans ce pays: ils avaient le génie pour le genre de technologie simple qui n'exigeait pas la lecture d'un mode d'emploi. Ce qui allait les aider durant leur voyage.

Rentrant dans la réserve, il se mit à trier les choses en trois tas: la poubelle (par exemple, les cartons vides), les affaires qui pourraient leur servir (la nourriture), et les objets dangereux et compromettants dont il fallait se débarrasser. Il trouva quatre cartons, filmés ensemble, pleins de ramen instantanées. Puis trois caisses de rations militaires: des repas tout prêts hermétiquement emballés dans du plastique noir. Il en ouvrit une pour voir de quoi il s'agissait et s'aperçut qu'il était affamé. Il dévora tout le contenu debout, se fourrant la nourriture dans la bouche avec ses mains sales.

Il trouva des cigarettes et des trousses de premiers secours qu'il plaça sur la pile des affaires « à garder ».

Il passa un bon moment à manœuvrer juste à côté du bidon de fioul et réalisa soudain – peut-être l'énergie de la nourriture parvenait-elle enfin à son cerveau – que les moteurs du bateau étaient sans doute capables de le brûler. Comment le transférer dans les réservoirs de gasoil ? Il pondit une espèce de plan un peu farfelu qui consistait à utiliser la grue du bateau pour lever le bidon de la remise et à se débrouiller pour le vider, à l'aide d'un entonnoir, dans le tuyau de remplissage sur le pont supérieur. En y réfléchissant à deux fois, cependant – car l'approche chinoise de la technologie commençait peut-être à déteindre sur lui –, il réalisa qu'un siphon devrait faire l'affaire, car le réservoir de gasoil du bateau était en fait situé à plus basse altitude que le bidon de fioul. Il dégagea un tuyau, le fixa et, après quelques ratés et quelques jets de fioul incontrôlés, il parvint à faire fonctionner le siphon et à vider le bidon en l'espace d'une demi-heure.

Il plongea de nouveau le bâtonnet de bambou dans le réservoir, dans l'espoir d'observer une augmentation spectaculaire et triomphante du niveau de carburant. Mais tous ses efforts étaient restés sans effet ; dans le temps qu'il lui avait fallu pour mener sa tâche à bien, ils en avaient brûlé autant qu'il en avait ajouté.

Lorsqu'il eut terminé toutes ces opérations, le ciel s'éclaircissait à l'est. Il monta sur le pont et trouva Yuxia, seule, qui pilotait le bateau vers l'orient en pleurant sans bruit. Apparemment, Marlon était descendu faire un somme dans une des cabines.

Csongor n'eut pas besoin d'une perspicacité énorme pour comprendre la raison des larmes de Yuxia. Ces dernières heures, ils avaient pris des risques insensés et consacré toute leur énergie à un seul but : s'échapper de Chine. Rejouant leurs mésaventures dans sa mémoire, Csongor ne voyait pas un seul moment où ils auraient pu agir différemment. Lui et Marlon ne pouvaient pas abandonner Yuxia au destin que lui réservaient les djihadistes.

Une fois qu'ils avaient pris le contrôle du bateau de pêche sur lequel ils voguaient maintenant, ils étaient *forcés* de faire *quelque chose* avec, et s'évader de la république populaire de Chine semblait tout indiqué. Dans l'esprit de Csongor, cela signifiait se rapprocher de chez lui. Marlon ne semblait pas particulièrement affecté par la perspective de quitter son pays natal en catastrophe ; pour lui, cela devait représenter une aventure comme en sont friands tous les jeunes gens. D'ailleurs, il lui était indispensable de mettre de la distance entre lui et l'appartement où il avait créé REAMDE, et leur périple apportait une excellente réponse à cette nécessité. Mais Yuxia, à l'origine, ne s'était retrouvée mêlée à toute cette histoire qu'en raison de son désir de sympathiser avec des Occidentaux déboussolés qu'elle avait trouvés errants dans les rues. Elle avait de la famille à Yongding, de la famille qui s'inquiétait sans doute pour elle, et la jeune femme devait être en train de se demander si elle les reverrait jamais.

Même si elle les revoyait, comment pourrait-elle leur expliquer ce qu'elle avait vécu ? L'affrontement sur la jetée ? La torture dans le seau d'eau de mer ? Le fait d'avoir visé Mohammed avec un revolver et tenté de le tuer ?

Rien d'étonnant à ce qu'elle soit dans tous ses états.

« Je vais m'en occuper, dit Csongor. Va manger. Va dormir. »

Elle ne bougea pas.

« Ça va aller, dit-il. On va trouver une solution. Rien de tout ça n'était ta faute. Tu pourras rentrer chez toi un jour. »

Ses paroles se voulaient rassurantes, mais Yuxia quitta brusquement le pont en laissant échapper un gémissement déchirant. Csongor lui emboîta le pas, craignant qu'elle ne s'apprête à se jeter dans la mer, mais elle descendit quatre à quatre les escaliers métalliques, courut dans une cabine et claqua la porte derrière elle.

Csongor continua de piloter le vaisseau vers le levant tout en tripotant les boutons du GPS pour essayer de se situer. Grâce à la lumière du matin, qui filtrait par le hublot avant, il lui était bien plus facile de voir autour de lui, et il remarqua une pile de cartes maritimes qui avaient échappé à leur attention dans la pénombre. Il les étala et s'efforça de les déchiffrer. La plupart étaient des représentations à grande échelle des aspérités complexes de la côte chinoise, et il lui était difficile de deviner leur contexte. Mais l'un des plans accrocha son regard, car il montrait un groupe de petites îles dont la forme lui rafraîchit la mémoire : il les avait vues tout à l'heure en zoomant sur le GPS. Les îles Pescadores, selon la carte. Elles étaient situées au milieu du détroit de Taïwan, plus près de Taïwan que du continent, mais tout de même plus proches de cinquante kilomètres au bas mot de la position présente du bateau que la côte taïwanaise elle-même. Et d'après le GPS, ces îles se trouvaient pratiquement sur leur trajectoire. La décision allait donc de soi : ils devaient mettre le cap sur les Pescadores. Csongor orienta le bateau un peu plus vers le sud. D'après ce qu'il parvenait à déduire des cartes et du GPS, ils atteindraient l'archipel aux environs de 16 heures. Si toutefois ils ne tombaient pas en panne sèche d'ici là.

Le jet continuait à suivre un plan de vol tout à fait ordinaire, c'était du moins l'impression de Zula : il prit lentement de l'altitude, puis suivit une trajectoire rectiligne qui l'emportait loin du continent chinois, vers le sud, en survolant la mer de Chine méridionale. À l'est, quelques montagnes pointèrent leur nez sur la ligne d'horizon, et elle supposa que c'était Taïwan ; mais elles disparurent bien vite derrière eux.

Elle n'arrivait pas à décider si elle devait ouvrir la porte ou restée cloîtrée là. Un instinct puissant lui dictait de se terrer dans la pénombre et l'intimité du cocon offert par la cabine d'Ivanov. Mais tôt ou tard, il lui faudrait bien faire pipi, et il n'y avait qu'un W-C dans le jet, à l'avant.

Tant qu'elle était seule, il semblait prudent de faire l'inventaire de ce qui se trouvait à sa disposition. Bien que de taille réduite, la cabine possédait une petite commode. Elle ouvrit les tiroirs mais ne trouva que des oreillers et des couvertures d'appoint. Ivanov avait dû emporter toutes ses affaires, bien sûr. Il y avait aussi un petit bureau rabattable, juste assez large pour accueillir un ordinateur portable, et au-dessus, encastré dans les boiseries, un appareil – un interphone, manifestement. Le boîtier présentait une rangée de boutons : « CABINE », « COCKPIT », « SONO », et « MICRO ». À côté, le volume.

Elle régla le volume à zéro, puis appuya sur « COCKPIT ». Elle découvrit que si elle appuyait suffisamment fort, le bouton se bloquait, et le mot « SURVEILLANCE » apparaissait, en cristaux liquides, sur l'écran. Elle tenta ensuite de monter peu à peu le volume et commença à entendre des voix : Pavel et Sergei qui parlaient entre eux, en russe. Bien sûr, elle n'y comprenait goutte. Mais de temps à autre, elle entendait un son qu'elle reconnaissait : comme « jumbo » ou « Taipei ». Et il arrivait qu'une voix s'élève brusquement, en anglais, de leur radio : les contrôleurs aériens, supposa-t-elle, qui communiquaient avec eux, ou avec d'autres avions, depuis leurs tours sur le continent.

Elle ne saisissait pas vraiment le but ou le contenu de ces transmissions, mais, au bout de quelques minutes, elle parvint à repérer certaines constantes. Beaucoup des transmissions commençaient par une voix qui disait : « Centre de Xiamen », avec un accent chinois, avant d'ajouter le nom d'un fabricant d'avion tel que Boeing, Airbus ou Gulf Stream, suivi par une série de lettres et de chiffres. Puis une série d'instructions laconiques concernant l'altitude ou la direction, ou la fréquence radio. Elle déduisit que ces transmissions venaient toutes d'un centre de contrôle aérien responsable de l'espace aérien de Xiamen qui distribuait des ordres aux pilotes des avions de passage. Dans presque tous les cas, une autre voix répondait directement, souvent avec un accent anglais, américain ou européen, répétant la série de chiffres et de lettres qui constituait apparemment l'indicatif d'appel de leur avion, puis Pavel et Sergei prenaient acte de l'ordre par les mots « Bien reçu » avant de répéter les instructions à haute voix, sans doute pour s'assurer qu'ils avaient tout compris correctement. De temps à autre, cependant, une transmission restait sans réponse, et le centre de Xiamen devait la réitérer ; en cas d'échec, ils pouvaient demander à un autre avion de relayer le message. Tous ces échanges étaient opérés dans un calme absolu, impassible – logique, étant donné que cela constituait pour ces individus une activité quotidienne, comme d'ensacher des surgelés ou de conduire un camion. À deux reprises, elle reconnut la voix de Pavel, ce qui lui permit d'apprendre l'indicatif d'appel de l'avion duquel elle était passagère, ou plutôt prisonnière.

De temps à autre, l'ordre se rapprochait de : « Contactez le centre de Hong Kong » ou « Contactez le centre de Taipei », suivi d'une série de chiffres, une fréquence radio, sans doute. Là, le pilote s'identifiait et répétait les instructions comme d'habitude, puis saluait par un « Merci » ou « À plus tard », ou « Fini », et on ne l'entendait plus. Du moins sur ce canal. Il devait s'agir d'avions en partance pour l'étranger qui passaient d'un centre de contrôle aérien à un autre.

Le centre de Xiamen lança finalement l'indicatif d'appel de leur avion et donna l'ordre qui les mettait sous la responsabilité du centre de Hong Kong. Pavel répondit comme les autres et dit adieu au centre de Xiamen. Puis il échangea quelques phrases en russe avec Sergei.

Soudain, l'avion se déroba sous les pieds de Zula avec une soudaineté qu'on ne rencontrait jamais dans un avion de ligne. Elle dut mettre ses deux mains devant elle pour éviter d'être projetée tête la première contre la porte de la cabine. L'avion ne se contentait pas de descendre comme un avion de ligne, en ralentissant les moteurs et en perdant de l'altitude par paliers ; il avait le nez vers le bas et se servait de la puissance des moteurs pour se propulser directement vers la mer.

Le piqué devint si raide que Zula se retrouva allongée de tout son long sur la porte de la cabine. À travers, elle entendait les bagages et autres objets qui volaient dans la cabine, les hommes endormis qui se réveillaient en criant, tandis que les autres riaient avec délice.

Elle avait d'abord pensé qu'il s'agissait d'une manœuvre temporaire pour perdre de l'altitude, mais, en voyant que cela ne cessait pas, elle prit soudain conscience que Pavel et Sergei avaient décidé de se suicider en écrasant l'avion dans la mer. Cela ne pouvait pas continuer bien longtemps ; ses oreilles s'étaient déjà bouchées trois fois.

Mais tout à coup, aussi soudainement qu'il s'était mis en mode piqué, l'avion le quitta. Elle se retrouva plaquée contre la porte, puis contre l'angle entre la porte et le sol, et finalement sur le sol, avec, aurait-on dit, plusieurs g d'accélération au moment où le nez de l'avion se redressait et qu'il se remettait à voler en paliers. Lorsqu'elle put de nouveau remuer, elle se redressa tant bien que mal, passa la tête par-dessus le rebord du lit et regarda par le hublot : elle ne vit que du blanc uniforme et des gouttes d'eau qui dégoulinaient sur la vitre. Les nuages et le brouillard étaient trop denses pour lui permettre de distinguer grand-chose, mais par quelques brèves trouées elle put apercevoir la surface grise de l'océan qui filait à trente mètres sous eux tout au plus.

L'avion s'inclina et effectua un changement de cap : un long virage à gauche toute.

Une télé à écran plat était fixée sur la paroi face au lit. Zula n'avait pas encore essayé de l'allumer, car elle n'aimait pas la télé, mais elle se rendait compte maintenant que c'était idiot. Elle l'alluma et se vit proposer une série d'options, dont un lecteur DVD intégré, une sélection de jeux vidéo et une « CARTE ». Elle sélectionna cette dernière et vit apparaître une carte de la mer de Chine méridionale, générée visiblement par le même logiciel que sur un avion de ligne, car les polices de caractères et le style de la présentation étaient familiers à quiconque avait jamais volé sur un long-courrier. En lieu d'origine, on avait programmé « Xiamen », et en destination, « L'aéroport international Phoenix de Sanya », qui se trouvait à l'extrémité sud d'une énorme île ovale, comparable à Taïwan par la taille, au large de la côte méridionale de la Chine. Elle était à peu près certaine qu'il s'agissait de l'île d'Hainan, et qu'elle appartenait à la république populaire de Chine. Un plan de vol était tracé sur la carte, qui reliait Xiamen et Sanya par deux traits droits de longueur presque égale. Le premier trait partait vers le sud-sud-ouest de Xiamen, longeant approximativement la côte méridionale chinoise. Puis il formait un coude vers l'ouest qui l'amenait droit sur l'extrémité sud d'Hainan. À première vue, il semblait que l'itinéraire avait été établi dans le but d'éviter la zone Hong Kong/Shenzhen/Macao/Guangdong, qui se trouvait pile au milieu. L'espace aérien devait y être incroyablement encombré, et l'éviter était sans doute préférable.

Elle n'aurait rien compris à tout cela si elle n'avait pas assisté à la réunion de la veille au soir dans la cabine principale. De toute évidence, ils n'avaient jamais eu l'intention de se rendre sur l'île d'Hainan. S'ils avaient choisi cette destination, c'était seulement parce qu'il s'agissait d'un vol national qui n'attirerait donc pas l'attention de l'immigration à l'aéroport de Xiamen. Pour cela, n'importe quelle destination à l'intérieur de la Chine aurait fait l'affaire. Mais Hainan présentait un autre avantage : pour s'y rendre en partant de Xiamen, l'avion passait forcément au-dessus de l'océan ; et au-dessus de l'océan, il était possible de s'enfuir grâce à certains subterfuges, tel filer au ras des vagues pour échapper aux radars.

Elle comprit que les deux pilotes jouaient une sorte de jeu en rapport avec le fonctionnement du système de contrôle du trafic aérien. Elle n'avait jamais étudié le sujet en profondeur, mais elle savait vaguement que les radars avaient une portée limitée et que la structure du système de contrôle du trafic aérien en tenait compte ; l'espace aérien d'un pays était divisé en zones distinctes, gérées chacune par un centre de contrôle distinct possédant son propre système de radars. Les avions en vol étaient transférés d'un centre de contrôle au suivant tandis qu'ils traversaient le pays. À un moment donné, ils avaient cessé d'être sous la responsabilité des contrôleurs aériens de Xiamen pour entrer dans une zone contrôlée depuis Hong Kong. Ou peut-être, lorsqu'ils s'étaient mis à survoler l'océan, avaient-ils pénétré un no man's land que n'observait ni ne contrôlait aucune autorité. En tout cas, elle supposait que, quelques minutes plus tôt, ils avaient atteint l'une de ces limites ou failles du système. Pavel et Sergei avaient fait leurs adieux aux contrôleurs aériens de la zone qu'ils quittaient, puis s'étaient mis en piqué avant d'apparaître sur l'écran du radar et d'attirer l'attention des suivants.

Sur leur nouvelle destination, elle ne pouvait qu'émettre des conjectures. Passé le cap sud de Taïwan, seul l'océan Pacifique s'offrait à eux. Mais elle avait vu suffisamment d'itinéraires orthodromiques la veille au soir pour comprendre que voler droit vers l'est, comme ils le faisaient en ce moment, ne permettait pas de le traverser.

Il leur fallut environ une demi-heure de vol pour parvenir à l'est de Taïwan. Puis l'avion vira de nouveau à gauche, et la petite icône qui le représentait sur l'écran pivota jusqu'à pointer nord-nord-est. Apparemment, ils effectuaient une manœuvre en U aux abords de l'espace aérien taïwanais.

La radio, qui était restée silencieuse pendant un moment, se remit en marche : les pilotes étaient passés sur une autre fréquence, utilisée, sans doute, par le centre de Taipei ; c'est de là que semblaient désormais venir toutes les transmissions. Le centre de Taipei devait gérer un grand nombre de Boeing et d'Airbus. Par chance, ceux-ci n'étaient pas seulement identifiés par leur indicatif d'appel, mais aussi par leur provenance et leur destination, ce qui permit à Zula de se faire une idée précise d'un aéroport extrêmement actif accueillant des gros-porteurs venus de destinations lointaines telles que Los Angeles, Sydney, Tokyo, Toronto et Chongqing.

Il fallut un peu moins d'une heure à l'avion pour dépasser l'extrémité nord de Taïwan, où se situait Taipei. Il exécuta alors une série de manœuvres et entama une longue ascension régulière, que Zula put suivre grâce aux informations qui s'affichaient quasiment toutes les minutes sur l'écran de la télé. Une telle initiative rendrait sans doute l'avion visible sur les radars, si toutefois des stations radars se trouvaient à portée. Mais en regardant les cartes à plus petite échelle qui apparaissaient de temps à autre sur l'écran, Zula remarqua que dans cette zone passaient des avions de toute l'Asie du Sud-Est et d'Australie, qui volaient vers le nord, en route pour le Japon ou la Corée. Peut-être espéraient-ils que leur manège passerait inaperçu dans la foule ?

Sa vessie ne pouvant plus attendre, elle ouvrit finalement la porte et sortit dans la cabine principale. Elle était pleine et sentait la sueur masculine. Les quatre soldats étaient assis les uns près des autres dans le fond. Deux d'entre eux dormaient, un lisait le Coran et le quatrième était absorbé par l'écran d'un ordinateur portable. À l'avant de la cabine, une table rétractable avait été déployée et était couverte de larges plans aéronautiques sur lesquels Khalid et Abdallah Jones suivaient apparemment leur progression. C'était Khalid qui s'y trouvait pour l'instant. Il dévisagea Zula avec haine ou fascination, ou bien les deux. Elle ne vit trace de Jones que lorsqu'elle remonta l'allée centrale pour rejoindre les toilettes. Il était couché sur le dos, les pieds dans l'allée et la tête dans le cockpit. Il regardait presque à la verticale par les hublots du cockpit. Pavel et Sergei, de même, se tordaient le cou d'une manière qui semblait extrêmement inconfortable pour examiner quelque chose qui devait se trouver au-dessus d'eux.

Zula alla aux toilettes. Lorsqu'elle ressortit, les trois hommes étaient toujours dans la même position, sauf que Jones avait commencé à glousser de satisfaction.

Remarquant la présence de Zula au-dessus de lui, il rentra le menton, se remit sur pied et lui fit signe d'avancer. Il s'aplatit pour la laisser entrer dans le cockpit, et elle mit un genou à terre et regarda vers le haut.

À guère plus de trente mètres au-dessus, on voyait le dessous d'un 747.

Cela expliquait donc pourquoi ils s'étaient sentis si libres de prendre de l'altitude. Ils avaient minuté leur plan de vol de façon à le synchroniser avec le décollage de ce gros-porteur de l'aéroport de Taipei. Il se dirigeait vers Vancouver, San Francisco ou une autre destination en Occident, supposa-t-elle. En croisant sa route par-dessous au moment où il mettait le cap vers le nord en partant de l'extrémité de Taïwan, ils s'étaient positionnés sous lui et avaient calqué leur allure sur la sienne. Leur appareil se fondait avec l'autre sur les écrans radars des contrôleurs aériens et les installations militaires situées le long de la côte est de l'Asie.

Elle prit une canette de Coca et un sachet de chips dans la kitchenette de l'avion, puis traversa la cabine pour retourner à l'arrière, sentant les yeux de Khalid dans son dos. Jones était maintenant assis en face de lui, et ils examinaient une carte du Pacifique Nord.

Le soldat avec l'ordinateur portable était assis dos à elle. En regardant par-dessus son épaule, elle vit ce qui mobilisait ainsi son attention : il jouait à Flight Simulator. Il s'entraînait à décoller d'une piste rurale. Ne voulant pas montrer qu'elle avait remarqué, elle continua sans ralentir le pas, retourna à sa cabine et ferma la porte derrière elle.

L'homme, qui disait s'appeler George Chow, amena Olivia à Jincheng, une ville de pêcheurs à l'extrémité ouest de l'île. Deux hôtels avaient été érigés près du terminal de ferrys, accueillant un mélange de touristes et d'hommes d'affaires, et George Chow avait pris une suite dans un des deux. Apparemment, il avait fait le voyage en compagnie d'une Thaïlandaise qui avait quelques talents pour la coiffure et le maquillage. Elle portait les cheveux courts, des lunettes de créateur voyantes et un maquillage outrancier. Elle avait étalé des journaux sur le sol et sorti ses ciseaux, peignes et brosses. Olivia prit une douche rapide et la Thaïlandaise lui fit exactement la même coupe courte qu'elle – ce à quoi Olivia ne se serait jamais risquée en d'autres circonstances. Les lunettes de vue se révélèrent fausses – les verres étaient neutres. Elles finirent sur le nez d'Olivia. Même maquillage. Et, quelques minutes plus tard, mêmes vêtements. Un gros bras de république populaire de Chine équipé d'une photo floue de Meng Anlan ne la reconnaîtrait pas immédiatement ; et si quelqu'un avait vu George Chow descendre du vol de Taipei dans la matinée avec la Thaïlandaise à son bras, il supposerait qu'il repartait en compagnie de la même femme.

Pendant toutes ces opérations, George Chow disparut pendant une heure environ. En rentrant, il annonça que différents arrangements avaient été pris.

Parmi lesquels, apparemment, un taxi, qui les attendait dans la petite rue qui partait du quai de chargement de l'hôtel, piloté par un homme qui avait sans doute été payé grassement pour ne rien remarquer et ne rien répéter. Ils se rendirent à l'emplacement que Sokolov avait désigné comme un bon point de rendez-vous, au milieu de l'île. Les avantages de l'endroit étaient maintenant évidents. Ils s'arrêtèrent près du ponceau, et George Chow fit semblant de prendre des photos d'Olivia devant la pente boisée. Sokolov put rester parfaitement caché, bien qu'à quelques mètres seulement, jusqu'au moment où il n'y eut plus aucune voiture en vue. Il sortit et fit de son mieux pour cacher son amusement à la vue de la nouvelle Olivia.

« T'es une vraie reine de mode, observa-t-il.

– Pour deux heures. Dès que j'arrive à Taipei, j'enlève tout.

– Et où ensuite ? Londres ?

– Je suppose. Oui. Allons-y.

– Allons où ? » demanda Sokolov un peu brusquement.

Il en avait trop vu dans sa vie pour s'imaginer qu'il ferait lui aussi partie de l'escapade.

« Je t'expliquerai dans la voiture », dit Olivia.

Le ciel avait peu à peu viré au gris à mesure que la journée avançait, et un vent fort soufflait maintenant du nord, par bourrasques. Ce détail les servait bien, car il donnait une excuse à Sokolov pour enfiler un ciré qu'ils avaient acheté pour lui à Jincheng et le porter capuche relevée. Pour l'instant, cependant, il s'enfonçait autant que possible dans le siège arrière de la voiture tandis que George Chow expliquait la suite des opérations. Pendant ce temps, le chauffeur les ramena en ville par l'ouest, puis mit le cap au nord, parallèlement à la côte ouest de l'île, jusqu'à ce qu'ils aient dépassé la partie construite (ce qui leur prit trente secondes à tout casser) et pénétré dans une autre de ces zones étranges où aucun Chinois ne se rendait, en raison du fait, manifestement, qu'aucun *autre* Chinois ne s'y trouvait. C'était un paysage de côte sauvage semblable à la plage sur laquelle ils étaient venus s'échouer la veille au soir. Plus haut, là où le sable était retenu par les racines des herbes folles, un homme et son fils faisaient voler des cerfs-volants. En dessous, la plage s'étendait sur au moins un kilomètre. Olivia pensa d'abord qu'elle était encore plus constellée d'obstacles antitanks que celle sur laquelle elle et Sokolov étaient arrivés. En étudiant la chose de plus près, toutefois, ce qu'elle regardait, c'étaient des milliers de piliers de béton qui avaient été plantés verticalement dans le bassin pour donner un support aux crustacés. Des travailleurs avançaient entre les poteaux pour les ramasser. Chacun était équipé d'un bâton en équilibre sur son épaule, un panier ou un sac suspendu à chaque bout. À travers l'air gonflé d'humidité de l'averse prochaine, on aurait dit un immense cimetière : pas un cimetière américain moderne, avec ses monuments lustrés et bien alignés, mais un cimetière vieux de 1 000 ans devant une église anglaise, bourré de pierres grises érodées penchant de tous côtés.

George Chow sembla deviner qu'ils voulaient un peu d'intimité ou peut-être éprouvait-il le besoin de surveiller les voitures qui remontaient la route côtière ; il resta dans le taxi tandis que Sokolov et Olivia descendaient, essayant de trouver l'eau salée. Car ils étaient en avance. La marée était basse. Olivia laissa son sac dans la voiture et marcha pieds nus. Sokolov se servait maintenant d'un GPS portable que lui avait fourni George Chow, visant un point de navigation indiqué sur l'écran.

Lorsqu'ils atteignirent un endroit où le brouillard et la bruine les rendaient invisibles depuis la route, ils s'assirent sur deux piliers à coquillages qui avaient été nettoyés intégralement par les cueilleurs et regardèrent la marée monter. Ils étaient seulement à une centaine de mètres du point de rendez-vous. Olivia n'était pas tellement vêtue, et Sokolov n'avait pas besoin de demander pour savoir qu'elle avait froid. Il se mit contre le vent et enveloppa son ciré autour d'elle de façon qu'elle puisse se blottir sous son bras.

« Je crois que je viens avec toi, annonça-t-elle, après que dix minutes se furent écoulées dans le silence.

– Pas d'avion ?

– Non. Pour quoi faire ? Rien ne m'empêche de monter dans ce bateau avec toi, puis de prendre le cargo pour Long Beach. »

Il réfléchit pendant un bon moment. Assez long pour qu'elle commence à craindre d'avoir tout gâché. Sokolov avait apprécié les ébats de ce matin dans le bunker, et il en apprécierait peut-être d'autres, tant qu'il n'y avait pas d'engagement ; mais être coincé sur un cargo avec Olivia pendant deux semaines, ça représentait une sacrée ration d'intimité. Quel homme ne reculerait pas, ne serait-ce qu'un peu, à cette perspective ?

« Les deux semaines seraient plus intéressantes », concéda-t-il. Puis il passa au russe : « Mais ce n'est pas le choix que tu dois faire. »

Une partie d'elle voulait demander : *Pourquoi pas ?* Mais l'ayant déjà alarmé, elle ne voulait pas faire mine de bouder par-dessus le marché.

« Et le bon choix, c'est quoi ?

– Trouver Jones. Trouver où il se cache. Me prévenir.

– Mais si nous le trouvons, il est mort ou capturé, quoi qu'il arrive. On n'a pas besoin de toi pour le tuer.

– J'ai le droit de rêver.

– Alors tu veux que je passe ces deux semaines à chercher Jones ?

– Oui. »

Elle retira le bras de Sokolov de ses épaules et s'écarta de son étreinte. Elle se laissa glisser du pilier et tomber les deux pieds dans l'eau. Elle lui arrivait aux chevilles, et les vagues s'écrasaient sur ses mollets.

« Je suis désolée d'avoir cette saloperie sur le visage. Je me sens ridicule.

– Pas de problème, dit-il, détournant timidement les yeux.

– Écoute. La trace de Jones est froide. Il n'y a rien que je puisse faire pour le retrouver dans les deux semaines qui viennent.

– À moins que je donne l'information.

– Oui. Je crois que rien ne t'en empêche maintenant. »

Elle jeta un coup d'œil par-dessus son épaule, à travers la brume qui était descendue sur le détroit qui séparait Kinmen et Xiamen. Ils entendaient un bateau, le teuf-teuf ! du moteur au ralenti, accélérant de temps à autre tandis que le pilote suivait la marée devant eux. « Ton chauffeur est arrivé, dit-elle. Tu as ce que tu voulais – tu quittes la Chine sain et sauf. Dis-moi ce que tu sais. Je m'en servirai pendant que tu es sur ce cargo. Quand tu arrives à LA, appelle-moi.

– Le numéro d'immatriculation de l'avion est le suivant », dit Sokolov.

Il récita un chapelet de lettres et de chiffres. Olivia le lui fit répéter à plusieurs reprises. « Il a décollé de Xiamen à 7 h 13 heure locale et il est parti vers le sud.

– Pourquoi crois-tu qu'il irait vers le sud ?

– Peut-être pour rejoindre Mindanao, où il y a des camps de djihadistes. Mais j'en doute. C'est sûrement une diversion. Il va rejoindre l'océan, descendre à basse altitude, disparaître des radars, éteindre le transpondeur et changer de cap.

– Ça va nous compliquer la tâche pour le retrouver.

– Pas tant que ça. Tu verras. »

Sokolov posa les deux mains à plat sur le pilier et sauta à son tour dans l'eau qui leur arrivait maintenant aux genoux. Il regarda par-dessus l'épaule d'Olivia pour essayer de déterminer la position du bateau d'après le bruit. « Les services de renseignements auront des enregistrements des radars. Maintenant que vous savez quand il a décollé et dans quelle direction il est parti, vous pouvez suivre sa trajectoire sur les enregistrements pendant un certain temps. Trouver des indices. Comprendre où il a pu aller. Rétrécir le champ. Ensuite... – il se tourna pour la regarder droit dans les yeux –, dis-moi où se planque ce salopard.

– S'il est toujours en vie dans deux semaines, je te le dirai.

– Au revoir. J'aurais bien voulu t'embrasser mais je ne veux pas ruiner le travail de la maquilleuse.

– Il a déjà morflé.

– OK, dans ce cas. »

Il l'enveloppa dans ses bras et lui donna un long baiser très profond. Puis il la fit pivoter et la reposa sagement sur le sommet du pilier, l'arrachant à la marée montante. Il lui tourna le dos aussitôt, tira sa capuche sur sa tête, puis se mit à patauger en direction du son du bateau qui faisait du surplace dans le brouillard. « Vas-y maintenant ou tu vas être obligée de rentrer à la nage », la prévint-il.

Malgré ce bon conseil, Olivia attendit. Elle voulait entendre le bruit de l'accélération du moteur du bateau qui emmenait Sokolov.

Au lieu de ça, elle entendit trois brèves rafales de mitraillette. Puis une série de détonations sporadiques. Après quoi elle entendit le bateau s'arracher en quatrième vitesse.

Au bout de deux heures, Marlon remonta sur le pont avec un service à thé et deux rations militaires. Tandis qu'ils engloutissaient le tout, Csongor montra à Marlon la carte des Pescadores et expliqua le trajet qu'il avait suivi, qui, espérait-il, devrait les amener au centre de l'archipel d'ici quelques heures.

Csongor descendit ensuite dans une cabine, s'allongea sur un lit et trouva une position confortable, sachant qu'il allait sombrer immédiatement dans le sommeil et ne pas bouger jusqu'à ce qu'on le réveille.

Ce qui le réveilla, ce fut le vaisseau qui se mit soudain à se soulever et à pencher. Csongor était incapable de dire quelle heure il était, mais il sentait qu'il avait dormi un bon moment ; sa vessie était bien pleine et il se sentait vraiment reposé. Mais la lumière du jour filtrait toujours par le hublot. Il se leva, se rendit aux cabinets en titubant et se soulagea, puis ouvrit d'une poussée la porte de la cabine contre les forces du vent et (parce que le bateau était incliné) de la gravité. Il reçut au visage une claque d'un mélange de pluie et de bruine. Il n'y voyait pas à plus de quelques centaines de mètres dans toutes les directions.

Le moteur tournait toujours. C'était bon signe.

Il monta sur le pont où Marlon était planté exactement où Csongor l'avait laissé. Selon l'horloge numérique accrochée à la paroi, il était un peu plus de 15 heures, autrement dit Marlon pilotait le bateau tout seul depuis sept heures. Il détourna les yeux de l'écran du GPS pour regarder Csongor, qui fut troublé par son expression : il avait l'air hagard, brisé par l'épuisement et le stress. « C'est le pire jeu vidéo de tous les temps, dit-il.

– Il est assez chiant, reconnut Csongor.

– Chiant, et il marche pas. L'interface utilisateur est merdique.

– Quel genre de problèmes tu as rencontrés ?

– Ça ne tire pas là où l'on vise. »

Ça ne tire pas là où l'on vise. Qu'est-ce que cela pouvait bien signifier ? Csongor s'approcha et regarda le moniteur du GPS, qui montrait le trajet qu'ils avaient parcouru pendant son sommeil. Il s'attendait à voir une ligne droite dans la direction des Pescadores. Au lieu de cela, il vit une piste qui se courbait peu à peu vers le sud, puis remontait vers le nord et dérivait de nouveau vers le sud. Marlon, semblait-il, avait essayé de garder le cap droit sur leur destination, mais quelque chose poussait inexorablement le bateau vers le sud. Une fois qu'il avait remarqué la tendance, il avait tenté de la corriger en donnant un coup de gouvernail dans l'autre sens. Mais au final, ils se trouvaient maintenant un peu au sud de la latitude des Pescadores, peut-être à dix kilomètres de l'île la plus proche, et se dirigeaient vers le nord-nord-est dans l'espoir de rattraper leur chemin.

La bruine s'était transformée en averse qui éclaboussait les hublots avant et arrière. « On va contre le vent, dit Csongor.

– Maintenant, oui. Mais c'est nouveau. C'est autre chose qui nous faisait dévier.

– Il doit y avoir un courant dans le détroit.

– Un courant ?

– Comme dans une rivière, un courant d'eau vers le sud.

– Merde ! On y serait déjà, si j'avais su.

– Je croyais que c'était comme une voiture. Ça va là où on la dirige.

– Eh bien, non. Le bateau va où il veut. »

La vibration qu'ils sentaient sous leurs pieds depuis qu'ils étaient montés à bord dégénéra en une série de crachotements asthmatiques, puis se rétablit quelques instants avant de céder pour de bon.

« Panne sèche, dit Csongor.

– Fin de partie, dit Marlon.

– Non. La partie continue. On vient juste de passer au niveau supérieur. »

La poignée de la masse était en plastique jaune vif, un détail que Richard trouvait grotesque, lui qui avait arpenté de long en large l'allée correspondante de Home Depot en quête d'un équivalent d'un ridicule un peu moins flagrant jusqu'à ce que le chef de rayon insiste pour qu'il se décide et s'en aille – il était 21 heures, le magasin fermait.

Sur le pas de la porte de Zula, à 21 h 15, empoignant l'outil ridicule avec des gants de travail ergonomiques flambant neufs (un achat impulsif, attrapé au hasard au bout d'un rayon tandis que le manager le poussait vers les caisses), il comprit ce qui ne lui plaisait pas dans l'objet : on aurait dit que cette masse sortait tout droit de T'Rain. Cette prise de conscience le frappa si brutalement qu'elle dévia son premier coup, qui manqua le jambage de la porte de Zula et faillit lui déboîter le genou. Puis il raffermit sa prise, non seulement sur la poignée en plastique jaune, mais sur ses états d'âme, et abattit de nouveau la masse, d'un mouvement qui partait des hanches, un coup franc. La porte explosa pratiquement. À supposer que Zula réapparaisse saine et sauve, il aurait une petite conversation avec elle sur les vertus de la sécurité physique et consacrerait un après-midi à consolider sa porte.

Ou sa porte de rechange, pour être exact, car il ne restait pas grand-chose de celle-ci.

« Vous pouvez baisser la musique », lança-t-il à James et Nicholas, qui se trouvaient cinq marches plus bas, recroquevillés l'un contre l'autre. James et Nicholas, un couple gay, vivaient juste en dessous de chez Zula et, à ce qu'il semblait, se faisaient un souci presque paternel pour le bien-être de la jeune femme. Plus tôt dans la journée, à ces heures oubliées – ha ! – depuis bien longtemps où Richard essayait de passer par les canaux officiels, ils l'avaient assuré qu'il pouvait les appeler à toute heure du jour ou de la nuit s'ils pouvaient faire quoi que ce soit pour l'aider à éclaircir la disparition de Zula. Trois minutes auparavant, Richard avait mis leur proposition à l'épreuve : il avait frappé à leur porte à une heure tardive pour voir si cela ne les dérangerait pas trop d'entendre un bruit énorme à l'étage au-dessus. En fin de compte, ils avaient tenu parole et avaient même offert de mettre leur chaîne stéréo à fond pendant un moment dans l'espoir de couvrir les bruits qui risqueraient de perturber la paix nocturne du voisinage. Apparemment, l'homosexualité n'allait pas de pair avec une révérence aveugle pour les procédures de l'administration policière.

Et le fait d'avoir une nièce qui manquait à l'appel non plus.

« Ça serait vraiment super si vous pouviez baisser le son », dit Richard. James et Nicholas comprirent alors qu'il voulait simplement les éloigner une ou deux minutes. Ils lui tournèrent le dos et redescendirent à pas feutrés l'escalier couvert de moquette. Ils occupaient le rez-de-chaussée et le premier étage, et Zula le deuxième étage de cette grande maison ancienne sur Capitol Hill : le quartier au nom le plus énigmatique de Seattle, car Seattle n'était pas une capitale et n'avait jamais eu l'honneur de porter un monument ressemblant de près ou de loin à un capitole.

Cette étape – entrer dans l'appartement et allumer les lumières – était de loin la pire pour lui, à cause, tout simplement, de ce qu'il avait peur de trouver. Le fait de grandir dans une ferme l'avait exposé à quelques visions soudaines et désagréables qu'il n'avait jamais pu chasser de sa mémoire. Mais la vue de Zula poignardée ou étranglée sur le sol de son appartement serait, il le savait, la dernière chose qui lui apparaîtrait à l'instant de sa mort ; et entre aujourd'hui et sa mort, elle lui viendrait spontanément à des moments imprévisibles.

Mais il ne trouva qu'un chat affolé qui poussait des miaulements frénétiques en rôdant autour d'un sachet de croquettes éventré dont le contenu s'était répandu sur le sol. *A priori*, il avait dû étancher sa soif dans les toilettes pendant tout ce temps. À part ça, tout était en ordre : pas de nourriture sortie, pas de lumière allumée. Il ouvrit son placard et remarqua que son manteau d'hiver ne s'y trouvait pas. Il ne vit pas de skis ni aucune des affaires qu'elle avait apportées en week-end au Schloss. Tout cela confirmait le soupçon qu'il s'était déjà formulé : elle n'était pas du tout rentrée chez elle après ce voyage.

Cela ne signifiait pas qu'elle était en vie ni même qu'elle allait bien. Mais cela le soulageait de la plus horrible de ses terreurs. Quoi qu'il ait pu lui arriver, ça ne pouvait pas être aussi affreux que ce à quoi il s'était préparé dix secondes auparavant.

Et comme ça il aurait quelque chose à écrire à sa famille. Si on pouvait encore appeler ça « écrire » à l'ère Facebook.

Il sortit son téléphone, ignora quatre SMS de son frère John et en envoya un : « DS APT DE Z. TOUT NORMAL ».

John, resté en Iowa, semblait penser que Richard allait oublier la gravité de la situation s'il omettait de lui envoyer des rappels fréquents. L'invention maudite des SMS avait fait sauter toutes les inhibitions que John pouvait avoir à l'égard de ce qu'il appelait toujours « les appels longue distance ». En même temps, comme ça, Richard pouvait lui expédier du tac au tac des rapports de situation comme celui-ci sans avoir besoin de l'affronter personnellement.

Pour sa défense, toutefois, John, après que Richard avait râlé un peu, avait accepté de tenir le rôle de seul point de contact de la famille avec Seattle. Ainsi, au moins, Richard n'avait pas besoin d'expliquer ses avancées ou son absence d'avancées à *tout le monde*, tout le temps. Cette tâche était assurée par John, qui avait créé une page Facebook à cet effet.

Richard n'avait pas encore consulté la page en question – il lui semblait déplacé de surfer sur Facebook dans un moment pareil – mais il supposait qu'elle contenait un grand nombre d'informations détaillées sur ce que les services de police de

Seattle étaient prêts ou non à faire en réaction à une déclaration de disparition. Car Richard avait commis ce qui semblait dorénavant une erreur irréparable en contactant d'abord les autorités pour la déclarer portée disparue. Cela l'avait placé dans une situation où sa seule véritable marge de manœuvre consistait à asticoter l'officier chargé de l'affaire; et l'officier en question avait déjà expliqué que, en l'absence de preuve qu'un crime avait été commis, ils ne pouvaient pas faire grand-chose en matière d'enquête préventive.

Il tapa un P.-S.: « Z JAMAIS REPASSÉE ICI APRÈS CB ».

John lui répondit quinze secondes plus tard: « JE CONTACTE LA GRC ». Car Richard lui avait déjà expliqué – et ça avait peut-être été une erreur – qu'il ne se passait pas un hiver sur la côte Pacifique sans qu'au moins une voiture quitte une route de montagne et ne se trouve prise dans une congère, où les occupants, s'ils étaient encore en vie, devaient se contenter de neige fondue pour subsister en attendant les secours qui, dans bien des cas, ne se matérialisaient jamais. La neige avait fondu à basse altitude, mais si Peter et Zula avaient décidé de prendre par le nord et de traverser les Okanagan, ils pouvaient être échoués au bas de n'importe quel virage en épingle comme il y en avait des centaines dans la montagne.

Étape suivante: trouver l'adresse de ce petit branleur de Peter et amener la masse jusqu'à sa porte.

Malheureusement, Richard ne se souvenait pas de son nom.

La nuit tomba brusquement sur le jet; Zula en déduisit qu'ils avaient mis le cap à l'est toute et enjambé le terminateur pour s'enfoncer dans la partie enténébrée du monde. Au cours de ses expéditions aux toilettes, elle remarqua une nouvelle carte sur la table, qui couvrait une vaste bande du globe, avec Terre-Neuve en haut à droite, la Floride en bas à droite, les îles Aléoutiennes en haut à gauche et la Basse-Californie en bas. Les abords pacifiques des deux pays étaient découpés en parcelles polygonales marquées en capitales : « DEWIZ ALASKA, ADIZ NATIONAL, CADIZ PACIFIQUE », et ainsi de suite.

Une ligne de traits de feutre, complétée toutes les quelques minutes, avançait vers le nord-est, quittant la côte est de la Sibérie pour se poursuivre en une parallèle approximative avec les îles Aléoutiennes. Cela correspondait à ce que Zula pouvait voir sur le moniteur dans sa cabine.

Khalid et Jones examinaient attentivement certains détails de la géographie de la Colombie-Britannique, ce qui ne pouvait pas être très satisfaisant, étant donné l'échelle extrêmement réduite de leur carte.

Les îles Aléoutiennes et l'Alaska étaient tous deux inclus dans la région marquée « ADIZ NATIONAL ». Au sud s'étalait une bande d'océan marquée « DEWIZ ALASKA », qui s'étendait à l'est jusqu'à ce qu'elle voyait comme l'aisselle de l'Alaska, où le panhandle sud-est rejoignait la masse continentale par un couloir large de seulement quelques kilomètres.

L'intégralité du Sud-Est de l'Alaska était exposée au Pacifique et n'était prise dans aucun des polygones ADIZ ou DEWIZ. Zula supposa que le « IZ » devait renvoyer à quelque chose comme « zone d'interception » et qu'il s'agissait d'une appellation militaire. Elle avait entendu parler de la ligne DEW (ligne avancée d'alerte précoce) dans un cours d'histoire sur la guerre froide, et devina donc que la DEWIZ était la zone d'interception de la ligne avancée d'alerte précoce, l'ADIZ la zone d'interception de la défense aérienne et CADIZ son équivalent canadien.

La CADIZ ne commençait qu'au niveau de Prince Rupert, juste au-dessous du panhandle du Sud-Est de l'Alaska ; il semblait donc y avoir une vaste faille, large de peut-être huit cents kilomètres, dans l'IZ, entre les zones canadienne et américaine. Du point de vue de la défense nationale, cela n'avait pas grande importance, car cela ne donnait aux bombardiers russes que l'accès à la partie nord de la Colombie-Britannique, au Yukon et aux Territoires du Nord-Ouest. Ils pouvaient utiliser leur puissance atomique pour faire fondre la neige ou tuer les moustiques, mais ils ne pouvaient pas pousser jusqu'aux villes canadiennes ou américaines sans traverser les ZI plus au sud. Et pour parvenir à cette faille, au départ, ils seraient obligés d'emprunter un itinéraire peu commode vers le sud qui brûlerait beaucoup de carburant.

Tout le tiers nord-ouest de la Colombie-Britannique semblait placé au-dessus de l'IZ canadienne et en dessous de l'IZ américaine, et c'était sur cette zone qu'Abdallah Jones concentrait apparemment toute son attention. À première vue, cela avait tout l'air d'une région extrêmement montagneuse et désolée, mais, comme il s'agissait d'une carte aéronautique, elle comprenait très peu d'indications, les routes n'y figuraient pas, et seules étaient signalées les villes qui comportaient une piste d'atterrissage conséquente. Peut-être n'était-ce donc pas si terrible que ça en avait l'air.

La capacité de concentration de Khalid ne semblait pas dépasser trente secondes environ, et il ne cessait pas de lever les yeux au ciel et de pousser des soupirs désespérés tandis que Jones consacrait des heures d'affilée à sa recherche cartographique. Zula avait rencontré un certain nombre d'hommes tels que Khalid et pour cette raison, même s'ils avaient passé très peu de temps ensemble, elle avait l'impression de connaître son fonctionnement. La seule chose qui pouvait retenir l'attention de ce genre d'individu, c'était l'interaction directe avec un autre être humain. Quel *type* d'interaction, cela n'avait pas vraiment d'importance. Comme trois des quatre soldats s'étaient assoupis et que le quatrième était toujours bloqué sur son simulateur de vol, et comme Jones était absorbé par la carte et les deux pilotes profondément concentrés sur la réalisation de leur projet de voler en formation rapprochée sous le 747, Zula était la seule personne avec qui il pouvait communiquer. Or, Zula passait le plus clair de son temps dans la cabine arrière avec la porte fermée. À chaque fois qu'elle ouvrait la porte, c'était pour rencontrer les yeux brûlants de Khalid qui la dévisageait avec l'air d'exiger une réaction, quelle qu'elle soit. Ces yeux épiaient le moindre de ses gestes. Khalid ne pouvait s'empêcher de remarquer lorsque Zula zieutait la carte par-dessus l'épaule de Jones. Cette démonstration de curiosité de la part de Zula avait surpris Khalid la première fois et l'avait choqué la seconde. La troisième fois, il entra dans une rage qu'elle trouva parfaitement orchestrée : il se leva d'un bond et envahit son espace de telle sorte qu'elle n'eut pratiquement pas d'autre choix que de reculer devant lui. Elle n'aurait su analyser la grammaire de ses phrases, mais elle parvint à reconnaître quelques substantifs pas très flatteurs ; si Khalid avait été un *gangsta rapper*, les *bitch* et les ho ! auraient fusé. Cette petite scène se poursuivit jusqu'à ce qu'elle vienne perturber le cours des idées de Jones : il intervint pour dire à Khalid de la boucler un peu. Jones parlait d'une voix fatiguée, voire découragée, qui semblait refléter l'humeur générale des djihadistes.

En rentrant dans sa cabine, Zula réfléchit. Quelques heures plus tôt, à Xiamen, Jones était convaincu qu'ils arriveraient à piloter l'avion jusqu'à une destination accueillante au Pakistan, prendre une cargaison de Mal (peut-être une bombe sale), puis faire faire demi-tour à l'avion et l'expédier directement vers une sorte d'Armageddon à Las Vegas. Au lieu de quoi, à cause des complexités des règlements internationaux sur les plans de vol et la restriction de l'espace aérien, et parce que Pavel et Sergei avaient fait preuve de cran à un moment décisif, il avait été obligé de se rabattre sur un plan élaboré à la hâte, qui les avait certes sortis de Chine sains et saufs, mais les condamnait visiblement à la panne de carburant à plusieurs centaines de kilomètres de la frontière américaine. Ils allaient devoir se poser au milieu de nulle part et improviser. Il devait avoir le sentiment qu'on lui avait offert une occasion incroyable, et qu'il l'avait gâchée ; mais il n'avait pas eu trop le choix. Zula percevait nettement le conflit dans la tête de Jones, entre l'ingénieur occidental de formation universitaire et le fondamentaliste musulman ; le premier voulait exécuter des plans préparés avec soin, tandis que le second voulait seulement tout envoyer valser et faire confiance au destin. La plupart de ses camarades étaient des fatalistes et regardaient ses décisions d'un œil soupçonneux.

Elle commença à réfléchir à ce dont elle aurait besoin pour survivre dans le Nord du Canada à cette époque de l'année. L'hiver était fini, mais il allait faire froid tout de même. Elle ne savait pas si les djihadistes avaient chargé des vêtements d'hiver avec le reste de leur matériel dans la soute. Cela semblait peu probable, étant donné que l'opération qu'ils préparaient à l'origine devait se dérouler à Xiamen, une zone hyper urbaine située à la même latitude qu'Hawaii. D'un autre côté, ils avaient passé du temps sur un bateau de pêche, or on y trouvait en général des équipements contre les intempéries.

Donc ils auraient peut-être de quoi se couvrir ; mais Zula n'avait rien, à part les draps et couvertures de sa cabine. Que les autres confisqueraient de toute façon dès qu'ils en auraient besoin. Et dans tous les cas, elle n'avait rien à se mettre aux pieds, à part la paire d'imitations Crocs qu'on lui avait donnée à Vladivostok, et si elle sortait chaussée ainsi, elle serait, en très peu de temps, paralysée puis mutilée par les engelures. Tout ce qu'elle pouvait faire, c'était déchirer les couvertures et les enrouler autour de ses pieds, puis remettre les Crocs par-dessus. C'était mieux que rien. Mais cela aurait été plus facile avec un couteau.

Elle avait toujours trouvé les hommes de sa famille un peu ridicules avec leur obsession pour les fusils et les couteaux. Mais elle devait bien reconnaître que la possession d'un couteau était assez pratique, de bien des façons. Elle se mit donc en quête d'objets susceptibles d'être convertis en couteaux dans la cabine. Elle pensa d'abord exploser l'écran en verre du poste de télévision, en retirer un éclat et bricoler une poignée en l'enveloppant à un bout dans une bande de drap. Cela devrait marcher, se dit-elle, mais ça ferait beaucoup de bruit et ce serait difficile à cacher. Par ailleurs, la qualité des couteaux obtenus risquait d'être très inégale.

En désespoir de cause, elle avait choisi simplement de voler un couteau dans la kitchenette : une alcôve entre les toilettes et le cockpit, dont elle s'approchait à chaque fois qu'elle allait faire pipi. Elle avait conçu l'idée après sa première expédition à l'avant – quand elle avait regardé par les hublots du cockpit pour voir le 747 juste au-dessus d'eux. Elle avait fait un plan pendant sa deuxième expédition et l'avait exécuté pendant la troisième : elle avait réussi à prendre un gros couteau à steak bien lourd dans un tiroir. Elle l'avait fourré dans la poche avant de son jean, perçant la doublure pour que la lame se glisse entre sa jambe et le tissu, tandis que le manche de bois était dissimulé dans sa poche. Avec un couteau à découper, une telle manipulation aurait été insensée, mais le couteau à steak n'était pas assez aiguisé pour faire des dégâts, tant qu'il restait plaqué contre sa peau.

Ce détail lui rappela alors un truc qu'elle avait appris chez les girl-scouts : les jeans étaient les pires des vêtements pour affronter le froid et l'humidité. Le tissu de coton épais se gorgeait d'humidité et perdait son pouvoir isolant.

En tout cas, coincée qu'elle était maintenant dans sa cabine par la colère sourde de Khalid, n'ayant absolument rien à faire, elle décida de tuer le temps en regardant un film. C'était un désir ridicule, mais ce serait peut-être le dernier film qu'elle verrait jamais, et elle ne voyait vraiment pas quoi faire de mieux. L'un des DVD sur l'étagère était *Love Actually*, une comédie romantique vieille d'à peu près 10 ans qu'elle avait vue peut-être vingt fois ; à la fac, elle et ses colocs le regardaient rituellement à chaque fois qu'elles se trouvaient dans un certain état d'esprit. Ce fut donc celui-ci qu'elle choisit.

Le poste de télévision était encastré dans la paroi du fond de la cabine, au pied du lit. Zula avait installé un tas d'oreillers à la tête du lit et s'était mise face à l'écran, autrement dit elle tournait le dos à l'entrée, qui s'ouvrait de l'autre côté.

Au bout de peut-être une heure de film, elle s'aperçut qu'elle n'était pas seule. La porte était entrebâillée. Quelqu'un regardait le film avec elle par l'embrasure.

Sa première réaction fut avant tout la gêne, car le film présentait plusieurs intrigues secondaires à l'humour un peu graveleux, sans doute destinées à être vues comme autoparodiques et ironiques par le public visé, mais que les autres passagers de l'avion risquaient de prendre au premier degré.

Sa position lui causa ensuite un sentiment de vulnérabilité et de malaise : elle était couchée sur un lit. Elle prit la télécommande, appuya sur « pause » et posa les pieds par terre, s'apprêtant à aller voir qui l'épiait par la porte.

Tandis qu'elle se levait, la porte s'ouvrit violemment et la fit retomber sur ses fesses. Ses jambes se heurtèrent au rebord du lit et elle s'étala de nouveau sur le matelas. Khalid entra dans la pièce, referma la porte derrière lui et la verrouilla.

Elle tenta de se redresser, mais il lui administra une violente claque. Elle se recula suffisamment pour diminuer la force du coup, mais un objet dur et coupant la heurta en travers de la joue et la fit tomber de nouveau, des larmes dégoulinant de ses yeux : pas à cause de l'émotion, mais une réaction réflexe au fait d'être frappée au visage. Venait-elle de recevoir un coup de crosse ? Elle leva une main pour s'essuyer les yeux et sentit un objet dur et froid contre son front : le canon d'un revolver. Il ne cessait d'avancer, l'obligeant à rouler en arrière. Elle finit couchée sur le dos, le sommet du crâne contre la cloison du fond, le poste de télé muet et le lecteur DVD au-dessus de sa tête. Le revolver s'éloigna. Elle cligna des yeux pour en chasser les larmes et vit le canon de l'arme braqué sur elle à peut-être cinquante centimètres. Khalid la tenait de la main droite ; avec la gauche, il défit son pantalon et le baissa. Un pénis en érection complète en jaillit. Zula n'était pas une grande experte en matière de pénis, mais elle savait qu'il fallait au moins quelques instants pour que l'organe durcisse à ce point ; Khalid avait dû se tenir derrière la porte pendant un moment, se préparant à l'assaut. Tous les autres hommes dans la cabine avaient dû s'endormir.

Le revolver était ridicule. S'il appuyait sur la gâchette, l'avion se dépressuriserait. Elle se demandait s'il comprenait bien ça. Mais elle était obligée de parier sur l'étendue de sa stupidité. Une fois que la balle lui aurait traversé la tête, elle n'aurait pas le loisir d'apprécier la satisfaction de voir ces hommes perdre conscience sous l'effet du manque d'oxygène.

Maintenant que les intentions de Khalid étaient claires, Zula ne désirait rien tant que d'éloigner de lui le plus possible sa zone pelvienne. Mais elle était coincée au fond de la cabine. Elle planta les coudes dans le matelas, se redressa, se recula et mit ses mains sous elle, se ramenant en position assise. Khalid interpréta son geste comme un manque de coopération et devint furieux. Il se jeta en avant, coinça un genou sur le lit entre les siens et tira sur le haut de son jean. Elle repoussa sa main. Il commença le geste de lui asséner une claque au visage. Elle bloqua l'attaque d'un bras, mais sa puissance la força à se décaler sur le côté et sa tête alla rebondir contre la façade du lecteur DVD. Il y eut un déclic derrière son crâne, et elle entendit le bruit du DVD éjecté de sa fente.

Pendant ce temps, Khalid profitait de sa confusion pour défaire son jean. Il tirait sur la taille pour essayer de le lui arracher, mais cela ne marchait pas. En partie parce qu'il ne se servait que d'une main. Mais aussi, comprit Zula, en partie parce que le couteau à steak était calé contre sa cuisse et rendait impossible de retourner le pantalon. Il tirait fort, brutalement, et la secouait dans tous les sens. Elle leva les bras afin de prendre appui contre la paroi derrière elle pour éviter d'être assommée. Sa main gauche effleura le DVD éjecté.

Peter dans la taverne au Schloss. Quand il a cassé le DVD en deux et qu'il s'est coupé la main.

Khalid semblait avoir perdu la patience de tout faire d'une main ; il effectua une manipulation sur son revolver – remettre la sécurité ? – et le jeta derrière lui. Il tomba lourdement sur la moquette juste devant la porte. Il se mit à manœuvrer nettement plus vite pour faire glisser le jean de Zula de sa taille et de ses fesses. Le couteau roula sur lui-même et fit une longue estafilade sur sa cuisse.

Tandis qu'il était concentré sur sa tâche, Zula avait retiré le DVD de l'appareil et l'avait plié entre le pouce et les doigts de sa main gauche, presque en forme de U. Elle n'osait pas le briser d'un coup sec – cela ferait du bruit, il entendrait.

Le jean couvrait maintenant l'espace entre ses cuisses et formait une barrière à la progression de Khalid. Il n'avait fait que se mettre de nouveaux bâtons dans les roues. En regardant sa vulve, exposée mais momentanément intouchable, il vit la lame du couteau à steak qui dépassait de sa poche.

Il laissa échapper un cri de rage. Il se remit debout et tira violemment sur le jean à plusieurs reprises, retournant complètement les jambes du vêtement. Comme elle rebondissait sur ses fesses, elle glissa la main dessous et s'abattit de tout son poids sur le DVD plié. Elle le sentit se briser en deux, mais le bruit fut étouffé par le matelas et la chair.

Le jean pendouillait maintenant à ses chevilles, et le couteau était trop loin pour songer à s'en emparer. Khalid ramassa le tas, mit la main dans la poche et en tira l'arme, triomphant. Puis il s'avança, introduit un genou entre les siens et se pencha en avant pour plaquer une main contre son menton. Il poussa sa tête en arrière et plaça la lame du couteau sur sa gorge.

Zula choisit cet instant pour abattre son bras comme une faux aveugle, visant le pénis de Khalid avec le coin tranchant d'une moitié de DVD.

Elle avait touché quelque chose, c'était certain. Il ramena instinctivement les deux mains sur son entrejambe, abandonnant le couteau à steak sur le ventre de Zula.

Comme il n'y avait plus rien pour soutenir le poids de son torse, sa tête se mit à basculer en avant. La stupéfaction lui faisait sortir les yeux de la tête – bien pratique pour Zula qui souleva brusquement les deux mains, visant chaque œil avec un morceau de DVD.

Un instinct lui dicta de fermer les yeux afin de ne pas voir le résultat de son geste. Mais elle entendit un hurlement de Khalid et le sentit tomber à la renverse.

Lâchant les deux moitiés de DVD, elle tendit une main fébrile vers le couteau sur son ventre, mais ne réussit qu'à le faire tomber ; il rebondit sur le lit et glissa dans l'interstice entre le matelas et le mur.

C'était aussi bien. L'important, c'était le revolver. Elle se laissa tomber du lit et avança vers la porte, à l'endroit où, pensait-elle, le revolver avait dû finir sa course. Juste à côté d'elle, Khalid se tâtait le visage en hurlant.

Elle repéra le revolver et plaqua une main dessus juste au moment où quelqu'un enfonçait la porte à coups de pied. Cette dernière s'ouvrit brusquement, coinçant sa main armée contre le mur.

Elle était maintenant allongée presque de tout son long sur le sol, entravée par son jean baissé, une main libre, l'autre tenant un pistolet semi-automatique dont le fonctionnement ne lui était pas familier, coincée entre la porte et le mur, cachée aux regards, mais également immobilisée.

C'était un des soldats qui avait ouvert la porte. Il s'appuyait maintenant contre, emprisonnant son bras. Abdallah Jones, juste derrière lui, regardait par-dessus son épaule. Tout le monde criait.

Zula entreprit d'explorer les réglages du revolver du bout des doigts, essayant de deviner quelle protubérance pouvait être la sécurité. Elle ne voulait pas enclencher l'éjection du chargeur par erreur. En général, la sécurité était placée de telle sorte que le pouce droit puisse l'atteindre facilement. Elle trouva un bouton qui semblait faire l'affaire et l'actionna.

Jones posa une main sur l'épaule de l'homme qui bloquait la porte et l'écarta de son chemin, puis il entra dans la cabine, se laissa tomber à genoux, à califourchon sur Khalid. Cela faisait beaucoup de monde dans ce petit espace. Tous ignoraient Zula pour l'instant. Elle se redressa en position assise, s'appuyant contre la porte qui se claqua. Ce qui déclencha une nouvelle rafale de cris et de coups frénétiques de l'autre côté. Zula regarda le revolver pour vérifier qu'il était armé; elle supposa que oui, même si elle ne connaissait pas bien ce modèle. Khalid était assis à environ un mètre vingt d'elle, de profil, les genoux contre la poitrine, les mains sur le visage. Jones était assis face à lui, il lui parlait avec passion, essayant de le convaincre de retirer ses mains pour qu'il puisse voir les dégâts.

Zula pointa l'arme au centre du torse de Khalid et lui tira trois balles dans le cœur et les poumons, selon son estimation.

Un bruit énorme, strident dominait tout: ses oreilles qui sifflaient ou le son de l'air qui s'échappait par les trous que les balles avaient creusés dans le fuselage. Peut-être les deux. Un objet volumineux vola dans sa direction: Jones avait réagi en arrachant le duvet du lit pour lui jeter au visage. En même temps, la pression sur son dos devint immense. L'air s'échappait de la cabine, et la pression plus importante à l'avant de l'avion forçait l'ouverture de la porte. Elle tira une nouvelle balle dans la direction d'où elle pensait que Jones risquait de surgir, mais soudain tout le poids du djihadiste s'abattit sur son bras armé, qu'il cloua au sol, et elle se retrouva écrasée entre son corps et la porte. Son genou se posa sur le milieu de la poitrine de Zula. De sa main libre, elle écarta la couverture. Jones n'était pas blessé. Il se tenait au-dessus d'elle et attrapait un objet jaune qui pendait du plafond. Elle mit un certain temps à comprendre de quoi il s'agissait, car elle y voyait flou, mais elle comprit soudain: un masque à oxygène. Jones le tira à lui, le plaça sur sa bouche et son nez, et coinça l'élastique sur sa nuque.

Puis il baissa les yeux sur elle.

Les instructions sur la brochure de sécurité disaient que chaque passager devait d'abord mettre le masque sur son propre visage, puis venir en aide à toute personne de son entourage qui en avait besoin. Jones avait appliqué la première partie à la perfection, mais, à présent, il se contentait de la regarder avec intérêt tandis qu'elle perdait connaissance.

Tandis que Sokolov marchait dans l'eau en direction du son du bateau, il se mit à envisager toutes les façons dont cette opération risquait de mal tourner – ou *d'avoir déjà* mal tourné. Il avait toujours réfléchi de cette manière, d'aussi loin qu'il s'en souvenait. Cette tendance s'était accentuée au millième pendant son séjour dans l'armée et elle l'avait suivi sans peine dans la sécurité privée. Si le monde avait été dirigé par des consultants en sécurité, on n'aurait plus eu besoin de militaires, car toutes les contingences possibles susceptibles de conduire à l'application de la violence auraient été anticipées et prises en charge bien avant de dégénérer en véritables guerres. Ou, du moins, c'est ce qu'il s'était toujours dit pour justifier à ses propres yeux le choix de sa seconde carrière.

Le fait que la visibilité était tombée à largement moins de cent mètres était à la fois une bonne et une mauvaise chose. C'était une bonne chose que Sokolov puisse rejoindre la navette et monter à bord sans risquer d'être vu par des espions à terre. C'était une mauvaise chose qu'il ne puisse voir l'arrivée de son bateau. Dans le taxi, il avait posé plusieurs questions à « George Chow » : comment il avait préparé ce plan, sur quels critères il avait choisi précisément ce batelier-ci, s'il avait pu être observé ou suivi par des agents de la police chinoise. George Chow s'était montré confiant (un peu trop au goût de Sokolov) : tout s'était déroulé à la perfection. Une telle confiance en soi, en elle-même, s'avérait souvent funeste. Sokolov ne savait rien de George Chow et de son expérience de ce genre de situations ; il ne savait pas non plus à quel degré les autorités du continent avaient infiltré la police et les forces de sécurité de cette île, et il lui semblait donc plus sûr de supposer que Chow avait été suivi depuis l'hôtel ou (plus facile et moins coûteux) observé sur les caméras de surveillance tandis qu'il traversait Jincheng pour aller engager un batelier sur les quais. Si c'était le cas, il aurait été très facile pour un agent du continent d'aller parler au même homme aussitôt Chow reparti et, par un mélange de corruption et de menace, de lui faire cracher ce qu'il savait.

(« Qu'est-ce qu'il sait, le batelier ? avait demandé Sokolov dans le taxi. – Sûrement qu'il doit faire monter quelqu'un à bord à un endroit donné et à une heure donnée, avait répondu Chow, sur le siège avant. – C'est à vous de lui dire où vous allez. »)

Quoi qu'il en soit, le bateau qui l'attendait au point de rendez-vous enregistré sur le GPS que Chow lui avait confié pouvait très bien être plein d'hommes venus du continent le matin même dans le but express de le retrouver et de le tuer ou de le ramener en république populaire de Chine pour un interrogatoire et Dieu sait quel autre traitement.

Si cette éventualité se présentait et débouchait sur un échange de coups de feu (ce qui serait certainement le cas si Sokolov avait son mot à dire), qu'iraient penser Olivia et George Chow du spectacle (ou du son, car ils ne pourraient le voir) ? Une série de coups de feu, nettement assourdis par le bruit des vagues qui cherchaient leur chemin entre les milliers de doigts rocheux qui hérissaient le sable. Même si Olivia était assez inconsciente pour tenter de s'aventurer dans l'eau pour aller voir ce qui se passait, elle ne trouverait rien ; le bateau serait parti. Au maximum, il y aurait un ou deux cadavres flottant sur l'eau, mais il était extrêmement peu probable qu'elle tombe sur une preuve si flagrante. Le plus vraisemblable, c'était que l'issue demeurerait un mystère pour elle et George Chow et que, effrayés, ils se dépêcheraient de se rendre à l'aéroport pour quitter l'île.

Dans le taxi, Sokolov avait demandé à George Chow ce qui se passerait lorsqu'il arriverait au bout du voyage, à Long Beach. Chow l'avait assuré que des agents bienveillants du gouvernement américain monteraient à bord du porte-conteneurs et l'emmèneraient discrètement en lieu sûr afin de recueillir toutes les informations qu'il détenait sur Abdallah Jones et de l'assister dans les formalités des services d'immigration.

Mais Sokolov n'avait aucun intérêt à être ainsi accueilli, interrogé et assisté. Il possédait déjà un visa B-1, qui lui donnait le droit d'entrer sur le territoire américain quand il le voulait. S'il devait s'introduire aux États-Unis en douce sur un porte-conteneurs, la pire chose qu'on pourrait lui reprocher, c'était de ne pas avoir fait tamponner son passeport en entrant dans le pays : un problème en théorie, mais si véniel et si lointain qu'il ne semblait pas mériter son attention pour l'instant. Il avait déjà donné à Olivia toutes les informations utiles qu'il possédait sur la position d'Abdallah Jones, et un nouveau débriefing à LA se concentrerait inévitablement sur des sujets qui, si on les développait, ne pourraient que lui compliquer la vie, tels Ivanov et Wallace, et ce qui s'était passé le matin précédent dans l'immeuble de Xiamen. Si les autorités américaines pensaient qu'il était tombé dans une embuscade dans la brume et le brouillard au large de Xiamen, de telles complications lui seraient épargnées.

Il y avait aussi la question d'Olivia.

Sokolov aimait beaucoup Olivia et il voulait son bonheur. Il avait lu sur son visage qu'elle refusait d'être honnête avec elle-même quant à la nature de la relation qu'elle avait eue avec Sokolov, qui était très clairement (pour Sokolov en tout cas) basée sur une simple attraction animale. Parfois, on rencontrait quelqu'un et, d'instinct, on avait envie de baiser à mort. Ça avait quelque chose à voir avec les phéromones, ou un truc comme ça. La plupart du temps, la sensation n'était pas réciproque, mais il arrivait que si et, dans ces cas-là, les choses se produisaient avec une soudaineté et une intensité qui ne pouvaient que troubler quiconque était persuadé que sa vie *avait un sens*. Mais ça n'allait pas plus loin que ça. Ils s'étaient bien amusés dans le bunker et ils auraient sans doute pu s'amuser encore un peu si les circonstances les avaient placés ensemble en lieu sûr. Mais ce genre de relation avait peu de chances de durer. Olivia, femme extrêmement cultivée et rationnelle, avait du mal à admettre qu'elle était le genre de personne capable de se lancer dans ce type d'aventure, et, même en un moment pareil, elle mettait son cerveau puissant à contribution pour inventer une histoire selon laquelle cela allait en fait beaucoup, beaucoup plus loin que ça. Si le hasard avait fait qu'ils aient vécu dans la même rue ou travaillé dans le même bureau, elle aurait été obligée de traverser un processus long et difficile, et, au final, douloureux, pour parvenir à accepter le fait qu'il s'agissait d'une attirance purement animale, qui ne constituait absolument pas une base pour une vraie relation.

Par chance, la situation qui se présentait était un peu plus simple que ça. Même si le rendez-vous avec le bateau et avec le porte-conteneurs se déroulait parfaitement, ils ne se reverraient sans doute jamais. Mais si Sokolov était tué dans une embuscade dans la brume épaisse du large de Kinmen, elle pourrait fermer la porte sur cette aventure incroyablement gratifiante mais sans avenir et vivre heureuse et sans regrets, ainsi que Sokolov le lui souhaitait ardemment.

Ainsi, en approchant du son du moteur du bateau, Sokolov conçut un plan, qui lui sembla très carré sur le moment, pour simplifier grandement sa vie future et celle d'Olivia en faisant lui-même feu à plusieurs reprises. Il allait effrayer le batelier, mais il pensait pouvoir aplanir ce problème sans grande difficulté. Une fois qu'ils seraient arrivés au rendez-vous avec le porte-conteneurs, il se débrouillerait pour amener le capitaine à prétendre que ce rendez-vous n'avait jamais eu lieu – le bateau transportant Sokolov ne s'était pas présenté et Sokolov n'était jamais monté à bord de son vaisseau. Deux semaines plus tard, Sokolov débarquerait discrètement à Long Beach et ferait jouer des contacts dans cette ville pour disparaître pendant quelque temps. Puis il retournerait à Toronto, d'où il était parti. Un examen attentif de son passeport révélerait peut-être quelques incohérences, mais il n'avait jamais vu personne prêter grande attention à ces détails.

Comme il s'approchait de l'endroit où le bateau l'attendait, il sortit ses deux armes, d'abord le Makarov, puis la mitraillette qu'il avait prise la veille à un djihadiste. Il vérifia qu'elles étaient prêtes à faire feu, ce qui était sans doute plus prudent de toute façon. Il se disait que s'il essayait de simuler les sons d'une bataille, il serait plus convaincant en tirant quelques coups de revolver et une ou deux rafales de mitraillette. Il attendrait, bien sûr, d'être en sûreté sur le bateau, pour éviter de faire fuir le batelier. Pour la même raison, il ne voulait pas émerger de la brume avec une arme dans chaque main : il replaça le Makarov dans son holster spécial et mit la mitraillette sur son épaule.

Il avait maintenant de l'eau jusqu'à la poitrine ; c'était suffisant pour supporter une embarcation un peu conséquente. Sokolov s'y enfonça de façon que seul le sommet de son crâne dépasse de l'eau, ce qui n'était pas chose facile avec les vagues qui déferlaient constamment sur lui. Il entama son approche finale en se faufilant d'un pilier couvert de coquillages à l'autre. Il entendait la coque du bateau qui frottait contre l'un d'eux à quelques mètres tout au plus.

Finalement, la vision se précisa : une ombre allongée qui chevauchait les flots. Comme il s'approchait, l'ombre se mua en une ligne d'épais O noirs : les pneus accrochés sur les flancs du bateau, la seule chose qui l'empêchait d'être fendu par les piliers de pierre. Le batelier était assis bien droit à la poupe, il attendait, se demandant quand le mystérieux passager allait faire son apparition. Une échelle de corde blanche avait été descendue à bâbord, vers la proue ; c'était le coin le plus près du rivage, et le batelier avait dû penser que Sokolov arriverait de ce côté-là et qu'il serait content qu'on lui facilite la tâche.

Mais les pneus semblaient capables d'offrir suffisamment de prises et d'appuis pour se hisser à bord, et Sokolov ne voyait pas l'intérêt d'arriver du côté où on l'attendait. Il consacra quelques instants à contourner la proue du bateau, nageant à demi maintenant, et s'approcha suffisamment pour pouvoir bien examiner le pneu et les boucles de corde qu'il s'apprêtait à utiliser pour monter à bord. Puis il respira un grand coup, plongea sous la surface et parcourut les derniers mètres sous l'eau.

Lorsqu'il vit le coin de la coque au-dessus de lui, il ramena ses genoux contre sa poitrine, se laissa couler au fond, puis jaillit à la surface avec toute la force qu'il put rassembler. Ses mains sortirent de l'eau les premières et firent levier sur la chape d'un pneu. Il souleva un pied et prit un appui ferme sur la jante du pneu, puis plaça ses mains sur la corde à laquelle était suspendu le pneu, puis tira avec ses bras et poussa avec ses pieds : il s'éleva au niveau du plat-bord et passa sa jambe libre à l'intérieur du bateau. Pendant un instant, même si son élan l'entraînait encore en avant, il se retrouva à califourchon sur le plat-bord. Le batelier se retourna pour déterminer la source de ces éclaboussements intempestifs. Sokolov croisa brièvement son regard, puis regarda vers la partie cargaison à l'avant et vit trois hommes armés à plat ventre, qui regardaient tous en direction de la fameuse échelle de corde.

Il était trop tard pour contrer l'élan qui l'emportait par-dessus le plat-bord, et la manière dont il avait passé une jambe par-dessus le rebord pour la planter sur le pont l'obligeait maintenant à continuer sa pirouette. Il fit pivoter son pied avant et tira son autre jambe à l'intérieur du bateau, tournant le dos aux hommes armés pendant une fraction de seconde. Ce mouvement fit voler la mitraillette sur sa bandoulière. Il s'immobilisa fermement sur le pont, et l'arme fit le tour de son torse et se retrouva devant lui. Il la saisit à deux mains, mit un genou à terre et tira une rafale de mitraillette dans les fesses de l'homme le plus près de lui. Une demi-douzaine de balles pénétrèrent dans le corps de la cible par le pelvis et remontèrent dans ses viscères, en direction de son cerveau. Un deuxième homme se souleva sur un coude et regarda en arrière pour voir ce qui se passait. Sokolov lui anéantit le visage. Le troisième homme, plus près de la proue, bondit sur ses pieds et plongea dans le même mouvement par-dessus la proue du bateau, poursuivi par une bordée de balles de mitraillette. Sokolov laissa tomber l'arme au bout de la bandoulière et poussa son Makarov hors de son holster. Il se tourna vers le batelier épouvanté et désigna le large. Puis il se jeta à plat ventre, rampa le long du bateau, contournant les deux blessés qui se tordaient faiblement en rendant l'âme, et regarda entre deux pneus pendant une seconde avant de retirer sa tête. Trois coups retentirent à quelques mètres : le troisième larron, qui tirait sans doute sur lui caché derrière un de ces piliers de pierre. Sokolov tira quelques balles à l'aveugle pour dissuader l'homme de s'exposer. Il entendit le moteur accélérer et le sentit ronfler sous sa poitrine. Lorsqu'il releva une nouvelle fois la tête pour jeter un œil, les poteaux avaient tous disparu dans la bruine, qui dégénérait maintenant en pluie. Le batelier continua en marche arrière jusqu'à ce qu'ils soient suffisamment loin de la côte, puis fit demi-tour et fila droit vers le large.

Les coups de feu étaient automatiquement engloutis dans la rumeur et le clapotis de la marée montante, et le bourdonnement du moteur diminua et disparut à mesure que le bateau prit quelques distances avec l'île. Olivia retint une impulsion ridicule de crier le nom de Sokolov. Elle rassembla ses pieds sous elle et resta accroupie sur le sommet plat du pilier pendant une minute environ, les mains en coupe sur les oreilles, s'efforçant d'entendre – quoi ? – un appel au secours ? Des râles d'agonie ? Des éclats de talkie-walkie ? Mais il n'y avait rien, et elle finit par se demander si elle avait vraiment entendu quelque chose.

Un instinct de loyauté, si ridicule soit-il, lui dictait de marcher dans l'eau jusqu'au son des coups de feu. En baissant les yeux, elle vit qu'il lui faudrait maintenant nager, et que les vagues allaient la ballotter comme une balle de pachinko contre les piliers recouverts de bernacles et de coquilles d'huîtres tranchantes comme des rasoirs. Il n'y avait qu'une seule ligne de conduite possible, et c'était de tourner le dos à ce qui venait de se passer et de retourner vers le rivage. Et elle devait s'exécuter sur-le-champ, avant que l'eau ne monte davantage.

Elle releva sa robe au-dessus de sa taille – même si cela n'allait pas l'aider énormément –, retira sa culotte, et, voulant garder les mains libres, passa un bras dans l'une des ouvertures et glissa le sous-vêtement au niveau de son épaule, où il ne devrait pas bouger. Elle sauta du poteau dans l'eau, qui lui arrivait au nombril, et se mit à marcher en direction de la plage. Quelque spéculation était indispensable car l'atmosphère était devenue d'un blanc opaque, un brouillard salé mêlé de petites gouttelettes de pluie, et il était impossible de voir le moindre repère, et encore moins le soleil. Les vagues créaient des courants tourbillonnants et imprévisibles en avançant parmi les piliers, et ses jambes manquèrent plusieurs fois se dérober sous elle. Elle passa d'un pilier à l'autre, gardant une main en avant pour s'équilibrer, mais essayant d'éviter tout contact appuyé entre sa peau et ces poteaux dentelés par les coquillages coupants. Au départ, elle eut peur de s'être trompée de direction, mais, assez vite, elle remarqua que l'eau lui lapait maintenant les fesses, plus le haut des cuisses, et l'avancée se fit plus facile. Elle retournait bien vers George Chow, approximativement, du moins.

Elle commença alors à se demander si elle voulait *vraiment* trouver George Chow.

L'explication la plus paranoïaque qu'elle pouvait trouver pour les événements de la demi-heure qui venait de s'écouler, c'était que Chow n'était pas du tout un agent du MI6, mais un agent chinois (ou un agent double, ce qui reviendrait au même) qui l'avait embobinée en lui faisant croire qu'il allait les aider, elle et Sokolov, à se rendre en lieu sûr. À la place de quoi il avait expédié Sokolov droit dans un piège.

Plus elle y réfléchissait, toutefois, moins elle privilégiait cette théorie. Chow devait être un véritable agent du MI6, mais une des deux choses suivantes devait être vraie :

1. Il avait été suivi ou dénoncé au cours de ses premiers déplacements à Jincheng, et certains des agents chinois qui étaient venus ce matin par le ferry attendaient Sokolov dans le bateau.

2. Le MI6 voulait en fait la mort de Sokolov et avait engagé un tireur local pour l'exécuter.

La deuxième solution semblait elle aussi un peu paranoïaque. Mais à n'en pas douter, Sokolov représentait, pour le MI6, un élément d'incertitude extrêmement néfaste et dangereux. De plus, Olivia pouvait tout à fait imaginer que le gouvernement chinois ait pris contact avec le gouvernement britannique par des canaux top secret pour dire : « Nous sommes extrêmement fâchés de ce qui s'est produit hier à Xiamen et nous voulons voir des têtes tomber sur-le-champ ; sans quoi nous allons vous faire la vie dure. » En d'autres termes, le MI6 avait pu accepter de se débarrasser de Sokolov en échange du maintien du *statu quo* préexistant avec leurs homologues chinois.

Ce qui soulevait une question : Olivia était-elle aussi un élément d'incertitude qu'il s'agissait d'éliminer en vertu du même accord secret ?

Elle supposa que non, pour la simple raison que, juste avant de l'embrasser pour lui dire au revoir, Sokolov lui avait donné les informations dont le MI6 avait besoin pour essayer de retrouver Abdallah Jones.

« Vous les avez ? » fut la première chose que lui demanda George Chow lorsqu'elle approcha de la voiture. Le caractère direct de la question, qui contrastait tellement avec son habituelle retenue britannique, ne fit rien pour apaiser les soupçons d'Olivia.

Elle s'était arrêtée un instant au bord de l'eau, hors de sa vue, pour remettre sa culotte et rabaisser convenablement sa robe. Le plus grand compliment qu'on aurait pu lui faire en l'état, c'était qu'on ne voyait pas son cul. Mais Chow, qui était resté là pendant tout ce temps pour veiller sur son sac et ses chaussures, eut le tact d'éviter de la regarder directement.

« J'ai toutes les informations qu'il a, dit-elle. Ou je devrais peut-être dire qu'il *avait*. »

Chow la regarda bouche bée, déconcerté.

Elle tourna la tête vers le large, essayant de deviner s'il feignait seulement la surprise. Était-il possible qu'il n'ait pas entendu les coups de feu ? Le son se déplaçait étrangement par des journées comme celle-ci et dans ce genre d'endroits. Après tout, il avait très bien pu rester dans le taxi, fermer les portières et remonter les vitres pour s'abriter de la pluie, auquel cas il était tout à fait plausible que les bruits lui aient échappé.

En tout cas, elle n'avait pas l'intention de lui fournir des renseignements utiles avant d'être en sûreté – si possible à Londres. « On y va ? dit-elle, attrapant brusquement la poignée de la portière du taxi avant que Chow n'ait le temps de lui ouvrir la porte. Je crois que ce n'est pas prudent de traîner dans les parages. »

Il monta à côté d'elle et lui jeta des regards pleins de curiosité tandis que le taxi effectuait un virage en U et prenait la direction de l'aéroport. Elle regarda droit devant elle pendant quelques minutes, puis, enfin, se tourna pour le dévisager. « Vous avez quelque chose à me dire ? demanda-t-elle.

– Vous allez devoir m'éclairer.

– Si vous travaillez pour les Chinois, abattez-moi tout de suite. Sinon, essayez de piger un peu ce qui se passe parce que sinon vous êtes carrément pire qu'inutile, putain !

– Olivia ! s'exclama-t-il d'une voix de professeur offensé. À ma connaissance, tout s'est déroulé exactement comme prévu. Si vous avez de meilleures informations, j'aimerais bien...

– Oh, je n'en doute pas ! Ce que je ne sais pas, c'est *ce que c'était, au juste, ce foutu plan, bordel !?* »

Ces mots le réduisirent au silence jusqu'à leur arrivée à l'aéroport – qui n'était pas bien loin, étant donné la taille de l'île. Puis ils durent s'affairer aux guichets, aux postes de contrôle et dans les aires d'embarquement. Il essaya de l'attirer dans un coin éloigné pour qu'ils puissent parler, mais elle ne voyait pas l'intérêt de lui dire quoi que ce soit avant qu'ils aient mis plus de distance entre la Chine et eux.

Ils prirent le premier vol pour Taipei.

Là, George Chow la suivit jusqu'à l'aire d'embarquement de son prochain vol, à destination de Singapour. De là, elle devait prendre un vol sans escale pour Londres.

Apparemment, il avait reçu des informations par téléphone. Elle espérait qu'ils utilisaient un code indéchiffrable.

« M. Y n'est jamais arrivé.

– Jamais arrivé où ?

– Sur le porte-conteneurs pour Long Beach.

– Il aurait fallu qu'il soit bien con pour embarquer sur ce bateau, étant donné...

– C'est une bonne chose, ajouta Chow, car le bateau a été rattrapé et fouillé par la marine chinoise en sortant du port.

– Donc toute l'opération a foiré.

– Oui, et il semble que vous étiez au courant depuis le tout début. »

Merde ! Il essayait de lui coller ça sur le dos, maintenant.

« Vous essayez sérieusement de me dire que vous n'avez pas entendu le règlement de comptes à OK Corral, à la plage.

– Je n'ai rien entendu. Mais si vous avez entendu quelque chose, vous auriez dû m'en informer pour qu'on puisse...

– S'assurer que vous terminiez correctement le boulot ?

– *Quoi !?*

– Ou donner à ce pauvre mec encore plus d'assistance professionnelle ? »

Silence.

« Il s'en sortira mieux tout seul, dit-elle, si toutefois il est toujours en vie. Même si, quand j'y réfléchis, il y a peu de chances que ce soit le cas. »

George Chow commençait à voir rouge.

Non pas qu'Olivia ait été exactement en position de lui jeter la pierre.

« Je n'avais pas réalisé jusqu'à maintenant, dit-il, à quel point vous en aviez fait une affaire personnelle. »

Elle réfléchit à ces mots pendant une demi-minute et dit d'une voix calme : « Je regrette juste qu'on n'ait pas fait un meilleur boulot.

– C'est un regret courant, dans notre activité. Bienvenue dans le métier.

– Je dois y aller pour l'embarquement.

– *Bon voyage*[1], dit-il. Videz une pinte pour moi, d'accord ?

– Je vais sans doute en vider plus d'une. »

À son réveil, Zula était ligotée à l'aide, supposa-t-elle, de draps déchirés. Une taie d'oreiller avait été placée sur sa tête avec un lien bien ajusté mais pas trop serré. Une lumière froide et rose filtrait au travers. En se tortillant pour presser son visage contre les objets autour d'elle, elle en eut la confirmation : la lumière venait des hublots de l'avion.

La lueur se mit à fluctuer, s'allumant et s'éteignant. Les moteurs peinaient. Quelque chose cogna contre le dessous de l'avion, ou l'inverse, et ils rebondirent, puis coulèrent et heurtèrent de nouveau quelque chose, avant d'entreprendre l'atterrissage le plus chaotique que Zula eut jamais vécu. Tandis qu'ils s'arrêtaient avec un choc brutal, le bruit et le hurlement déclinant des moteurs furent noyés sous les cris de « Allah Akbar ! » puis par une série de chocs sourds, comme si une bagarre avait lieu à l'avant.

1. En français dans le texte.

Quelqu'un entra. Jones. Elle avait mémorisé son odeur et sa manière de se mouvoir. Il coupa les liens qui rattachaient ses chevilles à ses poignets. Puis il la prit par les pieds, la tira sur le rebord du lit et la mit en position assise. Il détacha le cordon autour de son cou et retira la taie d'oreiller. Elle cligna des yeux et secoua la tête, souffla du coin de la bouche pour écarter une mèche de ses yeux. Il aurait pu l'aider mais préféra l'observer d'un œil amusé.

Une branche de pin couverte de neige se pressait contre le hublot de l'avion.

Khalid était toujours étendu sur le flanc, par terre. La quantité de sang dépassait ses espoirs les plus fous. Jones, les pieds dans la flaque visqueuse, la dévisageait.

« Pavel et Sergei sont morts, annonça-t-il.

– À cause du crash ou… ?

– Pavel, je dois dire, a succombé à une énorme branche d'arbre qui a traversé le pare-brise et lui est rentrée dans la gorge. Sergei s'en est mieux sorti jusqu'à ce qu'un de mes collègues entre dans le cockpit avec un grand couteau pour l'achever. »

Il l'observa attentivement tandis qu'elle visualisait la petite scène.

« Vous saviez que ça devait arriver. Et vous comprenez pourquoi. C'étaient d'anciens membres de l'aviation russe, vous savez. Leur boulot, c'était d'arroser de napalm les gens comme moi. Touchant qu'ils vous aient incluse dans leur petit marché. Je dois accorder ça aux Russes. J'ai beau les détester et rêver de stériliser tout le pays, c'est vrai qu'ils savent traiter les femmes. »

Zula le regarda dans les yeux. Faisant la comparaison qui s'imposait.

« Ce qui nous ramène à vous », reconnut-il avec un soupir. Il se détourna légèrement, révélant un pistolet semi-automatique dans sa main droite. Elle tressaillit, et il leva aussitôt l'arme pour la mettre en joue. On avait inculqué l'étiquette du maniement des armes à Zula avec un tel soin que le fait d'avoir une arme pointée sur elle était bien plus choquant pour elle que pour quelqu'un qui n'aurait pas été habitué aux armes à feu. « Ça m'a fait très plaisir de faire votre connaissance, dit Jones, comme s'il lui disait au revoir sur un quai de gare. Je le pense vraiment. Dans un monde parfait – non, dans un monde *meilleur* –, je vous dirais maintenant quelque chose comme : "Zula, voulez-vous bien accepter l'islam et vous faire moudjahid afin de combattre à nos côtés ?", et vous répondriez : "Bien sûr, j'ai vu la lumière de l'islam", c'est ce qui se produirait. Le problème avec ce scénario, c'est qu'il y a quelques heures à peine, vous vous êtes engagée avec une sincérité raisonnablement crédible à vous montrer docile et coopérative, et peu de temps après, vous avez tué mon bras droit avec un DVD. »

Elle détourna les yeux. Est-ce que cela avait un sens de se sentir coupable ?

« *Love Actually*, en plus – un film pour lequel j'ai toujours secrètement eu un faible, mais que je ne pourrai plus jamais regarder tout à fait du même œil. Et c'est pourquoi, bien que ça me fasse horreur, je vais maintenant devoir, pour le bien de la cause...

– Mon oncle possède 600 millions de dollars », dit Zula.

Il s'arrêta net.

« Vraiment, dit-il au bout d'un moment.

– Vraiment. Si vous ne me croyez pas, vérifiez. Et si je mens, vous pouvez m'administrer le traitement de Khalid.

– Vous voulez dire ce que vous lui avez fait ou ce qu'il a fait à la maîtresse d'école ? »

Zula ne sut que répondre.

« Parce que je suis parfaitement capable de faire l'un ou l'autre, ou les deux, avec ou sans votre consentement.

– C'est vrai », insista-t-elle.

Il hésita un instant. Puis il surprit son regard. « Oh, je vous crois ! l'assura-t-il. J'essaie juste de déterminer si ça a quelque importance. Vous suggérez une rançon ? Bien sûr que oui. Mais je ne vois pas très bien comment on pourrait organiser une transaction de ce type ou à quoi pourrait nous servir l'argent, en admettant qu'on arrive à le récupérer sans que tous les services de police et toutes les forces spéciales du monde ne nous tombent sur le dos. Ce serait déjà difficile au Waziristan. Alors au Canada ? » Il ricana.

« Mon oncle peut vous faire passer la frontière américaine », tenta-t-elle.

Jones fit un grand sourire.

Elle comprit soudain qu'il avait une vraie sympathie pour elle. Qu'il cherchait, en un sens, une excuse pour ne pas la tuer.

« Non, c'est vrai ? Le même oncle ?

– Le même.

– Le mouton noir, dit-il, recomposant le puzzle. Celui que vous êtes allée voir en Colombie-Britannique.

– Nous *sommes* en Colombie-Britannique, lui rappela-t-elle.

– Faut vraiment que je rencontre ce mec, dit Jones en reprenant son accent guindé sarcastique.

– Je suis certaine que ça peut s'arranger.

– Dans ce cas, si ça ne vous dérange pas, mes quatre camarades et moi, nous allons être très occupés pendant un moment, à essayer de ne pas mourir. Si on arrive à aligner deux jours sans rendre l'âme, on reviendra peut-être à votre proposition.

– Qu'est-ce que je peux faire pour vous aider ?

– Arrêter de tuer des gens. »

Retrouvez la suite le 21 août 2014

Mis en pages par DV Arts Graphiques à La Rochelle
Imprimé en France par Normandie Roto Impression s.a.s.
Dépôt légal : mars 2014
N° d'édition : 112 – N° d'impression : 1401058
ISBN 978-2-35584-112-5